BASTEI
LÜBBE

BASTEI LÜBBE FRANK ADAM IM TASCHENBUCH-PROGRAMM:

DIE ABENTEUER DES DAVID WINTER

13 370 Band 1 Der junge Seewolf
13 522 Band 2 Die Bucht der sterbenden Schiffe
13 663 Band 3 Segel in Flammen
13 785 Band 4 Die Bombay-Marine
13 892 Band 5 Der Kapitän der Zarin
13 974 Band 6 Verrat an Frankreichs Küsten
14 215 Band 7 Der König von Haiti
14 369 Band 8 Der Kampf um die Sieben Inseln
14 586 Band 9 Eine Brigg zwischen Krieg und Frieden
14 735 Band 10 Kampf an Preußens Küste
14 949 Band 11 Die Eroberung der Karibik

In Vorbereitung:
Band 12 Die Guerillas und ihr Admiral

Frank Adam

Die Eroberung der Karibik

David Winters Abenteuer
von 1808-1810

BASTEI LÜBBE

BASTEI LÜBBE TASCHENBUCH
Band 14 949

1. Auflage: August 2003

Vollständige Taschenbuchausgabe

Bastei Lübbe Taschenbücher
ist ein Imprint der
Verlagsgruppe Lübbe

Originalausgabe

Lektorat: Rainer Delfs
Titelillustration: Wissenschaftliches Institut
für Schifffahrt- und Marinegeschichte.
Gemälde von Thomas Luny: *Seegefecht 1779*
Umschlaggestaltung: Tanja Østlyngen
Satz: QuadroMedienService, Bensberg
Druck und Verarbeitung:
Imprimerie Maury, Frankreich
Printed in France

ISBN 3-404-14949-1

Sie finden uns im Internet unter
http://www.luebbe.de

Der Preis dieses Bandes versteht sich einschließlich der gesetzlichen Mehrwertsteuer

Meiner Frau
zu unserem 55. Hochzeitstag
in Liebe und Dankbarkeit
gewidmet

Inhalt

Vorwort

David Winter ist nun Konteradmiral geworden und führt sein Geschwader in die Karibik. Konteradmiral wurde jeder britische ›Postcaptain‹ oder ›Kapitän zur See‹, wie man in der deutschen Flotte sagte, wenn er in der Altersliste der Kapitäne weit genug vorgerückt war. Die Frage war nur, ob ihm die Admiralität ein Flottenkommando gab oder ihn mit Halbsold an Land sitzen ließ.

Für den Autor historischer Seeromane ist die Beförderung zum Admiral ein einschneidenderer Schritt, als es für den Flottenoffizier selbst war. Als Autor kann man seinen Seehelden jetzt nicht mehr mit einer Fregatte allein über die Meere kreuzen und Abenteuer erleben lassen, wie sie eben nur den schnellen Fregatten vorbehalten sind. Mancher Autor hat sich gegen diesen Schritt in der Karriereleiter bis zuletzt gesträubt und seinen ›Helden‹ auch nach vielen Jahren und vielen Erfolgen kein größeres Schiff als eine Fregatte kommandieren lassen.

Ich weiß aus vielen Briefen, dass meine Leser zu fachkundig sind, um ihnen das zuzumuten. Und auch für Admirale bot der Dienst in der Flotte genug Gelegenheiten für abenteuerliche Gefahren. Ich habe daher in diesem Band David Winter und seinen Freund Georg Abercrombie im Wesentlichen die Handlungen von Konteradmiral Alexander Cochrane und Generalleutnant Beckwith nacherleben lassen.

Beide haben Martinique und Guadeloupe erobert, wie es hier nacherzählt wird. Die Kämpfe mit den französischen Linienschiffen sind Geschichte. Die *D'Hautpoult* wurde erobert und in *Abercrombie* umbenannt. Die *Junon* unterlag vier französischen Fregatten. Nur bei der Gestaltung der Einzelheiten und der Charaktere habe ich mir die Freiheiten genommen, die einem Schriftsteller zustehen.

Ich hoffe, dass ich dem Leser auch in diesem Band einen farbigen und erlebnisreichen Abschnitt aus der Geschichte der britischen Flotte vorlegen kann, und wünsche ihm viel Freude bei der Lektüre.

Frank Adam

Hinweise für historisch interessierte Leser

Zur Information über Schiffe, Waffen und Besatzungen der britischen Flotte verweise ich auf mein Buch mit zahlreichen Abbildungen und Literaturangaben:

Adam, F.: Herrscherin der Meere. Die britische Flotte zur Zeit Nelsons. Hamburg: Koehler 1998

Für die Kämpfe zur See in der Karibik sind immer noch lesenswert:

Clowes, Wm. Laird: The Royal Navy, a history from the earliest time to the present, Vol. V. London: Sampson Low 1899

James, W.: The Naval History of Great Britain, Vol. V. Neuauflage London: Bentley 1886

Eine neuere Darstellung widmet diesen Ereignissen ebenfalls ein wichtiges Kapitel:

Woodman, Richard: The Victory of Seapower. Winning the Napoleonic War 1806-1814. London: Chatham Publishing 1998

Um sich über die Korruption der Flotte auf Marie Galante und über die Landkämpfe zu orientieren, muss man allerdings zur Heeresgeschichte greifen:

Fortescue, J. W.: A History of the British Army, Vol. VII: London: MacMillan 1912

Hinweis: Große Entfernungsangaben auf See erfolgen in Meilen (1 852 m) und Knoten (Seemeilen pro Stunde). Diese Angaben wurden beibehalten.
Kürzere Entfernungsangaben erfolgten in der Flotte in ›Kabellänge‹ (185,3 m), ›Faden‹ (1,853 m), ›Fuß‹ (30,48 cm), seltener auch in ›yard‹ (91,44 cm). Zur Vereinfachung für den Leser habe ich immer in Meter umgerechnet.

Personenverzeichnis

Konteradmiral	David Winter
Flaggleutnant	Jonathan Dickens
Major und Befehlshaber der Seesoldaten	Roger Ekins
Flottenarzt	Dr. James Cotton
Sekretär des Admirals	George Roberts
Bootssteuermann des Admirals	Alberto Rosso
2. Bootssteuermann des Admirals	Mustafa Dukat
Diener des Admirals	Edward Crown
2. Diener des Admirals	Frederick Ready
Koch des Admirals	Peter Kemp

Flaggschiff *Neptune* (98)

Flaggkapitän	Paul O'Byrne
Erster Leutnant	James Miller
	Peter Cullen
Zweiter Leutnant	Peter Cullen
	Edward Grant
Dritter Leutnant	Edward Grant
	Walter Norton
Vierter Leutnant	Walter Norton
	Robert Lee
Fünfter Leutnant	Robert Lee
	Nicholas Russell
Sechster Leutnant	Nicholas Russell
	James Gardner
Hauptmann der Seesoldaten	John Campbell
1. Leutnant der Seesoldaten	Norman Pocock
2. Leutnant der Seesoldaten	Joseph Cormack
Schiffsarzt	Martin Steer
Pfarrer	Thomas Wilkins

Schulmeister	Jacobus Allan
Master	Abraham Goodwin
Bootsmann	Bill Jenkins
Midshipmen	James Gardner
	Edward Martins
	Henry Richardson
	John Murray
	Robert Barrington
	Benjamin Cooper

Linienschiff *York* (74)

Kapitän	Stephen Church

Linienschiff *Bellisle* (74)

Kapitän	Andrew Harland

Linienschiff *Captain* (74)

Kapitän	William Newman

Linienschiff *Pompée* (74)

Kapitän	Robert Varlow

Linienschiff *Intrepid* (64)

Kapitän	John Williams
	Ludlow Shield

Fregatte *Penelope* (36)

Kapitän	Ludlow Shield
	Peter Lees

Fregatte ***Circe*** (32)
Kapitän James Watson
James Miller
Frederick Trace

Fregatte ***Acaste*** (32)
Kapitän Richard Proctor

Fregatte ***Cleopatra*** (32)
Kapitän James Brenton

Fregatte ***Orion*** (38) Prise
Kapitän Ernest Henderson†
James Miller

Sloop ***Recruit*** (18) (gestrandet bei Kap Baham)
Commander Ernest Henderson

Sloop ***Caravelle*** (18) Prise
Commander James Miller
Joseph Bear

Fregatte ***Junon*** (40) Prise
Kapitän James Watson

Sloop ***Diligente*** (20)
Commander Peter Lees
Jeremy Richmond

Verzeichnis der Abbildungen

Das Flaggschiff
(Mai bis Juli 1808)

David Winter saß auf der kleinen Seitengalerie seiner Admiralskajüte, hatte die Augen geschlossen und den Kopf an die Stuhllehne gelegt. Die untergehende Sonne modellierte sein Gesicht. Eine kräftige Nase, eine hohe Stirn, ein festes Kinn, alles in allem ein Gesicht, das Intelligenz und Willensstärke verriet.

Durch die geöffneten Fenster seiner Tageskajüte konnte David hören, wie Edward, sein Diener, mit seinem Gehilfen Frederick die große Tafel deckte. Edward war schon viele Jahre bei ihm. Bei Frederick war es die erste Reise. Einem Admiral stand ein zweiter Diener zu, und Edward hatte den jungen Burschen, Sohn eines gefallenen Seemannes, in der Stiftung als seinen Gehilfen ausgesucht.

David musste lächeln. Es war sein erstes Kommando als Admiral. Sold erhielt er auch nicht mehr als ein Kommodore Erster Klasse, aber sein Stab war mächtig angewachsen. Neben Peter Kemp, seinem Koch, war auch Mr Roberts, sein Sekretär, nicht mehr fürs Schiff, sondern nur für ihn tätig. Jonathan Dickens, der Flaggleutnant, hatte ihm schon in der Ostsee gedient, ebenso wie Alberto, der jetzt an Stelle des invaliden Gregor den drahtigen Mustafa an seiner Seite hatte. Und der Flottenarzt und der Befehlshaber der Seesoldaten standen nicht auf der Schiffsliste, sondern auf der seines Stabes.

James Cotton hatte David am meisten überrascht, als er seinen Stab zusammenstellte. Viele Jahre schätzte er ihn als Schiffsarzt, aber Cotton hatte keinen medizinischen Doktorgrad, sondern nur das übliche Examen als Schiffsarzt. Das war für die Stellung als Flottenarzt zu wenig. David hatte lange überlegt, wie er ihm schonend beibringen könne, dass er ihm einen anderen vor die Nase setzen müsse. Aber Cotton hatte ihm lächelnd offenbart, dass er in Edinburgh inzwischen den Doktorgrad erworben hatte.

»Nachdem Sie Admiral geworden waren, Sir, musste ja ein Flottenkommando kommen. Da ich schon lange meine Untersuchungen zu den Geschlechtskrankheiten der Matrosen angestellt hatte, schrieb ich alles fein zusammen und reichte es meiner alten Universität als Dissertation ein. Sie haben sie akzeptiert, und die Verteidigung meiner Thesen lief auch glatt. Nun bin ich auf meine alten Tage noch ordentlicher Physikus geworden.«

David hatte den Kopf geschüttelt. »Sie sind ein Heimlichtuer, aber ich gratuliere herzlich. Nun kann ich Sie als Flottenarzt anfordern, und Martin Steer wird Schiffsarzt. Dann sind alle zufrieden.«

So waren auf der *Neptune*, dem Achtundneunzig-Kanonen-Flaggschiff des auf Antigua stationierten Geschwaders, wieder viele alte Gefährten beisammen, obwohl Besatzung und Offizierskorps nicht von der *Lion*, Davids vorigem Schiff, übernommen werden konnten. Nur den Flaggkapitän konnte er auswählen und hatte sich wieder für seinen alten Freund Paul O'Byrne entschieden. Sie kannten sich ein Leben lang und konnten einander blind vertrauen.

Aber da es im Offizierskorps der Flotte wie in einer Kleinstadt zuging, wo jeder irgendwann jedem wieder über den Weg lief, traf David auch im Stammpersonal der *Neptune* manchen alten Bekannten. Der Erste Leutnant, James Miller, war im Mittelmeer bei ihm gewesen. Edward Grant, der Dritte, war der Sohn seines verehrten früheren Kommandanten, der im Sturm mit seinem Schiff untergegangen war. Edward hatte als Midshipman bei David begonnen und war zuletzt auf der *Thunderer* mit ihm gesegelt. So lange kannte er auch Robert Lee, jetzt Fünfter Leutnant, Bill Jenkins, Bootsmann, und John Campbell, Hauptmann der Seesoldaten. Ja, die Flotte war wie eine Familie für ihn. Immer wieder traf man auf vertraute Gesichter. Die meisten freuten sich, wieder mit ihm zu segeln, und er war auch froh, sie wieder bei sich zu haben.

Sie waren nun vier Tage auf See, und heute Abend hatte er das Offizierskorps und die ranghöchsten Deckoffiziere zum Dinner eingeladen. Drei Midshipmen waren auch dabei. Drei von zwanzig, die auf einem Flaggschiff herumwimmelten. Die drei würden jetzt ihre Schuhe polieren, die Jacken bürsten und die Haare striegeln. Mein Gott, wenn er an sein erstes Dinner bei seinem Kapitän dachte. Wie aufgeregt er war. Und jetzt mussten sie zu einem Admiral.

Er selbst hatte sich auch noch nicht so recht an den neuen Rang gewöhnt. Als Kommodore war er ja praktisch auch schon ein kleiner Admiral gewesen. Aber er hatte sich nicht so isoliert gefühlt und öfter informell in die Schiffsführung eingegriffen. Aber jetzt mit den sechs Leutnants an Bord war alles viel formeller. O'Byrne war Flaggkapitän und kommandierte die *Neptune* mit ihren siebenhundertzweiunddreißig Mann Besatzung. Und er war Admiral, befehligte das Geschwader und musste es dem Flaggkapitän sagen, wenn er wollte, dass auf dem Flaggschiff etwas geschah.

Natürlich hatte die Aufgabenverteilung auch ihre Vorteile. Als die *Neptune* nach der Überholung in der Werft wieder seeklar gemacht werden musste, hatte ausschließlich der Kapitän diese Arbeit zu leiten. David als Admiral musste sich durch den Papierberg wühlen, den die Lords der Admiralität vor jedem Flottenkommando aufgetürmt hatten.

Alle Befehle der letzten Jahre für die Station auf den Inseln über dem Winde, alle Denkschriften des Außenministeriums über die politische Lage in Westindien, die unzähligen Personalhinweise, die medizinischen Vorschriften und die Verordnungen des Gouverneurs in Antigua, um nur einige Papierberge zu nennen. Ach ja, auf Barbados war sein alter Freund Martin Balcor, Herzog von Chandos, der seine Jugendliebe Susan geheiratet hatte, seit Jahren Gouverneur. Er sollte jetzt die Finger im Spiel gehabt haben, dass David dieses Kommando erhielt. Nach Barbados würde er zuerst segeln. Wie würde das Wiedersehen sein? Susan hatte Martin einiges über Sohn und Enkel verschwiegen, was Davids Situation dem Freund gegenüber heikel machte. Nun ja, er würde sehen.

Edward steckte den Kopf aus dem Fenster zur Galerie hinaus. »Wollen Sie die Bedienung sehen, Sir?«

»Wer ist es denn?«

»Alberto, Mustafa, zwei Stewards der Offiziersmesse und einer aus dem Lazarett, Sir.«

»Alberto kann alles kontrollieren. Ich döse noch ein wenig. Aber sag mir rechtzeitig Bescheid, damit ich mir in Ruhe die Jacke überziehen und die Haare richten kann.«

Es wurde nicht viel mit dem Dösen. Zu laut war das Lachen und Jubeln an Deck. Da tobten wieder die jungen Midshipmen und die Leichtmatrosen in der Takelage und auf den Rahen herum. Sie liebten diesen Ulk in ihrer Freizeit. Einer suchte den anderen in der Schnelligkeit des Aufenterns, im Balancieren auf den Rahen und im Hangeln von einem Tau zum anderen zu übertreffen. Die Kapitäne sahen diesen Spaß mit einem lachenden und einem weinenden Auge. Einerseits war er ein gutes Training für die Arbeit an den Segeln, andererseits war der Spaß gefährlich. Auf jeder Reise gab es Knochenbrüche, und hin und wieder stürzte sich einer zu Tode. Kapitän O'Byrne hatte wie David früher auch die gefährlichsten Übungen wie den Kopfstand auf den Rahen verboten, aber den Spaß sonst gestattet.

Ein Angstschrei schreckte David hoch. Andere Schreie folgten, und dann übertönte alle eine laute Stimme: »Mann über Bord!« Die Bootsmannspfeifen zwitscherten, Füße trappelten an Deck.

David war aufgesprungen und schaute ins Wasser. Da, ein Kopf, ein weißes Hemd. Arme platschten wild im Wasser. Ein gurgelnder Schrei. Dann sank der Kopf wieder unter Wasser. Über David quietschten die Blöcke, als sie das Boot fertig machten. Aber im Wasser war kein Retter.

Die kommen doch zu spät, schoss es David durch den Kopf. Er streifte die Schuhe von den Füßen, dachte noch an sein gutes Hemd und seine seidene Kniehose. Keine Zeit mehr, sie auszuziehen. »Edward!«, rief er. »Ich springe!«

Mit einem gewaltigen Sprung stürzte er sich die etwa vier Meter hinab in die kabbelige See.

Mit kraftvollem Schwung stieß er zurück an die Oberfläche und sah sich gehetzt um. Die *Neptune* war schon vorbei. Aber dort war ein Haarschopf! David schwamm hin, tauchte, sah einen Schatten, griff danach und fasste ein Stück Stoff, das nachgab. Noch einmal griff er mit beiden Händen zu. Jetzt hatte er einen Arm. Er keuchte die Luft hinaus und trat mit den Füßen, um wieder den Kopf über Wasser zu bekommen.

Aber jetzt griff der andere Arm nach ihm, umklammerte seinen Hals. David hatte das Gefühl, dass sein Kopf und seine Lunge platzten. Aber da stieß sein Kopf einen Augenblick durch die Wasserfläche. Krampfhaft sog er die Luft ein, riss die Hand von seinem Hals und schlug dem Burschen mit der Handkante in den Nacken, wie er es von Hassan gelernt hatte.

Er ruderte kräftig mit dem anderen Arm, griff erneut zu und hielt den Kopf des Jungen über Wasser, während er Wasser trat. Wo blieb das Boot nur? Voller Angst blickte er schnell um sich. Da hinten war das Boot. Einer stand im Bug und deutete in seine Richtung. Wieder überspülte ihn eine Welle. David schluckte und prustete. Dann konnte er wieder Luft einsaugen. Bloß den Kopf des Jungen nicht unter Wasser lassen.

Ein harter Stoß traf ihn in den Rücken. »Zieh deinen Riemen ein, du Arschloch! Willst du ihn erschlagen?«, brüllte eine laute Stimme. Dann sah David eine Hand nach dem Jungen greifen. Eine andere kam hinzu. Er ließ los, und sie zogen den Jungen an Bord. Noch einmal spuckte er Wasser und hustete. Dann konnte er die Hände greifen, die sich ihm entgegenstreckten. Ein Stoß vor den Oberschenkel. Das war der Dollbord, die obere Bootskante. Er hörte einen sagen: »Das ist ja der Admiral!«

Ein Maat bückte sich über ihn. »Wir wussten nicht, dass Sie das sind, Sir. Ist alles in Ordnung?«

»Ja«, stieß David atemlos und ungeduldig hervor. »Kümmert euch um den Jungen. Wasser rausdrücken, zum Atmen bringen!«

Aber andere hatten den Jungen schon über eine Ruderbank gehoben, den Kopf zur Seite gelegt und drückten nun seine Lungen rhythmisch zusammen. »Er atmet wieder!«, riefen sie.

»Wer ist es?«, fragte David.

»Mr Cooper, einer von den jungen Middys«, antwortete der Maat.

Verdammt, dachte David. Die neuen Midshipmen durften doch erst nach drei Monaten Segeldienst in der Takelage herumtoben. Na, da würde er schon dafür sorgen, dass der den Stock des Bootsmanns auf seinem Hintern spürte.

Das Boot hatte die *Neptune* erreicht, die ihre Segel backgebrasst hatte. Taue flogen herunter und die Jakobsleiter. Sie banden den Jungen fest und ließen ihn an Deck ziehen. Der Maat fragte David: »Gehen Sie zuerst, Sir?«

David nickte, griff die Leiter und stieg die Bretter empor. Oben hatte sich eine Gruppe um den Jungen gebildet, den der Schiffsarzt betastete. Aber Kapitän O'Byrne trat auf David zu und fragte besorgt: »Geht es Ihnen gut, Sir? Ich wusste gar nicht, dass Sie der Retter waren.«

»Es geht mir gut, Mr O'Byrne. Sagen Sie den Herren, dass das Dinner zehn Minuten später beginnt. Bitte kommen Sie fünf Minuten vor den anderen in meine Kajüte.«

Der Seesoldat vor der Tür zu den Admiralskabinen präsentierte und blickte erstaunt.

»Nanu, hast du mich nicht herausgehen sehen?«, fragte David.

»Nein, Sir!«, antwortete der Soldat mit lauter Stimme.

»Ich bin ja auch über Bord gesprungen«, sagte David und ließ einen fassungslosen Posten zurück.

In der Tageskajüte empfing ihn Edward besorgt. »Sir, ich konnte es gar nicht fassen, wie Sie in die See sprangen. Der Hund wollte Ihnen nach. Wir konnten ihn kaum zurückhalten. O Gott, das Hemd ist ja klatschnass und die Hosen auch. Und die Gäste kommen.«

»Hör auf zu jammern wie ein Weib. Sag Peter, dass die Gäste zehn Minuten später eintreffen. Und nun leg mir Handtücher und frische Wäsche raus, aber schnell!«

David hatte sich abgetrocknet und neu angezogen. Edward drehte noch am Zopf, als O'Byrne gemeldet wurde.

»Wie geht es dem jungen Cooper?«, fragte David.

»Der hat alles gut überstanden, Sir. Eine Prellung am Oberarm, sonst nichts. Aber er wird bald Prellungen auf seinem Hintern haben. Er durfte noch gar nicht auf der Rah herumtoben«, antwortete O'Byrne.

Nun, dann brauche ich ja nicht mehr auf Bestrafung zu dringen, dachte David und schickte Edward hinaus.

Als sie allein waren, sagte er zum Flaggkapitän: »Paul, als ich da im Wasser strampelte und nach Luft japste, dachte ich mir, warum ich alter Kerl ins Wasser muss, und die jungen Leutnants schauen auf dem Achterdeck zu. Stellen Sie bitte fest, wer Dienst hatte, natürlich auch von den Maaten. Dann möchte ich wissen, wer von denen nicht schwimmen kann. Ich glaube, ich sollte einen Flottenbefehl erlassen, dass alle Middys schwimmen lernen müssen.«

»Das wär nicht schlecht, David. Ich werde nachprüfen, ob nicht einer von der Wache hätte springen sollen. Obwohl Sie wissen, Geistesgegenwart und Tapferkeit kann man nicht befehlen.«

»Nun, dann möchte ich wenigstens wissen, wer nicht darüber verfügt«, knurrte David. Dann schüttelte er den Ärger ab. »So, Paul, nun vergessen wir das und freuen uns auf ein hoffentlich gutes Essen und einen gemütlichen Abend.«

»Sie sollten aber noch Ihre Jacke anziehen, David.« Paul lächelte.

Als die Offiziere zum Dinner in die Admiralskajüte traten, hatte sich David wieder hergerichtet und die goldbeladene Jacke angezogen. Nur sein Haar war etwas feucht.

Er begrüßte die Offiziere freundlich, und der Pfarrer riss sogleich das Wort an sich: »Gottes Segen sei mit Ihnen, Sir. Sie haben ein junges Leben dem Tode entrissen. Der Dank des Himmels ist Ihnen gewiss.«

David konnte dieses Salbadere nicht leiden und mochte den Pfarrer nicht. »Lernen Sie schwimmen, Reverend. Dann können Sie auch den Dank des Himmels verdienen«, antwortete er kurz angebunden und wandte sich den Midshipman zu, die eingeschüchtert auf die Vorstellung warteten. O'Byrne nannte ihre Namen, David schüttelte die schweißigen Hände und sagte: »Essen Sie nur kräftig, meine Herren. Ich hoffe, Sie werden es etwas schmackhafter finden als in Ihrer Messe. Aber seien Sie mit dem Trinken vorsichtig, sonst wird Ihr Kapitän böse.«

Sie nahmen Platz. O'Byrne saß an Davids rechter, Major Ekins an seiner linken Seite. Gegenüber war der Platz des Ersten Leutnants und des Hauptmanns der Seesoldaten.

Die Stewards stellten jedem eine kleine Suppentasse hin. David wünschte guten Appetit und sah mit Freude, wie seine Gäste nach dem ersten Löffel zustimmend nickten. Sein Koch, Peter Kemp, hatte während ihrer Landzeit im ›*George*‹ in Portsmouth gearbeitet, um seine Kenntnisse zu verfeinern. Aber als David das neue Kommando erhielt, wollte er wieder zur See fahren und neue Länder kennen lernen.

Der Wein war eingegossen. Die Suppentassen wurden eingesammelt, und nun war der Augenblick für den jüngsten Midshipman gekommen. Auf Davids Blick hin griff er nach seinem Glas, räusperte sich und rief mit überkippender Stimme:

»Auf Seine Majestät, unseren allergnädigsten Herrn!«

Der Pfarrer wollte aufstehen, aber seine Nachbarn zogen ihn auf seinen Sitz zurück. In der Flotte trank man den Toast im Sitzen. Die größeren Herren müssten bei der geringen Deckenhöhe sonst mit geneigten Häuptern oder gebeugten Beinen trinken, was der Feierlichkeit abträglicher war als ein Toast im Sitzen. »Auf Seine Majestät!«, murmelten sie alle. Der junge Midshipman lächelte erleichtert und sah den Tellern erwartungsvoll entgegen, die aufgetischt wurden.

Gebratene Entenbrust mit kleinen Erbsen umlegt. Köstlich! Rinderbraten mit Möhren und gedünstetem Kohl folgte. Dazwischen wurden kleine Fischhappen mit etwas Brot und Butter serviert. Dann wurde Schweinebraten mit Kruste aufgetischt. David aß nur kleine Portionen, denn er wusste, es warteten noch eine Pastete und ein süßer Pudding. Aber die jüngeren Leute vertrugen mehr und langten kräftig zu.

Zwischen den Gängen wurde das ›kulturelle Programm‹ eingeschoben. In jedem Offizierskorps gab es wirkliche und eingebildete künstlerische Talente. Der Schulmeister war ein ausgezeichneter Violinspieler, und Leutnant Norton begleitete ihn talentiert mit der Flöte. Leutnant Pocock konnte nicht gut singen, aber er wollte unbedingt eine Ballade über Abukir vortragen. Master Goodwin dagegen deklamierte eindrucksvoll ein Sonett von Shakespeare.

Die Stimmung war locker, und das Gelächter und die Musik hallten durch das Schiff.

»Nun saufen und fressen sie wieder«, moserte Greg Kent, ein Maat, der ein Neidhammel und Meckerer war. »Meint ihr, der Alte wäre ins Wasser gesprungen, wenn es nicht dieser Middy, der jüngste Sohn eines Lords, gewesen wäre?«

»Ach, halt doch dein Lästermaul«, sagte ein anderer. »Ich war selbst im Boot und musste ihm erst sagen, wen er da gerettet hat. Er wäre auch für einen von uns gesprungen.«

»Du bist doch zu dämlich«, gab Greg zurück. »Fällst auf jeden Trick rein. Der tut nichts für einen von uns, nur für die vom Oberhaus.«

Am Nebentisch hatte Alberto zugehört, Davids Bootssteurer. »Dämlich bist nur du, Greg. Du denkst, alle seien so neidisch und missgünstig wie du. Der Admiral ist ein anderer Mensch. Er setzt sich für seine Leute ein und die für ihn. Er hat mir das Leben gerettet und ich ihm. Ohne große Worte oder Getue. Und wenn du ihn weiter madig machst, dann kriegst du von mir eine aufs Maul.«

Greg wusste, welche Kräfte Alberto hatte, und schwieg.

In der Admiralskajüte sah Kapitän O'Byrne, wie Leutnant Cormack die Midshipmen betrunken machen wollte, indem er sie immer wieder aufforderte, mit ihm das Glas zu leeren. Na warte, dachte er und sagte: »Lassen Sie sich nachschenken, Mr Cormack, ich möchte auf Ihr Wohl trinken.«

Major Ekins griente. Er wusste, was kam. O'Byrne war in der Flotte als Mann bekannt, der ein Fass Alkohol leeren konnte und keine Wirkung zeigte. Nach dem vierten Glas in Folge bat Leutnant Cormack: »Darf ich um eine Pause bitten, Sir?«

O'Byrne knurrte: »Sind Sie nur bei Middys stark, Mr Cormack?«

David erzählte Mr Miller, dem Ersten Leutnant, was für einen wundervollen Chor er an Bord der *Thunderer* erlebt hatte. »Wenn wir nur einen Chorleiter wie damals Reverend Pater an Bord hätten.«

Leutnant Grant, der die Unterhaltung als Nachbar von Miller gehört hatte, fragte: »Darf ich mich einmischen, Sir?«

»Aber natürlich, Mr Grant, wir sind doch nicht auf dem Achterdeck«, antwortete David.

»Sir, unter den gepressten Männern ist ein Kantor, der hervorragend singt, wie ich hörte, als die Männer zur Freizeit an Deck waren.«

»Wie kann ein Kantor gepresst werden, Mr Grant? Die Presskommandos dürfen sich doch nicht an Gentlemen vergreifen.«

»Das ist eine verrückte Geschichte, Sir. Er hatte die Stelle neu erhalten und daraufhin geheiratet. Die Gemeinde gab ihm das alte Kantorhaus. Er hatte nicht genug Geld für alle Handwerker und hat im Flur selbst die Dielenbretter abgehobelt und die Wände geweißt. Als er das geliehene Werkzeug zurückbringen wollte, hat ihn ein Presskommando abgefangen. Da sah er nicht aus wie ein Gentleman, sondern wie ein Handwerker.«

David schüttelte den Kopf. »Diese Presskommandos hören wahrscheinlich die tollsten Lügen. Deswegen sind sie abgebrüht und glauben nichts mehr. Der Mann hatte viel Pech. Bringen Sie ihn morgen zu mir, wenn ich an Deck bin, Mr Grant.«

Als David am nächsten Morgen die Offiziere auf dem Achterdeck begrüßt und ein paar Worte mit O'Byrne gewechselt hatte, fragte Mr Grant, ob er jetzt den Kantor holen könne. David nickte.

Aus der Kuhl stieg auf Grants Ruf ein magerer, großer Mann von etwa dreißig Jahren zum Achterdeck hinauf und legte zwei Knöchel der rechten Hand zum Gruß an die Stirn. Er hatte schwarze, etwas gelockte Haare und blickte David ohne Regung an.

»Er ist Kantor, habe ich gehört, und ist einem Presskommando in die Hände gefallen. Konnte er seine Familie noch benachrichtigen?«, fragte David.

»Aye, aye, Sir David. Der Maat war hart und brutal, aber einer der Männer hatte Mitleid und hat meiner Frau eine Nachricht gebracht. Sie stand dann am Kai und rief mir zu, sie habe eine Eingabe gegen mein Pressen gemacht.«

»Solche Eingaben brauchen lange bis zur Entscheidung. Niemand kann ihn auf dem Ozean zurück in die Heimat bringen. Also tut er gut daran, das Beste aus seiner Lage zu machen. Wird die Gemeinde seine Frau versorgen?«

Der Mann sah betreten zu Boden. »Ich weiß es nicht, Sir David. Ich hatte die Stelle ganz neu angetreten, und wir kannten noch niemanden in der Gemeinde näher. Ich mache mir große Sorgen, denn meine Frau war im dritten Monat schwanger.«

David sah ihn mitfühlend an. »Ich werde ihm die Adresse meiner Frau zukommen lassen. Wir haben eine Stiftung für invalide Seeleute, für Witwen und Waisen. Da kann seine Frau in Sicherheit leben und auch sein Kind. Sie soll sich an die Adresse wenden. Ich schreibe meiner Frau auch, und die Post können wir in Madeira aufgeben. Aber nun zu etwas anderem. Auf einem meiner früheren Schiffe hatten wir einen wunderbaren Chor. Er hat den Sängern und der Mannschaft viel Freude bereitet. Traut er sich zu, Freiwillige aus der Besatzung auf ihre Eignung zu prüfen und einen Chor aufzubauen?«

»Selbstverständlich, Sir David. Mit Freuden und ergebensten Dank für Ihr Angebot für meine Frau.«

»Gut, ich werde mit dem Kapitän reden, und der Schulmeister und Leutnant Norton könnten ihn auch unterstützen. Er hört dann vom Kapitän.«

Der Kantor legte die Knöchel wieder an den Kopf und richtete sich auf. Er blickte hoffnungsvoller drein als zu Beginn des Gesprächs.

»Der Mann kann vielleicht eine Bereicherung für das Bordleben sein, wenn auch sicher nicht als Seemann«, sagte David zu Mr Grant und fragte ihn dann noch, wie es seiner Mutter gehe.

O'Byrne stand neben David auf dem Achterdeck und wartete, dass der Admiral das Kommando für die Flottenmanöver gab. Die sechs Transporter, die Soldaten der Royal Welch Füsiliere zur Verstärkung nach Barbados transportierten, hatten sich weiter zur Leeseite abgesetzt, damit sie nicht störten. Der *Neptune* folgten in Kiellinie die beiden Vierundsiebziger *York* und *Bellisle*. Eine Meile windwärts von den Linienschiffen segelten die Fregatte *Circe* und die Sloop *Recruit*.

»Mr O'Byrne, steuern Sie bitte Südwest zu West. Signal an *York* und *Bellisle*: Kurs am Punkt folgen. Signal an *Circe* und *Recruit*: Kurs Südwest zu West!«

O'Byrne bestätigte und gab die Befehle an die Rudergänger und den Signal-Midshipman weiter.

David beobachtete, wie die Fregatte und die

Sloop auf der Stelle den neuen Kurs einnahmen. Die Kursänderung erfolgte prompt. Die Segel wurden sofort neu getrimmt. Alles in Ordnung! Dann blickte er zu den Linienschiffen. *York* hatte gleich die Stelle erreicht, wo die *Neptune* den Kurs geändert hatte. Jetzt nahm auch sie den neuen Kurs auf.

»Auf Stephen Church kann man sich verlassen«, bemerkte O'Byrne. David nickte. Sie kannten sich alle drei von der *Anson* und der *Shannon* her. Das war Anfang der neunziger Jahre gewesen. Zuletzt hatte David Kapitän Church anno fünfundneunzig in London gesehen. Und jetzt war er mit seinem Schiff Davids Geschwader zugeteilt worden.

Auch auf der *Bellisle* kommandierte ein alter Freund aus den Tagen der *Anson* und der *Shannon*, Kapitän Andrew Harland. Zuletzt war er David als Erster Leutnant in die Baltische Flotte gefolgt und hatte dann dort sein eigenes Schiff erhalten.

Dass Andrew Harland und Stephen Church seinem Geschwader zugeteilt worden waren, ergab sich durch Zufall. Bei Kapitän James Watson von der *Circe* und Commander Ernest Henderson von der *Recruit* hatte David bei der Admiralität die Kommandierung erbeten. Beide hatten ihn in die Ostsee begleitet, waren kürzlich befördert worden, und so lag es nahe, die bewährten Offiziere für sein Geschwader abordnen zu lassen. Kapitän Watson war David zudem seit der Heirat mit Nicole verwandtschaftlich verbunden.

»Lassen Sie bitte alle Kanonen ohne Kugeln laden, Mr O'Byrne und geben Sie den anderen Schiffen die entsprechenden Signale.«

Die Leutnants riefen auf ihren Batteriedecks die Kommandos. Die Geschützführer brüllten, und dann hoben sie die Hand zum Zeichen, dass sie feuerbereit waren. Die Batterieoffiziere riefen es den Meldern zu, und die rasten zum Achterdeck.

»Das muss noch etwas schneller gehen, Mr O'Byrne«, sagte David.

O'Byrne wusste das selbst und antwortete stoisch: »Aye, aye, Sir.«

David konnte sich O'Byrnes Gedanken vorstellen, lächelte flüchtig und ordnete an: »Signal an alle: Drei Salven je Geschützdeck der Backbordseite auf Kommando!«

Die Flaggen wurden aufgezogen und bestätigt.

David sagte zu O'Byrne: »*Neptune* feuern!«

O'Byrne hob die Sprechtrompete und brüllte mit seiner lauten Kommandostimme: »Backbordbatterie Unterdeck drei Salven!«

Der Batterieoffizier auf dem Unterdeck rief: »Feuer!« Ein Donnerschlag betäubte ihre Ohren. Nur einige Kanonen stotterten etwas hinterher. Die *Neptune* neigte sich ein wenig zur Seite, und Rauch füllte das untere Deck. Dann richtete sie sich wieder auf. An den großen Kanonen hantierten die Seeleute mit Wischern und Rammern und luden nach. Der Batterieoffizier beschimpfte die Geschützführer, die etwas hinterhergestottert waren.

»Da ist Musik hinter, was, Mr O'Byrne?«, sagte David beeindruckt, denn er erlebte zum ersten Mal die Breitseite seines Unterdecks.

O'Byrne lächelte stolz. »Ja, Sir, achtundzwanzig Zweiunddreißigpfünder auf dem Unterdeck und je dreißig Achtzehnpfünder auf Zwischen- und Oberdeck, so viel hatten wir noch nie.«

Auf dem Unterdeck hatte niemand Zeit für solche Gedanken. Sie luden nach, rammten den Pfropf ins Rohr, und der Geschützführer hob die Hand.

Der Batterieoffizier rief »Feuer!«, und wieder schossen die Blitze aus den Geschützluken. Und noch einmal die gleiche Prozedur.

»Etwas über vier Minuten«, bemerkte David auf dem Achterdeck. »Mit Kugeln müssen Sie unter fünf Minuten bleiben, Mr O'Byrne.«

»Das schaffen wir noch, Sir«, antwortete O'Byrne.

Drei Salven in fünf Minuten war der Standard in der britischen Flotte. Da mussten sich die Kanoniere an den zweitausendsiebenhundert Kilo schweren Kanonen mit ihren zweiunddreißig Pfund schweren Kugeln schon quälen. Aber die schweren Geschütze hatten auch eine Bedienung von vierzehn Mann.

Dann feuerten die anderen Decks der *Neptune* ihre Salven, und die Schreiber des Admirals und des Kapitäns notierten die Zeiten. Sie waren ein wenig schneller als das Unterdeck.

David nickte und befahl: »Die Nummer der *York*!« Die Signalflagge stieg empor. Eine Minute später rief David: »Ausführen!«, und der Signalgast riss die Flagge herunter.

Auf der *York* krachte es. Rauch quoll aus den unteren Geschützluken. Die Vierundsiebziger hatten Vierundzwanzigpfünder auf dem Unterdeck. Jetzt kam die zweite Salve und bald darauf die dritte.

»Knapp vier Minuten«, meldeten die Schreiber.

»Gut«, vermerkte David und ließ dann das Geschützdeck der *York* und danach die anderen Schiffe feuern. Die Zeiten lagen immer um vier Minuten. Auf der *Circe* und *Recruit* hörte man besonders die einzelnen Nachzügler.

»Die Herren müssen ihre Schiffe noch besser in den Griff kriegen«, sagte David zu O'Byrne und fügte hinzu: »Alter Kurs für alle!«

Stunde für Stunde schob sich der Konvoi auf dem Kurs nach Madeira mit einer Durchschnittsgeschwindigkeit von fünf Meilen (neun Stundenkilometer) voran. Wenn das Wetter es erlaubte, ließ sich David zu einem der Kriegsschiffe übersetzen und beobachtete dort den Drill. Er lernte die Offiziere und Maate kennen und erklärte ihnen, was ihm wichtig war.

An einem Abend waren auch der Oberst und die Stabsoffiziere des Linienregimentes Davids Gäste, die die Truppen auf Barbados verstärken sollten. Der Oberst hatte als Hauptmann auf Haiti gekämpft und kannte David, der damals eine Fregatte kommandiert hatte. Sie sprachen von Toussaint L'Ouverture, ihrem Gegner und ungekrönten König Haitis, den die Franzosen in ihr Land verschleppt und dort hatten umkommen lassen.

»Er war ein sehr fähiger Gegner, Sir David«, sagte der Oberst.

»Ich kannte ihn auch persönlich. Er war ein edler Mensch«, ergänzte David.

Nun wollten die Armeeoffiziere die Geschichte hören. David erzählte von dem Hinterhalt, in den er gelockt worden war. Toussaint wurde zufällig von den gleichen Banditen gefangen, und David und seine Gefährten befreiten sich und Toussaint, der ihnen dann mit seinen Truppen freies Geleit zu den britischen Stellungen gewährte. Später hatte David mit Toussaint die Friedensverhandlungen eingeleitet, die zum ehrenhaften Abzug der Briten von der

Insel führten. Als die Offiziere ihre Überraschung und Anerkennung äußerten, sah David, wie sein Diener Edward die Hand vor die Augen nahm. Auch er war damals bei ihm gewesen.

Das Wetter wurde zunehmend schöner. Wenn die Leute Freizeit hatten, setzten sie schon die Sonnensegel. Dann saßen die Männer an Bord, besserten ihre Wäsche aus, erzählten oder sahen denen zu, die zu den Klängen der Fiedel die Hornpipe tanzten. Es waren junge Burschen, die fast akrobatische Sprünge zeigten.

Auch der neue Chor nahm Gestalt an. Der Kantor hatte die Interessenten geprüft und übte jetzt mit denen, die gut singen konnten. Bei den Proben wurde er ein anderer Mensch. Sonst war er an Bord ein ungeschickter Landmann, der fast nur im Wege war. Hier aber war er in seinem Element. Er sang vor, dirigierte, hörte jeden falschen Ton und ließ die Stelle wiederholen, bis alles klappte. Seine Begeisterung steckte an. Immer mehr hörten schon bei den Proben zu. Der Chor würde eine Attraktion werden.

Am Tag, bevor sie Madeira erreichen sollten, saß David wieder am Schreibtisch und schloss auch seine Privatbriefe ab. Er war in Gedanken ganz bei Britta und den Kindern auf ihrem Gut Whitechurch Hill. Bald war er mit Britta fünfzehn Jahre verheiratet. Damals wurde er vor Frankreichs Küste vermisst, und viele hielten ihn für tot. Nicht aber Britta! Sie hielt Ausschau, bis sich das kleine Beiboot in den Hafen von Falmouth rettete. Seine getreuesten Gefährten hatten ihn nicht aufgegeben und waren bei der Hochzeit dabei.

David musste lächeln, als er daran dachte, dass er die Hochzeitsnacht im erschöpften Tiefschlaf verbracht hatte. Nun, sie hatten alles nachgeholt.

Und was würden seine Kinder Christina, Charles und Edward jetzt tun? Sicher würden sie oft an ihn denken. Edward würde die Zeit herbeisehnen, zu der er auch zur See fahren könnte. David seufzte. Er hatte schon einen Sohn auf See verloren. Aber an die Gefahren der See dachte Edward mit seinen knapp neun Jahren noch nicht.

Es klopfte, und Mr Roberts, sein Sekretär, steckte den Kopf zur Tür herein. »Ich habe noch zwei Schreiben für die Admiralität, Sir.«

»Geben Sie her, Mr Roberts. Sie können gleich darauf warten. Ich bin mit meinem Brief sofort fertig. Vielleicht liegt sogar ein Postschiff im Hafen.«

David schloss seinen Brief an Britta ab, überflog die Schreiben an die Admiralität, unterzeichnete und reichte sie Mr Roberts. »Sie haben doch dem Kantor die Adresse von Lady Britta gegeben?«

»Ja, Sir, er hat auch gleich an seine Frau geschrieben. Ich habe mich einige Male mit ihm unterhalten. Er hat sich interessiert nach der Stiftung erkundigt. Ich glaube, er ist ein netter Mann.«

Am nächsten Morgen stiegen die Berge Madeiras aus dem Meer. Einige Wolken hingen an den Bergspitzen, aber sonst würde es wieder ein sonniger Tag werden. Der Master erklärte den Midshipmen auf dem Achterdeck die Beschaffenheit der Küste und die Ankerbedingungen. David wurde daran erinnert, wie anno siebenundneunzig Mr Hope,

Master der *Anson*, ihm und den anderen Midshipmen den gleichen Vortrag gehalten hatte. Er wusste noch, dass die Bedingungen auf der Reede nicht so gut waren und schon manches Schiff bei der steilen Küste seinen Anker im Felsen verloren hatte.

Kapitän O'Byrne ließ schon alles zur Wasser- und Proviantaufnahme vorbereiten, während sie sich der Reede von Funchal näherten. Signale regelten mit dem Konvoi, welche Schiffe in welcher Reihenfolge zur Wasserübernahme eingeteilt wurden.

Sobald ihr Anker auf der Reede Grund gefasst hatte, ließen sich der Flaggleutnant, der Zahlmeister und Mr Roberts an Land rudern. Leutnant Dickens sollte beim portugiesischen Gouverneur anfragen, wann Davids Besuch angenehm sei. Der Zahlmeister wollte bei den Lieferanten Nachschub an Brot und Fleisch bestellen. Natürlich war auch Wein zu ordern. Mr Roberts eilte zur Poststation, um Post abzugeben und Post für die *Neptune* zu holen.

Auch an Land legten die ersten Boote ab. Sie waren mit Früchten, Kleidungsstücken und allem möglichen Tand beladen. Selbstverständlich waren überall auch Weinflaschen verborgen, während die Huren ihre Reize nicht gerade versteckten.

»Kein Boot darf anlegen. Niemand kommt ohne meine Erlaubnis an Bord!«, rief Mr Miller, der Erste Leutnant, mit lauter Stimme und wies den Hauptmann der Seesoldaten an, seine Leute an Reling und Schanzdeck zu postieren.

Gehandelt wurde trotzdem. Die Seeleute ließen in kleinen Säckchen den vereinbarten Preis hinunter, und die Portugiesen legten Süßigkeiten, Obst oder Andenken hinein. Wenn der Seesoldat geprüft hatte, ob kein Wein dabei war, konnte der Matrose die Ware mitnehmen. Aber das war kein gutes Geschäft. Die Boote ruderten bald weiter zu den Transportern, wo die Händler an Bord gelassen wurden und mehr verkaufen konnten. Die Huren folgten ihnen mit ihren Booten. Die Seeleute sahen ihnen sehnsüchtig hinterher. Nun ja, es würde Landgang geben, und dann hatte man ja noch die volle Auswahl.

David blickte nach Funchal hinüber. Als junger Midshipman war er von Madeira enttäuscht gewesen. Er hatte an den anderthalb Tagen damals nur Kneipen, Schmutz und Staub gesehen. Diesmal würde er sich ein wenig durch das Hinterland chauffieren lassen.

Ein zuckendes Leuchten am Hang fiel ihm auf. Er nahm sein Teleskop ans Auge und suchte die Stelle. Da stand doch tatsächlich ein Mann zwischen zwei Häusern und hielt eine Laterne, deren Lichtaustritt er immer wieder mit einer Scheibe bedeckte. Lang, kurz, lang, kurz, kurz. Der Mann gab Signale.

»Leutnant Lee!«, rief David. »Holen Sie sich ein Teleskop! Sehen Sie dort am Hang, zweihundert Meter backbord von der Kirche, auf halber Höhe, gibt jemand Signale mit einer Blendlaterne. Sehen Sie den Mann?«

»Aye, aye, Sir. Angezogen wie ein Bürger, Sir. Sehr groß und schmal, dunkelhaarig.«

»Gut, passen Sie auf, wohin er geht.«

David winkte dem Midshipman der Wache. »Sie sind Mr Richardson, nicht wahr?«

»Aye, aye, Sir. Zu Diensten, Sir.«

»Holen Sie bitte schnell meine Bootssteurer, Mr Richardson.«

Der Midshipman sauste davon. Alfredo und Mustafa eilten nach kurzer Zeit herbei.

»Nehmt euch schnell Teleskope. Seht dorthin an den Hang, halbe Höhe, zweihundert Meter backbord von der Kirche. Dort gibt ein Mann Signale mit der Blendlaterne.«

»Erkannt, Sir«, meldete Alberto, und Mustafa bestätigte auch.

»Ihr lasst euch sofort an Land bringen. Versucht ihm zu folgen. Wenn er weg ist, sucht ihn in der Nähe und fragt unauffällig nach ihm. Schnell, aber legt eure blauen Jacken ab.«

Leutnant Dickens kam zum Achterdeck. »Sir, der Gouverneur kann Sie sofort empfangen.«

»Gut«, antwortete David. »Sie müssen aber einen anderen Maat als Bootssteurer besorgen. Alberto und Mustafa mussten eilig an Land.«

»Sir«, unterbrach sie Leutnant Lee. »Der Mann geht weg. Sehen Sie. Dort, die Straße zum Hafen.«

David blickte angestrengt. Ja, jetzt sah er ihn zwischen zwei Häusern. Gelbe Jacke, Halstuch, braune Hosen. Er ging zu den Kneipen am Hafen. Nein, jetzt hielt er an und trat in ein großes weißes Haus mit blau angemalten Fensterläden. Verdammt, da kamen Alberto und Mustafa zu spät.

Das Boot wartete auf David. Leutnant Dickens stieg ein. David folgte. Das Boot legte ab und ruderte zum Kai. Dort schien reger Betrieb zu herrschen. Andere Boote hatten schon angelegt. Händler schrien herum.

»Macht uns einen Platz frei!«, rief Leutnant

Dickens. Ihr Boot konnte anlegen. David stieg die Treppe zum Kai hinauf und wartete auf den Korporal mit seinen vier Seesoldaten, die ihn begleiten würden.

»Mr Winter, Sir!«, schrie ein Portugiese und rannte auf David zu. Die Seesoldaten senkten ihre Gewehre wie eine Schranke vor David. Der Portugiese hielt an, legte zwei Fingerknöchel zum Matrosengruß an die Stirn und rief: »Erkennen Sie mich nicht, Mr Winter?«

David schaute genauer hin. Ein kräftiger Mann von gut vierzig Jahren, gutbürgerlich gekleidet, ein Händler wahrscheinlich. Im Gesicht eine kräftige Nase, zwei schwarze Augen, ein Zahnlücke im Oberkiefer.

»Christobal!«, rief er, als die Erinnerung in seinem Gehirn aufblitzte. Der elfjährige Waisenjunge, der sich anno siebenundsiebzig vor den brutalen Pflegeeltern auf die *Anson* geflüchtet hatte und als Pulverjunge eingeteilt worden war. Jahrelang war er mit David gesegelt, zuletzt in Indien in der Bombay-Marine.

»Lasst ihn durch«, sagte er den Seesoldaten, schüttelte die entgegengestreckte Hand und fragte: »Chris, wie kommst du hierher?«

»Nun, ich bin mit einem Ostindienfahrer in meine Heimat zurückgekehrt, habe mir hier von meiner Heuer ein Geschäft gekauft, bin verheiratet und habe zwei gesunde Kinder. Sie müssen uns besuchen, Sir. Ich habe so viel von Ihnen erzählt.«

David blickte ihn an und trat nah an ihn heran. »Das werde ich tun. Wir feiern unser Wiedersehen. Aber jetzt brauche ich schnell deine Hilfe. Siehst du das Haus dort mit den blauen Fensterläden?«

»Ja, es ist die Weinladung Calon & Co.«

»Dort ist ein Mann hineingegangen, von dem ich wissen muss, wer er ist. Er hat Signale zur Flotte gegeben. Ein langer, schmaler Mann, gelbe Jacke, Halstuch, braune Hosen. Ein Matrose begleitet dich und zeigt dir zwei meiner Leute, die ihn suchen. Beobachtet ihn, und wenn ihr wisst, wer es ist, kommt ihr alle an Bord! Dann reden wir weiter. Jetzt darf ich den Gouverneur nicht länger warten lassen.«

Chris war pfiffig wie eh und je. »Wird erledigt, Sir«. Er winkte dem Matrosen zu und ging mit ihm davon.

Der Gouverneur empfing David respektvoll und freundlich. Portugal war mit England verbündet und hatte es abgelehnt, Napoleons Kontinentalsperre gegen England zu unterstützen. Marschall Junot hatte daraufhin im Herbst 1807 mit einer französischen Armee Portugal besetzt, und die Königsfamilie war mit britischer Hilfe in die portugiesische Kolonie Brasilien entkommen. Nur englische Hilfe konnte die im Land aufflammenden Kämpfe gegen französische Truppen zu einem Erfolg führen.

Der Gouverneur sprach mit David über die politische und militärische Lage und sicherte alle Hilfe für die Lieferung von Wasser und Verpflegung für das Geschwader zu.

David wurde zum Erstaunen des Gouverneurs noch sehr konkret und fragte: »Haben Sie Anhaltspunkte für die Tätigkeit französischer Agenten auf Madeira, Exzellenz?«

»Aber nein, Sir David. Wie kommen Sie darauf?«

David erzählte ihm, was er beobachtet habe. »Es

wird sicher zu einem Treffen eines Mitglieds unserer Flotte mit dem Mann an Land kommen. Würden uns Ihre Beamten bei der Verhaftung und Durchsuchung des Mannes unterstützen, der sich mit jemandem von unserer Besatzung trifft, Exzellenz?«

»Aber selbstverständlich, Sir David. Ich werde Oberst Ratinho kommen lassen, der unsere Polizei kommandiert.«

Als David an Bord zurückkehrte, war alles geklärt, was im Augenblick geregelt werden konnte. Portugiesische Beamte beobachteten mit Christobal und Alberto die Weinhandlung. Mustafa wartete am Kai mit einem Boot, falls einer der ihren nach dem Treffen zurück aufs Schiff wollte.

David besprach mit seinem Koch, wie er die Bewirtung der Transportkapitäne, der Kriegsschiffkommandanten und das Essen mit Christobal und seiner Familie unter einen Hut bringen sollte.

»Eine portugiesische Familie an Bord wäre etwas ungewöhnlich, Sir, und für die Frau und Kinder vielleicht nicht so gemütlich. Sollte ich nicht an Land ein Restaurant aussuchen, wo man Ihnen einen guten Platz reserviert?«

David wollte zustimmen, als Mr Roberts einen Packen Dienstpost und ein kleineres Päckchen Privatpost brachte. »Schauen Sie, ob in der Dienstpost etwas eilig ist, Mr Roberts. Und du, Peter, suchst uns ein Restaurant. Aber du weißt, Alberto, Mustafa und zwei Leute müssen am Nebentisch sein.«

»Aye, aye, Sir«, sagte der Koch und verschwand.

Mr Roberts übergab David drei Schreiben, die

keinen Verzug gestatteten. David las sie sorgfältig und diktierte Mr Roberts Stichworte, was zu antworten oder zu veranlassen sei.

Mr Roberts wollte sich zurückziehen, als Leutnant Dickens schnell eintrat. »Sir, sie haben ihn. Es ist ein Armeeleutnant vom Transporter *Sarah*, von der dritten Kompanie, Sir. Er hat sich mit dem Mann in einer Kneipe am Hafen getroffen. Er soll ihm etwas übergeben und etwas erhalten haben. Sie bringen den Leutnant gerade.«

Alberto und Mustafa hatten den Leutnant, einen kräftigen jungen Mann, an beiden Armen gepackt und zerrten ihn in Davids Kajüte. »Ich protestiere!«, schrie der Armeeleutnant. »Das ist Freiheitsberaubung. Ich verlange Genugtuung und will meinen Kommandeur sprechen.«

»Beruhigen Sie sich, Leutnant. Sie unterstehen während des Transports den Gesetzen der Königlichen Flotte. Ich werde alles mit Ihnen besprechen. Leutnant Dickens holt Major Ekins.«

David gab Edward einen Wink und flüsterte ihm ins Ohr, er solle Barry, den neuen starken Wolfshund, sich neben dem Schreibtisch hinlegen lassen. »Und meine Pistole legst du heimlich unter meinen Hut auf den Tisch.«

Major Ekins kam. David sagte ihm, er möge sich einen Moment die Beschwerden des Leutnants anhören, und ging noch einmal vor die Tür, um Leutnant Dickens zu fragen, ob der Portugiese auch verhaftet worden sei.

»Ja, Sir. Leutnant Lee hat es vom Deck aus beobachtet.«

»Gut, dann gehen Sie sofort zur portugiesischen

Polizei und erkundigen sich, was man bei ihm gefunden hat und wer er ist. Bitten Sie die Leute auch, jeden Zentimeter seiner Kleidung und auch seine Wohnung zu durchsuchen. Verabreden Sie, dass wir uns gegenseitig schnellstmöglich informieren.«

David fragte Major Ekins: »Wie heißt der Leutnant?«

Aber bevor Ekins antworten konnte, meldete der selbst: »Leutnant Henry Witak, dritte Kompanie. Erfahre ich nun endlich, was man mir vorwirft?«

David wandte sich an Alberto: »Habt ihr etwas bei ihm gefunden?«

»Ja, Sir. Diesen Beutel mit Geld und eine Adresse in Barbados.«

David nickte ihm zu. »Lasst euch Essen geben und schickt den Profos zu mir.« Dann wandte er sich dem Leutnant zu. »Mr Witak, Ihnen wird vorgeworfen, einem Mann Material übergeben und dafür Geld empfangen zu haben.«

»Welches Material denn?«

»Das werde ich bald wissen, denn die portugiesische Polizei hat den Mann verhaftet und durchsucht ihn und seine Wohnung gerade. Sie können Ihre Lage durch ein freimütiges Geständnis nur verbessern.«

Leutnant Witak war blass geworden, sagte aber trotzig: »Ich habe nichts zu gestehen.«

Major Ekins übernahm auf Davids Wink die Befragung und sagte: »Sagen Sie uns Ihre Heimatadresse, das Datum Ihres Patents und Ihre bisherigen Kommandierungen. Mr Roberts wird das protokollieren.«

Witak gab als Heimatadresse Jersey an, sagte, dass er sein Leutnantspatent vor einem Jahr erhalten habe und seitdem in der dritten Kompanie diene.

Leutnant Dickens tauchte in der Tür auf und winkte David. Der ging vor die Tür, und Dickens sagte: »Sir, der portugiesische Polizist kam gerade, als ich an Land gehen wollte. Der Festgenommene heißt José Sagres, lebt seit drei Jahren auf Madeira und hatte einen Umschlag mit der Aufstellung unserer Truppen im Geschwader und den Namen aller Offiziere bei sich. Seine Wohnung wird gerade durchsucht.«

David nickte und ging zurück an seinen Tisch. »Mr Witak, Sie werden der Spionage angeklagt werden. Sie haben eine Liste der von uns transportierten Truppen übergeben. Gestehen Sie jetzt?«

»Nie werde ich euch ein Wort gestehen!«

David rief nach dem Profos. Der trat ein, sein Entermesser umgeschnallt. »Profos, nehmen Sie diesen Armeeleutnant fest. Er wird der Spionage beschuldigt und dem Kriegsgericht übergeben. Schließen Sie ihn in eine Kammer, Posten vor der Tür.«

Der Profos antwortete: »Aye, aye, Sir!«, und trat auf den Leutnant zu. »Folgen Sie …«

Während er sprach, rammte ihm Mr Witak den Ellbogen in den Magen, riss den Entersäbel aus seinem Gurt, hob den Arm und schrie: »Zurück, oder ich erschlage den Admiral!«

David sagte beschwichtigend: »Ist gut. Treten Sie zurück«, und fügte im gleichen Tonfall hinzu: »Barry, fass!«

Der Hund war mit zwei Sätzen bei Mr Witak, sprang hoch und packte dessen Arm mit seinem mächtigen Gebiss. Es hatte keine Sekunde gedauert. Witak schrie, ließ den Säbel fallen und sackte zusammen. David langte unter seinen Hut, griff die gespannte Pistole und richtete sie auf den Leutnant. »Aus, Barry! Auf deinen Platz!« Der Hund ließ den Mann los, aus dessen Fleischwunde das Blut rann.

»Sie sind nicht nur ein Verräter, Mr Witak. Sie sind auch sehr dumm. Meinen Sie wirklich, wir hätten Ihnen eine solche Chance gegeben? Der Schiffsarzt wird Sie versorgen, und dann werden Sie in Eisen geschlossen.«

Witak wurde vom Profos aus der Kajüte gestoßen. Ekins sagte zu David: »Das ging wirklich schneller, als man denken konnte, Sir.«

Der nickte und rief Barry zu sich und streichelte ihn. »Edward, bring mir ein Stück Fleisch für ihn. Und Sie, Mr Ekins, bitte ich um Verständnis, dass ich nun endlich meine Post lesen will.«

Gab es einen größeren Kontrast als den zwischen dem kürzlichen Tumult in der Kajüte und dem Frieden in Brittas Zeilen? Wenn David Gefahren anzog, wie viele behaupteten, dann zog Britta Ruhe und Harmonie an. Man lächelte öfter, wenn sie da war.

David sah seine Kinder und die Bediensteten förmlich vor sich, so anschaulich schrieb Britta. Edward, sein Jüngster, hatte Mr Ballaine in der Schule einen Streich spielen wollen und ihm den Stuhl mit Honig eingerieben. Aber Mr Ballaine hatte es gemerkt, sich die Hände zeigen lassen, an Edwards Händen Honigreste bemerkt und Edward auf seinen Stuhl gesetzt. Nun hatte er zum Schaden noch den Spott.

Christina wurde immer mehr zur jungen Dame. Sie hatte ihre Tanzstunde mit Bravur absolviert, und wenn sie mit zwölf Jahren auch noch nicht auf Bälle durfte, es gab auch private Einladungen, bei denen noch ein wenig getanzt wurde. Und da wurde sie von den jungen Herren umschwärmt. Sie hatte Brittas Schönheit geerbt, aber, so schrieb Britta: »Sie hat deine Vorliebe für schnelle und pointierte Bemerkungen, und das vergrault manchen der jungen Kavaliere.«

Soll sie sie nur noch eine ganze Weile vergraulen, dachte David. Sie ist doch noch so jung. Und dann las er mit Erstaunen, dass der ein Jahr jüngere Charles ein Reitturnier in der Nähe von Rhyte gewonnen hatte. »Unser alter Kutscher Charles sagt immer: ›Der junge Herr kann mit den Pferden reden. Das können nur ganz wenige, Lady.‹«

Gregor wohnte jetzt mit seiner Frau und der jungen Tochter in Rhyte und hatte die Küstenfrachtschiffe der Firma voll im Griff. Die Ladezeiten waren verkürzt, die Schiffe dauernd ausgebucht. »Wir kaufen jetzt eine Kuff hinzu, und ich habe Gregor zwei Prozent Gewinnanteil am Geschäft gewährt. Er ist sehr stolz und lässt dich grüßen.«

David lächelte versonnen. Es war unbegreiflich, wie Britta mit Menschen umgehen konnte. Ob es die junge Seemannswitwe war, die sich prostituiert hatte, um ihr Kind zu ernähren, und die dann in der Stiftung an eine sinnvolle Arbeit gewöhnt werden musste, ob es der invalide Seemann war, den sein Schicksal verbittert hatte und der nun überprüfen sollte, ob die Mehltüten das richtige Gewicht hatten, ob es der Verwalter war, dem sie beibringen musste, dass in der Abrechnung für die Windmühle ein Fehler stecken musste, sie brachte alle Menschen dazu, dass sie freudig taten, was sie sonst nur widerwillig in Angriff genommen hätten. Ob sie doch eine dieser dänischen Elfen war?

Sie hatte nun in Nicole eine Freundin, mit der sie sich blind verstand. Nicole war eine Nacht und einen Tag mit Davids Sohn John verheiratet gewesen. Aber – und das war eine lange Geschichte – John kannte David nur als Onkel David. Als er in seinen Armen an Deck eines Schiffes starb, hatte er noch gehaucht: »Vater«, aber ob er das bei vollem Bewusstsein gesagt hatte? Nicole hatte jedenfalls erst vor wenigen Jahren erfahren, dass er ihr Schwiegervater und nicht ihr Onkel war. Aber um dem jungen John David, eigentlich Davids Enkel, nicht seine Lordschaft und sein Erbe zu gefährden, blieben Nicole und David bei der Onkelversion. Es war alles ein wenig verwickelt und lag daran, dass Susan, Davids Jugendgeliebte, nie Davids Vaterschaft eingestehen wollte, anfangs auch, um dem Sohn die Erbschaftsansprüche nicht zu gefährden, dann bei ihrem zweiten Mann aus Scham. Und jetzt segelte David nach Barbados, wo Susans zweiter Mann, Davids alter Freund, Gouverneur war. David schüttelte den Kopf und las weiter in Brittas Brief.

Nicole war jetzt mit Kapitän Watson verheiratet, der die *Circe* in Davids Geschwader kommandierte. Da stand es: Sie erwartete ein Kind. Wenn das Kind so gut aussehen würde wie eine Multiplikation von Nicole und Watson, das wäre ja überirdisch. Aber außer den Eltern spielten ja auch die Eigenschaften der Großeltern und der weiteren Ahnen hinein. Na, die Umgebung wohl auch, dachte David. Was wäre aus ihm geworden, wenn er als Arztsohn in Stade aufgewachsen wäre und nicht als Vollwaise bei Onkel und Tante in Portsmouth?

Es klopfte. Peter Kemp meldete, dass er jetzt an Land in das Restaurant gehe, um bei der Anrichtung der Speisen mitzuwirken. Wann David kommen werde.

»In einer Stunde, Peter. Denk daran, dass du mit Christobal über die Lieferung von Obst und Gemüse sprichst. Und sorge dafür, dass die Küche mit dem Knoblauch vorsichtig ist.«

»Das wird schwer werden, Sir. Aber bei Ihren Lieblingsspeisen werde ich es durchsetzen.«

David nickte und vertiefte sich wieder in die Briefe.

Eine Stunde später betrat David mit Alberto, Mustafa und zwei Freunden der beiden das Restaurant. Alberto hatte Pistolen in einem Beutel, und sie hatten auch die Armmanschetten mit Wurfmessern umgeschnallt. Aber nach außen wirkten sie unbewaffnet.

Christobal mit Frau und zwei Kindern wartete schon, festlich angezogen. Seine Frau war recht hübsch mit ihrem schwarzen Haar, ihren funkelnden Augen und dem dunklen Teint. Die Tochter kam nach ihr, war aber noch dünn und kindlich. Der Sohn hatte Christobals offenes Gesicht.

»Ich wusste ja nicht, Sir David, dass Sie geadelt waren, und habe nicht einmal bemerkt, dass Sie Admiralsuniform trugen. Ich hab Sie in meiner Einfalt begrüßt wie damals, als Sie junger Leutnant waren.«

»Das macht nichts. Wir sind doch alte Waffengefährten.« Er wandte sich an Christobals Frau, und einer der Matrosen übersetzte: »Wussten Sie, Madame, dass ihr Gatte geholfen hat, mich aus den

Händen Londoner Straßenräuber zu befreien, die mich berauben und töten wollten? Und dann haben wir im Atlantik und im Indischen Ozean noch manche Gefahr gemeinsam überstanden.« Und er wandte sich an die Kinder: »Ihr habt einen sehr tapferen und treuen Vater.«

Chris, wie sie ihn damals nannten, war gerührt, die Frau knickste, die Kinder schauten auf ihre Füße, und David bat sie, Platz zu nehmen, um die Verlegenheit zu lösen.

Dann aber redeten sie. Christobal und der Matrose kamen mit der Übersetzung nicht nach. Christobal habe so viel von ihm erzählt, aber sie habe ihn sich viel, viel größer vorgestellt. Er war doch wie ein Riese im Kampf.

David lachte aus vollem Hals. »Das kam Chris nur so vor, weil er ja anfangs ein kleiner Junge von elf Jahren war.«

»Durfte er denn mit elf Jahren schon auf einem Schiff mitreisen? Ich darf das erst, wenn ich groß bin, sagt Vati immer«, fragte der Sohn

»Ja«, antworte David langsam. »Das waren ganz besondere Zeiten damals. Dein Vater wird oft geweint haben. Aber dann ist er ein Mann geworden, hat die halbe Welt gesehen und kann nun hier für euch in eurem Haus sorgen, weil er so tapfer und tüchtig war. Werde nur wie er, dann bist du richtig.«

Die Speisen kamen. Sie aßen und tranken und erzählten von ihren Abenteuern und von der Gegenwart. Chris belieferte die Schiffe mit Obst und Wein und war gut im Geschäft, weil er fließend Englisch sprach. »Ich verdiene gut, Sir David, und habe mir jetzt eine Obst- und Gemüseplantage im Landesinneren gekauft. Meine Kinder sollen nicht so eine harte Kindheit haben wie ich.«

»Ich hoffe, dass alle eure Wünsche in Erfüllung gehen«, sagte David und hob sein Weinglas.

Als sie mit einiger Mühe die fünf Gänge hinter sich gebracht hatten, verabschiedete sich die Mutter mit ihren Kindern. Die Männer setzten sich alle an einen Tisch und erzählten von den gemeinsamen Jahren. David war ein wenig abwesend, aber dann sprach ihn Chris an: »Wussten Sie, Sir David, dass Commander Varlow, der damals in Indien Ihre *Guardian* übernahm, in die Königliche Flotte zurückgekehrt ist und jetzt als Kapitän einen Vierundsiebziger kommandiert? Er kam im vergangenen Jahr auf dem Weg nach Westindien hier durch.«

»Nein, das wusste ich nicht, Chris. Dann sehe ich ihn ja vielleicht bald wieder.«

Christobal erzählte auch, dass sie in dem Haus des französischen Agenten viel Geld, Waffen und Namenslisten entdeckt hätten. »Er wird hier vor ein Militärgericht gestellt und sicher erschossen werden.«

David wollte nicht weiter darauf eingehen. Wieder ein Agent, der durch ihn enttarnt worden war. Die Franzosen würden das Kopfgeld auf ihn weiter erhöhen. Würde es eines Tages ausgezahlt werden? Er war müde, als sie von Chris Abschied nahmen und aufs Schiff zurückkehrten.

George Roberts und Edward Crown hockten in der engen Kammer des Sekretärs zusammen und klönten noch ein wenig, nachdem sie verschiedene Bars in Funchal besucht hatten.

»Der Admiral ist anders geworden«, sagte Edward, Davids Diener, unvermittelt.

»Wie meinst du denn das?«, fragte Roberts.

»Er sitzt öfter allein im Sessel und starrt nur aus dem Fenster. Der Hund hockt vor ihm, hat seinen Kopf auf den Oberschenkel gelegt, und der Admiral krault seinen Kopf. Früher war er doch fast immer in Bewegung, wenn er nicht schlief.«

Der Sekretär schüttelte den Kopf. »Edward, er wird doch auch älter.«

»Nein, das ist es nicht. Er ist ganz weit weg und hört manchmal gar nicht, wenn ich ihn frage.«

»Trinkt er mehr als früher?«

»Nein, aber er ist unglücklich, das merkt man. Und es ist nicht die Trennung von seiner Familie. Wenn er an die denkt, dann sitzt er vor den Bildern und schreibt.«

Mr Roberts nickte. »Er ist unzufrieden, den Eindruck habe ich auch. Ungeduldig war er schon immer, aber manchmal ist er jetzt richtig bissig, wenn etwas nicht sofort da ist. Er macht auch kaum noch einen Spaß und lacht weniger als früher. Ich glaube, es gefällt ihm nicht, Admiral zu sein.«

»Aber, George, was soll denn das? Besser als ein Admiral kann man doch in der Flotte nicht leben. Und als Kommodore in der Ostsee war er doch praktisch auch schon Admiral.«

»Das war noch etwas anders, Edward. Ich glaube, ihm fehlt der direkte Kontakt mit der Besatzung. In der Ostsee hatte wir nur wenige Leutnants auf dem Achterdeck, und er hat oft noch diesen und jenen Mann angesprochen und gesagt, was er anders machen soll. Jetzt kriegst du auf dem Achterdeck kaum noch einen Fuß auf den Boden, so viele Leutnants und Midshipmen wimmeln da herum. Er kann doch die Mannschaft gar nicht mehr ansprechen. Immer ist jemand dazwischen und fragt, wie er ihm helfen kann. Immer ist jemand anders zuständig. Und wenn er auf die anderen Schiffe übersetzt, um sie zu inspizieren, sind Major Ekins, der Flottenarzt und Leutnant Dickens bei ihm und wieder geht alles über den Kapitän des Schiffes und dessen Offiziere. Direkten Kontakt hat er nur noch mit den Papierbergen, die ich ihm immer neu bringe. Dann guckt er schon, als wolle er über Bord springen.«

Edward rieb sich die Wange und starrte vor sich hin. Schließlich atmete er tief aus und sagte: »Ich glaube, du hast Recht, George. Er ist zwar keiner, der immer Menschen um sich haben muss, um mit ihnen zu quatschen. Das mag er gar nicht so. Aber er braucht Menschen, um ihnen etwas zu erklären, um mit ihnen etwas zu erreichen. Und jetzt hat er nur noch den Kapitän und einige Offiziere, mit denen er direkt Kontakt haben kann, ohne jemanden zu beleidigen, weil er sich einmischt. Damit wird er noch nicht fertig.«

Sie tranken ihren Wein, der in Madeira reichlich an Bord gekommen war, und schwiegen sich an. »Wenn man nur wüsste, wie man ihm helfen kann«, murmelte Mr Roberts.

»Sag mal, George, du hast doch einen Draht zu Jacobus Allan, dem Schulmeister. Der könnte den Admiral fragen, ob er nicht den Midshipmen ein paar Stunden Unterricht geben kann in Navigation und Geschichte Westindiens. Das hat er doch früher getan, und es hat ihm Spaß gemacht.«

»Nicht schlecht«, meinte Mr Roberts. »Und ich müsste Alberto stecken, dass sie wieder mehr mit Messer und Pistole trainieren. Da fällt mir noch ein, dass sich keiner an Bord gern so um Landungstrupps kümmert, wie er das immer getan hat. Da kann ich dem Ersten mal einen Wink geben.«

Ihnen fiel noch dies und jenes ein, wie sie ihren Admiral beschäftigen könnten. »George«, sagte Edward schließlich ein wenig weinselig. »Wir wären auch nicht schlecht als Admiräle. Wir würden die Leute schon in Trab halten.«

Mr Roberts lachte prustend und verschluckte sich. Edward klopfte ihm auf den Rücken.

David hatte in Funchal Verpflichtungen, denen er sich nicht entziehen konnte. Ein Abendessen mit dem Gouverneur, dem Bürgermeister, dem Polizeichef und ihren Familien. Das war ein gutes, gepflegtes Essen mit hervorragenden Weinen. O'Byrne, Ekins und Dr. Cotton hatten David begleitet. Der Bürgermeister von Funchal hatte eine viel jüngere Frau, die zu Davids Belustigung ziemlich offen mit Major Ekins flirtete.

Eine andere Verpflichtung war eine Einladung durch den Oberst und die Majore der Royal Welch Füsiliere, die sie nach Barbados eskortierten. Die meisten Stunden am Tag brachten die Offiziere ihre Soldaten an Land, ließen sie marschieren und auf einem nahe gelegenen Platz exerzieren und Bajonettkämpfe üben.

»Sonst verlieren sie noch jede Kraft in den Beinen und müssen zum Kampf getragen werden, Sir David«, erklärte der Oberst mit Kommandostimme. Die Majore lachten pflichtschuldigst. Aber sonst waren sie eher ein wenig gedrückt, als David das von ihnen gewählte Restaurant betreten hatte. Der Verrat eines der ihren hatte ihren Korpsgeist gekränkt. Abgesehen von der kurzen Information, dass morgen eine Gegenüberstellung des Agenten aus Funchal und des Leutnants im Polizeigebäude vorgesehen sei, wurde die Angelegenheit nicht mehr erwähnt.

Sie sprachen über die ihnen bevorstehenden Aufgaben, denn es war kein Geheimnis, dass sie Martinique erobern sollten. Sie hielten es eher für einen Spaziergang, denn die Franzosen hatten nur wenig reguläre Truppen auf der Insel. Und von der Miliz hielten alle nicht viel. »Die rennen, sobald sie uns sehen!«, rief ein Major, der etwas viel von dem schweren Madeirawein getrunken hatte.

»So schlimm siehst du doch gar nicht aus, Robert«, verspottete ihn ein anderer, sehr junger Major.

Es dauerte ein wenig, bis der Verspottete überhaupt begriff, aber dann prustete er vor Lachen über den Tisch, dass sich alle mit ihren Servietten schützten.

Der Oberst wollte das Gespräch wieder in etwas gedämpftere Bahnen lenken und sagte, dass er ihren künftigen Oberkommandierenden, den Generalleutnant Abercrombie, kurz gesehen habe, als er aus Indien zurückkehrte. »Er ist ein entfernter Verwandter des berühmten Generals Abercromby, der bei der Eroberung Ägyptens gefallen ist. Ist Ihnen einer der Herren begegnet, Sir David?«

David fürchtete, dass er nun wieder die Unterhaltung bestreiten solle und antwortete recht kurz: »Ich habe unter dem berühmten General Abercromby anno sechsundneunzig auf St. Lucia und Grenada gekämpft, und den entfernten Verwandten, der sich mit ›ie‹ schreibt, kenne ich noch zwanzig Jahre länger, als er junger Hauptmann vor New York war. Es ist mir schon ein wenig peinlich, wenn mein vorgerücktes Alter immer so bekannt wird.«

Einige Majore lachten, aber dann machte Major Ekins, der damals als junger Leutnant bei David war, ihm einen Strich durch die Rechnung. »Grenada, das war jenes Unternehmen, bei dem Sie den Massenmörder Fédon unschädlich gemacht haben, Sir David.«

»Fédon, Fédon«, murmelte der Oberst vor sich hin. »War das nicht dieser farbige Jakobiner, der die Weißen abgeschlachtet hat?«

David warf Ekins einen bösen Blick zu, bejahte und musste nun notgedrungen erzählen, wie er mit den Löwensteinschen Jägern damals das kaum zugängliche Camp des Mörders gestürmt hatte. Er machte es kurz und sagte dann: »Meine Herren, es ist nicht fair, dass Sie mich immer erzählen lassen und dass ich daher von Ihren Erlebnissen so wenig erfahre. Sie müssen jetzt ein wenig von sich preisgeben.«

Aber David entzog sich auch an einem Vormittag allen anderen Verpflichtungen, ließ sich mit Alberto und Mustafa an Land setzen und wurde von Christobal mit einer einfachen, aber stabilen Kutsche abgeholt. »So, nun zeige ich Ihnen einmal die Schönheiten Madeiras«, sagte Christobal stolz und gab dem Kutscher einen Wink.

Sie fuhren in Richtung Westen und erreichten bald das Weinbauzentrum Câmara de Lobos. Sie hielten kurz an, ein Winzer ließ sie von dem aromatischen und starken Wein kosten, sie nahmen eine Flasche mit und rollten weiter. David saß gelöst ohne Jackett in der Kutsche. Auch die anderen hatten bei der Wärme ihre Jacken abgelegt und unterhielten sich zwanglos.

Nach einer knappen Stunde erreichten sie Kap Girão, stiegen aus ihrer Kutsche und traten staunend an den Felsrand, der hier etwa fünfhundertfünfzig Meter hoch über das Meer hinausragte. Tief unter ihnen schäumte die Brandung. Möwen flogen mit ihren krächzenden Schreien hin und her. Schaumkronen bedeckten die Wellen.

»Manchmal bin ich traurig, dass ich nicht mehr zur See fahre«, sagte Christobal, »aber dann sehe ich wieder meine Frau und meine Kinder, wie sie mich anlachen, mit mir schwatzen, und bin glücklich, dass ich immer mit ihnen zusammen sein darf.«

»Na, Alberto, denkst du auch voll Sehnsucht an deine Lissy?«, fragte David lachend. Er wusste ja, dass Alberto ein ziemlicher Schürzenjäger war. Aber zu seinem Erstaunen antwortete Alberto ernst: »Ich denke oft an sie, Sir, und wüsste gern, ob sie nun ein Kind kriegt.«

Christobal unterbrach sie und drängte zur Weiterfahrt, denn er hatte in einer dörflichen Herberge ein Mittagessen reserviert. Sie fuhren durch zerklüftete Täler, sahen Krater und immer eine blühende Vegetation. An einer Lichtung ließ Christobal anhalten. »Sehen Sie, Sir, dort die kleine hellrote Orchidee. Das ist das Knabenkraut, die älteste auf Madeira heimische Orchidee.«

»Wir haben doch aber auf dem Weg schon so viele gesehen, Chris. Die meisten waren größer und farbiger.«

»Ja, Sir, aber die haben die Seefahrer aus Brasilien mitgebracht, und sie gedeihen gut in unsrem Klima, ebenso wie die Hortensien von den Azoren.

Aber dieses kleine Knabenkraut wurde meinem Vater kurz vor seinem Tode geschenkt. Er hat die Augen kaum noch von dem Topf mit der Pflanze gelassen und mir gesagt: ›Vergiss es nie, Chris, dies ist dactylorhíza folióza, die wahre Blume Madeiras.‹ Ich habe es nie vergessen, auch nicht in der Vegetation Indiens, Sir.«

David legte ihm die Hand auf den Arm. »Ja, wir haben schon viel gesehen.«

In dem kleinen Fischerdorf bekamen sie ein einfaches, aber köstliches Essen. Erst gab es die unvermeidliche Fischsuppe Caldeirada mit frischem Weißbrot. Danach konnten sie wählen zwischen Hummerfleisch, Seezunge und dem mit Muscheln geschmorten Schweinefleisch Porco à alentejano. David entschied sich für Hummer, den er immer wieder gern aß, und musste es nicht bereuen.

Das kleine Restaurant war beliebt. An drei anderen Tischen im Freien saßen Männer und Frauen und speisten und tranken. Auf der Straße näherte sich eine farbenfroh gekleidete Frau, etwa fünfunddreißig Jahre alt und mit lockigem schwarzen Haar. Sie lachte und winkte den anderen schon von weitem zu. Die Männer pfiffen ihr vergnügt entgegen.

Alberto stand gerade auf, um etwas aus der Kutsche zu holen. Die Frau sah bewundernd auf seine Gestalt, die gedrungene Kraft ausstrahlte.

»He, Kleiner!«, rief sie auf Portugiesisch. »Du wärst die richtige Nachspeise für mich. Kannst du noch einen Moment warten oder muss es gleich sein?« Und sie wedelte kokett mit ihrem Rock, dass er weit übers Knie emporschlug.

Die Männer und Frauen an den Tischen lachten

schallend und sahen Alberto an. Der merkte, dass alles etwas mit ihm zu tun hatte, und blickte Chris fragend an. Chris übersetzte. Alberto schüttelte irritiert den Kopf und winkte ab.

Die Portugiesin verstand die Geste. Sie warf den Kopf zurück. »Dem Kleinen fehlt vorn in der Mitte etwas, darum ist er so in die Breite gewachsen.«

Wieder lachten die Portugiesen aus vollem Hals. Alberto wandte sich verlegen ab und ging zur Kutsche. David ließ sich übersetzen, was die Frau gesagt hatte. Chris fügte hinzu: »Sie ist die Dorfnutte. Man muss das nicht ernst nehmen.«

David war erstaunt. »Aber die Frauen lachen doch auch fröhlich mit ihr. Das tun sie doch sonst nicht bei Huren.«

Chris zuckte mit den Schultern. »Die Frau ist bekannt. Sie wird gebraucht, um die jungen Burschen in die Liebe einzuführen oder wenn eine Ehefrau länger krank ist oder ein Kind bekommt. Die Männer haben ihre Bedürfnisse, und den Frauen ist es lieber, sie gehen zu ihr, als dass sie andere Ehefrauen verführen und den Frieden im Dorf gefährden. Auch der Pfarrer soll sie schon, sagen wir mal, konsultiert haben.«

David schüttelte den Kopf. Er konnte sich nicht vorstellen, dass so etwas in England funktionieren könnte.

Als sie heimfuhren und Alberto nun die Geschichte im Zusammenhang erzählten, mussten sie alle noch einmal lachen. Nur Alberto war es etwas peinlich. »Die hätte schon gemerkt, dass mir nichts fehlt«, murmelte er ärgerlich.

»Wir können ja noch einmal zurückfahren«, schlug David vor, und nun lachte auch Alberto unbeschwert mit.

An Bord ließ sich Major Ekins bei David melden und berichtete von der Gegenüberstellung des Leutnants und des französischen Agenten. Der Agent hatte den Leutnant der Geldgier beschuldigt, und daraufhin hatte dieser ausgepackt, den Namen des Mannes genannt, der ihm den Auftrag gegeben und die Adresse in Funchal genannt hatte. Er sei erpresst worden, weil seine Schwester heimlich in Frankreich ein Kind hatte, von dem in Jersey niemand etwas wusste. Er wollte seiner Familie die Schande ersparen. »Irgendwie tut mir der Kerl Leid«, schloss Ekins seinen Bericht.

»Nun, Mr Ekins, entweder ist er strohdumm, oder er hat überhaupt kein Vertrauen zu seinen Vorgesetzten. Denen hätte er sich doch anvertrauen müssen.«

»Ja, Sir. Ich werde auch in unserer Messe noch einmal über das Thema sprechen. Aber der Leutnant ist nicht sehr klug und auch ängstlich. Er wird nun in Funchal im Gefängnis bleiben, bis ein Kriegsschiff kommt, das nach England segelt. Der britische Konsul hat sich dafür eingesetzt. Ich glaube, es ist besser, als wenn wir ihn vor ein Gericht auf Barbados stellen müssten. Ich hoffe, dass sie ihn erschießen und nicht erhängen.«

David lachte kurz auf. »Im Ergebnis dürfte das nicht viel Unterschied machen. Vielleicht verurteilen Sie ihn auch zur Deportation.«

Kanarenstrom und ein mäßiger Nordostpassat schoben den Konvoi gleichmäßig in Richtung Süd-Südwest voran. Die Männer wurden wieder an den Waffen und in der Takelage gedrillt, um ihnen den Hafen aus den Gliedern zu treiben, wie die

Offiziere sagten. Zum Erstaunen vieler, die noch nicht mit David gesegelt waren, wurde jetzt auch auf dem Achterdeck eine große Holzscheibe angebracht, und David übte mit Alberto und Mustafa Messerwerfen.

Sie hatten Ledermanschetten um den linken Unterarm geschnallt, die unter dem Ärmelaufschlag verborgen waren, wenn sie ein Jackett trugen. In der Manschette waren drei flache, sehr scharfe Messer aus einem Stück. Sie waren aus bestem Stahl und gut ausbalanciert. Die drei übten, indem sie die Messer schnell aus der Manschette zogen, kurz ausholten und warfen.

David war der beste Messerwerfer von ihnen. Mustafa, der noch nicht lange übte, hatte die meisten Fehlwürfe. Sie hoben mitunter auch die Hände hinter den Kopf, als ob sie sich ergeben müssten, tasteten nach einem Messer in der Manschette und warfen es völlig überraschend ins Ziel.

Bei David steckten alle Messer im Ziel. Bei Mustafa schlug hin und wieder noch eins mit dem Griff an die Holzwand und fiel herab. David wandte sich an die umstehenden Offiziere und Midshipmen: »Meine Herren, ich habe diese Fertigkeit anno achtundsiebzig von einem Matrosen aus Italien gelernt, der sie wohl in der Mafia erworben hatte. Diese Fertigkeit hat mir und meinen Kameraden oft das Leben gerettet. Ich hatte einen Kommandanten, der meinte, Messerwerfen sei eines Offiziers unwürdig. Ich bin anderer Meinung. Wenn einer von Ihnen in dieser Fertigkeit unterwiesen werden will, so werde ich es gerne tun.«

Leutnant Pocock und einige Midshipmen meldeten sich. Sie dachten wohl, nun würde David ihnen ein Messer in die Hand drücken. Aber er sagte:

»Meine Herren, wir werden erst die Hand- und Armbewegungen üben. Danach werden wir uns auf dem Mitteldeck einen Teil absperren lassen und eine größere Scheibe aufstellen. Die Messer sind zu wertvoll, als dass sie jemand ins Wasser schleudern dürfte. Und Sie werden sich wundern, wo Ihre ersten Würfe landen werden.«

Ein halbes Dutzend der Interessenten hielt die ersten Tage durch. Dann sah man sie immer wieder üben und allmählich immer öfter treffen.

David übte auch wieder Pistolenschießen, und hier schlossen sich fast alle Offiziere an. Major Ekins war der beste Schütze an Bord. Dann folgte Leutnant Grant, aber danach waren David und Kapitän O'Byrne auf dem dritten Platz. »Sie sollten sich beide nicht duellieren, meine Herren«, sagte Dr. Cotton, der sich bei seiner Stellung und ihrer langen Bekanntschaft diese Vertraulichkeit erlauben durfte. »Der Ausgang wäre zu ungewiss.«

Der Langeweile konnte niemand mehr entfliehen. Wenn ein Konvoi bei annähernd gleich bleibendem warmen Wetter vier Wochen über die endlose See kriecht, ohne dass ein Ereignis von außen die Monotonie unterbricht, dann werden Offiziere und Mannschaften reizbarer und unaufmerksamer.

Die Eintönigkeit des Tagesablaufs verstärkte die Empfindung noch. Jeden Morgen vor Dämmerungsbeginn wurde ›Klarschiff zum Gefecht‹ befohlen, und alle Kanonen mussten bemannt werden. Jeder Mann war auf seiner Gefechtsstation und musste dort verbleiben, bis es hell genug war, sodass die Ausgucke aufentern und einen Kilometer weit sehen konnten. Wenn dann kein feindliches Schiff in der Nähe war, wurde die Gefechtsbereitschaft aufgehoben, und der übliche Tagesdienst begann.

Die Hängematten wurden abgenommen und zusammengerollt. Ein Maat überprüfte, ob sie fest genug gezurrt waren. Dann wurden sie in den Drahtkörben an Oberdeck verstaut und mit Segeltuch abgedeckt. So boten sie auch Schutz gegen Flintenkugeln des Feindes.

Danach mussten die Decks gereinigt werden. An einigen Tagen reichte es, die Decks mit feuchten Tüchern abzuwischen. An anderen Wochentagen wurde das Oberdeck mit Sand bestreut, gewässert und dann mit einer Art Bimsstein abgescheuert. Erst dann gab es Frühstück, gewöhnlich zwischen 7 und 8 Uhr.

Genauer müsste man sagen: zwischen sechs und acht Glasen der Morgenwache. Geglast, also die Glocke am Ruderhaus geläutet, wurde alle halbe Stunde, wenn der Sand im Halbstundenglas durchgelaufen war und das Glas gedreht wurde. In den normalen Wachen, die vier Stunden dauerten, läutete die Glocke also acht Mal.

Nach dem Frühstück konnte Geschütz-, Handwaffen-, Boots- oder Segeldrill angesetzt werden, bis die achte Glocke am Ende der Vormittagswache jedem anzeigte, dass es Zeit für das Mittagessen und den ersten Grogempfang war. ›Backen und Banken‹ pfiff der Bootsmannsmaat, und seine Maate gaben das Signal weiter. Jeder eilte zu seiner Backschaft und setzte sich an den Tisch, der von der Oberseite des Decks in den Zwischenraum zwischen den Kanonen hinabgelassen war.

Das Essen war reichhaltig, aber alles andere als abwechslungsreich. Gab es Rindfleisch, dann war entweder Dienstag oder Samstag. An den anderen Tagen wechselten sich Schweinefleisch oder Erbsen und Hafermehl in festgelegter Reihenfolge ab. Davon wurde nur abgegangen, wenn der Zahlmeister im Hafen günstig etwas anderes aufgetrieben hatte.

Nach der Essenspause, die meist eine Stunde währte, ging der Drill weiter, oder es waren Ausbesserungsarbeiten angesetzt. In der ersten Zeit schauten die Seeleute noch verstohlen zu, wenn David mit den Midshipmen Messerwerfen übte oder wenn sie alle zum Unterricht an Deck kauerten, aber mit der Zeit verloren sie das Interesse.

Nach dem Abendessen, das gewöhnlich von 17 bis 18 Uhr dauerte, hatten die Mannschaften, die nicht zur Wache eingeteilt waren, Freizeit. Sie saßen an Deck, besserten ihre Kleidung aus, erzählten, sangen oder spielten. Um 20 Uhr wurde dann zum Schlafen gepfiffen und in der kalten Jahreszeit das Licht gelöscht. Nur in den Offiziersquartieren brannte es zwei Stunden länger.

Für die Abwechslung war eigentlich nur der Sonntagnachmittag da, und jeder fürsorgliche Kapitän achtete darauf, dass irgendetwas organisiert wurde. Das konnten Wettkämpfe sein, Gesang oder sogar eine kleine Theateraufführung. Der Chor bereitete ihnen mit seinen Chorälen manche schöne Stunde, und alle sahen dem Kantor inzwischen seine seemännische Ungeschicklichkeit nach, weil er den Chor so hervorragend leitete. Sie tanzten auch die Hornpipe, den traditionellen Matrosentanz. Es gab auch immer wieder kleine Gruppen, die sich etwas vorlesen ließen oder die einem Kameraden, der lesen und schreiben konnte, für ein Stück Kautabak oder ein Glas Grog einen Brief an die Lieben daheim diktierten.

Zugegeben, der Sonntag unterbrach das Einerlei, aber sonst wurden die Tage immer eintöniger. David wusste, dass Gewohnheit der Feind jeder Wachsamkeit war. Bei der Gefechtsbereitschaft im Morgengrauen schliefen die Mannschaften praktisch im Stehen an ihren Kanonen.

Es war an einem jener endlos gleichförmig fahlen Morgen, dass die Routine jäh unterbrochen wurde. Am Vortag hatten sie in einer Flaute gelegen und bei glühender Hitze mit den Booten Enterangriffe und ihre Abwehr geübt. Da der Master vor dem Morgengrauen keinen Wind prognostiziert hatte, war der Befehl ergangen, die Segel über Nacht anzuschlagen. Sonst war die Gefahr zu groß, dass bei ungleichmäßigem Wind und ungleicher Besegelung die Schiffe aneinander gerieten.

David hatte sich gerade fröstelnd geschüttelt, als die *Dominica*, der vierte Transporter in der Linie, Signale setzte und einen Schuss abfeuerte.

»Sind die verrückt geworden?«, trompetete Leutnant Russell über das Achterdeck.

David fuhr in ärgerlich an: »Melden Sie gefälligst, was Sie sehen, nicht was Sie vermuten!«, und setzte sein Teleskop ans Auge. Ohne es abzunehmen befahl er dann: »Signal an alle: Feind in Sicht. Gefechtsbesegelung setzen. Danach Signal an Konvoi: Abstände vergrößern.«

Er setzte das Teleskop ab und wandte sich an Kapitän O'Byrne: »Mr O'Byrne, es sieht ganz so aus, als ob in der Dunkelheit eine französische Fregatte en flûte unwissentlich aufgekommen ist und neben der *Dominica* liegt. Wir wollen zwischen *Sarah* und *Dominica* durchbrechen und angreifen.

Lassen Sie bitte für die oberen Decks Kettenkugeln laden.«

Dann wandte sich David wieder an den Signal-Midshipman: »Signal an Geleit: Linie der Transporter durchbrechen und Feind angreifen!«

Die eintönige Ruhe war vorbei. Die Matrosen enterten auf und lösten die Segel. Die Maate schrien. Die Kanoniere holten die Kugeln aus den Rohren und setzten Kettengeschosse ein, die sich im Flug teilten und mit der Kette zwischen beiden Teilen mehr Schäden in der feindlichen Takelage anrichten konnten. Die *Neptune* nahm Fahrt auf und steuerte auf die Transporter zu.

Von den Transportern her krachten Schüsse. Drei Masten wurden sichtbar, an denen alle Segel gesetzt wurden. »Sie wollen fliehen«, kommentierte O'Byrne. David nickte nur. Es war ohne Zweifel eine Fregatte.

»Bitte mehr Segel setzen«, sagte David zu O'Byrne. Es war jetzt wichtig, den Feind abzufangen. Die unteren Segel konnten sie dann immer noch einholen, wenn sie das Feuer eröffneten.

Sie sahen, wie sich auf den Transportern die Soldaten gegenseitig auf die *Neptune* aufmerksam machten, die scheinbar direkt auf sie zu segelte. Sie winkten und schrien. Unbeirrt stand Kapitän O'Byrne auf dem Achterdeck und gab seine Befehle an die Rudergänger. Er wusste, sie würden es schaffen.

Aber es wurde eng. Zehn Meter neben ihrer Backbordseite ragte der Bugspriet der *Dominica* in die Luft. Vorbei! Und dann sahen alle den Gegner, der auf sie schoss. Aber es waren nur wenige

Kanonen, die die Achtunddreißig-Kanonen-Fregatte abfeuern konnte. Sie hatte ja einen Großteil ihrer Geschütze ausgeladen, um Raum für den Transport von Waffen und Lebensmitteln zu gewinnen. Das bedeutete der Ausdruck ›en flûte‹. Die leeren Geschützluken wirkten wie die Löcher einer Flöte. So segelten schnelle Fregatten, wenn sie eine Blockade durchbrechen und eine belagerte Stadt oder Insel versorgen wollten. Und Martinique wurde belagert.

Die *Neptune* steuerte im spitzen Winkel auf die Fregatte zu, die etwas schneller war und sich entfernte. Jetzt waren es schon dreihundert Meter Distanz. O'Byrne ließ gar nicht erst die unteren Segel wieder einholen. »Fertig zum Abfeuern!«, ordnete er an, und die Maate schrien es den Kanonieren zu. Dann ließ er das Steuer etwas herumlegen, damit ihre Breitseite voll zum Tragen kam, und befahl: »Oberdeck und Zwischendeck: Feuer frei!«

Unmittelbar danach schüttelte sich das große Schiff, weil die vielen Kanonen losdonnerten. Es war, als ob ein gewaltiger Hagel die Taue und Segel der französischen Fregatte zerfetzte. Nur Segelstücke flatterten noch. Der hintere Mast schwankte und fiel.

Die Kanoniere wischten die Rohre aus und luden neu. Kaum einer konnte einen Blick zum Gegner werfen. Aber David sah, wie sich auf dem zerschundenen Deck Männer aufrappelten. Einige schwenkten weiße Lappen. Andere liefen zum Mast und holten die französische Flagge ein. Es war vorbei. Zu gewaltig war die Übermacht der *Neptune*.

»Lassen Sie bitte das Feuer einstellen und die Fregatte in Besitz nehmen, Mr O'Byrne«, befahl David.

Hurrageschrei erhob sich an Deck der *Neptune*, aber O'Byrnes Stimme übertönte alles: »Mr Cullen, Mr Lee und Mr Pocock, nehmen Sie die Fregatte mit zwei Kuttern in Besitz. Ärzte und Sanitäter nach Bedarf anfordern!«

Wieder wurden Befehle gebrüllt. Seeleute und Seesoldaten rannten zu ihren Waffen. Andere ließen die Kutter herunter, und dann sprangen die Besatzungen hinein. Die beiden Flottenoffiziere folgten als Letzte. Dann legten sie hastig ab und pullten auf die Fregatte zu.

Transporter segelten langsam an der Backbordseite der *Neptune* vorbei. Jetzt blickten die Soldaten nicht mehr ängstlich drein, sondern winkten und jubelten.

»Signal an Geleit«, befahl David dem Signal-Midshipman: »Alte Position einnehmen!«

Dann wandte er sich an O'Byrne. »Nun kommen wir doch nicht mit leeren Händen nach Barbados.«

O'Byrne lachte. »Hätte ich doch gestern bloß mit Mr Miller gewettet.«

»Worum denn?«

»Sie stehen im Ruf, Sir, keine Reise ohne Prise zu beenden. Gestern forderte mich Mr Miller auf: ›In spätestens drei Tagen sind wir da. Wollen wir wetten, dass wir diesmal ohne Prise einlaufen?‹ Ich Kleingläubiger traute mich nicht. Sonst wäre ich jetzt um ein Pfund reicher.«

David hob lächelnd die Hand. »Na, mehr als ein Pfund wird beim Prisengeld schon für Sie herausspringen, Mr O'Byrne.«

Es würde mehr werden, nach allem, was sie in der nächsten Stunde erfuhren. Der Erste Leutnant der französischen Fregatte *Orion* übergab sein Schiff, denn der Kommandant war gefallen. Die

Orion hatte Pulver, Gewehre, Proviant und Sanitätsmaterial geladen. Das würde gutes Geld bringen. Und die *Orion* selbst war nur in der Takelage beschädigt. Der Rumpf war praktisch unversehrt, da die *Neptune* nur mit Kettenkugeln auf die Segel der Fregatte gezielt hatte.

Ärzte und Sanitäter, Zimmerleute und Schlosser setzten auf die *Orion* über, um die Schäden schnell zu beseitigen. Leutnant Miller wurde Prisenkommandant und übernahm mit Leutnant Norton und einer Reihe von Midshipmen die Prise. »Er könnte sie auch kommandieren, falls die Flotte die Prise ankauft«, meinte O'Byrne.

David nickte nur. Er vertrat die Flotte, und von ihm würde es abhängen. Natürlich konnten sie eine Fregatte immer gebrauchen, aber er wollte sich jetzt noch nicht festlegen.

Aber die Überraschung kam noch, als Leutnant Pocock von den Seesoldaten aufgeregt von der *Orion* zurückkam und David bat, ihn in der Kajüte sprechen zu dürfen. Dort erzählte er dann, dass der französische Kommandant von einer Kettenkugel zerrissen und über Bord geschleudert worden sei.

»Er hatte den Schlüssel für das Geheimfach seines Schreibtisches bei sich, Sir. Als ich gleich in seine Kajüte lief, war dort sein Sekretär dabei und wollte das Fach mit einem Beil öffnen. Ich konnte es verhindern. Als unsere Leute dann das Fach aufbrachen, fanden sie diesen Bleikasten mit den Geheimbefehlen. Dabei lagen auch noch andere Papiere.«

»Gut, Mr Pocock. Rufen Sie mir jetzt bitte Leutnant Dickens und Mr Roberts.«

Gemeinsam untersuchten sie den Kasten. Es war der auch in der britischen Flotte übliche bleibeschwerte Kasten mit Luftlöchern. Warf man ihn ins Wasser, versank er sofort. Er enthielt die Geheimsignale der Franzosen für die nächsten Monate und Angaben über Landeplätze in Martinique, Nachrichtenverbindungen nach Guadeloupe und Informationen über die Truppen auf den Inseln.

»Dafür erhält keiner Prisengeld, aber das ist wichtiger als die ganze Fregatte. Keiner von Ihnen sagt irgendjemandem ein Wort über den Fund. Der französische Sekretär muss in Einzelhaft und darf mit niemandem sprechen. Ich werde Mr Pocock eine ausweichende Antwort geben. Mr Roberts kopiert die Papiere. Sie, Mr Dickens fertigen eine Übersetzung an. Bitte benutzen Sie meine Kajüte für diese Arbeit«, sagte David.

Mr Pocock erfuhr nur, dass sie die Signale für die nächste Woche und die Ladepapiere erbeutet hätten.

Die *Orion* hatte einen Notmast und konnte wieder Fahrt aufnehmen. Im Schutz der *Neptune* segelte sie dem Konvoi hinterher. Am Abend konnte sie eine Position hinter den Transportern einnehmen. Die Ärzte kamen zurück und berichteten, dass die Fregatte einen Verlust von vierzehn Toten und zwanzig Verwundeten hatte. Diese würden aber durchkommen. Ein französischer Arzt versorge sie. David lud sie ein, mit ihm zu Abend zu essen.

Sie hatten am nächsten Mittag um Punkt zwölf das Besteck geschossen, David, O'Byrne und Mr Goodwin, der Master. Sie bestimmten ihren Standort, Mr Goodwin trug ihn in die Karte ein und sagte: »Morgen gegen vier Glasen der Nachmittagswache sollten wir Barbados erreichen, Sir.«

»So sehe ich das auch, Mr Goodwin. Ich werde

die *Circe* delegieren, um unsere Ankunft anzukündigen. Dann können sie rechtzeitig nach Jungfrauen suchen, um sie am Pier jubeln zu lassen.«

»Das werden aber sehr kleine Mädchen sein, Sir«, sagte Mr O'Byrne, und sie lachten sich an.

Am nächsten Tag schlangen die Mannschaften ihr Essen hinunter, um schnell wieder ans Oberdeck zu gehen und auf den erlösenden Ruf zu warten.

»Mensch, ob et wirklich so doll ist mit die schwatten Weiber?«, sagte einer von den Landleuten, die zum ersten Mal in die Karibik kamen.

»Ob die uns an Land lassen?«, wandte sein Kamerad skeptisch ein. »Auf Madeira haben sie auch nur die Freiwilligen und die alten Fahrensleute an Land gelassen. Wir konnten uns mit den letzten Huren an Deck rumdrücken.«

»Det war ja auch Ausland. Aber hier ist doch praktisch England.«

Er wurde unterbrochen. »Deck!«, schrie der Ausguck laut, denn er wusste, dass alle auf seine Meldung warteten. »Land in Sicht!«

David hörte das Klatschen und Jubeln in seiner Kajüte und wusste, dass sie Barbados erreicht hatten, bevor es der Midshipman der Wache ihm meldete.

»Wir werden eine Abschrift der Geheimpapiere sofort nach England schicken«, sagte David zu Dickens und Roberts. »Admiral Hardy-Chapman kann sie mitnehmen, wenn er mit einer Fregatte heimsegelt. Aber so Leid es mir tut, wir brauchen noch eine Abschrift für den Admiral in Jamaica.« Die beiden nickten nur ergeben.

An Deck sah David die Insel, die er als junger Midshipman zuerst erblickt hatte. Barbados bot nicht das abwechslungsreiche Panorama der anderen Karibikinseln. Keine hohen Berge, die blau schimmernd zum Himmel ragten, nur leicht gewellte Hügel mit endlosen Zuckerrohrfeldern, Zuckermühlen, außerdem die schmalen weißen Strände, über die sich Palmwipfel neigten. Dort sah er wieder St. Ann's Fort, Fort Charles und die Beckwith Batterie.

Als dann die flache Halbinsel von Needham Point steuerbord querab lag, konnte er die Carlisle Bay überblicken. Eine Sloop lag in der Bucht.

»Wir brauchen zehn Faden für den Anker, Sir«, meldete der Master dem Kapitän. Das hatte damals Mr Hope auch gesagt.

David unterdrückte die aufkommende Rührung. »Bereiten Sie bitte den Salut vor, Mr O'Byrne«, ordnete er an. Dann nahm er das Teleskop ans Auge. Dort standen die Militärkapelle, die Ehrenkompanie und davor eine Gruppe von Offizieren. Zwei bildeten den respektierten Mittelpunkt. Seine Freunde: Martin, Herzog von Chandos, Gouverneur von Barbados, und Generalleutnant George Abercrombie, Befehlshaber der auf den Antillen stationierten Streitkräfte. David lächelte wehmütig. Ein langer und oft schwerer Weg lag hinter ihnen, seit sie sich als junge Männer kennen gelernt hatten. Aber nichts würde ihre Freundschaft je gefährden.

Schiffbruch vor Martinique (August bis Dezember 1808)

Der Kutter der *Neptune* näherte sich dem Kai. Der Matrose am Bug warf einem Arbeiter am Kai ein Tau zu. Die Riemen wurden aufgestellt, und ohne Ruck glitt das Boot an den Treppenabsatz. David nickte Alberto, dem Bootssteurer, zu. Mustafa sprang an Land und belegte ein Tau am Poller. Major Ekins und Leutnant Dickens standen auf und betraten die Treppe. Kapitän O'Byrne folgte und wartete mit den beiden anderen, bis auch Alberto und Mustafa mit ihren Windbüchsen oben an der Treppe standen. Als Letzter verließ David das Boot. Als sein Hut über der Kaimauer auftauchte, begann die Garnisonskapelle zu spielen: ›Hearts of oak, Herzen aus Eiche‹, das in der Flotte beliebte Lied.

David ging auf die Ehrenformation zu. Seine drei Begleiter blieben zwei Schritt hinter ihm, dann folgten Alberto und Mustafa. Sie näherten sich den wartenden Offizieren. David schaute nur auf seine beiden Freunde, die ihn anlächelten.

Martin, der Gouverneur, war etwa drei Jahre

älter als er, also jetzt fünfzig Jahre alt. Mein Gott, wir sind ja bald Greise, schoss es David durch den Kopf. Aber Martin stand dort, schlank und doch kräftig. Er hielt sich kerzengerade. Auch George Abercrombie, etwa ein Jahr jünger, wirkte keineswegs wie ein alter Mann. Beide hatten Falten, nun ja. Beide hatten graue Haare. Die hatte er auch immer mehr. Aber ihr Lachen war jung.

Jetzt war David dicht vor ihnen. Er griff nach seinem Hut, hielt ihn zum Gruß zur Seite und sagte: »Admiral Sir David Winter meldet sich als neuer Befehlshaber des Antillengeschwaders zur Stelle.«

Martin, der Herzog von Chandos, trug die Uniform eines Vizeadmirals der Königlichen Flotte und streckte David die Hand entgegen: »Seien Sie herzlich willkommen, Sir David.« Es war ein langer Händedruck. Sie lachten sich an und entdeckten froh im Gesicht des anderen die vertrauten Züge.

»Sir David, ich habe die Ehre, Sie mit General Sir George Abercrombie, Befehlshaber Seiner Majestät Truppen auf den Antillen, bekannt zu machen.«

Natürlich wusste Martin, dass auch George und David alte Freunde waren, aber das Zeremoniell musste eingehalten werden. George trat vor und schüttelte Davids Hand. Er forschte in Davids Gesicht, denn sie hatten sich zuletzt vor zwanzig Jahren in Indien gesehen. Er sah die Narben, die er kannte, und er erblickte neue. Was mögen das für feine, kaum noch sichtbare Narben im Gesicht sein, dachte er und merkte, wie auch Davids Augen ihn absuchten.

Die Kapelle hatte das erste Lied beendet und spielte nun: ›Britannia rules the waves‹, während Martin die Offiziere seines Stabes vorstellte. Dann führte David seine Herren ein, und sie schritten unter den Klängen von ›God save the king‹ die Front der Ehrenkompanie ab.

Es waren Farbige vom Ersten Westindischen Regiment mit kurzen roten Jacken, schwarzen Zylindern mit silberner Kopfplatte, schwarzen, über der Brust gekreuzten Schultergurten und weißen Hosen, die in Gamaschen endeten. Sie standen regungslos. Ihre weißen Augen leuchteten in den dunklen Gesichtern.

Sie grüßten die Fahne. David sah zum ersten Mal mit Bewusstsein, dass George die Uniform des Zweiten Garderegiments zu Fuß trug, mit der langen roten Jacke, den blauen und goldenen Einfassungen und dem seitwärts getragenen Zweispitz.

Aber dann war die Zeremonie vorbei. Kutschen rollten heran. Sie bestiegen die erste Kutsche. Zehn Ulanen nahmen vor und hinter der Kutsche Aufstellung, und dann knallte die Peitsche und sie rollten an.

»So, den Rummel haben wir hinter uns. Gut siehst du aus, David. Susan ist schon so neugierig, dich zu sehen. Und General Abercrombie konnte es auch kaum erwarten. Vor zwanzig Jahren hat er dich zuletzt gesehen, sagte er mir. Und als ihr euch das erste Mal saht, wart ihr doch noch halbe Kinder.«

David lächelte George Abercrombie an und antwortete Martin: »Wir waren alle halbe Kinder damals, Martin. So wie heute unsere jungen Offiziere auch. Aber auch wir mussten die Arbeit von Männern verrichten. Manchmal war es für jeden von uns hart. Aber wenn wir zurückdenken, können wir doch sehr glücklich sein.«

»Du bist älter geworden, David«, sagte der General. »Wie wir alle. Und dennoch hast du dich kaum verändert. Als ich dich zuletzt sah, gingst du durch ein tiefes Tal des Leids nach dem Tod deiner ersten Frau. Aber jeder deiner Freunde wusste, du würdest es durchstehen. Und was ich alles von dir gehört habe seitdem, zeigt mir einen Weg von Erfolg zu Erfolg.«

»Das sagt der Schlachtenlenker aus Indien und Südafrika«, scherzte David. »Dagegen bin ich doch nur ein frisch gebackener kleiner Konteradmiral.«

Martin hob die Hand. »Schluss mit den Neckereien. Wir freuen uns alle über das Wiedersehen und die künftige Zusammenarbeit. Schau dich um, David. Wir überqueren gerade die Carenage. Diesen kleinen Hafenarm haben wir gründlich renoviert und verschönert. Und den Park am Gouverneurshaus wirst du auch kaum wiedererkennen. Susan hat sich sehr um seine Verschönerung bemüht. Ach ja, stell dich schon auf deinen Patensohn ein. George Martin David ist für seine neun Jahre schon recht groß. Und Sir Georges Frau und Kinder wirst du auch kennen lernen.«

David schlug die Hände gegeneinander. »Wann hast du denn geheiratet, George?«

»Vor sechzehn Jahren, David. Und du bist um einige Ecken sogar mit meiner Frau verwandt. Die Schwester des Bankiers Rustomjee, deines Schwiegervaters, hat einen pensionierten Provinzgouverneur geheiratet und lebte mit ihm in den Bergen. Ihre Tochter ist meine geliebte Frau. Sie schenkte mir eine Tochter, jetzt fünfzehn …«

»Eine Schönheit!«, warf Martin ein.

»… und einen Sohn, jetzt dreizehn.«

David war überrascht. »Mein Gott, ich denke, ich komme in eine Herrenrunde, und jetzt wartet ihr mit Frauen und Kindern auf. Hätte ich doch meine Britta und die Kinder auch mitbringen können.«

»Das hättest du wirklich tun können, David«, bestätigte Martin. »Bei uns ist genug Platz, und auf Antigua bist du doch mit dem reichen Pflanzer Dillon befreundet.«

Aber bevor David antworten konnte, hielten sie vor dem Gouverneurshaus, und aus der Tür sah David Frauen und Kinder treten, als er aus der Kutsche stieg.

Susan, seine Jugendliebe, wirkte ein wenig matronenhaft. Sie hatte zugenommen und breitete ihre Arme etwas unsicher und steif aus. David stieg schnell die Stufen empor, nahm seinen Hut ab und umarmte sie.

»O David, du hast dich gar nicht verändert. Wie macht ihr Männer es nur, so jung zu bleiben?«

»Unsere Frauen pflegen uns so gut, liebe Susan. Du bist aber doch auch noch die Schönheit wie damals in Gibraltar.«

»Du Schmeichler«, protestierte Susan lächelnd. »Lassen Sie sich nicht von ihm betören, Ardina, er ist ein Charmeur. Das ist Sir David Winter, Konteradmiral und der Patenonkel unseres Sohnes.«

Die Eurasierin, eine Schönheit, lächelte David an. »Ich habe so viel von Ihnen gehört, Sir David, dass ich es kaum erwarten konnte, Sie zu sehen.«

David beugte sich über ihre Hand zum Kuss und antwortete, sich aufrichtend: »Mein Freund George ist nicht nur ein Meister der Taktik und Strategie im Kampf, sondern auch bei der Auswahl seiner Gattin.«

Sie lachten und stellten die Kinder vor. Georges Tochter deutete die Schönheit der Mutter schon an. Davids Patensohn war ein hübscher, kräftiger

Junge, der den Onkel erst reserviert musterte, ihn dann aber in Vorfreude auf die Miniaturdampfmaschine, die in Kürze ins Haus gebracht werden würde, freudig anlachte. Auch Georges Sohn war ein hübscher, schlanker Junge, der David an einen seiner indischen Schwager erinnerte.

Als die anderen Kutschen heranrollten, war die familiäre Atmosphäre vorbei. Die Kinder zogen sich zurück.

David nahm Martin kurz zur Seite. »Martin, wir konnten in Madeira einen französischen Agenten entlarven, der einen Leutnant der von uns transportierten Truppen als Spion ausforschte. Der Leutnant hat neben seinem Verrätergeld auch eine Adresse auf Barbados erhalten, die er kontaktieren sollte. Ich habe sie dir aufgeschrieben.«

Martin nahm den Zettel überrascht an und sagte: »Ich werde heute noch anordnen, dass die Adresse Tag und Nacht überwacht wird. Das fehlte uns gerade noch, dass sich solche Schurken bei uns einnisten.« Dann gingen alle zum offiziellen Essen in den großen Salon.

Die Reden waren erfreulich kurz. Das Essen schmeckte sehr gut. Auch die Weine waren nicht zu verachten, aber David wurde bei der steifen Konversation zunehmend unruhig. Ein Blick zu Susan zeigte ihm, dass sie es merkte und über ihn schmunzelte.

Endlich bat Martin, Herzog von Chandos, die Herren in die Bibliothek. Die Damen zogen sich bis zum Kaffee zurück, den man im engsten Familienkreis einnehmen würde. Susan zwinkerte David amüsiert zu.

Als sich die Türen der Bibliothek geschlossen und die Posten vor der Tür Aufstellung genommen hatten, erinnerte Martin alle zuerst noch einmal an die Pflicht zur strikten Geheimhaltung. Dann verkündete er, dass die Regierung den Angriff auf Martinique für Januar nach der Hurrikansaison befohlen habe.

»Ich brauche Ihnen nicht zu sagen, meine Herren, dass Sie Martinique nicht für unsere Pflanzer erobern sollen. Die sind gar nicht so froh über die neuen Konkurrenten im Zuckerhandel. Aber die Insel ist ein Zentrum der Kaperei, und die damit verbundene Störung unseres Seehandels beeinträchtigt die gesamte Wirtschaft in den Antillen. Wir müssen diese Nester der legalisierten Piraterie ausrotten. Sir David wird mit seinem Geschwader dafür sorgen, dass die französischen Inseln vom Nachschub abgeschnitten bleiben. Und Sir George wird mit seinen Truppen landen und die Insel erobern.«

David berichtete, dass er Karten und Flottensignale erobert habe, aber er verriet nicht, dass darunter auch Beschreibungen der Küstenwachen und ihrer Signale waren. Das wollte er nur im engsten Kreis mitteilen.

Sie verabredeten, dass die neuen Linienschiffe Pointe-a-Pitre auf Guadeloupe und St. Pierre auf Martinique, beides Zentren der Kaperschiffe, eng blockieren würden. Anschließend besprachen sie, welche Truppen und welche Transportkapazität sie brauchten, und übertrugen die Detailplanung den Stabschefs. Dann wurden die Herren entlassen, und die drei Freunde gingen wieder zu den Familien.

Dabei informierte David General Abercrombie kurz, dass er auch Pläne der Küstenwachen und ihrer Signale erbeutet habe. »Das sind für jede Landung unschätzbare Unterlagen. Ich werde die Küste absegeln und sorgfältig mit den Eintragungen vergleichen. Wer von deinen Mitarbeitern sollte mich begleiten?«

»Mein Stabschef. Er war Oberst eines Rangerregiments. Du hast diese Unterlagen vorhin nicht erwähnt. Soll ihre Existenz nur im engsten Kreis bekannt werden?«

»Nur wir beide und meine engsten Mitarbeiter. Deinen Stabschef werde ich einweihen, sobald ich ihn in St. Lucia an Bord der Sloop *Recruit* nehme. Ich gebe den Termin rechtzeitig bekannt.«

Sie tranken gemeinsam Kaffee, sahen ein wenig den Kindern zu, die im Garten Kricket spielten, und dann fragten die Frauen David nach seiner Familie aus. Er erzählte von Britta und den Kindern, vom Gut und von der Stiftung. Sie waren alle sehr interessiert.

»Warum haben Sie Ihre Familie nicht mitgebracht, Sir David?«, fragte Georges Frau. »Ihre Christina hätte wunderbar zu unserer Irina gepasst, und wir könnten eine so moderne Frau gut in unserem verschlafenen Bridgetown gebrauchen.« Die anderen stimmten zu.

»Ja, warum?«, überlegte David. »Britta ist sehr mit dem Gut und all ihren Geschäften verbunden, aber ein halbes Jahr wäre sie natürlich abkömmlich. Wahrscheinlich hatten wir auch Angst vor dem Gelbfieber. Ich hatte es ja wohl schon, wenn man den Ärzten glauben kann. Aber um Frau und Kinder macht man sich noch mehr Sorgen.«

»Wir leben doch auch hier, David«, mischte sich

Susan ein. »Und wenn man vorsichtig ist, sich nicht in bestimmte Gebiete begibt, abends nicht bei Kerzen unbedingt am Flussrand sitzt, dann erkrankt man auch nicht. Es ist viel besser geworden in den letzten Jahren. Die Menschen beugen stärker vor.«

Martin sagte entschieden: »Wir alle werden an deine liebe Frau schreiben, David, dass sie dich hier besuchen soll, wenn die Hurrikansaison vorbei ist. Wir wären dann wirklich ein idealer Freundeskreis. Und bei der Gelegenheit schlage ich vor, dass wir uns alle mit dem Vornamen anreden, damit ich nicht immer zwischen David und Sir George, Exzellenz und Herr General hin und her wechseln muss.«

Sie lachten und applaudierten, und David war ein wenig wehmütig, als er die beiden Frauen zum Abschied umfasste. Das war wirklich ein wunderbar harmonischer Kreis.

Am nächsten Morgen fertigte David die notwendigen Befehle aus. Kapitän Church würde mit der *York* nach Guadeloupe segeln, aber vorher die Beutefregatte nach Antigua geleiten. Kapitän Harland sollte mit der *Bellisle* Station vor St. Pierre beziehen. Die *Circe* und die *Recruit* sollten um Grenada herum nach Antigua segeln und auf Kaper achten.

Auf der *Neptune* war reger Betrieb. Boote legten ab, um Wasser und Verpflegung zu holen. Die Midshipmen bestiegen ein Boot, und David wusste, dass sie eine nahe gelegene Bucht aufsuchten, um Schwimmen zu lernen. Und dann war ein Gackern und Meckern an Deck, dass David aus seinem Kajütenfenster sah.

Jakob Folder, der alte Seemann, der für ihr Lebendvieh an Bord verantwortlich war, ließ sich mit seinen Hühnern, den Ziegen und der Kuh an Land bringen, damit die Viecher ein paar Tage Auslauf hatten und er die Ställe gründlich reinigen konnte. Wie bei der Arche Noah, dachte David und stürzte sich wieder in seinen Papierkram.

Für den Nachmittag hatte er die beiden Frauen mit ihren Kindern eingeladen, in seiner Kajüte Kaffe zu trinken. Die Jungen konnten mit Leutnant Dickens ein Kanonendeck besichtigen. Den Damen würde er nur das Achterdeck zeigen. Bei den vielen Matrosen wusste man nie, wer sich gerade andere Hosen anziehen wollte. Und morgen Nachmittag würde er zu Dianes Grab fahren und vielleicht die Fosters besuchen.

Paul O'Byrne suchte David in seiner Kajüte auf, um ihn über den Krankenstand im Geschwader zu informieren. Fünfundzwanzig Männer mussten ins Hospital der Insel eingeliefert werden, aber O'Byrne hatte im Gegenzug dreißig Leute vom Rekrutierungsamt erhalten, darunter zehn freigelassene Sklaven.

»Wir hatten damals immer gute Erfahrungen mit den Farbigen. Übrigens, Paul, hat es Sie gestern auch so berührt, als wir das Gouverneurshaus betraten? Es ist nicht zu fassen. Dreißig Jahre ist es schon her, dass uns der damalige Gouverneur die Silberteller als Anerkennung für die Gefangenenbefreiung auf Martinique überreichte. Dieser Auftrag in Westindien ist eine Reise voller Erinnerungen an unsere Jugendzeit.«

»Manchmal hätte ich nie gedacht, dass wir das

alles in unseren heutigen Positionen erleben dürften. Wie oft standen wir am Rand des Todes. Ich bin sehr dankbar für unser heutiges Leben, David.«

»Ich auch, Paul, ich auch. Weiß Gott, wir wurden behütet. Möge es auch künftig so sein.«

Am Vormittag des nächsten Tages besuchte David mit George Abercrombie ein Bataillon des Ersten Westindischen Regiments bei einer Gefechtsübung. Er war beeindruckt.

»Es sind gute Soldaten«, bestätigte George. »Vielleicht nicht ganz so perfekt wie die Sepoys in Indien, an die du dich sicher auch erinnerst, David. Die Westinder sind spontaner. Das macht sie etwas unberechenbarer, aber manchmal auch einfallsreicher bei Einzelaktionen.«

»Wir hatten vor Jahren auch Farbige unter unseren Seesoldaten, weil wir die Verluste nicht anders ausgleichen konnten. Ich bin deiner Meinung, George, sie waren ein vollwertiger Ersatz.«

Am Nachmittag fuhr David mit einer Kutsche ins Land. Vorn beim Kutscher saß Alberto mit seiner Windbüchse. In der Kutsche begleiteten David Mustafa und sein Diener Edward, dem er etwas von der Insel zeigen wollte.

Aber David war kein guter Fremdenführer an diesem Tag. Meist starrte er vor sich hin und gab nur hin und wieder einsilbige Erklärungen. Aber seine Begleiter hatten genug zu schauen. Die riesigen Felder mit Zuckerrohr. Die schwitzenden und doch lachenden und singenden Sklaven. Alles war für sie neu.

Dann fuhren sie in die Allee ein. David wusste, gleich würde er den Pavillon sehen, in dem er Diane vor über dreißig Jahren so leidenschaftlich geliebt hatte. Sie hatte ihn in die Liebe eingeführt. Dort war der Pavillon! Die Kutsche hielt an. David stieg aus und befahl den anderen zu warten.

»Aber Sir«, mahnte Alberto und hielt seine Windbüchse hoch.

»Es sind nur wenige Meter«, wehrte David ab, griff nach dem Gladiolenstrauß, den er in der Stadt bestellt hatte, und schritt voran. Sie hatte Gladiolen gemocht, Diane, seine erste große Liebe. So lange war das her.

Dann sah er das weiße Marmorkreuz. Nur ›Diane‹ stand dort eingemeißelt. Der Ort war gepflegt. Also waren die Fosters am Leben und auf ihrer Plantage. David legte seinen Strauß nieder und faltete die Hände. Diane, Karma und Britta, sie hatten sein Leben geprägt. Und Britta vereinte alle in sich. Es war kein Misston, wenn er an Diane und Karma dachte. Britta war immer dabei. Als er zur Kutsche zurückging, fühlte er wieder Trauer und Schmerz. Es war schön gewesen, aber es war lange vorbei.

Die Kutsche fuhr zur Plantage der Fosters. Sie hatten damals seine Liebe zu Diane gefördert und beschützt. Der Butler führte ihn ins Haus. Seine Leute erhielten Erfrischungen in der Küche. David wartete in der Bibliothek. Dann hörte er Stimmen und das Aufstoßen eines Stocks. In der Tür standen Judith und Paul Foster, weißhaarig und gebückt. Paul stützte sich auf einen Stock.

Judith breitete die Arme aus. »David«, flüsterte sie mehr, als sie es rief. David ging zu ihr und fasste sie um. Sie weinte an seiner Wange. Dann legte Paul seinen Arm um ihn. »Wer hätte gedacht, dass wir uns in diesem Leben noch einmal sehen, lieber David«, sagte er leise.

»Gottes Wege sind wunderbar, Paul«, antwortete ihm David. »Ich musste an diese Worte in den letzten Tagen oft denken. So viele Erinnerungen wurden wach.«

»Komm, David, setzt dich. Paul, läute nach dem Butler, dass er David etwas zum Trinken bringt. Du warst sicher schon an Dianes Grab.«

»Lass ihn doch einmal zur Besinnung kommen, Judith. Wir haben gehofft, dass du einmal vorbeischaust, David. Von Zeit zu Zeit haben wir gelesen, was du in der Welt vollbracht hast. Nun bist du Admiral. Wie stolz muss Diane sein, wenn sie vom Himmel auf dich herabschaut, lieber David.«

David war gerührt von der Liebe, die ihm entgegengebracht wurde. »Ich war schon an Dianes Grab und bin sehr dankbar, dass ihr es so pflegt. Diane war ein guter Mensch. Ich denke an sie und gleichzeitig an meine Frau Britta, und es ist kein Missklang dabei. Aber sagt mir nun, wie es euch geht. Wie steht es mit eurer Gesundheit?«

»Das Alter ist keine so freudige Zeit, lieber David. Es zwickt hier und sticht da. Und dann kommen Kraft und Elan abhanden. Aber die Alternative wäre ein früher Tod, und das will auch keiner. Also leben wir mit unseren Tröpfchen und Pülverchen, die der Arzt uns verschreibt, und sind glücklich, dass wir alles gemeinsam erleben können.« Judith drückte Davids Hand, nachdem sie ihre kleine Rede gehalten hatte.

»Da kommt der Tee, und einige Kekse sind auch dabei.« Paul wandte sich den praktischen Dingen zu. »Ich erinnere mich, dass du Kekse gerne mochtest, lieber David. Aber dann musst du etwas von deinem Leben erzählen.«

David berichtete von seinen letzten Kommandos, von Britta und den Kindern, dem Gut und der Stiftung, und die Fosters waren gute Zuhörer und fragten an den richtigen Stellen nach.

»Was für ein reiches und glückliches Leben du führst, David. Niemand hätte dir ein besseres wünschen können. Unser Leben ist begrenzter und bescheidener, aber auch voller Glück und Zufriedenheit.« Und nun erzählten beide von ihrem Leben.

Die Zeit verrann, und David wusste, dass er zurück musste. Vor dem morgigen Auslaufen hatte er die Kommandanten der anderen Schiffe zum Dinner eingeladen. Die Fosters merkten seine Unruhe und verabschiedeten ihn ohne Klage.

»Wir werden uns in diesem Leben nicht mehr sehen, lieber David«, sagte Judith. »Es war so schön, dass du uns besucht hast. Wir werden noch lange von der Vergangenheit erzählen. Gott segne dich, lieber David.«

Sie umarmten ihn und sahen der Kutsche lange nach.

David war froh, dass er nicht viel erzählen musste. Er hatte gesagt, dass er die beiden alten Herrschaften von früher gut kannte und dass sie nun über sechzig Jahre alt seien. »Ein gesegnetes Alter, Sir«, bemerkte Edward. Damit war alles von ihrer Seite gesagt.

David hing seinen Gedanken nach, als sie durch die Straßen von Bridgetown rollten. Es war ein buntes Gewimmel auf den Straßen. Menschen aller

Hautschattierungen flanierten. Ihre Kleider waren nicht weniger bunt. Neben dem Rot der Soldaten und dem Blau der Seeleute leuchteten die farbenfrohen Kleider der Frauen.

Plötzlich zügelte der Kutscher die Pferde, und Alberto schrie auf dem Bock: »Verdammt, was soll denn das?«

David griff nach der Pistole in der Türtasche und schaute aus dem Fenster. Aber es war ein friedliches Bild, das die Leute zum Lachen brachte. Zwei junge Midshipmen rannten auf die Straße. Der eine knöpfte noch seine Hose zu, der andere trug sein Jackett unter dem Arm. Hinter ihnen schrien zwei junge schwarze Frauen mit nacktem Oberkörper.

Das waren doch Midshipmen von der *Neptune*. »Hierher, Neptunes!«, schrie David und lehnte sich aus dem Fenster.

Die beiden stutzten, sahen sich erschreckt an, gehorchten dann aber dem Befehl. Sie setzten ihre Hüte auf und grüßten. »Rein in die Kutsche und ab!«, rief David. Die beiden sprangen hinein, und die Kutsche rollte weiter.

»Sie sagen mir Ihre Namen und dann kein Wort mehr, bis wir in meiner Kajüte sind«, befahl David streng.

»Benjamin Cooper und Edward Martins, Sir«, meldete der Ältere mit belegter Stimme.

Sie fuhren schweigend zum Kai. Die beiden knöpften verstohlen ihre Jacketts vollends zu, saßen stumm im Boot und folgten David in seine Kajüte, ohne auf die verwunderten Blicke zu achten, mit denen sie an Deck empfangen wurden.

David warf seinen Hut auf den Tisch und wandte sich zu den beiden. »So, meine Herren, nun erklären Sie mir, welches Affentheater Sie dort auf offener Straße als Offiziere Seiner Majestät zu veranstalten geruht haben.«

Mein Gott, du redest ja so bombastisch wie früher deine Vorgesetzten, dachte David noch, als Mr Martins zu stottern begann. »Ich wollte ausprobieren, wie das mit den schwarzen Weibern ist, Sir, von denen alle so schwärmen. Und der Benjamin hier, der es noch nie mit einer Frau hatte, ließ keine Ruhe, bis ich ihn mitnahm, Sir. Dann fanden wir auch zwei junge Frauen, die uns auf ihr Zimmer führten, Sir. Und dann, und dann …«

David musste innerlich schmunzeln, zeigte sich nach außen aber streng. »Ja, was denn nun, Mr Martins?«

»Ja, Sir. Sie hatten sich beide ausgezogen und tanzten so um uns rum. Mir war schon ganz heiß. Dann ging die eine mit dem Benjamin in das zweite Zimmer, und ich machte es mir mit der anderen auf dem Bett bequem. Meine Hose hatte ich schon ausgezogen, als der Benjamin nebenan schrie, als wollte ihn einer abstechen. Dann rannte er an uns vorbei aus dem Zimmer und hatte die Hose kaum an. Ich sprang in meine Hose und lief hinterher. Ich wusste ja nicht, was mit ihm war. Und die schwarzen Weiber sausten uns beiden nach und schimpften und schrien nach ihrem Geld, Sir. Dann haben Sie gerufen, Sir.«

»Nun sind Sie dran, Mr Cooper. Warum haben Sie so geschrien?«

»Ja, Sir, aye, Sir«, stotterte Mr Cooper. »Ich hatte meine Hose ausgezogen und die Frau fummelte an meiner Unterhose. Mir war so komisch und da unten, sie wissen schon, da war alles steif, na eben da unten.«

»Dein Schwanz, du Baby«, fuhr Martins dazwischen.

»Niemand hat Sie gefragt, Mr Martins«, wies ihn David zurecht. »Offiziere sagen dazu Glied oder Penis, Mr Cooper. Und nun weiter.«

»Na ja, sie nahm eben das Glied in die Hand, und es war ja auch ganz schön. Aber dann riss sie den Mund auf und wollte reinbeißen, Sir. Das hätte ich doch nicht ausgehalten, Sir. Da habe ich geschrien und bin weggerannt.«

David musste seine Kinnbacken zusammenpressen, um nicht laut zu lachen.

Edward Martins explodierte förmlich. »Sie wollte dir nur einen blasen, du Idiot.«

Nun hatte sich David wieder in der Gewalt. »Wenn Sie noch einmal ungefragt dazwischenreden, Mr Martins, spüren Sie den Stock des Bootsmanns.«

Dann wandte er sich an Benjamin Cooper. »Die Frau wollte Ihnen nicht wehtun, Mr Cooper. Sie hatte vor, mit Ihnen die Fellatio zu treiben. Ich werde den Schiffsarzt bitten, Ihnen das zu erklären. Jetzt sagen Sie mir einmal, wie alt Sie sind.«

»Vierzehn Jahre, Sir.«

»Seit wann, Mr Cooper?«

»Seit voriger Woche, Sir.«

David schloss die Augen. Nun ja, der übelste Ton schien in der Messe der jungen Gentlemen wohl nicht zu herrschen, sonst wäre dieser junge Spund nicht so naiv gewesen. Aber er war doch noch ein Kind. Und er selbst? Wie alt war er eigentlich damals in New York gewesen, als er bei Denise erste sexuelle Erfahrungen sammelte? Er rechnete schnell nach. Immerhin fünfzehn. Na ja.

»Meine Herren, Sie haben für Barbados Ausgangsverbot. Ihnen, Mr Cooper, möchte ich raten, dass Sie noch ein Jahr warten sollten, bis Sie mit den

Frauen solche Dinge anfangen. Und Ihnen, Mr Martins, der Sie sich so erfahren vorkommen, möchte ich sagen, dass man mit einem Neuling nicht in eine Absteige mit zwei Straßenmädchen geht, sondern in ein Bordell mit Stil, damit der Neuling behutsam und mit Niveau eingeführt wird. Außerdem sind Sie dort vor Krankheiten sicherer. Und nun verschwinden Sie, meine Herren, ehe ich Ihnen drei Tage Wachdienst aufbrumme!«

Sie guckten erstaunt, rissen die rechte Hand zum Gruß an den Kopf, drehten sich um und gingen eilig aus der Kajüte. David setzte sich. Er schüttelte den Kopf und lächelte vor sich hin. Was für ein Tag.

Benjamin Cooper war Midshipman der Wache und beobachtete verstohlen den Admiral und den General, die beide auf dem Achterdeck ihren Morgenspaziergang absolvierten und sich dabei angeregt unterhielten. Die hatten gut lachen.

Benjamin hatte schreckliche Tage hinter sich. Edward Martins hatte natürlich alles brühwarm den anderen Midshipmen erzählt. Sie hatten sich schier totgelacht über ihn. Von da an hatte er keine ruhige Minute mehr. Alle hänselten ihn. »Soll ich mal beißen, Kleiner?« oder »Warum hast du Angst? Dein Kleiner rutscht doch glatt in die Lücke zwischen den Zähnen«, waren noch die harmloseren Anspielungen. Er wusste jetzt genau, was die Hure mit ihm vorgehabt hatte, und er haderte mit sich, dass ihm das entgangen war.

Wenn man so alt war wie die beiden hohen Herren dort, dann brauchte man sich nicht mehr hänseln zu lassen. Aber dann lag auch das andere hinter einem.

General Abercrombie hatte gerade von seinem Sohn erzählt, der Naturforscher werden wollte. Sir Joseph Banks war sein großes Vorbild. »Er hat ein Herbarium und eine Schmetterlingssammlung, da würdest du staunen. Wenn wir umziehen, brauchen wir allein einen Wagen für seine Sammlungen, und sie wachsen immer weiter. Und das mit dreizehn Jahren!«

Plötzlich hielt Abercrombie inne. »Sag mal, der junge Bursche dort, der heimlich zu uns herschmult, ist das der mit der Beißangst?«

David bestätigte lächelnd. Abercrombie sprach leise weiter. »Dein ältester Sohn ist doch auch dreizehn wie meiner. Wenn ich mir vorstelle, er würde in einem Jahr zur Hure gehen, dann wird mir ganz anders.«

David zuckte mit den Schultern. »Wenn er in der Familie lebt, wird er es sicher nicht tun. Wenn er in dem Alter beim Militär wäre, würde ich es für möglich halten. Ich weiß nicht, wann du in die Armee eintratest. Ich war dreizehn, und als ich fünfzehn war, hat uns mein Kapitän, ein verrückter Lord, alle in ein feines Bordell eingeladen. Dort habe ich meine erste Lektion erhalten.«

Abercrombie lachte leise. »Nun ja, die feinen Herren der Flotte. Ich war auch nicht älter, aber bei mir hat es eine Marketenderin hinter einem Proviantwagen getan. Es hat mir so wenig gefallen, dass ich über ein Jahr mit dem nächsten Versuch gewartet habe.«

St. Lucia lag vor ihnen. Bis hierher würde die *Neptune* die Transporter geleiten und dann allein nach Antigua weitersegeln. Ein Drittel der Truppen hat-

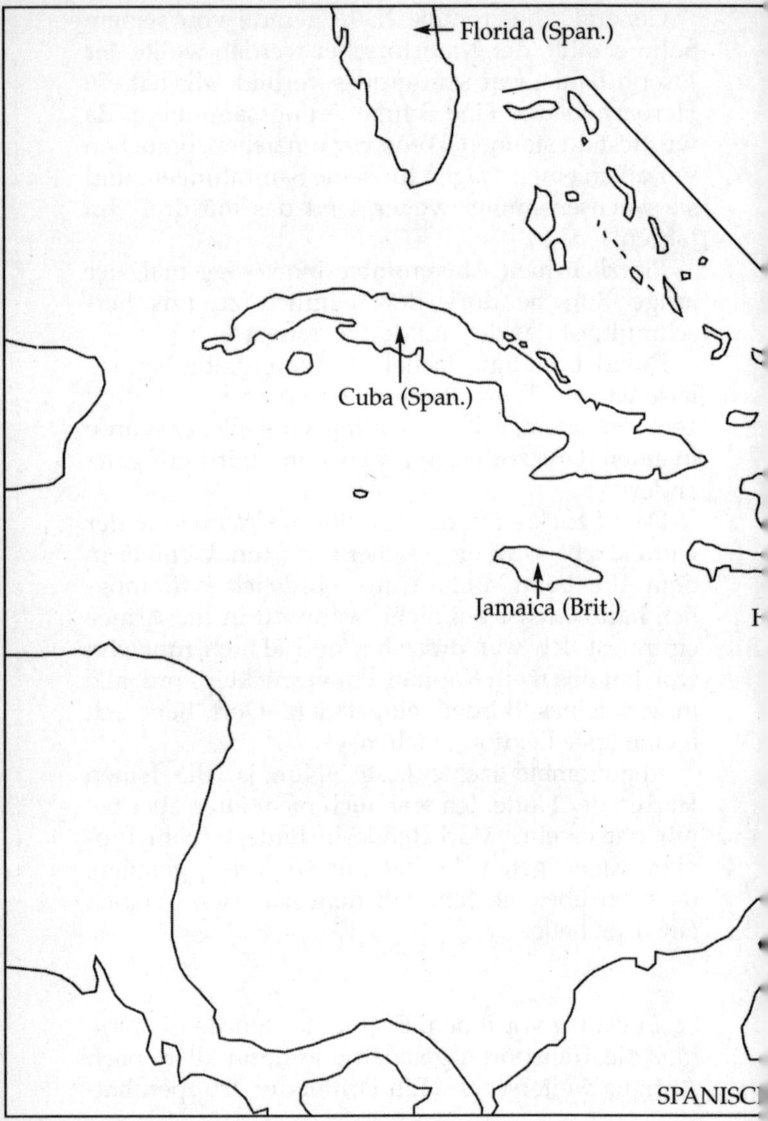

Florida (Span.)
Cuba (Span.)
Jamaica (Brit.)
H
SPANISC

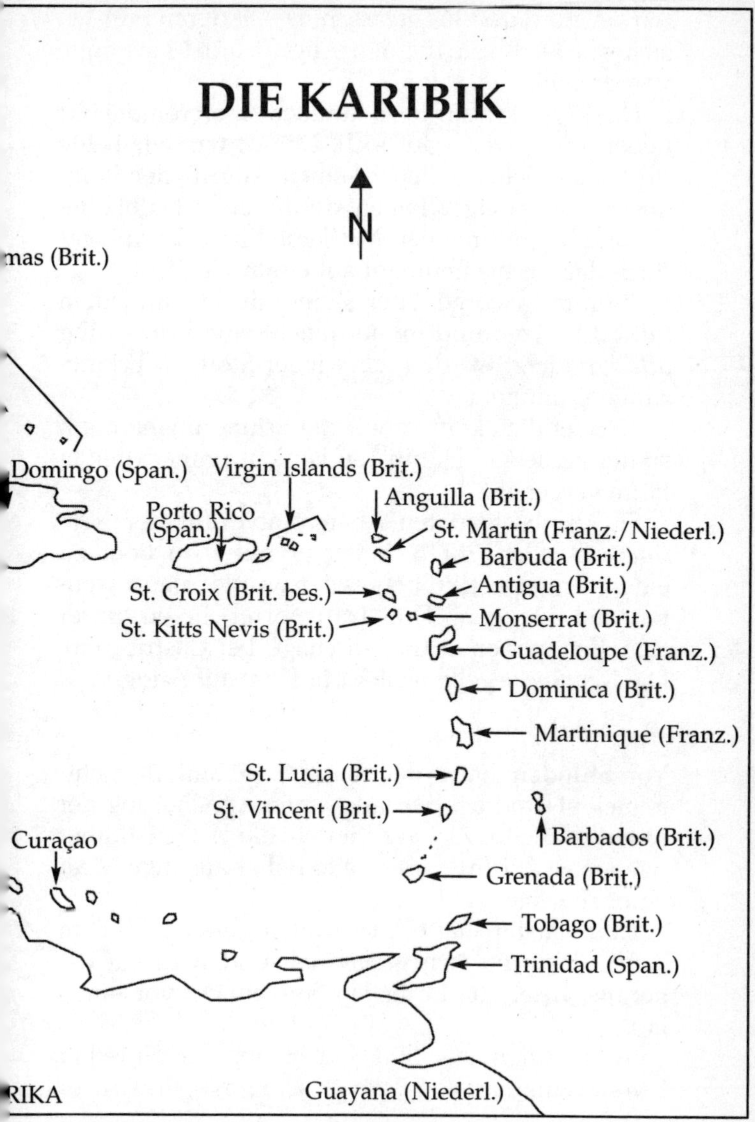

DIE KARIBIK
N
mas (Brit.)
Domingo (Span.)
Virgin Islands (Brit.)
Anguilla (Brit.)
Porto Rico
(Span.)
St. Martin (Franz./Niederl.)
Barbuda (Brit.)
Antigua (Brit.)
St. Croix (Brit. bes.)
Monserrat (Brit.)
St. Kitts Nevis (Brit.)
Guadeloupe (Franz.)
Dominica (Brit.)
Martinique (Franz.)
St. Lucia (Brit.)
St. Vincent (Brit.)
Barbados (Brit.)
Curaçao
Grenada (Brit.)
Tobago (Brit.)
Trinidad (Span.)
RIKA
Guayana (Niederl.)

ten sie auf Barbados gelassen. Die anderen würden sich auf St. Lucia für den Angriff auf Martinique vorbereiten.

David blickte zur Insel hinüber. Abercrombie trat neben ihn: »Weißt du noch, David, wie wir beide dort anno achtundsiebzig einen Angriff der Franzosen abgeschlagen haben, du mit einer Halbbatterie und ich mit meinen Musketieren? O'Byrne war doch damals als Leutnant auf eurem Schiff?«

»Stimmt, George. Hier kannst du fast an jedem Strand kratzen und immer taucht eine Erinnerung auf. Und jetzt werden wir wieder Stoff für Erinnerungen sammeln.«

»Hoffentlich können wir die Erinnerungen dann später genießen. Es müssen ja nicht immer dreißig Jahre vergehen.«

Sie verabschiedeten Abercrombie auf der *Neptune* mit allen Ehren, bevor er mit dem Boot zu einem Transporter übergesetzt wurde. Dann wehten die Flaggen. Die Transporter liefen unter Kanonendonner in die Carenage bei Castries ein. Die *Neptune* segelte weiter mit Kurs auf Antigua.

Vor Stunden hatte der Ausguck ›Land in Sicht‹ gemeldet, und bei der langsamen Annäherung der *Neptune* an ihr Ziel wanderten die Augen immer wieder zu der Insel, die stetig höher aus dem Meer emporwuchs.

Der Master hatte die Midshipmen auf dem Achterdeck um sich gesammelt und wies auf die bergige Insel, die im hellen Sonnenlicht vor ihnen lag.

»Wir laufen aus Süd-Südost an, ein typischer Kurs, wenn man von Barbados kommt«, erklärte er und sah Edward Martins strafend an, der seinem Nachbarn etwas zuflüsterte. »Sie sehen am nördlichen Inselrand eine flachere Landzunge, der eine größere Bucht folgt. Dann steigt ein bewachsener Berg stark an, verläuft etwa zwei Meilen auf gleicher Höhe und fällt dann ziemlich stark ab. Er heißt nach einem ehemaligen Gouverneur Shirley Hights. An seinem südlichen Rand sehen Sie jetzt nur Steilküste. Wenn wir uns nähern, werden Sie zwei schmalere Einfahrten erkennen. Die nördliche, die wir nehmen werden, führt zu English Harbour, die südliche zu Falmouth Harbour, beides ganz ausgezeichnete Ankerplätze, sicher vor jedem Hurrikan.«

Mit langsamer Fahrt lief die *Neptune* die Insel Antigua an. Der Master ließ die Peilungen nehmen und wies auf verschiedene Landmarken hin.

»Jetzt können Sie die schmale Einfahrt erkennen, meine Herren. Sehen Sie dort, etwas zurückgesetzt, die Mauern, Kasernen und die Flagge darüber? Das ist Fort Berkeley, das die Einfahrt nach English Harbour schützt. Der Hafen hat seit gut achtzig Jahren ein kleineres Dock. Mit Ihren Augen müssten Sie auch ohne Glas unsere Beutefregatte erkennen, die dort liegt. Antigua ist für unsere Flotte der wichtigste Stützpunkt auf den Leeward Inseln. Er ist schwer anzugreifen, weil man von den französischen Besitzungen unter den Windward Inseln fast ständig Gegenwind hat, während wir von Antigua aus mit Windvorteil nahezu jede Insel in der Karibik erreichen. Antigua hat alles, was man braucht. Nur Wasser ist knapp.«

Kapitän O'Byrne sagte David, dass er mit dem Salut beginnen wolle, und David nickte sein Einverständnis. O'Byrne winkte dem Batterieoffizier, und der gab die Befehle weiter. Die *Neptune* würde fünfzehn Schuss zu Ehren des alten Admirals feuern, und die Forts würden dreizehn Schuss erwidern. Dann würden die Forts fünfzehn Schuss zur Begrüßung des neuen Admirals Salut schießen und von der *Neptune* dreizehn Schuss als Erwiderung hören.

Es war ein feststehendes Ritual, das für den Amtswechsel in überseeischen Kolonien galt. Jeder Feuerwerker setzte seinen Ehrgeiz darein, dass die Abstände zwischen den Salutschüssen genau eingehalten wurde. Die jüngsten Midshipmen sahen mit Erstaunen, wie Leutnant Cullen immer vor sich hin murmelte, bis er immer wieder »Feuer!« rief.

»Sie sagen immer denselben Spruch ›Wär ich nicht ein Kan(n)onier, dann wär ich auch heut nicht hier, Feuer!‹« belehrte Edward Martins die Jüngeren.

Auf Fort Berkeley begannen die Geschütze mit der Antwort, und die *Neptune* glitt mit gerefften Segeln in die Bucht, die sich etwa zweihundert Meter weit öffnete und in zwei Armen ungefähr siebenhundert Meter weit in das Land hineinragte. Steuerbord querab überragte sie der große Berg ›Shirley Hights‹, den sie als Landmarke von der See aus bestimmt hatten.

Kapitän O'Byrne setzte das Teleskop ab. »Schauen Sie voraus auf die Höhe. Dort liegt Fort Monks, das beide Häfen schützen kann. Mr Grant, lassen Sie bitte das Ankern vorbereiten.«

David ging die wenigen Schritte vom Kai zum Haus des Kommandierenden Admirals neben den Dockgebäuden. Eine Ehrenwache der Seesoldaten war angetreten. Sein Amtsvorgänger erwartete ihn vor der Treppe.

Admiral Hardy-Chapman war älter als David, sehr dick, und als er den Hut lüftete, sah David eine spiegelblanke Glatze. Als die Wache präsentiert und der Trommler seinen Wirbel geschlagen hatte, begrüßte er David freundlich, stellte seinen Flaggoffizier und seinen Sekretär vor und bat David mit seinen Begleitern ins Haus.

Neben den Räumen für Schreiber und Sekretär hatte das Haus auch ein schönes Besprechungszimmer, in dem David und sein Vorgänger nun Platz nahmen. »Vielen Dank zunächst, dass Sie mir zur Begrüßung noch zu einem Prisengeld verhalfen, Sir David. Der Rumpf der Fregatte ist in gutem Zustand. Die Takelage kann schnell erneuert werden. Ich habe den Ankauf für die Flotte empfohlen.«

David nickte. Der Prisenanteil des Admirals stand seinem Vorgänger zu, denn als sie die Fregatte kaperten, war Hardy-Chapman noch im Amt. »Wir sollten dann die Amtsübernahme vornehmen, Mr Hardy-Chapman«, sagte David lächelnd. »Wer weiß, was heute und morgen von unserem Geschwader noch alles gekapert wird. Zu große Geschenke möchte ich Ihnen auch nicht machen.«

Hardy-Chapman lachte schallend. »Die große Zeit der Prisengelder ist hier auch vorbei, aber man kommt noch auf ein schönes Zubrot. Ich werde jetzt läuten, dass man uns etwas Wein bringt, und dann kann der Sekretär gleich Ihre Ernennungsurkunde in das Buch eintragen und wir heben das Glas, um die Übergabe zu besiegeln.«

So wurde David ohne große Formalitäten Kommandierender Admiral und war ganz froh über den Ablauf. Sein Vorgänger informierte ihn noch über seine Erfahrungen mit den verschiedenen Kapitänen, den Gouverneuren, der Werft, den Truppenkommandeuren und den Pflanzern.

»Kommen Sie, ich zeige Ihnen noch das Wohnhaus. In ihm hat schon Lord Nelson von vierundachtzig bis siebenundachtzig gewohnt. Morgen wird es frei, wenn ich mit der *César* heimsegle, auch eine Beutefregatte übrigens. Sie speisen doch heute Abend noch mit mir?«

Sie verbrachten noch einen unterhaltsamen Abend. Hardy-Chapman war erstaunt, als David ihm sagte, er wolle in wenigen Tagen wieder auslaufen, um Martinique zu erkunden. »Aber, mein Lieber, das wird den Gouverneur und die Gesellschaft von St. Johns enttäuschen. Ich weiß auch, dass die Familie Dillon Ihrem Besuch förmlich entgegenfiebert. Reiche und einflussreiche Leute.«

»Die Dillons sind alte Freunde aus den siebziger Jahren. Ich muss sehen, was ich noch schaffen kann, und die anderen vertrösten und um Entschuldigung bitten. Meine Befehle lassen mir keine andere Wahl.«

»Ich werde froh sein, wenn ich ein Weilchen ohne Befehle und Dienstpflichten leben kann. Aber allzu lang sollte es auch nicht dauern bis zum neuen Kommando. Jedenfalls wünsche ich Ihnen viel Glück und Erfolg in einem Amt, das mir viel Freude bereitet hat.«

Die *Neptune* segelte am übernächsten Morgen bereits nach St. John's, der Hauptstadt von Antigua. David hatte sich mit Kapitän O'Byrne abgesprochen. Das war der beste Weg, den Verpflichtungen schnell nachzukommen. Kuriere waren über Land zum Gouverneur vorausgeeilt. »Und die Herren

Offiziere, die noch nicht hier gesegelt sind, können ihre Erfahrung bereichern. Die Midshipmen lasse ich in den nächsten Tagen mit den Kuttern um die Insel segeln«, schloss O'Byrne.

»Das habe ich damals auch hinter mich gebracht«, hatte David bestätigt. Heute stand er nun an Deck und sah die fast vergessenen Landmarken, die Rendezvous Bay und den Signal-Hügel, den Boggy Peak mit seinen vierhundertvierzig Metern Höhe. Man hatte von dort einen fantastischen Blick auf Guadeloupe, Montserrat, Nevis und St. Kitts.

Die *Neptune* umrundete Crab Hill und segelte auf nördlichem Kurs an langen weißen Stränden vorbei, hinter denen die Palmenwälder aufragten. Überall waren auf kleinen Hügeln die Zuckermühlen mit ihren Windflügeln zu sehen. Im flachen Land gab es nur Zuckerrohrfelder. In Five Islands Harbour erkannte David die eigenartigen Formationen der kleinen Inseln und wenig später den Hawks Bill Felsen wieder. David erinnerte sich, dass jetzt noch eine kleinere Tiefwasserbay kam, und dann mussten sie Kurs Ost auf St. John's Harbour nehmen. Fort Goat Hill würde dann steuerbord querab liegen und Fort James backbord voraus peilen. Er hörte mit Befriedigung, wie der Master die entsprechenden Erläuterungen und Hinweise gab.

St. John's war im Gegensatz zu English Harbour kein vor Hurrikans sicherer Hafen. Große Schiffe waren nicht zu sehen, nur kleinere Fischerboote und Küstenfrachter. Die Seeleute starrten auf die Holzhäuser, die den Hang emporkrochen, und rochen förmlich die Vergnügungen, die sie sich erhofften.

Der Gouverneur hatte David freundlich begrüßt und mit ihm über die Situation in Westindien und die Erwartungen der Pflanzer an die Flotte gesprochen. Alle wollten, dass die Störungen des Handels durch die französischen Kaper endeten.

David war zuversichtlich, dass sich die Situation nach ihren Aktionen gegen Martinique und Guadeloupe entscheidend verbessern werde. »Wir werden uns auch den kleineren französischen Inseln widmen und die holländischen Besitzungen unter Kontrolle bringen. Dann haben die Kaperschiffe keine Heimathäfen mehr in Westindien.«

Der Gouverneur hörte es mit Befriedigung und schaltete auf ein Thema um, das ihm besonders am Herzen lag, wie David bald bemerkte. »Sir David, ich bitte um Ihre Hilfe bei der Heilung dessen, was ich die westindische Krankheit nenne. Unsere Behörden sind in ihrer Effektivität ganz entscheidend behindert, weil die Behördenchefs nicht hier im Lande sind und von unterbezahlten Vertretern eigener Wahl ihre Arbeit erledigen lassen. Keiner der einunddreißig Registerbeamten und Vollstrecker der Admiralitätsgerichte lebt in Westindien. Die meisten wohnen in England und haben hier Leute, die mit schlechter Bezahlung die Arbeit eher schlecht als recht versehen. Natürlich streichen die nominellen Amtsinhaber ihr gutes Gehalt ein, auch wenn sie nichts tun.«

»Ich hatte gerüchteweise davon gehört, Exzellenz, wusste aber nicht, dass das solche Ausmaße einnimmt. Was kann ich tun?«

»Sie werden Ihre Erfahrungen mit der schleppenden und ungenauen Arbeit der Admiralitätsgerichte noch selbst machen, wenn Sie beispielsweise Prisen registrieren lassen. Bitte teilen

Sie dann Ihre Beobachtungen mit Nachdruck der Admiralität mit und bitten Sie um Abhilfe. Sir Evan Neapan ist ja nicht mehr Erster Sekretär, sodass Sie mit mehr Aufmerksamkeit rechnen können.«

David hatte Sir Neapan sehr geschätzt und war etwas ungehalten. »Was hat Sir Evan Neapan damit zu tun, Exzellenz?«

»Da sehen Sie, Sir David, wie wenig die Brisanz des Problems bekannt ist. Sir Evan Neapan ist seit 1787 nominell Inhaber einiger gut dotierter Ämter auf Jamaika und den Antillen. Seit er 1795 Erster Sekretär der Admiralität in London wurde, lässt er die Ämter von Vertretern verwalten und ist in den letzten zwanzig Jahren nie mehr in einer seiner hiesigen Amtsstuben gewesen. Er ist ein respektabler Mann, kein Gauner, wie Sie wissen. Er tut nur, was erlaubt ist. Wie schädlich das für die hiesige Verwaltung ist, kümmert nur uns. Wir haben das Parlament in London um Überprüfung gebeten, und ein Komitee wurde eingesetzt. Ich hoffe, dem werden auch Ihre Meldungen vorgelegt werden.«

»Ich werde an Ihre Worte denken, Exzellenz. Wenn ich unbefriedigende Amtsführung bemerke, werde ich sie mit dem erwünschten Nachdruck in London beanstanden.«

Der Gouverneur war zufrieden. »Ihnen eilt der Ruf eines nicht nur tapferen, sondern auch sehr effizienten Flottenführers voraus, Sir David. Ich bin überzeugt, Ihre Erfahrungen werden meine Sorgen bestätigen.«

David besuchte noch den Armeebefehlshaber auf Fort James und ordnete an, dass die *Neptune* noch vor der Abenddämmerung wieder auslaufen solle.

Die Mannschaften schimpften über den entgangenen Abend in St. John's, aber Dr. Cotton unterstützte in der Messe den Befehl nachdrücklich. »Ich hätte darum gebeten, wenn der Admiral es nicht befohlen hätte. St. John's ist gefährlich für das Gelbfieber. Wenn die kurze Dämmerung kommt, sollte man auf dem Wasser so weit vom Land entfernt sein, dass man es nicht mehr riecht. Das ist die alte Regel, und es gibt noch keine bessere.«

David stand beim Auslaufen an Deck und erzählte Kapitän O'Byrne von den Sorgen des Gouverneurs.

»Ich habe mich auf der Werft von Antigua schon gewundert, was für ein ärmlicher Mann dort dem Prisengericht vorsteht. Aber wenn er nur Platzhalter mit einem Teil des Gehalts ist, verstehe ich das besser.«

Als die *Neptune* am übernächsten Tag wieder English Harbour anlief, ankerten dort neben der Fregatte *Circe* und der Sloop *Recruit* noch die Linienschiffe *Pompée* und *Captain* sowie die Fregatten *Penelope* und *Acasta*, die zu Davids Geschwader gehörten und beim Blockadedienst vorübergehend abgelöst waren. »Signalisieren Sie: Kommandanten an Bord!«, befahl David dem Signal-Midshipman, sobald die *Neptune* geankert hatte.

Commander Henderson war einer der Ersten, die erschienen, und David sagte zu ihm: »Seien Sie in zwei Tagen auslaufbereit für eine zweiwöchige Erkundung der Küsten Martiniques. Außer mir kommen meine zwei Bootssteuermänner und mein Sekretär an Bord, und in St. Lucia nehmen wir noch einen Obersten auf.«

Dann wandte sich David den anderen Kommandanten zu. Dort stand auch mit strahlenden braunen Augen Kapitän Varlow, sein Erster Leutnant auf der Sloop *Guardian* der Bombay-Marine, später sein Nachfolger im Kommando. Er war noch dicker geworden, grauhaarig und älter. Aber als er jetzt auf David zutrat und grüßte, war er flink wie eh und je.

»Ich freue mich, Sie gesund wiederzusehen, Kapitän Varlow«, sagte David und schüttelte ihm die Hand.

»Es ist mir nicht nur eine Freude, sondern auch eine Ehre, wieder unter Ihrem Kommando zu segeln, Sir David«, erwiderte Varlow. »Ich habe oft an Sie denken müssen, Sir David.«

»An Bord werden Sie noch einen alten Bekannten treffen, Kapitän Varlow. Es ist Dr. Cotton, jetzt Flottenarzt. Und ich selbst sehe hier auch noch einen alten Waffengefährten aus dem Mittelmeer, Kapitän Ludlow Shield, jetzt auf der *Penelope*.«

David begrüßte Mr Shield herzlich und ließ sich von Paul die anderen Herren vorstellen: Kapitän William Newman von der *Captain* und Kapitän Richard Proctor von der *Acaste*.

Die Diener schenkten Wein ein, David brachte den Toast auf den König aus und begrüßte sie dann in seinem Geschwader. »Ich werde mit Ihnen erst dann über die großen Operationen zum Jahresende sprechen, wenn ich mir selbst ein genaueres Bild der Situation um Martinique verschafft und weitere Gespräche mit dem Armeekommando geführt habe. Bitte informieren Sie mich jetzt über Ihre Erfahrungen und Vorschläge im Blockadedienst.«

Die kurzen Erfahrungsberichte verrieten schon viel über die alten Kapitäne. Varlow, ein wenig älter als David, war flink und voller Initiative, wie ihn

David aus der Bombay-Marine kannte. Sein Linienschiff hatte auch einen Tender ausgerüstet, eine Ketsch mit sechs Kanonen, die mit Mannschaften seines Schiffes nach Prisen jagte, wenn das Linienschiff im Blockadedienst gebunden war. Die Ketsch hatte gute Prisen erbeutet.

Während dieses Berichtes machte Kapitän Newman schon sarkastische Zwischenbemerkungen. David wusste, dass Newman bereits achtundfünfzig Jahre alt und erst vor sechs Jahren zum Kapitän befördert worden war. Auf jeden Fall ein Mann ohne Beziehungen, vielleicht auch mit geringen Fähigkeiten. Er war eher hager, sah griesgrämig und leidend aus.

Als Varlow seinen Bericht abschloss, meldete sich Newman gleich zu Wort. »Diese Bevorzugung der Tender schädigt die Kampfkraft, Sir David. Sie entzieht den regulären Schiffen Mannschaften und in einigen Fällen sogar kommissionierte Offiziere.«

Aha, dachte David. Dann hatte er wohl Pech mit Prisen. Laut sagte er: »Kapitän Newman, bitte reden Sie mich an Bord nur mit ›Sir‹ an. Auf meinem Schiff werden im Dienst keine Adelstitel benutzt. Sie stören nur. Mit Tendern habe ich persönlich positive Erfahrungen. Sie bieten eine gute Möglichkeit, Midshipmen und junge Maate zur Selbstständigkeit zu erziehen. Natürlich sollte der Tender immer im weiteren Bereich des eigenen Schiffes operieren, und kommissionierte Offiziere sollten nicht auf ihnen eingesetzt werden. Die braucht das eigene Schiff. Aber Dienst tuende Leutnants zum Beispiel können auf einem Tender Erfahrungen sammeln.«

Newman schoss einen triumphierenden Blick zu Varlow ab. Also hatte Varlow einen seiner planmäßigen Leutnants auf seinem Tender eingesetzt. Nun, das sollte er korrigieren.

Newman hatte in der Tat vor Guadeloupe kaum Prisen erbeutet und äußerte sich abfällig über den Sinn des Blockadedienstes. Der Eindruck eines missmutigen und unzufriedenen Menschen verstärkte sich bei David.

Die Fregattenkapitäne waren dagegen junge Männer. Einer hatte weniger als drei Dienstjahre. Sie berichteten mit Begeisterung von ihren Operationen, hatten Prisen aufgebracht und feindliche Batterien beschossen.

David griff das Thema auf und ermunterte sie alle, mit ihren Schiffen möglichst regelmäßig Scharfschießen auf weitere Entfernungen zu üben. »Da kein Kapitän gern das Pulver für diese Übungen aus eigener Tasche bezahlt und die Admiralität so unverständlich knauserig ist, wie wir alle wissen, empfehle ich Ihnen, meine Herren, beschießen Sie feindliche Batterien, wann immer sich die Gelegenheit bietet, ohne das eigene Schiff einer Gefahr auszusetzen.«

Zu Davids Erstaunen unterbrach ihn Newman. »Wozu soll das Distanzschießen gut sein, Sir? Auch Lord Nelson hat gesagt, dass kein Kapitän falsch handele, wenn er sein Schiff dicht neben den Gegner legt und so schnell auf ihn feuert, wie es nur geht.«

Die anderen guckten David prüfend an. Wie würde er reagieren?

Davids Stimme klang ruhig und entschieden. »Sie segeln nicht unter Lord Nelsons Kommando, Kapitän Newman, sondern unter meinem. Die Zeiten sind anders. Wir haben keinen Gegner zu erwarten, dem wir Linie gegen Linie gegenüberliegen und aufeinander einhämmern. Unsere Gegner versuchen uns auszusegeln und zu entkommen, um unserer Feuerkraft zu entfliehen. Wenn wir nicht auf Distanz treffen, treffen wir überhaupt nicht. Und ich verlange von Ihnen, dass Sie treffen, meine Herren. Richten Sie ihr Training darauf ein. Ich hoffe, ich habe mich klar ausgedrückt.«

Sie murmelten zur Bestätigung. Dann wurde die Atmosphäre wieder lockerer, als sie über das Gelbfieber und andere Krankheiten sprachen. David ließ Dr. Cotton rufen, stellte ihn vor und hörte mit Befriedigung, dass der Krankenstand gering war.

Als die Sitzung beendet war, bat David Kapitän Watson noch für einen Moment zu sich. »Könnten Sie morgen um acht Glasen der Morgenwache mit mir zu den Dillons fahren, James? Dann kann ich Sie bei Nicoles Schwiegereltern einführen, und Sie können sie auch besuchen, wenn Sie allein Antigua anlaufen.«

»Mit größtem Vergnügen, Onkel David«, antwortete Watson freundlich. Wenn sie allein waren, redete er David wie Nicole mit ›Onkel‹ an. Nicole wusste, dass sie seit ihrer Hochzeit mit Davids gefallenem Sohn Davids Schwiegertochter war. Sie waren beim ›Onkel‹ geblieben, um ihrem Sohn nicht Titel und Erbrechte zu nehmen. Aber ob James Watson das alles wusste? Wie auch immer, David schätzte James und verstand sich gut mit ihm. Eines Tages würde er ihm auch das ›Du‹ anbieten.

Am nächsten Morgen wartete die Kutsche der Dillons am Kai. Zu Davids Überraschung waren auch zwei Reiter in der Uniform der örtlichen Miliz als Begleitung dabei. Einer der beiden, ein Weißer, stellte sich und seinen Begleiter, ein Halbblut, vor.

»Mr Dillon meinte, sicher ist sicher, und Sie seien schon oft überfallen worden.«

»Gut, meine Herren. Ich danke Ihnen für Ihre Mühe. Meine beiden Bootssteurer werden mich und Kapitän Watson auf der Kutsche begleiten.« Der schwarze Kutscher lüftete seinen Zylinder. Alberto und Mustafa kletterten zu ihm auf den Kutschbock und legten ihre Windbüchsen über die Oberschenkel.

David und Mr Watson setzten sich. Barry, der Schäferhund, legte sich zu ihren Füßen hin. David steckte seine Pistole in die Tasche der Seitentür. Watson machte es auch so.

»Sie haben auch eine Pistole mit, James?«, fragte David.

»Ja, Onkel David, wenn man mit Ihnen über Land fährt, sollte man immer vorsichtig sein, wurde mir gesagt.«

David musste lachen, und sie plauderten, während sie English Harbour verließen. David erzählte von Edward und Elise Dillon, er sein ehemaliger Leutnant, sie die reiche Erbin aus der auf Antigua berühmten Familie Codrington. Aber Watson hatte die Geschichte schon oft von seiner Frau Nicole gehört, die wie eine Tochter bei den Dillons aufgewachsen war.

»Wann waren Sie zum letzten Mal hier, Onkel David?«

»Im Frühsommer sechsundneunzig. Dr. Cotton, damals Schiffsarzt auf meiner Fregatte *Apollo*, hatte darauf bestanden, dass ich eine Schusswunde im Unterschenkel, die sich zu entzünden drohte, gründlich auskurieren müsste. Da bot es sich an, nicht im Lazarett in English Harbour zu liegen, sondern bei den Dillons. Es sind wunderbare Menschen.«

»Nicole schwärmt von ihnen auch fast so sehr wie von Ihnen und Tante Britta. Ich bin auch auf Elizabeth gespannt, Nicoles beste Freundin, die ich unbedingt nach England einladen soll.«

»Mein lieber James, wie ich die Dillons kenne, werden sie keine Ruhe geben, bis wir unseren Frauen schreiben, dass sie uns hier besuchen sollen.«

Sie rollten durch Zuckerrohrfelder und hin und wieder durch ein Wäldchen. Die beiden Reiter, die vor der Kutsche geritten waren, hielten an und wollten die Kutsche vorbeilassen. Alberto und Mustafa, die ein wenig gedöst hatten, wurden munter.

»Warum reitet ihr nicht mehr voran?«, fragte Alberto. »Wollt ihr lieber den Staub schlucken?«

»Haha«, lachte ein Reiter. »Es geht jetzt ein wenig abwärts, da lassen wir euch voran, damit ihr uns nicht in die Hacken saust.«

Alberto sah Mustafa bedeutungsvoll an und flüsterte: »Was soll der Quatsch? Da stimmt doch was nicht.«

»Der eine Reiter hatte Blut am Jackenärmel«, sagte Mustafa leise.

Alberto sah den farbigen Kutscher an. »Seit wann bist du bei Mr Dillon?«

»O ja, Massa, schon viele Jahre«, antwortete der und rollte die Augen.

»War dein Herr nicht Offizier bei der Armee?«, fragte Alberto weiter.

»O ja, Massa, hoher Offizier. Bild im Haus mit rotem Rock.«

Alberto wusste aus Davids Erzählungen, dass Dillon Flottenoffizier war. Er stieß Mustafa an, nahm sein Messer aus dem Gurt und drückte es dem Kutscher an die Gurgel. »Du hältst jetzt langsam an, sonst schneide ich dir die Kehle durch.«

»Darf nicht, Massa. Reiter schießen mich und meine Familie tot«, röchelte der Kutscher.

Alberto lockerte den Druck des Messers etwas. »Wo wollen sie die Kutsche überfallen?«

»Eine Meile voraus, an der Brücke.«

»Wie viel Mann?«

»Zehn oder zwölf, weiß nicht genau.«

Alberto fragte Mustafa: »Hast du gehört?«

»Ja, was sollen wir tun?«

»Klopf auf das Dach, und wenn der Admiral rausguckt, sagst du ihm alles. Ich meine, wir sollten die Reiter abschießen und einen anderen Weg nehmen.«

David hörte Mustafas hastigen Worten überrascht und aufmerksam zu. »Haltet den Wagen an und schießt die beiden Reiter ab. Wir sind bereit.«

Hastig instruierte er Kapitän Watson, und beide griffen nach den Pistolen und machten sie schussbereit.

Alberto sagte dem Kutscher: »Tu, was ich sage, dann beschützen wir dich und deine Familie. Sonst bist du tot!«

Der Wagen schlingerte etwas, als der Kutscher bremste. Alberto und Mustafa schielten nach den Reitern und hielten ihre Gewehre schussbereit. Die Reiter riefen erstaunt und kamen näher.

»Da vorn liegt ein Mensch auf dem Weg«, meldete Alberto laut.

Die Reiter blickten nach vorn und trieben ihre Pferde an. Sie sahen nicht, wie Alberto und Mustafa sie anvisierten. Sie hörten auch nicht das ›Plopp‹

der Windbüchsen. Vielleicht spürten sie noch den Einschlag der Kugeln, bevor sie aus dem Sattel sanken.

Alberto richtete die Büchse auf den Kutscher, Mustafa sprang vom Bock. David und James Watson kletterten hastig aus der Kutsche. Barry, der Hund, folgte ihnen. Sie liefen zu den beiden Reitern, die am Boden lagen. Beide waren tot. Die Pferde waren in kurzer Entfernung stehen geblieben.

»Hol die Pferde!«, sagte David zu Mustafa. Dann wandte er sich an Alberto: »Hat er gesagt, zehn oder zwölf Mann in einer Meile?«

»Ja, Sir.«

David fragte den Kutscher: »Können wir den Wagen wenden?«

»Fünfhundert Meter weiter ist Platz genug, aber man kann den Ort von der Brücke einsehen, Massa, Sir.«

David sog die Luft ein. »Haben die anderen auch Pferde?«

Der Kutscher überlegte. Er schwitzte vor Angst. »Weiß nicht, Sir. Vier haben mich abgefangen. Die hatten Pferde. Aber die anderen? Weiß nicht.«

»Wann hast du denn die anderen gesehen?«

»Ich habe fünf in der Kutsche dorthin mitnehmen müssen. Fünf oder sechs warteten schon an der Brücke.«

David überlegte. Dann musste man damit rechnen, dass die anderen Pferde hatten. Er drehte sich um. »James, können Sie reiten?« James nickte. »Dann nehmen Sie ein Pferd und reiten so schnell Sie können nach English Harbour und holen ein Dutzend Seesoldaten von der *Neptune*. Beschlagnahmen Sie drei Kutschen und bringen Sie sie her.

Blunderbüchsen und Gewehre! Wir rollen langsam voran, wenden und fahren dann schnell zurück. Wenn sie uns verfolgen, suchen wir einen Platz, wo wir uns verteidigen können, bis Sie kommen. Nehmen Sie ein Gewehr mit.«

James wollte bei ihm bleiben, schlug vor, dass Mustafa oder Alberto reiten sollten, aber David überzeugte ihn, dass die beiden und er selbst mehr Erfahrung im Landkampf hätten als er. James nahm einem Toten das Gewehr ab, bestieg ein Pferd und ritt schnell davon.

David fragte den Kutscher: »Weißt du, was sie mit dem Kutscher von Mr Dillon gemacht haben?«

»Ich habe gehört, wie der eine erzählte, dass sie die Kutsche angehalten, den Kutscher abgestochen und ins Gebüsch geworfen hätten. Wo? Keine Ahnung, Sir. Mich haben sie gegriffen, als ich mit meiner Kutsche zum Hafen fahren wollte. Sie selbst hatten nur einen bei sich, der die Kutsche fast in den Graben gefahren hätte.«

David sagte Mustafa, er solle das andere Pferd hinten an der Kutsche anbinden. Sie rollten die toten Reiter in ein Gebüsch. David nahm ein Gewehr und überprüfte die Ladung. »Alberto, bring mir doch bitte noch ihre Munition.«

Dann instruierte er sie, dass sie langsam vorfahren müssten bis zum Wendeplatz. »Wenn die Kutsche nicht kommt, suchen sie nach ihr. Wenn sie uns wenden sehen, werden sie uns verfolgen. Ihr legt euch so aufs Dach, dass ihr nach hinten schießen könnt. Ich sitze vorn beim Kutscher. Wenn ein Platz kommt, wo wir uns gut verteidigen können, halten wir an. Mr Watson muss ja dann auch bald mit den Soldaten kommen. Barry, geh du wieder rein in die Kutsche.«

Sie fuhren an und gelangten auf eine freie Fläche. Gut einen Kilometer voraus führte eine Brücke über einen kleinen Fluss. Jenseits des Wassers war Gebüsch. Vor der Brücke führte der Weg über einen Damm.

»Wende jetzt und dann mit vollem Tempo zurück!«, befahl David dem Kutscher.

Als die Kutsche wendete, rannte ein Mann aus dem Gebüsch am Fluss und starrte durch ein Teleskop zu ihnen. Bevor der Weg eine Biegung machte, konnten sie noch sehen, wie die Wegelagerer Pferde aus dem Gebüsch holten.

»Schneller!«, trieb David den Kutscher an.

»Sir, ich glaube, sie reiten zu zweit auf einem Pferd«, meldete Mustafa.

David ärgerte sich, dass er an diese Möglichkeit nicht gedacht hatte. Nun würden die Räuber doch nicht so auseinander gezogen werden, wie er gehofft hatte.

Die Kutsche ratterte den Weg entlang. Sie wurden auf dem Dach und auf dem Kutschbock hin- und hergeschüttelt. Schweißflocken flogen von den Pferdemäulern.

»Ich sehe die ersten beiden auf einem Pferd!«, rief Alberto.

»Lasst sie näher rankommen und schießt auf die Pferde.«

David starrte nach vorn, um zu sehen, wo sie einen Platz zur Verteidigung finden konnten. Aber es war unübersichtliches, bewachsenes Gelände. Da konnten die Burschen gut anschleichen.

»Das erste Paar liegt am Boden«, triumphierte Mustafa.

Aber nun schossen die Verfolger auch auf sie. Gut zielen konnten sie nicht beim Reiten, aber einige

Kugeln pfiffen in der Nähe vorbei. »O Jesses, o nein! Ich halt das nicht aus«, schrie der Kutscher.

»Fahr wie nie in deinem Leben, sonst puste ich dir den Kopf weg, du Memme!«, schrie ihn David an. Ein Blick nach hinten zeigte ihm, dass drei Pferde näher kamen. Voraus sah er eine kleine Kuppe, um die herum der Boden kahl war. Auf der Kuppe lagen große Felsen.

»Hört zu! Wir halten dort an und springen hinter die Felsen. Der Kutscher fährt dann weiter. Hier können wir uns gut verteidigen, bis Kapitän Watson kommt.« Hastige Instruktionen an den Kutscher folgten.

Der riss an den Felsen die Zügel zurück. Die Pferde stoppten. Die drei Männer sprangen vom Wagen. David holte Barry aus der Kutsche und ließ ihn sich hinter einem Felsen ducken. Dann sauste der Kutscher weiter, nur bedacht, seine Haut zu retten.

David sprang hinter einen kleineren Felsen und spähte hinüber. Die drei Pferde waren schon auf zwanzig Meter heran. ›Plopp, plopp‹, machte es. Zwei Pferde brachen zusammen und schleuderten ihre Reiter zu Boden. David wollte gerade sein Gewehr abfeuern, da schoss Alberto wieder, und das dritte Pferd stürzte.

Zwei Reiter blieben liegen, aber vier hatten sich aufgerappelt und ihre Gewehre aufgesammelt. Als einer auf sie zulaufen wollte, schoss ihm David durch die Brust. Schnell lud er das Gewehr wieder und blickte dann umher. Die Wegelagerer hatten sich geduckt. Hinten am Weg kamen zwei angelaufen. Als sie sahen, was sich an den Felsen abspielte, liefen sie zur Seite, um David und seine Leute zu umgehen.

Mustafa und Alberto schossen von Zeit zu Zeit, aber sie hatten keinen der am Boden kriechenden Angreifer entscheidend getroffen. Von der Seite begannen die beiden Nachzügler auf sie zu schießen. Eine Kugel klatschte an Davids Felsen und fetzte Splitter durch die Gegend. Barry jaulte auf, und David spürte etwas an der Wange. Aber keiner von beiden hatte ernsthaft etwas abbekommen.

Einer der Verfolger sprang auf, aber bevor er laufen konnte, traf ihn Albertos Kugel. David schoss auf die Schützen an ihrer Flanke. Aber das Gewehr war nicht gut. Er legte seine Pistole zurecht und fuhr dem Hund über den Kopf.

Eine Kugel knallte an einen Felsen, und Mustafa schrie auf. Ein Steinsplitter hatte ihm die Wange aufgerissen. Aber er wischte das Blut mit einem Tuch ab und griff wieder nach seinem Gewehr. Bei dem kleinen Zwischenfall hatten zwei Verfolger Boden gewonnen und lagen nur noch zehn Meter vor ihnen selbst hinter Felsen. Nun wurde es kritisch.

Aber Barry richtete sich etwas auf und spitzte die Ohren. Jetzt hörte David es auch: Pferdegetrappel. Hilfe kam. David rief es seinen Gefährten zu. Auch die Verfolger hörten es. Einer floh, aber Mustafas Schuss streckte ihn nieder.

Drei Kutschen in vollem Galopp jagten heran. Kapitän Watson ritt auf einem Pferd hinterher. Jetzt bremsten die Kutschen, Seesoldaten sprangen heraus und stürmten auf die Felsen zu. Ein Verfolger hob die Hände und stand auf. Der andere wollte weglaufen, aber Alberto traf ihn. Die beiden an der Flanke rannten auch.

David zeigte auf sie. »Barry, beiß!« Der Hund fegte davon wie ein Wirbelwind.

»Drei Mann zu denen dort!«, rief David den Seesoldaten zu und ging dann mit der Pistole in der Hand auf den zu, den Alberto zuletzt getroffen hatte.

Der Verwundete war in der rechten Brust getroffen und stieß bei jedem Ausatmen Blutblasen hervor. Er war ein Weißer, recht gut gekleidet.

»Warum habt ihr uns aufgelauert?«, fragte David.

Mit deutlichem französischen Akzent antwortete der Mann: »Weil Sie endlich jemand zur Hölle schicken musste. Sie haben auch meinen Vater auf dem Gewissen. In Brest sind Sie ihm entkommen, und bei Memel haben Sie ihn getötet.«

»Wer sind Sie denn?«

»Lenois, Inspektor wie mein Vater.«

David zuckte zusammen. Er sah Britta und sich wieder in Brest, wo man ihnen im Frieden Spionagematerial untergeschoben hatte. Wäre der Pfarrer Richmond nicht gewesen, hätte ihn der französische Geheimdienst in einem Kerker verschwinden lassen. Und in Memel hatte er auch dahinter gesteckt, als ihm der Geheimvertrag zwischen Russen und Franzosen abgenommen werden sollte.

»Ihr Mörder werft mir noch vor, wenn ich mich wehre«, brach es aus David heraus.

Er starrte Lenois in die Augen, die voller Hass waren. Aus dem Augenwinkel sah er, wie Lenois seine Pistole aus dem Gürtel ziehen wollte. Er hätte ihm die Hand mit dem Fuß wegstoßen können, aber er hob seine Pistole und schoss Lenois zwischen die Augen. Der würde immer wieder versuchen zu töten, ihn selbst oder auch Britta oder die Kinder.

»Brauchen Sie Hilfe, Sir?«, fragte Kapitän Watson ganz formell, da andere anwesend waren.

»Nein, er ist tot. Er wollte zur Waffe greifen. Was ist mit den anderen?«

Der Sergeant der Seesoldaten meldete abgehackt: »Zwei haben sich ergeben, Sir, fünf Tote, ein Verwundeter, Sir.«

Barry drückte sich an David. Seine Schnauze war blutig. »Er hat den beiden dort die Kehle durchgebissen«, sagte Watson mit leichtem Abscheu.

David holte ein Tuch heraus, wischte dem Hund die Schnauze ab und tätschelte ihn. »Dafür wurde er dressiert.«

Dann wandte er sich an den Sergeanten. »Übergeben Sie die Gefangenen dem Hafenkommandanten. Die Toten legen Sie hier an den Wegesrand. Die Behörden sollen sie abholen. Durchsuchen Sie alle noch vorher. Übergeben Sie meinem Sekretär, was Sie finden. Ich fahre jetzt mit einer Ihrer Kutschen weiter. Um zwei Glasen der Nachmittagswache soll uns die andere Kutsche mit einem guten Kutscher abholen.«

»Das ist ja ein Riesenpalast«, staunte Kapitän Watson, als sie vor dem Haus der Dillons vorfuhren. David lächelte nur.

Edward Dillon trat aus der Tür oberhalb der großen Freitreppe. Er war immer noch groß und stämmig, aber sein Haar war schlohweiß, das Gesicht faltig, und er stützte sich schwer auf einen Stock.

»Wo bleibt ihr denn, David? Was ist das für eine Kutsche? Was ist denn los?«

Neben ihm wurde eine Frau im Rollstuhl auf die Terrasse geschoben, und junge Männer und Frauen kamen hinzu. Im Rollstuhl, das musste Elise sein,

Edwards Frau. Und die jungen Leute, das waren sicher Edwards Sohn und seine Töchter mit Ehepartnern.

»Wir sind überfallen worden, Edward«, sagte David laut, und Elise nahm die Hand vor den Mund.

»Mein Gott, David, wie kann so etwas geschehen? Ist dir etwas zugestoßen?«, fragte sie überrascht.

»Nein, dank meiner tapferen Begleiter ist uns nichts geschehen. Aber nun möchte ich euch erst umarmen.« Er kniete sich neben den Rollstuhl und drückte Elise an sich. »Zwölf Jahre haben wir uns nicht gesehen.«

Elise weinte etwas, und auch Edward war gerührt, als er David umarmte.

»Das ist Kapitän James Watson, Nicoles Mann«, stellte David vor.

»Oh, er muss mir viel erzählen«, sagte eine der jungen Damen. Elizabeth, früher Nicoles beste Freundin, wie sich bei Edwards Vorstellung seiner Kinder herausstellte.

»Nun aber ins Haus. Ihr macht euch schnell frisch, und dann gibt es ein kleines zweites Frühstück.«

Es wurde ein Tag, an dem zwölf Jahre nachgeholt werden sollten. Nachdem die Neugier über den Überfall gestillt war, musste David alles von Britta und den Kindern erzählen. Viele Fragen konnte er gar nicht beantworten, wenn zum Beispiel Edwards Sohn, der jetzt die Plantage leitete, nach Zollbestimmungen für die Einfuhr nach Schweden fragte oder Elise wissen wollte, welche Hutgeschäfte jetzt in London tonangebend seien.

Aber sie erzählten ja auch so viel von sich, dass David der Kopf schwirrte, wie er das alles für den Bericht an Britta behalten solle. Edward bastelte nach wie vor an neuen Maschinen für die Zuckergewinnung, und Elise hatte zwar eine Erkrankung in den Knien, die ihr das Gehen zur Qual machte, aber sonst war sie gesund und munter.

Elizabeth horchte James Watson über Nicole aus und brach in Jubel aus, als sie hörte, dass James auf die Nachricht von der gesunden Geburt eines Kindes warte. Dann wurden auch die Enkelkinder der Dillons vorgestellt, drei Jungen und drei Mädchen von zwei bis neun Jahren. Einer der Enkel hieß David. Er schaute den fremden Admiral besonders sorgfältig an, denn nach ihm war er benannt.

Edward sagte: »Sieh dir unsere Enkel an. Sie könnten so gut mit deinen und Nicoles Kindern spielen. Wenn du deine Familie und Nicole jetzt nicht aufforderst, uns nach der Hurrikansaison zu besuchen, dann kündigen wir dir die Freundschaft, nicht wahr, Elise? Es ist doch gar kein Problem. Sie segeln in vier Wochen mit einem schnellen Geleitzug hierher und vor der Hurrikansaison in vier Wochen wieder zurück. Fünf bis sechs Monate muss auch deine Britta in England zu entbehren sein.«

David hatte das kommen sehen. Einerseits war er für den Vorschlag, andererseits quälten ihn Bedenken. »Du hast doch erlebt, wie mich der französische Geheimdienst immer wieder jagt. Wenn sie hier meiner Frau und meinen Kindern etwas antäten …«

»Papperlapapp, David. Wir haben auf unserer Plantage zwölf Männer mit guter Waffenerfahrung, weil sie Schweine und Nagetiere auf den Feldern jagen. Sie sind uns alle seit Jahren vertraut und bewachen auch mitunter unser Haus. Natürlich haben sie auch Hunde. Und die Miliz kann ich auch einspannen. Wir hätten auch deine Anfahrt gesichert, wenn wir etwas geahnt hätten.«

»Ich habe auch Angst vor dem Gelbfieber und anderen Krankheiten«, wandte David noch ein.

»Aber David, du weißt, dass unser Haus auf gesundem Boden steht, wo es keine Fieberdünste gibt. Seit Jahren hat hier niemand Gelbfieber bekommen. Wir wissen, wie man sich schützen muss«, wehrte Elise seine Furcht ab.

»Wir schreiben sowieso, David«, betonte Edward. »Nun sag, dass du unsere Einladung unterstützen wirst.«

David sagte es zu, und alle Dillons klatschten.

Als David mit Elise und Edward einen Augenblick allein war, fragte Edward: »Weiß Kapitän Watson, der ein feiner Mann zu sein scheint, dass Nicoles erster Mann dein Sohn war?«

»Nicole weiß es, aber ob sie es ihm erzählt hat …?«

»Und auf Barbados ist Johns Mutter doch mit dem Herzog von Chandos, dem Gouverneur, verheiratet. Weiß er davon und von Nicoles neuem Mann?«

»Nein«, antwortete David. »Susan hat es ihm nicht erzählt, und Britta hat mich überzeugt, dass ich kein Recht habe, ihm etwas zu sagen, was seine Frau nicht will, obwohl mir das Verschweigen schwer fällt.«

»Britta hat Recht, David. Das muss Susan entscheiden«, wandte Elise ein. »Aber wenn Nicole in Barbados mit ihrem Sohn, Lord Bentrow, auftaucht, steckt ihr in Problemen.«

David stand mit Commander Henderson auf dem Achterdeck der *Recruit* und hatte das Auslaufen aus English Harbour beobachtet. Er gähnte und sagte zu Henderson: »Ich habe in der letzten Nacht kaum schlafen können, gehe jetzt in die Kajüte und leg mich noch ein wenig hin.«

»Darf man fragen, Sir, ob die langen Besprechungen mit den Behörden zu einem guten Ergebnis führten?«

»Ach ja«, antwortete David. »Wir wissen jetzt, dass die Bande aus Guadeloupe kam. Sie hatten eine Ketsch in der Willoughby Bay verankert. Den Mannschaftsanteil am Prisengeld teilen sich übrigens Alberto und Mustafa. Das macht einen schönen Batzen. Es war keine offizielle Aktion der Franzosen, sondern ein persönlicher Racheakt des Inspektors Lenois, der eine Handvoll Wegelagerer privat angeheuert hat, wie sein verwundeter Vertreter versichert. Der Kutscher gehörte nicht zu ihnen und war gezwungen worden.«

Sie hatten Oberst Masefield in St. Lucia aufgenommen und näherten sich jetzt Martinique.

David hatte nur seine schlichte blaue Alltagsuniform an, aber Masefield glänzte in Gold und Rot.

David hatte sein Teleskop abgesetzt und bat den Oberst an die Reling, wo er eine Karte ausbreitete. »Sehen Sie, Herr Oberst, hier liegen Fort Royal (Fort de France) und St. Pierre. Fort Royal ist der Haupthafen und auch der Kriegshafen, in St. Pierre haben sich nach unserer Kenntnis vor allem die Kaperschiffe eingenistet. Vom Point d'Enfer an der Südspitze bis nördlich von St. Pierre blockieren unsere

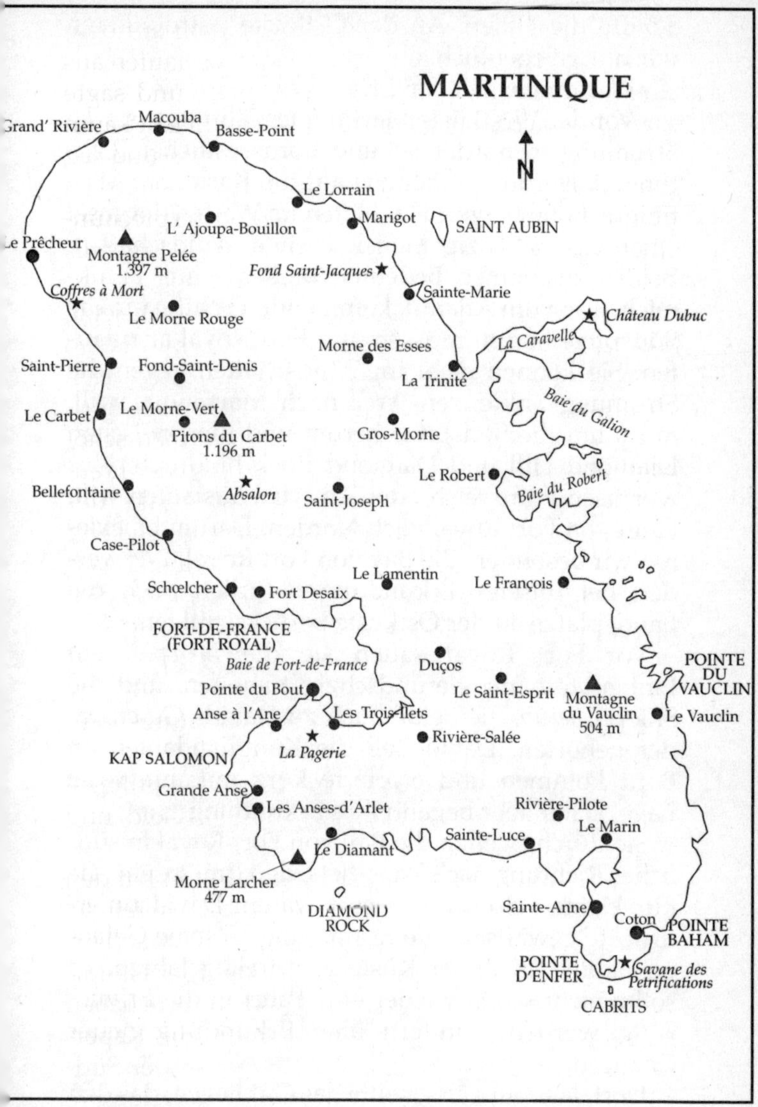
MARTINIQUE
N
Grand' Rivière
Macouba
Basse-Point
Le Lorrain
Marigot
SAINT AUBIN
L' Ajoupa-Bouillon
Le Prêcheur
Montagne Pelée
1.397 m
Fond Saint-Jacques
Coffres à Mort
Sainte-Marie
Château Dubuc
Le Morne Rouge
La Caravelle
Morne des Esses
Saint-Pierre
Fond-Saint-Denis
La Trinité
Baie du Galion
Le Carbet
Le Morne-Vert
Pitons du Carbet
1.196 m
Gros-Morne
Le Robert
Baie du Robert
Bellefontaine
Absalon
Saint-Joseph
Case-Pilot
Le Lamentin
Le François
Schœlcher
Fort Desaix
FORT-DE-FRANCE
(FORT ROYAL)
Baie de Fort-de-France
Duços
POINTE
DU
VAUCLIN
Le Saint-Esprit
Montagne
du Vauclin
504 m
Le Vauclin
Pointe du Bout
Anse à l'Ane
Les Trois-Ilets
Rivière-Salée
La Pagerie
KAP SALOMON
Grande Anse
Les Anses-d'Arlet
Rivière-Pilote
Le Marin
Sainte-Luce
Le Diamant
Morne Larcher
477 m
DIAMOND
ROCK
Sainte-Anne
Coton
POINTE
BAHAM
POINTE
D'ENFER
Savane des
Petrifications
CABRITS

Schiffe die Häfen. An der Ostküste patrouillieren wir nur gelegentlich.«

»Warum das, Sir David?«

»Vor der Westküste Martiniques läuft eine starke Strömung in nördlicher und nordwestlicher Richtung. Außerdem, sehen Sie auf die Karte, hat Martinique hohe Berge. Sie schaffen im Westen der Insel einen fast zwanzig Meilen breiten Windschatten. Beides zusammen bedeutet, dass die aus Frankreich, also vom Atlantik kommenden Schiffe um die Südspitze herum müssen, um Fort Royal anzulaufen. Sie können nicht im Windschatten gegen die Strömung ankreuzen. Wer nach Martinique will, muss um die Südspitze herum und hier zwischen Diamond Hill und Diamond Rock hindurch. Nur wer nach Frankreich oder Amerika auslaufen will, kann von Fort Royal nach Norden. Darum blockieren wir besonders die Bay von Fort Royal. Wir werden bei unserer Erkundung natürlich auch die Landeplätze an der Ostküste berücksichtigen.«

Vor Fort Royal sahen sie die *Intrepid*, ein Linienschiff mit vierundschzig Kanonen, und die Sloop *Cherub*, die beide auch zu Davids Geschwader gehörten. David ließ die Kommandanten an Bord kommen und erörterte kurz mit ihnen die Lage. Dann aber begann ihre Erkundung.

Sie durchsegelten die Bay von Fort Royal in südlicher Richtung nach Trois-Ilets, den drei Inseln, die nur kleine Felsen im Wasser waren. David unterdrückte gewaltsam die Erinnerung an seine Gefangennahme an dieser Küste vor dreißig Jahren. Es sollte nicht schon wieder eine Fahrt in die Erinnerung werden, sondern eine Erkundung neuer Chancen.

Dort, landeinwärts, sollte das Gut liegen, das den

Eltern der Kaiserin Josephine gehörte, die diesen Napoleon geheiratet hatte. Aber in der Bucht davor war ein Landeplatz angegeben. In den Aufzeichnungen stand, dass auf der Landspitze im Westen eine Batterie die Bucht deckte. David und der Oberst studierten mit ihren Teleskopen jeden Meter. Dort konnte man landen und die Batterie ausschalten.

David besprach mit dem Oberst die Möglichkeit eines Überraschungsangriffes und diktierte dann seinem Sekretär die wichtigsten Merkpunkte.

Bei Pointe du Bout war das Fort auf einem Hügel über der Landzunge nicht zu übersehen. Es beherrschte die Strände Anse Miton und Anse à l'Ane.

»Wissen Sie, Sir David, dass Anse à l'Ane ›Eselsbucht‹ heißt?«, fragte der Oberst.

David musste zugeben, dass ihm das unbekannt war. Aber es sah nicht so aus, als ob eine Landung in dieser Bucht eine Eselei sei. Gewiss, ein befestigtes Blockhaus deckte den Weg zum Fort, aber man konnte es hinter einem Felsen leicht umgehen. Sie segelten in ihrem Bestreben, mehr zu sehen, wohl zu dicht heran, denn das Fort feuerte einen Warnschuss, der nur fünfzig Meter vor der Sloop ins Wasser fiel.

»Vierundzwanzigpfünder«, schätzte David.

»Das hilft dem Fort nicht viel gegen einen Landangriff aus südlicher Richtung. Dort sind die Wälle viel zu niedrig«, stellte der Oberst fest.

So segelten sie Bucht für Bucht ab, beobachteten, studierten die Aufzeichnungen der Franzosen und diktierten ihre eigenen Beobachtungen. Eine Überraschung war für Oberst Masefield, als er vor Petit Anse du Diamant den hundertsiebzig Meter aufragenden Vulkanfelsen sah und David ihm erzählte, dass dieser 1804 und 1805 von britischen Seeleuten mit Kanonen bestückt worden war, um die französischen Schiffe zu behindern. »Da für die Flotte eine Felsenfestung in den Verpflegungs- und Nachschubbüchern nicht vorgesehen war, hat man den Felsen als Seiner Majestät Sloop ›Diamond Rock‹ geführt, die einzige Sloop bisher, die absolut unsinkbar war«, erklärte David.

Am Abend hatten sie die Insel Cabrits passiert und hielten Kurs auf die offene See, um Abstand zur Küste zu haben, wenn in der Nacht ein Sturm aufkäme.

»Wir haben etwa vier Plätze für die Landung größerer Kontingente und sechs für kleinere Einheiten. Kein schlechtes Ergebnis, Sir David.«

»Wir werden an der Ostküste noch mehr finden. Aber lassen Sie uns jetzt probieren, was der Koch von Commander Henderson für uns zubereitet hat, Herr Oberst.«

Am nächsten Tag segelten sie an der Ostküste von Pointe d'Enfer bis hinter die Halbinsel Caravelle. Als sie einmal nicht die Küste mit ihren Teleskopen studieren mussten, sagte Oberst Masefield zu David: »Ich habe gehört, dass man Sie auf Antigua überfallen hat und ermorden wollte, Sir David. Warum ist die französische Regierung so hinter Ihnen her?«

»Es ist weniger die Regierung, Herr Oberst, als der Geheimdienst. Auf Antigua war es wahrscheinlich nicht einmal eine Operation des Geheimdienstes, sondern eher die Privatrache eines Geheimdienst-Inspektors. Ich habe im Lauf der vielen Jahre oft gegen den sehr aktiven französischen Geheimdienst kämpfen müssen und dabei einige seiner Operationen aufgedeckt, besonders auf den Sieben Inseln und auf Haiti. Dabei sind einige seiner führenden Agenten ums Leben gekommen. Da hat man ein Kopfgeld auf mich ausgesetzt, und es gibt immer wieder einige Leute, die sich das Geld verdienen wollen. Aber viel gefährlicher sind die Albaner, die mir Blutrache geschworen haben.« Und David erzählte dem Obersten die Geschichte von dem Albanerhauptmann mit dem Kinderharem auf Korfu und den Anschlägen auf seine Familie im Mittelmeer.

Sie entdeckten viele Landeplätze an der Ostküste, aber sie hatten alle den Nachteil, dass sich die Truppen den Weg über hohe Berge und durch dichten Dschungel zur Westküste mit ihren wichtigen Städten bahnen mussten.

David sagte Henderson, dass er in der Nacht in der Bucht vor dem Hafen Trinité ankern solle. »Der Hafen wäre auch für Kaperschiffe geeignet. Wenn wir dort liegen, übernehmen wir noch eine Wächterfunktion.«

Aber sie entdeckten am Abend und in der Nacht nichts, was ihren Verdacht erregen konnte. Vom Städtchen funkelten friedlich die Lichter durch die Nacht, und einige Fischerboote segelten in der Dunkelheit an ihnen vorbei. David hatte mit Henderson und dem Oberst gegessen und war früh in die Schlafkoje gestiegen. Er wollte am nächsten Morgen die Gefechtsbereitschaft an Deck erleben.

Alberto rüttelte ihn wach. »Zwei Glasen der Morgenwache (fünf Uhr), Sir. Schwacher Wind Richtung Nordost.«

David hatte gerade von Britta geträumt und brummelte enttäuscht: »Ich komme gleich an Deck.«

Er setzte sich auf, streckte die Beine aus, damit die Koje nicht mehr wegschwingen konnte, und richtete sich mit einem Ruck auf. Langsam ging er zum Waschbecken und gähnte dabei. Dann streifte er das Nachthemd herunter und netzte Gesicht und Brust. Er spülte den Mund aus, fuhr mit dem Finger und etwas Reinigungskalk über die Zähne, spülte wieder und trocknete sich dann ab. Er zog das Tageshemd, die Hosen, die Jacke und die Schuhe an und ging an Deck.

»Guten Morgen, Sir«, sagte Henderson leise neben ihm. »Keine besonderen Beobachtungen bis jetzt.«

Aber man konnte auch noch nicht viel sehen. David sagte leise zum Hund: »Such!« und führte ihn erst an die eine, dann an die andere Seite der Reling. Barry schnüffelte und horchte, aber er schlug nicht an. Die Sicht betrug kaum fünfzig Meter. Die Matrosen kauerten an ihren Geschützen und dösten vor sich hin. Nur die Offiziere und die Ausgucke spähten immer wieder mit ihren Teleskopen in die Dämmerung.

Schließlich hatte sich die Dämmerung so weit gelichtet, dass man einen Kilometer weit sehen konnte. Oberst Masefield kam an Deck und begrüßte die Anwesenden. Die Ausgucke meldeten, dass kein Feind zu sehen war, und Henderson sagte zu David: »Ist es Ihnen recht, wenn ich Kurs auf Saint Aubin nehme und dann an der Küste entlangsegele, Sir?«

David stimmte zu. Die Mannschaften begannen mit der Deckreinigung, und David sagte zu Masefield: »Kommen Sie, Herr Oberst. Gönnen wir uns ein Frühstück, ehe wir wieder mit unserer Arbeit beginnen.«

Aber noch während sie auf dem Weg in die Kajüte waren, hörten sie den Ruf des Ausgucks: »Deck! Brigg östlich der Insel Saint Aubin mit Kurs auf die Küste!«

Das kann nur ein Kaperschiff oder ein Blockadebrecher sein, dachte David. Hoffentlich würde er nicht zu früh misstrauisch werden und sich unter den Batterien am Pointe de la Batterie in Sicherheit bringen. Erstaunt hörte er, wie Henderson befahl: »Räucherfass klar zum Anzünden. Deckmaske klar zum Aufheißen!«

David und der Oberst blieben stehen und sahen zu, was geschah. Seeleute schleppten eine unendlich lange Leinwand an das Oberdeck. Sie war auf einer Seite bemalt und ließ, an der Bordwand ausgelegt, nur das Vor- und das Achterdeck frei. Die Matrosen verknoteten sie an den Taljen, mit denen sie sonst die Enternetze aufriggten, und warteten auf das Kommando.

»Deckmaske aufriggen! Räucherfass anzünden. Hauptsegel fliegen lassen!«, befahl Henderson.

»Was macht er?«, fragte der Oberst verblüfft.

»Er will dem Feind einen brennenden Frachter vortäuschen, damit er ihn näher heranlockt«, erklärte David.

»Wie kommt er darauf?«

David schmunzelte: »Er ist viele Jahre unter meinem Kommando gesegelt. Da gehört so etwas dazu. Kommen Sie, Oberst, holen wir unsere Pistolen und Säbel! Zeit für einen Schluck Kaffee wird auch noch sein.«

Als sie einige Minuten später wieder an Deck kamen, waberten dicke Rauchwolken seitwärts vom Schiff weg. Die Segel flatterten sinnlos im Wind. Matrosen winkten zur Brigg.

David spähte durch sein Teleskop. Die Brigg kam näher. Entweder wollte sie helfen, oder sie witterte Beute.

Der Oberst zeigte zum Mast. Dort flatterte die holländische Fahne. »Geht das nicht zu weit?«

David schüttelte den Kopf. »Vor dem ersten Schuss kann man jede Flagge zeigen. Wenn der erste Schuss fällt, muss die eigene Flagge wehen. So fordert es das Seerecht.«

In der großen Leinwand waren einige Löcher eingeschnitten. Dort steckten Seeleute ihre Oberkörper durch und winkten zur Brigg und riefen um Hilfe. Henderson ließ ein Boot aussetzen, das in panischer Flucht vom Schiff wegruderte. Der Gegensatz zu den Seeleuten, die hinter der Leinwand an ihren geladenen Kanonen hockten, war so frappierend, dass David lachen musste.

»Was ist auf der Leinwand aufgemalt?«, fragte er Henderson.

»Ein Deck, voll beladen mit Fässern und Kisten, Sir. Damit es nicht zu statisch wirkt, haben wir die Löcher, durch die einige Matrosen Bewegungen zeigen können. Ich habe es mit dem Boot kontrolliert, Sir. Es wirkt sehr echt.«

Die Brigg war auf einen halben Kilometer heran. Sie hatte Kanonen ausgerannt, acht an jeder Seite. David sah zu Henderson hinüber. Er müsste nun bald die Segel setzen lassen und die Entfernung zur Brigg verkürzen, um sie fluchtunfähig zu schießen, ehe sie die Maskerade durchschaute.

Aber da befahl Henderson schon: »Klar zum

Segelsetzen! Kanonen mit Kettenkugeln, Karronaden mit Traubengeschossen laden!«

An Deck hantierten die Seeleute fieberhaft. Immer noch wehten die Rauchschwaden. Bengalisches Feuer wurde zwischendurch gezündet, um helle Brände vorzutäuschen.

Dann aber ertönten laut die Befehle. »Deckmaske einholen, Segel setzen! Heißt die britische Flagge. Backbordgeschütze: Ziel auffassen! Feuer nach Zielauffassung!«

Fast unmittelbar nach dem Kommando fuhren die Schüsse hinaus. Die Brigg war nur noch dreihundert Meter entfernt und wurde an beiden Masten mit den Kettenkugeln und an Deck mit den Traubengeschossen getroffen. Aber sie feuerte zurück. David duckte sich, so dicht war eine Kugel über ihn hinweggeröhrt. Der Oberst lachte.

Henderson brüllte: »Nachladen! Tempo! Feuert!«

Wieder donnerten die Schüsse hinaus. Jetzt neigte sich der vordere Mast der Brigg und fiel. »Kartätschen laden!«, rief Henderson.

Sie waren jetzt dichter als hundert Meter heran. Da wollte er nur noch die Mannschaften bekämpfen, der Prise aber keinen Schaden mehr zufügen. Ihre Geschosse mussten dem Gegner hohe Verluste zugefügt haben. Matrosen lagen an Deck herum und schrien ihren Schmerz hinaus.

»Sie streichen die Flagge!«, rief der Master. In der Tat, sie holten die französische Flagge ein und schwenkten weiße Tücher.

»Leutnant Murray«, befahl Henderson. »Suchen Sie sich dreißig Leute und nehmen Sie die Prise in Besitz!«

David ging auf ihn zu und sagte: »Ich gratuliere, Commander Henderson. Das war eine ausgezeichnet vorbereitete und durchgeführte Aktion. Wie kommen Sie nur auf solche Kriegslisten.«

»Sir, ich diente jahrelang unter einem Kapitän, der immer der Meinung war, wenn man mit Tricks dem Gegner schaden und das Blut der eigenen Leute schonen könne, dann solle man sich gefälligst den Kopf zerbrechen. Er hatte gar kein Verständnis für Kapitäne, die nur dicht an den Feind heransegelten, sich dann mit ihm beharkten und stolz auf ihre hohe Verlustrate verwiesen.«

»Hört, hört«, bemerkte Oberst Masefield und lachte. Als die beiden ihn ansahen, fügte er hinzu: »Ich bin ganz Ihrer Meinung, Commander, und der Ihres ehemaligen Kapitäns: Kein Kommandeur, der das Leben seiner Leute unnötig riskiert, verdient seinen Rang.«

David besprach mit Henderson, dass sie den Großteil der französischen Besatzung mit den Verwundeten an Land bringen würden. Nur zehn Mann sollten ihrer Prisenbesatzung beim Segeln helfen. Zunächst aber würden alle Zimmerleute der *Recruit* übersetzen, um einen Notmast aufzurichten, damit die Prise bald nach Fort Royal absegeln könne. David würde einen Brief an Kapitän Williams von der *Intrepid* mitgeben, damit er mit zehn Mann aushelfen und die Prise mit der nächsten Fregatte nach Antigua senden solle.

Am zweiten Abend nach Absendung der Prise sichteten sie ein Segel, das vom Atlantik auf Martinique zusteuerte. Sie hielten auf das Segel zu, aber als das fremde Schiff sie anscheinend gesichtet hatte, wendete es und floh wieder hinaus auf den Atlantik.

»Das könnte ein Blockadebrecher sein, Mr Henderson«, sagte David. »Bitte folgen Sie ihm. Vielleicht entdecken wir ihn in der Morgendämmerung.«

Sie hatten in der Nacht die Segel gekürzt. Alle Ausgucke waren doppelt besetzt und lauschten und spähten in die Nacht. Auch Barry wurde immer wieder an das Deck geführt und musste schnuppern und horchen. David fand, dass der Hund seltsam unkonzentriert war und schnell wieder unter Deck wollte. Aber er selbst fühlte sich auch nicht wohl. Die Luft war so bleischwer und drückend. Eine Dünung traf das Schiff immer wieder hart.

Als David Commander Henderson in der Dunkelheit auftauchen sah, sprach er ihn an: »Das Wetter ist mir nicht geheuer, Mr Henderson. Ich fürchte, ein schlimmer Sturm kommt. Wie steht das Barometer?«

Henderson ging zum Ruderhaus und stellte erschreckt fest: »Es ist ja auf unter siebenundzwanzig gesunken. Warum wurde das nicht gemeldet, Wachhabender?«

Der junge Leutnant stotterte: »Sir, das muss ganz plötzlich geschehen sein. Eben war es noch um achtundzwanzig.«

Henderson wandte sich an David. »Ich werde die Bramstengen einholen und das Schiff sturmklar machen lassen, Sir.«

»Einverstanden, Mr Henderson«, antwortete David und ging schnell in die Kajüte, um sich seine gewachsten Hosen, den Mantel und den Hut anzuziehen. »Alberto, sorg dafür, dass nichts in der Kajüte umherfliegen kann. Ich erwarte einen Hurrikan. Binde auch Barry mit seinem Geschirr fest, damit er nicht umhergeschleudert wird.«

An Deck liefen die Matrosen umher, die aus dem Schlaf geholt worden waren, und sicherten die Kanonen dreifach mit zusätzlichen Tauen. Sie verschlossen alle Öffnungen mit Brettern und spannten Taue über das Deck. Dann trieb der Bootsmannsmaat die Geschicktesten unter ihnen an, das Fieren der Bramstengen vorzubereiten.

Das war eine knifflige Operation. Die obersten Rahen mussten gelöst und an Deck gelassen werden und dann wurden die oberen Mastteile aus ihren Verankerungen gehoben und mit Flaschenzügen heruntergelassen. Dadurch hatte der Sturm weniger Angriffspunkte, und der Schwerpunkt des Schiffes verlagerte sich nach unten. Bei dem stoßweise auffrischenden Wind war das eine lebensgefährliche Aktion, aber sie hatten ja junge und gute Leute.

Die Segel waren fast alle geborgen. Nun standen die besten Seeleute bereit. »Bramstenge- und Oberbramstengegasten aufentern! Fiert die Oberbramstengerahen!« Die Gasten enterten auf. Ihre Bewegungen waren verhalten. Henderson hatte befohlen, nicht auf Schnelligkeit, sondern auf Sicherheit und Präzision zu achten.

Am Fockmast kam die oberste Rah vorsichtig herunter. Dort war Alberto am Werk mit seinen Bärenkräften. Jetzt schaukelte sie im Wind. »Halt fest!«, schrie einer ängstlich. Seile wurden gestrafft und schließlich lag eine Rah an Deck. Matrosen stürzten sich auf sie und zurrten sie fest.

David starrte nach oben, um zu erkennen, wie weit die Gasten waren. Die obersten Rahen lagen an Deck. Jetzt kam das schwerste Stück. Die großen Stengen mussten aus den Schuhen gehoben und langsam an Deck gelassen werden. Der Wind stieß immer stärker gegen das Schiff und ließ die Männer taumeln.

Die Bramstenge vom Großmast kam herunter, und David trat an die Reling, um die Arbeiten nicht zu behindern. Und dann, im letzten Moment, geriet die Stenge außer Kontrolle und fiel einige Meter an Deck. Ein Matrose wurde getroffen und blieb liegen. Henderson rannte mit anderen zur Stenge und hielt sie fest, damit sie nicht umherschlug. Dann war alles wieder unter Kontrolle und der Mann wurde zum Krankenrevier getragen. »Sieht nach Schlüsselbeinbruch aus«, sagte Henderson zu David.

Auch der Fockmast meldete, dass die Stenge gesichert war. Henderson ließ Sturmfock und Sturmklüver setzen und schickte die Freiwache unter Deck. Dann trat er zu David.

»Es sieht schlimm aus, Sir. Ich halte Kurs Ost-Nordost hinaus auf den Atlantik. Der Sturm scheint aus Süd von der Küste Südamerikas zu kommen.«

»Ja, es wird wohl ein Hurrikan werden. Achten Sie darauf, dass der Wind immer von Steuerbord vorn den Bug trifft«, riet David.

Der Sturm nahm schnell zu und erreichte eine Stärke, die niemand für möglich gehalten hätte. Sie hatten den Sturmklüver eingeholt und segelten nur mit der betttuchgroßen Sturmfock durch die tosende Nacht, die weiter im Süden von Blitzen erhellt wurde. Wer noch an Deck war, hatte sich doppelt und dreifach festgebunden, um nicht über Bord gerissen zu werden.

Die Wellen türmten sich zehn und mehr Meter vor ihnen auf und schlugen mit donnerähnlichem

Krachen auf das Deck. Einem Matrosen wurde der Arm ausgekugelt, als er sich an einem Stag festklammerte. Schreiend brachten sie ihn unter Deck.

Regen und Gischt peitschte in ihre Gesichter. Längst waren sie am ganzen Körper nass. Die Kleidung konnte das Wasser bei diesem Sturm nicht mehr abhalten. Die anderen, die sich am Mast neben David festgebunden hatten, waren in der Dunkelheit kaum zu erkennen. Verständigen konnte man sich bei dem heulenden und kreischenden Sturm auch nicht.

Ein Schatten kämpfte sich an einem Tau zu ihnen heran. Es war der Zimmermann. Er starrte allen ins Gesicht, bis er Henderson gefunden hatte. Er brachte seinen Mund an dessen Ohr und brüllte. »Nur drei Fuß Wasser im Rumpf, Sir.«

Henderson schien ihn nicht zu verstehen. Er schrie noch einmal. Dann hob er drei Finger dicht vor Hendersons Augen und deutete nach unten. Jetzt hatte Henderson kapiert und nickte. David war beruhigt. Das Schiff blieb also ziemlich trocken. Er tippte Henderson an, wies mit dem Finger auf sich und dann nach unten. Henderson nickte.

David beobachtete die Wellen. Jetzt war eine über ihnen zusammengebrochen und hatte sie umhergeschleudert. Die nächste war kleiner und noch ein Stück weit ab. David löste schnell seine Vertäuung und hangelte sich am Tau flink zur Luke. Er donnerte dagegen. Der Posten öffnete, und er war unter Deck.

Hier war dieses furchtbare Heulen und Pfeifen gemildert. David tastete sich zur Kajüte. Ein Notlicht schwankte. Alberto hatte sich neben Barry angebunden und umfasste seinen Nacken mit einem Arm. Mustafa stemmte sich mit beiden Beinen im Sitzen gegen die Wand. »Alles in Ordnung?«, fragte David.

»Aye, Sir«, bestätigte Alberto. »Aber wir konnten auch das Kaffeelicht nicht brennen lassen. Der Kaffee ist nur lau.«

David winkte müde ab, nahm einen Schluck gleich aus der eingewickelten Kanne und stopfte einige Kekse in sich hinein. Dann zog er Mantel, Jacke und Hosen aus und trocknete sich mit einem großen Handtuch ab. Alberto kroch umher und brachte ihm neue Kleider. David taumelte von der Wucht der Wellen und musste sich immer wieder festhalten. Er löste eine Flasche Rum aus ihrer Befestigung, nahm einen kräftigen Schluck und sagte: »Ich geh wieder. Seht zu, dass ihr ein wenig schlaft.«

An Deck war es noch furchtbarer als vorher. Die Wellen schienen noch höher, der Sturm noch stärker. Jemand berührte Davids Arm. Es war Henderson. Er tippte auf seine Brust und deutete nach unten. David nickte. Jetzt hatte er das Kommando. Aber es war nichts zu kommandieren. Die vier Mann am Ruder hielten das Schiff mit aller Kraft auf Kurs und mussten immer wieder abgelöst werden.

Pausenlos schlugen riesige Wellenberge über das Deck. Die Boote, die mittschiffs ineinander geschachtelt festgezurrt waren, hatten die Wellen schon zerschmettert. Matrosen warfen lose Teile über Bord, damit sie die Wache nicht verletzten.

Auf einmal knallte es oben laut in der Takelage. David blickte erschrocken nach oben. Er konnte kaum glauben, was er sah. Der Wind blähte das fest um die Großrah gewickelte und festgezurrte Segel auf wie einen der neuen Ballons. Dann platzte das Segel in tausend Fetzen. Das setzte sich an den anderen Rahen fort. Die Segel wurden einfach aus den Ösen gerissen und in die Nacht geworfen. Wenn sie diesen Sturm überlebten, würden sie überall neue Segel anschlagen müssen.

Dann wurde hinter ihnen der Besanbaum aus seiner Verankerung gerissen. Dieser schwere Stamm schlug krachend nach steuerbord und backbord. Alle duckten sich und fürchteten, er könnte ihnen an den Körper geschleudert werden. Dann riss er sich aus den Eisenscharnieren am Mast und flog hoch in die Luft wie ein Laubblatt.

Ein Matrose neben David schrie laut vor Angst. Er hing in seinen Seilen und brüllte nur aus Leibeskräften. David rüttelte ihn an der Schulter. Er merkte es nicht einmal. David holte aus und schlug ihm auf den Mund. Er brach mit dem Schrei ab und starrte wirr um sich. David griff seinen Arm, deutete an, er solle sich losbinden und unter Deck gehen.

Der Matrose lachte, löste die Knoten und sprang auf dem Deck herum wie ein Fohlen. Dann packte ihn eine dieser gigantischen Wellen und wirbelte ihn über Bord.

Das einzige Glück in diesem Toben von Wind und Wasser war, dass es nicht kalt wurde. Luft und Wasser waren warm. Niemand musste vor Unterkühlung sterben. Macht das viel Unterschied, dachte David, ob man erfriert oder ertrinkt? Dann kamen ihm Britta und die Kinder in den Sinn. Er wollte sie wiedersehen.

Er lächelte noch bei dem Gedanken, als ein furchtbares Krachen ihn erschreckte. Der Vormast war vier Meter über dem Deck einfach weggebrochen und wurde von den Tauen und Stagen gehalten und backbords mitgeschleift. »Wache!«, brüllte David und gestikulierte wild. Er löste die Taue, die ihn an den Mast banden, duckte sich, wartete ein Wellental ab, griff sich eine Axt und rannte nach vorn. Ein halbes Dutzend Matrosen, die auch ohne Befehle wussten, was zu tun war, folgten ihm.

Sie krallten sich an die über Deck gespannten Taue, duckten sich hinter Aufbauten und hackten auf die Taue, die den Vormast hielten, wenn das Wasser rauschend über Deck ablief. Einer hatte nicht auf die nächste Welle geachtet und wurde zur Reling gespült. Ein anderer, der sich mit einem Tau gesichert hatte, sprang zu ihm, warf sich über ihn und deckte ihn mit seinem Körper gegen den Sog des Wassers ab. Dann hackten sie weiter. Ein letztes Tau flog David gegen den Oberarm, als es riss und der Mast frei war. Er konnte den Arm minutenlang nicht bewegen und biss mit seinen Zähnen in sein Seil, um mehr Halt zu haben.

Sie hasteten zurück und banden sich wieder fest. Henderson und andere sprangen aus den Niedergängen und klammerten sich bei ihnen an. »Gehen Sie unter Deck, Sir!«, brüllte ihm Henderson ins Ohr.

David klopfte ihm auf die Schulter und deutete auf den Maststumpf, der im fahlen Licht der Blitze zu sehen war. »Wir dürfen die Wellen nicht breitseits nehmen!«, rief er Henderson ins Ohr. Der nickte und David floh während des nächsten Wellentals.

Unten war es wunderbar trocken. Mustafa schlief im Sitzen. Alberto und Barry starrten ihn ausgelaugt an. Alberto erhob sich und holte ihm ein Stück Brot und kalten Kaffee. Barry mauzte kläglich.

David wollte nur die nassen Sachen vom Körper haben und sich abtrocknen. Alberto hielt schon das Handtuch bereit. Eine trockene Hose, ein trockener Pullover, ein Schluck aus dem Becher, ein paar Bissen. Dann kroch David in die Lücke zwischen Schrank und Barry, wickelte einen Arm um Barrys Geschirr und war im Nu eingeschlafen. Oder war es eher eine Ohnmacht?

Er wusste nicht, wie viele Stunden er geschlafen hatte, als Mustafa ihn wachrüttelte. »Es ist vorbei, Sir. Das Schiff ist ruhig. Wir haben schon Kaffee kochen können. Jetzt möchten Sie an Deck kommen, Sir. Mr Henderson hat eine Rah an den Kopf bekommen und ist vorübergehend außer Gefecht.«

»Mustafa, das ist nur das Auge des Hurrikans. Gleich geht der Sturm wieder los. Gib mir schnell eine Tasse Kaffee und ein Brot. Dann machst du hier wieder alles fest.«

David trank, schlang das Brot hinunter, zog hastig den gewachsten Mantel an und ging schnell an Deck. Der Wind wehte schwach, sogar etwas blauer Himmel leuchtete durch die Wolken. Aber in der Ferne rings um sie herum brauste der Sturm. David blickte sich gehetzt um. Das Auge würde weiterziehen, und der Wind dann aus der anderen Richtung blasen.

Er rief dem Bootsmann zu: »Lassen Sie schnell etwas pumpen! Alle Kanonen kontrollieren!« Dann blickte er sich um. Wenn der Wind nun aus der anderen Richtung kam, wo traf er sie dann?

Mein Gott, er würde sie breitseits treffen. Sie mussten das Schiff herumbringen. Aber der Vormast und der Kreuzmast waren über Bord gegangen, nur der Großmast stand noch. Wenn der Wind den Bug herumdrückte, konnten sie den Wind halb achterlich nehmen. Das war die einzige Möglichkeit.

Er rief einen Maat. »Nehmen Sie sich ein paar Leute und bringen Sie zwischen dem Maststumpf und dem Bugspriet eine Art Stagsegel an. Wir müssen den Bug schnell etwas herumkriegen!«

Der Maat deutete auf ein paar Leute und rannte mit ihnen davon. David rief einen anderen und befahl, eine Trosse vorzubereiten, die sie achteraus lassen konnten, um die auflaufenden Wellen zu dämpfen und das Schiff ruhiger liegen zu lassen.

Überall an Deck reparierten Matrosen und räumten auf. David fragte einen Rudergänger, ob der Commander schwer verletzt sei.

»Nein, Sir. Nur etwas benommen von dem Aufprall der Rahstenge. Und natürlich völlig übermüdet.«

Niemand wusste, wo sie waren. Sie hatten Kurs hinaus auf den Atlantik genommen. Aber wenn der Sturm jetzt aus nordöstlicher Richtung losbrach, würde er sie gegen die Inseln treiben oder, wenn sie großes Glück hatten, durch die Martinique-Passage oder den St. Lucia-Kanal.

Der Bug kam langsam herum. Noch vierzig Grad, dann wäre es gut. David beauftragte drei Matrosen, ein winziges Sturmsegel am Vorschiff anzubringen. Das würde ihnen helfen, das Schiff vor dem Querschlagen zu bewahren.

Was für eine Erholung, wenn die Wellen nicht dauernd über einem zusammenschlugen. Sogar der Schiffsarzt kam an Deck. »Sir, Mr Henderson ist bei Bewusstsein, aber er muss mindestens noch zwei Stunden ruhen. Die Mannschaften unter Deck haben Kaffee und Brot erhalten. Wir haben fünf Knochenbrüche, nicht einmal sehr viel für einen Hurrikan.«

David dankte, und der Schiffsarzt verschwand wieder. David rief den Bootsmann und fragte, wann die Mannschaft abgelöst worden sei. »Erst nachdem wir im Auge waren, Sir. Wir haben noch fast eine Stunde Zeit.«

»Ja, aber der Hurrikan ist in spätestens zehn Minuten wieder bei uns. Sehen Sie nur!«

Der Bootsmann rief die Matrosen an und deutete auf die Wand, die sich näherte. Sie waren an den Rand des Auges gerückt. Die Matrosen liefen an geschützte Plätze und seilten sich an. David zog den Mantel fester um sich und überprüfte die Knoten. Dann traf sie der große Hammer.

Nach einer halben Stunde war allen, als seien sie schon wieder tagelang in diesen heulenden, kreischenden und donnernden Wassermassen, die ihnen immer wieder die Luft aus den Lungen drückten und an den Tauen rissen, dass die Rippen schmerzten.

David war froh, dass die Wellen sie nicht breitseits trafen, sondern schräg von achtern. Auch so neigte sich das Schiff so stark zur Seite, dass der Mast fast die See berührte. Es war wie ein Ringkampf mit einem übermächtigen Gegner. Wenn man sich ein wenig aus der Umklammerung befreit hatte, musste man schnell um sich blicken, ob irgendwo Hilfe gebraucht wurde. Aber noch hielten die Taue, die die Kanonen an die Reling banden.

Hustend spuckte David das Salzwasser aus, das ihm bei einem unbedachten Atemzug in den Hals geraten war. Nun würde er noch lange würgen müssen, bis er das Kratzen los war.

Direkt backbord über ihm knallten Schüsse. Schüsse? Das ging doch gar nicht, sagte sein gequältes Hirn. Wanten waren gerissen, die den Großmast stützten. Der Mast würde brechen! Er stieß seine Nachbarn an und deutete nach oben. Sie banden sich wie er hastig los und stürzten im Wellental nach vorn, um sich woanders anzuseilen.

Dann brach der Mast mit furchtbarem Krachen. Einen Rudergänger schmetterte er zu Boden. David rannte zum Mastständer, wo Äxte waren, griff eine und hackte wie wild auf die Wanten und Stage, die den Mast noch an ihrer Seite hielten und die Sloop herumzudrehen drohten. Neben ihm schlugen andere zu. Dann ein Warnruf! Die letzten Taue rissen, sie waren frei. Aber schon schlug wieder eine Welle über ihnen zusammen. Den Rudergänger riss sie weg. Er oder das Schiff.

Dann stieg die Ablösung aus den Luken. Henderson drückte Davids Arm und nickte. Es ging ihm also wieder besser. Erschöpft kämpfte sich David zum Niedergang. Alberto schlief. Mustafa half ihm aus den Sachen. Barry mauzte. »Wie geht es dem Oberst?«, fragte David.

»Bevor er bewusstlos wurde, hat er nur gekotzt, Sir«, antwortete Mustafa. »Aber er ist in Ordnung. Ich habe ihm vorhin etwas Wasser eingeflößt.«

David trank, aß einen Bissen und legte sich wieder zu Barry, der ihn beschnupperte und dann seine Schnauze auf eine Pfote legte.

Niemand wusste später, wie lange es noch gedauert hatte. Waren es ein oder zwei Tage? David war sicher, dass es eine Ewigkeit war, als er wieder an Deck stand und merkte, wie der Sturm nachließ.

Bald war er nur noch ein ›Stürmchen‹, und sie konnten ihre Umgebung sehen. Nichts unterbrach die Eintönigkeit des wild schäumenden Wassers.

Der Zimmermannsmaat kletterte an Deck herum und prüfte, wo sie einen Notmast aufrichten konnten. Er meldete Henderson, dass er am Vormast beginnen wollte. Bald schleppten seine Männer eine fünf Meter lange Stenge nach vorn und banden sie mit vielen Seilen am Maststumpf fest. Dann schlugen sie eine Rah an und bald knüpften sie die Geitaue, die Stage und die Wanten.

»Land!«, schrie einer vom Vorschiff. »Steuerbord voraus!«

David starrte auf die ferne Küste. Dann erkannte er sie. Sie waren vor einer Ewigkeit daran vorbei gesegelt. Es war Pointe du Vauclin an der Ostküste Martiniques. Die starke Strömung, die hier vorbeilief, würde sie an der Küste entlangtreiben bis zum Pointe d'Enfer. Da nach einem Hurrikan fast immer eine Flaute folgte, würden sie kaum eine Chance haben, sich freizusegeln, wenn sie nicht schon vorher strandeten.

Er berichtete Henderson von seinen Beobachtungen und Schlussfolgerungen. Der blickte zur drei Meilen entfernten Küste, überlegte und sagte: »Ich werde alles vorbereiten lassen, damit wir auch ohne Boote an Land gehen können und für den Notfall ausgerüstet sind, Sir.«

David nickte ihm zu und war wieder einmal stolz auf ihn. Henderson war einfallsreich und behielt immer den Überblick. Ein guter Kommandant.

Immer mehr Seeleute waren an Deck beschäftigt, zimmerten Flöße, stauten Vorräte, reparierten auch dies und das. Immer wieder wanderten die Blicke zur Küste, wo jetzt Kap Ferré auftauchte. Würden sie bald dort in Gefangenschaft sein?

Henderson trat zu David und berichtete, dass relativ wenig Wasser im Rumpf sei. Ob sie das Schiff nicht doch retten könnten? Die beiden diskutierten hin und her. Versuchen müsse man es, war ihre Entscheidung. Aber bei der Stärke der Strömung, dem Ausfall von Wind und Segeln und der Beschaffenheit der Küste vor ihnen waren ihre Chancen nicht groß.

»Am frühen Nachmittag müssten wir bei Pointe Baham stehen«, stellte David fest. »Wenn wir uns dort von den Felsen und dem Riff freisegeln könnten, hätten wir eine Chance. Bereiten Sie alles vor.«

Sie errichteten zwei weitere Notmaste und blickten dann erwartungsvoll voraus. Dann sahen sie die zwei Felseninseln und erkannten den Verlauf des Riffes an den Brechern. »Die Dünung ist noch verdammt stark«, sagte Henderson resignierend. Sie trimmten die Segel, sie legten das Ruder herum. Es half nichts. Unbeirrt trieb die Strömung sie auf das Felsenriff zu.

David spähte voraus. Sie durften nicht an der äußeren Riffkante auflaufen. Sie mussten zwischen die Felsen kommen, damit sie Zugang zum ruhigen Wasser dahinter hätten. Immer wieder waren ja Lücken in der Riffkante. Dahinter sah man das ruhigere Wasser und den Strand der Halbinsel.

David zeigte Henderson eine größere Lücke. »Dort müssen wir hinein! Lassen Sie Flöße an Backbord aussetzen und mitschleppen, damit sie den

Bug etwas herumholen. Notfalls müssen wir vorübergehend einen Anker auswerfen.«

Die Mannschaft wusste, worum es ging, und arbeitete fieberhaft. Einige jedoch wollten nur eins: Alkohol. Aber alle Alkoholvorräte waren verschlossen, und die Seesoldaten drohten mit ihren Bajonetten. Maate trieben sie mit ihren Knüppeln an die Arbeit.

Dann waren sie in der Brandung. Die Wellen schlugen über das Vorschiff. Backbord rückten die Felsen ganz nahe. »Flöße einholen!«, schrie Henderson. Die Felsen sollten ihnen nicht die Rettungsfahrzeuge zerquetschen. Der Sog zog sie zwischen die Felsen. Ein Ausläufer der Dünung hob das Vorschiff noch einmal an. Dann krachte es auf einen Felsen. Seeleute wurden an Deck umgeworfen, Vorräte verrutschten. Sie waren aufgelaufen.

Flucht und Rückkehr
(Dezember 1808 bis Februar 1809)

Der Aufprall hatte David gegen den Stumpf des Großmastes geschleudert, und er rieb sich die schmerzende Schulter, als er um sich blickte. Das Schiff lag auf ebenem Kiel. Die Dünung rollte nur schwach an ihnen vorbei. Zum Land hin erstreckte sich eine kaum gekräuselte Wasserfläche. Vögel, die kreischend aufgeflogen waren, als das Wrack in das Riff krachte, landeten wieder auf Felsen oder am Ufer.

Aus den Niedergängen strömte die Mannschaft. Nun hielt es niemanden mehr unter Deck. Das erste Dutzend Männer mit Musketen schob ein Floß am Vorschiff ins Wasser. Sie sollten den Landeplatz am Ufer sichern. David spähte voraus. Ein schmaler unwirtlicher Strand und dann gleich wieder hochwuchernder Wald.

Henderson dirigierte das zweite Floß ins Wasser. Es hing ebenfalls an einem dicken Tau. Hastig wurde es von Männern bemannt, die Werkzeuge auf den Balken verstauten. Mit diesen beiden

Flößen würde es jetzt einen regen Pendelverkehr zum Ufer geben, bis sie alles geborgen hatten. Es würde Nacht werden.

»Sind Sie bereit, Sir?«, fragte Henderson. David nickte und blickte auf das erste Floß, das wieder an das Wrack herangezogen wurde. Zwei Männer standen auf ihm und steuerten es mit langen Stangen durch das Riff. David hatte mit Henderson verabredet, dass er am Ufer das Ausladen und die Errichtung des ersten Notlagers überwachen würde. Henderson als Kommandant würde bis zuletzt an Bord bleiben, und David hatte sowieso die größere Erfahrung an Land.

Alberto und Mustafa standen mit ihren Windbüchsen bereit. Mustafa stützte den Oberst, der die schlimme Seekrankheit noch nicht überstanden hatte. Alberto hielt Barry, den Hund. Fast ein Dutzend Seeleute warteten neben ihnen. Diesmal sollten auch Kisten mit Lebensmitteln an Land.

Sie knieten auf dem Floß und hielten sich an den Tauen fest, die am Boden angenagelt waren. Es ruckte, wenn sie sich von den Felsen abstoßen mussten, dann glitten sie durch seichtes Wasser, und schon waren sie am Ufer. David sprang vom Floß und lief durch das Wasser an Land.

Das war eher ein Kiesel- als ein Sandstrand. Felsen durchbrachen ihn. Er war nur etwa zwanzig Meter breit, dann begann Gehölz und dahinter hoher Wald.

David rief sich die Karte ins Gedächtnis. Sie waren an der Halbinsel Baham gestrandet. Sie war durch eine Landbrücke mit dem Festland verbunden. Südlich von ihnen lag die Bucht Trabaud, nördlich die Bucht von Coton. David konnte sich an keine Ortschaft in der Nähe erinnern. Höchstens kleine Fischerhütten würden sie an den Buchten finden.

David rief den Männern zu, dass sie die Lebensmittel dort an dem großen Baum lagern sollten. Anderen befahl er, Äste von drei Metern Länge abzuschlagen, damit sie für die Verletzten ein Zeltdach aufspannen konnten.

Oberst Masefield kam auf ihn zu. »Ich fühle mich wie neugeboren, seit ich festen Boden unter den Füßen habe. Wie kann ich mich nützlich machen?«

»Gehen Sie bitte mit zwei Männern den Waldrand ab. Suchen Sie den besten Boden aus, damit wir heute ein vorläufiges Lager haben. Sie haben ja Erfahrung, was man dazu braucht.«

Das nächste Floß mit Fleischfässern landete. David fiel ein, dass noch niemand nach einem Bach oder einer Quelle suchte. Aber mit dem nächsten Floß würden die Männer kommen, die Hilfe holen sollten. David überlegte. Wo würden die Männer am ehesten ein Boot finden, das sie stehlen und zu den Blockadeschiffen vor Le Marin oder Sainte-Luce segeln könnten?

Er entschied sich für die weit ins Land ragende Bucht von Coton. Dort könnte sie ihr Schiff auch besser aufnehmen.

Der Steuermannsmaat, der sich dann mit vier Männern bei ihm meldete, hatte eine Karte und einen Bootskompass bei sich. David zeigte ihm anhand der Karte, wie er erst in westlicher Richtung das Festland erreichen und dann nach Norden abbiegen müsse, um die Bucht abzusuchen. Alberto und Mustafa würden den Trupp mit Barry begleiten und dann zurückkehren. David wusste, dass an der Südküste immer ein britisches Schiff patrouillierte. Mit französischen Truppen rechnete er an ihrem Strandungsplatz nicht. Ihre Aussichten waren also nicht schlecht.

Er verabschiedete den Trupp und schärfte Alberto noch einmal ein, vorsichtig den Weg zu erkunden und schnell zurückzukehren. Alberto machte ein Gesicht, als ob ihn seine Frau wieder auf seine schmutzigen Schuhe hinwies. Er wusste das alles selbst und hatte es schon so oft gehört. Aber David neigte mit steigendem Alter dazu, immer schulmeisterlicher zu werden. Ein letztes Winken, dann war es vorbei.

Als die Nacht schnell wie immer in der Karibik hereinbrach, hatten sie zwar alle Männer vom Wrack geholt, aber längst noch nicht alle Vorräte, die sie bergen wollten. Doch nun mussten die Männer auch einmal Ruhe finden. Die Verletzten lagen schon in Decken unter dem Zeltdach. Ein Feuer brannte, das gegen das Meer hin abgeschirmt war. Der Koch hatte einen Erbsbrei fertig. Henderson teilte Wachen ein, und dann wurde es ruhig, wenn man davon absah, dass einige furchtbar schnarchten.

David wurde in der Nacht einige Male wach, als die Wachen wechselten, aber er schlief dann doch bis in den Morgen hinein, als die Sonne sie weckte. Henderson hatte entschieden, dass die Männer Ruhe brauchten. Jetzt schienen sie gut gelaunt, als sie sich reckten und den Haferbrei schnupperten, den der Koch mit seinen Gehilfen zubereitete.

Henderson hatte seine Offiziere um sich versammelt und gab Instruktionen, was als Nächstes getan werden sollte. Nach dem Frühstück würden sie zuerst die restlichen Sachen vom Schiff holen, und dann würden sie Erkundungstrupps aussenden, um von dem Strand wegzukommen, an dem kein Schiff landen und an dem sie sich schlecht verteidigen konnten.

David blickte immer wieder zu der Landbrücke hin, in deren Richtung Alberto und Mustafa gestern verschwunden waren. Unruhe stieg in ihm auf. War etwas passiert? Dann sah er vier Mann hinten zwischen den Bäumen. Er rief Henderson eine Warnung zu, aber dann erkannten sie Barry, Alberto und Mustafa mit zwei Fremden.

Der Trupp hatte gestern Abend erst sehr spät in der Bucht ein Fischerboot gefunden. Zwei Männer hatten es an Land gezogen und saßen am Lagerfeuer, bevor sie mit Fackeln Fische stechen wollten. Sie waren zu Tode erschrocken, als die Briten ihnen ihre Musketen unter die Nasen hielten. Einer der Briten war von den Kanalinseln und konnte sich mit den Fischern verständigen.

Alberto war nach kurzer Beratung mit dem Steuermannsmaat einig. Die beiden Fischer konnten nicht zurückgelassen werden, wenn der Trupp jetzt davonsegelte. Alberto ließ ihnen erklären, dass sie mitkommen müssten und dass sie ein gutes Mietgeld erhalten würden, bevor ihr Boot zurückgebracht werden würde. Die beiden waren einverstanden, tranken aus Albertos Flasche schmatzend einen Schluck Rum und blickten ihrem Boot nach, als es auslief.

Alberto und Mustafa hatten unterwegs gerastet, weil der Weg im Dunkeln zu beschwerlich war. Die beiden Fischer brauchten sie nicht zu fesseln. Der Hinweis, dass einer von ihnen Wache hielt und dass Barry sie immer einholen würde, hatte genügt.

Drei Verletzte mit Beinbrüchen mussten sie tragen, als sie vom Strand abrückten, um ein besseres Lager zu suchen. Die Männer, die sich den Arm oder das Schlüsselbein gebrochen hatten, konnten selbst laufen.

David ging mit Oberst Masefield, seinen beiden Begleitern sowie mit Barry voran. Alberto zeigte ihnen, wie sie gestern am leichtesten die Landzunge überquert hatten, um dann in nördlicher Richtung die Bucht Coton zu erreichen. Als Alberto wieder nach Osten abbog und nicht zum Wasser ging, fragte David, warum er das tue.

»Wir würden sonst nur auf die Halbinsel gegenüber von Kap Coton geraten, Sir. Wir wollten aber an die Bucht. Darum haben wir uns den Weg auf die Halbinsel erspart.«

David überlegte einen Moment. Gestern war das wahrscheinlich richtig, um Fischer zu finden. Aber wenn sie ein Lager suchten, dann lag die Halbinsel am Anfang der Bucht doch gerade richtig. »Sagt den anderen, sie sollen hier warten. Wir sehen uns jetzt die Halbinsel an, ob wir dort gut lagern können«, entschied David.

Sie fanden eine Quelle, die zur Bucht hin rieselte. Sie entdeckten einen kleinen Hügel und davor einen Felsen, der nicht nur einen guten Überblick über die Einfahrt erlaubte, sondern es ihnen auch erleichterte, sich bemerkbar zu machen. Am nordwestlichen Rand der Halbinsel fanden sie einen Strand, der zum Einbooten ideal war.

»Nun, Mr Masefield, das ist doch ein guter Lagerplatz. Trocken, geschützt, eine Quelle in der Nähe, leicht zu verteidigen, was will man mehr?«, sagte David.

»Bin ganz Ihrer Meinung, Sir David. Zwei, drei

Palisadenschanzen zum Festland und eine Kanone zur See, dann kann uns hier nicht viel passieren.«

Als Henderson mit seinen Männern eintraf, hatten David und der Oberst schon überlegt, wo die Latrinen, die Schlafplätze und die Küche eingerichtet werden sollten. Sie informierten Henderson, der noch fragte, wo die Ziege und die paar Hühner untergebracht werden sollten, die den Hurrikan überlebt hatten.

»So, dass uns nicht alle Eier geklaut werden und dass die Viecher nicht dauernd die Kochkessel sehen, sonst werden sie melancholisch«, scherzte David.

»Es soll ja nur für zwei oder drei Tage sein«, gab Henderson zu bedenken und ging davon, um die Leute einzuteilen.

Sie bauten ihr Lager auf, und da unter den britischen Seeleuten so viele ausgezeichnete Handwerker waren, wurde eine kleine Siedlung daraus, die für Ewigkeiten geeignet erschien und nicht nur für zwei Tage. »Ich habe schon oft gesehen, dass diese Schiffshandwerker alles perfekt machen wollen«, sagte Oberst Masefield. »Ich wünschte, ich könnte in unserem Haus solche Leute finden.«

Obwohl keine Anzeichen für feindliche Soldaten zu erkennen waren, holten sie mit viel Mühe drei kleine Karronaden vom Wrack und stellten sie auf. Einmal sahen sie fern in der Bucht das Segel eines Fischerbootes. Sonst entdeckten sie außer kreischenden Vögeln und in der Bucht springenden Fischen kein Lebenszeichen.

Sie fassten die Quelle ein, sie mauerten Herde, die Latrine erhielt Holzsitze. Und in all diesen

Anzeichen bürgerlicher Sesshaftigkeit wuchs in David eine Unruhe, die er kaum noch bezähmen konnte. Er durchstreifte mit Alberto, Mustafa und Barry die Umgebung. Und wenn sie auf keinen Menschen stießen, dann murmelte er nach der Rückkehr zu Henderson: »Es muss ja einmal jemand durch puren Zufall auf uns stoßen. Wo bleibt bloß ein Schiff, das uns hier wegholt?«

Henderson beruhigte ihn am zweiten und auch am dritten Tag. Aber am vierten Tag nach dem Schiffbruch war David überzeugt, dass das Boot, das Hilfe holen sollte, gesunken sein musste. »Es sind doch nur fünfzehn Seemeilen zur Bucht von Le Marin. Die müssten doch längst hier sein. Nein, morgen gehe ich mit Alberto, Mustafa und zwei Freiwilligen los. Wenn wir über die Landzunge nach Sainte Anne gehen, ist das ja auch nur eine Entfernung von sechs bis acht Kilometern. Und dort in dem kleinen Nest finden wir bestimmt ein Boot. Kommen Sie mit, Oberst?«

»Gern, Sir David. Hier habe ich unter all den Seeleuten ja doch nichts zu tun.«

Sie hatten Flaschen mit Wasser und etwas Brot dabei. Das würde reichen, denn Papayas konnten sie überall pflücken. Der Oberst hatte sich eine Rifle geben lassen. Alberto und Mustafa trugen die Windbüchsen, und die beiden Matrosen hatten Musketen. Alle hatten auch lange Entermesser dabei, um sich den Weg freischlagen zu können.

David gab nach dem Bootskompass zunächst Ost als allgemeine Richtung an. Wenn sie ausweichen mussten, würden sie es nach Norden tun, denn etwa in Nordost zu Ost vermutete er ihr Ziel.

Sie bahnten sich den Weg durch hoch wuchernden Regenwald. Der Brettwurzelbaum wuchs so riesig, dass sie seine Krone nicht erkennen konnten. Mahagoni, Palmen und vor allem die Baumfarne und Lianen verwehrten ihnen den Blick. Schweiß sickerte ihnen in die Augen, wenn sie Äste zur Seite schoben oder sie abschlugen.

»Hier brauchen wir ja für einen Kilometer schon eine Stunde«, stöhnte Oberst Masefield. Doch dann lichtete sich der Wald, und sie sahen zu ihrer Linken eine fast baumfreie Ebene mit seltsamen Gebilden. Als sie näher dran waren, erkannten sie, dass es versteinerte Bäume, Säulen aus Lava und kurios geformte Blöcke waren.

»Davon habe ich im Handbuch der Admiralität gelesen«, berichtete David. »Hier hat ein Vulkan einmal seine Lava ausgespuckt. Das nennen sie jetzt ›die Savanne der Versteinerungen‹. Wir können an ihrem Rand entlanggehen, müssen uns dann aber wieder mehr nach Norden wenden.«

Sie konnten jetzt schneller voranschreiten und schwitzten auch nicht mehr, da die Luft frischer und klarer war. Sie waren guten Mutes. Hätten sie gewusst, dass in dieser Minute das Boot ihrer Retter am Strand vor dem Lager anlegte, dann wäre ihr Hochgefühl wohl zerstoben.

So aber wanderten sie weiter und passierten jetzt Plantagen mit Zuckerrohr. Sie mieden die größeren Wege und hielten sich dicht an die großen Stauden. Ab und an pausierten sie, und alle horchten. Aber Barry gab kein Zeichen, dass etwas Verdächtiges zu bemerken war, und sie schritten voran.

Einmal überquerten sie einen Fahrweg, umgingen eine Einzäunung und passierten einen Palmenhain. »Nun, vier Kilometer haben wir bestimmt hinter uns«, sagte der Oberst. »Vielleicht sollte einer der jungen Männer mal auf einen größeren Baum klettern.«

»Gute Idee«, stimmte David zu. »Da vorn steht eine große Palme. Traust du dir das zu, Mustafa?«

»Aber natürlich, Sir.« Mustafa gab Alberto seine Windbüchse und seinen Beutel mit der Flasche und dem Brot, schnallte sich den Ledergurt ab und ging zum Baum. Er schob mit einer Hand immer den Gurt hoch, hielt sich fest und kletterte mit den Füßen nach. In erstaunlich kurzer Zeit war er oben. Er zeigte mit dem Arm in östlicher Richtung, bewegte ihn dann wellenförmig und stieß ihn zweimal nach vorn.

»Die Küste in zwei Kilometer Entfernung«, murmelte David in Gedanken. »Dann müssen wir jetzt besonders vorsichtig sein, denn hier sind Menschen und wahrscheinlich auch Soldaten.«

Sie klopften Mustafa anerkennend auf die Schulter, als er wieder unten war und die Meldung bestätigte. Dann schauten sie nach ihren Waffen und gingen vorsichtig, aber entschlossen weiter.

Als sie Singen und Lachen hörten, hielten sie an. Aber es waren nur Arbeiter in der Plantage, denen sie ausweichen konnten. Dann rochen sie Rauch und umgingen ein Haus. Am Ende eines Weges sahen sie auf einmal das Meer schimmern.

»Das tut gut«, sagte einer der Matrosen zu Alberto. »Lange halte ich das nicht aus, wenn ich so übers Land laufen muss und keinen Rundblick habe. Geht aufs Gemüt, und die Kehle wird trocken.« Wortlos gab ihm Alberto die Flasche mit Rum, die er immer bei sich führte.

Keiner von ihnen trug eine Uniform mit Rangabzeichen. David und der Oberst hatten blaue

Jacketts an, die anderen trugen gestreifte Hemden. Aber jeder würde in ihnen fremde Seeleute vermuten, darum war es besser, wenn man sie nicht sah. Sie taxierten jedes Stück Weg, das vor ihnen lag, darauf ab, wo sie sich schnell verstecken könnten.

Aber dann wurden sie doch überrascht. Aus einer Plantage trieb auf einmal ein Reiter sein Pferd hervor. Vor sich auf dem Sattel hatte er einen etwa zehnjährigen Jungen. Er sah sie, als er zwanzig Meter vor ihnen war. Es war ein weißer Farmer.

Er wusste sofort, was sie waren. »Parbleu, des Anglais!«, schrie er und riss sein Pferd herum.

»Schieß auf das Pferd!«, befahl David. Albertos und Mustafas Windbüchsen machten ›Plopp‹, und das Pferd brach zusammen. Der Reiter hatte ein Bein unter dem Leib des Pferdes und schrie. Der Junge war unverletzt, rannte davon und rief immer: »Des Anglais!«

Alberto sah David fragend an, aber der schüttelte den Kopf. »Schnell, hier entlang!«, rief er und hastete seitwärts durch die Plantage zum Meer. Nach einer Weile hörten sie nur noch ihren eigenen Atem. Dann sahen sie den Strand. Sie hielten inne, atmeten heftig und schauten sich um.

Dort, dreihundert Meter entfernt, standen zwei Hütten. Vor ihnen lagen Boote am Strand. Niemand brauchte etwas zu sagen. Sie hasteten auf die Hütten zu. Mustafa und die beiden Seeleute waren schneller als die anderen. Sie inspizierten die Boote schon, als die anderen ankamen.

»Das da, Sir, ist am besten«, äußerte Mustafa und wies auf ein Boot. »Wir haben auch genug Riemen für das Boot.«

»Los, nehmt alle Riemen, damit uns niemand folgen kann. Ins Wasser mit dem Boot!«

Als Mustafa und ein Seemann es ins Wasser zogen, kreischten Stimmen. Frauen stürzten aus den Hütten, gestikulierten und riefen. Zwei Männer folgten ihnen. Unwillkürlich hatten Mustafa und der Seemann inne gehalten. »Voran!«, brüllte sie David an. »Ins Boot, ihr anderen!« Dann zog er seine Pistole und richtete sie auf die Fischer.

Die blieben stehen, und er ging rückwärts zum Boot. »Schnell, Sir. Da kommen Reiter!«, mahnte Alberto.

David sah sich um. Dreihundert Meter entfernt galoppierten etwa zehn Reiter den Strand entlang auf sie zu. David sprang ins Boot. »Schnell weg!«

Alberto schob das Boot an, dann griffen die Riemen. Aber die Fischer liefen ihnen nach, wollten das Boot festhalten. David schoss ihnen eine Kugel über ihre Köpfe, und sie hielten inne. Aber die Reiter!

»Schneller!«, rief David und langte nach einer Windbüchse. Auch der Oberst hatte seine Rifle bereit und prüfte das Zündpulver. Sie waren fünfzig Meter vom Ufer entfernt. Die Reiter waren heran, sprangen von den Pferden und nahmen Gewehre von den Sätteln.

Der Oberst feuerte und traf einen von ihnen. Sie rannten auseinander, warfen sich in den Sand oder versteckten sich hinter den Pferden. Auch David schoss, aber die Windbüchse erschreckte nicht durch ihren Knall. Er traf ein Pferd, das sich aufbäumte und wieherte. Aber die Reiter wussten gar nicht, warum.

Jetzt pfiff die erste Kugel über das Boot. Die Ruderer zogen die Riemen so kraftvoll durchs Wasser, dass sie fast brachen. Noch zwei Minuten, dann waren sie außer Reichweite.

Der Oberst schoss wieder. Er war ein ausgezeichneter Schütze. Er traf einen der Verfolger in die Schulter. Der brüllte seinen Schmerz hinaus, dass es auch ihnen in den Ohren gellte. Aber die anderen feuerten nach einer Schrecksekunde zurück. Eine Kugel fetzte Holz vom Dollbord ihres Bootes. Eine andere streifte den Oberst an der Schulter. Er zuckte zusammen, lud dann aber weiter seine Rifle, zielte und schoss.

»Sie können uns nicht mehr erreichen. Lassen Sie mich Ihre Wunde ansehen, Mr Masefield.«

»Es ist nur ein Streifschuss, Sir David«, antwortete der.

»Egal, eine Binde stoppt das Blut. Zeigen Sie her.«

David goss ein wenig Rum über die Wunde und wickelte dann einen Streifen seines Hemdes herum. Plötzlich donnerte ein Kanonenschuss. Erschreckt blickte er hoch.

Eine Briggsloop segelte aus der Tiefe der Bai heraus und feuerte auf sie. Verdammt, das war die frühere britische *Carnation*, die die Franzosen gekapert und jetzt bei Marin unter dem Schutz der Batterien geankert hatten. Sollte er durch eine britische Brigg vor Martinique sterben?

Doch plötzlich änderte die *Carnation* den Kurs. Sie wendete. David blickte zum Meer. Dort segelte eine Sloop heran. Die britische Flagge wehte. Die Kanonen waren ausgerannt. An Deck winkten viele Matrosen.

»Das ist unsere *Cherub*, Sir. Ich habe sie vor Castries gesehen!«, rief Alberto, und die anderen brüllten erleichtert ihr »Hurra« hinaus.

Aber warum hatte die Sloop so viele Leute an Deck. »Das sind welche von unserem Wrack, Sir«, meldete Mustafa, der die besten Augen hatte. »Sehen Sie doch nur, auch der Erste Leutnant ist dabei.«

David stieg zuletzt die Jakobsleiter empor. An Deck trommelten und pfiffen sie. Der Commander begrüßte ihn. Offiziere und Seeleute strahlten ihn an.

»Wo sind die anderen? Wo ist Kapitän Henderson?«, fragte David.

Der Commander antwortete:»Wir sind gleich losgesegelt, als wir hörten, dass Sie nach Saint Anna wollten, Sir. Wir haben nur einen Teil der Schiffbrüchigen aufgenommen, Sir. Die anderen birgt die *Cleopatra*. Sie wollen auch noch einen Teil der Karronaden retten, Sir. Dann segeln sie nach Castries.«

»Mit meiner Ungeduld habe ich unser Leben aufs Spiel gesetzt. Hätte ich nur eine Stunde mehr Geduld gehabt, wären wir ohne jede Aufregung alle gerettet worden. Die Schiffe hatten sich nur vor dem Hurrikan in Sicherheit gebracht und kehrten dann auf ihre Blockadeposten zurück«, sagte David leise.

»Das hätte auch anders ausgehen können, David«, widersprach ihm Edward Dillon. »Wenn das Boot wirklich untergegangen wäre, was bei solchen Nussschalen immer passieren kann, wäre deine Aktion eure einzige Hoffnung gewesen. Deine Unrast hat euch oft gerettet. Lieber einmal zu oft besorgt als einmal zu wenig.«

Sie saßen in der Bibliothek des großen Hauses und tranken ihren Port vor dem Essen am Heiligen Abend. Beschert werden würde erst morgen früh.

Hier galten nicht die kontinentalen Sitten wie in Davids Familie. Seine Kinder würden heute Abend ihre Geschenke erhalten. Aber nein, fiel ihm ein. Sie hatten sie ja schon. England war den Antillen ja einige Stunden voraus.

Edward hatte etwas gesagt, was David überhört hatte. Er bat ihn, es zu wiederholen. »Ich hatte gefragt, was du jetzt mit Commander Henderson machst«, fragte Edward noch einmal.

»Ich gebe ihm die Fregatte *Orion*, die wir auf der Herreise gekapert haben. Leutnant Miller, der Erste der *Neptune*, wird dann Commander der Brigg, die Henderson überlistet hat.«

David war für drei Tage zur Farm der Dillons gefahren, um dort die Feiertage zu verleben. Schöner konnte er es nicht haben. Die *Neptune* lag in British Harbour unter O'Byrnes Kommando. Sonst hatte David seiner Besatzung immer ein Weihnachtsessen spendiert. Diesmal würde es das Neujahrsessen sein. Die Ochsen waren schon ausgesucht. O'Byrne würde Silvester zwei Tage Urlaub bei Freunden in St. Johns verbringen. Danach hatte sie der Alltag wieder.

Die Pläne für den Angriff auf Martinique waren fast fertig. Eigentlich hätte der Angriff Anfang Januar stattfinden sollen, aber dann waren General Abercrombie zwei Regimenter durch Ruhr ausgefallen. Das Warten auf die Gesundung und die Umgruppierungen würde zwei Wochen in Anspruch nehmen.

Jetzt war Pause in den militärischen Vorbereitungen, und sie wurde von den Dillons mehr als ausgefüllt. David galt als Mitglied der großen Familie, musste mit der Familie des Sohnes diesen Ausflug unternehmen, im Haus der ältesten Tochter jenes Essen probieren und bei der anderen Schwester den Enkeln von England erzählen.

Alberto war wieder einmal der Liebling der Zofen und Köchinnen. Mustafa hatte sich mit dem Buchhalter angefreundet und unternahm mit ihm lange Ausritte. »Wer hier als reicher Farmer lebt, Sir, der ist dem Paradies recht nahe«, sagte er zu David.

Als David nach English Harbour zurückkehrte und am Silvestertag nach einer Besichtigung der *Orion* Henderson die Urkunde über die Ernennung zum Postcaptain überreichte, fühlte sich auch der dem Paradies recht nahe. Die Werft und das Arsenal hatten alles getan, um der Flotte am letzten Tag des alten Jahres die Fregatte zu übergeben. Das würde die Jahresbilanz verbessern. Und Henderson hatte ein wunderbares Schiff, wenn auch in der Besatzung noch große Lücken klafften. Bisher hatte er ja nur seine Mannschaft von der Sloop übernehmen können.

»Ich sehe keinen Grund, Mr Henderson, warum die Admiralität Ihre Ernennung nicht bestätigen sollte. Und die Besatzung werden wir aus den Hospitälern und Rekrutierungsbüros auch noch zusammenkratzen. Verteilen sie doch auch Handzettel für freigelassene Sklaven. Wir waren damals mit den Negern recht zufrieden«, riet David.

Henderson bedankte sich für den Rat, war aber mit seinen Gedanken längst bei dem Schneider, wo er das neue Uniformjackett mit der einen Epaulette auf der rechten Schulter abholen wollte. Diese Epaulette zeigte jedem, dass er ein vollgültiger Kapitän mit weniger als drei Dienstjahren war. Nach den drei Jahren würde er Epauletten auf beiden Schultern tragen, aber dann war er ja auch bald so ein alter Mann wie der Flaggkapitän O'Byrne, der das große Linienschiff gemächlich von Hafen zu Hafen führte. Wenn er mit seiner Fregatte nur erst auf freie Jagd gehen könnte.

Freie Jagd hatte Henderson auch für den Silvesterabend vor. Leutnant Miller hatte ihn eingeladen, doch mit ihm zu einer Feier nach Falmouth, dem Nachbarort, zu fahren. Ein Prisenagent veranstaltete dort einen Ball. Flottenoffiziere waren auf diesen Bällen immer willkommen, denn die Agentur lebte ja von ihnen. Und es sollte immer sehr lustig und freizügig zugehen. Das Leben war herrlich, stellte Henderson fest.

Auch David war mit seinem Leben zufrieden, als er an seinem Schreibtisch saß und gerade eingetroffene Briefe von Britta und den Kindern las. Neben ihm standen seine bevorzugten Kekse. Edward hatte eben eine Tasse Tee mit einem Schuss Rum gebracht. Die Kajütenfenster waren geöffnet. Der Wind kühlte angenehm.

David war in seinen Gedanken daheim. Britta schrieb von den Kindern, von Gregor und seiner Frau, die wieder ein Kind erwartete, von Julie und William Hansen mit ihren Kindern, von den neuesten politischen Intrigen in London und von ihrer Sehnsucht nach ihm. Ja, wenn Britta mit den Kindern ihn besuchen käme, wäre das wunderschön. Das Kommando in der Karibik war ja keine so zeitaufwändig und kraftzehrende Aufgabe. Da könnte er sich immer wieder der Familie widmen.

Aber er wäre nicht er selbst gewesen, wenn nicht auch wieder die Sorgen seine glücklichen Gedanken angriffen. Wenn seine Familie in einen Hurrikan geriete, wenn das Gelbfieber sie erfasste, wenn sie überfallen oder gar ermordet werden würde? Mit aller Willenskraft riss er sich von diesen quälenden Sorgen los, überdachte noch einmal, was er gegen die Gefahren geplant hatte, und beruhigte sich. Es war so unwahrscheinlich, dass alle Vorsichtsmaßnahmen versagen würden.

Er trank einen Schluck Tee und las noch einmal den letzten Absatz. Heute Abend würde er mit Major Ekins und mit Dr. Cotton speisen, beides uralte Schiffsgefährten. Um Mitternacht würde er mit der Wache und den auf dem Achterdeck anwesenden Offizieren auf das neue Jahr anstoßen. Und morgen würde er die Mannschaften bei dem von ihm spendierten Ochsenbraten auf den Decks besuchen und ihnen allen ein gutes Jahr wünschen. Am nächsten Abend, wenn O'Byrne wieder an Bord war, würden sie dann nach Guadeloupe auslaufen.

Ernest Henderson schaute wieder einmal auf seine Epaulette, als er mit Leutnant Miller die Kutsche vor dem Gasthaus in Falmouth verließ. Dieses Funkeln konnte niemand übersehen. Er war Kapitän und würde die Nacht genießen und jeden Tag im kommenden Jahr. Seine Fregatte würde das erfolgreichste Schiff der Flotte werden.

Der Prisenagent hatte das beste Haus am Platze für seine Feier angemietet. »Was die Kerle an den Provisionen verdienen müssen«, murmelte James Miller. Der Prisenagent begrüßte Miller mit der gleichen Zuvorkommenheit wie Henderson, denn er wusste, dass dieser in den nächsten Tagen zum

Commander ernannt werden würde. Miller tat das gut, denn er war als Leutnant dienstälter als Henderson, aber dieser hatte in den letzten Jahren mehr Glück mit eigenen Kommandos gehabt.

Die beiden betraten den großen Saal und prallten erst einmal vor dem Lärm zurück. Alle Anwesenden schienen zu lachen und zu schreien, und eine Kapelle spielte dazu unbeirrt ihre flotten Melodien. Diener nahmen den beiden Hut und Degen ab. Andere reichten ihnen Gläser mit Sekt, und unverzüglich wurden sie diesen und jenen Damen vorgestellt.

Der Anteil junger Damen war außerordentlich groß. Familien mit würdevollen Müttern und Vätern, die freundlich und doch sorgsam über ihre Töchter wachten, waren demgegenüber in der Minderheit.

»Gratuliere zum neuen Rang«, sagte eine Stimme neben Henderson. Der schaute sich um und sah einen jungen Schiffsbaumeister von der Werft. Er dankte, grüßte, und der Schiffsbaumeister fuhr ohne Pause fort: »Nicht jede, die wie eine Dame gekleidet ist, ist auch eine, Sir. Sie haben heute auch die Schneiderinnen, Köchinnen und anderes Personal der umliegenden Farmen aufgeboten, damit sich die Junggesellen amüsieren können. Und das werde ich tun, Sir.« Er lachte und verschwand im Trubel.

Henderson blickte sich um. James Miller trank und plauderte auch schon mit jungen Frauen. Henderson war ein gut aussehender Mann von etwa dreiunddreißig Jahren, aber auf Gesellschaften wirkte er immer etwas linkisch. Er stammte aus einer ehrsamen, aber bitterarmen Familie und hatte als Kind nie eine Gesellschaft auch nur von weitem gesehen. Er staunte immer wieder, wie die Menschen mit Wildfremden so leicht und locker plaudern konnten.

Aber Henderson fiel den Müttern und Vätern heiratsfähiger Töchter auf. Ein gut aussehender Mann in respektabler Position, kein Luftikus allem Anschein nach. Schon nahmen die ersten Kontakt auf. Töchter wurden vorgestellt, Gläser entgegengehalten, der eigene Wohlstand mehr oder weniger geschickt zur Sprache gebracht.

Henderson tanzte mit einigen schüchternen und ungelenken Töchtern, aber dann sagte er sich, das sei eigentlich nicht das, was er sich gewünscht habe. Unter dem Vorwand, dass er nach einem Kameraden sehen müsse, verzog er sich in die andere Ecke des Saales, wo es besonders lustig zuging.

James Miller stand inmitten junger Damen und unterhielt sie anscheinend glänzend. »Endlich, Ernest, wo hast du denn gesteckt? Die Damen hier brauchen noch einen echten Kavalier.«

Die Damen stimmten zu. Zwei hakten sich gleich bei Ernest ein und wollten, dass er sie zum Büfett begleite. »Die Herren kennen sich schon länger?«, fragte die eine.

»O ja«, antwortete Henderson. »Wir waren beide schon vor über zehn Jahren als Leutnants in der Karibik.«

»Dann haben Sie sicher viel zu erzählen«, meinte die eine. Aber als Henderson anfangen wollte, von der gemeinsamen Zeit mit James Miller zu berichten, stopften sie ihm den Mund mit Appetithäppchen, drückten sich scheinbar absichtslos an ihn und führten seine Hände über ihre Schultern.

Henderson wurde warm, und er trank immer wieder von dem kühlen Sekt. Er tanzte mit verschiedenen Damen, die unaufhörlich lachten und den Kopf an seine Brust legten. Sie berührten mit ihren Unterkörpern immer wieder den seinen, und der Gedanke irritierte ihn, dass man seine Erektion in der engen Kniehose bemerken könne.

Um Mitternacht spielte die Kapelle den Tusch. Der Gastgeber wünschte ein glückliches neues Jahr mit vielen Prisen. Wieder wurden Gläser gereicht und getrunken. Die Damen küssten Hendersons Wange, und eine Rothaarige, die sich bei den letzten Tänzen schon an ihn gedrückt hatte, nahm seinen Arm. »Herr Kapitän, ich brauche Ihre Auskunft. In einem Raum hier steht ein Schiffsmodell, das *Apollo* heißt. Ist das die Fregatte, auf der Sie damals segelten?«

Sie zog ihn ungeachtet der giftigen Blicke der anderen eine Treppe hinauf und in einen Raum, in dem eine Zofe sie mit neuen Sektgläsern begrüßte. Der Rock der Zofe war erstaunlich kurz.

»Das ist Daisy, und ich bin Lissy, aber das habe ich Ihnen ja schon zugeflüstert«, sagte die Rothaarige und trank ihm zu. Zu seinem Erstaunen trank ihm auch Daisy zu. Sie war eine attraktive Mulattin mit kirschroten Lippen und strahlenden Zähnen. Henderson stürzte sein Glas hinunter.

»Wo ist das Schiffsmodell?«, fragte er dann.

»Nicht doch so hastig, Herr Kapitän«, bat Lissy. »Daisy muss mich erst ein wenig verwöhnen, sonst bekomme ich Kopfschmerzen. Bringen Sie uns allen noch etwas Sekt, bitte.«

Als Ernest sich mit den Gläsern wieder ihnen zuwandte, hatte Daisy der Rothaarigen das Kleid an der Schulter heruntergestreift und küsste ihren vollen weißen Busen. Lissy hatte den Kopf zurückgelegt und stöhnte voller Wonne. Ernest konnte es kaum glauben, und in seiner Leiste spürte er ein wohliges Ziehen.

Daisys kurzer Rock war nach oben geschlagen, und Henderson sah einen wunderbar geformten runden schwarzen Po. Er sperrte den Mund auf und trank hastig etwas Sekt. Dann sah er, wie sich Lissys weiße Hand zwischen Daisys schwarzen Schenkeln hindurchschob und den Schritt massierte. Daisys Bewegungen wurden rhythmischer und schneller. Sie stöhnte.

»Nun zieh dich doch schon aus«, keuchte Lissy. »Wir brauchen dich. Komm her!«

Henderson warf die Jacke ab, nestelte an seinem Hemd. Lissy sagte zu Daisy: »Hilf ihm!«

Daisy streifte sich ihr kurzes Kleid über den Kopf und glitt geschmeidig auf Ernest zu. Sie war nackt. Er ließ sie seine Hose öffnen und fuhr über ihre Haut. Sie war samtweich. Auf dem Sofa zog sich Lissy aus, und er sah sie in ihrer weißen Nacktheit. Dann merkte er, wie Daisy sein Glied in den Mund nahm und den Kopf vor und zurück bewegte. Ihre Hände spielten in seinem Schritt. Er warf den Kopf in den Nacken und stöhnte laut und wild.

Lissy legte sich auf das Lager und reckte ihren Unterkörper hoch. »Komm und nimm mich!«, rief sie.

Daisy löste sich von Ernest und schob ihn zur Couch. Lissy spreizte die Beine und Ernest schob sich zwischen sie. Lissy nahm stöhnend sein Glied und führte es ein. Hastig stieß Ernest zu.

»Nicht gleich so schnell«, forderte die Rothaarige. Ernest zügelte seine Lust etwas. Aber dann spürte er auf seinem Rücken Daisys spitze Brustwarzen. Und ihre Finger tasteten sich in seinen Schritt vor und begleiteten seine Bewegungen. Er schrie vor Wollust, stieß schneller zu, und auch

Lissy stöhnte laut. Ernest spürte, wie er sich in sie ergoss.

»O nein, nicht so schnell!«, rief Lissy enttäuscht. Sie schob sich unter Ernest hervor und sagte keuchend: »Daisy, komm!«

Ernest Henderson lag schwer atmend auf dem Rücken. Dann hörte er neben sich die Frauen keuchen. Er konnte kaum glauben, was er sah. Jede hatte den Oberschenkel der anderen in den Schritt geklemmt. Sie bewegten sich kräftig hin und her und fuhren mit Händen und Lippen über die Busen der Partnerin. Es war ein Zucken der weißen und schwarzen Leiber, eine Wildheit und Lust, wie sie Ernest nie gesehen hatte.

Er spürte, wie sein Glied wieder steif wurde, dass es ihn schmerzte. »Nimm ihn dir«, sagte Lissy. Daisy glitt zu Ernest, fühlte, wie steif er war, und setzte sich mit wohligem Stöhnen auf ihn und ritt in immer schnellerem Tempo auf ihm. Ernest riss den Mund auf. Da spürte er, wie sich Lissys Brüste vor seinen Mund schoben und wie sie forderte: »Küss sie mir! Lutsche sie!«

Ernest küsste und sog, er hob und senkte seinen Unterleib und hörte immer nur die Schreie und das Stöhnen der Frauen. Dann hob sich Daisy von ihm empor. Lissy kniete sich auf das Lager, reckte ihren Po hoch und forderte: »Nimm mich von hinten!«

Ernest sah, wie sich Daisy die eigenen Brüste streichelte und die Lippen leckte. Er stützte sich auf Lissys Rücken und drang in sie ein. Daisy stand auf einmal über Lissys Rücken und wandte ihm ihren Leib und ihre Brüste zu. Er fasste ihr mit dem linken Arm um die Taille, griff ihr mit der rechten Hand zwischen die Beine und suchte mit dem Mund ihren Busen.

Unter ihm zuckte und stöhnte Lissy. Vor ihm wand sich Daisy und schrie voller Lust. Er fühlte sich so stark und stieß und wühlte und lutschte. Sein Körper glühte. Er wusste nicht, wie lange es ging, bis sie erschöpft nebeneinander lagen und nach Luft rangen. Eine gab ihm noch etwas zu trinken. Dann musste er eingeschlafen sein.

Langsam wurde Henderson aus dem ohnmachtähnlichen Schlaf durch ein stetes Rucken an der Schulter emporgezogen. Er blinzelte und blickte in ein schwarzes Gesicht. »Sie müssen sich anziehen, Massa. Feier ist vorbei. Bald kommen Gäste für Neujahrsempfang.«

Henderson fuhr empor. Es war heller Tag. Mein Gott, dachte er. Was hatte ich denn heute früh alles für Termine? Er schlang das Laken um sich und lief hastig zu den Stühlen, wo seine Sachen lagen. Später konnte er sich kaum erinnern, wie er zu seinem Schiff gekommen war.

Am nächsten Tag war alle Müdigkeit vergangen, nur das Wohlbehagen über die erlebten Genüsse stärkte Henderson. Die *Orion* machte sich klar zum Auslaufen. Sie wollten ausprobieren, wie die Mannschaften das Schiff handhaben konnten. Sie hatten fünfundsechzig Mann zu wenig Besatzung, denn eine Achtunddreißig-Kanonen-Fregatte brauchte mehr Männer als eine Sloop. Und es mussten etwa vier Dutzend Neue integriert werden, die sie aus Hospitälern und als Rekruten erhalten hatten.

Henderson gab seine Kommandos. Die Maate pfiffen und schrien. Allmählich nahm die Fregatte Fahrt auf. »Die läuft gut. Das spürt man sofort«, führte der Master Selbstgespräche, aber Henderson hörte ihm gern zu. Ja, das war seine Fregatte, und sie würde nicht nur gut segeln, sondern auch gut schießen, gut die Stürme abwettern, eben alles gut machen.

Er musste sein Hochgefühl im Laufe des Tages herunterschrauben. Es lief längst nicht alles gut. Rahen klemmten, Geitaue verhedderten sich, und ein Mann fiel aus den Wanten aufs Deck und brach sich das Bein. Beim ersten Kanonendrill schienen die neuen Besatzungsmitglieder nur linke Hände zu haben. Die Maate hatten sich schon heiser gebrüllt, aber immer noch liefen die Bewegungen zum Laden und Ausrennen der Kanonen langsam und stockend.

Der Tag ging. Henderson ließ die Segel kürzen und verschwand zum einsamen Abendessen in seine Kajüte. Morgen würde es besser gehen. Und wenn nicht, dann würden sie so lange üben, bis alles lief wie geschmiert. Dann stieg die Erinnerung wieder hoch. Er lächelte stolz. So wie es mit Lissy und Daisy gelaufen war. Mein lieber Mann, das war etwas gewesen. Das sollte man bald wiederholen.

Es klappte besser am nächsten Tag, aber weder Tempo noch Genauigkeit der Manöver entsprachen dem Standard der Flotte. Henderson beschloss, den Mannschaften Mut zu machen. Und siehe, das motivierte sie wirklich. Er war wieder zufrieden mit sich, als er am Abend seine Kajüte aufsuchte. Heute würde der Erste Leutnant mit ihm speisen. Aber vorher wollte er noch seine private Toilette aufsuchen. Er musste Wasser lassen und schrie unwillkürlich auf, als er den Schmerz spürte. Es brannte so in der Harnröhre. Wo hatte er sich nur erkältet?

Aber im Gespräch mit seinem Ersten, der ja auch

von der Sloop übernommen worden war, verging der Gedanke an die Erkältung. Sie aßen und tranken und waren froh über das neue Schiff. »Mit den Zwölfpfünder-Kanonen und den Vierundzwanzigpfünder-Karronaden können wir ganz schön loslegen, Sir. Wenn wir unsere Besatzung erst in Schwung haben, pusten wir die Kaperschiffe hier glatt aus dem Wasser«, prahlte der Erste.

Bevor Henderson sich hinlegte, ging er noch einmal zur Toilette. Und dann schnitt der Schmerz wieder in sein Glied. Verdammt, jetzt wurde er unruhig. Sein Bursche musste ihm sofort Bärentraubenblättertee kochen. Das hatte immer geholfen, wenn er sich die Blase erkältet hatte.

Aber am nächsten Morgen merkte er, dass er gelblichen Ausfluss hatte, und es brannte wieder beim Wasserlassen. Ob er sich angesteckt hatte bei den beiden Frauen? Aber das waren doch keine Huren gewesen. Nun ja, Damen aus feiner Familie waren es wohl auch nicht gerade. Sie hatten Erfahrung und keinerlei Scham. Unvorstellbar, dass seine Mutter oder seine Schwester so etwas tun würden. Also könnte es sein!

Die *Orion* würde heute Abend wieder einlaufen, und er würde Dr. Cotton aufsuchen. Der kannte ihn doch, seit er anno zweiundneunzig auf der *Shannon* zur See gegangen war. Und sie hatten doch gemeinsam in Offiziersmessen gesessen. Seinen eigenen Schiffsarzt würde er in einer so delikaten Frage nicht aufsuchen. In Henderson wuchs die Angst, und er schlief schlecht in dieser Nacht.

Dr. Cotton hatte wieder einmal das Hospital in English Harbour inspiziert und saß nun in dem

Zimmer, das man ihm dort zur Verfügung gestellt hatte. Er war unzufrieden. Die Hospitäler in Westindien hatten einen schlechten Ruf, und nur die unerfahrensten Ärzte bewarben sich um diese Stellen. Aber dass sie auch so uninteressiert waren, seinen Rat anzunehmen, das erbitterte Cotton. Er würde sie so lange inspizieren und zwiebeln, bis sie so etwas wie Berufsethos erkennen ließen. Verdammt noch mal!

Es klopfte. Beinahe hätte er noch einmal geflucht, aber dann zwang er sich zu einem freundlichen »Herein!«

Kapitän Henderson stand vor ihm. »Ernest«, sagte er erfreut. »Dann kann ich Ihnen doch endlich zur wohlverdienten Beförderung gratulieren. Möge Ihnen das Glück im Kommando treu bleiben.«

Dann sah er Hendersons ernstes Gesicht. »Ist etwas, Ernest?«

Henderson lächelte verlegen. »Ich glaube, das Glück ist mir untreu geworden, James.« Und er schilderte seine Beschwerden und seine Befürchtung.

»Wann hatten Sie das letzte Mal Verkehr, Ernest?«

»Vor vier Tagen genau.«

»Und davor?«

»Mein Gott, das weiß ich gar nicht genau. Mindestens drei Monate ist es her, James.«

»Waren Sie im Bordell, Ernest?«

Henderson verneinte und deutete an, was geschehen sei, ohne auf Einzelheiten einzugehen.

»Nach Ihren Andeutungen habe ich fast den Eindruck, dass Nymphomaninnen sie benutzt haben, Ernest. Aber nun müssen Sie die Hosen herunterlassen. Ich muss Sie untersuchen. Und dann werden Sie auch noch in dieses Glas hier pinkeln müssen.«

Cotton tastete das Glied, die Leisten und die Hoden ab, betrachtete sorgfältig die Hautstellen am Unterleib, fragte nach Ausschlag an anderen Körperteilen und reichte Ernest dann ein Glas. Er beobachtete, wie Henderson sich den Schmerz beim Urinieren verbiss, sah sich die trübe Flüssigkeit genau an, benetzte ein weißes Tuch damit und nickte, als er die eitrig gelbe Verfärbung sah.

»Sie haben sich einen Tripper eingefangen, Ernest. Da er so bald nach dem Verkehr auftrat und bei diesen Symptomen tippe ich auf die harmlosere Form. Aber wir müssen den Tripper natürlich behandeln, sonst verschwindet er nicht. Ich werde Ihnen Pillen geben. Die werden Sie einnehmen. Ihr Schiffsarzt wird eine Diät mit Ihnen verabreden und die Entwicklung beobachten.«

»Nein, das geht nicht. Ich kann so etwas doch nicht dem Schiffsarzt anvertrauen, James.«

»Das werden Sie müssen, mein Lieber. Ich segele morgen zur Inspektion nach St. Lucia, und Sie brauchen einen Arzt zur Betreuung. Er darf und wird anderen gegenüber nicht darüber sprechen, genauso wenig wie ich. Aber ein Arzt muss sein, Ernest. Bei unsachgemäßer Behandlung kann sich der Tripper schlimm entwickeln. Ich werde noch heute mit Ihrem Arzt sprechen und alle Maßnahmen mit ihm verabreden. Jetzt nehmen Sie erst einmal diese beiden Tabletten.«

»Was ist das, James?«

»Das ist eine quecksilberhaltige Chlorverbindung, Ernest, aber ich weiß nicht, ob Ihnen das viel sagt. Sie können Magenbeschwerden davon kriegen. Wenn Sie erbrechen, müssen Sie es dem

Arzt sagen, damit der entscheidet, was zu tun ist, denn das Medikament muss im Körper wirken können. Es wird alles gut werden. Haben Sie Mut, Ernest.«

Dr. Cotton sprach noch am späten Abend ausführlich mit dem Schiffsarzt. Er bat ihn, auch nach Abklingen der Symptome in den nächsten Monaten besonders bei Kapitän Henderson auf Hautausschläge und Wucherungen zu achten.

»Wenn so etwas auftritt, Dr. Cotton, dann wäre es die unheilbare, schlimme Form der Krankheit, nicht wahr?«, fragte der junge Kollege.

Cotton nickte. »Sie wissen, dass ich eine Dissertation über die Geschlechtskrankheiten veröffentlicht habe. Ich glaube, dass das, was wir heute die ›schlimmere Form‹ nennen, eine andere, für uns unheilbare Geschlechtskrankheit ist. Aber wie dem auch sei, ich hoffe sehr, dass es nicht dazu kommt. Kapitän Henderson ist so ein vielversprechender Offizier. Achten Sie auch auf seine Stimmung. Wenn er deprimiert ist, geben Sie ihm ein wenig zur Aufhellung.«

Die *Neptune* segelte nach Guadeloupe. Am nächsten Morgen sichteten sie die Felsen des Kaps Pointe des Chateaux, des östlichsten Punktes der Inselhälfte Grande Terre. Die Matrosen, die die Insel zum ersten Mal sahen, blickten mit Erstaunen auf die hohen Wellenberge, die sich an den Felsen brachen.

»Lassen Sie uns an der karibischen Seite entlangsegeln, Mr O'Byrne«, sagte David. »Ich möchte sehen, was in ›Le Moule‹ an Schiffen liegt.«

»Aye, aye, Sir« antwortete Paul gut gelaunt. »Hoffentlich finden wir wieder so ein Goldschiff

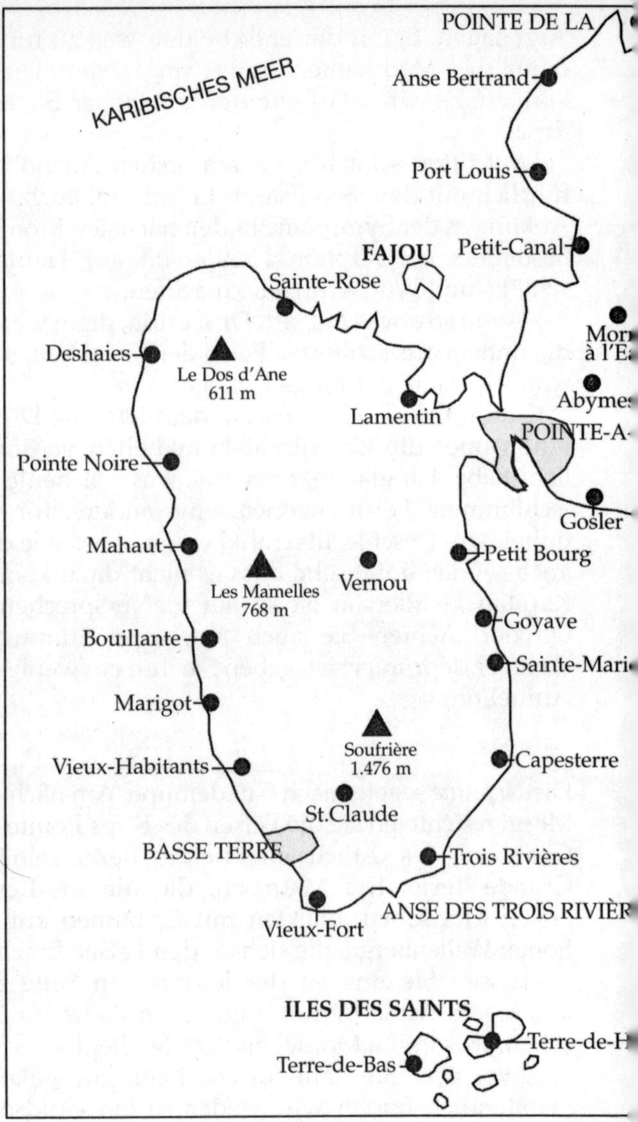
KARIBISCHES MEER
POINTE DE LA
Anse Bertrand
Port Louis
Petit-Canal
FAJOU
Sainte-Rose
Deshaies
Le Dos d'Ane
611 m
Lamentin
POINTE-A-
Pointe Noire
Gosler
Mahaut
Les Mamelles
768 m
Vernou
Petit Bourg
Goyave
Bouillante
Sainte-Mari
Marigot
Soufrière
1.476 m
Capesterre
Vieux-Habitants
St.Claude
BASSE TERRE
Trois Rivières
Vieux-Fort
ANSE DES TROIS RIVIÈR
ILES DES SAINTS
Terre-de-H
Terre-de-Bas
Abymes

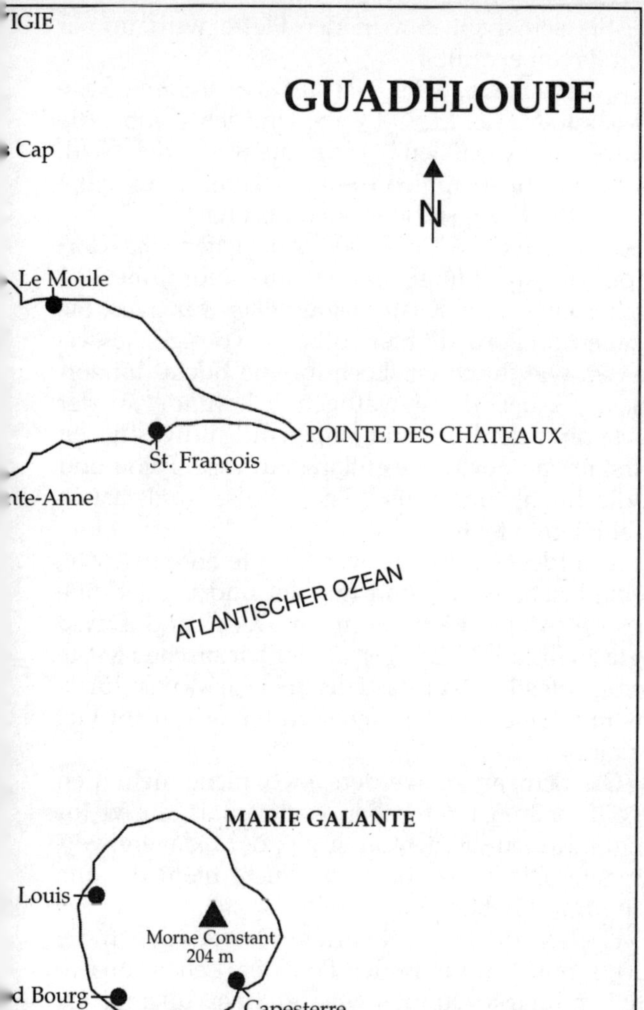
'IGIE
GUADELOUPE
Cap
N
Le Moule
POINTE DES CHATEAUX
St. François
nte-Anne
ATLANTISCHER OZEAN
MARIE GALANTE
Louis
Morne Constant
204 m
d Bourg
Capesterre

wie Sie seinerzeit, Sir. In der Flotte wird immer noch davon erzählt.«

David lächelte. »Das war auf der anderen Seite bei Sainte-Marie, Mr O'Byrne. Und ich glaube, die Franzosen haben heute nicht mehr so viel Geld, nachdem ihr Napoleon seiner Familie in ganz Europa die Königskronen spendiert hat.«

Sie fanden in Le Moule kein Anzeichen, dass dort Kaper lagen. Einige Segler aus Nordamerika, Fischerboote und Küstensegler. Das war alles. Sie segelten am Porte d'Enfer vorbei, wo riesige Wassermassen wie durch ein Loch in eine Bucht donnerten. Sie sahen die gewaltigen Felswände an der Nordspitze der Insel und gingen auf südwestlichen Kurs, um an der Küste entlang zur Insel Fajou und in die Bucht hineinzusegeln, die die Insel fast in zwei Hälften teilte.

Sie entdeckten Mangrovensümpfe an der Küste, kleine Fischerdörfer und nur hin und wieder eine Batterie. Major Ekins kam an Deck, und David sagte zu ihm: »Die Insel ist an der karibischen Küste wenig befestigt. Nur das Fort über Le Moule dürfte uns Probleme bereiten. Insofern hat sich nicht viel verändert.«

»Die Schwarzen werden auch nicht mehr den revolutionären Eifer haben wie damals, als Victor Hugues ihnen die Befreiung von der Sklaverei verkündete. Die Miliz soll längst nicht mehr die alte Kampfkraft haben, Sir.«

»Hoffen wir es«, antwortete David. »Sehen Sie dort, schon kann man den Soufrière sehen, unsere alte Landmarke«, und er wies auf den Vulkankegel, der fast anderthalb Kilometer hoch über der westlichen Inselhälfte Basse Terre aufragte.

Im Hafen von Basse Terre entdeckten sie schließlich zwei Schoner, in denen sie Kaperschiffe vermuteten. »Geben wir unseren Batterien ein wenig Gelegenheit zur Praxis, Mr O'Byrne«, sagte David. »Lassen Sie bitte einige Salven auf den Hafen feuern.«

Sie schossen ihre Salven hinaus. Von der Mole antworteten einige kleinere Kanonen, und dann mischten sich die schweren Kanonen des Forts St.-Charles ein. Über dem Fort stiegen Rauchwolken auf. »Jetzt erhitzen sie ihre Kugeln«, sagte Peter Cullen, der nun als Erster Leutnant Dienst tat, zu den jungen Midshipmen der Wache. »Warten Sie nur, bis Ihnen die glühenden Brocken um die Köpfe fliegen.«

Die Midshipmen wirkten beeindruckt. Mr Goodwin, der Master, verkniff sich ein Lachen. Die *Neptune* würde jetzt einige Salven mit dem Fort austauschen, damit die Neulinge einmal merkten, wie es war, wenn die Kugeln um das Schiff oder vielleicht sogar in die Bordwand einschlugen. Aber es bestand überhaupt keine Notwendigkeit, so lange zu warten, bis die Franzosen ihre Kugeln erhitzt hätten.

Wie zur Bestätigung seiner Gedanken sagte David: »Lassen Sie das Gefecht bitte abbrechen, Mr O'Byrne, und Sie, Mr Goodwin, bringen uns bitte um Kap St. Vieux herum in die Bucht von Pointe-à-Pitre. Ich gehe für kurze Zeit unter Deck.«

Steuerbord erkannte man in der Ferne die kleine Inselgruppe der Saintes, auf die der Master die jungen Herren hinwies.

»War dort nicht im Krieg gegen Amerika eine große Schlacht, Sir?«, fragte einer der jungen Midshipmen.

»Da sollten Sie den Admiral fragen«, antwortete Mr Goodwin. »Der hat damals als junger Leutnant ganz alleine einen Vierundsechziger von den Franzosen zurückerobert.«

»Ganz allein, Sir? Einen Vierundsechziger, Sir?«

»Ja, ich habe es selbst von Admiral Haddington gehört, der damals sein Kapitän war. Aus irgendeinem Grunde ist es nicht in die Berichte und die Gazetten gekommen. Admiral Haddington deutete eine Intrige an«, sagte Goodwin ernst.

David hatte in der Kajüte noch einige Karten eingesehen und neue Meldungen der Admiralität gelesen. Bald würden sie Sainte-Marie sichten, wo er damals das Goldschiff, auf das O'Byrne vorhin angespielt hatte, aus dem Hafen heraus kaperte. Es hatte die unvorstellbare Summe von zweihundertfünfzigtausend Pfund in Gold geladen. Sein Prisenanteil machte ihn für Lebenszeit reich. Zwanzigtausend Pfund hatte er für die Gründung der Stiftung gespendet, die heute in der Nähe seines Gutes so reiche Früchte trug. Dr. Cotton und Major Ekins waren damals schon auf seinem Schiff gewesen. Und sein Sohn John, der auf diesem Schiff gefallen war. Er schüttelte sich. Er würde es vermeiden, die Vergangenheit wieder lebendig werden zu lassen. Aber er wusste, wie gerne seine Schiffsgefährten alte Geschichten hörten.

Es klopfte an seiner Tür, und der Midshipman der Wache meldete, dass ein Schoner vor ihnen nach Sainte-Marie flüchte. Als David an Deck kam, sah er, dass sie keine Chance mehr hatten, den Schoner abzufangen. Es war ein kleiner Schoner, wahrscheinlich ein Kaper oder ein Schmuggelschiff.

»Sollen wir ihn aus dem Hafen herausholen, Sir?«, fragte Kapitän O'Byrne.

David überlegte einen Augenblick. »Nein. Die Befestigungen sind sicher nicht schwächer als damals. Die Franzosen wären nicht unvorbereitet. Die zu erwartenden Verluste würden den möglichen Erfolg nicht rechtfertigen. Lassen Sie uns ein wenig vom Land abhalten und mit der Dämmerung dicht an Pointe-à-Pitre heransegeln. Dort können wir uns nachts auf die Lauer legen.«

»Aye, aye, Sir.«

David hatte Paul O'Byrne zum Abendessen eingeladen, und sie tranken bei Kerzenlicht hinter den zugezogenen Fenstervorhängen ihren Wein. »Morgen werden wir Marie Galante einen Besuch abstatten, Paul. Ich bin gespannt, was uns erwartet. General Abercrombie hat ein paar sonderbare Bemerkungen gemacht, wie: Die Armee könne nicht ständig Truppen entsenden, damit sich die Flotte eine Privatinsel für Prisenjagden und verbotenen Handel leiste. Auf Rückfragen hat er nur geantwortet, ich solle mir selbst ein Bild machen, dann würde er sich mit mir sehr schnell einigen können.«

»Was mag er nur meinen?«, sinnierte O'Byrne. »Unsere Schiffe haben im März unter Kapitän Selby durch Überraschung die kampflose Übergabe der Insel erreicht. Gut, sie liegt so dicht vor Guadeloupe, dass sie jederzeit auch von dort aus überraschend angegriffen werden kann. Darum braucht man sicher eine Garnison, die das abwehren kann. Aber was soll das mit der Privatinsel heißen?«

»Ich weiß es nicht, Paul, aber ein wenig verwundert hat mich schon, dass in meinen Akten ein

Kapitän Kent als Kommandeur der Insel geführt wird, kein Armeeoffizier. Neben den Seesoldaten steht ihm auch ein Kontingent ›Angeworbener‹ zur Verfügung. Ich werde Major Ekins diese Truppe inspizieren lassen.«

Es klopfte an der Tür, und der Midshipman meldete, dass der Hund etwas gehört habe und dass die Ausgucke ein auslaufendes Schiff vermuteten. Beide standen auf und folgten dem Melder an Deck.

Leutnant Norton hatte Wache und meldete, dass vor Bas-du-Fort möglicherweise ein Schiff ausbrechen wolle. »Der Hund hat andauernd geknurrt, Sir, und ein Nachtausguck meldete, er habe kurz vor den Lichtern eines Hauses am Ufer die Silhouette eines Zweimasters gesehen. Jetzt können wir aber auch mit den Nachtgläsern nichts sehen, Sir. Der Mond wird erst in einer halben Stunde aufgehen.«

»Wenn Sie nichts dagegen haben, Sir, werde ich mit gekürzten Segeln etwa Parallelkurs segeln, damit wir in der Nähe sind, falls wir im Licht des Mondes etwas entdecken«, sagte O'Byrne.

»Ein guter Vorschlag, Mr O'Byrne. Aber wenn Sie die Befehle erteilt haben, können wir die jungen Herren wieder allein lassen und unser Glas Wein austrinken.«

Als sie gegangen waren, flüsterte der eine Rudergänger zum anderen: »Sie hätten die Pulle auch mitbringen können. Wir hätten ihnen schon beim Austrinken geholfen.«

Sein Kumpel lachte leise.

Aber das Phantomschiff war zu schnell für die *Neptune*. Sie sichteten es zwar im Mondlicht, aber auf ihren Kanonenschuss reagierte die Brigg nur damit, dass sie alle Segel setzte und in Richtung Pointe des Chateaux davonsegelte.

»Sie gewinnt auf jede Meile eine halbe«, schimpfte O'Byrne. »Das ist ein verdammt schneller Hase. Den fangen wir nicht, Sir.«

David musste zustimmen und schlug vor, die Verfolgung nach einer halben Stunde abzubrechen, falls sich nichts weiter ereigne. »Im Morgengrauen können wir dann Marie Galante anlaufen. Ich lege mich etwas aufs Ohr.«

Aber man ließ ihn nicht ausschlafen. Mit der ersten Dämmerung wurde er mit der Meldung geweckt, eine Brigg käme ihnen aus Richtung Maria Galante entgegen. David trank hastig eine Tasse Kaffee und eilte an Deck.

»Sie hat eben die britische Flagge gehisst, Sir«, sagte der Wachhabende erstaunt.

»Dann signalisieren Sie: ›Kommandant zum Rapport!‹ Wir werden ja sehen, was sie dann machen.«

Die Brigg drehte bei und setzte ein Boot aus.

»Da kommt tatsächlich jemand zum Rapport«, wunderte sich O'Byrne.

Es war ein Flottenleutnant, der sich meldete.

»Nanu«, wunderte sich David. »Was haben Sie für einen Auftrag, Sir?«

»Leutnant Wiltenbourgh mit der Brigg *Davon* auf dem Weg von Marie Galante nach Savannah, Sir.«

»Was haben Sie geladen, Mr Wiltenbourgh?«

»Rum, Zucker und Getreide, Sir.«

»Sie sollen diese Waren nach Savannah in die Vereinigten Staaten bringen?«, fragte David ungläubig.

»Aye, Sir«, antwortete der Leutnant erstaunt.

»Bitte folgen Sie mir in meine Kajüte, Mr Wiltenbourgh. Mr O'Byrne, begleiten Sie mich bitte. Mr Roberts möchte sofort kommen.«

In der Kajüte bot David dem Leutnant weder einen Stuhl noch ein Getränk an. Er wartete selbst stehend auf die Ankunft seines Sekretärs, erwiderte kurz dessen Gruß und sagte: »Machen Sie sich bitte genaue Notizen, Mr Roberts.«

Dann wandte er sich zum Leutnant. »Ich gehe davon aus, Mr Wiltenbourgh, dass Ihnen bekannt ist, dass der direkte Handel der Inseln in britischer Hand mit den Vereinigten Staaten verboten ist und dass die Flotte den Auftrag hat, diesen Handel zu unterbinden. Wieso treiben Sie dann als Flottenoffizier diesen verbotenen Handel?«

»Ich handele auf Befehl des Kommandanten von Marie Galante, Sir, und der erhält seine Befehle vom Kommandierenden Admiral der Leeward Inseln, Sir.«

»Das bin ich, und ich habe einen derartigen Befehl nie erteilt. Haben Sie schon öfter derartige Handelsfahrten durchgeführt?«

»Das ist die vierte Fahrt, Sir.«

»Haben Sie eine Besatzung aus Seeleuten der Flotte, Mr Wiltenbourgh, und wem geben Sie den Erlös aus den Verkäufen?«

»Die Besatzung sind Seeleute der Flotte, Sir, und das Geld übergebe ich dem Kommandanten, Kapitän Kent.«

David überlegte einen Moment. »Leutnant Cormack wird Sie mit zehn Seesoldaten auf die Brigg begleiten, Mr Wiltenbourgh. Sie segeln mit uns zurück nach Grand-Bourg. Bevor ich dort mit Kapitän Kent spreche, werden Sie das Protokoll unserer Unterredung unterzeichnen, das mein Sekretär ausfertigen wird.«

Der Leutnant salutierte und kehrte mit den Seesoldaten auf die Brigg zurück.

»Abercrombie wird geahnt haben, dass ich mit Entrüstung reagieren würde, wenn jemand die Flotte des illegalen Handels beschuldigt, Mr O'Byrne. Darum sollte ich es selbst entdecken. Bitte schicken Sie Major Ekins zu mir.«

Marie Galante lag vor ihnen im ersten Sonnenlicht, eine fast runde, flache Insel mit knapp zwanzig Kilometern Durchmesser. Sie war von Zuckerplantagen bedeckt, und überall ragten die Windmühlen in den Himmel. Grand-Bourg war nicht mehr als ein Dorf, und der Hafen bot nur Platz für kleinere Segler.

David hatte sofort nach dem Gespräch mit dem Leutnant Major Ekins, den Zahlmeister und Leutnant Cullen zu sich gebeten. »Meine Herren, ich habe Hinweise, dass auf Marie Galante massiv gegen Gesetze der Regierung und Verordnungen der Admiralität verstoßen wird, um private Profite zu erzielen. Ich möchte mit aller Härte durchgreifen und verhindern, dass Unterlagen beiseite geschafft werden. Zu diesem Zweck werden wir Kapitän Kent zum Rapport an Bord befehlen, sobald wir auf Reede liegen. Ich ordne ferner an, dass Major Ekins mit vierzig Seesoldaten die Kommandantur besetzt, sobald Kapitän Kent zur *Neptune* unterwegs ist. Leutnant Cullen wird mit Mr Roberts und dem Zahlmeister der *Neptune* die Akten in der Kommandantur durchsehen, ob Beweise für illegalen Handel, für finanzielle Transaktionen und Steuereintreibungen zu finden sind. Nehmen Sie sich gewandte Leser mit, wie zum Beispiel den Pfarrer, den Schulmeister und den Kantor. Denen sagen Sie, worauf sie zu achten haben, und Sie prüfen dann.«

Kapitän O'Byrne hob die Hand: »Sir, was machen wir mit den Schiffen im Hafen, die augenscheinlich Tender unserer Flotte sind?«

David nickte. »Major Ekins wird nicht nur die Kommandantur besetzen, wozu sicher zehn Mann reichen, sondern auch die Mole und die beiden Batterien. Sobald Kapitän Kent in meiner Kajüte ist, fordern Sie die Kapitäne der Schiffe auf, zum Rapport an Bord zu kommen und verhören sie einzeln über ihre letzten Fahrten, ihre Prisen, die Verteilung der Prisengelder und so weiter.«

David wandte sich wieder Major Ekins zu: »Nehmen Sie bitte Mr Cormack mit, Mr Ekins. Schicken Sie ihn mit ein paar Seesoldaten in einer Kutsche über Land, damit er die Kommandeure der verschiedenen Einheiten auf das Flaggschiff beordert. Mr Roberts fertigt die entsprechenden Befehle bereits aus. Haben Sie noch Fragen, meine Herren?«

Der Flaggleutnant meldete sich: »Hier wurde anscheinend massiv gegen Gesetze verstoßen, Sir. Wie sollen wir vorgehen, wenn jemand Anordnungen verweigert oder gar Widerstand leistet?«

»Jeder Widerstand wird mit aller Härte gebrochen. Auf der *Neptune* herrscht für alle Seesoldaten, Landungstrupps und die Kanonen des Unterdecks Gefechtsbereitschaft, bis wir alles in der Hand haben. Lassen Sie jetzt bitte das Signal für den Kommandanten der Insel setzen, Mr O'Byrne. Die anderen Herren machen sich fertig zum Ausbooten.«

Kapitän Alex Kent wurde mit den ihm zustehenden Ehren an Bord empfangen und in die Admiralskajüte geleitet. Erregt stieß er hervor: »Was soll die Anlandung der vielen Seesoldaten, Sir?«

David wies mit der Hand auf einen Stuhl und setzte sich, ehe er antwortete: »Sie wissen, dass ich der neue Kommandierende Admiral in diesen Gewässern bin. Als solcher begrüße ich Sie und frage Sie, in welcher Funktion Sie auf Marie Galante Dienst tun.«

»Ich bin Kommandant der Insel«, antwortete Kent ärgerlich. Seine rechte Hand zitterte etwas, als er über sein stark fliehendes Kinn fuhr. Seine Augen huschten in der Kajüte umher.

»Ist das nicht ungewöhnlich, Kapitän Kent? Kommandeure der Inseln sind sonst Armeeoffiziere. Wer hat Sie eingesetzt?«

»Dies ist eine Insel, die ausschließlich der Flotte untersteht, Sir. Ihr Vorgänger hat mich eingesetzt. Auch Diamond Rock hat als Insel ausschließlich der Flotte unterstanden.«

»Diamond Rock war nicht mehr als eine Batteriestellung und wurde als Sloop geführt, ein Unikum in unserer Geschichte. Ich habe keine Unterlagen gefunden, dass Marie Galante wie ein Schiff in den Akten der Flotte geführt wird. Außerdem sind Einheiten der Armee auf der Insel stationiert. Wie erklären Sie das?«

»Nachdem Marie Galante im März von der Flotte besetzt worden war, griffen die Franzosen die durch Krankheit geschwächte Besatzung der Seesoldaten Ende August heftig an. In höchster Not sandte die Armee dreihundert Soldaten des Dritten Westindischen Regimentes. Außerdem haben wir eine Art Miliz aus zweihundert aus Guadeloupe geflohenen Sklaven aufgestellt.«

»Wer kommandiert die Miliz, Kapitän, und wer bezahlt sie?«

Kapitän Kent strich schneller über sein Kinn, und seine Augen flackerten umher. »Nun, Sir, ein Leutnant der Seesoldaten kommandiert sie mit vier Sergeanten und einigen Korporälen. Bezahlt werden sie – nun ja, aus Geschäften.«

David wurde ärgerlich. »Mann, äußern Sie sich präzise! Was heißt: aus Geschäften?«

Kent schien aufzugeben. »Aus den Erlösen des Handels mit Savannah, Sir.«

»Sie wissen, dass es ungesetzlich ist, Produkte dieser Insel direkt in die Vereinigten Staaten zu verschiffen. Sie wissen, dass es ungesetzlich ist, als Flottenoffizier privaten Handel zu betreiben und Erlöse anzunehmen. Haben Sie irgendeine schriftliche Ausnahmegenehmigung von diesen gesetzlichen Verpflichtungen?«

»Sir, der Kommandierende Admiral wusste doch davon, hat es sogar angeregt und gebilligt.«

David schüttelte den Kopf. »Ein Mann in Ihrer Position kann nicht so naiv sein, Kapitän Kent. Glauben Sie wirklich, ein Admiral, der Ihnen für Gesetzesverstöße keine schriftliche Anweisung gibt, würde seine Verstöße vor Gericht mündlich bestätigen? An Ihnen wird alles hängen bleiben. Das ist nicht so ungerecht, wie es Ihnen jetzt vorkommt. Sie haben Ihre Ernennung von Seiner Majestät, dem König, nicht vom Admiral. Sie können jedem ungesetzlichen Befehl widersprechen und Seine Majestät anrufen. Das bringt viel Ärger, kann aber Ihren Kopf retten.«

Kent schien völlig aufgelöst. »Aber, Sir«, begann er, doch David hob die Hand.

»Ich werde versuchen, Ihnen zu helfen, aber dann müssen Sie alles auf den Tisch legen, die Finanzierung der Miliz, die Verteilung der Gelder aus dem Handel, die Eintreibung von Steuern von der Bevölkerung, und der Sekretär wird alles notieren. Zur gleichen Zeit werden die Kommandeure der Tender und Handelsschiffe sowie der Militäreinheiten vernommen. Sie sollten also nichts verschweigen.«

Kapitän Kent verschwieg nichts und schonte sich nicht.

Er hatte mit Duldung, vielleicht sogar Förderung des Admirals einen Handel mit den Vereinigten Staaten organisiert. Die Überschüsse dienten dem Unterhalt der Miliz, und der Rest wurde wie Prisengeld verteilt, wobei Kapitän und Admiral die größten Anteile einsteckten. Durch die Armeesoldaten wurden Seeleute für Prisenjagden frei. Manche Schiffe hatten zwei Tender mit ihren Seeleuten ausgerüstet. Von den eingetriebenen Steuern wurden auch Dienste von Offizieren und Sekretären der Flotte zusätzlich bezahlt.

»Es ist ein Sumpf, Paul«, sagte David, als er abends mit Kapitän O'Byrne allein bei einem Glas Wein saß. »Manches wurde von der Korruption in Westindien geflüstert, aber ich habe nicht geglaubt, dass es so etwas in Wirklichkeit gibt. Ich habe Kapitän Kent angeboten, sich hier einem Kriegsgericht zu stellen oder seinen Abschied zu nehmen und sich in London zu verantworten. Er hat London gewählt. Nun müssen wir alles aktenkundig machen und der Admiralität vorlegen. Ihr Sekretär muss Mr Roberts helfen, Paul.«

»Das ist selbstverständlich, David. Können Sie dafür sorgen, dass es in London nicht unter den Tisch gekehrt wird?«

David nickte. »Ich werde Hugh Kelly auch privat informieren und auch Berichte einreichen. Das ist zu groß, um unter einen Teppich zu passen. Aber es kostet Zeit, die ich jetzt für die Eroberung von Martinique brauche, die vor der Tür steht.«

»Verfügen Sie jederzeit über mich, David, wenn ich Sie unterstützen kann.«

David hob sein Glas, und sie tranken sich zu. Zwei Freunde.

Major Ekins blieb als zeitweiliger Kommandeur auf der Insel. Briefe an General Abercrombie, die eine Übergabe der Insel an die Armee regelten, waren schon unterwegs. Die Miliz sollte zur Hälfte von der Armee übernommen werden. Die andere Hälfte würde die Besatzungen der Schiffe verstärken.

Die Tender und Kents private Handelsschiffe segelten in Lee der *Neptune* nach Antigua. Viele Tender und die Handelsschiffe würden dann verkauft werden, und die Mannschaften mussten auf die Kriegsschiffe zurückkehren.

Die Kajüte des Admirals und des Kapitäns wirkten auf dieser Überfahrt wie Schreibbüros bei Gericht. Wer auf den Schiffen eine flüssige Handschrift hatte, saß dort und kopierte Belege für die vielen Verstöße gegen geltendes Recht oder schrieb an den Berichten für die Admiralität.

Die Midshipmen hatte Mr Roberts bald auseinander gesetzt und den Schulmeister und den

Kantor zwischen sie platziert. Die jungen Herren fanden immer einen Grund, um sich unter dem Tisch mit den Füßen anzustoßen oder über irgendeine Formulierung in den Akten zu lachen. Dann gab es Tintenkleckse, und sie mussten von vorn beginnen. Als David einmal dazu kam, drohte er den Midshipmen die Streichung aller Landgänge für die nächste Zeit an. »Nehmen Sie sich gefälligst zusammen. Sie sind nicht die Einzigen, denen die Arbeit zuwider ist«, blaffte er sie an.

Er hatte auch keine Lust, immer wieder die Akten zu studieren und zu überlegen, wie pfiffigen Advokaten der Weg verbaut werden konnte, um die Schuldigen an der gerechten Strafe vorbeizumogeln. Er sehnte sich danach, vor den Karten von Martinique zu sitzen und die besten Angriffspläne auszutüfteln. Nun ja, in Grundzügen hatte er sie schon im Kopf und auch mit General Abercrombie schon vertraulich darüber gesprochen. Aber der Teufel steckte im Detail.

Von der entgegengesetzten Richtung segelte die Fregatte *Orion* mit Kurs auf Antigua. Sie hatte die Inseln von Anguilla bis Nevis abpatrouilliert und dabei einen französischen Toppsegelschoner gekapert, der sie jetzt als Prise begleitete.

Kapitän Henderson stand in seiner Kajüte vor dem Schiffsarzt und hatte die Hosen heruntergelassen. Der Schiffsarzt betastete das Glied und die Hoden, schaute sich die Haut genau an und griff dann nach dem Glas mit dem Urin. Henderson hasste diese Situation. Ihm wurde fast übel vor Abscheu.

»Nun sagen Sie doch schon etwas!«, fuhr er den

Arzt an. »Ich habe keine Beschwerden mehr. Zu sehen ist auch nichts. Ist es nun überstanden?«

Der Schiffsarzt sah ihn betreten an. »Es sieht gut aus, Sir. Aber für ein endgültiges Urteil ist es zu früh. Wir können die Zahl der blauen Pillen pro Tag halbieren, aber absetzen dürfen wir sie erst in einer Woche. Bitte trinken Sie auch noch keinen Alkohol, und essen Sie viel Obst.«

Henderson zog die Hosen hoch. »Verdammt! Kein Fick der Welt ist diese Kur wert. Mir ist dauernd im Magen übel. Ich habe eine Scheißangst, dass der Eiter wieder kommt. Und in der Messe schauen sie einen komisch an, wenn man ein Glas Wein ablehnt.«

»Haben Sie Geduld, Sir. Es wird alles gut«, mahnte der Schiffsarzt.

»Und wenn nicht, dann schieße ich die beiden Luder über den Haufen, die mir das angehext haben und knalle mir danach selbst eine vor den Schädel«, schimpfte Henderson.

Als die *Orion* in English Harbour einlief, sah Henderson die Brigg, die er überlistet hatte, neu aufgetakelt vor der Werft liegen. »Eine feine Briggsloop ist daraus geworden, Sir«, sagte sein Erster. »Da haben wir Commander Miller zu einem guten Schiff verholfen.«

»Deck!«, rief ihr Ausguck. »Die *Neptune* läuft den Hafen an!«

»Nun, dann werden wir nicht viel Ruhe haben«, sagte Henderson zu seinem Ersten. »Lassen Sie meine Gig vorbereiten.«

Aber erst riefen die Signale Commander Miller zum Rapport.

»Wie weit sind Sie mit Ihrer Brigg, Mr Miller?«, fragte David.

»Ich habe sie vorgestern übernommen, Sir. Mir fehlen siebzig Mann Besatzung, Sir. Die Ausrüstung ist vollständig. Ich will heute zu ersten Segelmanövern auslaufen, Sir.«

»Ich werde Ihnen eine Anweisung für den Rekrutierungsoffizier im Hafen geben, damit er Ihnen zwanzig Seeleute von den Transportschiffen aus Marie Galante überstellt. Dann segeln Sie ohne Verzug nach Marie Galante und übernehmen dort noch einmal zwanzig Neger von der Miliz. Sie müssen Marie Galante in den nächsten Wochen schützen und gleichzeitig ein kampfkräftiges Schiff formen, Mr Miller. Wir sind mit Martinique beschäftigt. Da sollen die Burschen auf Guadeloupe nicht denken, sie könnten Marie Galante angreifen. Hat Ihr Schiff nun schon einen Namen?«

»*Caravelle,* Sir. Es wurde vor der Halbinsel Caravelle gekapert, Sir. Der Name klingt gut, und den Namen ›Bonaparte‹ konnten wir ja nicht beibehalten.«

»Na gut, Commander. Ich wünsche Ihnen jederzeit viel Erfolg mit Ihrem Schiff. Sagen Sie Mr Roberts und dem Hafenkapitän, dass ich mit dem Namen einverstanden bin.«

Kapitän Henderson erhielt zwei Tage Zeit, seine *Orion* für die Überfahrt nach Barbados und den anschließenden Angriff auf Martinique vorzubereiten. Dann riefen die Flaggen die Kommandanten der übrigen im Hafen liegenden Schiffe zum Rapport an Bord. Für einige, die ihre Mannschaften allzu freizügig für Tender und Transporter in Marie Galante zur Verfügung gestellt hatten, würde es kein sehr angenehmer Rapport werden. Vielleicht hatten sie schon eine Vorahnung, wenn sie sahen, wie Kapitän Kent ohne jede Formalität an Land gerudert wurde, um dort die Tage unter Hausarrest zu verbringen, ehe er ein Schiff nach London bestieg.

David lief die Treppen zur Armeekommandantur in Barbados hinauf, dankte den salutierenden Posten nur kurz und rief dem Butler ungeduldig zu: »Wo ist der General?«

»Hier in der Bibliothek, Sir David«, antwortete der, klopfte kurz und öffnete die Tür.

David trat so schnell ein, dass General Abercrombie kaum Zeit hatte, die Brille abzusetzen, mit der er sich ungern sehen ließ.

»George, eben habe ich die Post erhalten, dass meine Familie im März kommt und bis Juni bleibt. Sie reisen auf Schiffen der Reederei meines Freundes und meiner Kusine. Nicole kommt auch mit. Ist das nicht wunderbar?«

»Das ist eine wunderbare Nachricht. Komm, wir sagen es gleich meiner Frau.« Er ging zur Innentür und rief: »Ardina?«

Aus dem Nebenraum klang es: »Was gibt es, George? Mir war, als hätte ich jemanden kommen hören.«

»Ja, unser Freund David ist da und sagt mir eben, dass seine Familie im März kommt.«

Georges Frau stand jetzt in der Tür, breitete die Arme aus und sagte: »Willkommen, David. Was für eine wunderbare Nachricht bringst du mit. Nun müsst ihr beide schnell eure Eroberungen erledigen, damit wir uns in aller Ruhe amüsieren können.«

David musste laut lachen. »Das hast du bezaubernd ausgedrückt, Ardina. Komm, lass dich umarmen. Du hast unsere Wichtigkeiten auf das rechte Maß reduziert.«

»Ach, David, du weißt schon, wie ich es meine. Es ist für uns ja sehr wichtig, dass ihr Martinique erobert, aber sicher hättet ihr keine Zeit, wenn ihr gerade dabei wärt und deine Familie kommt an.«

Ihr Mann hob die Hand. »Wir diskutieren keine militärischen Termine mit Zivilisten, auch wenn sie so schön sind wie du, liebste Ardina. Schau David noch einmal an, dann gehen wir zurück in Klausur. Du deckst bitte nachher ein Gedeck mehr.«

Sie saßen da und sahen sich an. »Sind die Transporter auf dem Weg?«, fragte George.

»Alles läuft nach Plan. Die Küste wird bewacht. Wenn ihr hier mit dem Einschiffen kein Problem habt, können wir in zwei Tagen, am 28. Januar, auslaufen. Hast du neue Nachrichten aus Martinique?«

George schüttelte den Kopf. »Nichts Neues. Wir müssen mit zweitausendvierhundert Mann regulären Truppen und zweitausendfünfhundert Mann Miliz rechnen. Dass die Fregatte *Amphititre* im Hafen von Port Royal, die Korvette *Diligente* bei St. Pierre und die Beutesloop *Carnation* bei Marin liegt, werden dir ja deine Schiffe schon gemeldet haben.«

»Ja. Ich habe wenig Hoffnung, dass wir sie erbeuten können. Die Franzosen werden sie verbrennen, wenn wir kommen. Aber lass uns noch einmal die Karten anschauen. Wen hast du übrigens nach Marie Galante kommandiert?«

George lächelte: »Oberstleutnant Blair, ein älterer, erfahrener Mann. Ich wusste, du würdest die

Schweinerei dort auch so sehen wie ich. Ich habe nun die Regierung aufgefordert, gegen deinen Vorgänger und gegen Kapitän Kent die nötigen Verfahren einzuleiten. Auch einige Abgeordnete haben einen Wink erhalten. Aber nun lass uns nach vorn schauen. Dein Major Ekins wird wieder bei dir sein, bevor wir Martinique erobert haben.«

Am 28. Januar 1809 bedeckte sich die Carlisle Bay vor Barbados mit hunderten von Segeln. Ein Dutzend Kriegsschiffe von der großen *Neptune* bis zur kleinen Sloop *Forester* wollte neben Dutzenden von Transportern den Wind in ihren Segeln fangen und auf das offene Meer steuern.

Signalflaggen wehten, Kanonenschüsse verliehen ihnen Nachdruck, damit Ordnung in das Gewimmel kam. Endlich segelten die Transporter in zwei Kolonnen, und die Kriegsschiffe gruppierten sich in einer dritten Kolonne windwärts von ihnen.

General Ambercrombie stand neben David auf dem Achterdeck und sagte: »Es ist doch immer wieder ein überwältigender Anblick, wenn eine so große Flotte in See sticht. Bei der Armee ist das nie so spektakulär. Man hat nicht den Überblick wie auf See. Je mehr Soldaten marschieren, desto mehr werden sie meist vom Staub verschluckt.«

»Ja«, sagte David, »das Meer bezaubert dich mit Schönheit und Pracht. Aber dann türmt es sich vor dir auf und verschlingt dich, wenn du nicht aufpasst. Da ist das Festland weniger spektakulär, aber fester und beständiger.«

»Ich will dir jetzt nicht die Tücken des Festlandes aufzählen, David, von den Krankheiten bis zu wilden Tieren, von denen wir übrigens auf Martinique die Lanzenottern fürchten müssen. Lass deine Seeleute nie barfuß an Land gehen. Aber sag mir doch, willst du immer noch mit der Ersten Division segeln und vorher an der Bucht Coton den Stoßtrupp landen, der die *Carenage* zurückerobern soll?«

»Ja, George, wir lassen ungern eines unserer Schiffe in Feindeshand. Wenn der Trupp abgesetzt ist, komme ich mit der *Orion* zur Bucht von Fort Royal und beobachte dort die Landungen.«

Die *Orion* tastete sich zwei Tage später im Morgengrauen an den Felsen von Kap Baham vorbei und steuerte die Bucht von Coton an. Sie sahen die Reste ihrer Sloop *Recruit* noch auf den Felsen liegen. Die Seeleute wiesen sich gegenseitig darauf hin. Den Neuen erzählten die Veteranen, wie sie sich dort gerettet hatten.

In der Bucht sahen sie eine kleine Rauchsäule, wo früher ihr Lager gewesen war. Henderson schickte ein Boot zur Erkundung. »Fischer benutzen die von uns errichteten Hütten. Sie schlafen noch alle. Sind wohl gerade vom Fischfang zurück«, meldete der Maat.

Sie segelten weiter in die Bucht hinein. Dann setzten sie mit Booten sechzig Ranger unter einem Hauptmann aus. Die zwei Seeleute, die damals David begleitet hatten, waren als Führer dabei. Es war ein komisches Gefühl für David, nicht mit ihnen zu gehen. Aber der Posten eines Stoßtruppführers wäre für einen Kommandierenden Admiral wohl nicht ganz angemessen.

»So, nun muss ich zur Bucht, Mr Henderson, wo die Erste Division landet. Ich wollte nur noch einmal den Punkt sehen, wo wir damals gestrandet sind. Wenn wir hier wieder unangefochten landen können, dann ist das für mich ein gutes Omen.«

Henderson antwortete: »Ja, Sir, es ist ein sonderbares Gefühl, wieder hier zu sein. Es hat mich schon sehr berührt, das Wrack meines alten Schiffes zu sehen. Und nun habe ich eine schöne, neue Fregatte.«

So richtig zufrieden hast du in den letzten zwei Tagen aber nicht ausgesehen, dachte David. Irgendetwas bedrückt dich doch. Wenn Martinique erst unser ist, werde ich es noch herausfinden.

Sieg und Wiedersehen (Februar bis März 1809)

Neben der *Neptune* lagen auch die Linienschiffe *York* und *Pompée* sowie die Fregatten *Circe* und *Acaste* feuerbereit vor der Küste der Bay Robert und schützten die Transporter, die in einem Strom von Booten die Truppen an Land setzten. Aber auch hier wurde kein Widerstand geleistet. Die Kanonen blieben stumm. Die Soldaten stapften durch den Sand, schwer beladen mit Waffen, Munition und Verpflegung.

Als David zur *Neptune* übergesetzt und von Paul O'Byrne begrüßt worden war, sagte er: »Da hat General Abercrombie Recht gehabt, als er die Landungen in der Bay Robert und am Grande Anse d'Arlet festsetzte. ›Ich lasse meine Leute nicht vor die Mündungen ihrer großen Kanonen in den Forts der Bay Fort Royal anlanden. Wir kommen durch die Küche und das Hinterzimmer und packen sie dort, wo sie verwundbar sind. Es kostet mehr Schweiß, aber es spart Blut.‹«

»Diese Gedanken sind Ihnen ja nicht fremd, Sir«, schmunzelte O'Byrne.

»Nein«, bestätigte David. »Ich bin auch einer von dieser hoffnungslos altmodischen Sorte. Aber nun wüsste ich gern, wie es am Strand vorangeht.«

O'Byrne informierte ihn: »Die Vorhut mit dem Ersten Westindischen Regiment und dem Siebenten Britischen Regiment ist bereits in den Wäldern verschwunden. Jetzt laden sie schon das schwere Gerät und die Kanonen aus. Ich nehme an, dass General Abercrombie bald vom Strand zurückkommen und mit uns zur Bucht Fort Royal segeln wird. Die Truppen hier sollen die Nacht durchmarschieren, wurde mir gesagt.«

Abercrombie kehrte vom Strand zurück und schien zufrieden und sehr angespannt zugleich. Er lächelte David an und sagte: »Klappt alles besser als erwartet. Ihre Miliz geht nach Hause, sobald sie unsere Kolonnen sieht. Ihre aktiven Regimenter werden sie uns wohl erst morgen früh entgegenwerfen können.« Aber der General öffnete und schloss die Fäuste, bewegte die Finger und stand nicht still.

»Können wir jetzt zur Bucht von Fort Royal segeln und dort Macht und Angriffslust zeigen, damit sie nicht alle ihre Truppen abziehen und ins Innere der Insel werfen können?«, fragte er.

»Sofort, General«, antwortete David. »Mr O'Byrne, klar zum Ankerlichten und Segel setzen. Kurs auf Fort Royal. Signal an *Acaste*: Bitte folgen!«

»Aye, aye, Sir.«

»Verdammt!«, fluchte Leutnant Root, als er über einen Ast stolperte. Sie marschierten erst seit einer Stunde landeinwärts, aber ihm taten schon die Füße weh. Als Fünfter Leutnant des Linienschiffs *Pompée* befehligte er den kleinen Signaltrupp, der der Ersten Division zugeteilt war. Sie sollten mit der Flotte Kontakt aufnehmen, wenn die Division die Höhen oberhalb von Fort Royal erreicht hatte.

Neben ihm stapfte ein dreizehnjähriger Junge, Signal-Midshipman, dessen Schiffspistole fast größer war als er selbst. Drei Matrosen schleppten die Flaggen und Signalleinen.

Vor ihnen marschierte eine Kompanie des Ersten Westindischen Regiments. Den Schwarzen schienen weder der schlechte Weg noch die Last von Gewehren und Munition etwas auszumachen. Gesang war ihnen verboten, aber sie summten ständig irgendetwas und lachten hin und wieder.

Vor ihnen gingen drei Soldaten, die immer wieder mit Stöcken auf den Boden klopften. Sie sollten die gefürchteten Lanzenottern verjagen.

Von hinten erklang Hufgetrappel. Brigadegeneral Prescott trabte mit seinem Adjutanten heran.

»Na, Leutnant«, scherzte er leutselig. »Können Sie nicht dem Admiral signalisieren, dass er uns einen gekühlten Saft schickt?« Er nahm den Hut ab und wischte sich den Schweiß von der Stirn.

»Unmöglich, Sir. Um diese Stunde beschwört der Admiral immer die Meerjungfrauen, dass sie keinen Hurrikan schicken.«

»Hahaha«, lachte der General. »Schön, dass Sie Ihren Humor noch nicht verloren haben.« Und er schaute nachdenklich auf den jungen Midshipman, der scheu zu ihm aufsah. »In einer Stunde machen wir Rast, meine Herren, aber dann geht es weiter bis zum Lezarde-Fluss.«

Leutnant Root konnte sich kaum noch auf den Füßen halten, als sie im Morgengrauen den Fluss erreichten. Den anderen Seeleuten erging es nicht besser. Sie beobachteten, wie die farbigen Soldaten ihre Decken abnahmen und sich in der Nähe des Ufers hinwarfen.

Leutnant Root sah etwas Reisig unter den Bäumen liegen. »Da können wir uns lagern«, sagte er. Der junge Midshipman setzte sich erschöpft auf die Zweige und fuhr mit einem Schrei wieder hoch.

»Mein Gott, eine Schlange!«, rief ein Matrose, riss sein Entermesser hervor und schlug sie mit einem Schlag in zwei Teile, die unabhängig voneinander zuckten.

Ein schwarzer Sergeant war zu ihnen gelaufen. »Eine Lanzenotter!«, sagte er und zermalmte den Kopf der Schlange mit seinem Gewehrkolben. Er beugte sich zu dem Jungen, der wimmernd am Boden lag. Er untersuchte ihn kurz. »Ein Biss im Handgelenk. Es hat eine Ader getroffen. Er wird gleich tot sein«, flüsterte er dem Leutnant zu.

»O nein, nicht doch der junge Benjamin! Wir müssen etwas tun.«

»Abbinden ist zu spät, Sir. Und aufschneiden und ausbrennen können wir nicht.«

Der Signal-Midshipman zitterte, würgte, wurde leichenblass und verendete in krampfartigem Schmerz. Leutnant Root kniete neben ihm und drückte ihm die Augen zu.

»Was ist?«, fragte Brigadegeneral Prescott, der unbemerkt zu ihnen getreten war.

»Eine Schlange hat ihn gebissen, Sir. Er starb soeben.«

Der General nahm den Hut ab und wischte sich über die Augen. »Er sah meinem Sohn so ähnlich, wie ich vorhin bemerkte. Der ist irgendwo im Mittelmeer. Gott behüte ihn und sei dieser jungen Seele gnädig. Sorgen Sie für ein christliches Begräbnis.«

Auf der *Neptune* hörten sie das Grummeln der Kanonen schon lange, bevor sie sich Kap Salomon genähert hatten und in die Bucht von Fort Royal hineinschauen konnten. David spähte durch das Teleskop zum Grande Anse d'Arlet hinüber, wo am Morgen die York Ranger gelandet waren. Aber er konnte nichts sehen. Vielleicht hatten sie die Batterie am Kap Salomon schon genommen oder waren noch auf dem Marsch dorthin.

Er schwenkte das Teleskop nach Nordwesten. Dort sah er ihre Linienschiffe. Sie schossen auf Fort Royal, einige auch auf Pigeon Island, das gegenüber vom Fort am anderen Ende der Bucht lag. Diese beiden Punkte mussten sie ausschalten, um in die Bucht einlaufen zu können.

Die *Neptune* schob sich zwischen die *Intrepid* und die *Bellisle*. »Lassen Sie bitte ankern, Mr O'Byrne«, bat David und winkte mit seinem Hut seinem alten Freund Andrew Harland zu, der die *Bellisle* kommandierte.

O'Byrne ließ einen Spring auf das Ankertau stecken, ein Seil, das ihnen gestattete, das Schiff so herumzuholen, wie sie es brauchten, um die Breitseite gut abzufeuern. David überließ diese Manöver dem Kapitän und schaute auch gar nicht mehr hin, denn er wusste, wie gut O'Byrne sein Handwerk verstand.

Er spähte stattdessen zur Küste, wo die Batterien von Fort Royal auf sie feuerten. Sie würden das

Feuer fortsetzen. David würde Transporter heranziehen, Boote aussetzen lassen und den Eindruck verstärken, dass sie hier an der Küste landen wollten. Die Franzosen sollten sich nicht trauen, hier Truppen abzuziehen und General Prescott oder Oberst Sherman entgegenzuwerfen.

Die Unterdeckbatterie der *Neptune* hatte eben ihre erste Salve gefeuert. Das Schiff erzitterte, und David beobachtete, wie in den Mauern am Ufer die Steinsplitter durch die Luft wirbelten. Nicht schlecht.

Die Franzosen waren mit ihrer Gegenwehr sehr zurückhaltend. Anscheinend hatten sie Vierundzwanzigpfünder, die die Schiffe nur knapp erreichten. Ab und an krachte ein Treffer in die Bordwand. Hin und wieder spritzte das Wasser zwischen den Schiffen auf. Aber das war für sie keine wirkliche Gefahr.

David beobachtete schmunzelnd, wie sogar ihre neuen Seeleute über diese ›Treffer‹ lachten.

»Deck!«, brüllte plötzlich der Ausguck. »Brander aus Ost, sechshundert Meter!«

Die Offiziere auf dem Achterdeck fuhren herum und stürzten an die Reling. Da kamen zwei Fischerboote hinter der Landzunge hervor. Alle Segel gesetzt. Kurs auf die britischen Linienschiffe.

»Mr O'Byrne, zwei Kutter zum Abfangen aussetzen. Alle Batterien Feuer auf die Brander!«, rief David.

»Signal an alle: Feuer auf die Brander!«, fügte er hinzu. Die Flaggen stiegen am Mast empor. Bevor die ersten Schüsse hinausdonnerten, rannten die Kutterbesatzungen zu ihren Booten. Sie würden sich aus der Schussbahn heraushalten und dann hervorstoßen und die Fischerkähne mit Enterdraggen und -leinen herumziehen, wenn die Gefahr zu groß werden sollte.

David beobachtete die Brander durch sein Teleskop. Er konnte nur je zwei Mann Besatzung sehen. Einer hielt das Ruder, der andere trimmte die Segel nach. Jetzt wurde ein Brander von der Gischt ihrer Kanonen zugedeckt. Aber er segelte voran.

Ihre Kanonen schossen jetzt, wenn die Geschützführer das Ziel erfasst hatten. Die Schüsse lagen sehr gut. Einen Kahn hatte es aus der Bahn geworfen. Die beiden an Bord mussten gemeinsam in das Ruder greifen, um den Brander wieder auf Kurs zu bringen. Seine Segel flatterten.

Ihr hättet drei Mann an Bord schicken müssen, dachte sich David. Er war ganz ruhig. Bei dieser Sicht und ihrer Feuerkraft waren zwei Brander keine echte Gefahr.

»Deck!«, rief der Ausguck wieder. »*Intrepid* schlippt Ankertau!«

David blickte zu ihrem Vierundsechzig-Kanonen-Schiff *Intrepid*.

Tatsächlich! Das Ankertau lief aus der Öse. Die *Intrepid* verließ die Feuerlinie und brachte sich in Sicherheit.

»Sind die verrückt geworden, diese feigen Kerle?«, schrie David. Er öffnete gerade den Mund, um weiter zu fluchen, als er O'Byrnes mahnenden Blick sah. Abrupt schloss er den Mund. Natürlich konnte er hier nicht vor allen Leuten herumbrüllen und vielleicht noch andere Offiziere beleidigen. Mein Gott, war er auch einer dieser selbstherrlichen und unkontrollierten Befehlshaber?

Bewusst ruhig befahl er: »Signal-Midshipman: Signal an *Intrepid*: Sofort wieder Position einnehmen. Kampf fortsetzen!«

Zu seinem Sekretär sagte er: »Mr Roberts, halten Sie die Zeiten genau fest.«

Aus den Brandern sprangen die Besatzungen ins Wasser und schwammen davon. Sie waren noch gut zweihundert Meter entfernt. »Viel zu früh!«, murmelte O'Byrne. Auf den Fischerkähnen sah man Rauch aufsteigen.

Sie hörten es alle krachen, als mehrere ihrer großen Kugeln gleichzeitig in einen Brander einschlugen. Sie rissen ihm die Planken auf, und die Segel drückten ihn unter Wasser. Hurrageschrei flackerte hier und da auf.

»Signal an *Intrepid* wiederholen!«, scholl Davids laute Stimme durch das Getümmel. Die *Intrepid* war bereits bemüht, auf ihre Position zurückzukreuzen. Davids erneutes Signal hatte mehr den Sinn, ihnen ihr feiges Versagen schmerzhaft bewusst zu machen. Der Kapitän würde sich das künftig genau überlegen, ehe er den Befehl zur Flucht gab.

Lautes Hurrageschrei riss David aus seinen Gedanken. Er sah, wie auch der zweite Brander im Wasser versank. Zischend stieg Rauch auf, wo das Wasser die Flammen löschte.

»Beschießung fortsetzen, Sir?«, fragte O'Byrne.

»Ja, Mr O'Byrne. Bitte lassen Sie signalisieren, dass der Kommandant der *Intrepid* zum Rapport an Bord kommen soll.«

»Aye, aye, Sir«, antwortete O'Byrne unbewegt, aber er dachte, dass er jetzt nicht in der Haut dieses Kapitäns stecken möchte.

David hatte Kapitän Williams nur einmal kurz gesehen, bevor er seine Erkundungsfahrt mit der *Recruit* begann. Williams war als Kapitän außergewöhnlich jung. David ließ in seiner Kajüte noch einmal nachschauen. Ja, dreiundzwanzig Jahre. Da musste der Mann sehr gute Beziehungen haben, um in diesem Alter ein Linienschiff zu kommandieren.

Jetzt klopfte es, und der Posten meldete Kapitän Williams. »Wie befohlen zur Stelle, Sir!«, sagte Williams und klemmte seinen Hut fest unter den Arm.

»Stehen Sie bequem, Mr Williams«, forderte ihn David auf. »Wann und von wem wurden Sie zum Post Captain befördert, Mr Williams?«

»Im März, Sir, als der Kommandierende Admiral Kapitän Kent den Befehl über Marie Galante übertrug.«

»Sind Sie mit meinem Vorgänger im Kommando verwandt, Mr Williams?«

Williams guckte bei dieser direkten Frage erstaunt und antwortete dann: »Ich bin sein Neffe, Sir.«

»Welches Kommando hatten Sie vorher und wie lange?«

»Ich kommandierte die Sloop *Star* seit drei Monaten, Sir.«

»Hat die Admiralität Ihre Bestallung bereits bestätigt, Mr Williams?«

»Die Bestätigung ist noch nicht eingetroffen, Sir.«

David nickte und ging einige Schritte hin und her. »Einer so rapiden Beförderung sollte man sich in besonderem Maße würdig erweisen, Mr Williams. Das haben Sie heute nicht getan, mein Herr. Sie haben ohne Befehl Ihre Position verlassen. Um genau zu sein, Sie haben sogar den Befehl zur Beschießung der Brander missachtet und sich in Sicherheit gebracht. Wollen Sie unbedingt vors Kriegsgericht, mein Herr?«

Williams war kreidebleich geworden. »Bitte, Sir,

darf ich erklären! Das ist ein furchtbares Missverständnis. Am Gangspill standen ungeübte Farbige und nur zwei erfahrene Leute. Als der Befehl erging, den Spring anzuziehen, haben sie die Trosse schlippen lassen. Aus Dummheit, Sir, aus Versehen, nicht aus Feigheit, Sir. Ich habe sofort zurückkreuzen lassen, Sir. Es ist mir furchtbar peinlich, Sir. Der ganzen Mannschaft ist das peinlich.«

David sah ihn prüfend an. »Mr Williams, ich will mir nicht angewöhnen, Aussagen meiner Kapitäne in Zweifel zu ziehen. Sorgen Sie in Zukunft dafür, dass an wichtigen Positionen genügend erfahrene Leute stehen. Sie haben ausreichend gestandene Seeleute an Bord. Im Logbuch der *Neptune* ist der Zwischenfall vermerkt. Ich werde hinzufügen lassen: ›Kapitän Williams erklärt das Ausscheren der *Intrepid* mit einem Versehen ungeübter Seeleute am Gangspill.‹ Das wäre alles. Bitte begeben Sie sich an Bord Ihres Schiffes zurück!«

»Aye, aye, Sir. Vielen Dank, Sir. Ich werde Ihr Vertrauen nicht enttäuschen.«

Als Williams gegangen war, setzte sich David nachdenklich an seinen Schreibtisch. Es könnte so gewesen sein, wie Williams gesagt hatte. Andererseits sah der junge Mann sehr weich, ja geradezu ängstlich aus. Er würde sich vorsichtig umhören und ein Auge auf ihn haben müssen. Ein Versager in dieser Position konnte das ganze Geschwader gefährden.

Es klopfte an der Tür. Auf Davids Ruf trat der Midshipman der Wache ein. »Sir, ein Boot nähert sich aus Richtung Pointe du Bout. Der Kapitän vermutet, dass der General zurückkehrt, Sir.«

»Gut, ich komme.«

Die Wache trat an. General Abercrombie wurde mit allen Ehren empfangen, schüttelte David und O'Byrne die Hand und sagte: »Es läuft alles planmäßig. Major Henderson hat die Höhen oberhalb von Pigeon Island besetzt. Aber die Insel ist recht stark befestigt. Wir brauchen Kanonen und bitten die Flotte um Mithilfe.«

»Die Ihnen gern gewährt werden wird, General Abercrombie. Wir werden zwei Vierundzwanzigpfünder auf die Höhe schaffen. Das sollte reichen. Ich werde Major Ekins zur *Intrepid* schicken. Die sollen das übernehmen.«

Abercrombie dankte, und O'Byrne konnte sich ein Lächeln nicht verkneifen. Die *Intrepid* würde jetzt mit Sonderaufträgen leben müssen.

Major Ekins setzte zur *Intrepid* über und überbrachte die Befehle des Admirals. Kapitän Williams übergab die Angelegenheit gleich an seinen Ersten Leutnant. Der war etwa fünfunddreißig Jahre alt und erwies sich als sehr kompetent. Er hörte sich den Befehl an, nahm ein Teleskop und sah hinüber zu den Hügeln an der Küste.

»Da kommen wir mit unseren kleinen Lafetten nicht hoch«, stellte er lakonisch fest. »Ich werde für die Geschützrohre eine Art Schlitten konstruieren lassen. Wissen Sie, Major, ob wir dort über Pferde verfügen können?«

Ekins verneinte, und der Erste meinte eher im Selbstgespräch: »Nun ja, Menschen halten doch mehr aus.« Dann wandte er sich um, bat den Bootsmann, die Zimmermannsmaate zu rufen, gab dem Zweiten Leutnant den Auftrag, zwei Kanonen sowie einhundert Mann mit Waffen, Munition und langen Seilen zur Ausschiffung bereitzustellen. Dann bat er den Master, das Schiff vor Anse à l'Ane vor Anker zu legen.

Ekins war keineswegs überrascht, wie schnell die Zimmerleute zwei Schlitten aus Balken zusammengefügt hatten. Die Maate des Bootsmanns hatten die Taljen befestigt, mit denen sie die Kanonenrohre aus ihrer Bettung heben und in die Boote senken würden. Die Feuerwerksmaate hievten die Kanonenmunition an Deck. Die Batteriemaate stellten die Seeleute zusammen, gaben Waffen aus und sorgten für Wasser und Verpflegung.

Als sie vor dem Strand lagen und die Boote aussetzten, war alles bereit. Der Kapitän stand an Deck und schaute zu. Der Erste Leutnant fragte ihn gar nicht, sondern setzte selbstständig die ganze Maschinerie in Gang. Die Seeleute mit Gewehren und die Seesoldaten landeten bereits, als das erste Rohr langsam zum Kutter hinunterschwebte. An Land würden sich die Männer um Pferde bemühen, aber wenn sie keine requirieren konnten, würden sie selbst die langen Taue in die Hand nehmen und ziehen.

Am Strand standen ein paar Hütten. Der Leutnant der Seesoldaten postierte dort Wachen. Die Seeleute fluchten. Nun würde es doppelt schwer werden, Alkohol zu organisieren.

Sie fanden keine Pferde und zogen die Schlitten an langen Seilen den Strand hinauf auf den holprigen Weg zu den Hügeln. Es würde lange dauern. Der Leutnant der Seesoldaten schickte einen kleinen Trupp los, der landeinwärts Pferde finden sollte.

Auch von der *Neptune* kam ein Boot an den Strand. Der Adjutant von General Abercrombie sollte die Seeleute begleiten, und David hatte Alberto und Mustafa an Land geschickt, um sich unauffällig unter den Seeleuten der *Intrepid* umzuhören.

Es waren nicht mehr als drei Kilometer vom Strand zu den Hügeln, aber sie schafften nur einen Kilometer pro Stunde, obwohl sie noch ein Dutzend Pferde aufgetrieben hatten, die kräftig mitzogen. Ein Teil der Seeleute war mit Abercrombies Adjutant vorausmarschiert und legte die Stellungen an.

Alberto hielt sich an einen der Maate und ließ ihn von Zeit zu Zeit aus seiner Rumflasche trinken. Mustafa hielt sich an einen Mischling, der ihm bei seiner dunklen Haut unbefangen entgegenkam.

Der Schlitten hakte an einer Wurzel, und der Maat konnte noch so laut schreien, seine Leute brachten ihn nicht hinüber. »Nimm mein Flinte, Kumpel«, sagte Alberto zu ihm und packte den Schlitten vorn an. Er atmete tief ein, stieß die Luft mit einem Schrei aus und hob den Schlitten an. Die Männer zogen und schleiften ihn über die Wurzel.

»Mann«, bewunderte ihn der Maat. »Deine Kräfte möchte ich haben.«

Alberto setzte seine Rumflasche ab und hielt sie ihm hin. »Ja, dann hättet ihr das Ankertau auch nicht rausrutschen lassen«, sagte er beiläufig.

»Wir haben nichts ohne Befehl rausrutschen lassen«, antwortete der Maat hitzig, schwieg dann aber betreten und sah Alberto forschend an.

Der zuckte nur die Achseln.

Sie hatten die Kanonen aufgestellt und blickten auf die Insel hinunter, deren Erdwälle und Baracken sechshundert Meter etwas unterhalb von ihrem

Standort lagen. Der Batterieoffizier rannte von einer Kanone zur anderen und machte die Maate ganz nervös. Alles war längst gerichtet, als er endlich den Feuerbefehl gab.

Sie trafen keine Kanone, aber eine Hütte, deren eine Wand einstürzte. Von der Insel kläffte eine kleine Kanone zurück, aber keiner merkte, wo die Kugel einschlug. Sie zielten genau und schossen eher langsam, denn die Kanonen würden sich früh genug erhitzen. Bald stand keine Baracke mehr. Das kleine Geschütz war längst umgefallen.

Mustafa saß mit dem Mulatten am Waldrand und achtete darauf, dass sich ihnen niemand näherte.

»Ihr seid doch gar nicht so ungeschickt, wie sie jetzt in der Flotte alle sagen«, meinte Mustafa eher beiläufig.

»Wieso ungeschickt?«, fragte der Mulatte.

»Na ja, wenn ihr das Ankertau einfach schießen lasst.«

»Glaubst du jeden Quatsch, den die weißen Herren erzählen? Ich stand daneben, als der Kapitän schrie: ›Schlippt den Anker! Setzt die Segel!‹ Der Erste wollte protestieren, aber der Kapitän hat gebrüllt, er soll sein Maul halten. Dieses Baby von einem Kapitän macht sich doch dauernd vor Angst in die Hosen. Aber wenn du lachst, kriegst du die Peitsche.«

Die Insel kapitulierte bald. Abercrombies Adjutant meldete es dem General, und Alberto und Mustafa erzählten David, was sie erfahren hatten.

Der sagte nur: »So, so«, und legte den Finger auf die Lippen, als er sie entließ. Was sollte er tun? Der Kerl hatte ihn dreist belogen. Aber für ein Kriegsgericht reichten die Aussagen von Seeleuten noch nicht, zudem nicht sicher war, dass sie bei ihren

Aussagen bleiben würden. Aber er konnte doch nicht das Schiff aufs Spiel setzen.

Sie hörten den Hufschlag, und dann sahen sie auch General Prescott mit seinem Adjutanten herangaloppieren. Sie lagen auf dem laubbedeckten Boden und atmeten heftig. Ihr erster Angriff auf diesen verdammten Hügel war gescheitert. Der erste Widerstand, der sich ihnen entgegenstellte, und dann gleich so heftig. Die Franzosen hatten sogar Kanonen.

»Was ist denn los? Wollt ihr euch hier ausruhen?«, schrie Prescott.

Aber dann krachte eine Kanonenkugel durchs Gehölz. Prescott war im Nu aus dem Sattel und duckte sich. Vor Schadenfreude hätten die Soldaten beinahe losgewiehert.

»Verdammt!«, fluchte der General. »Und unsere Kanonen kommen nicht nach.«

Ein Offizier lief heran und berichtete von der starken Stellung auf dem Hügel. Sie hätten beim ersten Angriff zehn Tote und zwanzig Verwundete verloren.

»Die Siebente soll mit der Rifle-Kompanie von rechts angreifen, das leichte Bataillon von links und das Erste Westindische frontal«, ordnete Prescott an und instruierte seinen Adjutanten. »Ich bleibe bei den Westindern. Angriff in einer halben Stunde!«

Als die Zeit gekommen war, riss Prescott seinen Säbel heraus und schrie: »Vorwärts! Folgt mir Männer! Für König und Vaterland!«

Sie folgten ihm, denn sie respektierten ihn ebenso, wie sie ihn fürchteten. Sie schrien nicht »Hurra«, sondern sparten ihren Atem. Die ersten Meter ging alles gut, aber als die Furcht schon aus ihrem Herzen wich, krachten die Salven der Franzosen in ihre Reihen. Schreie, Jammern, Stürze. Aber vor ihnen lief dieser Teufel Prescott und schrie immer wieder: »Vorwärts!«

Aber dann hatte es auch ihn zu Boden gezwungen. Sein Adjutant verband seinen Oberarm. »Wir müssen weiter!«, keuchte Prescott. »Hören Sie nur, rechts und links schießen sie auch.« Und er erhob sich und stürmte weiter. Sein Schrei: »Vorwärts!« ließ die Soldaten fluchen, aber sie erhoben sich und folgten ihm.

Sie mussten wieder zu Boden. Und wieder jagte die Stimme sie hoch. Dann endlich waren sie oben, und die Franzosen flüchteten in wilden Haufen. Sie schossen hinterdrein. Sie konnten sich kaum auf den Beinen halten, aber sie spürten den Sieg im Kopf.

Ein Melder kam heran. Die Zweite Division stand hinter Fort Desaix und sicherte den Landungsplatz bei Lamentin. »Los, Männer, dann marschieren wir hinter dem Fort vorbei zum Point Negro und sichern dort die Landung. Wo ist dieser Marineleutnant? Er kann bald der Flotte signalisieren, dass die feinen Herren ihre Kojen verlassen können.« Die Männer um ihn herum lachten, fassten ihre Gewehre und trotteten hinter seinem Pferd her.

David blickte von den Papieren auf, als es klopfte. »Sir, Signale von Point Negro. Die Armee hat Fort Desaix abgeschnitten.«

David dankte. »Schicken Sie bitte Kapitän O'Byrne zu mir.«

Als der Kapitän die Kajüte betrat, sagte er: »Paul, jetzt müssen wir den letzten Akt hinter uns bringen. Ich werde den Konvoi nach Saint Pierre schicken, und wir müssen nun unsere Seesoldaten und Kanonen landen, um die Belagerung von Fort Desaix zu beginnen. Das wird sich noch zwei bis drei Wochen verteidigen, aber inzwischen kann die Armee den Rest der Insel in Besitz nehmen.«

»Ein großer Erfolg, David. Ich gratuliere Ihnen.«

»Wir können uns alle gratulieren, Paul. Frankreich bleibt nicht viel übrig in Westindien. Lassen Sie uns mit der Arbeit beginnen.«

Leutnant Root meldete sich an Bord der *Neptune* und berichtete von den Kämpfen der Truppe. »Sie hatten starke Verluste, Sir. Um zweihundertfünfzig Mann. Auch wir haben Benjamin Gray verloren, Freiwilliger Erster Klasse, Sir. Er war erst dreizehn Jahre alt und starb an einem Schlangenbiss.«

Mein Gott, dachte David. Wir schicken Kinder in den Tod. »Musste er sehr leiden?«, fragte er.

»Er hatte Schmerzen, aber es ging sehr schnell, Sir.«

»Armer Kerl! Wie haben sich die Truppen gehalten?«

»Sie folgen General Prescott durch dick und dünn, Sir. Er geht immer voran.«

»Das wird General Abercrombie gerne hören. Ihnen danke ich für Ihren Einsatz, Mr Root. Sagen Sie Ihrem Kapitän, dass er den Matrosen einen Tag mehr Landurlaub geben möchte.«

Saint Pierre kapitulierte ohne einen Schuss, und auch die Korvette *Diligente* wurde den Briten unbeschädigt übergeben. Aber als sie den Hafen von Port Royal besetzten, verbrannten die Franzosen ihre Fregatte *Amphititre.* Die britischen Seeleute fluchten, als sie es sahen. »Mensch, dat hätte doch wieder een bischen Prisengeld gegeben. Die verdammten Froschfresser!«

Die Bevölkerung empfing die britischen Eroberer nicht unfreundlich. Einige hatten mit der Revolution nichts im Sinn gehabt, andere hängten ihr Mäntelchen nur nach dem Wind.

Die Seeleute hatten nicht viel Zeit, sich um die lachenden Französinnen zu kümmern. Kanone um Kanone wurde an Land geschafft und musste in Batterien um Fort Desaix in Stellung gebracht werden.

General Abercrombies Regimenter verteilten sich über die ganze Insel, um versprengte französische Truppen zu entwaffnen, Rathäuser zu besetzen und die Verwaltung auf die neue Herrschaft auszurichten. Abercrombie klagte David sein Leid, dass er nicht genug Soldaten habe. »Prescotts Division soll ich so schnell wie möglich nach Neuschottland zurücksenden. Ob London einmal daran denkt, dass besetztes Land auch gesichert werden muss?«

»Ich wollte gerade fragen, George, ob ihr nicht ein paar Mann an die Flotte abgeben könnt, denn ich muss die *Diligente* als Sloop übernehmen, aber wenn du so knapp bist, werden wir überall Kranke und Freiwillige zusammensuchen. Ich werde übrigens mit der Fregatte *Circe* nach Antigua und Guadeloupe segeln. Hier kann ich ja doch nichts tun, und die *Neptune* hat einen Teil ihrer Kanonen für die Belagerungsbatterien abgegeben.«

Kapitän Watson schaute gerade durch sein Teleskop auf das Fort Desaix, das immer wieder durch Kanonenfeuer die Anlage der britischen Batterien zu hindern trachtete, als ein Midshipman die Nachricht des Admirals überbrachte, er möge sich morgen um sechs Glasen der Morgenwache bereithalten, mit dem Admiral nach Antigua und Guadeloupe zu segeln. Der Admiral werde von seinem Sekretär, seinem Diener und zwei Bootssteurern begleitet.

Watson lächelte etwas bei dieser Aufzählung, die der Midshipman einstudiert vortrug. Aber dann wurde sein Gesicht ernst, als er hörte, dass er bitte genügend Personal einteilen möge, das die Sloop *Diligente* von St. Pierre nach Antigua überführen könne.

So ein Mist, dachte er. Das kostet uns etwa sechzig Mann. Wie soll ich die *Circe* da noch richtig segeln, ohne dass der Admiral die Stirn kraus zieht?

Laut sagte er: »Bitte bestellen Sie Sir David, dass wir bereit sein werden. Ich danke für die Ehre.«

»Aye, aye, Sir«, bestätigte der Midshipman, setzte seinen Hut auf und ging wieder.

Watson ließ seinen Ersten Leutnant und den Bootsmann rufen und informierte sie über den Auftrag. Dann ging er in seine Kajüte und besprach mit dem Diener, wie sie den Admiral und seine Begleitung am besten unterbringen würden. »Ach ja, John. Sag auch dem Koch Bescheid. Er weiß ja, was der Admiral gerne isst.«

Die Seesoldaten präsentierten, die Maate pfiffen, als David am nächsten Morgen die Fregatte betrat. Watson stand mit seinen Offizieren an Deck zum Empfang bereit.

»Guten Morgen, meine Herren«, begrüßte sie David. »Klagen Sie jetzt nicht, dass der Alte Ihre Fregatte für seine Spazierfahrten aussucht. Denken Sie daran, dass Ihnen der langweilige Belagerungsdienst erspart bleibt und Sie vielleicht auf eine Prise treffen.«

Der jüngste Leutnant lachte spontan und herzlich. Bei den anderen wirkte es etwas gequält. David schüttelte die ausgestreckten Hände und ging mit Watson in dessen Kajüte.

»Ich kann mir denken, James, dass Sie nicht erfreut sind über die Abgabe von Mannschaften an die *Diligente*. Aber ich muss das Schiff ja nach Antigua bringen und in der dortigen Werft untersuchen und taxieren lassen. Sie erhalten Ihre Leute also bald zurück. Aber alle Schiffe unseres Geschwaders werden in Kürze Männer abgeben müssen, wenn wir neue Schiffe bemannen sollen.«

»Schickt London keinen Nachschub, Onkel David?«

»Nein. Auch General Abercrombie klagt und jammert, dass seine Soldaten nicht ausreichen für die Aufgaben. Er braucht jetzt wieder mindestens dreitausend Mann, um Martinique zu besetzen. Wenn die Franzosen in der Lage wären, einen Konvoi mit Truppen nach Westindien zu schicken, könnten wir einpacken. Aber nun wollen wir nicht jammern. Lassen Sie Anker aufnehmen! Kurs Saint Pierre! Ich komme gleich an Deck.«

Sie segelten weit vor der Küste, um dem Windschatten der Insel zu entgehen, und sahen die Pitons du Carbet, fünf Berggipfel um oder über tausend Meter im Inland aufragen. Kurz darauf lag an der Küste ein kleiner Ort.

David winkte die Midshipmen zu sich. »Das ist Le Carbet, meine Herren. Wer von Ihnen verbindet mit dem Namen ein geschichtliches Ereignis?«

Sie antworteten fast im Chor: »Hier soll Columbus 1502 die Insel betreten haben, Sir.«

David war perplex. Dann breitete sich ein Schmunzeln auf seinem Gesicht aus. Er blickte sich um. Der Master konnte sich sein Lachen nicht schnell genug verkneifen.

»Aha«, sagte David. »Da hat Mr Tribbe vorausgeahnt, dass ich mit meiner schulmeisterlichen Art danach fragen würde, und hat Sie instruiert. Gut vorhergesehen, Mr Tribbe. Warum die jungen Herren etwas lernen, ist letztlich egal. Mein Kompliment, Mr Tribbe.«

Jetzt ließ der Master seinem Schmunzeln freien Lauf. »Ergebensten Dank, Sir. Ich habe den jungen Herren auch gesagt, wer Monsieur d'Esnambuc war, Sir, dessen Denkmal wir bald sehen werden. Der erste Siedler, Sir.«

»Ja, ich erinnere mich dunkel. Mr Watson, ich fürchte, ich muss Mr Tribbe von Zeit zu Zeit aufs Flaggschiff kommandieren, damit er dort die jungen Herren auch instruiert.«

»Gestatten Sie bitte einen Protest, Sir«, warf Watson ein. »Wer sollte dann die *Circe* navigieren?«

Im Gelächter ging fast der Ruf des Ausgucks unter: »Saint Pierre steuerab voraus, drei Meilen.«

Sie hatten den Abend in Saint Pierre verbracht, einer lebendigen kleinen Stadt, deren Kommandant darauf bestand, dass David bei ihm diniere. Er hatte den Koch seines französischen Vorgängers übernommen und war sichtlich stolz über Davids Lob.

»Die weißen Siedler sind fast alle froh über unsere Besetzung. Sie waren die Angst nie los geworden, was die Farbigen und die Schwarzen noch alles mit ihrer Freiheit anfangen würden. Napoleon hat zwar einen restriktiven Kurs gesteuert, aber niemand war sicher, dass es nicht eines Tages ganz anders käme.«

»Saint Pierre wirkt lebendiger und wohlhabender als Fort Royal«, stellte David fest.

»Das ist es auch, Sir David. Die Verwaltung ist zwar schon lange in Fort Royal, aber das geistige und wirtschaftliche Leben hat hier seinen Höhepunkt. Saint Pierre ist eine Perle, die wir Britanniens Krondiadem eingefügt haben.«

Am Abend bemerkte David zu Watson, als sie sich zur Nacht verabschiedeten: »Ein fast poetischer Herr, dieser Infanterieoberst. Er will uns winken, wenn wir morgen früh auslaufen.«

Der Wind war launig, und die *Diligente* hinderte sie am schnellen Vorankommen, denn die Überführungsmannschaft hatte das Schiff noch nicht im Griff.

Am frühen Morgen des nächsten Tages meldete der Ausguck Guadeloupe.

»Dann werden wir am Nachmittag in Antigua ankern können, und wir erhalten endlich den Rest unserer Besatzung zurück«, sagte Watson zu seinem Master.

Bevor der antworten konnte, rief der Ausguck: »Deck! Rauch und Kanonendonner vor Marie Galante!«

Watson schickte sofort einen Midshipman mit dem Teleskop in den Mast, ging selbst an die Reling und horchte durch die Sprechtrompete. Tatsächlich! Kanonendonner. Er ließ den Admiral rufen.

David hörte den Kanonendonner, und der Midshipman meldete vom Mast, dass ihre Brigg *Caravelle* von Booten angegriffen werde und dass auch an Land geschossen werde. David war ärgerlich. »Ich war gedankenlos, sonst hätte ich dafür gesorgt, dass der Hund an Deck ist. Dann hätten wir schon eine halbe Stunde früher gewusst, dass dort etwas nicht stimmt. Die Franzosen greifen Marie Galante an, kein Zweifel. Lassen Sie alle Segel setzen und den Angriff vorbereiten, Mr Watson! Signal auch an *Diligente*.«

Watson erteilte die nötigen Kommandos und sagte dann zu David: »Sir, mit unserer begrenzten Besatzung können wir aber nicht mit voller Kraft eingreifen. Die *Diligente* hat es noch schwerer.«

»Wir haben ja auch keinen gleichwertigen Gegner, Mr Watson. Das sind Boote. Die größeren werden eine Kanone im Bug haben, die kleineren nur Gewehre oder Drehbassen. Nur durch ihre Zahl sind sie der *Caravelle* gefährlich. Wenn sie uns erkennen, werden manche schon abdrehen.«

So war es dann auch. Ein Sammelsurium von etwa fünfzig Booten verschiedenster Sorte griff die *Caravelle* aus allen Richtungen an. Einige landeten auch auf Marie Galante. Neben Fischerkähnen waren es kleine Frachtschiffe, Ruderboote, alles Mögliche.

Die *Circe* konnte erstaunlich nah heransegeln, ehe die ersten Besatzungen sie bemerkten und ihre Boote zur Flucht wandten. Watson ließ seine Kanonen sich ihre Ziele selbst suchen und erteilte auf eine Entfernung von etwa vierhundert Metern den Feuerbefehl. Einige Boote wurden von den

Kugeln zerschmettert. Andere waren beschädigt und lagen mit Schlagseite im Wasser. Andere wendeten und ruderten zurück nach Pointe-à-Pitre.

Die *Circe* tat alles, um ihnen den Weg abzuschneiden. Auch die *Caravelle* und die *Diligente* beteiligten sich an der Verfolgung. Wieder wendeten einige Boote und ruderten nach Marie Galante. »Signalisieren Sie bitte, dass die *Caravelle* Marie Galante decken soll«, sagte David.

Sie unterschätzten die Wut der unterlegenen Angreifer, als sie durch sinkende Boote hindurch die anderen verfolgten. Auf einmal schrie ein Midshipman neben David auf und hielt sich die Schulter, aus der Blut quoll. David wischte sich übers Gesicht, als eine Gewehrkugel vor ihm ein Segel durchschlug und ihm den Staub ins Gesicht fegte.

Watson rief, dass Seesoldaten die Reling bemannen und auf Gewehrschützen feuern sollten. Der Midshipman wurde ins Lazarett getragen. Die anderen brachten sich in Deckung, wenn sie ein Boot zu nah passierten.

Einige schnelle Segler entkamen. David ließ umkehren und die im Wasser Treibenden auffischen und auf dem Vordeck unter Bewachung hinsetzen. Auch die *Diligente* und die *Caravelle* fischten Überlebende auf.

Auf Marie Galante wurde noch gekämpft. Sie sahen, wie Franzosen unbeirrt gegen eine Batterie bei Grand-Bourg anstürmten. »Lassen Sie dazwischenhalten, Mr Watson. Und dann werden Sie vorübergehend fünfzig Leute mit Musketen an Land schicken müssen, damit die Angreifer gefangen genommen werden können.«

»Aye, aye, Sir.«

Commander Miller kam an Bord. »Sie erschienen zur rechten Zeit, Sir. Wir hatten etwa zehn Boote bereits ausgeschaltet, aber viele Hunde sind des Hasen Tod. Wir hätten irgendwann das Weite suchen müssen, um nicht überwältigt zu werden. Dann wäre die Insel verloren gewesen.«

»Welche Verluste haben Sie, Kapitän Miller?«

»Einen Toten, Sir, vier Verwundete. Einige Schüsse im Rumpf, die wir abdichten können, und leichte Schäden in der Takelage.«

David nickte. »Sie haben Ihre Sache gut gemacht. Ohne Sie wäre die Insel nicht zu halten. Wir werden sehen, welche Verluste die Angreifer hatten, aber ich glaube, sie werden es so bald nicht wieder versuchen.«

Die Zahlen sprachen für Davids Einschätzung. Auf der Insel waren hundertfünfundachtzig Mann gefangen worden, vierundzwanzig Angreifer waren tot. Aus dem Meer hatten sie vierundvierzig Mann geborgen. Mindestens hundert waren getötet worden oder ertrunken. Mehr als fünfzig konnten nicht entkommen sein.

Der Kommandant der Insel, Oberstleutnant Blair, war ein resoluter und erfahrener Mann. »Ohne die *Caravelle*, Sir David, hätten sie uns überrannt. Die Überlegenheit war zu groß. Ich kann ja jetzt kaum die Gefangenen bewachen.«

»Sie werden auch die Insel absuchen müssen, Oberst, denn einige Angreifer konnten sicher fliehen. Ich belasse Ihnen die fünfzig Matrosen bis morgen für die Bewachung. Danach werden wir die Gefangenen nach Antigua transportieren. Vielleicht können sie mit denen von Martinique nach Frankreich gebracht werden. Haben Sie Leute, die die Gefangenen nach interessanten Nachrichten befragen können?«

»Ist schon veranlasst, Sir David.«

Eine interessante Nachricht wurde David noch am Abend mitgeteilt. Ein Mulatte hatte ausgeplaudert, dass französische Kaper eine britische Handelsbrigg nach Basse Terre eingebracht und die Besatzung von achtzehn Mann in einem Haus unterhalb von Fort St. Charles eingekerkert hatten.

»Achtzehn Mann«, wiederholte David sinnend. »Würde der Mulatte gegen Belohnung und Freilassung auf Martinique mit uns zusammenarbeiten?«

»Ja, Sir David«, antwortete der Armeeoffizier. »Er hat selbst so etwas angeboten.«

Die *Circe* segelte mit der *Diligente* nach Antigua weiter, um sie dort in der Werft abzuliefern, die Besatzung wieder zu übernehmen und sofort zurückzukehren. An Deck der beiden Schiffe saßen die Gefangenen. Drehbassen und Blunderbüchsen waren auf sie gerichtet, um jeden Gedanken an Aufruhr zu ersticken.

»Es ist ja nur ein Katzensprung«, sagte David zu Kapitän Watson. »Ich setze auf die *Caravelle* über und sehe zu, was wir in Basse Terre machen können. Achtzehn Briten können wir nicht in der Hand der Franzosen belassen, und auf achtzehn Seeleute können wir auch nicht verzichten.«

»Sie haben einen doppelt guten Grund, Sir. Ich wünsche Glück und Erfolg«, entgegnete Watson.

Commander Miller hatte auf Davids Wunsch eines der eroberten Fischerboote in Schlepp genommen. Sie umfuhren außer Sicht des Landes das Kap bei Vieux-Fort, und dann stieg David mit Alberto, Mustafa, dem gefangenen Mulatten und vier Seeleuten auf das Fischerboot um.

Miller war unruhig. »Verzeihen Sie, Sir, müssen Sie wirklich selbst diese Erkundung ausführen? Mein Erster könnte das doch übernehmen.«

»Danke für Ihre Fürsorge, Mr Miller, aber dann hätte ich keine Ruhe. Ich muss entscheiden, ob ich meine beiden Bootssteurer und die anderen Männer dann zum Handstreich an Land schicken kann. Da will ich mir alles anschauen, so gut ich kann. Kein anderer Ihrer Offiziere hat meine Erfahrung in Landoperationen. Ich will es selbst sehen. Sie bleiben ja in der Nähe. Wenn Gefahr droht, schießen wir die Leuchtrakete.«

Sie segelten dicht an der Küste entlang nach Basse Terre. Ein Fischerboot würde man nicht verdächtigen. Aber allein vier Teleskope studierten jeden Meter unterhalb von Fort St. Charles.

»Dort ist das Haus, Monsieur! Das Gelbe mit dem braunen Holzdach. Rechts daneben der Mast.« Ein Matrose aus Jersey übersetzte, denn bei dem Akzent des Mulatten wollte David sichergehen.

»Wo ist die Wache untergebracht?«, fragte David.

»Die Miliz ist in dem roten Haus, fünfzig Meter rechts davon. Das gelbe Haus ist nachts verschlossen. Zwei Posten gehen immer um das Haus herum und werden jede Stunde abgelöst. Sie haben Gewehre.«

David spähte durch sein Teleskop. Dann ließ er wenden, kreuzte zurück und beobachtete noch einmal den Komplex. Alberto und Mustafa kauerten neben ihm.

»Dort an der Hecke kann man sich anschleichen. Das Boot müsste bei dem hohen Baum anlegen. Das zweite Boot liegt fünfzig Meter vom Strand entfernt. Vom Anlegeplatz sind es hundert Meter zum Haus. Wenn man am Anlegeplatz zwei Wachen hat, zwei Wachen am Weg und vier Mann zum Haus, das müsste reichen. Was meint ihr?«

»Sechs Mann zum Haus wären besser, Sir. Man weiß nie, ob alle Gefangenen laufen können. Und wenn jemand zufällig vorbeikommt, wird es knapp«, wandte Alberto ein.

»Gut«, willigte David ein. »Schade nur, dass wir keine Messerwerfer haben. So hängt alles von euren Windbüchsen ab.«

Es war eine dunkle Nacht. Der abnehmende Mond war in der letzten Phase. Wolken zogen über den Himmel. Alberto huschte an der Hecke entlang. Hinter ihm war Mustafa, der seine Windbüchse schussbereit hielt. Fünf Meter hinter ihnen schlichen zwei Matrosen. Weitere zwei folgten in weiteren fünf Metern Abstand.

Jetzt waren sie bald so weit, dass der freie Raum zum Haus begann. Alberto zirpte leise, und die letzten zwei blieben hocken und lauschten nach allen Seiten. Mustafa berührte Albertos Arm. Er hörte Stimmen. »Wachwechsel«, flüsterte Alberto.

Jetzt sahen sie eine kleine Lampe vor der Haustür. Die Funzel erleuchtete einige Meter. Zwei Wachen schlenderten zurück zum Haus der Miliz. Die beiden neuen trennten sich und begannen ihre Runde um das Haus. »Schießen wir, wenn sie sich wieder vor dem Haus treffen?«, fragte Mustafa leise.

»Wir müssen näher ran«, entschied Alberto. Er sah sich um. Dort an der rechten Seite war ein Haufen. Abfall und Mist, wenn der Geruch nicht täuschte. Er zeigte den beiden Matrosen, dass sie hier bleiben sollten. Mustafa deutete er an, dass sie zum Haufen schleichen mussten.

Jetzt konnten sie die Posten auch in der Dunkelheit erkennen. Der eine pfiff, als er um die Ecke kam. Vom Haus der Miliz schallte leises Lachen zurück. Eine farbige Frau schlenderte näher. Sie hörten, wie der Posten ihr etwas zurief und sie gurrend erwiderte.

»Verdammt, was wird das?«, fluchte Alberto leise.

Die Frau ging auf den Posten zu. Der umarmte und küsste sie. Der andere Posten näherte sich, lachte der Frau einen Gruß zu und ging zurück. Der erste Posten stellte sein Gewehr an die Wand und umschlang die Frau mit beiden Armen. Sie küssten sich innig und lange.

Dann schob der Posten ihren Rock hoch und drückte sie an die Wand. Sie fummelte an seiner Hose herum und stöhnte vor Erwartung. »Mann, da steht es mir in der Hose«, flüsterte Mustafa.

»Halts Maul«, gab Alberto zurück. »Was sollen wir tun, wir können doch nicht auf eine Frau schießen.«

Den Posten konnten sie allein nicht treffen. Das war klar. Die beiden hatten sich zu eng umschlungen. Er hatte sie an der Wand emporgeschoben und stieß mit seinem Unterkörper gegen ihren Schoß. Beide stöhnten ungeniert. Der andere Posten blieb an der anderen Seite des Hauses.

Alberto wurde es heiß. Er hatte das Kommando. Was sollte er tun? Dem Admiral wäre etwas eingefallen. Dem fiel immer etwas ein. Aber nun änderte sich die Szene. Der erste Posten hielt keuchend inne und löste sich von der Frau. Die strich die Haare aus der Stirn und schob ihren Busen zurück in die Bluse.

Der erste Posten pfiff. Jetzt kam der andere um die Ecke. Der erste Posten klatschte der Frau auf den Hintern und griff nach seinem Gewehr.

»Mensch, die tauschen«, tuschelte Alberto. »Du den linken, ich den rechten, wenn ich zische. Dann hin und dem Weib eines über den Kopf!«

Der erste Posten reckte sich und rief dem zweiten etwas zu. Der lachte und näherte sich seinem Gefährten und der Frau, die ihm die Hand entgegenstreckte.

Alberto zischte, und die beiden Windbüchsen machten leise ›Plopp‹, als die Druckluft die Kugeln aus dem Lauf trieb. Der eine Posten sank lautlos zusammen, der andere ächzte leise. Die Frau stand wie erstarrt. Dann tastete sie sich zum nächsten Posten und beugte sich über ihn. Sie merkte es kaum mehr, als Alberto ihr den Schlag in den Nacken gab, der sie bewusstlos niedersinken ließ.

Alberto pfiff wie ein Nachtvogel, und die beiden Matrosen huschten heran. Alberto zeigte, dass sie zum Haus der Miliz hin sichern sollten. Dann ging er mit Mustafa zur Tür. Sie schoben die großen Riegel auf und riefen leise in das Dunkel: »He, Maate, hier sind Engländer, die euch rausholen. Wacht auf und nehmt eure Sachen!«

Von drinnen fragten verwirrte Stimmen. Einer rief lauter.

»Leise, Kumpel!«, mahnte Alberto. »Kommt schnell, ehe die Froschfresser was merken. Wir sind Engländer von dem Flaggschiff *Neptune*. Schnell, bewegt eure Ärsche.«

»Verdammt, dass muss ein britischer Maat sein«, sagte eine Stimme in der Tür. Ein breitschultriger

Seemann, unrasiert und schmutzig, musterte die beiden. »Wo sollen wir hin?«

»Schnell, hier entlang. Dort sind noch mehr von uns. In hundert Metern liegen unsere Boote am Strand. Schnell! Alle raus.«

Der fremde Seemann unterstützte ihre Appelle: »Schnell, Leute. Kommt! Tempo, ihr lahmen Ärsche. Jetzt geht es heim nach Old England! Tempo! Rennt!«

Sie huschten an der Hecke entlang. Die Matrosen von der *Caravelle* führten sie jetzt. Alberto und Mustafa deckten den Rückzug. Als die Frau erwachte und sich aufrichten wollte, gab ihr Alberto noch einen Schlag. »Tut mir Leid. Lady. Hätte es dir gern anders besorgt. Vielleicht beim nächsten Mal.«

Die *Caravelle* lag gut einen Kilometer vor der Küste. Die Mannschaften hockten dösend an den Kanonen. David ging unruhig auf dem Deck hin und her. Commander Miller lehnte an der Reling und beobachtete ihn aus den Augenwinkeln. Neben ihm hockte der Schäferhund Barry.

Miller kannte David gut genug, um zu wissen, wie ihn die Unruhe quälte, weil er nicht mehr selbst beim Handstreich dabei sein konnte. Er kraulte dem Hund den Kopf und sagte leise: »Dein Herrchen ist innerlich immer noch der junge Leutnant. Immer will er alles selbst machen.«

Der Hund lehnte erst den Kopf gegen seine Hand. Dann stellte er die Ohren auf und knurrte leise.

»Ausguck!«, rief Miller. »Aufpassen!«

Aus Richtung Küste zuckte eine Blendlaterne: Kurz, lang, kurz.

»Sie kommen, Sir«, sagte Miller zu David.

»Gott sei Dank«, antwortete dieser. »Geben Sie bitte die Orientierungszeichen. Ich gehe in die Kajüte. Wenn alle versorgt wird, kommen Sie bitte noch mit Alberto und Mustafa zu mir.«

Von der *Caravelle* blitzte immer kurz die Blendlaterne in Richtung Boote. Dann riefen sie sich schon zu, und bald darauf legten die Boote an, und alle kletterten an Deck. Für die Befreiten standen eine Erbsensuppe und ein Grog bereit.

»Wer ist der Ranghöchste?«, fragte Commander Miller.

»Hier, Sitkins, Erster Maat.«

»Ich bin Commander Miller. Willkommen auf britischen Planken, Mr Sitkins. Wenn Sie gegessen und getrunken haben, wird man Ihnen Ruheplätze für den Rest der Nacht anweisen. Morgen sehen wir weiter.«

»Schönen Dank. Das mit den britischen Planken heißt aber doch nicht, dass Sie uns für die Flotte vereinnahmen wollen, Kapitän?«

»Seien Sie kein Narr, Mr Sitkins. Wollen Sie wieder zurück? Die Flotte braucht jeden Mann. Sie haben Ihr Schiff und damit auch alle Freistellungen verloren. Sie könnten es schlechter treffen als in unserem Geschwader. Ich gehe jetzt zum Admiral.«

»Ein Admiral auf einer Brigg?«

»Unser Admiral ist überall«, lachte Miller, winkte den beiden Bootssteurern und ging in die Kajüte.

»Alle wohlauf und versorgt, Sir«, meldete er David.

»Danke, Mr Miller. Und wie war es an Land, Alberto?«

»Alles lief nach Plan, Sir. Nur der eine Posten musste es noch einem Flittchen besorgen. Da mussten wir warten, weil wir nicht auf die Frau schießen konnten.«

»Ich hoffe, du bist nicht neidisch geworden, Alberto. Vergiss nicht, du bist verheiratet.«

Die anderen lachten, und David fuhr fort: »Vielen Dank, ihr beiden für euren Mut und eure Einsatzbereitschaft. Das ganze Kommando erhält zwei Extratage Landgang. Erinnern Sie mich bitte daran, Mr Miller, dass ich allen morgen vor versammelter Mannschaft danke.«

Als David mit der *Circe* in English Harbour auf Antigua einlief, traf auch gerade das Linienschiff *Pompée* unter Kapitän Varlow ein, das vier Transporter mit französischen Gefangenen von Martinique geleitet hatte.

Als er sich bei David meldete, hatte er von dem Handstreich gehört. »Wie machen Sie das jetzt, Sir, mit dem Ausschalten der Posten? Sie haben doch den Hassan mit seinem Blasrohr nicht mehr«, fragte er in Erinnerung an ihre gemeinsame Vergangenheit in der Bombay-Marine.

»Wir haben jetzt noch bessere Waffen, Mr Varlow. Ich konnte anno neunundneunzig zwei so genannte ›Windbüchsen‹ in Ragusa kaufen. Das sind Druckluftgewehre eines italienischen Büchsenmachers, die etwa hundert Meter weit treffen und dann immer noch mehr als zwanzig Zentimeter Holz durchschlagen. Und Sie hören nicht mehr als ein leises ›Flopp‹, wenn Sie daneben stehen.«

»Das ist ja eine teuflische Waffe, Sir.«

»Ja, das stimmt. Die Österreicher benutzten sie, und französische Generale ließen die Schützen, die sie mit den Windbüchsen trafen, hinrichten.«

»Warum haben sich diese Druckluftgewehre nicht weiter durchgesetzt, Sir?«

»Sie sind sehr empfindlich und brauchen sehr gute Wartung. Meine beiden Bootssteurer lassen auch keinen anderen ran.«

Fort Desaix stand vor dem Fall, als David in die Bucht einlief. Er war froh, als er seine gewohnte Kajüte wieder beziehen konnte. Post aus England lag auch auf dem Schreibtisch. Aber nun würde er seine Frau und seine Kinder auch bald in die Arme schließen können. Noch zwei, höchstens drei Wochen, wenn alles glatt gegangen war.

Kapitän O'Byrne hatte eine gute und eine schlechte Nachricht für ihn. David bat zuerst um die schlechte. »Wir haben die Besatzung der *Carnation* befreit, David«, erzählte O'Byrne, als sie allein waren. »Es hat sich herausgestellt, dass in dem Gefecht mit der französischen Korvette Commander Gregory gefallen war. Zwei Leutnants und der Master sowie der Marineleutnant waren zu Tode verwundet, als die Korvette gegen die *Carnation* getrieben wurde. Bootsmann Triplet focht mit einigen Männern gegen die Enterer, bis er fiel. Aber der Marinesergeant Chapman floh mit dem Rest der Crew unter Deck. Wir haben Chapman und zweiunddreißig Mann.«

»Diese feigen Hunde!«, sagte David voller Erbitterung. »Berufen Sie das Kriegsgericht ein. Dieser Sergeant muss hängen, wenn es nicht gute Entlastungsgründe gibt. Und die gute Nachricht, Paul?«

»Wir haben ihre Fregatte *Junon* gekapert, die sich auf den Saintes versteckt hatte und nun fliehen wollte. Unsere Sloop *Superieure* hat ihr den Weg verlegt, dann kamen unsere Fregatten hinzu und ihnen erlag schließlich die *Junon*. Ich schlage vor, unsere Kommandanten lobend zu erwähnen.«

»Das soll geschehen, Paul. Bitte geben Sie mir Ihren Bericht. Überlegen Sie bitte, ob wir die *Junon* nicht Kapitän Watson geben sollten und dessen *Circe* Commander Miller. Er hat sich oft genug bewährt. Wie stehen die Dinge vor Fort Desaix?«

»Unsere Besatzungen haben schwer geschuftet, die Batterien aufzubauen. Seit drei Tagen beschießen wir Fort Desaix aus allen Rohren. Es wird sich nicht mehr lange halten. General Abercrombie ist übrigens voll des Lobes über unsere Männer.«

»Das freut mich, und er wird glücklich sein, dass wir Marie Galante retten konnten. Dann ist ja alles in bester Ordnung.«

Aber die böse Nachricht erreichte ihn am Abend, als David die Briefe aus der Heimat gelesen hatte und in schönster Vorfreude war.

»Dr. Cotton möchte Sie dringend sprechen, Sir«, meldete sein Diener Edward.

»Herein mit ihm«, sagte David aufgeräumt. »Und bring bitte noch ein Glas.«

Aber der Flottenarzt sah sehr ernst aus und hielt sich gar nicht mit Vorreden auf. »Fünf Seeleute und zehn Soldaten sind am Gelben Fieber erkrankt, Sir. Sie gehören zu denen, die an der Bai Robert gelandet sind, und liegen in Port Royal.«

»Gott sei uns gnädig«, sagte David und dachte sofort daran, dass er seine Familie nicht sehen könne.

Die Schiffe verlegten ihre Ankerplätze möglichst weit vom Land weg. Landgang wurde nicht mehr gewährt. Überall standen Eimer mit Essigwasser zum Abspülen der Hände. Die Seeleute lutschten Zitronen und tranken ihren Grog mit Zitronenwasser.

An Land waren Sanitäter, die den Gelben Jack überlebt hatten, zur Pflege der Kranken eingeteilt. Die Kranken erhielten gemahlene Chinarinde, Kohlepulver und viel Brühe. Stündlich wurden die Toiletten mit Kalklösung gereinigt.

Ihre Batterien schossen unentwegt weiter auf Fort Desaix. Aber die Seeleute auf den Schiffen schrien nicht mehr Hurra, wenn im Fort ein Pulverfass explodierte. Sie waren voller Angst vor der Krankheit und scheuerten die Decks ohne Murren mit Essigwasser.

Die schnelle Isolation der Kranken schien geholfen zu haben. Neue Fälle wurden an Land nur ganz vereinzelt gemeldet, auf den Schiffen überhaupt nicht. Die ersten Genesenen konnten aus dem Lazarett entlassen werden. Aber insgesamt acht Soldaten und zwei Seeleute waren auch gestorben.

Und dann kam der Tag, an dem die weiße Flagge über Fort Desaix wehte. David ordnete an, dass die Schiffe Salut schossen. Martinique gehörte ihnen. General Abercrombie lud David und seine Offiziere für den nächsten Abend zu einem Siegesessen nach Fort Royal ein.

»Ich habe alles mit dem Armeearzt abgesprochen, Sir«, meldete Dr. Cotton. »Niemand vom Personal hatte irgendwelchen Kontakt zu den Kranken. Alles wird sorgfältig abgekocht. Trinken

Sie nur Wein, Sir, keine Säfte. Unsere Kanoniere bleiben einige Tage in Quarantäne, ehe sie wieder an Bord der Schiffe gehen. Wir haben das ja alles schon erlebt, Sir.«

Ja, das hatten sie schon. In der Flotte hatten sie aber weniger unter dem Gelbfieber zu leiden als die Armee. Die gefährlichen Landkontakte waren selten. Die Matrosen waren fast alle gesund und widerstandskräftig.

David fühlte sich ziemlich sicher, da er mit großer Wahrscheinlichkeit eine Gelbfiebererkrankung überstanden hatte, auch wenn sich die Ärzte wegen unklarer Symptome nicht völlig einig waren. Aber wann waren sie das schon? Und so ging er in bester Stimmung zur Siegesfeier in das große Hotel am Kai von Port Royal.

George Abercrombie begrüßte seinen alten Freund sehr herzlich. »Was hätten wir ohne eure Kanonen nur tun sollen, mein Lieber? Wir sitzen nachher zusammen. Schade, dass unsere Frauen nicht bei uns sein können. Aber das holen wir alles nach«, flüsterte er ihm zu.

David zwinkerte ihm zu. Für die Umstehenden sagte er laut: »Herzlichen Dank für die freundliche Begrüßung, General Abercrombie. Im Namen der Flotte beglückwünsche ich Sie zu dem großen Sieg.«

»Den wir gemeinsam errungen haben«, ergänzte Abercrombie.

Dr. Cotton hatte keine Ruhe und kontrollierte die Aborte des Restaurants. Er war zufrieden. Sie waren alle frisch mit Essigwasser gescheuert. Kalk war auf Koteimer und Urinabflüsse gestreut. Weiterer Kalk stand in Eimern mit Schaufeln bereit.

Als er die Toiletten verließ, erschien schnellen Schrittes ein Nachzügler vom Kai. Dr. Cotton erkannte Kapitän Henderson. »Ernest«, rief er. »So spät noch?«

Henderson strahlte ihn an: »Wir sind vor kurzem erst eingelaufen, James. Ich bin ja so glücklich. Es ist alles vorbei. Ich brauche seit einer Woche nichts mehr einzunehmen.«

Dr. Cotton legte ihm die Hand auf die Schalter. »Das freut mich von ganzem Herzen, Ernest. Da hast du großes Glück gehabt. Sei jetzt doppelt vorsichtig mit den Weibern. Nun, heute Abend wirst du hier keine treffen. Das ist eine reine Herrengesellschaft aus Armee und Flotte. Der Stab des Admirals ist mit der Prüfung noch nicht fertig, mit welchen Familien der Einwohner wir verkehren und welche wir wegen ihrer Haltung vor unserem Sieg meiden sollen.«

»Kein Problem für mich, James. Soweit sie weiblich sind, werde ich sie alle meiden.«

David sah Henderson lächelnd und strahlend umhergehen. Dann war das damals wohl bloß ein schlechter Tag, dachte er, als ich ihn so deprimiert erlebte. Und schon hatte er das Problem als erledigt abgehakt.

Bevor David am Tisch das Essen und die Weine genießen konnte, musste er noch viele Hände schütteln, sich an viele Gesichter erinnern, was ihm leichter fiel als die dazugehörenden Namen zu finden. Von Ostasien bis zum Baltikum, von der nordamerikanischen Küste bis Kapstadt, vom Mittelmeer bis Südamerika, es gab kaum einen Flecken dieser Welt, an den ihn seine Gesprächspartner nicht erinnerten. In der britischen Armee und Flotte wurde man in alle Ecken und Enden der Welt verschlagen. Und immer wieder traf man jemanden, der auch dort gewesen war.

»Hast du auch die Tour durch unsere Kleinstadt hinter dich gebracht, David?«, fragte ihn George Abercrombie, als sie sich am Tisch setzten.

»Ja, George, und je älter man wird, desto mehr Menschen kennt man und soll sich erinnern. Es war auch einer aus Bombay bei, der mich an ein verrufenes Lokal erinnerte, in dem wir uns damals besoffen hätten. Ich hatte keine Ahnung mehr.«

»Er wird schon Recht gehabt haben, mein Lieber, du warst ein richtiger Lebemann. Aber jetzt muss ich die Gesellschaft begrüßen. Danach bist du dran.«

»Ich?«, fragte David entsetzt.

»Siehst du hier sonst noch einen Kommandierenden Admiral?«, fragte Abercrombie leise und lächelte wie ein spitzbübischer Junge.

David machte sich Vorwürfe. Daran hätte er auch denken können. Zwar hatte die Armee die Hauptlast des Kampfes getragen, aber die Flotte war ja nicht unbeteiligt. Mechanisch hörte er Abercrombie zu und überlegte, was er selbst sagen könnte. Kurz musste es sein. Ein wenig humorvoll, ein wenig ernst.

Abercrombie kam schon zum Ende und forderte zum Toast auf den König auf. Erst als die anderen aufstanden, merkte David, dass man ja hier nicht wie an Bord der Schiff sitzen bleiben durfte, und stand schnell auf.

Ein wenig Geplauder, der eine oder andere Schluck, dann war er dran. Er gratulierte der Armee zu ihrem Erfolg, der ein weiteres Lorbeerblatt dem

Ruhmeskranz hinzugefügt habe. Wie schwülstig, dachte er. Aber die meisten strahlten stolz. Dann deutete er an, dass die Flotte die Aufgabe gehabt habe, die Helden an den Ort des Sieges zu transportieren. Er entschuldigte sich, dass sie dabei die Wogen nicht so ruhig halten konnten und dass mancher sein Heldentum kurze Zeit vergessen musste. Schmunzeln! Gelächter! Er erinnerte an die Gefallenen, die nicht mehr den Sieg feiern konnten. Und plötzlich musste er an den kleinen Benjamin denken, Freiwilliger Erster Klasse, noch nicht einmal Midshipman.

Abercrombie blickte zu ihm auf. Das waren nicht mehr routinierte Worte. David ließ das Leid anklingen, das die Eltern erfüllen musste. Wer schon einen Sohn im Kampf verloren habe, kenne die unausweichliche Frage: War es sein Opfer wert? Martinique selbst war es nicht wert. Wenn seine Eroberung aber ein Schritt auf dem Weg zum Niederringen der Tyrannei war, zur Freiheit für ihr Land, zum endgültigen Frieden, dann war das Opfer nicht umsonst. »Trinken Sie mit mir, dass unsere ruhmreiche Armee dieses Ziel erreichen, unserem Land und der Welt den Frieden bringen und die Opfer erlösen möge!«

Abercrombie legte ihm die Hand auf die Schulter, als er mit ihm anstieß. General Prescott kam und bat, mit ihm anstoßen zu dürfen. Viele schlossen sich an. Mit Dr. Cotton kam auch der Armeearzt, der sich in dem Gelbfieberlager förmlich aufgeopfert haben sollte. »Es tut so gut, solche Worte von einem Kommandeur zu hören, Sir David. Darf ich mit Ihnen anstoßen?«

Als David und Kapitän O'Byrne nebeneinander auf der Ruderbank saßen und zum Flaggschiff zurückgerudert wurden, sagte O'Byrne leise zu David: »Mancher der jungen Armeeschnösel konnte mit Ihren Worte überhaupt nichts anfangen, aber die selbst Kinder haben, waren sehr bewegt, David. Nur ein endgültiger Friede könnte die Opfer und auch uns erlösen, die wir so junge Burschen in den Tod führen. Wann wird die Welt dafür reif sein?«

Die Abwicklung eines Sieges konnte anstrengend und aufreibend sein. David saß fast nur an seinem Schreibtisch, verhandelte, diktierte und unterschrieb. Die Flotte musste Fachleute zur Inspektion der Werften und Hafenanlagen schicken. Sie musste Hafenkommandanten stellen und entscheiden, welche Boote und Schiffe als rein zivile Fahrzeuge den Eigentümern zurückzugeben waren.

Sie musste die Küstenbefestigungen inspizieren, inventarisieren und für die Besatzungen mit der Armee verhandeln. Sie musste die Ablagen der französischen Flotte auf geheime Hinweise und Dokumente durchsehen, und die *Neptune* musste ihre Kanonen wieder übernehmen.

Die Kanoniere waren noch in einem Haus auf einem in die See ragenden Kap in Quarantäne, aber die Kanonen wurden schon an den Kai gebracht, auf Dr. Cottons Geheiß in große Bottiche mit Essig getaucht und dann mit Takeln und Flaschenzügen tagsüber an Bord gehievt. Nachts lag das Schiff immer auf Reede.

Die Kapitäne meldeten sich an Bord, und David teilte ihnen die neuen Aufgaben zu, die die Schiffe zu übernehmen hatten. Mehr Blockadeschiffe waren nun für Guadeloupe frei. Aber auch die Saintes mussten kontrolliert werden, und außerdem legte David Wert darauf, dass regelmäßig im Atlantik vor Barbados patrouilliert wurde, damit Angreifer aus Europa sie nicht überraschen konnten.

Und dann kam der Tag, als fünf Kapitäne die *Neptune* bestiegen und ein Kanonenschuss für alle den Beginn einer Kriegsgerichtstagung anzeigte. Das Kriegsgericht, das unter Vorsitz des Flaggkapitäns tagte, hatte nicht viele Fälle an diesem Tag zu verhandeln.

Aber ein Fall erregte besonderes Interesse: die feige Übergabe der Sloop *Carnation* an ein gleich starkes französisches Schiff. Der Commander und die Offiziere waren ehrenvoll entlastet, da sie zum Zeitpunkt des Enterangriffs tot oder tödlich verwundet waren. Auch der Bootsmann wurde nachträglich von jeder Schuld freigesprochen, da er sich bis zum Tod verzweifelt gewehrt hatte. Aber der Marinesergeant Chapman hatte mit seinem Geschrei, dass alles verloren sei, und durch sein Beispiel den Rest der Mannschaft verführt, sich unter Deck zu retten.

Chapman war ein großer kräftiger Kerl, der vor Gericht völlig gebrochen wirkte und seine Schuld zugab, die auch durch viele Zeugenaussagen bestätigt wurde. Früher war er nie als Feigling aufgefallen, aber bei diesem Angriff war er in Panik geraten, als einem Kameraden unmittelbar vor ihm der Schädel durch ein Enterbeil gespalten worden war. »Sein Hirn klebte in meinem Gesicht, Sir. Ich wusste nicht mehr, was ich tat.«

Der Rest der Besatzung zeigte je nach Veranlagung Reue oder Unverständnis. »Was sollten wir denn machen, wenn der Sergeant unter Deck rennt und alle Offiziere tot sind?«, fragte einer bockig.

»Warum hast du nicht selbst gegen die Enterer gekämpft?«, fragte ihn Kapitän O'Byrne.

»Ich tu immer nur, was mir gesagt wird, Sir,« antwortete der.

Das Gericht brauchte nicht viel Zeit zur Beratung. Chapman wurde zum Tode durch Erhängen verurteilt. Für die anderen lautete das Urteil nicht wie früher oft: Auspeitschen durch die Flotte. Bei dieser Strafe werden die Verurteilten auf Booten an allen Schiffen der Flotte vorbeigerudert. Die Besatzungen sind an der Reling angetreten. An jedem Schiff hält das Boot an, und der Verurteilte empfängt ein oder zwei Dutzend Peitschenhiebe. Wenn die Flotte aus mehr als zehn Schiffen bestand, ist der Verurteilte am Ende der Prozedur tot oder lebenslang invalide.

Die Admiralität hatte kürzlich verfügt, dass diese Strafe durch Verbannung in die neue Strafkolonie in Australien ersetzt werden sollte. Dort brauchte man kräftige Arbeiter. Und so wurden die anderen Männer der *Carnation* zur Deportation nach Botany Bay verurteilt. Nach menschlichem Ermessen würden sie England nie wiedersehen.

David war als Kommandierender Admiral Gerichtsherr und fand am nächsten Tag alle Urteile und die Begründungen auf seinem Schreibtisch. Durch seine Unterschrift wurden die Urteile vollstreckbar. Er ließ O'Byrne und den Gerichtsoffizier rufen.

»Meine Herren«, sagte er nach der Begrüßung. »Wir alle sind im ersten Moment geneigt, einen Akt solcher Feigheit scharf zu verurteilen, weil ein Feigling seine Kameraden verrät und sie womöglich dem Tod überantwortet. Gibt es in diesem Fall Chapman einen Milderungsgrund, der aus den Akten nicht recht ersichtlich wird?«

O'Byrne räusperte sich: »Nein, Sir. Wir haben es uns nicht leicht gemacht, aber wir glaubten, nicht anders urteilen zu können. Ein erfahrener Mann darf nicht so durchdrehen und alle mit in den Strudel der Flucht reißen. Wenn wir das tolerieren, gibt es kein Halten mehr.«

Der Gerichtsoffizier stimmte zu.

David nickte und unterschrieb Chapmans Urteil. »Aber bei den anderen habe ich die Akten von fünf jungen Freiwilligen gesehen, die erst drei Monate in der Flotte waren. Ich glaube nicht, dass man von ihnen erwarten kann, dass sie sich einer solchen Flucht entgegenstemmen. Da wir jeden Mann brauchen können, neige ich dazu, sie zu zwölf Peitschenhieben zu begnadigen und ihnen die Deportation zu ersparen. Hätten Sie Bedenken, meine Herren?«

Der Gerichtsoffizier bat, ob er die Namen noch einmal hören könne.

David las sie langsam vor, und O'Byrne und der Gerichtsoffizier dachten bei jedem Namen an das Gesicht, das sie mit ihm verbanden.

»Ich hätte in diesen Fällen keine Bedenken, Sir«, äußerte O'Byrne.

»Ich schließe mich an, Sir«, fügte der Gerichtsoffizier hinzu.

»Gut, so soll es geschehen«, sagte David. »Ich lasse die Akten durch Mr Roberts ergänzen und

Ihnen dann zukommen. Die Hinrichtung ist morgen früh an Bord der *Pompée*. Alle Besatzungen haben anzutreten. Wir laufen anschließend mit der *Circe* nach Barbados aus, Mr O'Byrne.«

Wieder einmal stand David in der Morgenfrühe an Deck und erwartete eine Hinrichtung. Diesmal hatte er sie durch seine Unterschrift legalisiert. Er hatte so viele Hinrichtungen erlebt, so viele Menschen fallen sehen, aber je älter er wurde, desto mehr quälte ihn der Gedanke, ob es eine Rechtfertigung für alle diese Toten gab. Vielleicht waren das keine Gedanken, die ausgerechnet einen Flottenoffizier bewegen sollten?

David gab sich einen Ruck und nickte dem wachhabenden Leutnant zu. Der rief den Befehl. Eine Kanone feuerte und gab das Zeichen zur Hinrichtung. Auf der *Pompée* wurde dem Verurteilten das Brett weggezogen. Sein Körper zuckte am Seil, schwang ein wenig hin und her. Dann war er bewegungslos. David nahm kurz den Hut ab. Die Offiziere folgten ihm. Dann bedeckte er sich wieder, nickte O'Byrne zu, und die Befehle zum Ankereinholen und Segelsetzen hallten über die Decks.

Sie liefen Bridgetown gegen Mittag an und lösten die *York* ab, die nach einer Patrouille um Grenada herum Martinique anlaufen würde. David ließ sich an Land bringen und suchte seinen Freund Martin, Gouverneur und Herzog von Chandos, auf.

»Bleibst du ein wenig im Hafen, David?«, fragte der.

»Nein, Martin. Wir kreuzen dem Geleitzug aus

England entgegen, damit ihm nicht noch ein Kaperschiff in die Quere kommt.«

»Ja, wir erwarten ihn jeden Tag und mit ihm deine liebe Familie. Susan hat schon alle Gästezimmer gerichtet.«

»Habt ihr neue Fälle von Gelbfieber auf der Insel?«, fragte David.

»Nein. Wie kommst du darauf?«

David berichtete von dem kurzen Aufflackern einer Epidemie auf Martinique, die nun aber wieder eingedämmt worden sei.

»Nun ja, die Soldaten mussten im Freien schlafen. Sie waren im flachen, feuchten Gelände. Da muss man damit rechnen«, sagte Martin. »Wenn Susan davon erfährt, ist sie doppelt glücklich, dass sie alles mit Essigwasser ausscheuern ließ. Man konnte es tagelang im Gästetrakt nicht aushalten.«

David hatte noch mit Martin und Susan, dessen Frau, gegessen und lief nun mit der *Neptune*, der *Circe* und einer Sloop in östlicher Richtung in den Atlantik hinaus, dem Geleitzug entgegen, der ihm seine Familie bringen sollte. Hoffentlich war auf der Überfahrt nichts passiert. David schauderte etwas, als er an die vielen Möglichkeiten für ein Unglück dachte. Feuer, Sturm, Kaperung, Schiffbruch. Doch dann riss er sich von seinen trüben Gedanken los und überlegte, wie selten so etwas geschah im Vergleich zu den vielen Schiffen, die ungefährdet hin- und hersegelten.

Das Geschrei vom Oberdeck lenkte ihn ab. Leutnant Grant, der nach Mr Millers eigenem Kommando nun den Posten des Zweiten Leutnants und damit des Batterieoffiziers wahrnahm, schrie und schimpfte mit den Kanonieren, die seiner Meinung nach zu lahm und ungeschickt waren. David hörte und sah zu. Grant hatte Recht. Das hätte auch der zuständige Midshipman, John Murray, schon korrigieren können.

Der wachhabende Leutnant trat auf ihn zu. »Stündliche Routinemeldung von *Circe* und der Sloop, Sir: Kein Schiff in Sicht!«

»Danke, Mr Russell«, antwortete David und blickte zur *Circe,* deren Segel er gerade noch am Horizont sah. Backbord von der *Neptune* hatte sich die *Circe* sechs Meilen abgesetzt, steuerbord die Sloop. So überblickten sie mindestens ein Feld von zweiundzwanzig Meilen, da ja auch die beiden Schiffe noch zu den Seiten hin spähen konnten.

Abends aß David mit Kapitän O'Byrne und ihrem alten Gefährten Dr. Cotton. Am dritten Tag war er Gast der Offiziersmesse. Am vierten Tag merkte sein Diener Edward, dass der Admiral langsam unruhig wurde. Edward warnte Frederick, den jungen zweiten Diener: »Sei besonders sorgfältig. Der Admiral wird langsam kribbelig. Dann fährt er schon mal aus der Haut.«

Frederick merkte es schon am nächsten Morgen, als ihm ein Toast etwas verbrannt war. »Soll ich hier die Asche kauen? Mach einen neuen Toast oder kratz wenigstens das Schwarze ab, Frederick!«

Als David an Deck kam, begrüßte ihn O'Byrne und sagte: »Nun wird es langsam langweilig, Sir. Ich habe heute Vormittag Segelübungen angesetzt, aber sehr unterhaltsam wird das auch nicht werden, fürchte ich.«

David lachte. »Nein, wenn die Männer nicht auf

Händen die Wanten emporsteigen und mit den Füßen die Segel bedienen, ist der Unterhaltungswert gering. Aber das Wetter ist wenigstens gut. Ich werde meinen Morgenspaziergang absolvieren und mir dann einen Stuhl holen lassen und etwas lesen.«

»Darf ich Sie begleiten, Sir?«, fragte O'Byrne, und die Bitte wurde ihm gewährt.

Begleitung bedeutete, dass beide die paar Meter des Achterdecks in der einen Richtung abschritten, dann sich mit den Gesichtern zueinander umdrehten und wieder zurückgingen. Dieses Umdrehen mit den Gesichtern gegeneinander war eine Eigenart in der Flotte. Sie brauchten auf den kurzen Wegstrecken nicht ständig das Gespräch zu unterbrechen. Der Rangniedere musste nicht immer um den Vorgesetzten herumspringen, um wieder an seiner linken Seite zu laufen. Es war eine sinnvolle und effiziente Lösung, wie sie die Flotte liebte.

Als David sich einige Seiten eingelesen hatte und nicht mehr die Geräusche um sich herum mit Aufmerksamkeit registrierte, dachte er wieder einmal, dass er öfter lesen sollte. Es war ein historischer Roman, den ihm Britta empfohlen hatte, und er tauchte mit Interesse in die fremde Welt der Rosenkriege ein.

Er war mit dem Anführer der Ritterschar nicht so einverstanden, der auf den Feind lospreschte, ohne zu überlegen, ob ein Flankenangriff zum Beispiel nicht mit weniger Einsatz den größeren Erfolg gebracht hätte. Aber seine Leute folgten ihm immer mit Begeisterung, und er lobte sie auch mit herzlichen Worten. Daran müsste ich immer etwas mehr denken, überlegte er sich gerade, als der Ruf des Ausgucks unüberhörbar seine Konzentration störte.

»Entmasteter Dreimaster fünf Meilen voraus!«

Mein Gott, wenn das ein Schiff des Geleitzuges war, schoss es David durch den Kopf. Der Kapitän schickte schon den jüngsten Leutnant mit einem Teleskop auf den Mast.

»Deck!«, rief der bald. »Keine Aktivität zu erkennen. Masten treiben noch neben dem Schiff.«

David und O'Byrne sahen sich fragend an. Was sollte das bedeuten? Wo war die Mannschaft, die die abgebrochenen Masten doch vom Schiff trennen musste, damit sie nicht die Bordwand durchbohrten? Warum winkte niemand? Warum errichtete niemand Notmasten?

Sie signalisierten den anderen Schiffen ihre Entdeckung und warteten ungeduldig, bis sie das Schiff endlich dicht vor sich hatten. Eine Dreimastbark. Jetzt sah man auch Menschen. Ein halbes Dutzend Frauen mit einigen Kindern kam an Deck. Als sie die britische Flagge hissten, trat auch ein Mann hinter einem Verschlag hervor, zeigte auf die Flagge und sagte etwas zu den Frauen. Jetzt winkten auch sie.

»Lassen Sie bitte ein Boot übersetzen und klären, was da los ist, Mr O'Byrne«, sagte David.

Bevor das Boot ablegte, rief der Ausguck: »Vor dem Schiff treiben Leichen im Wasser!«

»Halt!«, rief David. »Warten mit dem Aussetzen. Bitte rufen Sie den Schiffsarzt!«

Zu O'Byrne sagte er: »Wir müssen erst wissen, ob dort nicht eine Epidemie herrschte, die sie zwang, die Toten ins Wasser zu werfen. Mr Steer soll mit ins Boot und sich erst die Leichen ansehen. Bitte veranlassen Sie auch, dass Männer mit Fremdsprachenkenntnissen im Boot sind.«

Niemand hatte erwartet, was sie entdeckten. Im

Meer schwammen ausschließlich männliche Leichen, hingeschlachtet mit Säbeln und Pistolen. Das Schiff, ein spanischer Handelssegler von Caracas nach Madrid war von einem Piraten überfallen worden. Als der von fern die *Neptune* sichtete, schlachtete er die Besatzung und die männlichen Passagiere ab, zerschlug an den Masten alle Wanten und Stage und brachte sie mit gezielten Beilhieben zu Fall.

Der Koch des Seglers hatte sich verstecken können und hatte als einziger Mann überlebt. Er berichtete an Bord der *Neptune*. Ein Matrose übersetzte. »Es war ›El Diabolo‹, ein berüchtigter Pirat. Der Vizekönig von Neu Granada soll ihm vor Jahren, als er sich um seine Tochter bemühte, die Ohren abschneiden lassen und ihn in die Minen geschickt haben. Er entkam und mordet seitdem alle spanischen Männer. Er segelt einen großen Schoner mit zwei Masten und einer Besatzung aus Sträflingen und flüchtigen Sklaven. Der Schoner ist sehr schnell und hat sechs Zwölfpfünder.«

Einige an Bord der *Neptune* hatten gerüchteweise von diesem Piraten gehört, aber David fiel es schwer zu glauben, dass sich ein Pirat mit so einem großen Schiff zwischen all den Kriegsschiffen hatte halten können. Kleine Gelegenheitspiraten, die gab es immer wieder. Aber ein großer Toppsegelschoner fiel doch auf.

Der Arzt versorgte die Frauen an Bord des Spaniers. David verabredete mit O'Byrne, dass sie ein Kommando von vierzig Mann mit Zimmerleuten übersetzen mussten. Sie sollten Notsegel setzen, die Toten bergen und das Schiff nach Barbados segeln. Die Ladung mit Wolle, Silber und Leder rechtfertigte die Mühe.

»Ich schlage Leutnant Norton für das Kommando vor, Sir, und habe acht Seesoldaten mit abgeordnet. Wenn unsere Leute den Anblick der Toten vergessen, werden sie anfangen, an Weiber und Alkohol zu denken. Könnte nicht auch die Sloop bei dem Wrack bleiben, bis es segelfertig ist, Sir?«

»Einverstanden«, bestätigte David und wartete mit einiger Ungeduld, bis die Prisenmannschaft übergesetzt und das Boot wieder eingeholt worden war. Der Pirat war in Richtung Osten abgesegelt. Der Geleitzug war für ihn um Nummern zu groß, aber man wusste nie.

Am nächsten Tag kam die Sloop wieder auf und signalisierte, dass der Spanier in Richtung Barbados abgesegelt war. Sonst hatte der Tag nur Routine gebracht.

David hatte abends wieder O'Byrne und Dr. Cotton zu Gast und erinnerte sich mit Dr. Cotton, dass sie anno vierundachtzig im Südatlantik auch einen Piraten erlebt hatten, der die Besatzung ermordete.

»Es war meine erste Fahrt, erinnern Sie sich, Sir? Und eine Zwillingsschwester konnte sich verstecken. Sie hat den Piraten dann in Kapstadt erkannt und zum Geständnis gebracht, weil er nichts von einer Zwillingsschwester wusste und an einen Geist glaubte.« Dr. Cotton regte die Geschichte immer noch auf.

»Ja«, sagte David nachdenklich. »Als wir morgens ausliefen, wurden diese Teufel alle in einer langen Reihe am Kai gehenkt. Es war kein schöner Abschied von diesem schönen Hafen.«

»Sir, erlauben Sie die Bemerkung, dass wir bald in einer Flaute stecken werden. Ich kann noch nicht sagen, wie lange es etwa dauernd wird.« Mr Goodwin, der Master, hatte Davids Spaziergang unterbrochen.

David schaute sich die Wolkenformationen an, diskutierte ein wenig mit dem Master und sagte dann zum Wachhabenden: »Lassen Sie bitte signalisieren, dass die *Circe* und die Sloop sofort zum Flaggschiff aufschließen.«

Die Signale wehten noch, als der Ausguck viele Segel sechs Meilen voraus meldete. »Das ist der Geleitzug«, sagte David erleichtert. »Werden wir ihn noch vor der Flaute erreichen, Mr Goodwin?«

Mr Goodwin lief zum Barometer, sah nach den Wolken und antwortete: »Vielleicht gerade so, Sir. Der Konvoi wird vor uns in der Flaute stecken.«

David war so ungeduldig, dass er in die Wanten hinaufkletterte und mit seinem Teleskop vorausspähte. Dort waren die drei Kolonnen des Geleitzuges. Ein Linienschiff war vorn nach Steuerbord abgesetzt. Die Handelsschiffe waren etwas auseinander gezogen. Und dort, dieses Segel von ihm aus backbord vom Konvoi? Verdammt, das war ein Zweimastschoner. War das der Pirat, der dort in der Flaute räubern wollte, wenn die Begleitschiffe nicht eingreifen konnten?

»Mr Grant, Sie sind ein erfahrener Mann. Ich habe den Verdacht, dass sich ein Zweimastschoner dem Konvoi an dessen Steuerbordseite nähert. Das Linienschiff ist zu weit ab, wenn es in die Flaute kommt. Andere Geleitfahrzeuge sah ich nicht. Schauen Sie sich das bitte alles von ganz oben an. Bitte berichten Sie mir dann an Deck.«

Mr Grant stieg nach einer Weile wieder hinunter an Deck und berichtete David. In der Tat näherte sich ein Zweimastschoner dem Geleit an dessen Steuerbordseite. Eine Fregatte stand an der Backbordseite des Konvois, eine weitere oder eine Sloop segelte hinter dem Geleitzug. »Mehr Kriegsschiffe habe ich nicht gesehen«, schloss Mr Grant.

David handelte schnell: »Signal an Sloop: Mit allen Mitteln zum Geleitzug aufschließen!« Und dann an O'Byrne gewandt: »Bitte lassen Sie die Segel anfeuchten, dass wir noch etwas herausholen. Der Pirat will im Geleit räubern.«

O'Byrne bellte die Befehle. Und die Matrosen schleppten die Schläuche der Feuerpumpen an Deck, bemannten die Pumpen und spritzten auf die unteren Segel. Andere füllten Eimer, hievten sie mit Seilen die Masten empor, und schütteten sie an die oberen Segel. Natürlich wurden alle Beteiligten dabei nass, aber bei der Wärme machte ihnen das nichts aus. Sie lachten und scherzten.

David dagegen starrte ernst durch sein Teleskop und kalkulierte die Kurse. Dort vorn im Geleit hingen die Segel schon schlaff. Die See glättete sich. Der Schoner würde wohl auf anderthalb Kilometer an die letzten Segler der Steuerbordkolonne herankommen. Die *Neptune* würde weitab vom Geleit von der Flaute erfasst werden. Am dichtesten gelangte ihre Sloop heran, aber mehr zu den vorderen Schiffen der Steuerbordkolonne.

Was würde der Schoner tun? Mit Booten die Segler angreifen? Dazu hätten selbst die zu viel Kanonen. Nein, er würde sich in Schussweite heranschleppen lassen und einen Segler zusammenschießen, bis er ihn entern und ausrauben könnte.

Nur die Sloop könnte ihn hindern. Dann müsste

sie aber schneller geschleppt werden als der Schoner. Und das ging nur, wenn sie zusätzlich Boote zum Schleppen erhielt. Es wäre sinnlos, die *Neptune* schleppen zu lassen. Sie war zu groß.

David wandte sich an O'Byrne und erklärte ihm, was er plante.

Der begriff sofort. »Ich lasse sofort die Launch und drei Pinassen zum Aussetzen vorbereiten, Sir. Die können schon einiges wegschleppen. Sollten wir der *Circe* auch signalisieren, dass sie Boote schickt?«

David sah hinüber zur *Circe* und entschied: »Nein, wir wollen ihr signalisieren, dass sie den Schoner beim Schleppen mit ihren Jagdgeschützen unter Feuer nimmt.«

Die Flaute erreichte sie in weniger als zehn Minuten. Sofort ließen sie die Boote zu Wasser, und die ruderten zur Sloop, die auch zwei Kutter ausgesetzt hatte. Auch der Schoner ließ sich von zwei Booten in Richtung Geleit ziehen. Die *Circe* setzte zwei Kutter aus, die sie in eine Position ziehen sollten, aus der sie den Schoner beschießen konnte, ohne die Sloop zu gefährden.

David und O'Byrne beobachteten die Manöver gespannt durch ihre Teleskope. »Jetzt kommt alles darauf an, wer schneller in Schussweite kommt«, murmelte O'Byrne vor sich hin.

David sah, dass ihre Sloop von sechs Booten viel schneller geschleppt wurde als der Schoner von zwei. »Der Pirat hat keine Chance mehr auf Beute«, sagte er. »Selbst wenn er eines unserer Handelsschiffe beschädigt, bis er es entern könnte, wäre er unter dem Feuer der Sloop und käme dann nicht mehr davon. Er wird den Angriff abbrechen. Lassen Sie schon die Signale vorbereiten, dass *Circe* und die Sloop ihn maximal achtundvierzig Stunden verfolgen sollen.«

Davids Voraussage traf ein. Das Handelsschiff eröffnete das Feuer auf die Boote des Schoners, die *Circe* fiel ein, und die Boote wurden am zügigen Pullen gehindert. Als auch die Sloop die ersten Probeschüsse abgab, änderte der Schoner seine Pläne und ließ sich von Sloop und Geleit wegschleppen. Die Sloop verfolgte ihn noch, schoss über ihre Boote hinweg und traf einige Male sein Heck.

Aber dann sahen sie, wie der Schoner Segel setzte und die Boote einholte. Wenig später erreichte die neue Brise auch die *Neptune.*

»Lassen Sie die vereinbarten Signale setzen, Mr O'Byrne«, sagte David.

Die *Neptune* wartete, bis sie ihre Boote wieder aufnehmen konnte. Die Männer waren erschöpft, aber als David sie lobte und der Kapitän keinen Sonderdienst für den Rest des Tages ansetzte, waren sie froh und blickten interessiert auf den riesigen Konvoi.

In jeder der drei Kolonnen segelten etwa vierundzwanzig Schiffe. Sie hielten den Abstand erstaunlich gut und boten mit den prall gefüllten Segeln einen beeindruckenden Anblick. Das war Englands Kraftquell. Damit wurde die Maschine gespeist, die England überall in der Welt Flotten und Armeen unterhalten ließ.

David musterte die Flaggen der Schiffe. Dort vorn in der mittleren Kolonne an Platz zwei und drei wehten die Fahnen der Reederei Barwell und Hansen. Dort musste seine Familie sein.

»Mr O'Byrne, bringen Sie uns bitte an die Spitze des Konvois und signalisieren Sie dem Kommandanten des Geleits, dass er zum Rapport an Bord kommen möge.«

»Aye, aye, Sir. Haben Sie Ihre Familie schon entdeckt, Sir?«

»Dort vorn, Nummer zwei und drei in der Mitte, dort müssten sie sein, Mr O'Byrne. Sobald ich mit dem Kommandanten gesprochen habe, lasse ich mich übersetzen.«

Der Kapitän des Linienschiffes wurde mit den ihm zustehenden Ehren empfangen und erinnerte sich an den Dudelsackbläser.

»Wir begegneten uns im Geschwader von Lord Nelson anno neunundneunzig vor Neapel, Sir David. Ich kommandierte eine Fregatte. Sie hatten schon damals einen Dudelsackbläser an Bord, der viel bewundert wurde.«

Der Kapitän berichtete von einer ereignislosen Überfahrt. Er hatte Lady Britta und Lady Nicole einige Male zum Essen an Bord und schwärmte vom Charme der Damen. David wollte den Charme bald selbst genießen und brachte ihn zu den dienstlichen Fragen zurück.

Ja, er hatte noch zwei Fregatten im Geleit. Eine hatte er ganz früh am Morgen entsandt, um ein fremdes Segel zu erkunden. Sie sei jetzt wieder in Sicht gekommen und werde in zwei Stunden zum Geleit aufschließen. Die andere habe er dem Schoner entgegengeschickt, aber sie sei mitten im Geleit von der Flaute überrascht worden. Eine Sloop sei voraus nach Barbados, um ihre Ankunft zu melden.

»Dann ist ja alles in bester Ordnung. Ich nehme an, dass ich Sie in drei Tagen beim Gouverneur zum Essen wiedersehen werde. Ich beglückwünsche Sie schon jetzt zum erfolgreichen Geleit.«

Der Kapitän verabschiedete sich, und David sah O'Byrne an.

»Die Launch ist vorbereitet, Sir. Ich bringe die *Neptune* noch etwas dichter an die mittlere Kolonne heran. Bitte übermitteln Sie meine herzlichsten Grüße, Sir.«

David nickte, dankte und sah sich nach Alberto und Mustafa um. Sie würden ihn auch hier begleiten. Der Schäferhund stand neben ihm und blickte ihn erwartungsvoll an. »Nein, Barry, du bleibst hier. Edward, pass auf den Hund auf!«

Die Launch wurde zu Wasser gelassen. David stieg als Letzter hinunter, begleitet von den Klängen der Ehrenwache. Er hatte mechanisch gegrüßt, aber seine Gedanken waren schon ganz bei seiner Familie. Ob alle die Reise gut überstanden hatten?

Er sah gespannt den Segelschiffen entgegen, die auf sie zu segelten. Das erste Schiff in der mittleren Reihe war das Schiff des ältesten zivilen Kapitäns, des Kommodore. Dann folgte ein Westindiensegler der Reederei Barwell und Hansen.

Auch vom Schiff des Kommodore winkten Menschen, und David zog zur Erwiderung seinen Hut. Aber auf dem nächsten Schiff wehten Schals. Und dort vorn am Bug, das waren doch seine Söhne und ihre Freunde. Er stand auf und winkte ihnen zu. Aber dann erforderten die Manöver seine Aufmerksamkeit. Die Launch wendete und ruderte jetzt in der gleichen Richtung wie das Schiff, das sie einholte. Aber dort warf man das Tau. Seeleute im Boot griffen danach, befestigten es. Sie holten die Riemen ein, und langsam legte sich das Boot an den Schiffsrumpf und wurde nun gezogen. Die Jakobsleiter fiel herunter, und oben lachte Brittas Gesicht über der Reling.

David drückte den Hut ganz fest auf seinen Kopf. Die Seeleute hielten die Leiter fest, und er stieg geübt empor. Oben strahlten ihm Britta, Nicole und die Kinder entgegen. Der Kapitän stand etwas an der Seite und lüftete grüßend seinen Hut. David zog den seinen und grüßte Kapitän und Achterdeck.

Dann endlich konnte er Britta umarmen. Sie sah wunderbar aus, schöner, als seine Erinnerung sie abgebildet hatte. Sie küssten sich vor aller Augen, wenn auch weniger leidenschaftlich, als ihnen zu Mute war.

»Bin ich glücklich, dich endlich umarmen zu können, mein Geliebter«, sagte Britta. »Die Reise bot ja nicht sosehr viel Abwechslung, aber du hast unser Wiedersehen mit dieser Knallerei garniert. David, du hast so eine dramatische Ader, die sich schon bei unserer Hochzeit zeigte.«

David lachte sie an. Eine junge Stimme sagte neben ihm ganz ernsthaft: »Das war keine Knallerei, Mutti. Das waren Kanonenschüsse von Acht- und Zwölfpfündern.« Das war Edward, sein jüngerer Sohn. Neben ihm standen John, Nicoles Sohn, und Alexander, Gregors Sohn, und nickten zustimmend.

David breitete die Arme aus und umfasste alle drei und drückte sie. Sein Sohn küsste ihn auf die Wange.

»Wie freue ich mich, euch zu sehen. Alle seid ihr

gewachsen und kräftiger geworden. Und dort der junge Herr, das muss doch Charles sein«, scherzte er und schloss seinen Ältesten in die Arme.

»Und wo ist Christina? Wen hat Nicole als Freundin mitgebracht? Stellt mich der jungen Dame vor.«

Christina mit ihren fast fünfzehn Jahren stand neben Nicole in einem entzückenden Reisekostüm und mit modernem Hut. »Ach, Daddy, immer machst du dieselben Späße«, sagte sie ein wenig verlegen, ein wenig vorwurfsvoll und bot ihm ihre Wangen zum Kuss.

Nicole lachte offen und herzlich. »Wo hast du meinen Mann gelassen, Onkel David?«, fragte sie und fasste ihn um.

»Dort segelt er fort von dir. Maximal achtundvierzig Stunden soll er den Schoner verfolgen. Dann kommt er zu dir zurück.«

»Aber den Schoner könnt ihr doch nicht einholen. Der segelt doch schneller«, wandte Nicoles Sohn John, Lord Bentrow, ein.

»Das stimmt, lieber John. Aber bei so einer Verfolgung kann alles Mögliche geschehen, ein Mastbruch, ein unerwarteter Windstoß, der Zusammenprall mit einem unter Wasser treibenden Balken. Man muss alles versuchen. Und wenn der Schoner in Schwierigkeiten kommt, muss er vielleicht die Kanonen über Bord werfen. Das wäre doch auch ein Erfolg.«

»David«, mischte sich Britta ein, »würdet ihr bitte aufhören zu fachsimpeln. Es gibt hier einige Menschen, die haben sich wochenlang auf dieses Wiedersehen gefreut, und der Kapitän erwartet auch noch einen Beweis der Höflichkeit.«

David zwinkerte den drei Jungen kurz zu, ging zum Kapitän, begrüßte ihn freundlich und dankte ihm für alles, womit er seiner Familie die Überfahrt erleichtert hatte.

»Es war eine Freude, Sir David. Die Damen sind so charmant und haben sich so gut in das Bordleben eingefügt, nein, Sir David, das war keine Last. Und die jungen Herren haben sich sehr für die Navigation interessiert. Alle Maate haben sich darum gerissen, ihnen alles beizubringen. Sie können ein Besteck schon sicher schießen.«

»Lieber Herr Kapitän, wenn wir weiter über nautische Fragen sprechen, kriege ich Ärger mit den Damen. Ich muss jetzt mit ihnen parlieren und die Quartiere besichtigen. Da muss auch ein Admiral gehorchen.«

Der Kapitän lachte verständnisvoll, und David ging mit den Seinen in die ›Hütte‹, jene Holzkonstruktion, die in der Schiffsmitte für die Passagiere errichtet worden war. Hier konnte ihn Britta noch einmal herzlich ohne Zuschauer küssen. Und alle Kinder wollten umarmt werden und wollten auf ihn einreden. So ein richtiges Familienleben, dachte David und genoss voller Stolz die Liebe der Seinen.

Liebe und Tod (April bis August 1809)

Martin, Herzog von Chandos und Gouverneur von Barbados, stand mit seiner Frau Susan am Fuß der Treppe, als die Kutsche mit Davids Familie vorfuhr.

David stieg aus und half Britta, Nicole und Christina aus dem Wagen. Die Jungen waren aus der zweiten Kutsche gesprungen.

»Endlich ist deine liebe Familie angekommen. Herzlich willkommen!«, sagte Martin. »Deine liebe Frau kennen wir schon«, fuhr er fort, küsste Britta die Hand und begrüßte sie. »Ich hoffe, Sie fühlen sich bei Susan und mir wohl. Sieht Lady Britta nicht aus wie das blühende Leben, liebe Susan?«

Seine Frau bestätigte und reichte Britta die Hand. »Wie schön, Sie hier auf Barbados zu sehen, Lady Britta.«

»David, nun mach uns doch mit den anderen Damen bekannt«, forderte Martin. David stellte Nicole als Mrs. Watson vor und entging weiteren Nachfragen dadurch, dass er gleich anschließend Christina, seine Tochter, präsentierte.

Dass seine Tochter schon so erwachsen sei, regte Susan und Martin zu den erstauntesten Komplimenten an und lenkte von Nicole ab. Dann trat Davids Sohn Charles vor. Die anderen gingen danach etwas summarisch als sein Sohn Edward und seine Freunde John, der Sohn von Nicole, und Alexander, der Sohn seines Begleiters und Freundes Gregor Dimitrij, durch.

Aus der zweiten Kutsche war inzwischen auch die Zofe mit Nicoles knapp halbjährigem Sohn Adam zu ihnen getreten. Nicole nahm ihr Kind, das dann bewunderter Mittelpunkt der Gesellschaft war. Die Jungen unterhielten sich recht ungezwungen mit Martins und Susans Sohn George, der so alt war wie Edward.

David war erleichtert. Für ihn war die Situation etwas peinlich. Susan, seine Jugendgeliebte, hatte Martin, ihrem zweiten Mann, den sie vor gut zehn Jahren geheiratet hatte, verschwiegen, dass David der Vater ihres ersten Sohnes John war, der im Alter von siebzehn Jahren auf See gefallen war. Sie hatte Martin auch verschwiegen, dass John vor seinem Tod noch Nicole geheiratet und einen Sohn gezeugt hatte, der jetzt Susan begrüßte, die ja seine Großmutter war. David war diese Geheimniskrämerei vor seinem Freund Martin zutiefst zuwider, aber nach langen Gesprächen mit Britta hatte er entschieden, dass er kein Recht habe, gegen Susans Wunsch Martin alles zu offenbaren. Nun war erst einmal alles gut gegangen.

Seine Gedanken wurden unterbrochen, als Martin ihm die Hand auf die Schulter legte. »Abercrombies sind heute auswärts zu Besuch, aber wir haben schon einen Boten geschickt, damit sie morgen zum Frühstück unsere Runde komplettieren.«

Dann führte er alle ins Haus, zeigte die Gästezimmer und lud in einer Stunde zu einem kleinen Imbiss in den Salon.

Britta umarmte David in ihrer Suite voller verhaltener Leidenschaft. »Liebster, nun haben wir endlich wieder einen Raum für uns. Du musst doch gemerkt haben, wie dich meine Gedanken während der letzten vierundzwanzig Stunden auf deinem Flaggschiff suchten.«

Er küsste sie zärtlich. »Ich habe lange mit dem Nachtglas nach eurem Schiff ausgeschaut und mich zu dir gewünscht. Aber ich hatte auch Sorgen vor der heutigen Begrüßung. Wenn Martin nun auf irgendeinem Wege einen Teil der Wahrheit erfahren und nachgefragt hätte, wie hätte ich mich als Freund rechtfertigen können?«

»Ja«, stimmte ihm Britta zu. »Susan hat dich mit ihrer Heimlichtuerei in eine furchtbare Situation gebracht. Aber unsere Kinder habe ich so instruiert, dass sie uns nicht verraten werden. Doch nun Schluss damit. Du scheinst gar kein Interesse zu haben, mir beim Umkleiden zu helfen.«

David überzeugte sie dann von der Stärke seines Interesses.

Sie verstanden sich ausgezeichnet, die drei Ehepaare. Eigentlich waren es ja vier, denn Nicoles Ehemann, Kapitän Watson, stieß nach zwei Tagen zu ihnen. Aber Nicole und James Watson waren deutlich jünger als die anderen und hatten als junges Ehepaar noch stärker das Bedürfnis nach Zweisamkeit.

Martin hatte bald vorgeschlagen, dass sich alle duzten und mit den Vornamen anredeten, sodass Davids Sorge, Johns Titel als Lord Bentrow könnte zu Rückfragen führen, in den Hintergrund trat.

David konnte nicht immer bei ihnen sein. Er musste einen Teil seiner Zeit für die Führung des Geschwaders opfern, auch wenn ihm sein Flaggkapitän viel abnahm. Watson hatte mehr Zeit für Nicole, denn David hatte entschieden, James Miller das Kommando über Watsons Fregatte *Circe* zu übergeben. Die *Circe* war mit zweiunddreißig Kanonen deutlich schwächer als die *Junon* mit ihren vierzig, sodass Kapitän Watson als dienstälterer eine Art Vorrecht hatte. Außerdem musste die *Junon* in der Werft von Antigua überholt werden, was James Watson mehr Zeit geben würde, Nicole zu sehen.

Aber oft genug war David bei den Ausflügen dabei und freute sich, wie gut sich die jüngeren Söhne verstanden. Er beobachtete sie dann sehr bewusst.

»Fällt dir auch auf, wie ähnlich Edward und John mitunter in ihren Bewegungen und Äußerungen sind?», fragte ihn Britta leise. »Onkel und Neffe, auch wenn sie gleich alt sind.«

David nickte.

Sie besuchten mit den Kindern die Stadt. Sie lagerten mit ihnen an Stränden, und die Eltern feierten auch Feste mit den Bekannten des Gouverneurs. Überall erregten Nicole und James Aufmerksamkeit.

»Ich habe noch nie ein so schönes Paar gesehen wie Mr und Mrs Watson«, sagte General Abercrombie zu David. »Und im Unterschied zu manchen oberflächlichen Schönheiten sind sie auch kluge und liebenswerte Menschen.«

Martin war der gleichen Meinung, aber David fiel auf, dass sich Susan von Nicole und ihrem Sohn ein wenig fern hielt. David wunderte sich, dass sie zu ihrem Enkelkind nicht mehr Kontakt aufnahm. Aber als er darüber nachdachte, erkannte er, dass Susan ihm in den letzten zehn Jahren doch recht fremd geworden war. Sie war in manchen Dingen sehr oberflächlich und auf Reputation bedacht. Hatte er das früher übersehen oder durch Britta andere Maßstäbe gewonnen?

Nun ja, mit Britta erlebte er wunderbare Tage und Nächte. Sie genoss den Charme der karibischen Insel, lauschte gern der Musik, die die Eingeborenen auf Fässern und Hölzern trommelten, und trank auch gern einmal den Rum mit Orangen- und Ananassaft. Es tat ihr gut, von der Sorge um das Gedeihen ihrer Unternehmen befreit zu sein. Einmal sagte sie zu David: »Wollen wir nicht allen Besitz in England verkaufen? Du nimmst den Abschied, und wir leben mit unseren Kindern hier von unserem Vermögen.«

David musste lachen. »Das wird aber schwierig, wenn du nach einem halben Jahr alles zurückkaufen willst. Wenn du nicht den Leuten in der Stiftung helfen kannst, wenn du nicht deine Werkstätten und anderen Unternehmungen blühen und gedeihen siehst, dann wärst du bald unausgefüllt. Du brauchst Verantwortung und Aufgaben. Nur in den Tag hineinleben wäre nichts für dich und für mich auch nicht.«

Die drei jungen Burschen begleiteten mit Martins Sohn George die jungen Offiziersanwärter zum Schwimmen und waren stolz, dass sie den meisten Midshipmen in dieser Fertigkeit überlegen waren.

Davids Sohn Charles hatte andere Interessen. Wann immer er einen Führer fand, besichtigte er Pflanzungen, Zuckermühlen und Viehställe. Oft war Abercrombies Sohn Henry bei ihm, der ihm viel über die Pflanzen der Insel erzählte, aber Charles nicht für seine Leidenschaft für Schmetterlinge begeistern konnte.

Christina stöberte mit Abercrombies Tochter Irina in den Läden von Georgetown. Aber sie bestand auch darauf, ihre Mutter bei den Besichtigungen der Manufakturen und bei den Gesprächen mit Reedern und Schiffsausstattern zu begleiten. David schmunzelte über dieses nicht alltägliche geschäftliche Interesse seiner beiden ›Damen‹.

Bei anderer Gelegenheit schmunzelte Britta. Christina begleitete ebenso wie Irina den Freundeskreis zu einigen kleinen Bällen und zeigte ihre Künste im Gesellschaftstanz. Sie hatte auch diesen und jenen Verehrer und schwärmte ihrer Mutter eine Woche lang von einem Fähnrich vor.

Aber beim nächsten Ball kam sie voller Empörung zu ihrer Mutter und erzählte ihr, dass dieser Fähnrich sich gerühmt habe, wie erfolgreich er sich mit Hilfe seines Vaters, eines Generals, bisher vor jedem Kampfeinsatz gedrückt habe.

»Dem habe ich gesagt: Mein Vater ist Admiral, aber er würde sich eines Sohnes schämen, der den Rock des Königs trägt, doch den Einsatz für das Vaterland verweigert. Meinst du nicht, dass Daddy so denkt?«

Britta antwortete leise: »Er denkt wie du. Aber einer Mutter ist ein lebender Feigling vielleicht doch lieber als ein toter Held.«

»Aber Daddy ist ein Held und lebt auch«, wandte Christina ein.

»Bete, dass es so bleibt, Christina«, sagte Britta ernst. »Er ist mehr als einmal dem Tod nur knapp entronnen.«

Eines Morgens bat Martin David schon vor dem Frühstück in sein Büro.

»Du hast mir bei deiner Ankunft aus England die Anschrift eines mutmaßlichen Agenten auf Barbados übergeben. Erinnerst du dich?«

David nickte und Martin fuhr fort. »Wir haben den Mann, einen Kaufmann, seitdem überwacht. Er spioniert tatsächlich für die Franzosen. Gestern Abend haben unsere Leute eine Nachricht abgefangen, die dich angeht.«

Er gab David einen Zettel.

David las: »Habe Troude informieren können, dass Martinique gefallen. Segelt mit drei Linienschiffen zu den Saintes. Transporter entladen in Guadeloupe. Schickt Nachrichten über britische Flotte an Pompier.«

Er wandte sich an Martin. »Unsere Patrouillenschiffe haben nichts berichtet. London hat mich nicht über einen Ausbruch aus der Blockade der französischen Häfen informiert. Aber ich weiß, dass Troude französischer Kommodore, vielleicht auch schon Konteradmiral ist, und muss der Sache nachgehen. Wahrscheinlich sollte er Martinique verstärken. Ich werde morgen mit der *Neptune* und anderen Schiffen nach Antigua segeln und vor Guadeloupe und den Saintes aufklären. Meine Familien nehme ich dann gleich mit.«

Diese Absicht rief nicht nur bei Martin Protest hervor. Noch heftiger waren die Einwände von Susan und Ardina. Aber David meinte, dass sie doch nun schon einen Monat die Gastfreundschaft genossen hätten, dass er für die nächste Zeit eine so komfortable und sichere Transportgelegenheit nicht garantieren könne und dass er und James Watson, der nun schon in Antigua sei, mehr von ihren Frauen hätten, wenn sie nun zu den Dillons auf Antigua übersiedelten.

Schließlich setzte er sich durch, auch wenn Christina sich ungern von Irina trennte. Nicole dagegen sehnte sich nach den Dillons, ihren Pflegeeltern, und Britta sagte David, dass es ihr auch ganz recht sei, wenn sie aus Barbados abreisten, wo sie immer gefürchtet habe, dass Susans Heimlichtuereien entdeckt werden würden.

Am dritten Tag liefen sie morgens English Harbour auf Antigua an. Die Linienschiffe *Captain* und *Pompée* sowie die Fregatten *Circe, Penelope* und *Acaste* waren segelfertig im Hafen, alarmiert durch Davids Kuriere, die er mit Schnellseglern von Barbados geschickt hatte.

Britta stand bei David und Paul O'Byrne. »Nun läufst du gleich wieder aus, und ich fahre allein mit den Kindern zu den Dillons. Diesen Besuch hatten wir uns auch anders vorgestellt«, sagte Britta leise.

David zuckte mit den Achseln. »Ja, Liebste, da haben uns die Franzosen ganz unerwartet einen Strich durch die Rechnung gemacht. Aber sobald wir im Hafen sind, schicke ich einen Reiter zu den

Dillons, und Alberto und Mustafa begleiten euch. Sie waren ja auch schon dort. Und ich hoffe, dass wir die Franzosen schnell aufspüren und vernichten oder verjagen. Mach dir nur keine Sorgen.«

»Das lässt sich wohl nicht umgehen, mein Liebster. Auch die Franzosen können schießen. Und du wurdest schon zu oft verwundet, als dass du mir noch einreden könntest, du seist kugelfest.«

O'Byrne musste lachen. »Ich werde mich vor den Admiral stellen, Lady Britta. Aber im Ernst. Die Franzosen werden nichts in der Stärke unserer *Neptune* haben und wahrscheinlich jeden Kampf vermeiden. Ihr Ziel, Martinique gegen uns zu schützen, ist nicht mehr erreichbar. Wofür sollten sie sich opfern?«

»Ach, Paul, Sie wollen mir auch nur die Angst ausreden. Aber ich werde zittern und beten.«

David legte ihr den Arm um die Schultern. »Die Dillons werden dich ablenken. Und nun ist es gleich so weit. Wir beginnen jetzt mit dem Salut. Komm, wir wollen uns in der Kajüte verabschieden.«

Britta hatte Tränen in den Augen, als sie das Schiff verließ. Nicole sah dem Wiedersehen mit ihren Pflegeeltern voller Spannung entgegen, und die drei jungen Burschen wären am liebsten auf der *Neptune* geblieben, um den Kampf gegen die Franzosen zu erleben.

Christine fasste ihren Vater um. »Vergiss nicht, wir brauchen dich auch, Daddy.«

David winkte ihnen nach, dann wandte er sich zu O'Byrne. »Lassen Sie bitte die Kommandanten an Bord bitten.« Bevor die Kommandanten erschienen, instruierte er noch seinen Flaggleutnant, der den Armeekommandanten aufsuchen sollte.

»Richten Sie ihm meine dringende Bitte aus, Mr Dickens, er möchte zwei Bataillone in Marschbereitschaft halten und zwei Haubitzen zusätzlich. Wenn sich die Franzosen in den Buchten der Saintes verstecken, müssen wir ihnen ihre Basis an Land wegnehmen und sie auf die offene See hinaustreiben. Dazu reichen unsere Seesoldaten nicht aus.«

Wenig später beugte sich David mit seinen Kommandanten über die Karten. Die Inselgruppe der Saintes lag südlich von Guadeloupe. 1782 hatte David an der Seeschlacht teilgenommen, die in ihrer Nähe stattfand. Und jetzt stand ihnen wieder ein Kampf bevor.

David wies auf die Karten und betonte, dass sie sich vorwiegend die Hauptinseln Terre-de-Haut und Terre-de-Bas ansehen müssten, denn die unbewohnten kleinen Inseln seien kaum mehr als Felsbrocken.

»Wenn Sie erlauben, Sir«, meldete sich Kapitän Varlow. »Ich habe mit meinem Schiff hier vor wenigen Wochen patrouilliert. Ich nehme an, dass sich die Franzosen auf Terre-de-Haut verstecken. Die großen Buchten dort sind ideal, und die drei Forts, nämlich das auf der Felseninsel à Cabrit, das Fort Napoleon und das Fort Morel sind gut bestückt und schützen die Buchten.« Er zeigte auf die Karten.

»Diese Auffassung hat viel für sich, Kapitän Varlow«, stimmte ihm David zu. »Möglicherweise liegen sie vor der Hauptstadt, die auch Terre-de-Haut heißt oder in der Bucht von Marigot. Unsere Schiffe in den dortigen Gewässern, die *Intrepid* und die *Cleopatra,* haben die Franzosen vielleicht schon entdeckt. Wir segeln in einer Stunde.«

David gab noch weitere Anordnungen zur Position der Schiffe und zum Kurs und verabschiedete dann die Kommandanten.

»Nun, Paul, dann steht uns vielleicht ein Seegefecht bevor«, sagte er zu seinem Flaggkapitän, als die anderen gegangen waren.

»Vielleicht. Aber wenn der Teufel nicht unsere Masten knickt, gebe ich den Franzmännern nicht viel Chancen, David.«

Davids Schäferhund Barry bemerkte in der Dämmerung zuerst ihre Fregatte *Cleopatra.* Kapitän Brenton meldete sich an Bord und berichtete, dass drei Linienschiffe in der Bucht von Marigot ankerten. Die Fregatten seien dagegen in Häfen in Guadeloupe. Die *Intrepid* blockiere die Bucht.

»Hab ich es mir doch gedacht«, sagte David. »Kapitän Brenton, Sie müssen sofort nach English Harbour auslaufen und darum bitten, die beiden Bataillone in Marsch zu setzen, die ich angefordert habe. Danach segeln Sie zu General Abercrombie nach Barbados, für den ich noch eine Nachricht diktiere.«

Auch Major Ekins musste die Seesoldaten der britischen Schiffe auf eine Landeaktion vorbereiten. »Wir werden zwischen Terre-de-Haut und der Insel à Cabrit zur Bucht von Marigot segeln. Auf dem Weg wollen wir das Fort Cabrit ausschalten, damit es später nicht mehr unsere rückwärtigen Verbindungen stört. Wir werden es mit unseren dicken Pötten beschießen, und danach sollten Sie es mit zweihundert Mann von der Landseite her angreifen, Mr Ekins. Sorgen Sie für Seile, es soll dort verdammt felsig und teilweise steil sein«, sagte ihm David.

Sie passierten das Fort im hellen Sonnenschein. David und Paul O'Byrne studierten die Wälle des kleinen Forts durch ihre Teleskope. »Das sind nicht mehr als vier Vierundzwanzigpfünder, Sir«, stellte O'Byrne fest.

»Ja«, antwortete David. »Lassen Sie bitte alle Backbordbatterien nach Zielauffassung einzeln feuern. Bitte signalisieren Sie den anderen Schiffen, dass sie gleichermaßen vorgehen sollen. Danach dürfte dort nicht mehr viel übrig sein. Mr Ekins kann an Steuerbord ausbooten und aus Richtung Nord angreifen.«

Die Batterieoffiziere sprangen auf den Decks herum und feuerten die Bedienungen an. »Watt macht der bloß für'n Affentanz? Det is doch man bloß ne lausige Böllerschanze«, flüsterte ein Kanonier zum anderen.

Aber die Böllerschanze eröffnete sogar zuerst das Feuer und traf die *Neptune* mittschiffs. Eine ihrer Ziegen wurde zerschmettert und mehrere Matrosen durch Splitter verletzt.

Die Batterieoffiziere brüllten noch hektischer, und nun donnerten auch die Kanonen der *Neptune* in kurzen Abständen los.

Die französischen Steinwälle versanken unter den Einschlägen. »Die Steine dort drüben müssen ja furchtbar splittern, wenn unsere Zweiunddreißigpfünder reinhauen«, sagte David zu O'Byrne.

Der nickte. »Vielleicht haben sie auf dem Felsennest nicht genug Sand, um die Wälle abzufüttern.

Solches Feuer hatten sie auch bestimmt noch nie auszuhalten.«

David schaute zurück, als sie vorbeigesegelt waren. *Captain* und *Pompée* ließen mit ihren Kanonen die Wälle auch wie durch ein Erdbeben erzittern. Keine französische Kanone feuerte mehr. »Lassen Sie bitte signalisieren, Mr O'Byrne, dass die Fregatten das Feuer einstellen und dass Mr Ekins die Batterie besetzen soll.«

Sie brassten die Segel back und warteten, ob ihre Seesoldaten noch großen Widerstand erfuhren, aber nach einigen knatternden Musketenschüssen stieg über der Batterie die britische Fahne in die Luft. Die Matrosen brüllten »Hurra«, und David und O'Byrne sahen sich zufrieden an.

»Zwei Geschütze völlig zerstört, zwei aus der Bettung geworfen, zwanzig Gefangene, zehn Franzosen verwundet, zwanzig tot«, ließ Major Ekins melden.

Er wurde angewiesen, die Batterie mit einem Leutnant und dreißig Mann wieder notdürftig in Stand zu setzen und mit den restlichen Seesoldaten an Bord zurückzukehren.

Ihr Ausguck hatte schon vor der Beschießung der Forts gemeldet, dass östlich hinter den Hügeln Mastspitzen zu erkennen seien. Das waren die Franzosen in der Bucht Marigot. »So, nun werden wir uns den Herrschaften zuwenden«, sagte David zu Kapitän O'Byrne. »Nehmen Sie bitte Kurs auf die Mündung der Bucht.«

Da das kleine Inselchen nur etwa vier Kilometer lang war, erblickten sie nach einer halben Stunde die *Intrepid*, die vor der Mündung der Bucht kreuzte.

Die Franzosen hätten in der Bucht so geankert, dass ihre Kanonen jeden erreichen könnten, der in die Bucht einzudringen versuche, meldete Kapitän Williams.

»Das werden wir auch nicht versuchen«, sagte David. »Wir werden sie von Land aus dort heraustreiben. Ich verstehe nicht, warum Troude sich hier selbst eingeschlossen hat.«

»Wenn Sie erlauben, Sir. Ich habe von einem einheimischen Fischer, den wir befragten, erfahren, dass dort beim Fort Napoleon eine riesige Zisterne angelegt wurde, die alles Regenwasser sammelt. Die Insel hat sonst keine Quelle. Und vor Guadeloupe war den Franzosen vielleicht unsere Flotte zu präsent.«

»Sie wären ja auch kaum entdeckt worden, Sir, wenn diese Agentenmeldung uns nicht aufgescheucht hätte«, ergänzte O'Byrne.

Und mir den Urlaub mit der Familie verdorben hätte, dachte David. Laut sagte er: »Das hat viel für sich, meine Herren. Wir werden die Franzosen nun blockieren, bis unsere Truppen ihnen von Land aus Feuer machen. Ich spreche mit Major Ekins schon mal in der Kajüte über die Möglichkeiten der Landung.«

Die Karten lagen auf dem Tisch, und David hatte das Handbuch der Admiralität in der Hand, dem man kurze Angaben über die Ankergründe und Küsten entnehmen konnte.

»Also, Mr Ekins, dieser Berg, den wir da gesehen haben, der Morne de Charmeau …«, David stockte, denn er konnte mit dem Namen nichts anfangen. »Wissen Sie, was das heißt, Mr Ekins?«

»Berg des Kamels, Sir, sagte man mir.«

»Na, ein Kamel dürfte es hier kaum geben«, wunderte sich David. »Wie dem auch sei, er ist etwa dreihundert Meter hoch.«

»Sir, einer der Gefangenen sagte, dass am Fuß des Berges ein Truppenlager ist«, warf Ekins ein.

»Dann müssen wir an diesem Teil der Insel landen, damit wir keine Feinde im Rücken haben. Wir könnten hier in dieser Bucht ankern und die Truppen ausbooten. Vor dort zum Fort Napoleon ist ja keine Entfernung. Erkunden Sie doch heute schon mal den Strand mit einem Vorauskommando. Und landen Sie auch ein kleines Kommando in diesem Nest, das hier als Hauptstadt gilt. Vielleicht erfährt man etwas von Bedeutung.«

Die *Circe* hatte sich vor den Ort gelegt und deckte mit ihren Kanonen die Landung der beiden Kutter in Terre-de-Haut. Leutnant Pocock kommandierte den Landungstrupp. Er blickte aufmerksam zu den ärmlichen Hütten, unter denen nur zwei oder drei größere Steinbauten standen. Ein Fischerdorf mit einigen Verwaltungsbauten.

Eine kleine Mole ragte ins Meer und bot den Fischerkanus etwas Schutz. Sie waren bis zu acht Meter lang.

»Wie heißen diese Boote?«, fragte Pocock den Dolmetscher, den sie aus Antigua mitgenommen hatten.

»*Santoises*, Sir. Die Fischer auf den Saintes haben einen besonders guten Ruf, Sir.«

Pocock brummte nur und musterte genau die Menschen, die am Ufer in kleinen Haufen neugierig zu ihnen herüberstarrten. Auffällig viele hellhäutige und blonde Menschen waren unter ihnen. »Na, ich möchte in diesem Nest nicht einmal begraben sein«, murrte Pocock.

Als die Kutter auf den Sand knirschten, sprangen die Seesoldaten heraus und liefen den Strand hinauf, die Musketen schussbereit.

»Fragen Sie die Einwohner, ob französische Seeleute im Ort sind!«, befahl Pocock dem Dolmetscher.

Nein, hier habe sich keiner blicken lassen. Die einzigen Franzosen seien der Administrateur und der Pater.

Pocock beschloss, die Steingebäude zu besichtigen, welches sich für die Stationierung eines Postens eigne. Schließlich entschied er sich für die Pfarrei, etwas außerhalb gelegen und von See her gut einzusehen. Er ließ dem Pater ausrichten, dass er innerhalb einer halben Stunde seine persönliche Habe abtransportieren müsse. Der Pater nahm es gelassen, aber die farbige Haushälterin schrie Zeter und Mordio und wollte den Seesoldaten Suppenreste ins Gesicht kippen.

»Nun lass man, Muttchen«, brummelte ein großer Walliser. »Wir machen ja nischt kaputt.«

Pocock bestimmte einen Sergeanten und zwölf Mann, den Posten zu besetzen. »Richten Sie die Fenster mit Sandsäcken zur Abwehr her. Wenn Sie angegriffen werden, schießen Sie sofort die Leuchtrakete ab. Machen Sie möglichst wenig kaputt«, fügte er mit einem Blick auf die Haushälterin hinzu.

Als er zu den Kuttern zurückging, sah er einen kleinen Laden mit den Resten des letzten Fischfangs. Pocock mochte Fisch nicht besonders, aber die riesigen Hummer weckten seinen Appetit. Da muss der Koch der Offiziersmesse einmal einkaufen, dachte er.

Ekins hatte vor dem für die Landung vorgesehenen Strand die Wassertiefen loten lassen und wollte gerade die wuchernden Büsche hinter dem Sandstrand inspizieren, als ein Trupp von fünf Reitern auf ihn zu galoppierte und Gewehre schwang.

»Niederknien! Musketen bereit!«, befahl Ekins den ihn begleitenden Seesoldaten. »Anvisieren!« Er zog seine Pistole und seinen Säbel. Was wollten diese verrückten Kerle? Das waren Milizionäre, keine regulären Kavalleristen. Die paar Mann hatten doch keine Chance. Aber als sie auf zwanzig Meter heran waren, rief er: »Feuer!«

Pferde stürzten, schlugen um sich, wieherten ihren Schmerz hinaus. Zwei Reiter krochen davon. Die anderen lagen leblos da. Ein Pferd humpelte davon.

»Greift euch die beiden Kerle!«, befahl Ekins.

Als der Dolmetscher sie befragte, gab der leichter Verwundete an, ihr Anführer habe ihnen gesagt, die Engländer hätten keine Munition mehr und für jeden Gefangenen zahle der französische Admiral viel Geld.

»Mein Gott, die sind noch dämlicher als die Miliz in Kent, Sir«, sagte Mr Campbell, Ekins' Hauptmann.

Die Linienschiffe *Captain*, *Pompée* und *Intrepid* kreuzten unmittelbar vor der Bucht von Marigot. *Neptune* und die Fregatten segelten dichter bei dem etwa zwölf Kilometer entfernten Guadeloupe.

Drei Tage waren vergangen. »Nun könnten sie aber bald kommen«, sagte der wie immer ungeduldige David zu O'Byrne.

»Es ist nicht ganz einfach, Sir, die Transporter zusammenzuziehen und zu beladen. Zwei Bataillone brauchen Platz«, versuchte O'Byrne, ihn zu beruhigen.

Aber David stapfte wortlos auf dem Achterdeck hin und her. Er ärgerte sich, dass er nicht bei seiner Familie sein konnte. Vielleicht ist es doch besser, wenn man weiter entfernt von der Familie kämpfen muss, dachte er. Dann wird man nicht so abgelenkt. Nach einem kurzen Gruß verschwand er in seiner Kajüte. O'Byrne lächelte Leutnant Grant zu.

David hatte sich erst in einen Sessel gesetzt und sich ein Buch genommen. Aber ihm fehlte die Ruhe zum Lesen. Er sagte dem Diener Frederick gerade, er möge seinen Sekretär holen, als er den Ruf des Ausgucks hörte. »Deck! Mehrere Segel aus Nordwest!«

»Beleg das, Frederick«, stieß David hastig hervor und rannte an Deck.

Nach kurzem Abwarten war klar: Das waren die Transporter mit den Truppen. David bat Major Ekins, die Seesoldaten zum Ausbooten bereitzuhalten. Sie würden das Vorkommando bilden. Dann ließ er das Signal setzen, dass der Truppenkommandeur sich an Bord melden möge.

Ein weißhaariger Oberst mit einer Narbe vom linken Wangenknochen hoch bis zur Stirn meldete sich mit seinem Adjutanten bei David. David bat beide Herren in seine Kajüte, stellte O'Byrne und Ekins vor, ließ Getränke und Gebäck anbieten und wandte sich dann zur Karte.

»Kennen Sie die Saintes aus eigener Anschauung, Herr Oberst?«, fragte er.

Als der Oberst verneinte, gab David einen kurzen Überblick über die Haupt- und Nebeninseln und ging dann genauer auf Terre-de-Haut ein. »Die französischen Schiffe wären hier wahrscheinlich unentdeckt geblieben, wenn wir nicht eine Agentenmeldung abgefangen hätten. Guadeloupe überwachen wir recht genau, aber die Saintes sind so unbedeutend, dass wir dafür keine Schiffe abzweigen können.«

Dann zeigte er die Lage der Forts, berichtete, was sie von den Gefangenen über die Stärke der Forts wussten, und erzählte von dem Lager am Fuß des Kamelberges. »Ich nehme an, Sie werden hier ausbooten müssen und das Lager ausschalten, ehe Sie gegen die Forts im Norden der Insel vorrücken.«

Der Oberst sah sich die Karte genauer an. »Ist dieser Strand zur Landung geeignet, Sir David?«

»Ja. Major Ekins hat ihn ausgelotet und kann Ihnen Einzelheiten mitteilen. Für unsere Schiffe ergibt sich kein Problem, die Landung zu schützen.«

Der Oberst und Ekins fachsimpelten ein wenig miteinander und teilten dann mit, dass sie morgen früh dort landen würden. Die Seesoldaten würden die Vorhut bilden und mit einer Kompanie des Westindischen Regiments das Lager am Kamelberg ausschalten. Die anderen Kompanien würden zu den Forts im Norden marschieren.

»Und wie bringen Sie die Haubitzen an Land?«, fragte Kapitän O'Byrne.

»Gut, dass Sie mich daran erinnern. Ich fürchte, da brauchen wir Ihre Hilfe. Die Besatzungen der Transporter sind auf so schwere Lasten nicht eingerichtet. Eine Haubitze wiegt immerhin gut dreißig Zentner.«

O'Byrne lachte. »Das ist nichts gegen unsere schweren Zweiunddreißigpfünder. Wir bauen eine Plattform über zwei Kuttern. Am Strand brauchen wir dann eine Art Behelfspier und fünfzig Ihrer

Soldaten zum Ziehen. Von uns aus ist das bis morgen früh zu schaffen, Herr Oberst.«

»Wunderbar«, sagte der Oberst. »Dann landen wir morgen früh beim ersten Tageslicht. In zwei Tagen haben wir dieses Inselchen unter Kontrolle.«

Die Truppen landeten ohne Widerstand. Am Fuß des Kamelberges gab es die ersten Schießereien, als die Seesoldaten das Lager angriffen. Aber der Widerstand erlosch bald, als die Briten zwei Vierpfünder-Karronaden einsetzten. Die hundertzwanzig Franzosen, die ihre Waffen niederlegten, waren in der Mehrzahl Rekruten aus dem Mutterland, die die Linienschiffe angelandet hatten. Sie wurden nun in ihrem Lager durch Seesoldaten bewacht. Ekins schloss sich mit den meisten seiner Seesoldaten dem Vormarsch nach Norden an.

Sie fanden keinen Widerstand, bis sie die Bucht Marigot erreichten. Bettelnde Kinder waren bisher die einzige Belästigung gewesen, aber nun drohten Fort Napoleon auf der einen Landzunge und Fort Morel auf der anderen.

»Das sind zwar keine großen Festungen«, sagte der Oberst zu Major Ekins, »aber wir sind so knapp an Soldaten, dass ich keinen einzigen unnötig opfern darf. Wir werden keinen Sturmangriff machen, sondern ihnen die Haubitzeneier ins Nest legen. Lange halten sie das nicht durch.«

An langen Seilen zogen die Soldaten die Haubitzen bergan in Stellung. Die Haubitzen waren eine Art transportable Mörser mit großen Lafetten. Sie verfeuerten Explosivgeschosse wie die Mörser, wenn auch nicht so große. Die Feuerwerker lagerten die Geschosse in einiger Entfernung von den

Haubitzen, hantierten mit ihren Entfernungstabellen, füllten Pulver für die Treibladung ab, luden die Explosivgeschosse auf die Pulverkammer und zündeten schließlich die Lunten, nachdem sich alle in Deckung begeben hatten.

Die jungen Seesoldaten, die noch keine Mörserschiffe erlebt hatten, staunten, wie scheinbar langsam das Geschoss hoch in die Luft stieg, um sich dann immer schneller auf das Ziel zu senken. Aber die Granate schlug einige Meter vor der Brüstung ein und explodierte erst zwei Sekunden nach dem Aufprall.

»Zündschnur drei Millimeter kürzer und dreißig Gramm Pulver mehr in die Kammer«, ordnete der Feuerwerker an. Die Kanoniere wischten aus und luden neu. Wieder stieg der ovale Ball in die Luft. Diesmal landete er innerhalb der Brüstung und explodierte fast beim Aufschlag.

»Gut so«, sagte der Batterieoffizier. »Beide Haubitzen jetzt Dauerfeuer!«

Bei den Haubitzen war das kein Schnellfeuer, aber alle sechs oder sieben Minuten löste sich ein Schuss und schlug in dem kleinen Fort ein. Man sah, wie Baracken einstürzten. Munitionsvorräte flogen in die Luft. Soldaten rannten in Deckung.

»Lange halten die das nicht durch«, sagte der Oberst. »Zum Mittagessen müssen wir die Haubitzen abkühlen lassen und neue Munition heranschaffen. Dann werden wir einen Parlamentär zum Fort schicken. Hätten Sie Lust zu gehen, Major?«

Ekins war bereit und ließ einen Trompeter und einen Dolmetscher rufen.

Die *Circe* war zum Geschwader zurückgekehrt und hatte den ungehinderten Verlauf der Landung gemeldet. Als die Haubitzen das Feuer eröffneten, standen David und die meisten Offiziere auf dem Achterdeck und beobachteten die Beschießung.

Der junge Dienst tuende Leutnant Edward Martins meinte: »Die Haubitzen entsprechen im Kaliber doch etwa unseren Zwölfpfündern. Wäre es da nicht besser, wir würden mit unseren Zweiunddreißigpfündern dazwischenhalten?«

Leutnant Grant belehrte ihn: »Mein Lieber, bevor wir einen Zweiunddreißigpfünder da auf den Berg kriegen, sind zwei Tage vergangen. Und dann können wir mit der flachen Flugbahn nur die Brüstung zerschießen. Wenn du unsere Mörserschiffe kennen würdest, wüsstest du, was diese Steilfeuergeschütze mit Explosivgeschossen gegen feste Ziele für Vorteile haben. Sie schlagen von oben ein, wo keine Wälle schützen, und reißen alles auseinander. Diese Beschießung halten die nicht lange aus.«

Um 16 Uhr erreichte der Adjutant des Obersten das Flaggschiff und meldete, dass Fort Napoleon kapituliert habe.

»Bestellen Sie dem Herrn Oberst meine besten Glückwünsche. Ich bin beeindruckt von der Effektivität seiner Truppen. Richten Sie ihm bitte aus, dass ich dankbar wäre, wenn er sich vor dem Abend noch auf die ankernden Schiffe einschießen und über Nacht dann ein Störungsfeuer unterhalten könnte. Wenn Sie bemerken, dass die Franzosen auslaufen, warnen Sie uns bitte mit Leuchtraketen.«

Es war eine mondlose und dunkle Nacht. Die *Neptune* bildete in der Kette der britischen Linienschiffe vor der Bucht den östlichen Außenposten. Westlich von ihr befanden sich *Intrepid, Pompée* und *Captain*. Die Fregatten lagen etwa hundert Meter näher an der Küste. Die *Penelope* dicht vor der *Neptune*. Alle Schiffe führten nur eine abgeblendete Laterne am Heck.

Kurz vor Mitternacht leuchtete vor der kleinen Insel Marie Galante der Himmel auf. Das Krachen von Kanonenschüssen hallte deutlich herüber, denn die Insel war ja nur etwa zwanzig Kilometer östlich von ihrem Standort aus gelegen.

David wurde geweckt und kam schnell an Deck. »Ob die Franzosen wieder die Insel angreifen, Sir?«, fragte ihn O'Byrne. »Die *Caravelle* hat es dann in der Nacht nicht einfach.«

»Bitte rufen Sie durch Leuchtsignal die *Penelope* etwas näher heran. Wir wollen ihr durch Sprechtrompete befehlen, vor Marie Galante aufzuklären. Aber schärfen Sie den Ausgucks auch ein, genau zur Bucht und in die anderen Himmelsrichtungen zu schauen.«

David ließ Barry holen und gab ihm den Auftrag, überall zu horchen und zu schnuppern. Zuerst meldete er ihnen die *Penelope*, der sie ihren Auftrag zuriefen. Barry schnupperte ihr noch ein Weilchen hinterher, drehte seine Ohren dann aber nach Norden, schnupperte und knurrte.

David wies den Wachoffizier und die Ausgucke an, genau Ausschau zu halten und nahm sich selbst ein Nachtglas. Barry beruhigte sich nicht. David konnte nichts sehen. »Lassen Sie bitte eine Leuchtrakete feuern, Mr O'Byrne«, sagte er.

Im Schein der niederfallenden Rakete erkannten

sie die Silhouetten von drei Linienschiffen, die mit allen Segeln in Richtung Dominica-Passage flohen.

»Verdammt!«, rief David. »Wer hat da geschlafen? Die sind ja hinter uns herumgesegelt. Signal an alle: ›Verfolgung aufnehmen! Richtung Südost!‹. Lassen Sie bitte alle Segel setzen, Mr O'Byrne.«

Die *Neptune* war wie fast alle Neunzig-Kanonen-Schiffe kein guter Segler. Sie konnte die anderthalb Meilen Abstand zu den Franzosen nur schwer halten und wurde bald von der *Circe* überholt.

»Halten Sie Fühlung, Mr Miller!«, brüllte David mit der Sprechtrompete hinüber. »Und schießen Sie ihnen in die Segel!«

»Aye, aye, Sir«, wehte es zurück.

Die *Intrepid* und die *Pompée* zogen auch an der *Neptune* vorbei.

»Verdammt!«, schimpfte O'Byrne. »Ich wünschte, wir hätten unsere gute alte *Lion* unter dem Hintern.«

David lächelte in Erinnerung an ihr Flaggschiff in der Ostsee, das ein schneller Segler war. »Ich gehe ein wenig in meine Kajüte, Mr O'Byrne. Rufen Sie mich, wenn sich etwas ereignet.«

Als die Sonne strahlend am Himmel aufging, war die *Neptune* noch etwas weiter zurückgefallen. Zweieinhalb Seemeilen vor ihnen segelten die drei Franzosen in Kiellinie. Eine Seemeile dahinter folgte die *Circe,* neben ihr die *Acaste* und kurz dahinter *Pompée* und *Intrepid* mit einer Kabellänge Abstand nebeneinander.

»Die Franzosen sind wie immer gute Segler. Die *Pompée,* auch französische Bauart, kann mithalten. Aber sehen Sie nur die *Captain,* die uns kaum folgen kann«, sagte David zu O'Byrne.

»Ja, Sir«, antwortete der Flaggkapitän. »Aber die *Intrepid* ist besser, als ich dachte. Wie unsere alte *Lion.*«

Von voraus krachten Schüsse. Kleine Rauchwolken zerstoben am Bug der *Circe.* Sie schoss mit ihren Buggeschützen auf den letzten Franzosen. Auch die *Acaste* feuerte jetzt. Aber da stiegen neben ihren Fregatten Wassersäulen hoch.

»Die Franzosen schießen zurück. Es ist die *D'Hautpoult*, ihr Flaggschiff. Jedenfalls trägt es den Stander«, bemerkte David. »Signalisieren Sie bitte, dass die Fregatten näher herangehen sollen.«

Die Verfolgung zog sich Stunde um Stunde hin. Mal mussten die Franzosen ein Segel austauschen, mal die Briten. Mr Miller führte die *Circe* ausgezeichnet und brachte sie einige Male auch so in Position, dass sie ihre Breitseite abfeuern konnte. Das französische Flaggschiff hatte ohne Zweifel schon Schäden am Heck.

David und O'Byrne wechselten sich an Deck ab. Die Mannschaften gingen ihrem Routinedrill nach, Übung mit den Kanonen und mit Handwaffen. Sie konnten nicht alle Kanonen mit voller Bedienung besetzen, da ja die meisten Seesoldaten nicht an Bord waren. Aber für die Franzosen würde es schon reichen, dachten die meisten Seeleute.

Die *Circe* griff immer wieder bissig an. Auch die *Pompée* mischte sich hin und wieder mit ihren Buggeschützen ein. Aber kein Treffer brachte irgendeine Entscheidung.

Die Nacht brach herein, und ohne die Hecklaterne der *Circe* hätten sie den Franzosen gar nicht mehr folgen können. Und die *Circe* griff weiter an.

Von Zeit zu Zeit leuchtete sogar ihre Breitseite vor ihnen auf.

»Warum ist Kapitän Proctor von der *Acaste* nicht so aktiv?«, fragte David leise O'Byrne.

»Ich halte ihn für einen Zauderer«, gab der leise zurück.

Die Wachen wechselten auf der *Neptune*, und auch David und O'Byrne schliefen abwechselnd etwas. Aber im frühen Morgengrauen standen sie wieder an Deck.

Die *Penelope* war über Nacht zu ihnen aufgeschlossen und meldete durch die Sprechtrompete, dass der Angriff auf Marie Galante nur ein Ablenkungsmanöver war.

»Woher wussten die Franzosen, dass Troude in der Nacht ausbrechen wollte?«, fragte O'Byrne.

»Weil wir ihre Fischerboote nicht am Auslaufen hinderten. Wir waren zu schlafmützig, Mr O'Byrne«, antwortete David. »Signalisieren Sie bitte der *Penelope*: ›Aufschließen zur *Circe*!‹«

Und weiter ging es Stunde um Stunde, Wache um Wache.

Die Nacht brach herein. Die Fregatten wechselten Schüsse mit den Franzosen. Bevor der Morgen graute, stand David wieder mit O'Byrne an Deck.

»Nun muss es aber bald ein Ende haben«, brummte David. »Die *D'Hautpoult* muss doch einmal Wirkung zeigen nach den vielen Schüssen unserer Fregatten.«

Kaum war etwas in der Dämmerung zu sehen, schrie der gerade aufgeenterte Ausguck: »Deck! Franzosen trennen sich. Die ersten beiden segeln Nordost, der letzte Südost.«

David rief dem Signal-Midshipman zu: »Signal an *Pompée*, *Acaste* und *Circe*: Flaggschiff weiter angreifen. Signal an *Intrepid* und *Penelope*: Eigenem Flaggschiff folgen!«

Zu O'Byrne sagte er: »Steuern Sie bitte Nordost. Die *Captain* ist zu weit zurückgefallen. Sie kann nicht mehr eingreifen.«

Kapitän Varlow stand auf dem Achterdeck seiner *Pompée*. »So, jetzt wollen wir es zu Ende bringen«, knurrte er zu seinem Ersten Leutnant. »Alle Backbordbatterien doppelt mit Kettenkugeln laden. Wir drehen kurz bei. Feuer nach Zielauffassung!«

Der Leutnant bestätigte und ließ die Melder zu den Batterieoffizieren rennen. Nach kurzer Zeit hoben die Geschützführer eine Hand, und die Batterieoffiziere meldeten: »Feuerbereit!«.

Kapitän Varlow gab den Befehl zum Beidrehen und rief dem Ersten Leutnant zu: »Feuer frei!« Der hob die Sprechtrompete und instruierte die Batterieoffiziere, die brüllten die Geschützführer an, und in Sekunden waren alle Kanonen der Backbordseite abgefeuert, und das Schiff ging auf den alten Kurs.

Die Offiziere auf dem Achterdeck hatten die Teleskope am Auge und starrten auf ihren Gegner. Der Wachhabende reagierte zuerst und schrie »Hurra!«, als sich auf der *D'Hautpoult* der Besanmast neigte, über die Bordwand fiel und das Schiff aus dem Kurs zog.

Die *Circe* nutzte die Gelegenheit, drehte kurz bei und jagte dem Franzosen eine Breitseite ins Heck. Varlow hatte mit Traubengeschossen laden lassen, ging dicht heran und ließ auf dreihundert Meter die Steuerbordbatterie feuern.

Die *D'Hautpoult* hatte sich bei ihrer Annäherung noch kräftig gewehrt und der *Pompée* manchen Treffer zugefügt. Aber jetzt schien drüben an Deck nur noch ein Trümmerhaufen zu sein. Nun holten sie die Flagge ein und schwenkten weiße Tücher. Hurrageschrei brauste auf der *Pompée* auf.

»Übernehmen Sie die Prise mit dreißig Seesoldaten und fünfzig Matrosen«, sagte Mr Varlow zu seinem Ersten Leutnant. »Schicken Sie alle Offiziere und Maate an Bord der *Pompée*. Melden Sie bitte, wen Sie zur Reparatur brauchen. Wenn nötig, nehmen wir Sie erst in Schlepp. Wir segeln nach Antigua.«

Zu seinem Master sagte Varlow: »Legen Sie bitte schon den Kurs fest . Wir signalisieren *Circe* und *Acaste*, dass sie noch je zehn Seeleute auf die *D'Hautpoult* schicken. Hoffentlich hat der Admiral auch Erfolg.«

David stand mit O'Byrne auf dem Achterdeck. Beide studierten die Lage. Die *Intrepid* hatte sich Backbord in einer Meile Entfernung neben die Franzosen gesetzt. Die *Penelope* war steuerbord in einer ähnlichen Position.

»Irgendwann werden sie nach Backbord wenden, um Kurs auf Europa zu nehmen. Dann kann ihnen *Intrepid* den Weg verlegen«, sagte David. »Lassen Sie bitte signalisieren, Mr O'Byrne, dass die beiden den Abstand verringern und auf die Franzosen feuern sollen. Wir setzen die Buggeschütze ein.«

Die Bugkanonen der *Neptune* schossen gut und erzielten mehrere Treffer auf der *Polonais*, dem letzten Franzosen. *Penelope* ging auf sechshundert Meter an die Franzosen heran und feuerte ihre

Breitseiten. Auch für eine große Fregatte war das ein erhebliches Risiko. Aber David konnte nicht erkennen, dass die Franzosen bei ihrem Abwehrfeuer die *Penelope* entscheidend trafen.

»Die schießen lausig schlecht«, bemerkte er zu O'Byrne. »Zwei Salven, wenn die *Penelope* drei hinausdonnert. Und sie treffen fast nur die See. Schauen Sie sich nur den Kranz von Wasserfontänen an.«

»Sir«, meldete sich O'Byrne aufgeregt. »Sehen Sie doch nur, was *Intrepid* macht!«

David blickte zur anderen Seite. Die *Intrepid* hatte ihren Abstand vergrößert, als die Franzosen zu schießen begannen. Ihre Schüsse landeten fast nur vor den Franzosen im Wasser.

»Sind die verrückt? Können die keine Signale mehr lesen? Signal-Midshipman: Setzen Sie die Nummer der *Intrepid* und das Signal: ›Abstand zum Feind verringern! Angreifen!‹«

Die Signalflaggen wurden gehisst. David bat seinen Sekretär, Zeit und Inhalt des Signals zu notieren.

O'Byrne erkannte: »*Intrepid* hat das Signal bestätigt, Sir. Sie geht näher heran.«

Auch David sah es und war erleichtert. Es war nie eine angenehme Aufgabe, einen Kapitän wegen offener Befehlsverweigerung zur Rechenschaft zu ziehen. Jetzt schoss die *Intrepid* auch und erzielte Treffer.

»Na bitte! Warum nicht gleich so?«, murmelte David vor sich hin.

Aber dann feuerten die Franzosen. Einige Wasserfontänen stiegen um die *Intrepid* herum auf, aber einige Schüsse mussten auch getroffen haben. Und David sah zu seinem maßlosen Erstaunen, dass die

Intrepid sofort wieder den Abstand deutlich vergrößerte.

Er gab dem Signal-Midshipman die Anweisung, das Signal noch einmal zu wiederholen und wehen zu lassen. Zu Mr Roberts sagte er leise: »Bitte notieren Sie: *Intrepid* vergrößert unter Beschuss befehlswidrig den Abstand zum Feind. Signal wiederholt. Bitte notieren Sie die Zeit.«

Die Franzosen zeigten unter dem Feuer der *Penelope* und der *Neptune* Wirkung. Plötzlich rief der Ausguck: »Deck! Feind ändert Kurs!«

Jetzt erkannte man es auch vom Achterdeck. Die Franzosen steuerten mehr nach backbord. Das war der Kurs, den die Briten in Richtung Europa erwartet hatten.

»Signal an *Intrepid*: Feind den Weg verlegen! Angreifen! Signal an *Penelope*: Zum Feind aufschließen. Und wir, Mr O'Byrne, ändern unseren Kurs auch. Sehen Sie zu, ob Sie noch einen halben Knoten herausholen«, ordnete David an.

Die *Intrepid* behielt ihren Kurs bei, der sie dicht vor den Bug der Franzosen brachte. »Richtig so!«, bestätigte O'Byrne. »Und jetzt haut ihnen eine Breitseite vom Bug zum Heck durchs Schiff!«

Die *Intrepid* schien O'Byrnes Bemerkung gehört zu haben. Sie feuerte eine Breitseite, und man sah, dass die *Courageux*, das erste französische Schiff einiges einstecken musste. Aber sie behielt den Kurs bei.

O'Byrne feuerte seinen Batterieoffizier an, die Feuergeschwindigkeit der Buggeschütze zu erhöhen, als er David fluchen hörte. Er wandte sich um.

David sah durchs Teleskop und schimpfte vor Wut. Die *Intrepid* drehte vor dem heransegelnden Franzosen ab, bot ihm das Heck dar und machte den Flüchtenden den Weg frei. Die Franzosen feuerten der *Intrepid* noch eine Salve ins Heck und vergrößerten den Abstand.

Mr Roberts notierte das Geschehen. Die Signale befahlen der *Intrepid* den erneuten Angriff. *Penelope* und *Neptune* folgten den Franzosen mit allen Segeln. Auch die *Intrepid* änderte wieder den Kurs, war aber zu weit entfernt.

»Sir«, meldete der Master. »Eine Regenfront wird uns streifen. Sehen Sie dort die Wolken! Sie ziehen schnell vorbei, aber sie nehmen uns für etwa eine halbe Stunde die Sicht.«

Und dann bricht gleich die Nacht herein, dachte David. Wenn uns die Franzosen entkommen, wird sich Kapitän Williams dafür verantworten müssen.

Der Regen fegte über die Decks und ließ sie dampfen. Als sich die Wolken lichteten, erkannten sie, dass die Franzosen den Abstand vergrößert hatten. David schickte die *Penelope* vor, um Fühlung zu halten, aber als die Nacht kam, war seine Hoffnung auf dem Nullpunkt.

Mit Mr O'Byrne saß er in der Kajüte und ging noch einmal die Notizen des Sekretärs durch. »Dann werde ich wohl bald einem Gericht vorsitzen müssen?«, fragte O'Byrne.

»Ja, Paul, so sieht es aus. Ich wüsste nicht, wie die Handlungen der *Intrepid* anders zu erklären wären als durch Befehlsverweigerung und Feigheit. Da greifen die Absätze XI und XII der Kriegsartikel, und Sie als Flaggkapitän sind automatisch Vorsitzender des Kriegsgerichts.«

»Ich war schon Vorsitzender im Fall Chapman.

Ich habe mich nicht nach einer Wiederholung gesehnt, David.«

»Ich auch nicht, Paul. Weiß Gott nicht. Und ich mache mir auch selbst Vorwürfe.«

»Aber warum denn, David?«, fragte O'Byrne entgeistert.

»Wir hätten nachts in der Mündung der Marigot-Bucht einen Kutter ankern lassen müssen. Als die Franzosen ausgelaufen sind, hätte dieses Ruderboot es nicht übersehen können. Sie wären ja fast gerammt worden. Sie hätten sich in den Untiefen in Sicherheit gebracht und eine Leuchtrakete abgefeuert.«

O'Byrne zuckte mit den Schultern. »Ja, das hätten wir auch tun können. Aber die Truppen an Land sollten Zeichen geben. Wir hatten zwei Linien Schiffe vor der Bucht. Das musste doch reichen.«

»Ach, Paul. Truppen an Land! Die sehen bei Schiffen, was sie wollen. Wie oft haben wir schon eine Lampe auf einem Gestell brennen lassen, die eigne Hecklaterne gelöscht und uns davongestohlen.« David atmete tief. Hätte er nicht immer wieder daran gedacht, wie es seiner Familie bei den Dillons gehe, so warf er sich vor, wäre die zusätzliche Maßnahme nicht vergessen worden.

Am Morgen sichteten sie *Penelope* und *Intrepid*, aber keinen Franzosen.

»Lassen Sie bitte signalisieren, beide möchten zum Flaggschiff aufschließen, Mr O'Byrne. Lassen Sie bitte auch eine Kammer für Kapitän Williams räumen. Er wird bei uns unter Arrest nach Antigua segeln.«

Als die *Intrepid* nahe genug beim Flaggschiff war,

signalisierte die *Neptune*, dass sich der Kapitän auf dem Flaggschiff zum Rapport melden möge.

Kapitän Williams erschien mit bleichem und ausdruckslosem Gesicht, wurde von Kapitän O'Byrne mit den ihm zustehenden Ehren begrüßt und in die Admiralskajüte geführt. Dort wartete David mit Mr Roberts.

Er bot Williams einen Stuhl an und sagte: »Mr Williams, ich will nicht lange Umwege segeln, sondern gleich auf den Punkt steuern. Ich muss Sie nach Absatz XI und XII der Kriegsartikel anklagen, weil Sie Befehle nicht ausgeführt und vor dem Feind davongesegelt sind. Haben Sie etwas zu Ihrer Verteidigung vorzubringen?«

»Aber, Sir. Wir wurden durch das feindliche Feuer gezwungen. Sie selbst sagen doch immer, ein guter Kapitän solle das Leben seiner Männer nicht unnötig aufs Spiel setzen.«

»Nein, Mr Williams, unnötig nicht. Aber wenn es Befehle fordern und es gilt, den Feind an der Flucht zu hindern, dann hat jeder Kapitän und jeder Mann sein Leben einzusetzen. Wie viele Tote und Verletzte haben Sie denn gestern gehabt?«

Williams schwieg.

»Nun antworten Sie schon, Mann«, mischte sich der Flaggkapitän ein.

»Einen Toten und drei Verwundete, Sir.« Mr Williams war kaum zu verstehen.

»Haben Ihre Offiziere Ihnen nicht Vorhaltungen gemacht, Mr Williams, als Sie die Befehle missachteten?«, fragte David.

»Doch, Sir, aber ich bin der Kommandant und trage die Verantwortung«, antwortete Williams mit einem Anflug von Trotz.

»Das werden Sie jetzt auch müssen. Ich enthebe

Sie bis zum Abschluss der Kriegsgerichtsverhandlung Ihres Kommandos und klage Sie nach den Absätzen XI und XII an. Sie werden auf der *Neptune* unter Arrest gestellt. Sagen Sie meinem Sekretär, was Ihnen Ihr Diener bringen soll, und überlegen Sie sich, welchem Offizier Sie Ihre Verteidigung vor Gericht anvertrauen wollen.«

Kapitän Williams saß zusammengesunken auf seinem Stuhl, gab Mr Roberts leise seine Wünsche an und ließ sich dann von Mr O'Byrne in die Kammer führen. Ein Seesoldat bezog vor ihr Posten.

David setzte mit seinem Flaggleutnant und mit seinem Sekretär zur *Intrepid* über. Trommler, Pfeifer und Seesoldaten empfingen ihn. Mr Richmond, der Erste Leutnant, begrüßte ihn mit den anderen Offizieren.

»Mr Richmond, ich möchte Sie, die Herren Flottenoffiziere sowie den Master und den Schiffsarzt unverzüglich in der Kapitänskajüte sprechen. Bitte veranlassen Sie das.«

Kapitän Williams' Diener verneigte sich in der Kajüte vor David und fragte ihn, ob er etwas zu trinken wünsche.

»Nein danke. Mr Roberts hat hier eine Liste mit Sachen, die dein Kapitän haben möchte. Er bleibt vorläufig auf dem Flaggschiff.«

»Aye, aye, Sir«, bestätigte der Diener und schlich traurig hinaus.

Leutnant Richmond und die Offiziere betraten die Kajüte.

»Meine Herren«, erklärte David. »Ich muss Ihnen leider mitteilen, dass ich Kapitän Williams nach den

Absätzen XI und XII der Kriegsartikel angeklagt habe. Er verbleibt unter Arrest auf dem Flaggschiff. Von Ihnen muss ich jetzt wissen, was Sie getan haben, um Kapitän Williams auf die offensichtliche Befehlsverweigerung hinzuweisen.«

Leutnant Richmond trat einen halben Schritt vor und sah David entschlossen in die Augen. »Ich muss Ihnen nicht sagen, Sir, dass wir unserem Kapitän nicht in den Arm fallen oder seine Befehle sabotieren konnten, ohne uns der Meuterei schuldig zu machen. Aber wir haben ihn mit allem schuldigen Respekt auf die Signale hingewiesen und ihm vorgehalten, dass eine Befehlsverweigerung als Feigheit anzusehen wäre und uns alle zu Mitschuldigen machen würde. Wir haben ihn alle gebeten, die Befehle zu befolgen oder mir das Kommando zu übertragen, aber er war wie von Sinnen und hat nur geschrien, er sei Kommandant und wir hätten seinen Befehlen Folge zu leisten. Alles andere sei seine Sache.«

David überlegte einen Moment und blickte dann den Schiffsarzt an. »Hat Mr Williams vor diesem Tag Zeichen geistiger Verwirrung gezeigt?«

Der Schiffsarzt antwortete ohne Zaudern: »Nein, Sir, keinesfalls. Er wirkte manchmal etwas unsicher, was bei seiner Jugend niemanden verwunderte, und holte dann den Rat der zuständigen Offiziere ein. Aber sonst war er ein vernünftiger und überlegender Kapitän. Nur unter Beschuss verlor er alles Selbstvertrauen und geriet in Todesangst. Er hat mich einmal gefragt, ob es Medizin gegen so etwas gebe.«

»Sie sahen also keinen Anhaltspunkt, den Ersten Leutnant zu informieren, dass der Kapitän wegen geistiger Erkrankung nicht dienstfähig sei.«

»Nicht den geringsten, Sir.«

»Nun gut, Mr Richmond, unter diesen Umständen konnten Sie gegen den Kapitän nichts unternehmen. Mr Roberts wird jetzt die Aussagen des Schiffsarztes und Ihre eigenen protokollieren. Sie, Mr Richmond, werden in Vertretung des Kapitäns die *Intrepid* im Verband nach Antigua segeln. Dort werden Sie wahrscheinlich vor dem Kriegsgericht aussagen müssen. Ich werde jetzt an Deck mit den anderen Deckoffizieren sprechen und mir ein Bild von den gestern davongetragenen Schäden machen.«

Als der kleine Verband in English Harbour einlief, schoss auch die *Pompée* Salut. »Sie hat die *D'Hautpoult* als Prise eingebracht. Sehen Sie nur, Sir«, sagte O'Byrne zu David.

»Ja, und wir kommen mit leeren Händen«, antwortete der bitter.

Als David das Admiralitätsgebäude betrat, kam Kapitän Varlow gerade heraus.

»Willkommen, Sir. Sind Ihnen die Franzosen entwischt?«

David antwortete ärgerlich: »Allerdings. Entschuldigen Sie mich. Ich muss den Gerichtsoffizier sprechen.«

Varlow schien pikiert. »Selbstverständlich, Sir.« Er wollte davongehen.

David wurde jäh bewusst, dass er sich einem alten Gefährten gegenüber launisch und hochfahrend benommen habe. Er wandte sich um. »Auf ein Wort bitte noch, Mr Varlow.«

Varlow ging die zwei Schritte zu ihm zurück. »Sir?«

»Ich habe eben unbeherrscht reagiert, weil es

mich belastet, dass ich einen meiner Kapitäne vor dem Kriegsgericht anklagen muss. Entschuldigen Sie das bitte. Ich gratuliere Ihnen noch zu der bedeutenden Prise. Ich freue mich darauf, Ihren Bericht zu lesen.«

Varlows Gesicht hatte sich aufgehellt. »Vielen Dank, Sir. Ich hoffe, die Probleme hindern Sie nicht, Ihre Gattin zu sehen. Lady Britta war gestern mit Ihren Söhnen im Hafen, um die *D'Hautpoult* zu besichtigen. Ich hatte Gelegenheit, ihr von unserer Zeit in der Bombay-Marine zu erzählen.«

Davids Sorgen fielen von ihm ab. Er lachte. »Nun, da gibt es aber Dinge, die Sie besser nicht erzählen«, scherzte er und dachte an manche wilde Nacht.

Varlow lächelte. »Selbstverständlich nicht, Sir. In diesen Dingen bin ich sehr vergesslich.«

Dem Gerichtsoffizier gab David den Auftrag, den Prozess vorzubereiten und mit Mr Roberts dessen Aufzeichnungen durchzugehen. »Bitte stellen Sie auch eine Liste der Zeugen auf, die Sie für erforderlich halten.«

»Sir, wir haben im Moment sechs Schiffe mit regulären Kapitänen im Hafen. Soll ich alle als Mitglieder des Gerichts vorsehen?«

»Die *Penelope* läuft morgen wieder aus, sodass wir dann das erforderliche Minimum von fünf Kapitänen erreichen. Ich wäre Ihnen dankbar, wenn die Verhandlung in drei Tagen stattfinden könnte. Kapitän Williams wünscht sich Leutnant Lavenham von der *Captain* als seinen Beistand. Geben Sie ihm rechtzeitig Einblick in die Anklage. Mr O'Byrne weiß jederzeit, wo ich zu erreichen bin.«

David war unterwegs zur Plantage der Dillons. Der Armeekommandeur hatte darauf bestanden, ihm ein Geleit von sechs Dragonern zu geben. »Befehl des Oberkommandierenden, Sir David. Ich käme vor ein Kriegsgericht, wenn Sie ohne Geleit überfallen werden.«

David glaubte nicht an einen erneuten Überfall, aber er kümmerte sich nicht weiter um das Geleit und saß mit Diener Edward und Barry, seinem Hund, in der Kutsche und fieberte dem Wiedersehen entgegen.

Als die Kutsche vor dem großen Haus der Dillons vorfuhr, stürmten schon Edward und vier weitere junge Burschen herbei, die im Park gespielt hatten. Da müssen zwei Enkel von Edward Dillon dabei sein, dachte David, schaute dann aber auf ein Fenster im ersten Stock, aus dem seine Frau winkte.

Sie musste die Treppe hinabgeflogen sein, denn als der Wagen hielt, stand sie schon an der Treppe und stürzte sich in Davids Arme. »Dass du nur wieder gesund bei mir bist, mein Liebster«, flüsterte sie und ließ sich den Mund mit einem Kuss verschließen.

Jetzt trat auch Edward Dillon aus der Tür, gestützt auf seinen Stock und begleitet von Davids Sohn Charles. »Willkommen, David. Du musst deinen Abschied nehmen und mit deiner Familie für immer bei uns wohnen. Wir verstehen uns alle so gut. Sieh nur die jungen Burschen an. Sie sind mit unseren beiden Enkeln unzertrennlich. Dein Charles verwaltet gemeinsam mit meinem Sohn die Plantage, und Christine, Nicole und Elizabeth stecken dauernd beisammen. Und mir und Elise bleibt deine liebe Frau, die über uns ihren Mann schon zu vergessen beginnt.«

David lachte. »Nun, dann muss ich mich wohl gleich in Erinnerung bringen. Aber wird einem hier nichts zu trinken angeboten?«

»Komm nur. Für dich ist noch genug da.« Edward fasste David um und führte ihn und Britta in den Salon.

Elise, Nicole, Christine und andere kamen hinzu und erzählten David, was sie alles unternommen hätten. Sie waren in St. John, hätten einen Sklavenmarkt gesehen, alle großen Plantagen besucht, auf Bällen getanzt. Es wäre wunderbar.

»Daddy«, drängte sich der kleine Edward vor. »Wir waren dabei, als wilde Schweine geschossen wurden. Aber schießen durften wir noch nicht. Nur auf die Scheibe, wenn Onkel Edward aufpasste.«

Als David mit Christine auf ihrem luxuriösen Gästezimmer war, setzte er sich erst einmal auf einen Sessel. »So viel reden sie aber doch nicht dauernd?«, stöhnte er zu Britta.

»Sie freuen sich, dich zu sehen. Nur darum wollten alle ihre Erlebnisse und Gedanken loswerden. Deine Söhne siehst du sonst den ganzen Tag nicht. Charles steckt mit Edwards Sohn zusammen, besichtigt die Zuckermühlen und was es sonst noch gibt, und unser Edward tobt mit den anderen herum, dass Alberto und Mustafa mit dem Aufpassen kaum nachkommen. Aber vielleicht kann ich ja mal die Aufmerksamkeit des Herrn Admirals finden.«

David seufzte und gestand ihr, dass ihn Probleme quälten. Er berichtete von der misslungenen Verfolgung und der Anklage gegen Kapitän Williams. »Ich hatte schon vorher den Verdacht, dass er kopflos vor Angst reagiert, sobald der erste Schuss fällt. Vielleicht hätte ich ihn von seinem Amt entfernen können, aber du weiß ja, wie schwer es ist, einen Kapitän seines Postens zu entheben, wenn man auf Redereien angewiesen ist, die vor keinem Kriegsgericht bestehen würden.«

»Du machst dir wieder einmal zu viel Vorwürfe, David. Ich bin sicher, du hast nichts versäumt. Und gegen Versagen anderer bist auch du machtlos. Komm, jetzt denk an uns. Fass mich um, Liebster.«

Sein Freund Edward Dillon bestätigte ihn dagegen in seinen Sorgen, als er ihn in der Bibliothek traf.

»Williams, dem dein Vorgänger die *Intrepid* gab, ist ein unehelicher Sohn des Herzogs von Cotterfield. Seine Karriere ist nur durch familiäre Beziehungen zu erklären. Wusstest du das nicht?«

»Nein. Ist das der Cotterfield, der im Oberhaus die Regierungsmehrheiten organisiert?«

»Ja«, bestätigte Edward.

»Dann habe ich nach Melville noch einen Feind im Oberhaus.«

»Da bin ich nicht sicher, David. Cotterfield soll nicht viel von diesem Sohn gehalten und ihn nur aus alter Gewohnheit protegiert haben. Von dessen Mutter hat er sich jedenfalls schon lange losgesagt.«

»Woher weißt du das denn alles hier im fernen Antigua, Edward? Du bist doch kein Politiker.«

»Nein«, lachte Dillon. »Aber meine liebe Frau, eine Codrington, wie du weißt, ist über fünf Ecken mit den Cotterfields verwandt und tauscht einmal im Jahr mit ihm Briefe aus. Sie wird immer eine Lanze für dich brechen. So, nun aber lass uns zum Essen gehen. Die Damen freuen sich schon darauf.«

David genoss noch den ganzen nächsten Tag auf der Plantage, spielte und erzählte mit den Kindern, unternahm eine Spazierfahrt mit Britta und Nicole und erfreute sich der Mahlzeiten im großen Kreis. Aber am Abend musste er zurück nach English Harbour, denn am nächsten Tag war die Gerichtsverhandlung.

Um zwei Glasen der Vormittagswache (neun Uhr) krachte ein Kanonenschuss, die Gerichtsflagge wurde aufgezogen, und Kapitän O'Byrne eröffnete die Verhandlung. Die fünf Beisitzer waren Kapitän Church von der *York,* Kapitän Harland von der *Bellisle,* Kapitän Watson von der *Junon,* Kapitän Newman von der *Captain* und Kapitän Proctor von der *Acaste.* David hatte sie nicht begrüßt, denn er wollte keinen Verdacht der Beeinflussung aufkommen lassen.

Aber der Gerichtsoffizier hatte ihn vorher aufgesucht und ihm erzählt, dass Leutnant Lavenham, der Verteidiger des Angeklagten, ihn gefragt habe, ob das Verfahren nicht niedergeschlagen werde, wenn Kapitän Williams den Abschied einreiche. Er habe ihm gesagt, dass das nur möglich sei, wenn die Admiralität den Abschied angenommen habe. Dazu bestehe aber aus Zeitgründen keine Chance.

David glaubte sich in das Jahr 1781 zurückversetzt, als sich Lord Kinsale mit einem von der Admiralität akzeptierten Abschied vor der Verurteilung drücken wollte. David war damals als Zeuge gegen Kinsale aufgetreten. Kinsale wurde verurteilt, weil ihm seine Feinde den Bescheid der Admiralität gestohlen hatten.

»Sie haben völlig Recht«, bestätigte er dem

Gerichtsoffizier. »Die bloße Absichtserklärung reicht nicht, und die Zustimmung der Admiralität ist praktisch nur bei Verhandlungen in der Nähe von London einzuholen.«

In seiner großen Kajüte eröffnete O'Byrne das Verfahren. Einige Offiziere der im Hafen liegenden Schiffe waren als Zuschauer anwesend, denn das Verfahren war öffentlich.

O'Byrne verlas die Anklage und fragte Kapitän Williams, ob er sich schuldig bekenne. Der antwortete gefasst: »Nicht schuldig!«

Der Flaggkapitän fragte nach: »Wie erklären Sie dann, Kapitän Williams, dass Ihr Schiff die Signale des Flaggschiffs nicht befolgte?«

»Das schwere Feuer des überlegenen Feindes machte es unmöglich, diesen Befehlen nachzukommen«, antwortete er wie einstudiert.

Sein Verteidiger erhob sich: »Ich bitte zu Protokoll zu nehmen, Herr Vorsitzender, dass diese Befehle die Selbstopferung der *Intrepid* verlangten, die allein zwei Vierundsiebzigern ausgeliefert gewesen wäre. Das kann man nicht verlangen.«

O'Byrne ärgerte sich über dieses unsinnige Argument, aber er wies den Verteidiger ruhig darauf hin, dass er vor der Beweisaufnahme nicht schon ein Plädoyer beginnen könne. Dann fuhr er fort: »Ich rufe als ersten Zeugen den Schiffsarzt der *Intrepid* auf, der dem Gericht die Verlustliste für das fragliche Gefecht vorzulegen hat.« Zum Gerichtsschreiber sagte er: »Die Liste liegt bei den Akten.«

Der Schiffsarzt verlas die Namen auf der Liste und fasste zusammen, dass ein Toter und drei Verletzte, inzwischen wieder genesen, zu beklagen gewesen wären. Die als Zuschauer anwesenden Offiziere raunten. Das war eine lächerlich geringe Verlustrate für ein Gefecht mit überlegenen Gegnern. O'Byrne rief den Zimmermann als Zeugen auf, der von einer Kugel auf dem Vordeck, die zu den Ausfällen geführt habe, und einer im Rumpf berichtete, die ohne Folgen blieb.

Dann zählten der Wachoffizier, der Signal-Midshipman und Mr Roberts von der *Neptune* die erteilten Befehle auf. Die Offiziere und der Master der *Intrepid* gaben zu Protokoll, dass sie die Befehle gesehen und Kapitän Williams um Befolgung gebeten hätten, der aber in großer Erregung befohlen habe, vom Gegner abzudrehen.

Diese Aussagen waren auch durch Rückfragen des Verteidigers nicht zu erschüttern. Darauf beantragte Mr Lavenham, den Schiffsarzt zu befragen, ob hier nicht der Anfall einer geistigen Erkrankung vorgelegen habe, die den Kapitän hinderte, seine Verantwortung zu erkennen.

Der Schiffsarzt verneinte. »Eine geistige Erkrankung im medizinischen Sinne habe ich nicht erkennen können. Aber ich weiß, dass Kapitän Williams schon vorher beim ersten Schuss in panische Angst geriet. Doch dagegen kenne ich keine Medizin. Jemand, der so ängstlich ist, muss, wenn die Gefahr vorbei ist und er wieder gefasst reagieren kann, alles tun, damit er nicht wieder in eine solche Situation gerät.«

Lavenham fragte sarkastisch: »Wollen Sie uns bitte erzählen, wie ein Kapitän Seiner Majestät solche Situationen vermeiden kann?«

»Indem er um seinen Abschied bittet. Ich habe das Kapitän Williams mit allem Respekt geraten, da er sonst auch das Schiff in Gefahr bringe. Er hat geantwortet, dass er das nicht könne, weil er sonst das Wohlwollen eines sehr hochgestellten Verwandten verliere«, antwortete der Schiffsarzt ruhig. Ein Raunen ging wieder durch die Kajüte. O'Byrne klopfte auf den Tisch.

Nach diesen Aussagen wurde die Sitzung für ein kurzes Frühstück unterbrochen. Niemand zweifelte an der Verurteilung des Angeklagten.

Leutnant Lavenham besuchte Kapitän Williams, der in der Kammer saß, die ihm zum Arrest zugewiesen war.

»Sehen Sie noch die Chance für einen Freispruch, Ernest?«, fragte er seinen früheren Schiffskameraden.

»Nein, John. Sie werden Sie schuldig sprechen. Ich werde in meinem Plädoyer alles versuchen, aber es wird nichts helfen. Die Beweise sind zu eindeutig.«

»Das bedeutet das Todesurteil und Schimpf und Schande, nicht wahr?«, fragte Williams tonlos.

Lavenham nickte.

Williams gab sich einen Ruck. »Ernest, bitten Sie den Ersten Leutnant, dass mein Diener mir aus meiner Kajüte meinen Rotwein und meine Weingläser bringen darf. Das kann man mir nicht verwehren.«

Man brachte Kapitän Williams einen Toast und Kaffee zum Frühstück, und dann kam sein Diener und packte aus einem Korb die Flasche Rotwein und zwei Gläser aus. »Ich habe die guten langstieligen Kristallgläser genommen, zwei, damit jemand mit Ihnen anstoßen kann, Sir. Ich hoffe, dass das richtig war. Soll ich entkorken, Sir?«

»Nein, lass nur. Du kannst gehen. Vielen Dank für alles.«

Der Diener sah seinen Kapitän etwas verwundert an, verneigte sich und verschwand.

Williams nahm eines der langstieligen Kristallgläser in die Hand, betrachtete es versonnen. Dann griff er die Decke vom Bett, nahm sie so in seine Hand, dass sie das Glas bedeckte, legte das Glas auf den Tisch und zerdrückte mit dem hölzernen Stiefelknecht die Trinkschale des Weinglases. Er nahm die Decke weg und betrachtete das Ergebnis.

Über dem Fuß des Glases ragte nur noch der lange schmale Stiel hervor. Doch oben störte ihn noch ein Rest der Schale. Er klopfte sie vorsichtig mit dem Stiefelknecht ab. Danach nahm er aus seiner Jackentasche zwei Schreiben und legte sie auf den Tisch.

Williams trat an die geöffnete Luke und schaute über das glitzernde Wasser zu den Höhen von Shirley Hights. Dann wandte er sich entschlossen ab, setzte sich auf den Schemel, mit dem Rücken und dem Hinterkopf an die Bordwand gelehnt. Er nahm den Stiel des Glases in die linke Hand und setzte die Spitze des Stiels an sein geschlossenes rechtes Auge, sodass der Fuß des Glases vor seinem Gesicht war. Er überprüfte die Stellung mit dem linken Auge, holte mit der rechten Hand aus und schlug mit der flachen Hand mit aller Wucht auf den Fuß des Glases.

Der lange Stiel drang durch die Augenhöhle in sein Gehirn. Er spürte nur einen stechenden Schmerz, dann nichts mehr. Er sank vom Schemel. Blut und Hirnflüssigkeit netzten den Boden.

Nach Lavenhams Plädoyer stellte Kapitän Newman den Antrag, man möge den Angeklagten zu einem letzten Wort hören, bevor man sich zur Beratung zurückziehe. Das Gericht war einverstanden, und O'Byrne schickte den Leutnant der Seesoldaten, um Williams zu holen.

Nach wenigen Minuten kam der Leutnant zurück, hastete bleich zu O'Byrne und flüsterte ihm etwas ins Ohr. O'Byrne sagte: »Wegen eines besonderen Vorkommnisses unterbreche ich die Sitzung für fünf Minuten.«

Dann folgte er dem Leutnant.

In der Kammer sah er Williams' Leiche. Was für eine absonderliche Todesart, dachte er noch. Dann sah er die Schreiben. Das erste war an David adressiert, das zweite an einen Herzog von Cotterfield. Er wandte sich ab, sagte dem Posten: »Niemand darf den Raum betreten!«, und eilte in Davids Kajüte.

»Sir, Kapitän Williams hat sich vor der Urteilsverkündung das Leben genommen. Er hat sich den Stiel seines Weinglases durch die Augenhöhle ins Gehirn gerammt. Diese beiden Schreiben lagen auf dem Tisch.«

»Mein Gott«, sagte David betroffen und nahm die Schreiben. Er überflog sie, dachte nach und beschied O'Byrne: »Mr O'Byrne, das Verfahren muss ohne Urteilsspruch abgebrochen werden. Es kann durch diesen Freitod nicht regulär abgeschlossen werden. Bitte entlassen Sie die Mitglieder des Gerichts mit meinem ausdrücklichen Dank für ihre Arbeit. Sie teilen bitte mit, Mr Williams sei einem tödlichen Unfall zum Opfer gefallen. Ich werde mir die Kammer noch ansehen und die offizielle Verlautbarung herausgeben.«

»Aye, aye, Sir«, bestätigte O'Byrne unbewegt und verließ die Kajüte.

David las noch einmal die Schreiben. An ihn schrieb Williams nur, dass er sich für ein faires Verfahren bedanke und um Verständnis bitte, dass er sich einem Tod in Schimpf und Schande auf diesem Wege entziehe. Das beiliegende Schreiben möge man bitte seinem Vater senden. Er habe es nicht verschlossen, damit David sich überzeugen könne, dass es nur privaten Inhalts sei und niemandem die Schuld an seinem Tode aufbürde.

In David sträubte sich vieles, dieses private Schreiben zu lesen. Also überflog er die Zeilen nur noch einmal kurz, sah, dass Williams den hochverehrten Herrn Vater um Verzeihung bat, dass er seine Angst nie beherrschen konnte und die Wohltaten nun so vergelte. Man möge für sein Seelenheil beten. David wunderte sich, dass nirgendwo eine Mutter erwähnt wurde. Er schüttelte den Kopf und schloss die Schreiben in den Sekretär. Dann ging er in die Kammer des Selbstmörders.

»Wie kam er nur auf eine so ungewöhnliche Art des Selbstmords?«, fragte er Dr. Cotton, der den Toten untersucht hatte.

»Ungewöhnlich schon, Sir. Aber sehr effektiv. Wer sich die Pulsadern aufschneidet, kann zu früh gefunden werden. Wer sich erhängt, nimmt eine qualvolle Erstickung auf sich. Wer sich etwas durchs Auge ins Hirn rammt, stirbt schnell und ohne Qual. Aber er braucht Entschlossenheit und Willenskraft. Ein verrutschter Schlag, ein Verkippen des spitzen Gegenstandes und alles endet in schmerzhafter, aber nicht tödlicher Qual. Wie ein krankhaft ängstlicher Mensch das schaffen konnte, bleibt mir ein Rätsel.«

David bat Kapitän O'Byrne hinzu und informierte beide, dass er in seiner offiziellen Verlautbarung von einem tragischen Unglücksfall durch einen Sturz sprechen werde. »Das mag hier auf Zweifel stoßen, aber wenn die Nachricht in England eintrifft, kennt man dort kein Getuschel, und die Angehörigen sind geschont.«

»Sir«, wandte O'Byrne ein. »Aber die Wahrheit bleibt auf der Strecke. Man wird sagen, Sie hätten sie einem Herzog zuliebe verbogen.«

David neigte den Kopf und überlegte. »Ja, und da ist etwas dran. Ich denke eigentlich immer eher an die Mütter, aber hier wissen wir von ihr zu wenig. Aber wem ist wirklich gedient, wenn wir bekannt geben, auf welch schockierende Weise sich ein Kapitän Seiner Majestät seinen irdischen Richtern entzog? Ich kann mit dem Gerede leben, viel schwerer plagt mich die Frage, ob ich es hätte voraussehen müssen, dass er diesen Befehl, sich den Franzosen in den Weg zu stellen, nie befolgen konnte.«

O'Byrne und Dr. Cotton sahen sich ratlos an. Schließlich sagte Dr. Cotton entschlossen: »Erlauben Sie mir als Arzt und als jahrzehntelangem Schiffsgefährten eine Bemerkung, die von Sorge und nicht von Respektlosigkeit diktiert ist, Sir. Sie sind nicht unfehlbar, Sir! Auch Sie können nicht wissen, wie ein Untergebener Ihren Befehl in einer bestimmten Situation auffasst. Wenn Sie das immer berücksichtigen wollten, könnten Sie bald keinen Befehl mehr erteilen. Die Flotte kann nur existieren, wenn die Kommandierenden von der Zuversicht ausgehen, dass ihre Befehle auch befolgt werden.

Und wer sie nicht befolgt, muss die Konsequenzen tragen, nicht umgekehrt. Sir, Ihre Neigung, alles planen und berücksichtigen zu wollen, ist für Ihr seelisches Gleichgewicht gefährlich. Bitte, Sir, nehmen Sie Pannen und Versagen anderer als unvermeidbar hin. Unvermeidbar auch für den besten Admiral.«

O'Byrne schluckte und pflichtete dann Dr. Cotton bei. »Sir, niemand konnte ahnen, dass Kapitän Williams einen so expliziten Befehl nicht befolgen würde. Das war genauso unvorhersehbar wie seine ungewöhnliche Todesart. Bitte, verlieren Sie nicht Ihr Selbstvertrauen.«

David sah sie lange an, sodass ihnen schon unbehaglich wurde. »Sie sind gute Freunde, ich weiß. Sie haben sicher Recht. Ich muss besser lernen, manches hinzunehmen und zu vergessen. Haben Sie vielen Dank.«

Mr Roberts meldete David, dass ein Besucher schon über eine Stunde auf ihn warte.

»Wer ist es denn?«

»Der örtliche Vertreter Ihrer Prisenagentur, Sir. Wenn Sie sich erinnern, Sir, ich hatte Sie kurz vor dem Auslaufen nach den Saintes auf einen Brief der Agentur hingewiesen.«

David furchte die Stirn. »Mein Gott, das hatte ich völlig verdrängt. Ging es da nicht um Versäumnisse des Prisengerichts?«

»Ja, Sir. Darf ich den Mann hereinführen?«

David entschuldigte sich für die ungebührliche Wartezeit. »Das Gericht, der schreckliche Unfall, alles erforderte meine dringende Aufmerksamkeit. Aber nun tragen Sie mir bitte Ihren Fall vor.«

Der Mann, sorgfältig gekleidet wie ein Bankdirektor, nahm einige Blatt aus einem Lederportefeuille und trug vor, dass bisher nur die erste Prise, die David auf seiner Anreise gekapert habe, vom Prisengericht bewertet worden sei. Bei allen anderen Prisen bis hin zur *Caravelle* und *Junon* sei noch keine Bewertung in Sicht.

»Wir können keine Prisengelder auszahlen, Sir, und werden daher von Offizieren und Zahlmeistern beschimpft. Sie haben das Geld sicher auch schon vermisst, Sir, aber das ist nicht unsere Schuld.«

David dachte einen Moment über die Nachteile seines Reichtums nach. Er machte sich über Geld überhaupt keine Gedanken mehr und hatte das Prisengeld noch nicht vermisst. Geld war einfach immer für ihn da. Aber hier musste er sich darum kümmern, denn Prisengeld war für die Stimmung im Geschwader wichtig.

»Und woran liegt das, dass keine Bewertungen vorgenommen wurden, mein Herr?«

»Der Vorsitzende des Prisengerichts ist völlig überfordert, Sir. Er macht alles allein ohne Schreiber. Und die Bestellung der Gutachter, die Protokollierung der Gutachten, die Abrechnung, das alles erfordert einen großen Schreibaufwand, Sir.«

»Aber der Herr wird doch Schreiber finden«, reagierte David ärgerlich.

»Doch er könnte sie nicht bezahlen, Sir. Er vertritt in dieser Position nur Sir James Hamilton, der in London im Parlament sitzt. Der zahlt ihm ein Drittel des Gehalts, das er für den Posten erhält. Da das kaum zum Leben reicht, nimmt der amtierende Gerichtsvorsitzende alle möglichen anderen Aufgaben wahr, wie jetzt das Schiedsgericht bei zwei sich streitenden Reedern, und die Abrechnung der Prisen muss warten.«

David erinnerte sich, dass ihn der Gouverneur von Antigua schon auf diesen Missstand hingewiesen hatte. Er hatte darum gebeten, dass David bei der Admiralität vorstellig werden solle, wenn ihm das auch auffalle.

David rief nach Mr Roberts. »Ein Sergeant der Seesoldaten soll sofort den Vorsitzenden des Prisengerichtes zu mir bringen, Mr Roberts.«

Der Prisenagent wandte ein: »Sir, wenn er mich hier sieht, wird unsere Agentur sehr darunter leiden müssen.«

David lächelte. »Nun gut, dann warten Sie in der Kartenkammer.«

Der Mann, den der Sergeant mehr hereinschleifte als hereinführte, war ein schmales, ärmlich gekleidetes Männchen.

»John Reeman, Sir David, zu Ihren Diensten.«

David fragte ihn nach seinen Einnahmen als Vorsitzender des Prisengerichts und erkannte, dass der Mann weniger verdiente als sein Sekretär. »Warum sind die Schiffe, die mein Geschwader als Prisen anliefert, fast alle noch nicht bewertet und zum Ankauf freigegeben, Mr Reeman?«

Mr Reeman verwies auf die Unmöglichkeit, Helfer zu bezahlen, auf den Arbeitsanfall, die Überlastung und brach schließlich mitten im Satz ab.

Ohne Zweifel war das ein armer Kerl, eher Opfer als Täter. »Mr Reeman«, sagte David nach kurzem Nachdenken. »Ich werde Ihnen für eine Woche meinen zweiten Schreiber ausleihen. In dieser Zeit erledigen Sie alle rückständigen Arbeiten. Ich werde außerdem die Lords der Admiralität mit Nachdruck auf diese Missstände hinweisen und um Abhilfe bitten. Es wird ein Weilchen dauern, bis sich etwas ändert, aber ich glaube, es sind inzwischen zu viele, die diesen Skandal angeprangert haben.«

»Aber Sir«, jammerte das Männlein. »Bitte schreiben Sie nicht, dass ich mich beklagt habe. Sonst habe ich gar nichts mehr.«

David sicherte ihm das zu. Mr Reeman ging, und der Prisenagent war zunächst zufrieden.

Auf der Plantage der Dillons fühlte sich David wie in einer anderen Welt. Britta war sehr verständnisvoll, als er ihr von dem schrecklichen Tod Kapitän Williams' erzählte. Sie fasste ihn um, und dann wanderten sie lange durch den Park und die Felder. »Nicht einmal unseren Kindern können wir ihre Lebensplanung abnehmen«, sagte Britta. Sie berichtete von Charles, der überlegte, ob er länger in Westindien bleiben solle, und von Christine, die sich zu einem der jungen Assistenten von Dillons Verwalter so hingezogen fühle. David glitt unmerklich in diese Welt der Familie hinüber.

Abends war auch Kapitän Watson zum Essen, dessen *Junon* jetzt bald einsatzbereit war und der wohl nur noch wenige Tage mit seiner Nicole verleben konnte. Sie waren immer wieder ein so schönes Paar, dass man sich kaum satt sehen konnte. Und sie waren begeisterte Eltern. Der große Watson trug seinen kleinen Sohn so behutsam und geduldig über die Wiesen und freute sich, wenn der Kleine jauchzte.

»Er wird wohl nicht das einzige Kind bleiben«, flüsterte David Britta zu.

»Bestimmt nicht«, gab sie leise zurück. »Und einer Bemerkung von Nicole habe ich entnommen, dass ihnen die Zeugungsart auch viel Spaß macht.«

»Das müssten wir doch auch einmal probieren«, scherzte David, und Britta gab ihm einen zärtlichen Klaps auf den Arm.

Sie fuhren nach St. John's und kauften ein. Sie sahen den Sklaven beim Tanz am Sonntag zu. Sie badeten an einem der vielen herrlichen Strände. Sie spielten Kricket mit den Kindern und Enkelkindern der Dillons.

David musste nur hin und wieder nach Antigua. Manchmal brachte ihm auch Mr Roberts die Post. Einmal war die Meldung dabei, dass die *Junon* auf einer ihrer Erprobungsfahrten die französische Fregatte *Félicité* gekapert hatte, die von Guadeloupe nach Frankreich flüchten wollte. Die zweite Fregatte war entkommen.

Alle beglückwünschten Kapitän Watson, als er wieder Nicole besuchte. Aber nun neigte sich die Besuchszeit auch dem Ende zu. »Können wir nicht gleich hier als Freiwillige an Bord kommen?«, fragten Edward und seine Freunde.

»Nein, erst wird das Schuljahr beendet. Im nächsten Jahr können wir dann darüber sprechen. So schön wie in der Schule werdet ihr es an Bord nie haben«, sagte David.

»Aber aufregender, Onkel David«, gab John Bentrow zurück.

Zwei von Dillons Enkelsöhnen würden Britta und Nicole begleiten und ein Jahr die Schule von Mr Ballaine besuchen. »Dann hast du ja einen Haufen Flöhe zu hüten, liebe Britta«, sagte David.

»Sie sind sehr liebe Jungen, und die Dillons geben mir ihren schwarzen Erzieher mit, vor dem die Jungen eine Menge Respekt haben.«

Der große Ball, den der Gouverneur in St. John's gab, war zeitlich wie ein Abschiedsball für Britta und Nicole. Selbstverständlich waren auch die Offiziere der in Antigua liegenden Schiffe eingeladen. Die Frauen im Hause Dillon hatten Heerscharen von Schneiderinnen, Hutmacherinnen und Friseusen engagiert, die unaufhörlich von Zimmer zu Zimmer rannten und den Damen immer wieder versicherten, dieses Kleid würde sie zur schönsten Frau des Balles machen. Britta nahm das Ereignis gelassener. »Wer mich mag, dem gefalle ich, und die anderen sind mir egal«, sagte sie zu Nicole.

»Unsinn«, antwortete diese. »Du hast so oft erfahren, dass du wunderbar aussiehst, dass du jetzt sicher bist. Aber wir anderen, die wir nicht deine Erfahrung haben, wie können wir sicher sein?«

»Sehr diplomatisch, wie du mich an mein Alter erinnert hast, liebe Nicole. Ich trete dann außerhalb der Konkurrenz auf.«

David war dem Getriebe entflohen und brütete mit O'Byrne über den Einsatzplänen der Flotte. »Man müsste sich immer die Daten der großen Bälle in den Hafenstädten besorgen. Dann wüsste man, wann man angreifen kann«, sagte er zu O'Byrne.

»Die Franzosen haben bloß nicht viel, womit sie angreifen könnten. Ein neues Geschwader ist nicht gemeldet. Wir können uns in Ruhe amüsieren.«

Diese Absicht schienen alle zu haben. Schon vor St. John's verstopften die Kutschen die Straßen, und die Kutscher schrien sich an. David und den Dillons half es, dass sie die vorgeschriebene Dragonereskorte auch an diesem Tage begleitete. Die brachte manchen Kutscher dazu, den Weg freizugeben.

Die schwarzen Lakaien, die mit Fackeln die Auffahrt säumten, waren die einzig ruhenden Pole in dem Gewimmel. Die Adjutanten und Sekretäre des Gouverneurs wieselten herum und geleiteten die Gäste in die Foyers. Alberto und Mustafa begleiteten in einfachen dunklen Anzügen die Winters. Sie hatten ihre Wurfmesser in den Armmanschetten und Pistolen in den Taschen.

»Ohne sie geht ihr nie weg, nicht wahr?«, fragte Edward Dillon.

»Wir haben uns nach einigen schlimmen Erfahrungen daran gewöhnt. Oft ist es sicher überflüssig, aber das weiß man vorher nie«, antwortete David.

Der Gouverneur begrüßte sie am Eingang des Saales. Sein Sekretär führte sie zu ihrem Ehrentisch. Bald kamen viele, die sie begrüßen wollten und die sich erinnerten, wie David vor zwölf Jahren als Genesender Ehrengast eines großen Balles der Dillons war.

Elise in ihrem Rollstuhl war Mittelpunkt einer lebhaft plaudernden Gästeschar, und David beobachtete, wie sich seine Offiziere in dem Trubel zurechtfanden. Kapitän O'Byrne war Gast am Tisch des Armeekommandanten. Sie winkten sich zu. Andrew Harland trat an ihren Tisch und begrüßte Britta und David. James Miller folgte ihm. Dr. Cotton scherzte mit der Familie des Hospitalchefs und wurde von dessen erwachsener Tochter angehimmelt. Kapitän Henderson fiel David in dem

Gewimmel auf, weil er wie erstarrt in der Nähe der Tür stand und jemanden zu suchen schien.

Der Gouverneur eröffnete den Tanz und forderte die anderen mit einer Handbewegung auf, auch die Tanzfläche zu bevölkern. Britta stupste David an. »Du, die Kapelle ist ausgezeichnet. Komm, lass uns jetzt tanzen, ehe sich alle auf die Tanzfläche trauen.«

David verbeugte sich vor ihr, und dann tanzten sie wieder einmal, wie sie es schon oft getan hatten: voller Glück, im Arm des anderen zu liegen, voller Freude am Rhythmus und voller Temperament.

»Schauen Sie sich Ihren Admiral an, Kapitän O'Byrne«, sagte der Armeekommandant. »Der macht seinen Leutnants noch was vor.«

»Nicht nur im Tanz«, antwortete O'Byrne lächelnd, »obwohl er das besonders gerne tut. Ich kann es nicht so gut, aber ich werde es versuchen.« Und er bot der Tochter seinen Arm.

O'Byrne hatte das Pech, neben Nicole und James Watson zu tanzen. »Lass uns bloß nicht neben den beiden tanzen. Sieh nur, wie komisch Paul O'Byrne neben ihnen aussieht. Die beiden degradieren jedes andere Paar im Aussehen«, flüsterte Britta.

David musste es zugeben. Die beiden sahen nicht nur wunderbar aus. Sie bewegten sich auch, als ob ihre Körper eine Einheit wären. Jede Bewegung war voller Schwung und Harmonie.

»Muss ich jetzt neidisch werden?«, fragte er Britta leise.

»Nicht wirklich. Sie haben auch ihre Reibflächen, Liebster.«

»Alles andere wäre ja auch unwirklich. Und ich liebe Menschen aus Fleisch und Blut wie dich«, flüsterte er zurück.

»Wir werden sehen«, sagte Britta und zwinkerte mit einem Auge.

David tanzte manchen Pflichttanz mit den Frauen der Honoratioren und manchen Spaßtanz, wie er sagte, mit Damen seiner Wahl, Nicole, Christina und den Dillon-Töchtern. Der Champagner beflügelte ihn, und die jungen Damen lobten ihn, wie gut und unermüdlich er tanze.

Nicole, die frühere Frau seines gefallenen Sohnes, war für ihn wie eine Tochter. »Bist du glücklich?«, fragte er sie.

Sie nickte. »Sehr.«

»Komm immer zu mir, wenn etwas schief läuft. Lieber zu früh als zu spät. Britta und ich sind für dich da.«

»Ich weiß«, sagte sie und drückte ihm einen Kuss auf die Wange.

David fühlte sich auch sehr glücklich. Um ihn herum waren so viele fröhliche Menschen. Nur Alberto und Mustafa standen ruhig neben der Tür und folgten ihm mit ihren Augen. Und Mr Henderson schritt an David vorbei, bewegte keinen Muskel in seinem Gesicht und schien nur ein Ziel zu fixieren. David blickte dorthin und sah eine junge rothaarige Frau, die ausgelassen lachte und mit einem jungen Armeeleutnant auf eine Tür zuging, in der eine Mulattin, als Zofe gekleidet, sie zu erwarten schien.

»Entschuldige, was hast du gesagt? Ich war einen Moment abgelenkt«, sagte er zu Nicole.

»Ich fragte dich nur, ob das nicht Kapitän Henderson war, der eben wie ein Gespenst an uns vorbei ging«, antwortete Nicole. David bestätigte und führte sie zu ihrem Tisch zurück, da die Musik eine kleine Pause machte.

Britta bat ihn, ob er sie nicht zum Büfett begleiten wolle. Sie habe etwas Appetit. David bejahte und erhob sich. Da krachten drei Schüsse vom Ende des Saales. Die Menschen verstummten, Alberto und Mustafa standen auf einmal neben ihnen am Tisch und hatten ihre Pistolen in der Hand. Jetzt wurde es laut. Einige Damen kreischten. Christina fasste ängstlich nach der Hand ihres Vaters. Der Gouverneur stand auf und gab der Kapelle einen Wink. Ein Offizier lief auf ihn zu und flüsterte ihm ins Ohr. Dann eilte der Offizier weiter zu David und beugte sich zu ihm herunter. »Ein Kapitän Ihres Geschwaders hat im Nebenraum zwei Frauen und sich selbst erschossen, Sir David.«

David entschuldigte sich an seinem Tisch für einen Moment, bat Alberto, Dr. Cotton zu holen, und folgte dann dem Offizier in den Nebenraum. David lächelte links und grüßte rechts, und die Gäste, die noch unsicher geschaut hatten, tanzten wieder.

In dem Raum bot sich ihm ein grauenvoller Anblick. Die ausgelassene rothaarige Frau, die er vorhin gesehen hatte, lag in einer Blutlache am Boden, den Mund aufgerissen, die Beine abgeknickt. Neben ihr hatte eine Kugel eine Mulattin niedergeworfen. Ihr kurzer Rock war nach oben gerutscht und ließ erkennen, dass sie darunter nackt war. In der Nähe des Eingangs erkannte David Kapitän Henderson. Er hatte sich durch den Mund geschossen und den halben Hinterkopf weggefetzt. Zwei Pistolen lagen neben ihm, eine doppelläufige Privatpistole und eine der schweren Dienstpistolen.

»Was ist passiert?«, fragte David den Armeeleutnant, der bleich an der Wand lehnte und immer noch etwas zitterte.

»Ich folgte Lissy«, er zeigte auf die Rothaarige, »hier in den Raum, wo uns ihre Zofe erwartete. Da stieß der Kapitän plötzlich die Tür auf und sagte ganz leise ›Ihr gottverdammten Huren! Wollt ihr noch mehr Leben ruinieren?‹, und dann schoss er drei Mal hintereinander ohne Pause. Nun liegen sie da.«

Die Tür ging auf, und Dr. Cotton trat ein, gefolgt von dem Hospitalarzt. Er beugte sich kurz zu den Toten, fühlte die Halsschlagader und richtete sich auf. »Mein Gott, hätte ich das verhindern können?«, sagte er leise.

»Wieso, Dr. Cotton. Hat sich vorher etwas angedeutet?«, wollte David wissen.

»Wo Kapitän Henderson tot ist, kann ich darüber sprechen. Er hat sich vor Monaten nach einer Ballnacht mit zwei liebestollen Frauen eine Geschlechtskrankheit zugezogen. Ich habe ihn mit seinem Schiffsarzt behandelt, und wir glaubten alle an eine vollständige Heilung. Vorgestern kam er nun wieder zu mir und hatte einen furchtbaren Rückfall mit Blut und Eiter im Urin, Ausschlag am Körper. Da wusste ich, dass er die unheilbare Form der Krankheit hat, die zu Wahnsinn und zum Tode führt.«

»Wie furchtbar!«, stöhnte David. »So ein tüchtiger und zu den größten Hoffnungen berechtigender Offizier.« Er schaute den Armeeleutnant an, der noch an der Wand lehnte, und sagte: »Er hat Ihnen das gleiche Schicksal erspart. Sagen Sie bitte dem Hospitalarzt Namen und Einheit und schweigen Sie draußen zu dem Vorfall, außer zum Gouverneur und Ihrem Kommandanten.«

Als er mit den beiden Ärzten allein war, beriet er

mit ihnen, dass eine Untersuchung durch den Friedensrichter unvermeidbar sei. »Wahrscheinlich sind das die Frauen, die ihn angesteckt haben. Aber wie können wir sicher sein?«

Dr. Cotton dachte einen Augenblick nach. »Kapitän Miller war damals mit Henderson auf dem Ball. Vielleicht weiß er etwas.«

David ging vor die Tür und bat Alberto, Kapitän Miller zu holen.

Dr. Cotton und der Hospitalarzt teilten ihm noch die Absicht mit, die Frauen später auf Geschlechtskrankheiten zu untersuchen. Wenn sie länger infiziert seien, müsse man das feststellen können. Dann erschien James Miller.

Er beugte sich über Henderson, strich ihm das Haar aus der Stirn und flüsterte: »Du armer Kerl.« Dann richtete er sich auf, betrachtete die Frauen und antwortete auf Davids Frage. »Ja, mit dieser Rothaarigen ist er verschwunden. Die andere habe ich nicht gesehen. Sie wissen, Sir, er hat sich aus einfachsten Verhältnissen hochgearbeitet, seine Eltern sind tot, er war immer in Gesellschaft etwas gehemmt, und damals auf dem Ball hat er das Erlebnis seines Lebens gehabt. Er schwärmte hinterher wie ein Kind. Warum nun das?«

»Er hatte sich unheilbar mit einer Geschlechtskrankheit infiziert. Wahrscheinlich waren es diese beiden Frauen«, klärte ihn Dr. Cotton auf.

»Das ist ein furchtbarer Preis für ein bisschen Glück. Warum gerade Ernest?«, stöhnte Kapitän Miller.

»Gehen Sie jetzt, Mr Miller, und sagen Sie nicht, was hier passiert ist. Es reicht, wenn die Leute es morgen erfahren.«

Als sie zu dritt wieder allein waren, verabredeten sie, dass der Hospitalarzt die Leichen ins Hospital bringen lassen und den Friedensrichter informieren sollte.

David verließ sie, winkte zu seinem Tisch und informierte kurz den Gouverneur. Nur noch wenige Menschen achteten darauf. Die anderen gaben sich ihrem Vergnügen hin.

Als er sich wieder an seinen Tisch setzte, fragte Britta leise: »Was hat es Furchtbares gegeben?«

Britta kann ich nicht täuschen, dachte David und flüsterte zurück: »Henderson hat sich und zwei Frauen erschossen, die ihn unheilbar mit der Lustseuche angesteckt hatten.«

Britta drückte seine Hand und schauderte, aber sie antwortete auch unbefangen auf eine Frage Nicoles.

»Lass uns zum Büfett gehen, David. Tanzen wirst du nicht mehr wollen. Dort kannst du mir unauffällig sagen, was du möchtest. Und dann wollen wir auch bald gehen. Ich kann ja Unpässlichkeit vortäuschen.«

David fühlte sich auf einmal ganz leer, nachdem er nichts mehr tun musste. Ernest Henderson, dieser tapfere, tüchtige Offizier. 1792 kam er zu ihm als Midshipman, hatte ihn im Kanal, vor zehn Jahren in der Karibik und im Mittelmeer und in der Ostsee begleitet, immer zuverlässig und bescheiden. Hatte er das verdient?

Britta ahnte, was er dachte. »Denk an Mr Paters Worte: ›Gottes Wille kennt kein Warum.‹ Wir können nicht erkennen, warum Gott das zuließ. Wir müssen vertrauen.«

Als sie in Dillons großem Haus in ihrem Bett lagen, weinte David um seinen Gefährten. Britta tröstete ihn. Sie waren einander ganz nah und waren unendlich glücklich und dankbar in ihrer Liebe.

Im Hafen von Falmouth Harbour lagen mehr als ein Dutzend Transporter. Sie sammelten sich für den Konvoi nach England und würden gemeinsam mit allen Seglern von den Inseln über und unter dem Winde von Tortola auf den Jungfraueninseln aus die lange Reise über den Atlantik nach England antreten.

Brittas und Nicoles Gepäck war längst an Bord des Schiffes der Reederei Barwell und Hansen, das in der Nähe der Pier lag. Britta und David hielten sich an den Händen. Die Kinder drängten sich um sie. Christina weinte leise vor sich hin.

»Weinst du, weil du dich von deinem Daddy trennen musst oder weil der junge Mr Clock dich nicht begleiten kann?«, fragte David seine Tochter leise.

»Deinetwegen, Daddy, aber du bist schrecklich!«

David lächelte und fasste sie um. »Bald sind deine Tränen getrocknet, liebste Christina, und du bist wieder glücklich.«

Edward, John und Alexander waren beschäftigt, den beiden Dillon-Enkeln die Schiffe zu zeigen, die sie schon von der Herfahrt kannten. Charles unterhielt sich mit Elizabeth Dillons Mann, der die Kinder zur Abfahrt begleitet hatte.

»Ihr werdet es wieder gut auf dem Schiff haben, Liebste. Eure Kajüten sind komfortabel, das Schiff ist gut und Kapitän Dersey ist ein erfahrener Mann. Du wirst mit Nicole viel über eure Männer erzählen können. Wir hatten ja viel Zeit für euch.«

»Das stimmt. Du wurdest nur einmal wegen der Kämpfe auf den Saintes länger von uns getrennt. Aber mir reicht auch so, was wir hier am Rande erleben konnten. Denk nur an Williams und Henderson!«

»Nein, Liebste, daran denke ich jetzt nicht, sondern nur an die schönen Tage und Nächte mit dir. Da muss ich nun lange von zehren.«

»Bitte, meine Damen, das Geleit signalisiert!«, rief ein Maat der Handelsflotte.

Britta küsste David noch einmal innig. Nicole und die Kinder umarmten ihn und bestiegen dann die Pinasse, die sie zum Schiff brachte. David stand am Kai, blickte ihnen nach und schwenkte seinen Hut. Er sah, wie die Geleitfregatte Anker aufnahm, wie die Handelsschiffe folgten und schließlich von einer Sloop förmlich aus dem Hafen getrieben wurden.

Vom Segelschiff der Barwells wehte noch lange Brittas Schal. David atmete tief, drehte sich um und ging zu der Kutsche, vor der Alberto und Mustafa auf ihn warteten.

[illegible]

[illegible]

[illegible]

Die vier Fregatten (August bis Dezember 1809)

Die Fenster der Admiralskajüte waren weit geöffnet, um die frische Luft am Morgen hereinzulassen, bevor wieder die Hitze des Tages jeden Aufenthalt in den überhitzten Räumen unerträglich werden ließ.

David und Kapitän O'Byrne saßen am großen Tisch und hatten Papierstapel neben sich. David sah auf, als Mr Roberts, sein Sekretär, durch die halb geöffnete Tür zu ihnen blickte.

»Kommen Sie schon herein, Mr Roberts. Wir warten auf Sie. Saft, Tee oder Rotwein?«

»Tee bitte, Sir«, antworte Roberts und ordnete hastig seine Papiere und seine Schreibutensilien auf dem Tisch. Frederick, der junge Diener, brachte den Tee.

»So, dann wollen wir tun, was seit langem überfällig ist, unsere Schiffs- und Personalliste auf den aktuellen Stand zu bringen. Zwar gilt die Flottenstation auf den Leeward-Inseln seit langem als Witwenmacher-Station, was den Überlebenden rasche

Karriere verheißt, aber wir müssen die neuen Posten zum Glück unserer Prisen wegen besetzen, obwohl wir auch schmerzliche Verluste erlitten haben.« David schien einen Moment nachzudenken. »Fangen wir mit dem Flaggschiff an!«

Roberts trank noch hastig einen Schluck und referierte dann: »Mr Miller, der Erste Leutnant, wurde im Januar Commander der Briggsloop *Caravelle*. Ihm folgte Mr Peter Cullen als Erster Leutnant. Die übrigen rückten eine Stelle hoch. Amtierender Sechster Leutnant wurde Mr James Gardner. Seine Kommission wurde inzwischen von der Admiralität bestätigt. Das Leutnantsexamen haben kürzlich Mr Martins und Mr Richardson bestanden. Mr Martins kommandiert zurzeit als amtierender Leutnant den Tender.«

»Gut«, bestätigte David. »Sind Sie mit den neu eingeteilten Herren zufrieden, Mr O'Byrne?«

»Voll und ganz, Sir.«

David nickte. »Über die *York* mit Kapitän Church und die *Bellisle* mit Kapitän Harland brauchen wir uns hier keine Gedanken zu machen. Sie sind zurzeit vor Santo Domingo, um die Spanier bei der Belagerung der letzten französischen Garnison zu unterstützen. Kommen wir zur *Circe*!«

Mr Roberts räusperte sich und zog zwei Papiere aus seinem Haufen. »Als Kapitän Watson die Beutefregatte übertragen wurde, haben Sie Mr Miller das Kommando der *Circe* übergeben. Seine Bestätigung durch die Admiralität liegt vor.«

»Ja, und jetzt sind vor allem die Posten als Kommandant von Hendersons *Orion* und von der *Intrepid*, dem Schiff von Kapitän Williams, frei. Ich habe mir die Personalakten angesehen. Kapitän Shield von der *Penelope* hat das entsprechende Dienstalter, wird von uns allen seit Jahren geschätzt und hat sich bei der Führung der *Penelope* wieder ausgezeichnet. Ich möchte ihm die *Intrepid* geben. Haben Sie Bedenken, Mr O'Byrne?«

»Nein, Sir.«

»Dann bleiben *Orion, Circe* und *Penelope*. Die *Orion* ist eine große Fregatte. Ich werde sie Mr Miller geben. Die *Circe* ist kleiner. Ich dachte an Mr Varlows Ersten Leutnant, als Anerkennung für die Kaperung der *D'Hautpoult*.«

O'Byrne dachte nach. »Leutnant Trace von der *Pompée* wäre sicher ein guter Kommandant, Sir. Aber muten Sie James Miller mit dem dritten Wechsel in wenigen Wochen nicht ein wenig zu viel zu, Sir?«

David nickte. »Daran habe ich auch gedacht. Aber andererseits, James Miller ist ein so guter Kapitän, dass ich ihm die kampfkräftigste verfügbare Fregatte geben möchte. Und Leutnant Trace erhält ein bewährtes Schiff. Also, notieren Sie, Mr Roberts: Kapitän Trace erhält die *Circe*, Kapitän Miller die *Orion*. Die *D'Hautpoult* stellen wir vorläufig nicht in Dienst. Sie wird repariert, und dann soll uns London Leute zur Bemannung oder zur Überführung nach England schicken. Wir können uns die Besatzungen ja nicht aus den Rippen schneiden. Was bleibt dann noch, Mr Roberts?«

»Die *Penelope*, Sir.«

»Ach ja. Haben wir irgendeinen Commander, der es verdient, Kapitän zu werden?«

O'Byrne dachte einen Moment nach: »Ich hatte immer einen ausgezeichneten Eindruck von Commander Lees von der *Diligente*. Ihm könnte man die *Penelope* geben, der Erste Leutnant Richmond von der *Intrepid* könnte Commander auf der *Diligente* werden und unser Edward Grant Erster auf der *Intrepid*.«

David rieb sich die Wange und überlegte. »Ja«, sagte er schließlich. »Das hat etwas für sich, Mr O'Byrne. Eine sehr gute Lösung. Notieren Sie bitte, Mr Roberts. Dann hätten wir das. Commander Joseph Bear verbleibt auf der *Caravelle*. Das hat sich, wenn ich recht sehe, bewährt.«

O'Byrne nickte. »Können wir dann über die Probleme sprechen, die sich bei der Bemannung der Schiffe ergeben?«

David hob die Hände. »Wir könnten noch für ein Dutzend Schiffe Kommandanten finden, aber keine Besatzungen. Lassen Sie hören, was es für Auswege gibt.«

»Den ganzen Vormittag habe ich über Akten und Listen gebrütet, James. Es ist eine richtige Erholung, Ihr Schiff jetzt unter Segeln zu inspizieren.« David, dem Kapitän Watson in seiner Kajüte ein Glas Orangensaft angeboten hatte, lächelte ihn bei diesen Worten freundlich an.

»Ich hoffe, Sie finden auf der *Junon* alles zu ihrer Zufriedenheit vor, Onkel David.«

»Sie hatten bisher jedes Schiff gut im Griff, James. Warum nicht auch die *Junon*?«

Kapitän Watson sah David ernst an. »Aber noch nie war die Personalsituation so ernst wie jetzt, Onkel David. Uns fehlen zweiundsechzig Mann an der Sollstärke. Gut hundertfünfzig Mann sind untrainiert, freigelassene Sklaven zumeist.«

David nickte. »Ja, wir haben heute Vormittag auch darüber gesprochen. Ich habe einen dringenden Brief nach London geschrieben. Wenn die

Admiralität nicht will, dass wir die Matrosen von den Konvois holen, dann muss sie Seeleute schicken. Wir können die *D'Hautpoult* mit unseren Leuten nicht nach England bringen, weil wir keine Leute haben. Der Admiralität wird gar nicht passen, was sie von mir hört. Erst die Machenschaften meines Vorgängers auf Marie Galante, dann das Kriegsgerichtsverfahren gegen Kapitän Williams und dessen Selbstmord, schließlich die Beschwerden wegen der so genannten ›Vertreter‹ in den Prisengerichten und nun die Sorgen um die Bemannung unserer Schiffe.«

»Aber Onkel David, Sie berichten doch nur über die Probleme, Sie schaffen sie doch nicht. Ich habe den Eindruck, dass die Admiralität immer zu lange uninformiert bleibt.«

»Was die Herren nicht erfahren, belastet sie nicht. Aber lassen wir das. Wir haben uns zuletzt vor einigen Tagen bei der Beisetzung des armen Henderson gesehen, James. War es nicht ergreifend?«

»Ja. Weiß man inzwischen mehr über die beiden Frauen?«

»Dr. Cotton hat mir berichtet, dass bei der Untersuchung der Leichen deutliche Anzeichen schon lange bestehender Geschlechtskrankheit gefunden wurden. Die wussten, was sie den Männern antaten. Die Weiße war ehemalige Gesellschafterin einer reichen Witwe, die ihr genug vermacht hatte. Die Mulattin kam aus Jamaika. Beide waren bekannt, dass sie auf Gesellschaften Affären mit Männern suchten. Bisher hat aber keiner die Ansteckung gemeldet. Dass ausgerechnet Henderson auf sie treffen musste, ein eher schüchterner, unerfahrener Gesellschafter. Eine Tragik! Nun ja, jetzt müssen wir aber etwas tun. Gehen wir an Deck!«

David prüfte den Geschützdrill, die Abwehr von Enterern und einige Segelmanöver. Abgesehen davon, dass immer nur eine Breitseite ausreichend bemannt werden konnte, war nichts auszusetzen.

»Na, wie sind Sie mit den Segeleigenschaften Ihres Schiffes zufrieden?«, fragte er den Master.

Er musste sich vorbeugen, um die Antwort, die der Master gab, zu verstehen. »Sehr, Sir. Sie ist ein ausgezeichneter Segler«, antwortete der Master leise und heiser und entschuldigte sich, dass er wegen einer Halsentzündung nicht lauter sprechen könne.

Als David der *Junon* den Befehl erteilte, mit der *Caravelle* nordwestlich von Guadeloupe zum Atlantik hin aufzuklären, war er sicher, ein kampfkräftiges Schiff zu entsenden.

Stephen Church und Andrew Harland standen auf dem Achterdeck der *Bellisle* und sprachen über David. »Wir werden unseren alten Freund ja nun bald wieder sehen«, sagte Harland. »Ich freue mich, wieder einen gemütlichen Abend mit ihm zu verbringen. Er ist ein guter Freund trotz der neuen Würde, und er ist ein fähiger Flottenchef.«

»Jeder, der Augen im Kopf hatte, konnte schon früh erkennen, was in ihm steckte«, bestätigte Stephen Church. »Und Glück kam hinzu. Aus dem armen Waisenkind von damals ist ein reicher Gutsbesitzer geworden, dessen Frau das Geld kräftig vermehrt. Und gut sieht sie auch noch aus.«

»Na ja, Stephen. Wir beide wissen, was er auch für Leid erfahren musste. Verdammt!«, unterbrach Harland seine Ausführungen. »Was stellen die Idioten da an?« Er griff sich eine Sprechtrompete, lief an die Reling und beschimpfte eine Bootsbesatzung, der beim Einladen eines Geschützrohrs die Ladung verrutscht war und die das Boot fast hätte kentern lassen.

Als die Seeleute das Problem wieder im Griff hatten, wandte sich Harland erneut an Stephen Church: »Ich bin froh, wenn wir unsere Kanonen an Bord haben und diese lausige Küste verlassen können. Mit den Spaniern komme ich nicht so gut zurecht.«

Die britischen Schiffe hatten die Spanier und schwarze Truppen bei der Eroberung von Santo Domingo unterstützt, der letzten französischen Stellung auf der gleichnamigen Insel. Sie hatten den Hafen blockiert und Kanonen angelandet, um die Festungen zu beschießen. Nun hatten die Franzosen kapituliert.

»Ich möchte nicht wissen, wie die Spanier die gefangenen Franzosen behandeln. Was ich von unseren Kanonieren gehört habe, zeugte nicht von viel Menschlichkeit«, bemerkte Stephen.

»Es sind von beiden Seiten viel Hass und Grausamkeit im Spiel«, ergänzte Harland. »Ich erinnere mich noch, was David mir einmal von den Kämpfen im französischen Teil der Insel erzählte, den sie heute Haiti nennen.«

»Ach, ja, von dem Negergeneral Toussaint L'Ouverture, den er sehr schätzte.«

Harlands Erster Leutnant unterbrach sie, salutierte und meldete: »Alle Kanonen an Bord, Sir. Wir sind segelfertig.«

»Na, dann werde ich zurück auf mein Schiff gehen, Andrew«, sagte Stephen. »Wenn du das Signal gibst, nehmen wir Anker auf.«

Da näherte sich ihnen eilends der Bootsmann,

tippte an seinen Hut und meldete: »Sir, die haben Weiber an Bord geschmuggelt.«

Kapitän Harland fragte ungeduldig: »Wer und wie, Mr Salt?«

»Die Kanoniere, die an Land waren, Sir. In einer Kiste für Kanonenkugeln, Sir. Das Weib war schon zu lange drin, und da lief es unten raus, weil sie es nicht mehr halten konnte, die Pisse, äh, das Wasser, Sir.«

»Ich nehme an, Sie haben nun alles kontrolliert. Wie viele Weiber haben sie gefunden?«

»Drei, Sir.«

»Wissen Sie, wer die Weiber reingeschmuggelt hat?«

»Nein, Sir.«

»Bringen Sie die Weiber her, und lassen Sie alle Männer, die an Land waren, an Deck antreten.«

Der Bootsmann lief davon und brüllte im Laufen schon seine Befehle. Stephen Church sagte: »Ich lasse mich jetzt an Bord meines Schiffes bringen und kontrolliere, was dort passiert ist. Wenn ich klar bin, setze ich Signal.«

Andrew Harland nickte und reichte ihm die Hand zum Abschied.

Der Profos und seine Männer schleppten drei Frauen an, eine schlanke Mulattin, eine dicke Negerin und eine blutjunge Kreolin. Kapitän Harland ließ seinen Schreiber holen, der spanisch sprach. Dann trat er an die Abgrenzung zum Deck.

»Männer der *Bellisle*! Einige von euch haben gegen strenge Befehle Frauen an Bord geschmuggelt. Ich fordere euch auf, euch selbst zu melden. Dann kommt ihr mit einem Dutzend davon. Danach frage ich die Frauen, und wenn eine die Männer angibt, die sie an Bord geschmuggelt haben, wird sie nicht den Behörden übergeben, sondern freigelassen. Wer sich von euch aber nicht gemeldet hat und durch eine Frau angezeigt wird, der spürt drei Dutzend Peitschenhiebe. Also, entscheidet euch.«

Die Seeleute starrten sich an. Einige fluchten verstohlen und schauten böse. Dann trat einer vor und dann weitere drei.

Harland sagte dem Sekretär: »Fragen Sie bitte die Frauen, ob es noch mehr Männer gibt, die sie an Bord brachten.«

Die Frauen verneinten, und Harland gab dem Bootsmann Befehl, sie an Land abzusetzen.

»Ohne Übergabe an die Behörden, Sir?«, fragte dieser.

»Ja, das sind doch arme Kreaturen. Wenn die das Essen und das Geld hätten, das unsere Seeleute haben, würden sie sich nicht so schlecht verkaufen.«

Dann wandte er sich an die Seeleute, ordnete den Strafvollzug für den nächsten Tag an und redete ihnen ins Gewissen. Als er die Leute wegtreten ließ, hatte er wenig Hoffnung, dass er mit Reden etwas bewirkt haben könnte.

»Sir«, meldete sich der Wachhabende. »*York* signalisiert Segelbereitschaft.«

»Gut. Lassen Sie bitte Anker aufnehmen und Segel setzen.«

Weit draußen im Ozean, nordwestlich von Guadeloupe, schob sich die *Junon* unter leichten Segeln durch das Meer. Querab waren gerade noch die Segel der *Caravelle* zu sehen. Sie suchten nach Blockadebrechern für Guadeloupe, ungesetzlichem Handel mit den Inseln und französischen Kapern.

Mr Watson hatte den Bugkanonen beim Drill zugesehen und stand nun gedankenverloren an der Reling und schaute auf die Wellen, die sich in unendlicher Folge am Bug der *Junon* teilten. Ab und an trieb losgerissener Tang in den Wellen, hin und wieder ein Stück Holz, manchmal auch eine Schildkröte.

Watson dachte an Nicole, die jetzt schon England erreicht haben musste. Ob sie die Reise mit seinem kleinen Sohn gut überstanden hatte? Ob sie wieder schwanger war? Genug dafür getan hatten sie ja während ihres Besuches. Er lächelte vor sich hin. Nie hätte er gedacht, dass es im Bett mit einer Frau so schön sein könne, wenn es eben nicht nur bei der Vereinigung der Körper blieb, sondern wenn alles eins war, ihre Gefühle, ihr Denken, ihre Wünsche und Hoffnungen.

»Deck! Segel in Nordwest. Fünf Meilen.«

Es dauerte eine Weile, bis Watson begriff, was der Ausguck wollte. Dann aber war er wieder ganz in der Realität seines Schiffes zurück. Er lief zum Achterdeck und brüllte schon während des Laufes seine Befehle. »Kurs Nordwest! Signal an *Caravelle*: Kurs auf unbekanntes Segel. Alle Segel setzen.«

Als er das Achterdeck erreichte, brummte das Schiff schon in hektischer Betriebsamkeit. Aber Watson reichte das nicht. Er blickte den Midshipman der Wache an. »Schnappen Sie sich ein Teleskop und entern Sie auf!«

Nach einer Weil wurde er ungeduldig und blickte ärgerlich nach oben. Aber der Midshipman meldete schon: »Dreimaster, allem Anschein nach Handelsschiff. Heißt jetzt die amerikanische Flagge.«

»Das kostet die nichts und muss gar nichts bedeuten«, bemerkte Watson ungeduldig zu seinem

Ersten. »Lassen Sie bitte ›Klar Schiff zum Gefecht‹ machen.«

Die Maate pfiffen, Seesoldaten trommelten, und alle Kanonen wurden bemannt. Der Dritte Leutnant machte sich mit seinem Kommando fertig, denn alle Schiffe wurden durchsucht, ob sie ungesetzliche Ladung führten oder Deserteure an Bord hatten. In diesem Kommando waren Seeleute, die vorher auf möglichst vielen Schiffen gedient hatten, damit die Wahrscheinlichkeit, Deserteure zu entdecken, größer war.

Als sie nahe genug am amerikanischen Handelsschiff waren, drehte die *Junon* mit ausgerannten Kanonen bei. Die *Caravelle* segelte achtern vom Amerikaner in Schussposition. »Erwarten Sie unser Durchsuchungskommando!«, rief der Erste Leutnant hinüber. Der Amerikaner holte die Segel ein.

Als sich der Kutter der *Junon* der Dreimastbark näherte, starrten ihnen von der Reling finstere und abwehrende Gesichter entgegen. Jeder neutrale Handelsschiffer hasste die ständigen britischen Kontrollen. Die Amerikaner ärgerten sich besonders. Sie hatten die britischen Rotröcke zu Lande oft genug geschlagen, aber jetzt als eigener Staat mussten sie sich diese Demütigungen gefallen lassen, weil ihre eigene Flotte erst in den Geburtswehen lag.

Die Briten hörten manchen Fluch, als sie an der Jakobsleiter emporkletterten. Taue und Hölzer der Leiter schienen auch besonders mit Dreck eingeschmiert zu sein.

Der Leutnant von der *Junon* ließ sich dadurch nicht irritieren, begrüßte den Kapitän höflich und sagte ihm, dass er alle seine Leute an Bord antreten lassen und ihm seine Schiffspapiere zeigen möge.

»Eines Tages werde ich noch erleben, dass dieses Meer wirklich ein freies Meer ist«, knurrte der Kapitän und ging voraus in seine Kajüte. Dort zeigte er seine Papiere, die der Leutnant und der Sekretär der *Junon* durchsahen. Aber er bot ihnen kein Getränk an.

Der britische Maat prüfte unterdessen an Deck die persönlichen Papiere der Besatzung und schaute sich jeden Mann genau an und sprach mit ihm. Wie oft hatte sich schon ein Deserteur durch seinen britischen Dialekt verraten. Die britischen Seeleute standen im Halbrund mit schussbereiten Musketen dabei.

Am linken Rand des Halbkreises wartete Edward Press, Vollmatrose, und konnte vor Angst kaum atmen. Dort drüben, bei den Amerikanern stand sein älterer Bruder Joseph. Er war nach Amerika ausgewandert, als die Kolonien unabhängig wurden, kam vor drei Jahren, um seine alten Eltern zu besuchen und seine Braut nachzuholen. Da griff ihn ein Presskommando.

Ohne Rücksicht verschleppten sie ihn auf ein britisches Kriegsschiff und zwangen ihn in den Dienst des Königs. Ein Jahr später schrieb er dann, dass er in einem portugiesischen Hafen geflohen und mit einem amerikanischen Schiff nach Amerika gesegelt sei. Sein Braut möge allein nachkommen.

Edward würde seinen Bruder nie verraten. Ihm war Unrecht angetan worden, nicht umgekehrt. Eben trat wieder ein britischer Seemann vor und zeigte auf einen Amerikaner: »Er war anno nulleins auf der *George* im Mittelmeer, Kanone Nummer acht, Oberdeck.«

Der ›Amerikaner‹ bestritt alles und fiel vor Aufregung in einen unverfälschten Londoner Slang. Der Maat griff ihn und stieß ihn zu seinen Leuten.

Die Amerikaner fluchten laut und drohten. Die Briten hoben ihre Musketen.

Jetzt waren sie bei Edwards Bruder. Er hatte Edward unauffällig zugezwinkert und schien die Ruhe selbst. Er zeigte seine Papiere und antwortete im breiten Dialekt eines Südstaatlers. Als der Maat sich die Tätowierung auf seinem Unterarm zeigen ließ, sah er das Wappen von Südkarolina. Aber er war noch misstrauisch: »Kennt ihn keiner?«, fragte er seine Leute. Keiner antwortete und Edward schüttelte den Kopf. Der Maat ging weiter zum nächsten Amerikaner. Edward atmete tief durch.

Der Maat fand noch einen Deserteur. Der Leutnant schickte einen kleinen Trupp in die Laderäume, dann war die Durchsuchung beendet. Edward trat unauffällig an die Reling und spuckte seinen Priem aus. Sein Bruder nahm ein Tau auf, das dort aufgerollt lag.

»War schön, dich zu sehn, Ed. Geht's den Eltern gut?«, quetschte er zwischen den Zähnen hervor, ohne seinen Bruder anzusehen.

»Ja. Und dir und Nelly?«

»Gut. Wir haben einen Sohn. Er heißt wie du. Hör zu: Zwei Stunden von hier im Nordwesten segeln vier französische Fregatten, Kurs Guadeloupe. Sag es erst drüben. Gott segne dich!«

»Dich und deine Familie auch.«

»Was quatscht du da?«, forschte der britische Maat.

»Ich hab gesagt, dass es Zeit wird, dass wir von diesem Drecksschiff runterkommen, Mr Lerton.«

»Na, dann geh man voran.«

An Bord der *Junon* wartete Edward Press noch, bis die Bark wieder Segel gesetzt und Fahrt aufgenommen hatte. Dann suchte er seinen Divisionsoffizier und berichtete, was ihm ein Amerikaner gesagt hatte. »Er schien die Franzosen noch mehr zu hassen als uns, Sir.«

Der Leutnant ging mit ihm zum Achterdeck und bat, dem Kapitän eine Meldung erstatten zu dürfen.

»Nur zu, Mr Dail«, sagte Kapitän Watson.

Der Leutnant berichtete, was Ed gesagt worden sei.

»Warum hast du das nicht auf dem Amerikaner gleich dem Dritten Leutnant gesagt?«, fragte ihn Mr Watson.

»Der hat gesagt, ich dürfe es erst hier sagen. Seine Leute würden ihn totschlagen, wenn wir zurückfragen und die herausbekommen, was er mir verraten hat«, antwortete Ed.

»Und du glaubst ihm?«

»Ja, Sir.«

Mr Watson bedankte sich bei Mr Dail und entließ ihn. Als Ed auch gehen wollte, hielt er ihn zurück. »Noch einen Augenblick!«

Kapitän Watson ging mit ihm an die Reling, wo sie keiner hörte, und sagte leise: »Ich weiß, dass dein Bruder als britischer Deserteur in Amerika ist, Ed. Wenn du sagst, dass du ihn auf dem Amerikaner nicht gesehen hast, segeln wir ihm sofort hinterher und durchsuchen ihn noch einmal nach deinem Bruder. Wenn du zugibst, von ihm die Information zu haben, streiche ich deinen Bruder als ›auf der Flucht ertrunken‹ aus der Liste der Deserteure und such die Franzosen. Du hast mein Wort.«

Ed ließ den Kopf hängen. »Er hat es mir gesagt, Sir.«

»Gut. Dann hat er noch etwas für sein Land getan. Jetzt weiß ich, dass die Meldung stimmt. Sag niemandem etwas von unserem Handel, Ed. Mein Wort gilt. Ich verlass mich auf deins.«

Eds Gesicht leuchtete auf. »Vielen Dank, Sir. Sie können sich auf mich verlassen, Sir.«

Watson nickte und lächelte ihm zu. Dann rief er den Ersten und den Master.

Sie sichteten die vier Fregatten nach zwei Stunden. Die segelten in Kiellinie.

Die *Caravelle* blieb eine Meile hinter der *Junon*. Die Briten stießen von schräg vorn auf die vier Fregatten zu. »Die beiden mittleren segeln ›en flûte‹, Sir«, meldete der Erste.

Die vier Fregatten wichen unmerklich etwas von ihrem Kurs ab, um das Zusammentreffen mit den Briten hinauszuzögern.

»Lassen Sie unsere Flagge hissen, und lassen Sie einen Kanonenschuss abfeuern, damit sie ihre zeigen sollen«, befahl Watson seinem Ersten.

Die *Junon* zeigte ihre Flagge, feuerte die Kanone, aber die anderen segelten weiter, ohne sich darum zu kümmern.

»Verdammt! Wollen die uns zum Narren halten?«, schimpfte Watson. »Näher heran! Buggeschütze fertig zum Feuern.«

Die *Junon* hatte mehr Segel gesetzt und näherte sich schnell den vier Fregatten.

»Zwei Schüsse vor den Bug!«, befahl Kapitän Watson, und der Batterieoffizier rief es durch die Sprechtrompete zu ihren Bugkanonen.

Alle spähten durch die Teleskope, was geschehen würde. Die Einschläge lagen dicht vor dem Bug der ersten Fregatte, aber die änderte nicht den Kurs.

»Sie hissen die spanische Flagge, Sir«, meldete der Erste.

Watson sah es selbst durchs Teleskop. »Wir haben doch die spanischen Geheimsignale. Schlagen Sie schnell das Signal für diesen Tag nach, Mr Dail!«

Leutnant Dail meldete nach kurzer Zeit: »Blaue Streifenflagge am Vormast, Ball am Hauptmast, Sir.«

Watson fragte den Signal-Midshipman: »Haben Sie gehört?«

»Aye, aye, Sir.«

»Na, dann hissen Sie es. Aber schnell! Und die Antwort, Mr Dail?«, fragte Watson weiter.

»Rote Flagge mit weißem Kreuz am Vormast, Sir«, antwortete Dail.

»Sir, die Antwort stimmt!«, rief der Erste Leutnant ungläubig und zeigte auf die rotweiße Flagge am Mast der ersten Fregatte. »Das sind Spanier!«

»Vorsicht! Das glaube ich nicht. Backbordseite fertig zum Feuern!«, rief Watson und starrte konzentriert durch sein Teleskop.

Die Fregatte drüben war auch feuerbereit. Und die Offiziere beobachteten ihn wie er sie. Jetzt zeigte einer drüben auf etwas seitwärts von der *Junon*. Im Hintergrund hörte Watson eine heisere Stimme, unverständlich. Beim Franzosen lief jetzt einer zum Flaggenmast. Er holte die spanische Flagge ein.

»Fertig zur Breitseite!«, brüllte Watson. »Ruder fünf Punkte nach Steuerbord! Feuer!«

Jetzt schrie die heisere Stimme in sein Ohr: »Bö von backbord achtern, Sir!«

Es war der Master mit seiner verdammten Heiserkeit. Und da traf die Bö auch schon die unvorbereitete *Junon* und warf sie so herum, dass ihr Heck zur Fregatte zeigte, die jetzt die französischen Farben wehen ließ.

Ihre Schüsse trafen durch den jähen Windstoß nur zum Teil, aber die Antwort des Franzosen schlug in ihr Heck ein, zerfetzte das Ruder und krachte durch das Deck.

»An die Kanonen!«, brüllte Watson. »Steuerbordbatterie fertig zum Feuern!«

Steuerbord von ihnen erschien jetzt die zweite französische Fregatte. Die wollten die *Junon* in die Mitte nehmen.

»Feuer!«, schrie er, und die meisten Kanonen schossen. Sie trafen den Franzosen schwer. Aber der schob sich weiter an ihre freie Breitseite und schoss zurück. Wieder fetzten Kugeln durch das Deck, rissen Splitter los, die sich in das Fleisch von Seeleuten bohrten und diese zu gellenden Schreien trieben.

Die Sanitäter rannten und schleiften Verwundete unter Deck. Am vorderen Niedergang trieb ein Seesoldat unerfahrene farbige Matrosen zurück, die sich unter Deck flüchten wollten.

»Setzt mehr Segel!«, rief Watson einer Gruppe von Seeleuten zu. »Wir müssen hier raus.«

Aber vor ihren Bug legte sich eine der französischen Fregatten, die nur einen Teil ihrer Kanonen an Bord hatte, versperrte ihnen den Weg und feuerte mit ihren wenigen Kanonen auf die *Junon.*

Jetzt half nur noch, so schnell und genau wie möglich zu schießen und den Franzosen möglichst viel Schaden zuzufügen. »Schießt tief auf ihren Rumpf! Feuert schneller! Tempo!«, brüllte Watson durch die Sprechtrompete. Da schlug ihm eine

Kugel die Sprechtrompete vom Mund und zerfetzte seinen linken Unterarm.

Watson stöhnte vor Schmerz und wusste doch, das war nur ein Vorbote des wahren Schmerzes. »Bind mir mein Tuch um den Oberarm, aber schnell!«, rief er einem Matrosen zu. Der tat es, und Watson trieb weiter die Geschützbedienungen an.

Leicht Verwundete folgten seinem Beispiel und blieben bei den Geschützen. Aber dem Ersten Leutnant zerschlug eine Kugel den Oberschenkel, und er musste unter Deck.

Dann hörten sie von fern eine Salve. Mein Gott, ist das die *Caravelle*?, fragte sich Watson. Die soll doch abhauen und Hilfe holen. »Schießt schneller!«, rief er unentwegt und griff auch mit der rechten Hand zu, wenn eine Kanone nicht schnell genug wieder an die Luke gezogen wurde.

Der Schmerz in seinem Unterarm war jetzt unerträglich, aber er lief hin und her und trieb an. Dann merkte er, dass das Deck immer leerer wurde. Die Pulveräffchen fielen zu Boden, sobald sie aus dem Niedergang auftauchten. Er sah sich um.

Die vierte französische Fregatte hatte sich hinter ihr Heck geschoben. An ihrem Deck, auf ihren Aufbauten hockten überall französische Armeesoldaten, die mit diesem Schiff transportiert wurden. Ihre Musketen fegten das Deck der *Junon* förmlich frei.

Jetzt schoben sich auch die beiden ersten Franzosen näher an die Breitseiten der *Junon*. Watson zog seinen Säbel heraus. »Bereit zur Abwehr von Enterern! Vorwärts Leute!« Da traf eine Kugel seine rechte Kniescheibe und zerschmetterte sein Gelenk. Er sank zu Boden.

»Schafft den Kapitän unter Deck!«, rief Leutnant

Dail. »Folgt mir!« Und er stürzte sich auf die Franzosen, die von beiden Seiten ihr Deck stürmten. Sie rissen ihn einfach um und schlugen zu Boden, wer noch Widerstand leistete.

»Schmeißt die Toten über Bord!«, befahl ein französischer Offizier. »Die Gefangenen aufs Vordeck! Sie und Sie untersuchen mit einem Trupp, wie es unter Deck aussieht«, befahl er zwei Maaten.

Die *Junon* lag schwer im Wasser. Watson war vorübergehend ohnmächtig, als ihn der Schiffsarzt provisorisch verband. »Wir müssen an Deck, Sir!«, rief der Schiffsarzt in sein Ohr. »Das Schiff nimmt zu viel Wasser. Wir sinken.«

Er trieb seine Helfer an, die Verwundeten an Deck zu schaffen.

Der französische Leutnant wollte die Verwundeten erst zurückweisen, aber dann meldeten ihm seine Maate, dass die *Junon* nicht zu retten sei.

»Merde!«, fluchte er und schickte einen Melder zu seinem Kommandanten. »Die Gefangenen müssen auf die Flute«, befahl er und rief dem Schiff vor dem Bug zu, es solle an der Seite anlegen.

Watson war wieder bei Bewusstsein, als sie ihn an Deck schleiften. »Sind unsere Verluste groß?«, fragte er keuchend.

»Bestimmt über zwanzig, Sir«, antwortete der Schiffsarzt. »Darunter auch der Leutnant der Seesoldaten. Und es werden noch mehr sterben, Sir.«

Die eine Fregatte en flûte kam längsseits zur *Junon*. Matrosen trieben die Gefangenen von einem Schiff zum anderen. Die Verwundeten wurden von den Unverwundeten getragen und gezogen. An Deck der Fregatte stand ein breitschultriger Maat.

»Vorwärts, ihr verdammten britischen Hunde. Jetzt könnt ihr mal Scheiße fressen.« Und er trat Watson, der gerade vorübergeschleppt wurde, mit seinem Bein gegen den Knieverband. Watson wurde ohnmächtig.

»Du verdammter Schinder!«, rief Edward Press und wollte sich auf den Maat stürzen. Aber zwei Franzosen rissen ihn zurück, und der Maat rammte ihm seine Faust in den Magen, dass er zusammensank und stöhnte.

»Euch werden wir es in den nächsten Tagen noch zeigen, ihr verdammten Britenhunde«, drohte ihnen der Maat an.

Sie stießen die Gefangenen in einen leeren Laderaum. Watson lag neben seinem Ersten auf einer schmutzigen Decke in einer Ecke. Der Schiffsarzt der *Junon* trommelte unentwegt an die verrammelte Tür und schrie: »Bringt einen Arzt, aber schnell: Wollt ihr Gefangene verbluten lassen? Um Christi willen.«

Von draußen fluchten sie, er solle sein Maul halten. Nach einer Weile wurde die Tür aufgerissen. Bajonette drohten herein. »Her mit euern Offizieren!«, schrie der Maat von vorhin.

Der Schiffsarzt dachte, nun sollten sie ärztlich versorgt werden, und ließ Watson und den Ersten zur Tür bringen. Aber die Franzosen schleppten die beiden roh und ohne Rücksicht auf die Wunden weg, dass Watson vor Schmerzen schrie.

In einer Kammer setzen sie die beiden auf Stühle und rissen ihnen die Oberkleider hinunter. »Ihr sagt mir jetzt alles über eure Schiffe vor Guadeloupe. Wer patrouilliert dort und wo? Du fängst an«, und er zeigte auf Watson.

Der schüttelte nur den Kopf. Der Maat gab einem

Matrosen ein Zeichen und der schlug Watson mit einer Peitsche über den Oberkörper. Der schrie auf.

»Du britisches Schwein wirst noch ganz anders winseln, wenn ich mit dir fertig bin«, drohte ihm der Maat. »Antworte jetzt!«

Watson schüttelte den Kopf, und der Matrose schlug dreimal zu. Watson schrie und wimmerte.

»Hört auf, ihr Bestien!«, brüllte der Erste Leutnant. Da schlugen sie ihm die Peitsche über den Körper, dass er auch seinen Schmerz hinausschrie.

Plötzlich wurde die Tür aufgerissen. Ein Offizier stand in der Tür. »Was geht hier vor sich?«, fragte er.

»Wir verhören sie, Monsieur«, antwortete der Maat.

»Wer hat das angeordnet?«

»Niemand, Sir. Aber der Kapitän wird sich freuen, wenn er weiß, wo die Briten warten.«

»Die Leute sind ja verwundet. Und es sind Offiziere. Bringt sie sofort ins Schiffslazarett, aber vorsichtig«, befahl der französische Offizier. »Und Sie melden sich beim Kapitän«, sagte er zum Maat.

Als der französische Schiffsarzt die Verbände untersuchte, nahm Watson alle seine Kraft zusammen und sagte in seinem besten Französisch: »Unser Arzt ist auch an Bord.«

Der Franzose gab einem seiner Helfer den Auftrag, seinen britischen Kollegen zu holen. Als der erschien, verständigten sie sich in Französisch und Latein über die Wunden.

»Wir müssen amputieren, Sir«, sagte der britische Arzt zu Watson. »Wir haben keine andere Wahl.« Und er reichte ihm eine Flasche mit Kognak.

Auch der Erste erhielt die Flasche. Dann hoben sie Watson auf eine Holzpritsche, gaben ihm Laudanum und begannen mit dem linken Arm. Beide Ärzte verstanden ihr Fach und verständigten sich mit kurzen Gesten und Bemerkungen. Watson war in Ohnmacht gefallen, und sie schnitten und sägten, so schnell sie konnten.

Als Watson aufwachte, saß der britische Schiffsarzt neben ihm. »Es ging alles gut, Sir. Wir haben glatte Stümpfe und konnten gut vernähen. Sie müssen jetzt Suppe essen und ruhig liegen, dann heilt alles gut. Drücken Sie die Sonden nicht ab, die aus den Verbänden gucken.«

»Ich bin ein hilfloser Krüppel«, stöhnte Watson.

»Unsinn, Sir. Sie kriegen Prothesen und können wieder laufen und anfassen. Lassen Sie sich nicht gehen. Hier liegen andere von unserem Schiff, denen geht es schlechter. Die schauen auf Sie, Sir.«

»Na gut, ich werde es schon schaffen«, murmelte Watson und drehte den Kopf zur Seite.

Die *Caravelle* hatte alle Segel gesetzt, dass die Masten vor Spannung surrten. Commander Bear lief nervös auf dem kleinen Achterdeck hin und her, blickte auf die Segel und dann wieder zu den Ausgucken. »Eine Guinea, wer zuerst eines unserer Schiffe sieht!«, schrie er durch die Sprechtrompete zu den Ausgucken.

Die spähten schon so intensiv, dass sie immer wieder die Augen abwischten. Hier vor Guadeloupe mussten doch ihre Schiffe patrouillieren. Wo waren sie denn bloß, verdammt noch mal?

Doch dann sichteten sie gleich drei Segel auf einmal: die *Acaste*, die *Penelope* und die *Diligente*. Der Ausguck im Hauptmast hatte sich das Geld verdient.

Die *Caravelle* setzte ihr Erkennungssignal, das Signal »Habe dringende Nachrichten« und feuerte eine Kanone, um den Signalen Nachdruck zu verleihen.

Die beiden britischen Fregatten und die Sloop *Diligente* setzten auch ihre Erkennungssignale, und von der *Acaste* weht zusätzlich das Signal »Kommandanten zum Rapport!«

Nicht nur von der *Caravelle*, auch von *Penelope* und *Diligente* strebten die Kapitänsgigs zur *Acaste*. Formeller Empfang, hastige Begrüßung und eilige Meldung in der Kajüte. Commander Bear wollte sofort melden, aber Kapitän Proctor wehrte ab. »Noch eine Minute, dann ist auch Kapitän Lees bei uns, und Sie brauchen sich nicht zu wiederholen.«

Der ist wirklich so fischblütig und langweilig, wie sie alle sagen, dachte Commander Bear, zwang sich aber zur Ruhe, bis auch Kapitän Lees am Tisch saß und am Wein genippt hatte.

Auf ein Nicken von Kapitän Proctor begann Bear: »Etwa zwei Stunden hinter mir segeln vier französische Fregatten und die von ihnen gekaperte *Junon* mit Kurs auf Guadeloupe.«

Jetzt konnte Bear die Überraschung in ihren Gesichtern genießen. Selbst Proctor beugte sich vor. »Die *Junon* gekapert? Erzählen Sie, Mann.«

Bear berichtete, wie die *Junon* die vier Fregatten, von denen zwei en flûte segelten, zur Identifikation aufforderte, wie diese spanische Flaggen und das korrekte Geheimsignal setzten, wie die *Junon* sich ihnen mit ausgerannten Kanonen näherte, plötzlich von einer Bö herumgerissen wurde und von den Franzosen übers Heck beschossen und in die Zange genommen wurde.

»Ich bin noch herangesegelt und habe einer Fregatte das Heck beharkt, aber dann hatten sie die *Junon* völlig umklammert. Ich musste einsehen, dass nichts zu helfen, sondern nur noch zu melden und zu warnen war.«

»Richtig«, murmelte Proctor. »Möchte wissen, warum Watson so nahe herangegangen ist. Wissen Sie, welche Fregatten es waren, Mr Bear?«

»Alles Vierzig-Kanonen-Schiffe, Sir. Ich konnte *Renommée, Clorinde* und *Seine* erkennen. Die vierte, eine Flute, lag zu unglücklich, um ihren Namen zu lesen.«

Proctor überlegte einen Moment und befahl dann als dienstältester Kommandant: »Sie segeln sofort weiter nach Pointe-à-Pitre und benachrichtigen alle, die sie treffen. Sie sollen uns zu Hilfe kommen. Wir warten nordwestlich von Désirade.«

Am nächsten Tag sichtete die *Acaste* die *Cleopatra*, und Kapitän Proctor war froh, dass er nun durch Kapitän Brenton als Dienstältester abgelöst wurde.

Kapitän Brenton dirigierte die ganze Flottille in breitem Suchfächer in Richtung auf die Saintes, aber sie sichteten nur Fischerboote. Während der Nacht lagen sie mit eingeholten Segeln zwischen Marie Galante und Guadeloupe.

Im Morgengrauen sichteten sie ein Segel, das ihre Aufmerksamkeit mit Signalraketen wecken wollte. Es war die *Caravelle*. Sie hatte die beiden Fregatten en flûte westlich von Basse Terre gefunden.

Sofort setzte die Flottille alle Segel und steuerte

Kap Vieux-Fort an. Sie umrundeten das Kap, passierten den Hafen von Basse Terre, der keinen Hinweis auf die beiden Fregatten gab, und segelten weiter nach Vieux Habitants. Der Wind war ungünstig, und sie mussten von der Küste wegkreuzen.

Als sie wieder auf das Land zuhalten konnten, entdeckten sie die beiden Fregatten. Sie wollten anscheinend Basse Terre anlaufen.

Nun steuerten *Acaste* und *Cleopatra* mit *Diligente* einen Kurs, um die Franzosen abzuschneiden. Die anderen Schiffe verlegten ihnen den Rückweg. Die Franzosen retteten sich in die kleine Bucht von Anse la Barque bei Marigot, die durch Batterien geschützt war.

Kapitän Brenton postierte zwei Fregatten und eine Sloop vor der Bucht und segelte mit *Cleopatra* und *Caravelle* zur nächsten Bucht in Richtung Norden. Die *Caravelle* erkundete die Wassertiefe. Die *Cleopatra* folgte ihr. Dann setzten sie mit Kuttern achtzig Seesoldaten und Matrosen aus, die die eine Batterie von Land aus stürmen sollten.

Das Kommando wurde von Leutnant Ebel, Erster Leutnant der *Cleopatra,* kommandiert und traf am Ufer auf keinen Widerstand. Sie stiegen bergan und schickten nicht nur einen Erkundungstrupp voraus, sondern sicherten sich auch nach den Seiten ab. Wenn sie ins Landesinnere schauten, sahen sie den Vulkan Soufrière aufragen. Aber meist hatten sie keinen freien Blick, sondern kämpften sich durch Büsche und Bäume voran.

Ein Mann vom Vortrupp kam zurück und meldete, dass die Batterie zweihundert Meter vor ihnen läge. Leutnant Ebel wollte sofort wissen, ob die Batterie zum Land hin durch einen Wall geschützt sei und Schussfeld habe.

»Nur ein hüfthoher Holzzaun, Sir. Die Büsche reichen bis dreißig Meter heran. Wir haben nicht einmal einen Posten gesehen.«

Vorsichtig schoben sie sich in Position. Die Ankunft der französischen Fregatten, die Vorposten der britischen Flottille, das alles hatte die Offiziere und Kanoniere so sehr aus ihrer monatelangen Lethargie herausgerissen, dass sie alle nur zur Bucht starrten und von Zeit zu Zeit eine Kanone abfeuerten, um die Briten auf Distanz zu halten.

Leutnant Ebel ließ seine Leute bis an den Zaun vorrücken, der aus alten eingerammten Pfählen bestand. Sie überprüften ihre Musketen und bereiteten sich vor, nach der ersten Salve die Batterie zu stürmen. Der Leutnant teilte ein, wer nachladen und der Sturmgruppe Feuerschutz geben sollte. Nichts störte ihre Vorbereitungen.

Dann krachte die Salve, und sie stürmten mit Geschrei in die Stellung. Viele Kanoniere lagen am Boden. Einige wehrten sich mit Bajonetten und den Stangen, mit denen sie die Geschosse einrammten. Viele flohen den Abhang zur Küste hinunter. Die Briten schossen ihnen hinterher.

Der Widerstand war erloschen. Leutnant Ebel ließ erbeutete Waffen einsammeln und die Kanonen vernageln. Gefangene Offiziere schickte er mit einem Vortrupp zu den Schiffen. Die Mannschaften ließen sie laufen. Ebel beobachtete die Franzosen in der Bucht, die Menschen und Material an Land brachten. Dann meldete ihm der Feuerwerker, dass der Munitionsbunker mit Lunten bereit zur Sprengung sei.

»Abmarsch«, befahl der Leutnant. »Lunten zünden.«

Sie waren etwa hundert Meter gegangen, als die

Munition in die Luft flog. Von dieser Batterie schoss so schnell niemand mehr.

Einer ihrer Sicherungstrupps brachte einen gefangenen Reiter. »Er sagt aus, dass die Franzosen gefangene Briten an Land gebracht haben, Sir.«

»Das sind sicher die Leute von der *Junon*«, bemerkte Leutnant Ebel. »Weiß er auch, wohin sie geschafft werden?«

»Zu einer Plantage in Richtung Marigot, Sir.«

Er meldete es Kapitän Brenton. Der schickte die *Diligente* zur Aufklärung, aber die einfallende Nacht verhinderte weitere Aktionen.

Am nächsten Morgen tauchte aus Norden ein großes Segel auf. »An Deck! Flaggschiff in Sicht!«, meldete der Ausguck.

Kaum war die *Neptune* dicht genug heran, da setzte sie schon das Signal: »Kommandant zum Rapport!«

Kapitän Brenton ließ sich hinüberpullen und wurde von David und Kapitän O'Byrne in der Admiralskajüte begrüßt. Er nahm das angebotene Glas Claret, aber dann fragte David ungeduldig. »Was wissen Sie über die *Junon*, Kapitän Brenton?«

»Sir, sie wurde von den Franzosen überwältigt. Die zwei Fregatten en flûte, die sich hier in der Bucht verstecken, sollen Gefangene angelandet haben. Die Aussagen stützen sich auf Beobachtungen von Commander Bear und die Aussagen eines Gefangenen, den mein Landungstrupp gestern machte, als er die Batterie auf dem nördlichen Hügel sprengte.«

»Was ist über die anderen beiden Fregatten bekannt?«

»Nichts, Sir.«

»Dann wollen wir sofort die *Penelope* und die *Caravelle* zur Suche ausschicken. Veranlassen Sie das bitte, Mr O'Byrne. Aber sie sollen nur erkunden, nicht angreifen. Und Sie studieren jetzt bitte mit mir die Karte, Mr Brenton«, sagte David.

Nachdem beide die Lage der Batterien und der vermuteten Plantage markiert hatten, ließ David Alberto rufen.

»Ich habe einen heiklen Auftrag für dich, Alberto. Du sollst mit Mustafa und vier freiwilligen Rangern hier an Land gehen, in dieser Richtung aufklären und einen Gefangenen machen, der weiß, wer auf der Plantage untergebracht wird und wie die Bewachung ist. Es besteht die Möglichkeit, dass Kapitän Watson dort ist. Nehmt Barry mit. Und viel Glück!«

»Aye, aye, Sir. Wird erledigt, Sir.«

David klopfte ihm auf die Schulter, und Alberto ging.

Als O'Byrne zurückkam, sagte ihm David, dass sie die südliche Batterie auch ausschalten und dann die Fregatten aus der Bucht holen oder sie versenken müssten.

»Wie stark war der Widerstand bei Ihrem Trupp, Kapitän Brenton?«

»Überhaupt kein Widerstand, Sir. Keine Verteidigungsanlagen in Richtung Landseite, nicht einmal Wachen.«

»Ja«, sagte David. »Jahrelange Langeweile und Schlamperei. Kann uns Ihr Leutnant mit zwei oder drei Leuten bei unserer Landung begleiten?«

»Selbstverständlich, Sir.«

»Gut, dann schicken Sie sie heute Abend. Wir greifen morgen früh in der Dämmerung an und werden gleichzeitig von See aus die Fregatten beschießen. Lassen Sie uns noch die Einzelheiten klären.«

Alberto kam mit seinem kleinen Trupp am späten Nachmittag zurück. Sie führten einen Mulatten bei sich, der gut gekleidet war.

»Sir, der Frenchie hier weiß, was auf der Plantage los ist. Er führt dort die Bücher und sollte nach Marigot, um Schreiben beim Advokaten abzuholen. Ich habe ihm gesagt, dass er für seine Auskünfte belohnt wird.«

»Gut gemacht, Alberto. Lasst euch von Edward etwas zu trinken geben.«

Dann wandte sich David zum Mulatten und suchte seine Französischkenntnisse zusammen. Wieder einmal ärgerte er sich, dass er zu bequem war, die Kenntnisse häufiger aufzufrischen. »Monsieur, was können Sie mir über die Besucher auf der Plantage sagen?«

»Das sind keine Besucher, Monsieur, das sind britische Gefangene, zum Teil verwundet. Ist Ihnen die Auskunft etwas wert?«

»Ich zahle Ihnen den Gegenwert von zwei Guineen, wenn Ihre Auskunft gut ist und stimmt.«

Der Mulatte nickte und begann seinen Bericht über die Gefangenen. Die Verletzten waren in der Obhut des britischen Schiffsarztes, die Gesunden würden im Lagerhaus durch die Miliz bewacht. Ja, bestätigte er auf Davids Rückfrage, Offiziere seien auch dabei, sogar der Kapitän, aber der sei schwer verwundet, ein Bein und ein Arm amputiert.

David wurde ganz schwach vor Sorge. Dann erkundigte er sich nach den Wachen, den Anmarschwegen und allem, was für eine Befreiungsaktion notwendig erschien. Er beugte sich über die Karte. Nein, unmöglich war das nicht, im Gegenteil.

Dann wandte er sich wieder dem Mulatten zu. »Sie müssen bis morgen an Bord bleiben und werden gut untergebracht und verpflegt. Wenn stimmt, was Sie gesagt haben, erhalten Sie morgen Ihr Geld und können zurück.«

Als Kapitän O'Byrne wieder in die Kajüte zurückkehrte, teilte ihm David mit, was der Mulatte gesagt habe. »Watson ist also lebensgefährlich verwundet. Wir müssen ihn und seine Leute herausholen. Und ich werde selbst mit dem Trupp gehen, Paul, während die anderen die Batterie angreifen.«

O'Byrne war entsetzt. »Aber David, Sie als Admiral können doch keinen Stoßtrupp an Land führen! Sie sind der Flottenchef. Die Admiralität vierteilt mich, wenn Sie bei einem solchen Himmelfahrtskommando ums Leben kommen.«

David lächelte. »Das täte mir Leid, Paul. Aber es ist kaum ein Risiko dabei. Und Sie wissen doch, Watson ist fast ein Schwiegersohn für mich. Was soll ich seiner Frau sagen, wenn er dort umkommt? Und ich kenne mich doch mit solchen Stoßtrupps nun einmal am besten aus.«

»Ja, leider haben Sie das schon zu oft gemacht, David. Und einmal muss es schief gehen. Und Watson ist nur einer von den vielen Menschen, die Ihnen anvertraut sind.«

»Alles, was Sie sagen, stimmt, lieber, alter Freund. Aber ich muss es tun. Machen Sie es mir nicht zu schwer.«

David stieg mit Ekins und den für die Angriffe auf die Batterie und die Plantage vorgesehenen Offizieren auf die *Diligente* um, und sie kreuzten langsam vor der Küste, an der sie in frühester Dämmerung landen wollten. Sie studierten jeden Winkel und jeden Abschnitt des Strandes. Alberto informierte sie über die Wassertiefen.

Die *Neptune* und die *Acaste* würde einen Angriff auf die Fregatten in der Bucht vortäuschen und die Aufmerksamkeit auf sich ziehen, während die Trupps landeten. Sie würden gemeinsam den ersten Weg landeinwärts vorrücken. Dann würde David mit dreißig Männern auf dem eingezeichneten Fahrweg zur Plantage vorrücken, während der Haupttrupp zum Angriff auf die Batterie hügelwärts abbog.

David ordnete an, dass sein Trupp zehn Tragen mit sich führen müsste, die aus zwei dünnen Spieren und einem dazwischen befestigten Segeltuch bestanden. Er rechnete mit zehn gehunfähig Verwundeten. Die befreiten gesunden Gefangenen könnten die Verwundeten transportieren.

Alle hatten dunkle Kleidung. Alle waren für Landungsunternehmen ausgebildet. Viele konnten Messer werfen. Alberto und Mustafa hatten ihre Windbüchsen dabei.

Noch war nichts von der Dämmerung zu ahnen, da ruderte die Gig mit Alberto, Mustafa und vier ausgewählten Männern zum Strand. Sie erkundeten noch einmal die Landungsstelle und postierten sich dann so mit Blendlaternen, dass nur ein schmaler Lichtstrahl seewärts zu sehen war. Diesem folgten die Kutter mit den Landungstrupps.

Die Männer stapften an Land, unter ihnen auch David. Er hatte nur eine dunkelblaue Jacke ohne Rangabzeichen und eine lange dunkle Hose an. Am

Arm hatte er die Manschette mit den Wurfmessern umgeschnallt. Ein Leibgurt trug Pistole und Säbel.

Jeder fand seinen Platz, und dann stapften sie los. Der Sandstrand war schmal. Sie umgingen die Mangrovenbäume mit ihren bizarren Wurzeln, die die Mündung eines kleinen Baches säumten. Drei Mann liefen mit dem Schäferhund Barry voraus. Dann folgten David, Major Ekins und der Erste Leutnant der *Cleopatra*.

Sie gingen vorsichtig und leise tastend. Allmählich hob sich die Dämmerung. Man konnte schon fünfzig Meter weit sehen. Rechts von ihnen stand ein kleines Wäldchen mit den gelb blühenden Catalpa-Bäumen. Jetzt müsste gleich der Fahrweg zur Plantage kommen, an dem sie sich trennen wollten. David trat nach rechts raus, verabschiedete sich von Major Ekins, und seine Leute sammelten sich um ihn.

Albert und Mustafa standen neben David, Barry saß vor ihm, und die anderen standen im Halbkreis dicht herum.

»Wir drei gehen mit Barry vor. Die Messerwerfer setzen sich nach links und rechts ab. Die anderen in Zweierreihen mit Abstand. Ihr drei wie verabredet als Nachhut. Los geht's!«

Sie folgten dem Fahrweg. David und seine beiden Begleiter waren dreißig Meter voraus. Barry musste schnuppern und horchen. Nach zehn Minuten knurrte er leise.

David winkte zum Haupttrupp, dass sie halten sollten. Die Männer duckten sich am Wegesrand. David schlich mit seinen Leuten langsam voran. Dort stand am Wegesrand eine kleine Hütte, auf die jetzt aus Richtung der Plantage langsam ein Neger zuschlenderte.

»Eine Wache, die aufpassen soll, dass keine Erzeugnisse beiseite geschafft werden. Wir müssen ihn uns schnappen.«

Sie schlichen leise voran. Der Neger setzte sich auf eine kleine Bank und döste vor sich hin. Auf einmal stand Mustafa vor ihm und hielt ihm den Gewehrlauf vor die Brust.

»Ganz ruhig«, sagte David. »Dann passiert dir nichts.«

Der Neger riss die Augen weit auf und nickte.

»Wie weit ist es zu den Häusern, wo die Gefangenen sind?«

Der Neger machte den Mund auf und zu und stieß schließlich heiser hervor: »Zweihundert Meter.«

David fragte ihn aus, wie viele Häuser es seien, wie viel Männer Wache stünden und wo. Dann sagte der Neger noch: »Heute werden sie abgeholt.«

David schickte Mustafa schnell zurück, die anderen zu holen. Alberto musste nach vorn, bis er die Häuser sah. Dem Neger wurden die Hände gebunden. Barry saß vor ihm und fletschte die Zähne.

David sammelte die Leute um sich, berichtete, was er erfahren hatte, und teilte fünf Mann für das Wohnhaus mit den Verwundeten und fünfzehn Mann für den Schuppen ein. Der Rest würde im Umkreis Deckung geben und Fluchten und Überraschungen verhindern.

Sie gingen voran. Der Neger war bei ihnen, bis er das Wohnhaus und die Posten vor dem Lagerhaus zeigen konnte. Dann knebelten sie ihn, fesselten ihm die Füße und ließen ihn zurück.

Sie waren an einer Ecke des Wohnhauses angekommen und drückten sich im Schatten der Mauer zusammen. Die fünf Mann für dieses Haus schlichen zur Tür. David mit Alberto und Mustafa krochen zum Lagerhaus. Sie mussten die Posten ausschalten. Dann würde Alberto wie der Tapeur, der Guadeloupe-Specht, gackern, und sie würden die Gebäude stürmen.

David hockte hinter einem kleinen Busch und sah einen Posten gelangweilt an der Mauer lehnen. Aber jetzt wurde er angerufen, und ein Mulatte kam auf ihn zu. Er fragte ihn etwas, und der Posten antwortete, aber sie konnten es nicht verstehen. David hielt Alberto und Mustafa mit einer Handbewegung zurück, bis der Mulatte weiterging. Dann gab er Alberto ein Zeichen. Die Windbüchse machte ›Plopp‹, und der Posten sank lautlos zusammen.

David rannte mit Mustafa auf ihn zu. Mustafa stieß ihm zur Sicherheit das Messer ins Herz. Dann schlich er mit David dem Mulatten hinterher. Er würde sie zu den anderen Posten führen. Alberto folgte.

Der Mulatte sprach schon mit einem anderen Posten, der an einem Baum stand. Als er weiterging und sich weit genug entfernt hatte, erhielt Mustafa sein Zeichen und schoss. Wieder sank ein Posten zusammen. Er wand sich noch, bis ihn Mustafas Messer völlig tötete.

David war schon mit Alberto dem Mulatten nachgeschlichen. An der dritten Ecke des Lagerhauses hatte sich der Posten hingesetzt. Der Mulatte schimpfte mit ihm, und der Posten erhob sich. Er antwortete böse, und beinahe hätten sie sich geschlagen.

Da rief eine Stimme vom Wohnhaus. Anscheinend wollte jemand wissen, was da los sei. David erschrak. Jetzt durfte niemand stören. Vom Wohnhaus kam eine Gestalt mit Hut heran. Ein Weißer. Er fragte den Mulatten. Der antwortete. Der Weiße gab dem Posten mit einer Peitsche einen Schlag auf den Rücken und schimpfte mit ihm.

Dann gingen der Mulatte und der Weiße weiter. Der Posten drohte mit der Hand hinter ihrem Rücken, als er zusammensank. Alberto hatte gut getroffen. Sie huschten hinter den beiden anderen her. Dicht hinter der Ecke hielten sie an. Nur fünf Meter entfernt standen die beiden mit einem anderen Posten. Wenn die jetzt weitergingen, trafen sie auf die Toten. David nahm ein Messer in die Hand, deutete auf Mustafa und dann auf den Mann, der rechts stand. Dann wies er Alberto den Weißen in der Mitte zu. Er bewegte den Arm mit dem Messer, um locker zu sein. Dann zischte er leise zwischen den Zähnen und warf. Neben ihm machte es zweimal ›Plopp‹.

Dem Mulatten und dem Weißen wurden die Köpfe zerschmettert. Der Posten erhielt Davids Messer in den Hals und gurgelte, bis ihm David den Säbel in den Leib rannte.

David sah sich um. Dort war die Tür zum Lagerhaus. Er winkte die beiden an die Seiten der Tür und gab Alberto einen Wink. Der gackerte wie der Specht. Sie warteten noch einen Moment, bis sie ihre Leute über den Hof huschen sahen. Dann öffneten sie die Tür.

Vor dem Wohnhaus hatte ein Maat mit seinen vier Mann gewartet. Er war dreißig Jahre alt und seit acht Jahren bei der Flotte. Vorher war er Wilderer und ein berüchtigter Messerstecher in Cornwallis gewesen. An Bord hatte er das Alberto gesagt, dem er zugeteilt war. Der hatte nur geantwortet: »Was du warst, zählt hier nicht, nur was du bist und wirst. Und wenn du hier mit dem Messer auf einen losgehst, wirst du die Hölle erleben. Wenn du deine Pflicht tust, wird es dir gut gehen.«

Der Mann aus Cornwallis hatte seine Lektion gelernt. Er war Albertos Freund geworden und bei jedem Stoßtrupp dabei. Der Admiral nickte ihm manchmal zu. Vielleicht würde er auf der nächsten Prise Bootsmann.

Als er Albertos Signal hörte, öffnete er leise die Tür mit dem Messer und schlich in den Gang. Unter einer Tür schimmerte Licht. Leise, aber schnell öffnete er die Tür und hielt dem Mann, der neben einem Bett hockte, das Messer an die Kehle. »Kein Wort!«, zischte er.

Der Mann flüsterte: »Ich bin britischer Schiffsarzt«, und der Maat lockerte seinen Griff.

»Wer ist das?«, fragte er leise und zeigte auf den stöhnenden Mann im Bett.

»Kapitän Watson. Er hat hohes Fieber.«

»Wo sind die anderen?«

Der Arzt zeigte auf das Nebenzimmer. »Vier liegen dort und vier im Obergeschoss. Dort schläft auch die Familie, aber tut ihr nichts. Sie waren gut zu uns.«

Der Maat nickte und schickte zwei, die Tragen zu holen. Mit den anderen schlich er ins Obergeschoss. Dort postierten sich zwei mit Säbeln und Pistolen vor dem Zimmer der Familie. Er ging mit dem Schiffsarzt zu den Schwerverwundeten. Sie sagten ihnen, dass sie gleich geholt werden würden, dass sie aber leise sein müssten. Einen nahm der starke Maat gleich auf den Rücken und trug ihn leise die Treppe hinunter.

Unten wartete einer mit Tragen. Draußen liefen

andere herbei. Es waren die Gefangenen aus dem Lagerhaus. David hatte zwanzig zum Tragen zum Wohnhaus geschickt. Andere hatten die Waffen der Posten aufgenommen. Jetzt luden sie mit Hilfe des Schiffsarztes Kapitän Watson vorsichtig auf die Trage und schleppten ihn aus dem Haus.

Draußen beugte sich David über die Trage. »Wer sind Sie?«, fragte er den Schiffsarzt.

»Joshua Anders, Schiffsarzt der *Junon*, Sir.«

»Wird er durchkommen?«

»Ich weiß es nicht, Sir. Die Amputationen verliefen gut, aber jetzt hat er hohes Fieber. Er braucht Ruhe und Pflege.«

David rief Alberto. »Du gehst voran zum Strand. Zehn Mann mit Gewehren und acht Mann mit vier Tragen. Gleich einbooten.«

Alberto hob nur die Hand, deutete auf eine Reihe von Männern, wies die Träger ein und marschierte los. Der Schiffsarzt wollte mit ihnen gehen, als auf einmal der nahe gelegene Berg in die Luft zu fliegen schien. Er stockte vor Schreck.

David rief: »Sie haben das Magazin der Batterie gesprengt. Beeilung jetzt! Tempo!«

Albertos Trupp hastete los. Andere schleppten Tragen aus dem Haus. Die Plantagenbesitzer waren wach geworden und wurden von zwei Posten in Schach gehalten. David sagte ihnen, dass ihnen nichts geschehen würde, wenn sie ruhig seien und sie ziehen ließen. Dic beiden alten Leute versprachen es ängstlich.

Draußen formierte sich der Rest zum Abmarsch. Die Befreiten der *Junon* stützten ihre leichter verwundeten Gefährten. David winkte, und der Trupp zog davon. David fragte Mustafa, wie viele Männer noch hier seien.

»Die zwei oben im Haus und drei, die uns den Rücken decken sollen.«

»Dann ruf alle. Wir gehen los«, und er tätschelte Barry den Kopf, der sich an ihn drängte.

Die Sonne war strahlend aufgegangen. Jetzt konnten sie sich nicht mehr verbergen. David lief mit seinen Leuten den anderen hinterher, die vorausgegangen waren. Vorn sah er an der Seite einen größeren Trupp warten. Es war Major Ekins mit dem größeren Teil seiner Männer.

»Wie ist es gelaufen, Mr Ekins?«, fragte David.

»Perfekt, Sir. Keine Verluste. Alle Geschütze vernagelt oder gesprengt. Ich habe nur einen kleinen Trupp mit Ihren Trägern mitgeschickt. Mit dem größeren Trupp wollte ich den Rückzug decken, Sir.«

»Sehr gut. Wir sind die Letzten. Sie folgen uns dann. Halt! Hören Sie mal!«

Sie horchten. Trommeln wurden im Marschtakt geschlagen. David schüttelte den Kopf. »Ihre Miliz rückt an. Damit sie nicht durcheinander latschen wie eine Entenherde, lässt ein Kommandeur die Trommeln schlagen. Das ist doch eine Operettentruppe. Die wird uns hoffentlich nicht viel Kummer bereiten.«

Sie sichteten die Miliz nicht einmal. Sie hörten die Trommeln den Berg hinaufziehen, während sie sich am Strand einschifften. Die *Diligente* lag mit ausgerannten Kanonen da und beschützte das Einbooten. David war erpicht darauf, dass sie schnell zur *Neptune* segelten. Dr. Cotton sollte Kapitän Watson untersuchen.

Als David kam, hatten sie Watson schon in seine Schlafkajüte gebracht, und Dr. Cotton untersuchte ihn und fragte Schiffsarzt Anders nach dem Verlauf der Amputation. Dann richtete sich Cotton auf und sah David ernst an.

»Es steht auf der Kippe, Sir. Die Operationen sind gut erledigt. Eine Kanüle muss ich freimachen. Aber das Fieber kann ihn töten. Ich werde es mit Tropfen und Kompressen bekämpfen. Er ist ja jung und kräftig. Hoffentlich hat er den Willen zur Genesung.«

»Warum denn nicht?«, fragte David.

Cotton hob die Schultern. »Wenn einer durch die Welt gegangen ist, wie Apoll so schön, und hat auf einmal nur ein Bein und einen Arm, dann kann ihn das schon um den Verstand bringen.«

David schüttelte den Kopf. »Ihn nicht. Er hat Frau und Kind. Ich werde um ihn kämpfen.«

David ließ sich von den Überlebenden die Ereignisse schildern, die zum Verlust der *Junon* geführt hatten. Sie berichteten auch, wie ein Maat und Matrosen der *Loire* Kapitän Watson und andere Gefangene gequält und gefoltert hatten. Aber die Offiziere wären eingeschritten, und der Schiffsarzt habe sehr geholfen.

»Watson hätte nicht so ungestüm angreifen dürfen«, sagte David später zu O'Byrne.

»Er hatte es ja wohl auch anders vor, aber dann kam diese Bö, die ihn unvorbereitet traf, weil er die Warnung des heiseren Masters nicht hörte. So jedenfalls entnahm ich den Erzählungen seines Ersten Leutnants, der ja auch ziemlich schwer verwundet ist.«

David schlug mit der Hand auf den Tisch. »Wenn ein Master nicht sprechen kann, dann gehört ein Mann an seine Seite, der seine Meldungen laut wiederholen kann, verdammt noch mal.«

»Ja, aber es gibt nicht viele Menschen, die immer an alles denken.«

David nickte. »Leider. Nun muss ich gegen Watson noch ein Kriegsgericht wegen des Verlustes seiner Fregatte beantragen, sofern er überlebt. Aber jetzt sollten wir an Deck und den Franzosen einheizen. Lassen Sie bitte Major Ekins einen Landungstrupp bereithalten, wenn sich Franzosen an Land retten wollen.«

Diligente, Cleopatra und *Acaste* segelten langsam dichter in die Bucht hinein. Die *Neptune* folgte. Die französischen Fregatten schossen auf die eindringenden Briten, und am Ufer hatten sie noch eine Batterie errichtet, die die Briten von der Flanke packte.

Boote holten die britischen Fregatten und die Sloop herum, sodass ihre Breitseiten auf die Franzosen schießen konnten. Die *Neptune* feuerte mit ihren schweren Zweiunddreißigpfündern auf die Batterie am Strand, die die Stellung in kurzer Zeit umpflügten.

Kapitän Brenton stand auf dem Achterdeck seiner *Cleopatra* und sagte dem Ersten Leutnant: »Hoffentlich können wir einen Franzosen als Prise rausholen. Ein wenig Prisengeld könnte ich gut gebrauchen.«

»Da wären alle einverstanden, Sir«, antwortete der, hatte aber nicht viel Hoffnung, denn beide Franzosen litten schwer unter der britischen Kanonade.

»Sir, die eine Fregatte holt die Flagge ein«, meldete O'Byrne dem Admiral.

»Bitte signalisieren Sie, dass das Feuer gegen diese Fregatte eingestellt wird. Setzen Sie ein Enterkommando aus. Wir müssen die Burschen gefangen nehmen«, ordnete David an.

Kurz darauf explodierte das Achterdeck der anderen Fregatte. Die Seeleute sprangen über Bord. Ein brennendes Stück Holz setzte ein Segel der ersten Fregatte in Brand.

»Feuer einstellen! Boote aussetzen! Gefangene machen! Strand abriegeln!«, befahl David.

Die Franzosen sprangen von ihren Schiffen ins Wasser und ließen sich von den Briten auffischen. Einige schwammen auch zum Strand, wo britische Seesoldaten sie erwarteten.

»Verdammt, nun wird nichts mit den Prisen«, schimpfte Kapitän Brenton.

»Nein, nur das Kopfgeld bleibt«, bestätigte sein Leutnant und spielte auf die Geldprämie an, die für die Vernichtung feindlicher Kriegsschiffe in Abhängigkeit von deren Kanonenzahl gewährt wurde.

Die Fregatten brannten jetzt beide. Von Zeit zu Zeit erschütterten Explosionen die Rümpfe. Die britischen Boote brachten die Gefangenen an Bord ihrer Schiffe.

»Ich will nicht alle Gefangenen an Bord unserer Schiffe behalten«, sagte David zu seinem Flaggleutnant. »Nehmen Sie sich bitte ein halbes Dutzend Leute von der *Junon*, die die Folterer identifizieren sollen. Fragen Sie auch die Holländer und Italiener oder Deutschen, die bestimmt unter den Besatzungen sind, ob sie bei uns dienen wollen. Die Leute kommen alle auf die *Neptune*. Die anderen lassen sie bitte am Strand aussetzen, Mr Dickens.«

Aber am Strand tauchten jetzt immer mehr Leute der französischen Miliz auf und feuerten mit Musketen auf die britischen Boote.

David bat Mr O'Byrne, allen Schiffen zu signalisieren, dass sie mit Kanonenfeuer die Soldaten vertreiben sollten. »Die Gefangenen setzen wir dann an einer anderen Bucht aus.«

Die Briten segelten im breiten Suchschleier den Kurs, den die beiden anderen französischen Fregatten genommen hatten. Aber am dritten Tag sichteten sie nur die *Circe,* und Kapitän Trace berichtete, dass er die Fregatten vorgestern Abend vor Antigua gesichtet habe.

»Eine saß auf einer Untiefe fest, Sir, und ich griff sofort an«, berichtete Trace. »Aber während ich noch mit der einen Fregatte die ersten Schüsse tauschte, kam die aufgelaufenen Fregatte frei. Sie hatte Kanonen und einen Teil ihrer Ladung über Bord geworfen. Beide flüchteten dann in die Nacht. Ich habe sie die ganze Nacht verfolgt, aber am Morgen nicht mehr gefunden. Ich bin sicher, sie segeln nach Europa.«

»Nun gut«, sagte David. »Eine weitere Verfolgung scheint sinnlos. Aber segeln Sie mit der *Cleopatra* und der *Diligente* noch ein Woche weiträumige Aufklärung. Dann laufen Sie bitte Antigua an. Wir kehren jetzt dorthin zurück und werden dann die Blockade Guadeloupes verstärken.«

Sie hatten hundertvierundvierzig unverletzte Männer von der Besatzung der *Junon* befreien können. Acht schwer und neunzehn leichter Verwundete warteten auf ihre Wiederherstellung. Achtzehn Holländer, neun Italiener und elf Deutsche hatten sich zum Dienst auf britischen Schiffen gemeldet.

»Der Verlust der *Junon* ist schmerzlich, aber der Personalzuwachs ist den anderen Schiffen sehr willkommen. Übernehmen Sie bitte die Verteilung, Mr O'Byrne.«

»Selbstverständlich, Sir. Mr Dickens hat mir eben gemeldet, dass wir einen Maat und sieben Mann der *Loire* haben, die nach Aussagen des Ersten der *Junon* und acht anderer Zeugen Kapitän Watson und andere Gefangene gefoltert haben.«

David blickte Dickens an, der neben O'Byrne saß. »Was wissen Sie über die Folterer, Mr Dickens?«

»Der Maat ist Ire. Ein Seemann der *Acaste* behauptet, er habe vor sechs oder mehr Jahren auf der *Tiger* im Kanal gedient, Sir. Die anderen sind Franzosen, Sir.«

»Lassen Sie den Maat herschaffen. Ihn erwartet der Galgen. Die anderen werden von den Zivilgerichten zu Straflager oder zur Deportation verurteilt werden.«

Der Profos führte mit zwei Seesoldaten den Maat herein, dessen Hände gefesselt waren.

David blickte ihn an. Ein großer und brutaler Kerl. »Du hast Kapitän Watson und andere britische Gefangene misshandelt und gefoltert. Warum?«

Der Maat spuckte auf den Boden, was O'Byrne einen Fluch ausstoßen ließ. »Ich weiß nicht, wie die Kerle heißen, ich weiß nur, dass es britische Schweine sind wie die, die mich und meine Familie gequält und meine Eltern zu Tode geschunden haben. Ich werde alle Briten immer hassen und foltern. Nun weißt du es, du feiner Fatzke.«

»Wenn du die Briten so hasst, warum hast du dann auf der *Tiger* gedient?«

»Weil sie mich gepresst hatten«, stieß der Maat hervor, um dann sofort seinen Fehler zu erkennen. »Ich habe nie auf einem britischen Schiff gedient. Ich hätte es in Brand gesteckt.«

David schüttelte den Kopf. »Du bist so dämlich wie du groß bist. Deine Aussage eben haben drei Offiziere gehört, und einen Zeugen aus der damaligen Zeit haben wir auch. Du wirst an der Rahnock baumeln. Und bevor dein gemeines Leben deinen Körper verlässt, denke noch daran, dass man Unrecht nicht mit Unrecht vergelten kann. Wenn man dich gequält hat, kannst du mit der Folter an hilflosen Verwundeten nur beweisen, dass du genauso ein Unmensch bist wie die, die deinen Eltern das antaten. Führt ihn ab.«

Der Maat riss an seinen Ketten und fluchte. »Du goldbetresstes Arschloch! Auch dich werden sie einmal kriegen, und ich hoffe, dass sie dir die Haut abziehen, du verdammtes Schwein, du …«

Ein Seesoldat hatte ihm die Faust ins Maul gerammt, sodass er einen Augenblick verstummte.

»Lass das«, fuhr David den Seesoldaten an. »Werdet nicht wie er.«

Kapitän Watsons Fieber war fast ganz vorbei. Sein Arm- und Beinstumpf eiterten nicht. Davids Diener Edward stärkte ihn mit Bouillon und zartem Fleisch.

David setzte sich an sein Bett. »Wie schön, James, dass es Ihnen besser geht. Wir haben uns alle sehr um Sie gesorgt. Aber nun sind Sie über den Berg, wie Dr. Cotton versichert. Morgen werden wir in English Harbour einlaufen. Dann transportieren wir Sie zu den Dillons. Die haben auch mich damals gesund gepflegt. Besser können Sie es nirgendwo haben.«

Watson sah ihn lange unbewegt an und sagte leise: »Ich will nicht gesund werden, wie ihr es nennt. Ich will sterben und wenn ich nachhelfen müsste. Ich kann nicht als Krüppel vegetieren, ein Bild des Grauens für alle, die mich sehen. Eine Qual für meine Frau, die mich pflegen soll, der ich aber kein Mann mehr bin.« Er lehnte sich erschöpft zurück.

David legte die Hand auf seine gesunde Hand. »Nun hör einmal zu, James, und ich rede zu dir jetzt wie zu einem Sohn. Wenn du dir das Leben nehmen willst, dann tu es. Ich werde dich nicht festbinden. Aber ich werde dich als elenden Feigling im Gedächtnis behalten, der seine Frau und seine beiden Kinder verlässt. Ja, ich habe Post von Britta, dass deine Nicole wieder ein Kind erwartet. Und sie hofft so sehr, dass du wieder bei ihr bist. Sie würde dich auch ohne Arme und Beine nehmen, wenn sie dich nur umarmen und dir ihre Liebe beweisen kann. Sie liebt dich als Mensch, nicht als wohlgebauten Adonis. Ich werde dich verfluchen, wenn du sie unglücklich machst.«

David stand auf und ging.

Sein Sekretär, Mr Roberts, erwartete ihn in der großen Kajüte. »Sir, ich habe die Papiere für das Kriegsgericht vorbereitet. Es muss routinemäßig zusammentreten, weil Seiner Majestät Schiff *Junon* verloren ging. Und dann wäre da noch dieser irische Maat.«

»Ja«, antwortete David abwesend. »Genügend Kapitäne werden zusammenkommen. Da ist auch noch dieser Midshipman von der *Intrepid*, der einen Seemann ins Gesicht geschlagen haben soll. Liegen hier sichere Aussagen vor?«

»Ja, Sir, auch ein Leutnant hat es gesehen.«

»Dann soll der Kerl in Unehre aus dem Dienst Seiner Majestät entfernt werden. Solche Offiziere können wir nicht brauchen.«

»Sir, er ist der zweite Sohn eines Lords.«

David sah ihn an. »Kennen Sie mich so wenig, Mr Roberts?«

»Nein, Sir, aber Sie müssen es wissen, bevor Sie ihn schassen lassen, damit Sie sich gegen Intrigen wappnen können.«

David lächelte. »Ja, ich fing schon an mir einzubilden, dass Intrigen mir nichts mehr anhaben könnten. Aber das ist ein Fehler. Diese Politiker können jeden ruinieren.« Er drehte sich herum, denn es hatte an der Kajütentür geklopft. »Ja, was ist?«

Dr. Cotton sah herein. »Sir, Kapitän Watson möchte Sie gerne sprechen.«

Kapitän Watson lächelte ihn kraftlos und schuldbewusst an. »Verzeih mir, Onkel David. Ich habe Unsinn geredet. Ich werde meine Familie nicht im Stich lassen. Wie konnte ich nur so egoistisch denken. Was wissen Sie von Nicoles Schwangerschaft?«

»Ein Depeschenboot brachte Briefe aus English Harbour. Auch für dich ist einer dabei. Wir wollten ihn dir geben, sobald du ein wenig kräftiger bist.

Aber jetzt werde ich ihn holen lassen. Alle sind gut angekommen, und Nicoles Schwangerschaft verläuft ganz normal, wie Britta schreibt. Und sag du zu mir, wenn wir allein sind, ja, James?«

»Danke, Onkel David. Und mir fiel ein, sie machen auf dem Gut auch so gute Prothesen. Da werde auch ich wieder laufen können.«

»Aber natürlich, James. Da kann dir Edward Dillon schon eine Menge erzählen. Er ist ein großer technischer Tüftler und hat sich selbst eine Teilprothese konstruiert. So, jetzt erhältst du deinen Brief, und dann schläfst du.«

Das Kriegsgericht sprach den Kapitän und seine Offiziere von jeder Schuld am Verlust der *Junon* frei. Sie hätten tapfer gekämpft. Der Midshipman wurde unehrenhaft entlassen. Der Maat wurde zum Tod durch Erhängen verurteilt. Er wurde am selben Morgen gehängt, als Kapitän Watson zu den Dillons fuhr. David musste der Hinrichtung wieder beiwohnen und hörte die Flüche des Mannes, bis ihm die Luft abgeschnürt wurde.

Als David gehen wollte, trat Leutnant Dickens auf ihn zu.

»Sir, General Abercrombie läuft gerade in den Hafen ein.«

David sah ihn nachdenklich an. »Dann werden wir wohl endlich mit Guadeloupe aufräumen. Gehen wir, um ihn zu empfangen.«

Die Eroberung von Guadeloupe (Januar bis Mai 1810)

»Iss doch noch etwas Fleisch, hier das Rumpsteak oder die geschmorten Nieren. Das bisschen Toast und Ei gibt doch keine Kraft«, sagte General Abercrombie zu David.

»Wenn ich noch mehr zunehme, George, geht mein Flaggschiff unter. Ich kann nicht jeden Morgen wie du ein paar Kilometer reiten. Dazu ist unser Achterdeck zu klein.«

Abercrombie lachte lauthals. »Das wäre doch mal was! Mit einem Pferd auf dem Achterdeck.«

Sie saßen auf der Veranda des Clarence Hauses auf dem Hügel über English Harbour, das Prinz William Henry, Herzog von Clarence, 1787 bewohnt hatte. Nach dem Frühstück würden Abercrombies Stabschef und Davids Major Ekins zu ihnen kommen, um die Pläne für den Angriff auf Guadeloupe zu erörtern.

Abercrombie klagte David sein Leid. »Ich verfüge über zwanzig Bataillone. Davon sind zehn britisch, aber zum Teil weit von ihrer Sollstärke entfernt. Wir hatten in diesem Jahr auf Martinique und Dominica erhebliche Ausfälle durch Gelbfieber. Ich habe London förmlich angefleht, mir noch zwei Bataillone aus der Heimat zu schicken. Aber nein, sie haben keinen Mann frei. Es wird alles für Spanien gebraucht, und durch die verunglückte Invasion auf der Insel Walcheren in Holland hätten sie auch so viele Ausfälle, und zwar durch Fieber. Was sagst du nun?«

»Ja, Gott, Fieberepidemien gibt es überall. Du hast doch aber gute westindische Bataillone, George.«

»Fünf, um genau zu sein. Einige sind gut. In anderen haben sich zuletzt Desertionen gehäuft. Die York Rangers sind gut und loyal. Die Leichte Infanterie der York Freiwilligen sind überwiegend Holländer, und die Westindien-Ranger bestehen fast ausschließlich aus französischen Überläufern, Deserteuren und Gefangenen. Denen kannst du von zwölf Uhr bis mittags trauen. Was soll man mit solchen Truppen anfangen?«

»Ich würde dir gerne helfen, George, aber ich kann meine Seesoldaten ja nicht um diese unsicheren Kantonisten herum aufmarschieren lassen.«

»Drumherum nicht, David, aber hinter ihnen. In Feindesland desertieren die Leute fast nur nach hinten, wo sie durchmarschiert sind und das Land kennen. Nach vorn zum Feind läuft kaum einer weg, und zu den Seiten ist es ihnen zu fremd. Wenn jeweils eine Einheit Seesoldaten hinter ihnen vorrückt, ist mir sehr geholfen.«

»Nun gut. Das können wir gleich mit Ekins besprechen.«

Abercrombie hob die Hand. »Einen Moment, David. Ich muss noch etwas unter vier Augen erörtern. Man munkelt, du habest einen Stoßtrupp geleitet, der Kapitän Watson und andere Gefangene vom Festland geholt hat. Stimmt das, David?«

David nickte.

»David, ich kenne dich schon aus der Zeit, als du in Indien Piratenlager überfielst. Aber jetzt bist du Admiral. Wir haben einige Anstrengungen unternommen, um dir zu dem Kommando zu verhelfen, damit wir uns bei unseren Operationen auf die Flotte verlassen können. Bitte, setz das nicht alles aufs Spiel, David.«

»Wenn du dort gefangen wärst, George, würde ich es jederzeit wieder tun. Aber sonst sehe ich im Augenblick keine Notwendigkeit. Ich werde deine Worte beherzigen. Können wir nun gehen?«

Nur Abercrombies Stabschef bat um ein Glas Wein. Die anderen tranken am frühen Morgen Zitronen- oder Ananassaft. Sie warteten, bis der schwarze Butler den Raum verlassen hatte. Außer den Offizieren waren nur Abercrombies und Davids Sekretär anwesend.

»Ich muss keine langen Vorreden halten, meine Herren. Sie alle wissen, wie uns London im Nacken sitzt, wir sollten dieses Freibeuternest, dessen kleine Schiffe ständig einzelne Handelsschiffe in der Karibik überfallen, nun endlich besetzen. Aber Truppen können die Herren dafür natürlich nicht zur Verfügung stellen.« Abercrombie lachte bitter.

»Dann sollen sie uns wenigstens die alten Weiber aus den Londoner Salons schicken. Vor denen rennen die Franzosen auch davon«, knurrte Abercrombies Stabschef.

David unterdrückte ein Schmunzeln, und Abercrombie scherzte: »Das werde ich Ihrer Frau

Schwiegermutter petzen, Oberst Pickford. Aber nun lassen Sie uns einmal die Landungsplätze diskutieren, meine Herren. Wir müssen den Südteil von Basse Terre beherrschen, dann haben wir ganz Guadeloupe. Admiral Sir David schlägt vor, dass wir eine Division bei Sainte-Marie anlanden und an der Küste entlang nach Süden marschieren. Dabei kann uns die Flotte jederzeit unterstützen, und wir rollen die Forts auf, die uns sonst im Rücken stören könnten. Die andere Division sollte am Strand von Trois Rivière landen und ins Bergland hinter der Hauptstadt Basse Terre vorrücken.«

David ergänzte: »Und wir wollen an der Westküste noch bei Vieux Habitants landen und die Hauptstadt in die Zange nehmen.«

»Und was wird mit Beauport, Sir David?«, fragte Oberst Pickford.

»Beauport?«, wiederholte David überrascht.

»Das habe ich heute früh ganz vergessen«, bekannte Abercrombie. »Wir haben Nachrichten, dass die Franzosen die Besatzungen gekaperter Handelsschiffe bei Beauport, hier zwei Kilometer landeinwärts von Port Louis – er zeigte auf die Karte –, in einem Lager zusammengezogen haben und sie in den dortigen Zuckermühlen und -kochereien arbeiten lassen. Man könnte sie herausholen, ehe die Franzosen sie als Geiseln benutzen. Es ist kaum Militär in der Gegend.«

»Das machen wir. Dafür haben wir Landungstrupps«, sagte David.

Abercrombie sah David bedeutungsvoll an, und der ergänzte: »Major Ekins oder sein Hauptmann wird dieses Unternehmen leiten.«

Abercrombie zwinkerte ihm zu. »Dann können wir ja über die Transportkapazitäten und -termine sprechen. Unsere Truppen werden auf Antigua und Dominica gesammelt.«

Als David mit Ekins und Roberts auf die *Neptune* zurückkehrte, stöhnte er: »Jetzt geht die Arbeit mit der Einteilung der Schiffe, der Festlegung der Lade- und Segelzeiten los. Ohne Mr O'Byrne würde ich damit nie fertig werden. Und dann all diese unzähligen Befehle mit Kopien, Listen und so weiter.«

Roberts sah ihn an. »Sie denken an uns, Sir?«

»Ja, ich werde Mr O'Byrne bitten, Ihnen drei oder vier Midshipmen mit guter Handschrift zum Kopieren zu schicken. Aber vergessen Sie nicht, dass Sie die Daten erst ganz zum Schluss selbst einfügen, damit sich die jungen Herren nicht verplaudern können. Mr O'Byrne sagte mir übrigens, dass es immer schwieriger werde, junge Midshipmen mit guter Handschrift zu finden.«

»O ja, Sir, die jungem Herren lernen immer weniger. Sorgfalt ist nicht mehr modern.«

David unterbrach Mr Roberts, denn er wusste, dass diese Klagen über die Jugend bei ihm nie endeten.

»Mr Ekins, haben Sie erfahren, mit wie vielen britischen Gefangenen man bei Beauport rechnet?«

»Knapp zweihundert, Sir.«

»Donnerwetter, dann können wir ja die *D'Hautpoull* vielleicht doch noch nach England schicken«, sagte David.

Und in seinem Kopf begann ein Plan zu reifen, in dem Kapitän Watson eine Rolle spielte.

Watson lag inzwischen in einem der schönen Zimmer auf Dillons Plantage, hatte Ei und Toast zum Frühstück gegessen und fühlte sich deutlich besser als gestern nach dem Transport.

Edward Dillon saß an seinem Bett. »In diesem Bett hat auch mein Freund David vor über einem Dutzend Jahren gelegen, als er seine schwere Beinverletzung auf dem Schiff ignoriert hatte und kurz vor dem Wundbrand stand. Wir haben ihn wieder hochgepäppelt, nur sein leichtes Hinken erinnert noch daran.«

Watson seufzte. »Wenn es nur das bei mir wäre, dann hätte ich keine Sorgen, Mr Dillon.«

»Mein lieber Junge – ich darf zu dem Mann unserer Pflegetochter doch so sagen –, genau so habe ich auch gedacht, als eine Lafette mir den Fuß zerquetscht hatte. Ich dachte, nun tauge ich als Krüppel nichts mehr. Ich Dummkopf. Mein wahres Leben lag noch vor mir. Wenn Ihnen jetzt ein Arm und ein Bein fehlen und Sie wären arm und ohne Menschen, die Sie lieben, dann wäre das tragisch. Aber so? In ein paar Wochen haben Sie die bestmöglichen Prothesen, können wieder laufen und mit beiden Armen greifen. Und Sie haben eine Frau, die Sie liebt und nie im Stich lassen wird. Dafür kennen wir unsere Nicole zu gut. Sie ist schön, ja, sehr schön. Das sieht alle Welt. Aber sie ist auch klug, warmherzig, zuverlässig und treu. Das sieht nicht jeder. Wir wissen es, Britta und David wissen es, und Sie werden es sehr bald erfahren, wenn Sie es noch nicht wissen.«

»Ich weiß es schon, Mr Dillon. Sonst wollte ich nicht mehr leben. Jetzt will ich gesund werden.«

»Da können Sie bei unserer Pflege gar nichts dagegen tun. In einer Woche rollen wir Sie schon im

Rollstuhl daher und basteln die ersten Krücken. Ich denke bereits darüber nach, wie man sie am besten anpassen könnte.«

Watson lachte ein wenig. »Onkel David sagte, Sie seien ein Tüftler.«

Davids Schiffe waren in allen Winkeln der Antillen unterwegs. Sie segelten Patrouille oder sie geleiteten Transportschiffe, die die Truppen sammelten. Wieder andere spähten die Küsten und Häfen von Guadeloupe aus.

Unter ihnen war auch die *Circe*, die mit Major Ekins in den Gewässern vor Port Louis kundschaftete. Major Ekins und Kapitän Trace kannten sich seit langer Zeit und hatten manche Gefahr überlebt.

Kapitän Trace sagte: »Roger, in dieser Bucht könntest du am besten landen. Du bist gegen Sicht aus Port Louis geschützt und hast nur zwei Kilometer durch gedecktes Gelände vor dir. Dort hinten, wo der Rauch aufsteigt, vermute ich die Zuckermühlen. Wie viel Mann willst du mitnehmen?«

»Sechzig müssten ausreichen, Frederick. Wir müssen auch Tragen mitnehmen, falls Kranke dabei sind. Aber transportieren können die ja die gesunden Gefangenen.«

»Hoffentlich haben sie keine ansteckenden Krankheiten. Dr. Cotton soll auf dem Transporter für die Gefangenen einen guten Schiffsarzt mitschicken.«

»Gut, daran muss ich denken. Wenn wir wieder in der frühesten Morgendämmerung landen, dann müssten wir spätestens drei Stunden später wieder einbooten können.«

»So sehe ich das auch. Wir haben keine Batterie

hier und keine Kriegsschiffe in den nächstgelegenen Häfen. Ein Landausflug!«

Auf Dominica saßen am Rande eines Barackenlagers zwei Soldaten der Westindien-Ranger beisammen. Sie unterhielten sich leise im Dialekt der Bretagne.

»Wenn sie uns jetzt hierher transportiert haben, dann geht es bald los gegen Guadeloupe.«

»Sonst ist ja auch nichts mehr übrig, was sie noch erobern müssten, diese englischen Schweine.«

»Machst du mit? Ich will desertieren, wenn wir dort landen.«

»Aber wohin denn, du Dummkopf? Die brauchen für Guadeloupe doch auch nicht länger als für Martinique. Und dann kannst du dich in den Bergen verkriechen, von Früchten ernähren, die du nicht kennst, und warten, bis sich die Sklavenjäger mit ihren Bluthunden an Deserteuren das Kopfgeld verdienen. Und was die Engländer mit ihren Deserteuren anstellen, das hast du doch schon gesehen. Mir ist mein Hals gut genug. Ich will ihn mir nicht extra lang ziehen lassen.«

»Aber irgendetwas müssen wir doch tun!«

»Du kannst ihnen Sand ins Pulver schütten, wenn es keiner merkt, oder ihre Pferdegurte anschneiden. Aber was ist das schon? Wir müssen warten, bis wir einmal dort Wache stehen, wo ein amerikanisches Schiff anlegt. Wenn wir uns dort an Bord schmuggeln können, dann haben wir gewonnen, denn in Amerika wären wir frei.«

Die *Neptune* war auf dem Rückweg von Santo Domingo. David hatte dem spanischen Gouverneur einen Höflichkeitsbesuch abgestattet und war nun auf dem Weg nach Guadeloupe, wo die *Neptune* die Landungen bei Sainte-Marie decken sollte.

David saß am späten Abend an seinem Schreibtisch und schrieb an Britta. Er berichtete von Watsons Erholung und schilderte ihr das spanische Zeremoniell, mit dem er empfangen worden sei. *Und stell dir vor, der Adjutant hat mir für die Erholung in der Mittagspause eine schöne Señorita angeboten. Ich habe natürlich abgelehnt.*

David schmunzelte, denn er konnte sich denken, wie Britta darüber lachen würde. Wenn er wieder in England war, würde sie ihn noch necken und sagen: »Am Abend wäre es dir lieber gewesen, nicht wahr, mein Lieber?«

Dann wurden seine Gedanken schwerer. Er schrieb ihr von Admiral Kellys Brief. Sein Freund in der Admiralität hatte ihm mitgeteilt, dass sein Vorgänger versuche, die Vorwürfe gegen seine illegalen Machenschaften auf Marie Galante David in die Schuhe zu schieben. Erst nach seiner Ablösung sei es zu den Machenschaften gekommen.

Hugh Kelly hatte ihn beruhigt, er solle sich keine Sorgen machen, der Admiralität lägen Berichte des Generals Abercrombie und der Gouverneure von Barbados und Antigua vor, die das Gegenteil bewiesen. *Außer seinen engsten Freunden glaubt ihm hier keiner. Seine unehrenhafte Entlassung ist eher eine Frage von Tagen als von Wochen.*

David legte den Federkiel zur Seite. Zu seinem Hund sagte er: »Na, Barry, gehen wir noch ein wenig an Deck, bevor ich mich schlafen lege?«

Wenn der Schäferhund ›an Deck‹ hörte, wusste er

genau, was gemeint war, stand auf, reckte sich und sah seinen Herrn erwartungsvoll an.

Die *Neptune* segelte etwa fünfzig Kilometer südlich von Puerto Rico mit Kurs Südost zu Ost. Es war eine sehr dunkle Nacht. Der aufgehende Mond würde sich erst in zwei Stunden zeigen.

David ließ Barry zu seiner Sandschütte laufen, wo er sich entleeren durfte, und begrüßte in der Zwischenzeit leise den wachhabenden Leutnant. Es war Leutnant Russell, der ihm meldete, dass nichts Besonderes vorliege.

»Schöne Luft jetzt«, bemerkte David. »Der Tag war ganz schön schwül.«

»Ja, Sir. Die Leute gerieten beim Geschützdrill mächtig ins Schwitzen«, bestätigte Russell.

Barry drängte sich an seinen Oberschenkel und David sagte: »Komm, du kannst noch ein wenig schnuppern und horchen.«

Er ging an der Reling umher und marschierte dann nach vorn zum Vordeck. Und hier fing Barry leise an zu knurren und schnupperte immer wieder backbord voraus.

David rief einen Mann von der Wache an, der am Fockmast döste. »Geh zum Wachhabenden und melde ihm, dass ich drei Mann mit guter Nachtsicht und Nachtgläsern brauche. Backbord voraus ist etwas. Licht und Geräusche sind zu vermeiden.«

Der Mann sagte leise: »Aye, aye, Sir«, und verschwand.

Nach kurzer Zeit lief ein Midshipman mit zwei jungen Matrosen heran. »Sir, wo sollen wir suchen?«

David zeigte ihm die Richtung und sagte. »Das

Schiff muss sich nähern. Der Hund wird immer unruhiger.«

Die drei spähten in die Nacht. Dann meldete sich einer leise: »Ich hab's.«

Die beiden anderen schauten genau, in welche Richtung er sein Teleskop hielt und richteten ihre auch so aus.

»Ja, Sir, ein Zweimastschoner auf konvergierendem Kurs. Dreihundert Meter. Er würde kurz vor unserem Bug durchsegeln.«

David befahl: »Laufen Sie schnell zu Mr Russell. Kurs um fünf Strich nach Steuerbord ändern! Klar Schiff zum Gefecht ohne Geräusch und Licht. Laden mit Kettenkugeln.«

Der Midshipman sauste los. David ließ sich ein Nachtglas geben und sah hindurch. Ja, er erkannte einen dunklen Schatten. Aber was die jungen Burschen mit ihren Augen alles sahen, da konnte er nicht mithalten. Er ging zurück zum Achterdeck und musste mit Barry leise schimpfen, ehe der sich von dem Geruch und Geräusch losriss.

Um ihn herum rannten die schlaftrunkenen Seeleute zu ihren Kanonen. Auf dem Achterdeck stand O'Byrne, der nur Hemd und Hose übergezogen hatte. »Ein Zweimastschoner, sagen die Ausgucke. Läuft dicht vor unserem Bug vorbei«, berichtete David. »Sind Leuchtraketen vorbereitet?«

»Aye, Sir. Soll ich ihn anrufen?«

O'Byrne wusste, dass er die kräftigere Stimme hatte und dass David darin ungern mit ihm konkurrierte. »Gern, Mr O'Byrne«, sagte er.

Jetzt war es an der Zeit. Die Batterieoffiziere meldeten Feuerbereitschaft. David sagte: »Bitte zwei Leuchtraketen und Anruf!«

O'Byrne gab es weiter. Die beiden Leuchtraketen

erhellten einen Toppsegelschoner mit zwei Masten. Ein schnelles und schönes Schiff.

»Hier ist Seiner Britischen Majestät Schiff *Neptune*. Brassen Sie sofort die Segel back und erwarten Sie unseren Kutter!«, dröhnte O'Byrnes Stimme über das Wasser.

Auf dem Toppsegelschoner lief einer zum hinteren Fahnenstock und ließ die amerikanische Flagge wehen. Sonst änderte sich nichts.

»Schuss vor den Bug!«, befahl David.

Die Wassersäule sprang dicht vor dem Bug des Schoners aus dem Wasser. Jetzt rannte drüben Männer zu den Segeln, holten sie ein oder brassten sie back. Der Schoner verlor an Fahrt.

»Schicken Sie bitte einen Kutter rüber, Mr O'Byrne«, sagte David. »Meine beiden Bootssteurer sollen mit dem Hund mit rüber.«

Leutnant Norton kommandierte den Kutter. Alberto und Mustafa waren mit im Kutter und hielten Barry fest. Ihre Gewehre hatten sie nicht dabei, nur Entermesser und Pistolen.

Sie stiegen an Deck des Schoners, wo die Mannschaft sie mit bösen Blicken empfing. Mr Norton ordnete an, dass seine Leute mehrere Fackeln anzünden sollten, um das Deck zu beleuchten.

»He! Zündet mir nicht das Schiff an!«, schrie der Kapitän.

»Keine Sorge, wir kennen uns da aus. Sie können aber gern Ölleuchten anzünden lassen, damit wir genug sehen. Ich bin Leutnant Norton. Nennen Sie mir bitte Ihr Fahrziel und Ihre Ladung.«

»Wir segeln mit Kaffee von Caracas nach Charleston.«

Unter Deck waren dumpfe Axtschläge zu hören. »Verdammt, dieser verrückte Baron will in die Pulverkammer!«, rief ein älterer Matrose.

»Halts Maul!«, brüllte ihn der Kapitän an, wollte aber selbst unter Deck laufen.

»Halt!«, befahl Mr Norton und trat ihm in den Weg. Er zeigte auf Alberto und Mustafa. »Sie beide klären das mit vier Mann.«

Alberto rannte voran den Niedergang hinunter. Der Gang war schlecht erleuchtet, aber er sah dort einen Mann, der auf eine Tür einschlug.

Alberto zog die Pistole, prüfte schnell die Pulverpfanne und rief: »Halt! Hände hoch und langsam herkommen!«

Hinter Alberto drückten sich die anderen an die Wand. Ein Schuss krachte ihnen entgegen. Alberto war vom Mündungsblitz kurz geblendet, aber dann schoss er selbst und rannte schnell vorwärts. Die Pistole hatte er weggeworfen und sein Entermesser gezogen.

Ein junger Mann erwartete ihn und hob die Axt. »Nicht weiter!«, schrie er.

»Runter mit der Axt oder wir schießen!«

Der junge Mann riss den Mund auf und stürmte auf Alberto zu. Der streckte ihm sein Entermesser entgegen, aber neben ihm schoss Mustafa dem Mann eine Kugel in die Brust. Der Einschlag warf ihn nach hinten.

Alberto nahm ihm die Axt aus den Händen und sagte: »Schafft ihn an Deck! Zwei Mann bleiben hier zur Wache vor der Pulverkammer.«

Im Licht der Fackeln an Deck erkannten sie, dass der Mann eine Uniform trug. »Das ist doch eine französische Offiziersuniform«, sagte Norton und sah den Kapitän des Schoners an.

»Er kam in Caracas an Bord. Ein Baron, wahrscheinlich ein Diplomat.«

»Ach ja«, bemerkte Mr Norton sarkastisch. »Ein französischer Offizier aus dem spanischen Caracas, das mit Frankreich Krieg führt. Dieses Schiff werden wir genau durchsuchen, mein Herr.«

Seinen Männern befahl er: »Durchsucht die Mannschaft nach Waffen Bewacht sie scharf. Hier ist vieles faul. Mr Rosso, nehmen Sie sich fünf Mann und durchsuchen Sie unter Deck jeden Winkel. Und Sie, Herr Kapitän, begleiten mich und zwei Mann in Ihre Kajüte.«

Alberto fing in den Laderäumen an. Sie räumten die Kaffeesäcke zur Seite, um an die Wände zu gelangen, klopften alles ab und ließen Barry schnuppern. Die Männer fluchten über die Arbeit. In einen Seitenraum konnten sie nicht hinein. Er war verschlossen.

»Mustafa, hol uns einen Maat, der einen Schlüssel hat«, bat Alberto.

Nach kurzer Zeit kam Mustafa. »Hier soll der Franzose seine Sachen haben. Er hat den Schlüssel ins Meer geworfen, als wir kamen. Jetzt ist er übrigens tot«, sagte Mustafa.

»Na dann«, meinte Alberto und zeigte auf die Axt, die vorn noch im Gang lag. Abwechselnd schlugen sie auf die Tür ein. Endlich gab sie nach.

»Leuchte mal hinein!«, sagte Alberto.

Im Fackelschein erkannten sie drei große Truhen übereinander. Davor stand ein Sack, in dem es klirrte, als Alberto mit dem Fuß dagegen trat.

»Denkst du auch, was ich denke?«, fragte Alberto seinen Freund Mustafa.

Der nickte.

Alberto nahm sein Messer und ritzte den Sack oben ein wenig auf. Er zog den Ritz mit den Fingern auseinander und sah viele Geldmünzen. »Na, dann hole mal Hammer und Meißel«, bat er Mustafa. Der lief davon. »Und ihr beiden, hievt mir mal die oberste Kiste runter«, fuhr er fort.

Sie schafften es nicht zu zweit. Vier Mann hatten ihre Mühe. Mustafa sprengte den Verschluss mit dem Meißel auf. Alberto hob den Deckel. Goldstücke funkelten ihnen entgegen.

»Mein Gott«, stöhnte ein Matrose auf. »Nur jeder eine Hand voll, bitte.«

Alberto schnauzte ihn an. »Meinst du, ich will mir deswegen die Rippen bloßpeitschen lassen? Mustafa, sag Mr Norton leise, dass wir einen Schatz gefunden haben und Seesoldaten und einen zweiten Kutter brauchen.«

Mr Norton kam nach wenigen Momenten selbst herunter. Er sah die Truhe und stöhnte wie der Matrose: »Mein Gott! Ist das eine Menge. Und die anderen Truhen?«

»Ich wollte sie nicht unnötig aufsprengen lassen, Sir.«

Norton nickte. »Na, dann heben Sie sie mal an.«

Mustafa und Alberto konnten die Truhe nicht heben.

»Gut«, sagte Norton. »Sie beide bleiben in der Kammer. Die anderen halten draußen Wache. Ich lasse Taljen und Seile fertig machen.«

An Deck trampelten Schritte. Sie hörten die Stimme von Mr Cormack, dem Leutnant der Seesoldaten. Dann kam er selbst in die Kammer.

»Na, ihr Schatzsucher«, sagte er gut gelaunt. »Gibt es hier etwas für unsere Prisenkasse?«

Alberto klappte den Truhendeckel zurück, und Leutnant Cormack sperrte den Mund auf. Dann wurde er ernst. »Die Kiste wird sofort vernagelt. Dann kommt alles an Deck. Aber Sie begleiten jede Kiste mit zwei Seesoldaten, Mr Rosso. Und der Admiral verlangt, dass der Hund an jeder Wand schnuppern soll.«

Jede Truhe wurde einzeln mit der Pinasse zur *Neptune* gebracht. Man konnte kaum noch zählen, wie viele Taue zur Sicherung angebracht waren, wenn sie über Bord gehievt wurden.

Mustafa durchstöberte derweil die Kammer und ließ sich dann zeigen, wo der Franzose geschlafen hatte. Er entdeckte Papiere unter der Wäsche und legte sie beiseite. Dann ließ er Barry suchen. Ein Brett in der Wand war lose. Dahinter verbargen sich Karten und versiegelte Briefe. Mustafa packte alles in einen Wäschebeutel und schickte einen Matrosen damit zu Mr Norton. Dann wurden die Kajüte und die Mannschaftsquartiere durchsucht und nichts von Belang gefunden.

Draußen graute der Morgen. David befahl, die Maate an Bord der *Neptune* zu bringen, und schickte eine Prisenmannschaft an Bord des Schoners. Sie sollte im Kielwasser der *Neptune* bis Antigua segeln.

An Bord der *Neptune* wurden die Truhen, der Sack und die Papiere erst einmal in die Admiralskajüte gebracht.

David überflog die Papiere. Der Offizier an Bord des Schoners war ein Adjutant des Inselkommandanten von Guadeloupe gewesen. Ein Briefwechsel mit dem amerikanischen Kapitän bestätigte, dass dieser informiert war, dass er französisches Staatsgeld in Sainte-Anne abholen sollte. Der Franzose hatte Papiere dabei, die ihn bei amerikanischen Banken zur Einzahlung des Geldes und zur Verfügung darüber legitimierten. Die Franzosen hatten alle Goldvorräte der Regierung und der örtlichen Magistrate beschlagnahmt und wollten sie vor der Besetzung durch die Engländer aus dem Land schaffen. Hier stand auch die Summe, die David mit einiger Mühe in britische Pfund umrechnete. Fast vierzigtausend Pfund.

O'Byrne war fassungslos, als er die Nachricht erhielt. »Das kommt mir gerade recht. Dann können wir den kleinen Wald kaufen, der an unser Haus angrenzt. Mein Frau hat es mir gerade geschrieben, dass er zum Verkauf steht.«

David wünschte ihm Glück und dachte, dass auch Britta sicher wüsste, wie sie seinen Anteil nutzbringend anlegen konnte. Dann vertiefte er sich in die Papiere. Hier waren Karten von den Stellungen oberhalb von Basse Terre. Das würde Abercrombie erfreuen. Aber das hier, das war doch eine Abschrift von Abercrombies Befehl zur Bereitstellung der Truppen. Dann hatte er einen Spion in seinem Stab. »Zweihundert Franc übergeben an Mr B. O.«, stand auf der Rückseite. Das sollte helfen.

David sagte zu Mr O'Byrne: »Wir müssen etwas mehr Segel setzen. Ich will noch das viele Geld in Antigua anlanden, ehe wir vor Sainte-Marie die Landung decken. Man weiß nie, was passiert, und mir ist mit dem vielen Geld nicht wohl.«

»Wir könnten es in meine Kajüte bringen. Ich fühle mich in seiner Nähe ungemein wohl«, scherzte O'Byrne.

David lachte und klopfte ihm freundschaftlich

auf die Schulter. Dann kam ihm ein Gedanke und er fragte O'Byrne: »Sagen Sie, Paul, haben wir den Napoleon nun geschädigt, weil wir das Geld gefunden haben, das er erhalten sollte? Oder macht ihm das gar nichts aus, und er holt nur mehr aus den von ihm unterjochten Ländern heraus? Dann hätten wir doch nur die armen Leute geschädigt.«

O'Byrne sah ihn ganz konsterniert an. »So dürfen Sie dann aber auch nicht fragen, wenn wir ein französisches Kriegsschiff versenken. Sein Ersatz wird auch wieder vom Volk bezahlt.«

»Dann erreichen wir immer nur eine Verschiebung der Lasten?«, fragte David.

Jetzt kratzte sich O'Byrne hinter dem Ohr. Dann hellte sich sein Gesicht auf. »Nein, David, seine Reserven werden immer geringer, und das Volk wird immer unwilliger bei der Ausräuberei, bis es schließlich meutert. Und die Menschenverluste kann er noch viel schwerer ersetzen. Es hat alles seinen Sinn.«

»Na, Gott sei Dank«, sagte David und lächelte dabei hintergründig.

Am Morgen des 26. Januar 1810 lag die *Neptune* vor Sainte-Marie. Die Kanonen waren bemannt und ausgerannt, aber niemand behinderte die Landung. Abercrombies Erste Division hatte gestern die Insel Le Gosier besetzt und war auf alle verfügbaren Kutter und Barkassen umgestiegen, die nun von Sloops und Briggs zum Strand gezogen wurden.

Die Seeleute schauten zu und lachten, wenn ein Soldat am Strand ins Wasser fiel. Ein Teil ihrer Seesoldaten stand zur Ausschiffung bereit und würde die Nachhut der Truppen bilden, die die

Uferstraße südwärts in Richtung Trois Rivières vorrücken sollten.

Als die Truppen gelandet waren, segelte die *Neptune* langsam an der Küste parallel zur Straße entlang. Auf halbem Weg nach Capesterre war eine Schanze zu erkennen, die die Straße sperren sollte.

»Zwei Kanonen und ein paar Dutzend Soldaten«, meldete der Ausguck.

»Können wir noch näher ran?«, fragte David den Kapitän.

»Vielleicht noch fünfzig Meter, Sir. Aber mit langsamster Fahrt und ständigem Loten.«

»Gut, dann versuchen wir es. Querab von der Schanze ankern wir und schießen sie zusammen.«

Auf dem Bugspriet saßen Ausgucke. Am Bug warfen sie ständig das Lot. So tasteten sie sich heran. Dann schossen die großen Zweiunddreißigpfünder, und wo vorher eine Schanze war, sah man jetzt einen Sandhaufen und Krater. Ein Dutzend Soldaten rannte weg, verfolgt von den Kugeln der Scharfschützen auf der *Neptune*. Die anderen Soldaten waren tot oder verwundet. Die Erste Division musste nicht einmal anhalten.

Die Seeleute aßen ›in Schichten‹. Die noch an den Kanonen ausharren mussten, amüsierten sich über die Schlange der Soldaten, die die Straße entlangtrotteten. »Die werden ganz schön schwitzen, und Blasen an den Füßen haben sie auch«, meinte ein Matrose schadenfroh.

Am späten Nachmittag musste die *Neptune* noch einmal eingreifen. Bei Capesterre warteten zwei Batterien, und die Straße war auch mit umgestürzten Wagen und Balken blockiert. Diesmal schossen die Batterien zurück, und die Kanoniere auf der *Neptune* zogen den Kopf ein.

»Das Geräusch müssen die auch mal wieder hören, sonst denken sie noch, auf uns wird nicht mehr geschossen«, amüsierte sich O'Byrne auf dem Achterdeck. »Aber nun will ich endlich einmal Treffer sehen.« Und er feuerte seine Kanoniere mit der Sprechtrompete an.

Nach fünfzehn Minuten war alles vorbei. Die Batterien schwiegen. Soldaten schwenkten weiße Fahnen, und die Briten besetzten den Ort.

»So, jetzt müssen wir einen Teil der Verpflegung für die Truppen ausladen, Mr O'Byrne. Und ich werde General Hislop, der die Erste kommandiert, zum Essen einladen. Sie kommen doch auch?«, fragte David.

»Mit Vergnügen, Sir«, antwortete O'Byrne und ging davon, um das Ausladen der Verpflegung zu veranlassen.

Major Ekins stand neben Kapitän Trace auf dem Achterdeck der *Circe*. Ein Transporter segelte eine Meile seewärts von ihnen und kürzte jetzt die Segel. Ekins hatte nicht seinen goldbetressten roten Rock an, sondern die grüne Jacke der Ranger. Mit ihm waren sechzig Seesoldaten und Matrosen in der grünen Rangerkleidung an Bord.

»Der Mond wird gleich untergehen«, sagte Trace. »Dann nehmen wir Kurs auf die Küste. Ich bin sicher, wir treffen drei Kilometer nördlich von Port Louis auf die Küste. Ihr könnt die Mangroven nördlich umgehen und habt dann zwei Kilometer bis zum Lager.«

»Wenn etwas schief geht, feuern wir die rote Leuchtrakete«, erinnerte Ekins.

»Ein Boot von uns liegt am Ufer und gibt die

Nachricht mit Rakete weiter. Wir sind gerade noch in Sichtweite und segeln sofort heran. Sonst sind wir erst in drei Stunden wieder an der Küste.«

Nach einer Weile sagte Major Ekins zu Kapitän Trace: »Die Druckluftgewehre hätte ich gerne dabei, aber ich konnte den Admiral schlecht darum bitten. Wer weiß, wann er sie und seine beiden Maate braucht.«

»Ja, das ›tödliche Trio‹!«, scherzte Trace. »Aber du hast doch Messerwerfer. Damit ist der Admiral oft genug ausgekommen.«

Ekins und die vier Landungstrupps der Flotte mit ihren je fünfzehn Mann waren im ersten Morgengrauen unbemerkt gelandet und standen jetzt in einem großen Zuckerrohrfeld fast zwei Kilometer landeinwärts.

»Da vorn muss das Lager sein, Sir«, sagte ein Leutnant. »Ich hörte gerade einen Hahn krähen.«

»Gut, gehen Sie mit Ihren Leuten zur Sicherung wieder voraus. Wenn Sie das Lager sehen, warten Sie auf uns.«

Hundert Meter etwa waren sie leise und vorsichtig gegangen, als ein Mann der Vorhut sie anhielt. »Major Ekins möchte bitte nach vorn kommen!«

Ekins folgte dem Mann und hielt kurz darauf am Rand des Feldes an. Nur fünfzig Meter vor ihm war das Lager mit einem Zaun, Baracken, zwei Häusern aus Stein und einem qualmenden Schornstein.

»Haben Sie Wachen gesehen?«, fragte er den Leutnant.

»Ja, Sir, an jeder Ecke steht einer und zwei laufen um das Lager. Das Haupttor ist dort um die Ecke. Die Wachen trotten nur so vor sich hin.«

Ekins überlegte. »Wir pirschen uns in Deckung des Feldes zum Haupttor. Von dort schleichen je zwei Messerwerfer an jede Ecke und an das Tor. Die kleinen Büsche erleichtern die Annäherung. Scharfschützen decken die Messerwerfer. Wenn wir die Wachen erledigt haben, bleibt Trupp vier draußen. Wir anderen stürmen hinein.«

Es lief alles wie am Schnürchen. Die Posten waren sorglos und träumten vor sich hin, bis sie ein Messer in der Brust oder im Hals hatten. Einer stöhnte laut, aber niemand hörte ihn. Ekins stürmte durch das Tor. Die kleine Baracke dort schien das Haus der Wachen zu sein.

Ekins winkte zwei Trupps und lief auf das Haus zu. Drinnen begann ein Hund laut zu kläffen. Ein Fenster wurde aufgestoßen. »Verdammt, was ist da los?«, brüllte ein halb bekleideter Mann. Er erblickte die Angreifer.

»Alarm!«, brüllte er, verschwand kurz und tauchte wieder auf, eine Pistole in der Hand. Er schoss, und Ekins spürte den Schlag in der Schulter. Er drückte die Hand auf die Wunde.

»Granaten mit kurzer Lunte in das Fenster! Stürmt die Baracke!« Dann blieb er stehen und kämpfte den Schmerz nieder.

Die Handgranaten detonierten im Wachhaus. Die Briten stürmten hinein und schossen und stachen nieder, was sich ihnen entgegenstellte. Die Ersten gingen wieder hinaus und sahen Ekins, der in die Knie gesunken war. Sie riefen den Leutnant.

Der kam angelaufen, sah die Wunde und rief nach dem Sanitäter.

»Stellen Sie fest, was mit den Gefangenen ist. Sie müssen sich jetzt zum Abmarsch aufstellen. Sorgen Sie für die Tragen«, keuchte Ekins.

Der Leutnant ließ Ekins mit dem Sanitäter allein und rannte zu den anderen Baracken. Männer kamen heraus, ihre Habseligkeiten in der Hand. Viele jubelten und klopften den Soldaten auf die Schultern. Ein Sergeant der Seesoldaten rief: »Leise, Männer! Schnell aufstellen. Immer zu dritt!«

Andere kamen aus der Baracke und maulten, dass sie kommandiert wurden. »Wir können auch ohne euch gehen, verdammte Navy«, lamentierte ein Kerl, der sich seit Monaten nicht rasiert hatte.

Ein anderer im blauen Überrock lief auf den Leutnant zu. »Sir, wir haben einige Kranke hier und zwei, die sich bei der Arbeit verletzt haben. Wie können wir sie transportieren?«

»Wir haben Tragen mitgebracht, Sir. Zeigen Sie dem Sergeanten, wo die Männer sind. Aber es muss alles schnell gehen.«

Als die Soldaten mit Tragen herauskamen, rief der Leutnant: »Für jede Trage vier Freiwillige als Träger!« Gefangene liefen heran und nahmen die Tragen.

»Trupp eins und zwei mit den Tragen ab zum Rückmarsch. Korporal, Sie kümmern sich um den Major. Dann die Gefangenen: Marsch! Trupp drei folgt mit mir.«

Einer der Gefangenen trat demonstrativ aus der Reihe und maulte: »Ihr habt uns gar nischt zu sagen. Wenn ich eure Kommandos schon höre, möchte ich am liebsten hier bleiben.«

Der Leutnant zog seine Pistole. »Jeder hier untersteht den Kriegsartikeln der Flotte. Wenn du hier bleiben willst, dann als Toter.« Er hob die Pistole. Der Gefangene wich zurück. »Und nun ab ins Glied und mitmarschiert! Korporal, achten Sie auf das Großmaul!«

Der Leutnant lief voran, wo Ekins von vier Soldaten getragen wurde. »Alles in Ordnung, Sir. Ich schätze, dass wir über zweihundert Gefangene befreit haben. Wir marschieren jetzt zurück. Trupp vier übernimmt die Nachhut.«

»Schicken Sie drei Mann vor, damit die *Circe* eher zum Ufer geholt werden kann«, sagte Ekins leise und ließ sich zurücksinken.

Vom Deck der *Circe* aus beobachtete Kapitän Trace, wie die Boote des Transporters und der *Circe* zum Ufer pullten, um die Befreiten und die Befreier aufzunehmen. Er sah, wie sie Tragen zu einem Kutter schleppten und die Kranken an Bord hievten. Der Schiffsarzt stand schon mit seinen Männern bereit. Dieser Kutter würde zur *Circe* kommen.

Trace erschrak, als er im Boot Major Ekins mit verbundener Schulter erkannte. Als der zuerst mit dem Bootsmannsstuhl an Bord gehievt wurde, lief er hin. »Was ist lost, Roger?«

»Einer der Wächter hat mich getroffen. Ein Kratzer«, sagte Ekins leise.

Trace wandte sich zum Schiffsarzt: »Informieren Sie mich, sobald Sie können.« Er legte Ekins die Hand auf den Arm. »Viel Glück!« Dann wandte er sich dem Einbooten zu.

Sie hatten eine halbe Stunde zu tun, bis der Transporter und die *Circe* alle aufgenommen hatten. Der Leutnant meldete: »Wir haben zwei Tote und drei Verwundete, Sir, darunter Major Ekins. Zweihundertzwölf Seeleute wurden befreit. Einige davon hätte ich lieber dort gelassen, Sir.«

»Wie kam es zu den Verlusten?«, fragte Trace.

»Ein Hund weckte die Wache, Sir.«

»Verdammter Köter!«, fluchte der Kapitän. »Der Admiral wird sagen, wir hätten eine läufige Hündin mitnehmen sollen. Aber wo wir die auftreiben sollen, hätte er auch nicht gewusst.«

Der Schiffsarzt kam mit blutbefleckter Schürze, und Trace wandte sich ihm zu.

»Schusswunde unterhalb des Schlüsselbeins. Kein Knochen verletzt. Ich konnte die Kugel entfernen. Wenn es kein Wundfieber gibt, ist er bald wieder auf den Beinen. Ich habe ihn mit Kompressen und Tropfen versorgt. Jetzt muss ich weitermachen.«

»Danke, Mr Hoppin. Sobald ich kann, schaue ich nach den Verletzten.«

Es war nur ein kurzes Abendessen mit dem General gewesen. David hatte sich gedacht, dass General Hislop wenig Zeit hatte, und seinen Koch Peter entsprechend instruiert. Sie hatten während des Essens über den nächsten Tag gesprochen und danach an der Karte die Bucht westlich von Trois Rivières festgelegt, wo die Flotte größere Mengen Nachschub landen sollte.

»Morgen wird General Harcourt mit der Zweiten Division bei Vieux Habitants landen. Dann haben wir die Franzmänner in der Zange«, sagte General Hislop. Er zeigte auf der Karte, wo er weiter vorrücken wollte und wo er Widerstand erwartete. Dann verabschiedete er sich von Kapitän O'Byrne.

David hatte sich entschlossen, ihn ans Ufer zu begleiten und nach den Seesoldaten unter Hauptmann Campbell zu schauen. Alberto und Mustafa waren schon an der Jakobsleiter, als er kam. »Ihr ahnt wohl schon, was ich vorhabe«, sagte er lachend.

In den Straßen von Capesterre brannten Feuer. Die Soldaten hatten Stühle und Matratzen aus den Häusern geschleppt und rösteten Fleisch und Kartoffeln im Feuer. Sie schrien und lachten und hielten junge Frauen in den Armen.

»Das sind Niederländer«, sagte der General. »Schlechte Disziplin. Man muss ihnen immer auf die Finger sehen. Und sehen Sie, Sir David, wer da nach Ordnung schaut?«

Ein Trupp Seesoldaten mit geschultertem Gewehr kam im Gleichschritt die Straße herunter. Ein Sergeant der Niederländer begleitete sie. Die Leute an den Feuern johlten, aber sie kümmerten sich nicht darum.

Doch dann zerrte ein Soldat der Westindischen Ranger eine schreiende Frau aus einem Haus. Er wollte ihre Kleider mit einem Messer aufschneiden, und sie schrie, als ob das Messer schon in ihr stecke.

Der Sergeant der Seesoldaten befahl seinen Leuten zu halten und ließ sie die Gewehre anlegen. Mit dem Sergeanten der Westindischen Ranger und zwei Mann trat er auf den Betrunkenen zu und schlug ihm das Messer aus der Hand. Dann hielt er ihm seinen Säbel auf die Brust und der Ranger-Sergeant schrie den Randalierer an, er solle die Frau loslassen.

Die Soldaten an den Feuern wollten aufstehen und ihrem Kameraden helfen. Plötzlich hielt General Hislop eine Pistole in der Hand und schoss in die Luft.

Alle sahen zu ihm hin. »Setzt euch hin! Wer die Wache angreift, wird erschossen. Der Mann kommt in Arrest. Ihr anderen habt noch eine Stunde Zeit. Dann will ich kein Feuer mehr sehen, nur noch die Wachen. Alle anderen schlafen. Wer morgen früh nicht sauber und nüchtern antritt, spürt die Peitsche!«

Er wandte sich zu David. »Ihre Seesoldaten sind eine große Hilfe. Meine Soldaten spielen erst einmal verrückt, wenn sie nach Wochen in den Baracken und Tagen in den Transportschiffen wieder durch das Land marschieren können. Morgen werden sie schon müder und vielleicht durch die Kugeln des Gegners ein wenig nachdenklich geworden sein. Aber heute!«

David dankte dem Sergeanten der Seesoldaten für seinen Einsatz und fragte nach Hauptmann Campbell.

»Eine Straße weiter, Sir. Wenn Sie erlauben, begleiten wir Sie. Es sind ein paar Krakeeler unter den Burschen, die die Flotte nicht mögen.«

David war einverstanden, und der Sergeant erteilte – unbeeindruckt von den grölenden Rangern – seine Kommandos, als ob seine kleine Truppe hundert Meter entfernt stünde. Die Seesoldaten rissen die Gewehre nach vorn, klatschten mit den Händen an die Schäfte und knallten sie auf die Schulter. Dann hoben sie ein Bein, zogen die Ellbogen hoch und marschierten ab wie auf einem Exerzierplatz. Irgendwie imponierte das den Säufern doch.

Hauptmann Campbell schickte gerade wieder einen Trupp los, als David kam. Er sprang auf und meldete seine Einheit. David begrüßte ihn freundlich und berichtete, was er eben gesehen hatte.

»Unsere Seesoldaten scheinen aus einer anderen Welt zu kommen, Mr Campbell. Diszipliniert, beherrscht und unerschrocken. Ihre Truppe macht der Flotte Ehre. Sagen Sie Ihren Männern, wie zufrieden und stolz ich bin.«

Campbell schien bewegt, aber seiner Antwort war es nicht anzumerken. »Danke ergebenst, Sir. Das sind hier wilde Burschen, diese westindischen Ranger. Alles Ausländer. Kaum einer spricht englisch. Ihre Offiziere sagen, morgen werde es besser. Aber mir ist lieber, ich habe meine Leute um mich, Sir.«

David unterhielt sich noch ein wenig mit ihm und ging dann, begleitet von den Seesoldaten, zurück zum Boot der *Neptune*. Als sie im Boot saßen, sagte Alberto: »Wenn schon Krieg, Sir, dann bin ich lieber auf See. In der Armee ist ein Pöbel, da sind mir die Feinde fast lieber.«

Die Herde der Transporter hatte sich vor Anse des Trois Rivières versammelt, um den Nachschub für die Erste Division zu entladen, die jetzt in die Berge marschieren würde, um Basse Terre vom Hinterland abzuschneiden. Die *Neptune* deckte mit Fregatten und Sloops die Ausschiffung.

David hatte sich mit Alberto und Mustafa zur *Intrepid* übersetzen lassen, die mit anderen Schiffen die Landung der Zweiten Division bei Vieux Habitants decken sollte. Vorher hatte er mit O'Byrne verabredet, dass die *Neptune* nach der Ausschiffung der Vorräte vor Basse Terre auf ihn warten würde.

Die *Intrepid* machte unter Kapitän Ludlow Shield den Eindruck eines sehr effektiven Schiffes. Mr Shield freute sich augenscheinlich, David an Bord zu haben, und verwöhnte David am Abend mit einem exquisiten Dinner. David erinnerte sich, dass Ludlow Shield schon immer eine Vorliebe für gutes Essen hatte, und tat ihm den Gefallen, ihn nach Einzelheiten und nach seinem Koch zu fragen.

Am Morgen standen sie dann an Deck und sahen der Landung der Truppen zu. »Auch hier leisten die Franzosen keinen Widerstand, Sir«, sagte Kapitän Shield. »Ich frage mich, wie sie ihre Insel verteidigen wollen.«

»Ich bin kein Heerführer, Mr Shield«, antwortete David. »Aber da die Franzosen, wie ich von General Abercrombie weiß, nur ein Linienregiment und sonst nur Milizen und unzuverlässige Söldner haben, können sie sich uns nicht am Strand entgegenstellen. Mit den Kanonen unserer Schiffe schießen wir sie in Fetzen. Sie werden versuchen, von den Höhen über Basse Terre hinabzustoßen, wenn wir die Stadt nehmen wollen. Und ohne Basse Terre besitzt man Guadeloupe nicht wirklich.«

»Und darum rücken unsere Truppen jetzt in die Berge vor, um die Franzosen auszuhebeln. Das leuchtet ein, Sir«, bestätigte Shield.

Die Matrosen der Flotte landeten noch zwei Kanonen an, die den Vormarsch der zweiten Division unterstützen sollten. Dann krochen die langen Schlangen der Marschkolonnen hinein in die Berge.

»Wir werden noch bis zum Nachmittag warten, Mr Shield. Wenn unsere Truppen an den Strand zurückgeworfen werden sollten, was keiner erwartet, dann müssten wir Hilfe anbieten können. Zum Abend segeln wir nach Basse Terre und lassen nur zwei Sloops als Fühlungshalter hier«, ordnete David an.

Es war für David ein geruhsamer Tag vor Vieux Habitants. Sie hörten hin und wieder Gewehrfeuer aus den Bergen. Aber sonst beobachtete David den Alltagsdrill auf dem Schiff und dachte nach, was aus seinem Kommando werden würde, wenn die Karibik in britischer Hand war. Wenn Guadeloupe erobert war, blieben nur noch St. Martins und St. Eustatius, über die Frankreich nach seiner Annexion Hollands verfügte. Würde man ihm neue Aufgaben übertragen?

Der Ruf des Ausgucks riss ihn aus seinen Gedanken. Ein Armeetrupp mit Verwundeten war aus den Bergen gekommen und wurde am Strand von den Booten der Transporter aufgenommen.

»Schicken Sie doch bitte Ihren Schiffsarzt zum Transporter, Mr Shield. Die können Hilfe brauchen.«

Nach kurzer Zeit ließ sich ein Armeeoffizier vom Transporter übersetzen und meldete David, dass die Truppen planmäßig vorrückten und bisher nur wenig Widerstand gefunden hätten.

»Dann können wir nach Basse Terre absegeln, Mr Shield, sobald Ihr Schiffsarzt wieder an Bord ist.«

Die *Neptune* kreuzte schon vor Basse Terre, und David wurde wieder am herzlichsten von seinem Hund Barry begrüßt. Kapitän O'Byrne berichtete, dass er sich schon mit den Kanonen des Forts herumgeschossen habe, als er sich dem Ufer näherte.

»In einer Karte steht dort Fort Matilda, in der anderen Fort Saint-Charles. Der Master konnte den Widerspruch nicht erklären«, berichtete O'Byrne.

»General Abercrombie hat sich mit mir einmal darüber unterhalten«, sagte David. »Wir hatten Guadeloupe ja schon anno sechsundneunzig besetzt. Damals haben unsere Soldaten die Stellung ›Fort Matilda‹ genannt. Die Franzosen benutzen natürlich wieder ihren alten Namen.«

O'Byrne wies David noch auf einen dreimastigen Transporter und auf einen Toppsegelschoner hin, augenscheinlich ein Kaperschiff, die beide im

Hafen lagen. »Die könnten wir doch mit einer Bootsaktion herausholen, Sir, damit sie nicht in die Kapitulationsmasse der Armee eingehen und für uns als Prisen verloren sind.«

David überlegte. Prisen waren für die gute Stimmung der Offiziere und Mannschaften immer erwünscht. Andererseits: Sollte man Leben riskieren, um die Schiffe ein paar Tage früher in die Hände zu kriegen und um das Prisengeld zu sichern? Bei einer Bootsaktion könnten die Batterien rechts und links des Hafens schwere Opfer fordern.

»Lassen Sie mich darüber nachdenken, Mr O'Byrne. Uns müsste noch einiges einfallen, um das Risiko deutlich zu senken. Die beiden Batterien da könnten uns ganz schön Ärger bereiten.«

Andere Nachrichten drängten die Überlegungen um eine Bootsaktion in den Hintergrund. Ein Kurierboot aus English Harbour berichtete von Major Ekins' Verwundung und der Befreiung von über zweihundert Mann, die jetzt erst einmal in der Prise *D'Hautpoult* untergebracht waren. Das war natürlich auch eine Art schwimmendes Gefängnis, denn niemand wollte das Risiko zahlreicher Desertionen eingehen.

David bat O'Byrne in seine Kajüte, um mit ihm über Ekins' Verwundung und dann über das Problem zu sprechen. »Wenn die Männer jetzt das Gefühl haben, auf einer Gefängnishulk zu faulen, dann kann man von ihnen nicht erwarten, dass sie sich beim Dienst in der Flotte einsetzen werden. Wir müssten einen Offizier hinschicken, der den Leuten das Gefühl gibt, etwas für sich und ihr Schiff zu tun. Wir müssen einige der Befreiten auf Schiffe abordnen, die besonders knapp an Mannschaften sind. Aber der größte Teil sollte auf der *D'Hautpoult* bleiben und sie für die Heimführung vorbereiten. Welchen Offizier könnten Sie vorschlagen, Paul?«

»Denken Sie an jemanden, der dann auch das Kommando übernimmt, oder an jemanden, der nur befristet die Mannschaften schult, David?«

»An einen befristeten Job, Paul.«

»Dann schlage ich Leutnant Norton vor. Er wäre zu jung für ein dauerhaftes Kommando, aber er ist ein sehr kompetenter Offizier, der seine Leute auch begeistern kann.«

»Das freut mich. Schicken Sie ihn bitte zu mir. Ich lasse die Befehle ausfertigen und er kann dann mit dem Kurierschiff zurücksegeln.«

Am nächsten Morgen meldete die Sloop *Diligente*, dass in der Nacht jemand mit einem Boot an Bord gekommen sei, der mit dem Admiral verhandeln wolle.

»Dann sollen Sie den Herrn mal rüberschicken«, sagte David auf die Meldung hin.

Der Maat der Sloop signalisierte schon vom Kutter aus, dass sie für den Besucher den Bootsmannsstuhl brauchen würden. Also war der Zivilist, der dort im Kutter saß, gebrechlich. Als er an Bord gehievt wurde, konnte jeder erkennen, dass er klein, dürr, alt und gebrechlich war. Aber er schaute sich um, als er aus dem Bootsmannsstuhl herausgehoben worden war, als ob ihm das ganze Schiff gehöre.

Nachdem er den wachhabenden Offizier durch

sein Lorgnon gemustert hatte, winkte er ihn heran und sagte mit ganz heller Stimme: »Ich bin Baron de Gobelin. Führen Sie mich bitte zu Ihrem Admiral.«

Leutnant Lee amüsierte sich über den Greis, machte einen Kratzfuß und sagte: »Stets zu Diensten, Baron. Wenn Sie mir folgen würden.«

David war informiert, dass ein älterer Mann an Bord gekommen sei, aber als er den Baron in seiner altmodischen Kleidung mit den Rüschen am Hemd und den Ringen an den Fingern sah, musste er sich ein Schmunzeln verkneifen.

Leutnant Lee sagte: »Sir David, Baron de Gobelin bittet um ein Gespräch. Baron, das ist Admiral Sir David, Oberkommandierender der Britischen Flotte in den Antillen.«

Der Baron deutete einen Kratzfuß an. David trat auf ihn zu, streckte seine Hand aus und sagte in seinem akzentgefärbten Französisch: »Womit kann ich Ihnen behilflich sein, Baron?«

»Ich möchte mit Ihnen über eine unblutige Übergabe des Hafens sprechen, Sir David.«

David bot dem Baron Platz an, fragte, was er trinken wolle, und sagte dann: »Welche Legitimation haben Sie für solche Verhandlungen, Baron?«

»Nur die eines alten Mannes, der genug Verstand und Erfahrung hat, um zu wissen, wann weiterer Widerstand unnötiges Blutvergießen wird, Sir David.«

»Dann lassen Sie bitte hören, was Sie auch ohne Legitimation erreichen wollen.«

Der alte, hinfällige Mann sprach mit aller Überzeugung, derer er noch fähig war. Seine Stimme verlor immer wieder an Kraft, und er musste pausieren, ehe er fortfahren konnte. Seine Geschichte war die der alten Kolonisten, die den Wahnsinn der Revolution überstanden, die Sklavenbefreiung sowie die Wiedereinführung der Sklaverei überlebt, Enteignungen und Steuern ertragen und für den Ruhm des neuen Imperators wieder Opfer gebracht hatten.

Es gab in der Stadt nur drei Menschen, die um jeden Preis den Engländern widerstehen wollten: die Kommandanten von Fort Saint-Charles und der Hafenbatterie sowie den Vorsteher des Finanzamtes, gleichzeitig Kommandant der Bürgerwehr. Das Fort Saint-Charles könne man unberücksichtigt lassen, denn es liege außerhalb der eigentlichen Stadt. Seine Garnison könne in das Geschehen in der Stadt nicht eingreifen.

Der Kommandant der beiden Hafenbatterien feiere übermorgen seinen fünfzigsten Geburtstag. Natürlich sei auch der Kommandant der Bürgerwehr als Ehrengast anwesend. Dessen Frau, eine Nichte des Barons de Gobelin, wolle ihren Mann um alles in der Welt vor Kampf und Tod bewahren. Mit ihr habe er folgenden Plan besprochen.

David hörte dem Plan mit wachsendem Erstaunen und Interesse zu. »Man wird im Hotel Victor Hugues feiern, Sir David. Der Kommandant der Bürgerwehr, der Mann meiner Nichte, sitzt mit am Ehrentisch. Vom Hotel aus wird den Mannschaften der Batterien in großen Bottichen die berühmte Mousse mit Rumfrüchten geliefert, damit sie alle einen guten Nachtisch haben. Diese Mousse bereitet der Chefkoch zu, der meiner Nichte sein Leben verdankt, als ihn die Revolutionäre guillotinieren wollten. Er wird der Mousse starke Schlafmittel beimengen, sodass alle Kanoniere bald einschlafen werden. Dem Kommandanten und ihrem eigenen

Mann wird meine Nichte die Schlafmittel in den Wein mischen, sodass auch sie sich bald zurückziehen müssen. Alle anderen Offiziere der Bürgerwehr sind für die Kapitulation und werden die Männer nach Hause schicken, was diese nur zu gern befolgen werden. Sie können übermorgen Nacht die Hafenbatterien und die Stadt ohne einen Schuss besetzen, Sir David. Sie müssen nur versprechen, dass die schlafenden Männer nicht getötet werden.«

»Wir töten keine schlafenden Männer, Baron, die uns nicht gefährden. Aber wie können wir sicher sein, dass alle Kanoniere die Speisen essen und dass die Mittel wirken werden?«

»Sir David, die Gewährung der Nachspeise ist ein festes Ritual bei den Geburtstagen des Kommandanten. Die Mousse ist ein Hochgenuss in dem Einerlei der Rationen. Alle haben immer begeistert die Speise genossen. Ich weiß das aus Schilderungen von Männern und Offizieren. Und für die Wirkung des Mittels verbürgt sich mein Arzt, der zur Probe schon die Besucher eines Bordells eingeschläfert hat, was zu beträchtlichem Ärger für die Madame führte.«

David wusste nicht, wie er sich entscheiden sollte. »Baron, ein solcher Plan hat zu viele Mitwisser: der Koch, seine Gehilfen …«

Der Baron hob zitternd die Hand. »Erlauben Sie, dass ich unterbreche, Sir David. Nur der Koch kennt die Zutaten. Das war immer so. Und meine Nichte ist am Tisch eingeweiht. Aber alle anderen würden alles tun, um Blutvergießen zu vermeiden. Wir sind müde, Sir David. Wir haben das dauernde Hin und Her satt. Wir wollen in Ruhe leben und arbeiten, egal, welche Fahne über der Insel weht. Natürlich wäre mir persönlich das Bourbonenbanner am liebsten. Aber das kann ich nicht wiederhaben. Unser Wunsch nach Frieden und Ihr Wunsch nach Besetzung der Stadt können in Einklang gebracht werden. Sagen Sie ja oder nein. Mehr kann ich nicht tun.« Er schwieg erschöpft.

»Doch Baron, Sie können mir noch sagen, warum Sie persönlich den Kommandanten so sehr hassen.«

Der alte Baron lächelte müde. »Konnte ich es nicht verbergen? Muss ich unbedingt darüber reden? Es ist doch gegenüber meinen anderen Motiven nicht so wichtig.«

Als David nur schwieg und wartete, sagte er leise: »Er hat vor vielen Jahren meine Tochter verführt und sie dann öffentlich als leichtes Frauenzimmer entehrt. Jetzt kann ich ihn ruinieren.«

David sah ihn an. »Ich musste es wissen, denn ich gebe den Befehl, der meine Männer in den Tod schicken kann. Aber außer mir wird es niemand erfahren.«

Der Baron war längst wieder an Land, als David allein mit O'Byrne in der Kajüte saß und von dem Plan berichtete.

»Gehen Sie darauf ein, David? Es klingt erstaunlich, aber doch wiederum überlegt und vertrauenswürdig.«

»Ja und nein, Paul. Bevor wir die Kutter zu den Batterien schicken, müssen Landungstrupps seitwärts vom Ufer her erkunden, ob die Besatzungen ausgeschaltet wurden. Ich kann die Kutter nicht im Vertrauen auf den Plan des alten Mannes den Kanonen der Forts ausliefern. Ich glaube ihm schon, aber ich brauche mehr Sicherheit.«

Im Hotel Victor Hugues wurde laut und fröhlich gefeiert. Vergessen schienen die Schüsse, die tagsüber von den Kämpfen in den Bergen über der Stadt gekündet hatten. Vergessen waren wohl auch die Schiffe der Engländer, die vor dem Hafen kreuzten.

In der Küche herrschte Hochbetrieb. In riesigen Töpfen wurde die berühmte Mousse auf zwei Plattenwagen geladen, die Soldaten zu den Batterien rechts und links der Hafeneinfahrt ziehen würden.

Die Nachspeise wurde dort schon erwartet. Die Kanoniere hatten ihren Bohneneintopf verzehrt und warteten auf die angekündigte Delikatesse. Auch die Wache hatte ihre Töpfe abgegeben und Träger bestimmt. Johlend wurde der Plattenwagen in jeder Batterie empfangen. Genau wurde das Abfüllen und Verteilen überwacht. Und dann trugen sie die Essgeschirre in den Speiseraum oder zu den Wachtposten.

An der vorderen Bastion standen zwei Mann, ein riesiger Hüne und ein kleiner junger Rekrut. Der Riese stieß den Kleinen zur Seite. »Du bist viel zu grün für solche Delikatessen. Dein Abendessen hast du gehabt. Nun sperr die Augen auf für die Wache. Das hier ist etwas für alte Soldaten.« Und er nahm beide Töpfe an sich und schaufelte in sich hinein.

Der junge Rekrut wusste, dass er gegen den bulligen Veteranen nichts ausrichten konnte, blickte ihn hasserfüllt an und ging an die Brüstung. Tränen stiegen in seine Augen.

Die Briten hatten Glück. Es war eine dunkle Nacht. Seitwärts von jeder Batterie pullte ein Kutter ans Ufer. Zwanzig dunkel gekleidete Männer wateten ans Ufer und schlichen zu den Batterien. Alberto mit seiner Windbüchse war bei einem Trupp dabei, Mustafa beim anderen.

Nach kurzer Zeit spürten sie die dunklen Mauern vor sich aufragen. Zwei Männer mit Seilen und Enterdraggen stellten sich seitwärts auf und schwangen die Enterdraggen am Seil im Kreis. Dann ließen sie sie nach oben fliegen und gaben das Seil frei. Oben klirrte es am Stein, als der Enterdraggen hinter die Brüstung fiel. Vorsichtig zogen die Werfer an. Da, jetzt fassten die Haken.

Sie prüften, ob die Draggen fest verhakt waren. Dann kletterte der Erste hoch. Er griff mit einer Hand über die Brüstung, zog den Oberkörper nach und spähte vorsichtig über die Brüstung. Nichts. Er hievte sich jetzt mit beiden Händen hoch, schwang die Beine über die Brüstung, wälzte sich hinüber und hockte oben auf dem Gang. Dann zog er leicht an der Leine. Jetzt kletterten die anderen hinauf.

Der eine Trupp schlich nach rechts, der andere nach links. Rechts stießen sie auf zwei schnarchende Posten. Schnell wurden sie mit Seilen gefesselt. Ein Knebel in den Mund und weiter!

Plötzlich sprach sie eine helle Stimme an: »Kommt ihr schon zur Ablösung? Der große Jean pennt auf Wache. Erst hat er mir noch meine Portion weggefressen.«

Der Mann aus Jersey, der vorn im Trupp mitlief, antwortete auf Französisch: »Ja, wir kommen heute früher. Wo pennt denn der große Jean?«

Der Rekrut zeigte es ihm und spürte plötzlich ein Messer an der Kehle. »Keinen Laut jetzt, Kleiner. Dann passiert dir nichts. Wir übernehmen die Batterie. Danach binden wir dich wieder los.«

Der Rekrut pinkelte sich vor Angst in die Hosen, als ihn die dunklen Gestalten fesselten und zu Jean legten. Dann huschten sie weiter. Der Rekrut war wütend, dass der Jean schlief und er allein die Angst aushalten musste.

Sie erreichten die erste Kanone. Einer von ihnen blieb dort. Die anderen schlichen weiter. Wieder fesselten sie zwei schlafende Posten. Dann erreichten sie den Essraum und sahen ein Dutzend Männer auf Bänken und Stühlen hocken und schlafen. Sie fesselten sie alle. Ein Matrose sah die Speise auf dem Teller und wollte kosten. Der Maat schlug ihm den Löffel aus der Hand. »Idiot, die ist doch vergiftet.«

Dann meldeten sie Leutnant Cormack, dass vier Geschütze und die Pulverkammer gesichert seien.

»Gut! Gebt das Signal!«

Die Blendlaterne leuchtete in Richtung der *Neptune* zweimal kurz und zweimal lang.

David stand mit O'Byrne auf dem Achterdeck. Sie sahen erst die Signale der einen, dann die der anderen Batterie. Erleichtert wandte sich David zum Flaggkapitän. »Sie können die Enterkommandos jetzt lossenden, Mr O'Byrne.«

»Aye, aye, Sir.«

Diesmal stiegen über hundert Mann in die Boote. Ein Handelsschiff und ein Kaperschiff sollten besetzt werden, und niemand wusste, wie viel Mann in den Kneipen und Betten in der Stadt waren und wie viel auf dem Schiff.

Im Hotel Victor Hugues war die Stimmung im Saal auf dem Höhepunkt. Eine Mulattin hatte ein frivoles Lied gesungen. Die Kapelle spielte zum Tanz. Die Nichte des Barons Gobelin winkte einigen Dienern, die den Kommandanten und ihren Mann vorsichtig in einen Nebenraum mehr trugen als führten. Dort legten sie die beiden auf Sofas und lockerten ihnen die Kragen.

Der Baron winkte einem Diener und drückte ihm Geld in die Hand. »Lauf jetzt zur Wachtstube. Die Miliz hat ab sofort Urlaub.«

In den Batterien zogen sie die englischen Flaggen hoch und bemannten die Kanonen. Durch die Moleneinfahrt glitten die Ruderboote. Alberto und Mustafa hatten sich schon vorher mit zwei Matrosen auf den Weg zur Mole begeben, wo die beiden Schiffe lagen. Am Kai stand keine Wache. Die Gangways waren frei. Alberto winkte Mustafa, er möge zum Handelsschiff gehen. Er selbst schlich zum Kaperschiff.

Zwei Kutter legten leise am Kai an, und die Mannschaften schlossen zu Alberto und Mustafa auf. Vorsichtig gingen sie die Gangway hoch. Auch oben war kein Posten. Alberto entdeckte ein Pärchen, das eng umschlungen auf einer Decke schlief. »Weiber an Bord«, murmelte Alberto verächtlich. Sie stellten einen Posten hin und tasteten sich weiter.

Es war auf beiden Schiffen wie in einem Schlafsaal. Kein Mensch war wach. Sie schliefen einzeln oder paarweise hinter den Aufbauten. Unter Deck fanden sie auf einem Schiff nur drei, auf dem anderen zwei Mann. »Kann ich verstehen«, sagte Alberto, als er Leutnant Lee meldete. »Da unten stinkt es wie im Schweinestall. Da müssen wir drei Tage schrubben.«

»Erzählen Sie jetzt keine Romane, Mr Rosso. Gefangene fesseln! Geben Sie das Zeichen!«

Alberto steckte zwei Finger in den Mund und pfiff gellend. Die Seeleute griffen zu und fesselten den Schläfern Arme und Beine. Die Männer ergaben sich in ihr Schicksal, aber die Weiber schrien. Am Kai liefen Leute zusammen.

»Schüttet ihnen Wasser über den Schädel oder steckt ihnen einen Knebel ins Maul. Aber dann Tempo, auf eure Stationen. Leinen los! Segel gesetzt! Tempo!«, schrie Leutnant Lee.

Einige warfen Eimer, die überall mit langen Seilen standen, über Bord und holten sie gefüllt wieder ein. Mit Schwung schütteten sie das Wasser den lautesten Frauen über den Kopf. Die prusteten und husteten und waren vorübergehend still. Dann setzten sich die beiden Schiffe langsam in Bewegung und glitten auf die Batterien zu, über denen man die britischen Flaggen jetzt in der Morgendämmerung schon erkennen konnte.

Als die Schiffe aus der Hafenausfahrt glitten, riefen die Besatzungen der britischen Schiffe laut »Hurra!«

»Da haben Sie Ihren Begeisterungsschub, Mr O'Byrne. Hoffentlich hält er etwas vor. In nächster Zukunft werden wir wohl nichts mehr kapern«, sagte David. »Ich gehe jetzt in meine Kajüte und schicke die Parlamentäre los. Sie regeln das bitte mit den Prisenbesatzungen. Die Prisen sollten möglichst bald nach Antigua auf den Weg gebracht werden.«

In seiner Kajüte instruierte David Hauptmann Campbell, der mit den Seesoldaten das Rathaus und die Stadttore besetzen sollte. Leutnant Pocock sollte mit einem französischen Offizier, dem Baron Gobelin vertraute, in die Berge reiten und sowohl General Abercrombie als auch den französischen

General von der Übergabe der Stadt Basse Terre benachrichtigen.

Leutnant Dickens musste unter der Parlamentärsflagge zum Fort reiten, dem Kommandanten die neue Lage schildern und ihn zur Kapitulation auffordern. Anderenfalls würde das Fort ab morgen früh vom Land und von der See aus beschossen werden.

Aber der Kommandant von Fort Saint-Charles war bockig. Er sehe nicht, wer ihn vom Land aus beschießen könne und die verdammten Schiffe würde er sich schon vom Leibe halten. »Sagen Sie Ihrem Admiral, dass unsere Regimenter seine Soldaten in den Bergen vernichten und dann hinunter in die Stadt kommen werden, um ihn zurück auf die Schiffe zu treiben. Und für seine Schiffe lasse ich schon die Kanonenkugeln erhitzen. Und nun verschwinden Sie, mein Herr, ehe ich Sie im Keller einsperren lasse.«

Leutnant Dickens verbeugte sich. »Wir werden uns wiedersehen, Herr Oberst.«

David schmunzelte, als ihm Leutnant Dickens berichtete. »Ich hätte auch noch nicht kapituliert«, sagte er. »Im Moment können wir das Fort nicht einmal beschießen. Kapitän O'Byrne drillt gerade die Bordkatze, damit sie das Ruder bedient. Er hat keinen Mann mehr frei. Ein Midshipman muss eine Prise nach Antigua kommandieren. Die andere übernimmt Leutnant Russell. Die Gefangenen müssen wir an Land setzen. Ehe wir nicht unsere Leute von den beiden Batterien an Bord nehmen können, ist eine Kanonade nicht durchzuführen. So lange kann ihr Oberst noch verschnaufen.«

An Deck traf Leutnant Dickens auf einen genervten Flaggkapitän. »Gut, dass ich Sie erwische, Mr Dickens. Nehmen Sie sich bitte das Dingi und lassen Sie sich zu den Prisen übersetzen. Schauen Sie die Papiere der Kapitäne und Zahlmeister durch, ob etwas für uns wichtig ist. Dann fragen Sie, wer von der alten Besatzung bei uns anheuern will. Wir können jeden Mann gebrauchen.«

Kaum war Mr Dickens gegangen, wurde ein Boot mit dem alten Baron Gobelin gemeldet.

David begrüßte ihn freundlich. »Nun, Baron, haben Sie noch einen Plan für das Fort Saint-Charles? Ihr anderer Plan hat sehr gut funktioniert. Ich hoffe, Sie sind auch zufrieden.«

»Ja und nein, Sir David. Es hat alles gut geklappt, und wir hatten keine Kämpfe. Aber Ihre Seesoldaten haben Posten vor den Getreidespeicher gestellt und lassen niemanden rein. Die Bevölkerung braucht aber Verpflegung. Sie lebt von der Hand in den Mund, weil auch die Fischer nicht ausliefen. Können Sie bitte die Männer vom Getreidespeicher abziehen und die Fischerboote auslaufen lassen, Sir David?«

»Das kann sofort geschehen. Aber was wissen Sie über die Lage in den Bergen, Baron?«

»Die Verhandlungen über die Kapitulation haben begonnen. Unser General wird bald aufgeben.«

Am nächsten Vormittag wälzten sich die ersten Gefangenenzüge, bewacht von britischen Soldaten, aus den Bergen auf die Stadt zu. Sie mussten auf freiem Feld lagern. Gegen Mittag kam General Abercrombie mit seinem Tross in die Stadt und ließ sich zur *Neptune* übersetzen. Er wurde mit allem Zeremoniell empfangen und von David an Deck begrüßt.

»Willkommen, Herr General, und herzlichen Glückwunsch zur Eroberung von Guadeloupe. Es ist ein großer Sieg für die britische Sache«, sagte David förmlich.

»An dem die Flotte unter Ihrem Kommando entscheidenden Anteil hat, Herr Admiral«, antwortete Abercrombie ebenso förmlich und begrüßte die Offiziere auf dem Achterdeck. Dann folgte er David in dessen Kajüte.

Abercrombie ließ sich in einen Sessel fallen. »Endlich mal außer Dienst, David. Ich bin hundemüde und auch sehr zufrieden und glücklich. Wir haben viel Blut gespart, weil ihr die Stadt in eure Gewalt bringen konntet. Das hat die Franzosen in den Bergen entmutigt. Nun müssen wir sehen, dass wir die Gefangenen auf Transporter bringen. Napoleon lässt keine Gefangenen nach Frankreich hinein. Also müssen wir sie wie im vorigen Jahr nach England transportieren.«

»Ich lasse die Transporter holen. Willst du noch eine Kleinigkeit essen, George, ehe du in meiner Kammer etwas schläfst?«

»Hast du noch einige von Brittas berühmten Keksen? Die würde ich gern essen und dann eine Stunde schlafen. Dann musst du mich wecken.«

Die Transporter kamen von Anse des Trois Rivières und luden die Gefangenen ein. Vorher waren die Werber von Heer und Flotte noch in den Lagern und fragten, wer in britische Dienste treten wollte. Der Mangel an Soldaten und Matrosen hatte dramatische Formen angenommen. Das Heer fand achtzig Freiwillige, die Flotte sechzig und noch einmal zwanzig aus der Stadt durch Vermittlung des Barons Gobelin. Ein großer Teil der Freiwilligen war farbig, aber auch Weiße aus allen Ländern der Erde waren dabei.

David und Abercrombie entschlossen sich, sobald als möglich nach Antigua zu segeln und dort einen Konvoi zusammenzustellen, der die Gefangenen, Kranken und Verwundeten nach England bringen sollte.

»Vorher müssen wir aber noch dringend die neuen Meldungen nach London senden, und dann geht es auf nach St. Martins und St. Eustatius«, kündigte Abercrombie an.

»Eine Fregatte für die Eilmeldungen hätte ich. Aber warum willst du die beiden Inseln so schnell einnehmen? Die haben doch ganz kleine Besatzungen.«

»Es soll sich auch niemand mehr dort festsetzen können. Die Franzosen und die Freibeuter anderer Länder sollen in der Karibik keinen Schlupfwinkel mehr finden. Dann erst hat der britische Handel freie Bahn.«

»Das ist schon richtig, lieber George. Aber dann kann die Flotte auch keine Prisen mehr fangen. Dann wird Westindien eine ganz uninteressante Flottenstation«, sagte David lächelnd.

Abercrombie schüttelte den Kopf. »Ihr seid doch auch nichts anderes als Freibeuter. Ohne Prisen würde bei euch wohl nichts mehr laufen. Und wir müssen die Drecksarbeit machen.«

»Ihr seid ja nur neidisch«, spottete David. »Die besten Leute gehen eben zur Flotte. Das Heer muss tun, wofür wir zu schade sind.«

Abercrombie drohte ihm lachend mit der Faust.

»Eines Tages lasse ich dich arretieren und ins Gefängnis bringen, wenn du an Land kommst, David.«

In English Harbour wurden sie von Salutschüssen und jubelnden Menschen begrüßt. Die Karibik war in britischer Hand. Alle erwarteten, dass der Handel noch mehr aufblühen würde.

Abercrombie ließ sich an Land bringen, und David ging mit O'Byrne in seine Kajüte. »Die *Acaste* liegt im Hafen. Ich würde sie gern mit den Eilmeldungen nach London schicken. Was meinen Sie dazu, Paul?«

»Absolut einverstanden, David.«

»Gut, ich lasse dann die Befehle ausfertigen. Die Post soll fertig gemacht werden. Und nun zum Konvoi: Ich plane, die *D'Hautpoult* in *Abercrombie* umzubenennen und mit der *Captain* als Geleit nach England zu schicken. Ich will schnell zu den Dillons fahren und sehen, ob Kapitän Watson in der Lage ist, das Schiff heimzusegeln. Tun Sie mir den Gefallen und sehen Sie inzwischen nach, wie Leutnant Grant mit den Befreiten ausgekommen ist. Wir können Reste von der *Junon* mit als Besatzung geben, und der General kann noch einige Truppen abkommandieren, die nach England zurück sollen.«

»Die Umbenennung ist eine gute Idee. Der General hat die Ehrung verdient, und wir stärken die Beziehung zur Armee. Aber ob Watson das Schiff bei der Schwere seiner Verwundung kommandieren kann, da habe ich meine Zweifel, David. Ich werde mich auf jeden Fall bei Grant genau umsehen.«

Davids Kutsche rollte zu Dillons Plantage. Mit ihm fuhren nur Alberto und Mustafa sowie Barry, der wieder einmal Auslauf haben sollte. Und natürlich ritt der Trupp Dragoner vor und hinter der Kutsche, auf dem der Ortskommandant bestand.

Vor dem Haus der Dillons stand bereits eine Kutsche. Der Arzt hatte gerade nach James Watson gesehen. »Das ist ja wunderbar, dass ich Sie treffe, Herr Doktor. Bitte sagen Sie mir doch, wie Kapitän Watsons Heilung fortgeschritten ist.«

»Ausgezeichnet, Sir David. Die Verletzung liegt jetzt gut anderthalb Monate zurück. Da sind bei der Konstitution des Kapitäns natürlich alle Wunden verheilt. Die Haut an den Stümpfen hat sich gefestigt und ist belastbar. Wir wollen jetzt anfangen, mit Prothesen zu trainieren. Mr Dillon hat Stelzen konstruiert, mit denen Kapitän Watson schon ganz schön umherstolziert. Auch seine Stimmung ist positiver geworden. Er wird wohl mit der Behinderung gut zurechtkommen.«

»Ich freue mich sehr, das zu hören«, sagte David. »Ich habe die Absicht, Kapitän Watson das Kommando eines Linienschiffs zu übergeben, das in zwei Wochen mit einem Konvoi nach England segelt.«

Mr Dillon schien entsetzt. »Aber David, das ist zu früh. Er ist noch nicht mit einer Prothese gelaufen, und mit den Stelzen kann er sich auf einem schwankenden Schiff nicht halten.«

»Ich verstehe deine Bedenken, Edward, aber ich habe keine erfahrenen Offiziere mehr, um dauernd neue Kommandantenstellen zu besetzen, außerdem wird es Watson großen Auftrieb geben, wenn er auf diesem Wege zu seiner Nicole zurückkehrt und nicht als Invalide mit einem Transporter. Und schließlich können wir ihm ständig einen kräftigen Seemann zur Seite geben, der ihn stützt.«

Der Doktor schaltete sich ein. »Meine Herren, ich schlage vor, wir beginnen sofort einen Versuch mit der Beinprothese. Danach lassen wir Kapitän Watson entscheiden, ob er das Kommando annimmt oder nicht. Nach meiner Erfahrung hat er ein klares und selbstkritisches Urteil.«

Dillon und David nickten. Sie gingen zu Watson, der im Flur mit seinen Stelzen hin- und herstapfte. »Wie schön, dich zu sehen, Onkel David. Herzlichen Glückwunsch zur Eroberung von Guadeloupe.«

»Herzlichen Glückwunsch zu deinen Fortschritten beim Laufen, James«, antwortete David.

»Ja schau nur. Mr Dillon hat mir für den linken Arm eine Stelze konstruiert, in die der Stumpf hineinrutscht wie in eine Manschette. Und mit der rechten Hand kann ich ja zufassen. So kann ich mich ohne Rollstuhl bewegen.«

»Komm, setzt dich einen Moment, James. Ich habe dir etwas zu sagen.« Und David berichtete von seinen Plänen und den Vorschlägen des Arztes. »Wenn du dir das zutraust, James, musst du bald aufs Schiff. Dein Erster ist auch wieder dienstfähig und könnte dich unterstützen. Wenn du es dir noch nicht zutraust, ist das kein Makel und wird von allen verstanden.«

James Watsons Augen hatten einen anderen, entschlossenen Ausdruck bekommen, als David erzählte. Jetzt sagte er kurz und knapp: »Ich werde sofort die Beinprothese probieren. Wenn Sie noch einen Augenblick Zeit haben, Doktor? Onkel David, ihr könnt ja vielleicht unten warten.«

Nach einer Weile kam der Doktor nach unten.

»Kapitän Watson würde Sie jetzt gern sprechen, wenn es Ihnen genehm ist.«

Oben stand Watson auf der Beinprothese und mit nur einer Krücke. »Ich werde es schaffen und nehme das Kommando dankend an, Sir David. In drei Tagen werde ich an Bord gehen«, meldete er in aller Form. Dann breitete er einen Arm aus, um David zu umarmen, und hatte Tränen in den Augen.

In Antigua wartete eine Überraschung auf David. General Abercrombie wollte ihn dringend sprechen. Als er ihn in seiner Kajüte begrüßte, sagte Abercrombie ohne Umschweife: »David, in meiner Post war ein Befehl, sofort nach der Eroberung Guadeloupes nach England zurückzukehren. Arthur Wellesley, seit kurzem Lord Wellington, den ich aus Indien kenne, hat mich für seine Armee in Portugal angefordert. Ich habe einen Kurier nach Barbados gesandt, damit meine Familie mit mir und dem Konvoi nach England zurückkehrt. Nun musst du allein St. Martin und St. Eustatius erobern.«

»Ich gratuliere dir zu der neuen Berufung. Auf dem Kontinent muss Napoleon besiegt werden, und du wirst dazu beitragen. Aber ich habe auch noch eine Überraschung für dich. In vier Tagen werden wir das Linienschiff *D'Hautpoult* in *Abercrombie* umtaufen und Kapitän Watson wird es mit dem Konvoi nach England überführen. Vielleicht findest du die eine Kajüte für dich und deine Familie komfortabel genug. Du müsstest allerdings mit deinen Truppen etwa neunzig Mann als Seesoldaten für das Schiff stellen.«

»David, du bist ein schlimmer Menschenfänger. Aber ich danke für die große Ehre mit der Schiffstaufe. Ich muss sowieso einen Teil der York Rangers nach Europa verlegen, da können sie ebenso gut mit dem Linienschiff wie mit einem Transporter fahren.«

Es wurde eine schöne Schiffstaufe. Die Kapelle der Armee spielte. Der Chor der *Neptune* sang, und General Abercrombie zog die Leine, die den Vorhang fallen ließ, der die Buchstaben *Abercrombie* am Heck des Schiffes verhüllt hatte. Den Mannschaften spendierte der General Freibier, und am Abend war in den Kneipen von English Harbour wieder der Teufel los.

Am Tag vorher war Kapitän Watson mit seiner Beinprothese die Gangway emporgehumpelt, gestützt auf einen großen, jungen Neger. Er trug auch eine Armprothese und las sich mit kräftiger Stimme in sein Kommando ein. Und dann begann er, den Drill der Mannschaften an Kanonen und Segeln zu überwachen und zeigte, dass er ein erfahrener Kommandant und kein Krüppel war.

David schrieb davon schnell als Zusatz in seinem Brief an Britta, denn die Fregatte lag segelbereit, um all die neuen Nachrichten nach England zu befördern.

Abercrombies Familie traf mit einem Transporter aus Barbados ein, und sie entschlossen sich, auf der *Abercrombie* zu segeln. Watson hatte das Schiff schon gut im Griff, und die Mannschaft respektierte ihn.

Als der Konvoi von zehn Transportern und elf Handelsschiffen English Harbour im Geleit der beiden Linienschiffe verließ, segelte auch die *Neptune* mit der *Orion* und einem Transporter mit ihnen. David geleitete den Konvoi noch zwei Tage und drehte dann auf St. Martins ab, um diese halb französische, halb niederländische Insel für England in Besitz zu nehmen.

Natürlich war St. Martin jetzt ganz unter französischer Verwaltung, wie ja auch die Niederlande in Europa ein französischer Vasallenstaat waren. Aber General Harcourt mit seinem Bataillon erwartete keinen Widerstand, denn er wusste, dass die Franzosen nicht mehr als hundert Mann an Truppen auf der Insel stationiert hatten.

Die *Neptune* legte sich vor den Ort Marigot und rannte ihre Kanonen aus. Die *Orion* tat das Gleiche vor dem niederländischen Philipsburg. Die Soldaten setzten mit Kuttern an Land. Die französischen Soldaten hissten weiße Flaggen. Die Magistrate brachten symbolisch Stadtschlüssel auf einem Kissen. Dann stiegen die britischen Flaggen auf und britische Offiziere übernahmen die Forts. St. Martin war britisch.

David hatte die Expedition nur mitgemacht, weil er das sagenhafte St. Eustatius, den goldenen Felsen, noch nie gesehen hatte, obwohl er im amerikanischen Unabhängigkeitskrieg oft vor der Insel patrouilliert war. Damals war die kleine Insel Umschlagplatz für den gesamten – in den Augen der Briten illegalen – Nachschub für die amerikanischen Kolonien gewesen. Zeitweise lagen fünfhundert Handelsschiffe gleichzeitig in dem kleinen Hafen oder auf Reede und luden Waffen, Munition und Nahrungsmittel in amerikanische Blockadebrecher um. Die Kaufleute der Insel verdienten Unsummen, bis die Briten 1781 Holland den Krieg erklärten, die Insel besetzten und ausplünderten. Seitdem blieb sie wirtschaftlich bedeutungslos, aber die Bauten kündeten noch von der alten Pracht.

Als die *Neptune* vor Oranjestad vor Anker ging, stiegen über der alten niederländischen Festung schon die weißen Fahnen hoch. Die sechsundfünfzig holländischen Soldaten zeigten nicht die geringste Lust, für Frankreich zu kämpfen. Die britischen Soldaten marschierten mit Musik und bejubelt von der Bevölkerung ein. Sie verzichteten darauf, Gefangene zu machen, und schickten die holländischen Soldaten einfach heim. Der Magistrat revanchierte sich mit der Ausrichtung einer großen Befreiungsfeier in dem prachtvollen Haus, das der frühere Gouverneur de Graaff bewohnt hatte.

David hatte den Einmarsch der Briten mit O'Byrne vom Achterdeck der *Neptune* aus beobachtet. Er sah die Stadt zwischen den beiden großen Felsen und wunderte sich. »Dieser kleine Fleck im Ozean kann doch gar nichts von Bedeutung selbst erzeugen. Nur die Lage zwischen den Inseln verschiedener Nationen, die Nähe zu Amerika und die Neutralität als Vorwand für ungenierten Freihandel haben zu dieser Zusammenballung von Warenhäusern, Speichern und Villen geführt. Es ist alles schon ein wenig verrottet, aber was muss hier einmal für ein Reichtum geherrscht haben? Da kam auch die Innenstadt von London nicht mit, was, Mr O'Byrne?«

»Ich bin auch überwältigt, Sir. So viele mehrstöckige Häuser auf einem so winzigen Fleck zusammengedrängt habe ich noch nicht gesehen.« Mr Goodwin, der Master, hatte wieder einmal die

Wache übernommen, damit die Herren Offiziere den großen Siegesball besuchen konnten. Auch drei Midshipmen waren ausgewählt worden und wurden von ihren Kameraden beneidet, weil sie sich so richtig mit köstlichen Speisen voll stopfen würden.

David war natürlich der Ehrengast und gab in seiner goldgeschmückten Uniform mit den vielen Orden eine gute Figur ab. Kapitän O'Byrne ging groß und massig neben ihm zum Gouverneur, der sie mit vielen Schmeicheleien begrüßte. Die Kapelle spielte zu jedem Lobeswort einen Tusch und David fragte sich, ob das wohl einmal ein Ende nehme.

Als der Gouverneur dann fertig war, musste David noch im Namen seiner Offiziere für die Einladung danken. Das tat er aber sehr kurz und flocht die besten Wünsche für die Zukunft der Insel ein.

Der Beifall verebbte. Die Musik spielte auf, und schon wartete die Frau des Gouverneurs darauf, von David zum Tanz geführt zu werden. Zum Glück erwies sie sich als gute Tänzerin und charmante Plauderin. »Meine Mutter wartet schon darauf, dass sie Sie an unserem Tisch begrüßen kann. Sie wurde wie Sie in Hannover geboren, heiratete dann nach Holland, zog mit ihrem Mann auf diese Insel und ist nun mit ihren siebzig Jahren seit zehn Jahren Witwe.«

David war erstaunt, dass man über seine Herkunft informiert war. »Kaufleute müssen immer gut informiert sein, Sir David«, sagte seine Tänzerin. »Man wird Sie auf St. Eustatius auch indisch begrüßen in Erinnerung an Ihre Zeit in Bombay, und wir haben auch ein Bild von Königin Luise aufgetrieben, die anwesend war, als man Ihnen diesen schönen Halsorden in Memel verlieh.«

David war perplex. Nun war er in den Kreis

derer aufgestiegen, über die man Dossiers anlegte und die Informationen tauschte und ergänzte, um zu wissen, mit wem man es zu tun hatte.

Die alte Dame aus Hannover war eine Überraschung. Sie begrüßte ihn auf Deutsch und freute sich, wieder einen Landsmann zu sehen. Sie sah würdevoll, gesund und lebendig aus. So kann man siebzig Jahre alt werden, dachte David und plauderte mit der alten Dame. Der frühere Reichtum der Insel war an ihrem erlesenen Schmuck zu erkennen.

Aber dann kam auch die Zeit, wo er sich unter die Tänzer mischen musste, denn die Gastgeber hatten sich eine dieser beliebten Varianten ausgedacht, wo die Tänzer zur nächsten Tänzerin weiterschreiten mussten, sobald die Musik aussetzte. Es wurde viel gelacht, denn es war schon reichlich Champagner getrunken worden. Aus den Augenwinkeln sah David wieder seine Getreuen Alberto und Mustafa, die ihn von der Empore aus bewachten. Er würde ihnen zum Dank etwas schenken.

Die Damen waren sehr freundlich zu David, denn er war nicht nur der mächtigste Mann im Saal, sondern sah mit seinen achtundvierzig Jahren auch noch recht attraktiv aus. Eine blonde Frau von etwa dreißig Jahren und eine Schwarzhaarige im gleichen Alter wechselten schnell die Plätze, um noch einmal mit ihm zu tanzen. Es waren ausgesprochen attraktive Frauen, die sehr natürlich und lustig mit ihm flirteten.

Sie sprachen beide recht gut Englisch, schienen ein Herz und eine Seele zu sein und arrangierten es, dass David mit ihnen zum Büfett ging. Sie legten ihm Delikatessen auf den Teller, ließen sich von ihm Champagner einschenken und lehnten sich auf die liebenswürdigste Art bei jeder Gelegenheit an ihn.

David wurde zunehmend erregt. Wenn er nach rechts schaute, lachten ihn die blauen Augen der Blondine an. Sah er nach links, funkelten die schwarzen Augen der Dunkelhaarigen. Zu den Dekolletees konnte er kaum noch schauen, dann hätte er seine Gedanken gar nicht mehr unter Kontrolle gebracht. So lebendig und verlockend bot sich ihm das Fleisch dar. In Gedanken war er nackt mit ihnen im Bett und griff nach rechts und nach links.

Dann nahm er auf, was die Blonde sagte. »Wir sind Cousinen und ein Herz und eine Seele.«

»Wir teilen alles«, ergänzte die Schwarzhaarige. »Auch in der höchsten Lust.« Sie funkelte ihn an und drückte ihren Unterleib gegen seinen.

David spürte seine Erektion, und dann schoss ihm auf einmal ein Bild in sein Hirn. Er sah den unglücklichen Kapitän Henderson mit weggeschossenem Schädeldach im Nebenzimmer des Ballsaals von St. John liegen. Ihn hatten zwei Frauen in Krankheit und Elend gestürzt, und er hatte alle drei Leben beendet. Wie furchtbar, wenn ihm so etwas geschähe.

Er atmete tief, hob den beiden sein Glas entgegen und sagte: »Sie haben sicher schon viele Freuden geteilt. Ich hoffe, dass Sie beide noch viel Glück erleben. Ich muss mich aber jetzt wieder einmal beim Gouverneur sehen lassen. Entschuldigen Sie mich bitte.«

Die Schwiegermutter des Gouverneurs empfing ihn mit leichtem Lächeln und sagte: »Die anderen Herren schauten schon ganz böse, als unsere beiden Schönheiten Sie umgarnten, Sir David. Ich bin erstaunt, dass Sie sich losreißen konnten.«

»Manchmal können auch Männer widerstehen, Madame de Kerkow.«

»Da musste ich so alt werden, um das noch zu erleben«, sagte sie, und beide lachten sich an.

»Es sind außergewöhnlich reizvolle Cousinen, das muss ich zugeben, aber ich habe eine ebenso reizvolle Frau daheim und Kinder, die groß genug sind, um ihren Vater kritisch zu sehen. Da wählte ich Geist statt Jugend und kam zu Ihnen.«

»Sie sind ein Charmeur, Sir David. Ja, die beiden Frauen wollen ihren Anteil am Leben. Ihre Männer sind nach Amerika geflüchtet, als die Franzosen kamen. Hoffentlich können sie bald heimkehren. Und Ihre Gattin kann sich glücklich schätzen.«

Die Kapelle spielte eine Polka. Die alte Dame lachte David an. »Sir David, das ist aus meiner Jugend. Ich nehme mir die Freiheit und bitte Sie um ein paar Takte dieses Tanzes.«

David sprang auf, rückte ihren Stuhl zur Seite, sagte: »Es ist mir eine Ehre und ein Vergnügen!« und bot ihr seinen Arm.

Sie hatten kaum ein paar Takte getanzt, da traten die anderen zur Seite und applaudierten im Takt der Musik. Die alte Dame lachte, strahlte und tanzte gut und leicht. David konnte nicht anders. Er musste sie anlachen und freudig in die Runde schauen. Dann hielt die alte Dame an und atmete etwas heftig. Die Musik verstummte.

Die alte Dame hob die Hand, und es war ganz still. »Möge unsere geliebte Insel nie von weniger liebenswürdigen und charmanten Menschen besetzt werden. Die Freundschaft zwischen England und den Niederlanden lebe hoch, hoch, hoch.«

Alle fielen jubelnd ein und applaudierten, bis David Madame de Kerkow zum Platz geleitet hatte.

»Sie sind unsere beste Diplomatin, liebe Schwiegermutter«, sagte der Gouverneur und küsste ihre Hand.

»Sie haben meiner Mutter eine große Freude bereitet, Sir David«, flüsterte die Tochter. »Wir sind Ihnen sehr dankbar.«

Als David mit seinen Offizieren am frühen Morgen das Fest verließ, liefen die jüngeren Herren voran und lachten und scherzten. O'Byrne ging mit David einige Schritte hinterdrein und sagte leise: »Das habe ich heute zum ersten Mal erlebt, David, dass jemand zwei junge Frauen gegen eine alte tauscht. Aber es hat Ihnen viel Sympathie eingebracht und vielleicht Gewissensbisse erspart.«

Red du man, dachte David. Ich bin schon nicht mehr sicher, ob ich nicht doch lieber Gewissensbisse hätte.

Aber als er an Bord seine Kajüte betrat, Barry ihn hingebungsvoll begrüßte und die Bilder seiner Frau und seiner Kinder im Kerzenlicht ihn anzusehen schienen, da war er doch zufrieden. Und die Karibik war nun britisch. Was sollte folgen?

Es folgten Routine und viel Feinarbeit. Alle Inseln mussten regelmäßig patrouilliert werden. Die Schiffe waren zu inspizieren und turnusgemäß in English Harbour zu überholen. Die Hafenkommandanturen mussten nach britischen Standards arbeiten. Die Zollbehörden mussten auch auf See kontrollieren.

David segelte alle Inseln ab. Auf Barbados wurde er von seinem Freund Martin und seiner Frau herzlich begrüßt und verlebte einige schöne Tage in der Gouverneursresidenz. Major Ekins war wieder völlig gesund und nahm seinen Dienst auf der *Neptune* auf.

Viel Ruhe hatten David und seine Kapitäne nicht. Und doch wurde David unruhig und etwas reizbar. Für die Arbeit hier brauchte man doch kein Neunzig-Kanonen-Schiff und keinen unternehmungsfreudigen Mann wie ihn. Das konnte doch auch ein alter Admiral schaffen.

Nicht alle waren seiner Meinung. »Das war auch einmal notwendig, dass man Zeit hat, all die neuen Leute richtig in die Besatzung zu integrieren«, sagten ihm manche Kapitäne. »Nur etwas mehr Prisen könnten schon sein.«

Seitdem die Kaperschiffe keine Häfen mehr in der Karibik hatten, nachdem die Franzosen nicht mehr hohe Preise für Schmuggelware zahlten, war der illegale Schiffsverkehr stark zurückgegangen. Nur einige regelrechte Freibeuter kamen aus winzigen spanischen Häfen und raubten und mordeten, wer immer zu schwach war, ihnen zu widerstehen.

David setzte fast alle kleinen Schiffe ein, um die Freibeuter zu jagen.

Einmal hatten sie noch ein Versorgungsschiff abfangen können, das Guadeloupe versorgen sollte und noch nichts von der Kapitulation wusste. Aber sonst segelten nur englische Konvois vom Atlantik zu den Inseln der Karibik.

Die *Neptune* patrouillierte in den letzten Maitagen östlich von Barbados, als der Ausguck ein Segel meldete. Nach zwei Stunden wussten sie, dass es ihre Fregatte *Acaste* war, die die Ankunft eines Konvois in Barbados melden sollte.

Kapitän Proctor meldete sich zum Rapport und sagte, dass er sich freue, wieder unter Davids Kommando zu sein, auch wenn die Freude nur kurz sein werde.

»Wie meinen Sie das, Mr Proctor?«, fragte David erstaunt.

»Ihr Nachfolger, Sir, ist an Bord des Konvois. Man redet davon, dass auch die *Neptune* in die Heimat kommandiert wird und dass Sie ein neues Kommando erhalten, Sir. Aber genauere Nachrichten sind sicher in der Post, die ich Ihrem Sekretär übergeben habe.«

»Kann ich mit Ihrem Verständnis rechnen, Mr Proctor, wenn ich mich jetzt der Post widme und erst dann wieder zu Ihrer Verfügung stehe?«

»Selbstverständlich, Sir.«

David ging schnell in Mr Roberts Kammer. »Wo ist die Post der Admiralität, Mr Roberts?«

»Ich habe sie hier auf den Sekretär gelegt, Sir.«

David griff nach den Umschlägen, nahm das bereitliegende Messer und schlitzte den Umschlag auf, der vom Ersten Sekretär der Admiralität kam. Er überflog die einleitenden Floskeln und las dann erstaunt: » … haben die Lords der Admiralität beschlossen, Sie mit sofortiger Wirkung von Ihrem Kommando in Westindien zu entbinden und zur Übernahme eines neuen und ehrenvollen Kommandos in die Heimat zu beordern …«

Neu und ehrenvoll, das war ja ungewöhnlich informativ. Diese Phrasen benutzten die Herren auch, wenn sie jemanden als Hafenadmiral kaltstellen wollten. Aber da war noch ein kleiner Umschlag seines Freundes Hugh Kelly, einem der Lords der Admiralität.

Er riss ihn auf. »Ich kenne dich doch, lieber David. Du wirst vor Unruhe krank, wenn du nicht weißt, was wir mit dir vorhaben. Dein Freund

George, der in diesen Tagen den Bath-Orden erhält, und Wellington wollen dich unbedingt als Kommandant eines Geschwaders an den portugiesisch-spanischen Küsten haben. Sie brauchen jemanden, der Unternehmungslust und Fantasie hat, um die spanischen Guerillas zu unterstützen und den Franzosen ständig Feuer unter dem Hintern zu machen. So drückte sich dein Freund George aus. Es wird dir gefallen. Vernichte diesen Brief. Immer dein Hugh.«

David atmete erleichtert auf. Das hörte sich gut an. So, nun musste er Mr Proctor mit aller Höflichkeit schnell loswerden und dann mit Paul O'Byrne über die Heimreise sprechen.

Die Ordensritter (April bis August 1810)

Der Hafenadmiral hob die Teetasse hoch, um einen Schluck zur Erfrischung zu trinken. Schnell griff er mit der linken Hand hinzu, um die rechte zu stützen. Dieses verdammte Zittern in den Händen wurde immer stärker, und wenn die Tasse voll war, schwappte schnell etwas auf die Akten. Kaum hatte er die Tasse am Mund, klopfte es an der Tür. Er nahm erst einen Schluck, ehe er »Herein!« rief.

Sein Bürovorsteher brachte ein Blatt. »Sir, eine Meldung der Küsten-Signalstationen: Geleit WP 26/21 wurde querab von Portland Bill gesichtet.« Er reichte dem Hafenadmiral den Bogen.

Der schaute mehr aus Gewohnheit auf das Blatt. Alles, was er wissen musste, hatte ihm der Bürovorsteher gesagt. Das ›W‹ stand für Westindien, das ›P‹ für Portsmouth. Es war der 26. Konvoi aus Westindien, der diesmal für Portsmouth bestimmt war und einundzwanzig Schiffe umfasste, also ein kleiner Konvoi war.

»Geben Sie mir bitte den Ordner«, sagte er zum

Bürovorsteher, denn er wollte wissen, ob eine bestimmte Ladung besondere Aufmerksamkeit erforderte. Die Fregatte mit den Depeschen brachte die Meldungen über die Zusammensetzung im Normalfall mindestens acht Tage vor Ankunft der Konvois, sodass notwendige Vorbereitungen getroffen werden konnten.

Hier stand es: Zehn Transporter mit französischen Kriegsgefangenen. Der Hafenadmiral überlegte kurz. »Benachrichtigung an die Gefangenenhulks und die Seesoldatenkommandantur, dass morgen Vormittag zehn Gefangenentransporter eintreffen. Ausschiffung bei Sally Port. Auch die Hospitalärzte müssen informiert werden. Die Handelsschiffe sollen bei Q 8 auf die Reede. Sagen Sie es den Lotsen.« Dann schaute er noch einmal in den Ordner. »*Abercrombie*«, murmelte er. »War das nicht die Prise, die Kapitän Watson heimführt?«

»Sehr wohl, Sir. Der schwer verletzte Mann von Lady Bentrow.«

»Gut«, knurrte der alte Admiral. »Schicken Sie mir dann den jungen Bernie rein. Er soll für mich einen Botengang erledigen.« Er nahm einen Bogen, streifte seine Schreibfeder ab und schrieb schnell einige Sätze auf, faltete den Bogen zusammen, siegelte ihn und schrieb die Anschrift.

Der junge Bernie war inzwischen schüchtern vor dem Schreibtisch gelandet. »Bernie, du gehst zum Büro von Barwell und Hansen. Dort übergibst du das Billet dem Prinzipal oder seiner Frau. Wenn beide nicht da sind, sagst du dem Bürovorsteher, dass er es öffnen und die entsprechenden Maßnahmen veranlassen soll. Hast du alles behalten?«

»Aye, aye, Sir«, bestätigte der Stift und eilte davon. Der Admiral schmunzelte und wurde dann ernst. Die Rückkehr könnte zu einigen Problemen führen. Er kannte die Winters und Nicole. Fast war es eine Freundschaft. Zumindest seine Verehrung für Lady Britta war bekannt und unwandelbar.

Noch vor dem Abend hatte die Nachricht Whitechurch Hill erreicht. Julie Hansen schrieb Britta, dass sie Nicole auf die Ankunft ihres Mannes vorbereiten sollte. Britta atmete tief. Nicole war unten bei den fünf Jungen, die gerade von Mr Ballaines Schule gekommen waren. Neben Edward, ihrem Sohn, John, Nicoles Sohn, und Alexander, Gregor Dimitrijs Sohn, waren ja auch zwei Enkel der Dillons zum Schulbesuch bei ihnen. Das war schon manchmal ein Treiben wie in einem Taubenschlag.

Sie nahm das Billet und ging nach unten. Die Jungen hatten sich um Nicole geschart und erzählten von der Schule. Nun unterbrachen sie die Erzählung und wollten von Britta beachtet und begrüßt werden. »Hört, ihr Lieben, schaut einmal nach dem jüngsten Welpen unserer Sonja. Mir kam er heute so kränklich vor. Aber betatscht ihn nicht alle.«

Als sie mit Nicole allein war, sagte sie: »James kommt morgen Vormittag mit dem Konvoi.«

Nicole nahm die Hand vor den Mund und setzte sich. Sie war ja hochschwanger. »Kannst du mir bitte mein Glas geben, Britta?«

Britta reichte es ihr und Nicole trank einen Schluck. »Da habe ich mich so danach gesehnt, und nun habe ich Angst, dass ich alles richtig mache.«

»Das wirst du schon«, sagte Britta. »Du gehst allein zu ihm und fasst ihn um. Erst wenn ihr euch gedrückt habt und wieder einander spürt, kommen John und die Zofe mit Adam zu euch.«

»Ich bin doch so unförmig. Wenn er mich so sieht. Ob ich das durchhalte am Kai? Wenn nun dort das Kind kommt«, jammerte Nicole.

Ihre Sorge war nicht unberechtigt. Sie war im neunten Monat. Jeden Tag konnte ihr zweites Kind zur Welt kommen. Und bei der Aufregung eines Wiedersehens mit dem invaliden Mann, womit musste man da rechnen?

Britta nahm sie in die Arme. Jetzt musste dieses Paar, das immer allen ein Beispiel körperlicher Schönheit geboten hatte, mit Unförmigkeit und Invalidität fertig werden. »Nicole«, sagte sie. »Wenn James dich so hochschwanger und hilfsbedürftig sieht, dann denkt er weniger an seine eigenen Behinderungen. Das erleichtert auch vieles. Und ich sorge dafür, dass bei der Ankunft am Kai unauffällig eine Kutsche mit Arzt und Hebamme im Hintergrund wartet, die dich im Notfall sofort zu den Hansens fährt, wo alles vorbereitet ist.«

Nicole drückte ihre Hand. »Du weißt immer Rat, Britta. Ich habe dir so viel zu danken. Aber versteh bitte, ich möchte dann mit James gleich zu unserem Haus fahren. Ich schicke sofort einen Boten ab, damit alles vorbereitet wird und die Kutsche uns am Hafen erwartet. John kannst du bitte bei Mr Ballaine für drei Tage entschuldigen.«

Britta sah sie ernst an. »Nicole, ich verstehe deinen Wunsch sehr gut. Aber du musst mit drei Stunden Kutschfahrt rechnen. Ist das in deinem Zustand nicht ein Risiko? Sollte ich nicht besser einen Boten zu Gregor schicken, dass er eine Kuff bereithält und euch auf dem Wasserweg an den Kanal bringt? Dort kann euch die Kutsche abholen.«

»Danke, Britta, das ist nicht nötig. Die Kutsche ist

sehr bequem, und die Straßen sind recht gut. Mir ist das mit einem Schiff zu aufwändig. Ich setz mich schnell hin und schreib die Anweisungen für das Personal daheim. Sagst du bitte meinem Diener, er soll das Pferd satteln?«

Am nächsten Morgen fuhr Britta mit Nicole, deren Kindern und Zofe zu den Hansens nach Portsmouth. Sie würden in der Wohnung von Davids Cousine und Davids altem Freund auf die Ankunft des Konvois warten.

Julie und William begrüßten sie herzlich, bewunderten, wie John und Adam gewachsen waren, und setzten sich mit Nicole und Britta zum Tee. »Ich kann ja darüber reden, da ich selbst eine Prothese trage«, begann William. »Ihr müsst James möglichst bald Prothesen von den Fachleuten in der Stiftung anpassen lassen. Sie sind so erfahren darin, dass ich mir kaum noch vorstellen kann, wie ich früher mit der alten Prothese ausgekommen bin. Du weißt, Nicole, dass sie mit drei Mann auch ständig im Gosport Hospital arbeiten. Diese Werkstatt, die Britta so gefördert hat, ist eine ihrer segensreichsten Einrichtungen.«

»Danke, William«, sagte Nicole. »Wir haben schon ausgemacht, dass wir die Prothesen in der Stiftung selbst anpassen lassen. Wir sind einige Tage bei uns und besuchen dann Britta. Und wenn sich James an die neuen Prothesen gewöhnt und ich vielleicht das Kind zur Welt gebracht habe, dann treffen wir uns alle bei uns.«

Nun wandte sich das Gespräch der anstehenden Geburt zu, und William ließ die Frauen allein und ging in sein Büro. Von hier aus konnte er hinüber nach Spithead blicken. Aber er hatte auch einen Boten am Portsmouth Point, der die Ankunft der *Abercrombie* melden würde.

Eine gute Stunde später saß Nicole mit Zofe und Kindern in der Kutsche am Portsmouth Point. John und sie drängten sich zu den Fenstern, um im Gewimmel der sich nähernden Segel die *Abercrombie* zu entdecken. »Dort ist ein Vierundsiebziger!«, rief John, der mehr von Kriegsschiffen verstand als seine Mutter. Dann fügte er hinzu: »Er hat französische Bauart. Darf ich zum Kai laufen, um den Namen zu erkennen?«

»Warte noch ein wenig, John. Wir sehen ja, wenn ein Boot ablegt«, entschied Nicole.

Dann war es so weit. Ein Boot legte ab und steuerte zum Kai. Nicole bezwang ihr Zittern, schluckte und sagte: »Nun lasst uns zum Kai gehen.«

Es waren nur wenige Schritte, aber Nicole stützte sich zwischendurch auf John, der die Hand seiner Mutter nicht mehr losließ und besorgt zu ihr schaute.

Dann sahen sie James, der im Boot saß und seinen Hut schwenkte. Das Boot legte an. Ein kräftiger Schwarzer sprang heraus und streckte James seine Hand entgegen. Im Boot half ein Matrose dem Kapitän, und dann stieg James humpelnd die Stufen der Treppe empor und strahlte über das ganze Gesicht.

Nicole musste die Tränen zurückdrängen und lief ihm entgegen. Sie sah sein mageres Gesicht, den Arm aus Holz, aber es war ihr James, ihr geliebter Mann. Sie umfing ihn mit ihren Armen und netzte sein Gesicht mit Tränen. »Dass du nur da bist, Liebster. Dass ich dich halten kann, spüre, dass du lebst. O, James, ich bin so glücklich.«

James schluckte die Tränen hinunter, legte den Holzarm vorsichtig auf ihren Rücken und streichelt sie mit der gesunden Hand. »Nicole, es ist ein Wunder, dass ich dich wieder berühren kann. Ich hatte es zwischendurch nicht mehr geglaubt. Aber nun ist für mich der Krieg vorbei und ich bleibe bei dir und den Kindern.«

James nahm die gesunde Hand und streckte sie John entgegen. »John, mein Lieber, geht es dir gut?«

»O ja. Ich freue mich, dass du da bist. Schau nur, Adam freut sich auch.« Sie wandten sich alle der Zofe zu, die Adam auf dem Arm hielt. Wenn der sich über seinen Vater freute, dann konnte er es gut verbergen. Er strampelte und wollte auf den Boden, um selbst umherzustapfen.

»Ist der Bursche gewachsen«, staunte James. »Auch John ist groß geworden und du ein wenig voller, liebe Nicole. Ist es bald so weit?«

»Schau mich nur nicht an, Liebster«, klagte Nicole. »Ich seh so schrecklich unförmig aus. Das Kind kann jeden Tag kommen.«

»Du bist immer noch die allerschönste Frau der Welt, Nicole. Wie kann ich als Krüppel nur neben einer so schönen Frau bestehen.«

»Du bist doch kein Krüppel, Daddy. Du bist ein Held. Und wenn du erst die neuen Prothesen hast, merkt man gar nichts mehr«, mischte sich John ein.

James legte John seine gesunde Hand auf die Schulter. »Du wirst mir helfen, wenn ich neu laufen lerne, lieber John. Jetzt lass dir mal von Paulus meinen Stock geben. Paulus ist mein neuer Diener, den Onkel Dillon freigelassen hat. Komm, Paulus, das ist Lady Nicole, und das sind John und Adam. Sei zu ihnen auch so gut wie zu mir.«

John nahm von Paulus den Gehstock und reichte

ihn James. Der griff ihn und schaute Nicole liebevoll an. »Wohin fahren wir, Geliebte?«

»Zu uns nach Hause, mein lieber Mann. Aber sag nur schnell noch Britta guten Tag, die dort in der Kutsche wartet.«

James brauchte in ihrem Haus mehr Hilfe als früher. Er humpelte tapfer mit seinem Stock die Treppen hinauf und durch die Zimmer. Aber er konnte sich nur mühsam etwas zu Adam hinunterbeugen, und der Stuhl musste ihm herangerückt werden, wenn er sich an den Tisch setzen wollte. Zum Essen mussten ihm Fleisch und Brot geschnitten werden und vieles andere mehr. Das meiste tat Paulus unaufgefordert und unauffällig. Aber manchmal griffen auch Nicole und John zu.

Nicole war bemüht, sich auch von James helfen zu lassen, damit er spürte, dass er nicht allein auf Hilfe angewiesen war. Es war zuerst ungewohnt, die steife Holzhand zu spüren und das Stapfen des Holzbeines zu hören, aber Nicole nahm sich sehr zusammen und ließ sich nichts anmerken.

Auch John verhielt sich wunderbar. Er erzählte von der Schule, fragte nach James' Zeit in französischer Gefangenschaft und verabredete, dass er James am nächsten Tag zeigen würde, wie er reiten könne.

Und dann waren Nicole und James im Schlafzimmer. Sie waren eines dieser modernen Ehepaare, die sich nicht mehr von Diener und Zofe an- und entkleiden ließen, sondern es selbst taten. Sie hatten in ihrer jungen Ehe viel Freude daran gehabt und gegenseitig ihre schönen Körper genossen. Jetzt waren sie befangen.

»Du musst mir bitte mit den Schuhen und Strümpfen helfen, Liebster, und mir zeigen, wie ich dir mit den Prothesen helfen kann.« Er konnte nicht vor ihr knien. Sie musste auf dem Bett die Füße hochnehmen. Auch sie konnte sich kaum bücken, und auch er hob ihr den Fuß entgegen.

Handgriff um Handgriff legten sie ihre Befangenheit ab. Sie fühlte den Stumpf am Arm mit den Narben und den geröteten Stellen. Er klagte, dass es immer wieder Druckstellen und kleine Entzündungen gab, wo die Prothesen am Stumpf scheuerten. Nicole hatte von den Fachleuten in der Stiftung vorsorglich Salbe besorgt und cremte ihm die geröteten Stellen ein.

Er rückte ihr die Kissen zurecht, strich mit der gesunden Hand zärtlich über ihren Leib, legte das Ohr an ihren Bauch und hörte den Herzschlag seines ungeborenen Kindes. Alle Härte, mit der er sein Schicksal ertragen hatte, fiel von ihm ab. Er weinte und schmiegte sich an sie. Beide hatten das Gefühl, sie seien sich nie so nahe gewesen wie jetzt.

Er erzählte ihr, wie einige Franzosen ihn gequält hatten, wie David mit den Befreiern kam und wie er nicht als Krüppel leben wollte.

»Wir brauchen dich, James, vergiss das nie. Bald sind wir fünf. Du hast drei Kinder und eine Frau, die mit dir leben wollen, nur mit dir. Wir zählen nicht die Arme und Beine, wir brauchen dein Herz und deine Liebe. Hilf uns und hilf mir, wenn ich das Kind zur Welt bringen soll.«

Es wurde nichts aus dem gemeinsamen Treffen in den nächsten Wochen. Zwei Tage nach James' Heimkehr brachte Nicole ein Mädchen zur Welt. Es war eine schmerzhafte Geburt, und James verzehrte sich vor Sorge, bevor er den Schrei des Kindes hörte und seine Frau ermattet lächeln sah. All diese Ereignisse ließen die Probleme mit seinen Prothesen in den Hintergrund treten. Niemand schien mehr darauf zu achten.

Sie nannten ihre Tochter Anne, da Nicoles Mutter Annie geheißen hatte. James war ein rührender Vater, nicht nur zur kleinen Anne, sondern auch zu Adam und zu John. Nicole musste ihn daran erinnern, dass John nicht länger der Schule fernbleiben könne. Als die kleine Anne eine Woche alt war, meinte sie, dass sie ihren Mann nun zwei Nächte entbehren könne, und bat ihn, John nach Whitechurch Hill zu bringen und selbst die Prothesenfachleute in der Stiftung aufzusuchen.

James fand herzliche Aufnahme bei Britta und fuhr zuerst in die Prothesenwerkstatt, in der der alte Meister selbst Maß nahm und Abdrücke der Stümpfe anfertigte. Am nächsten Tag sollte die erste Anprobe sein. Einen Tag später die zweite.

Der alte Meister klagte, dass es oft zu schnell gehen müsse. »Aber es braucht Zeit, gnädiger Herr. Wir müssen immer wieder neu lernen, wie sich der Stumpf mit der Prothese abfindet. Und es gibt so viel, was zu beachten ist. Wir haben schon über anderthalbtausend Männer mit Prothesen versorgt. Da hat man seine Erfahrungen.«

James beruhigte ihn, dass er ja immer wieder nach Whitechurch Hill komme. Da könne man immer wieder die Erfahrungen verarbeiten. Das beruhigte den Meister sichtlich.

Im Haus der Winters wollten die Jungen von James alles über seinen Kampf gegen vier Fregatten wissen. Er musste ihnen auch von der Gefangenschaft und der Befreiung durch David erzählen. Ein wenig erleichtert war er schon, als sie zu ihren Vorbereitungen für die Nacht abberufen wurden.

Ganz andere Gesprächspartner waren Christina, die in wenigen Wochen sechzehn Jahre alt werden würde, und Charles, der kurz vor seinem fünfzehnten Geburtstag stand. Sie schienen für Britta eher Partner als Kinder zu sein. Sie sprach mit Christina über die Produktivität in den Strickereien, über verschiedene Lieferanten und Abnehmer. Charles informierte sie, was mit der Frühjahrssaat geschehen müsse und wie die Preisentwicklung auf dem Getreidemarkt sei.

James äußerte sein Erstaunen, dass sich die beiden schon so mit Landwirtschaft und Geschäft auskannten. »Aber Onkel James«, sagte Christina. »Wir sind moderne junge Leute. Mit Häkelarbeiten und Kartenspielen wollen wir nicht durchs Leben gehen. Wir wollen selbst etwas aus dem machen, was uns unsere Eltern übergeben. Und weißt du schon, was du am liebsten tun würdest, wenn du nicht mehr in der Flotte Dienst leisten kannst, Onkel James?«

Britta hielt ein wenig die Luft an. Die Frage kam ihr zu früh. Aber diese jungen Leute konnte man nicht mehr so an der Leine halten, wie das ihre Eltern noch mit ihr getan hatten.

James schien die Frage nicht unangenehm. »Ihr seid mir hoffentlich nicht böse, wenn ich euch sage, dass Handel und Landwirtschaft mich nicht so sehr fesseln.« Er lachte etwas verlegen. »Es würde mich schon eher interessieren, in der Politik mitzumischen. Da könnte man doch auch einiges bewirken, was Sinn macht. Und dann habe ich auch schon einmal daran gedacht, Bücher über die

Geschichte unserer Flotte zu schreiben. Aber ich glaube, die Politik lockt mich doch mehr.«

»Aber das sind doch wunderbare Pläne, James. Wenn wir einen Vertrauten im Parlament hätten, wir würden ihm schon sagen können, welche Bestimmungen völlig unsinnig sind und geändert werden müssten, nicht wahr?« Britta sah ihre Kinder an, die zustimmend nickten.

Charles überlegte kurz und sagte: »Der Wahlkreis von Rosehill wird doch frei, wenn ich mich recht erinnere. Er ist mit etwa zwei Dutzend Wählern relativ billig zu übernehmen.«

James wusste, dass sich Charles auf die längst überholte Wahlkreiseinteilung bezog, die dazu geführt hatte, dass in den neuen Industriegebieten Tausende von Menschen einen Abgeordneten ins Parlament schickten, während es in jetzt entvölkerten Distrikten manchmal nur ein paar Dutzend waren. Und deren Stimmen konnte man dann mit Geld kaufen.

Britta legte die Hand auf James' Arm. »Das wär doch eine Möglichkeit. Denk mal darüber nach. Wir helfen dir gern.«

Als James wieder bei Nicole war und Anne und Adam gebührend begrüßt hatte, konnte er es gar nicht erwarten, ihr seine neuen Prothesen vorzuführen. Die Armprothese fügte sich viel besser an den Stumpf als vorher. Sie hatte in der Höhe, wo früher das Handgelenk war, einen Aufsatz, auf den verschiedene Handteile gesteckt und mit einem Druckverschluss arretiert werden konnten.

»Sieh doch nur, der eine Aufsatz ist für das Halten von Gabel oder Löffel. Dieser hier ist dafür, wenn ich Zügel halten oder etwas heben will. Ich stecke sie hier auf die beiden Stifte, und schon schnappt es ein. Und sie sind mit leichtem Veloursleder fest verklebt, sodass man nicht mehr das kalte Holzgefühl hat.«

Das Bein war mit einer Art Gelenk versehen, dass sich beim Gehen etwas nach hinten einknicken ließ. Wenn man den Fuß schnell nach vorn schleuderte, rastete es wieder ein und gab stabilen Halt. James konnte dadurch leichter gehen und sich etwas besser bücken.

Nicole war beeindruckt. »Das sind ja wirklich Zauberkünstler da in der Stiftung.« Und sie war glücklich, dass sich James so hoffnungsvoll mit den Prothesen beschäftigte.

Das Treffen der Familien sollte nun endlich stattfinden. Britta hatte es übernommen und auf Whitechurch Hill waren die Vorbereitungen in vollem Gange. Neben den Hansens und den Watsons würde auch Davids Cousin Henry mit seiner Familie kommen, der Schiffsbauer. Drei Tage vor dem Treffen brachte der Bote Britta einen Brief, den sie überhaupt nicht erwartet hatte. Er war von Lady Charlotta Kelly, der Frau von Davids altem Freund Hugh, jetzt einer der Lords der Admiralität. Charlotta hatte ihr noch nie geschrieben. Britta nahm das Briefmesser und öffnete das Schreiben.

Liebe Britta! Sie werden erstaunt sein, dass ich an Sie schreibe und nicht Hugh an Ihren lieben David. Aber Hugh ist vor Überarbeitung kein Mensch mehr. Er ist fast Tag und Nacht in der Admiralität. Doch er wollte unbedingt, dass Sie informiert werden, und so schreibe ich Ihnen, was er mir während der hastigen

Essenspausen mitgeteilt hat. Sie werden sich denken können, dass der Übergang der Regierung von Portland an Perceval natürlich nur der äußere Ausdruck viel tief greifenderer Wandlungen war. Die schwere Krankheit des Königs, die seine Vertretung durch seinen Sohn, den Prinzen von Wales, erforderlich machte, hat die politische Welt in London in ein Wechselbad getaucht. Mal hieß es, der Zustand des Königs verschlechtere sich. Dann gewann die Opposition Oberwasser, die der Prinz von Wales favorisiert, und alle Pläne mussten neu geschrieben werden. Ging es dem König etwas besser, dann ruderte der Prinz zurück, und wiederum wurde alles neu geregelt. Seit Anfang Mai diesen Jahres hat Hugh nun auch einen neuen Ersten Lord der Admiralität mit Charles Yorke, einem Parlamentarier, über den Hugh noch nicht viel sagen kann. Glücklicherweise arbeitet er mit dem Zweiten Sekretär, Mr John Barrow, gut zusammen, der seit 1807 im Amt ist. Und auch sein Verhältnis zu Mr Croker, seit Oktober vorigen Jahres Erster Sekretär, hat sich nach ersten Differenzen gut eingespielt. Aber das ständige Hin und Her hat ihn schon sehr belastet.

Vor allem aber ist er seit anderthalb Jahren zuständig für die Flottenunterstützung aller Operationen in Portugal und Spanien. Ich muss Ihnen nicht sagen, dass Portugal unser treuester Alliierter ist und dass wir die portugiesische Königsfamilie vor dem Zugriff Napoleons retteten. Natürlich auch die portugiesische Flotte. Sie haben auch sicher gelesen, dass unsere Flotte im Januar 1809 General Moores Armee aus Coruña evakuierte, wo sie Napoleons Armeen eingeschlossen hatte. Aber sie können sich nicht vorstellen, was Hugh damals an Organisation geleistet hat. Dann hat Sir Wellesley, der heutige Lord Wellington, von Portugal aus die Franzosen bei Talavera besiegt, bevor er sich auf Lissabon zurückziehen musste. Und nun soll es wieder mit neuen Kräften vorangehen.

Neue Mittel und neue Männer sollen den Umschwung schaffen. Und da kommt ihr David ins Spiel. Sein Nachfolger für Westindien ist schon unterwegs. David wird Ende Juni/Anfang Juli zurückerwartet. Dann soll er möglichst bald ein Geschwader übernehmen, das die Franzosen an den Küsten Portugals und Spaniens ständig bekämpft. David sei der beste Mann für solche amphibischen Operationen, wie Hugh sagt. Ich hoffe inständig, dass für Sie und die Kinder einige Wochen abfallen werden. Hugh meinte, Sie sollten sich die Zeit auch für Besuche in London freihalten. Ich freue mich schon darauf, Sie und David dann wiederzusehen.

In herzlicher Freundschaft stets Ihre Charlotta

PS. Bitte sagen Sie anderen noch nichts von der neuen Aufgabe.

Britta ließ den Brief sinken. Er kam! Und er sollte bald wieder weg. Sie seufzte. Andere saßen jahrelang ohne Kommando an Land herum, und ihrem David oder besser: ihr waren höchstens mal einige Monate vergönnt. Aber sollte sie sich wünschen, dass er wie James als Invalide an das Land gefesselt war? Nein, das wollte und durfte sie nicht.

Britta überlegte kurz, was für den Juli geplant war und umdisponiert werden musste. Sie wollte Zeit haben. Sie ging an ihren Sekretär, schaute auf den Kalender und schrieb einige Notizen auf ein Blatt. Das würde sich einrichten lassen. Aber sollten sie nicht ein Stadthaus in London kaufen? Sie konnten doch nicht immer bei den Bentrows unterschlüpfen. James war ja nun auch noch da.

Hansens waren die ersten Gäste, die eintrafen. Sie hatten auch den kürzesten Weg. Britta erzählte ihnen sofort von Davids Heimkehr. Sie freuten sich mit ihr und überlegten, was sie alles gemeinsam unternehmen könnten.

»Ich muss mit ihm über die Reederei sprechen. Ich brauche seinen Rat. Er ist ja schließlich auch Teilhaber«, meldete William an.

»Damit überfällst du ihn aber nicht gleich. Hörst du?«, drohte ihm Britta.

»Aber«, protestierte William, »ob wir in den Westindienhandel investieren oder nicht, ist doch eine dringende Frage. Da weiß doch David nun am besten Bescheid.«

Die Diskussion wurde unterbrochen, weil die Kinder mit den Hunden zur Stiftung wollten. Die Eltern baten, dass sie noch ein wenig warten sollten, denn Henry und Claire mit ihren beiden Kindern müssten jeden Moment kommen. Die Kinder würden dann sicher gern mitgehen.

In der Tat. Die Kutsche rollte bald heran, und zuerst sprangen Sohn und Tochter hinaus, ehe Henry, Julies Bruder, und Claire, seine Frau, folgten. Beide wurden herzlich begrüßt und freuten sich über das Wiedersehen. Die Kinder sausten ab in die Stiftung mit ihren Werkstätten, den Wasserteichen, den vielen anderen Kindern und was immer es dort zu sehen gab.

Die Erwachsenen setzten sich, als auch die Watsons mit den kleinen Kindern eingetroffen waren, zum Kaffee in den Garten. Zwei Themen bewegten sie vor allem: Davids Rückkehr und James' Prothesen.

Da Britta nicht sagen konnte, wie lange David bleiben würde, stand James bald im Vordergrund des Interesses. Er demonstrierte schon am Tisch, wie gut er Messer und Löffel halten konnte, und musste dann auch noch zeigen, dass die Beinprothese sogar eine leichte Biegung des Knies erlaubte.

»Es ist kaum zu glauben, was geschickte Handwerker alles schaffen, wenn man sie Erfahrungen sammeln lässt«, sagte Julie. »Überlegt doch einmal, was in den letzten Jahren alles für Maschinen erfunden wurden. Wo führt das noch hin? Sie treiben schon Schiffe mit Dampfmaschinen an in Amerika. Dann müssen wir unsere Reederei umbauen.«

Sie sprachen lebhaft und lachten viel. Schließlich wurde ein Diener ausgeschickt, um die Kinder zu holen. Dann einigten sie sich, was sie am Nachmittag unternehmen wollten, und bereiteten sich für das Mittagessen vor.

Neptune, Bellisle und *Orion* stampften mit Nordostkurs durch die Sargossa-See. Sie hatten die Sonnensegel aufgespannt, denn es konnte hier, südöstlich der Bermudas, sehr heiß werden. Die Mannschaften genossen den freien Sonntagnachmittag. Wochentags mussten sie ganz schön ran, denn sie segelten mit minimaler Besatzung. Viele kräftige junge Leute waren in der Karibik geblieben, um dem Mannschaftsmangel auf den verbleibenden Schiffen etwas abzuhelfen.

Zwei Linienschiffe und die große Fregatte waren heimbeordert worden, weil in der Karibik keine feindlichen Stützpunkte mehr bestanden. Der neue Admiral hatte dafür eine Fregatte und eine Brigg zusätzlich, um mit den anderen kleinen Schiffen den Schmuggel und die Piraterie unterbinden zu können.

Davids Schiffe segelten wieder in Fächerformation nebeneinander. Sie waren so weit voneinander entfernt, dass die Ausgucke die Signale des Nachbarn noch gut erkennen konnten. Vielleicht verfing sich eine Prise in dem breiten Fächer.

David saß in einem bequemen Stuhl auf seiner Heckgalerie und las in einem Buch. Aber seine Gedanken schweiften häufig ab. Er dachte an Britta und ihre Umarmungen, die er bald wieder genießen konnte. Auch seine Kinder beschäftigten ihn. Sein jüngster Sohn wurde im September elf Jahre alt. Er würde ihn bedrängen, dass er zur See dürfe, wenn der Vater sein neues Kommando antrat.

Aber mit elf Jahren zur See? Sicher, das hatte es schon gegeben bei den jungen Gentlemen. Aber zwölf oder dreizehn Jahre waren ein häufigeres Eintrittsalter. Er würde Edward auf den zwölften Geburtstag vertrösten. Dann konnte er ihm nachreisen mit seinen beiden Freunden, und er würde ihnen die Stellen reservieren.

David klappte nun endgültig sein Buch zu und ging an Deck, um ein wenig mit O'Byrne zu plaudern. Er traf ihn, als er gerade den Proben des Chors lauschte.

»Wir sollten ihn in Portsmouth auftreten lassen. Die Marinevereinigung würde sich sicher freuen«, sagte David.

»Das glaube ich auch, und die Männer könnten sich ein paar Shillinge verdienen. Was wird wohl der Kantor machen? Er hatte sich so gefreut, als er erfuhr, wie gut es seiner Frau in der Stiftung geht und dass er eine gesunde Tochter hat.«

»Meine Frau wollte sich umschauen, ob sie nicht eine gute Stelle als Kantor für ihn findet. Und wenn die sich umschaut, sieht sie meist etwas.« Sie lachten beide und wandten sich den Hornpipe-Tänzern zu, die ihre musikalischen und akrobatischen Künste zeigten.

Nach einer Weile pfiffen die Maate zum Abendessen, und das Deck leerte sich. »Sie können schon das Signal geben, dass die anderen Schiffe näher zum Flaggschiff aufschließen, Mr O'Byrne«, sagte David.

»Wird erledigt, Sir«, erwiderte O'Byrne etwas leger und gab dem Signal-Midshipman einen Wink.

David stand noch ein Weilchen an Deck, kraulte Barry den Kopf und schaute auf die Wellen, die in unendlicher Folge ihrem Bug entgegenwuchsen. Es war eine sehr friedliche Stimmung.

»Deck! Kanonendonner neun Strich voraus! Keine Sichtung!«

David hielt schnell die Hände hinter die Ohren, aber er hörte nichts mehr. Oder war da doch ein Schuss? Barry jedenfalls stellte die Ohren auf und knurrte. Zu sehen war nichts. Aber die Sicht war durch die beginnende Dämmerung auch schon eingegrenzt.

David rief laut: »Wer hat sonst noch Schüsse gehört?«

»Ich, Sir«, meldete sich ein junger Midshipman. »Albert Writtler, Sir. Midshipman der Wache. Ich lehnte mich gerade über die Reling und dachte an daheim.«

»Nun, Mr Writtler, dann denken Sie jetzt an das Schiff. Laufen Sie zum Signal-Midshipman. Er soll folgende Signale setzen: ›Ganz nah zum Flaggschiff aufschließen‹ und ›Völlig abdunkeln‹.«

»Aye, aye, Sir. Dicht zum Flaggschiff aufschließen und völlig abdunkeln.«

David sah sich nach dem wachhabenden Offizier um. Es war Mr Norton. »Mr Norton, ich möchte auf dem Vorschiff vier Leute mit gutem Gehör und Sprechtrompeten und außerdem vier Leute mit guter Nachtsicht und Nachtgläsern haben. Sie sollen voraus und etwas steuerbord aufklären. Ich schicke auch Alberto mit dem Hund. Wenn etwas ist, möchte ich sofort informiert werden. Geben Sie den beiden anderen Schiffen mit Blendlaternen Zeichen für das Fühlunghalten am Flaggschiff.«

David saß in seiner Kajüte, trank seinen Port und aß einen Toast, als ihn der Midshipman der Wache rief. »Sir, wir können Lichter und Rufe ausmachen. Es müssen aber zwei Schiffe sein, die längsseits liegen.«

»Danke, Mr Writtler, ich komme sofort an Deck. Bitte informieren Sie auch den Flaggkapitän.«

Mr O'Byrne wartete schon auf David, und beide gingen zum Vorschiff, um bessere Sicht voraus zu haben. Der dienstälteste Ausguck wies sie ein. Sie spähten mit ihren Nachtgläsern voraus, wo die See einen hellen Schimmer zeigte. Das waren Fackeln und Laternen. Sie bewegten sich manchmal. Ja, das konnten zwei längsseits liegende Schiffe sein. Dann setzte David die Sprechtrompete mit dem Mundstück ans Ohr und horchte. Gejohle war zu hören, aber auch hohe und schrille Schreie wie in Todesangst.

»Wie deuten Sie das, Mr O'Byrne?«, fragte David.

»Vielleicht zwei Schiffe, die sich getroffen haben, und ein Wiedersehen feiern. Aber wahrscheinlicher ein Kaper, der eine Beute erobert hat und Grund zum Feiern sieht. Die hohen Schreie sind Schreie in höchster Angst. Da werden Menschen gequält. Also ist dort vielleicht sogar ein Pirat, denn ein Kriegsschiff würde das nicht tun, ein legales Kaperschiff vielleicht.«

»Eine ausgezeichnete Analyse, Mr O'Byrne. Es gibt keine andere Schlussfolgerung. Mr Writtler, gehen Sie mit einem Nachtglas auf den Topp des Fockmastes. Aber vorsichtig bitte. Und dann sagen Sie uns, was Sie sehen.«

Inzwischen besprach David mit Mr O'Byrne, dass die *Orion* den unbekannten Schiffen den Fluchtweg nach Südost verlegen und dass die *Bellisle* backbord zu den beiden Schiffen aufschließen sollte. »Wenn der Kaper eine Prise längsseits hat, dann können wir nicht sein Deck mit Kartätschen leer fegen. Das würde auch die Prise treffen. Aber wenn wir nahe genug herankommen, können wir alle Gewehrschützen von der Reling aus einsetzen. Lassen Sie bitte leise die Mannschaften auf Stationen gehen. Wir brauchen achtzig Musketenschützen und etwa hundert Enterer. Wer dann noch übrig ist, soll die Karronaden auf dem Oberdeck besetzen. Und schärfen Sie den Ausgucken ein, dass sie nach allen Seiten spähen sollen.«

Barry knurrte jetzt so wild, dass David ihn von Alberto unter Deck bringen ließ. »Und vergiss nicht, dass du und Mustafa mit euren Windbüchsen die Befehlshaber ausschaltet.«

Es war eine gespenstische Annäherung. Die *Neptune* glitt schweigend voran, die unteren Segel gerefft. Auf dem Wasser vor ihr tanzten die Lichtreflexe von Fackeln und Leuchten. Stimmen grölten und sangen. Andere kreischten vor Angst und Qual. Und immer wieder dieses abstoßende Gelächter.

Auf dem einen Schiff waren viele Menschen. Jetzt erkannte David auch Frauen, denen man die Kleider heruntergerissen hatte. Sie wurden über Deck gejagt. Die Verfolger schleuderten sie sich gegenseitig in die Arme und zwangen sie zu Boden. Am Bug standen andere zusammengedrängt, von Musketen bedroht. Anscheinend die Männer. Aber es wurden auch Körper in die See geworfen.

Plötzlich schoss David der Gedanke durch den Kopf. Das war ein Auswandererschiff. Aus Europa siedelten Menschen nach Amerika um und hofften dort auf Land und Brot. Er hatte davon gehört. Und das andere musste ein Pirat sein. So mordete und quälte kein legales Kaperschiff.

Er sah Major Ekins in seiner Nähe. »Mr Ekins, da haben Piraten ein Auswandererschiff überfallen und morden und vergewaltigen. Sagen Sie Ihren Schützen, dass sie nicht auf die Landleute schießen sollen, nur auf die Piraten. Erinnern Sie auch bitte noch einmal daran, dass unsere Enterer gelbe Kopfbinden tragen.«

Dann winkte David den wachhabenden Offizier heran. »Bitte sorgen Sie für ausreichend Leuchtraketen, Mr Norton. Wenn unsere Schützen feuern, müssen auch die Leuchtraketen gezündet werden. Mindestens zwei müssen immer die Lage erhellen.«

Jetzt erkannte man die einzelnen Personen an Deck. Dort hielt eine Frau ihr kleines Kind im Arm. Ein großer, bärtiger Kerl schlug es ihr mit einem Faustschlag aus der Umarmung, griff nach ihrem Kleid und riss es von der Brust an auf. Als sie mit einer Hand nach dem Kind griff und mit der anderen das Kleid zusammenraffte, lachte er dröhnend und stieß sie zu Boden. Dann warf er sich auf sie.

Ein Mann aus der bewachten Gruppe stürzte vorwärts und wollte ihr helfen. Aber einer der Wächter schlug ihm die Muskete so brutal über den Kopf, dass er blutüberströmt zusammensackte.

Andere Piraten hatten Taschen und Ballen aus den Unterkünften geholt und schlitzten sie mit dem Messer auf. Sie warfen alles an Deck, stopften sich hin und wieder was in die Taschen und warfen anderes einfach fort.

Niemand achtete auf die *Neptune*, die sich groß, dunkel und schweigend immer näher heranschob. Sie ragte weit über das Deck des Kaperschiffes hinaus. Noch zwanzig Meter, noch zehn. Jetzt schrie einer der Piraten und zeigte auf die *Neptune*. »Feuer!«, rief David.

Eine Salve von Musketenschüssen krachte hinüber. Männer sanken zusammen. Frauen, die sich unter Männern wanden, kreischten vor Entsetzen, als diese Verbrecher blutend über ihnen zusammensanken.

Die Schützen traten einen Schritt zurück und luden im Schein der Leuchtraketen nach. Eine zweite Schützenreihe trat vor, zielte und feuerte. Alberto und Mustafa knieten hinter Kästen auf dem Vordeck und schossen Schuss um Schuss auf Männer, die an Kanonen oder das Ruder wollten.

Noch einmal krachte eine Salve. Drüben war kein Widerstand mehr zu erkennen. »Enterer vorwärts, Mr O'Byrne!«, rief David. Sie warfen die Enterdraggen, zogen die Schiffe fest aneinander, und die Enterer sprangen hinüber.

David sah, dass einige Auswanderer sich Säbel

der Piraten ergriffen hatten und sich nun rächen wollten. Einer schrie laut auf Deutsch: »Ich stech euch ab, ihr Schweine!«

David griff schnell zur Sprechtrompete und rief, so laut er konnte, auf Deutsch: »Wir sind ein englisches Kriegsschiff. Hebt alle die Hände hoch, sonst werdet ihr getötet. Alle die Hände hoch!« Er wiederholte es in englischer Sprache und sah erleichtert, wie immer mehr die Hände hoben. Nur die Piraten, die noch lebten, warfen sich den Enterern entgegen oder flüchteten unter Deck. Ihnen wurde anscheinend kein Pardon gegeben. Aber das nahm er in Kauf nach allem, was er vorher gesehen hatte.

Er griff wieder zur Sprechtrompete: »Wer nicht zu den Piraten gehört, soll sich an die Reling stellen und abwarten. Nehmt keine Waffen in die Hand, sonst werdet ihr erschossen. Wartet ab, bis ihr Befehle von den Offizieren erhaltet.«

Es dauerte noch einige Minuten, dann stießen die Enterer ein paar Piraten an die Reling zur *Neptune*. Die anderen steckten ihre Säbel weg und gingen zu den Auswanderern.

David befahl Major Ekins, Seesoldaten auf die Schiffe zu senden. »Hauptmann Campbell soll aufpassen, dass keiner die Frauen oder Schnaps anrührt.«

Wieder griff er zur Sprechtrompete: »Wer ist der Kapitän des Auswandererschiffes?«

Aus der Gruppe der Männer trat einer vor und hob die Hand.

»Kommen Sie bitte an Bord!«, rief David.

Das Schiff hatte tatsächlich Auswanderer an Bord. Sie waren fast alle aus Süddeutschland und wollten bei Glaubensbrüdern in Pennsylvania siedeln. »Sie sind Quäker, Sir«, sagte der Kapitän. »Ein wenig eigenartig in manchem, aber gut zu leiden. Sie lehnen Gewalt ab, und ausgerechnet sie fallen in die Hände solcher Strolche. Es waren spanische Piraten, zumindest die Anführer. ›El Diabolo‹ nannten sie ihn. Er fragte zuerst, ob Spanier an Bord seien. Waren aber nicht.«

David hob die Hand. »Einen Augenblick. ›El Diabolo‹ sagten Sie? Natürlich! Großer Zweimastschoner, sechs Zwölfpfünder. Das ist dieser Teufel, der auf dem spanischen Schiff, das wir trafen, alle Männer abgeschlachtet hatte. Kapitän O'Byrne!. Der Pirat ist ›El Diabolo‹. Lassen Sie bitte beide Schiffe noch einmal genau nach Verstecken absuchen. Und ich brauche die Papiere aus der Piratenkajüte.«

Dann wandte er sich wieder dem Kapitän zu. »Ein ganz berüchtigter Pirat hat Sie überfallen. Aber jetzt wollen wir besprechen, was dringend getan werden muss. Wir schicken Ihnen unsere Schiffsärzte, damit allen Verwundeten geholfen werden kann. Stellen Sie fest, welche Beschädigungen am Schiff ausgebessert werden müssen. Lassen Sie Ihre Matrosen auch das Schiff nach versteckten Piraten absuchen. Doppelt hält besser. Ihre Toten wollen wir morgen in einem Gottesdienst der See übergeben. Das Piratenpack werfen Sie über Bord.«

Von einhundertzwölf Auswanderern waren vierzehn ermordet worden. Zwanzig Frauen waren vergewaltigt worden, acht weitere wurden gerade noch gerettet. Zwölf Auswanderer und vier Matrosen waren verletzt, davon drei schwer. Die Auswanderer hatten einen Bader unter sich, der etwas von Heilkunde verstand. Nachdem die Schiffsärzte operiert und verbunden hatten, würde er die weitere Betreuung übernehmen können.

Von siebzig Piraten hatten nur dreizehn überlebt, davon elf verwundet. ›El Diabolo‹ war getötet worden. Seine Leiche trieb im Meer, aber David ließ sie auffischen und zweifelsfrei auch von den Überfallenen identifizieren. Diese Geißel der Meere gab es nicht mehr. Leutnant Lee übernahm die Prise, und die drei britischen Schiffe mussten wieder Mannschaften abgeben.

An Bord des Piratenschiffes wurde viel Schmuck gefunden, aber auch Geld. »Wie soll man den Schmuck den Besitzern oder ihren Erben zurückgeben? Niemand wird uns sagen, was wem gehörte. Und bereichern möchte ich mich an diesem Zeug auch nicht«, klagte David zu O'Byrne.

»Unsere Seeleute werden nicht so skrupulös denken, David. Stiften wir den Schmuck dem Greenwich Hospital, aber das Geld müssen wir als Prisengeld verteilen, fürchte ich.«

»Gut«, sagte David und beschloss, seinen Anteil den Angehörigen der getöteten Auswanderer zu stiften. »Gibt es noch Reparaturarbeiten an einem der beiden Schiffe zu erledigen?«

»Nein. Das überfallene Schiff konnte keinen Widerstand leisten, und wir haben den Piraten nur mit Musketen beschossen.«

»Dann sorgen Sie dafür, dass alle Piraten sicher in Eisen geschlossen sind. Posten vor der Tür und ständige Kontrolle. Wir halten morgen früh Gottesdienst ab und trennen uns dann von den Auswanderern.«

An Bord des Auswandererschiffes war ein Prediger, der Bibelworte vorlas. Offiziere und Seeleute standen an Deck der Kriegsschiffe. Dann übergaben die Auswanderer ihre Toten der See. Die Überlebenden sangen: »So nimm denn meine Hände und führe mich …«

David, der wie alle anderen mit entblößtem Haupt an Deck stand, hörte die deutschen Worte über der grauen See. Sie berührten ihn, und er dachte seit langer Zeit wieder an seine Eltern, die in Böhmen tödlich verunglückt waren und deren Grab er nie sehen würde.

Dann sang der Chor der *Neptune* noch einen Psalm, und die Schiffe trennten sich. Auswanderer und Matrosen winkten den Briten noch einen Dankesgruß zu, ehe sie weiter in die neue Heimat fuhren, viele um Hoffnungen ärmer.

»Bitte lassen Sie signalisieren, Mr O'Byrne«, sagte David. »Fächerformation wieder einnehmen.« Und er ging in seine Kajüte, um mit Mr Roberts den Bericht über den Zwischenfall zu schreiben.

Als sie nach zwei ereignislosen Wochen östlich von Lands End standen, schickte David die *Orion* voraus, um ihre Ankunft zu melden und den Abtransport der Piraten vorzubereiten. Zwei der Gefangenen waren gestorben und in einer kargen Zeremonie der See übergeben worden. Das Grauen und die Wut waren so weit in den Hintergrund getreten, dass David ihnen den Segen des Pastors nicht verweigern wollte.

Auf den Schiffen stieg die Stimmung von Tag zu Tag. Allen hatte die Karibik Prisengelder gebracht, und viele hatten sich etwas aufgespart und träumten jetzt davon, wie sie es ausgeben wollten. Einige, die zu alt für weiteren Kriegsdienst waren, wollten ein kleines Geschäft oder eine Kneipe übernehmen. Andere wollten heiraten, und manche dachten nur an Saufen und Hurerei.

Die Schiffe brachten auch die Invaliden und dienstunfähigen Kranken zurück. Einige hatten Familien, bei denen sie unterschlüpfen konnten. Andere hatten dankbar das Angebot angenommen, in Davids Stiftung zu leben. Von allen, die den Dienst quittieren würden, schien der Kantor der Glücklichste zu sein.

Er konnte die Brassen immer noch nicht richtig unterscheiden und kaum einen Knoten binden, aber er war als Chorleiter anerkannt und trällerte jetzt den ganzen Tag vor sich hin. Sollte die *Neptune* am Kai anlegen und nicht auf Reede ankern, dann hatte er schon eine Hymne eingeübt. Und er erzählte allen von seiner Tochter, die nach dem Brief seiner Frau wunderschön sein sollte.

Britta wurde in den letzten Junitagen immer unruhiger. Im Giebel ihres Hauses hatte David ja seinerzeit ein Teleskop aufgestellt, mit dem man einen Teil der Reede von Spithead überblickte. Dort saß jetzt immer ein Seemann aus der Stiftung und passte auf, ob ein Schiff von Davids Geschwader auftauchte.

Nicole und James verstanden Brittas Vorfreude nur zu gut. Aber sie hatten heftig widersprochen, als diese ankündigte, dass sich die Winters in London ein Stadthaus kaufen wollten. Das Bentrowhaus sei doch groß genug. Britta und David und alle ihre Kinder seien stets willkommen. Sie wären doch selbst auch in Whitechurch Hill immer gastfreundlich aufgenommen worden und hätten viele Wochen dort verbracht. Und auch wenn James als Abgeordneter einige Wochen in London weilte, störe das doch gar nicht.

Britta war schwankend geworden, denn sie wollte natürlich die Watsons nicht kränken. So oft würden sie ja auch nicht in London sein, und die ständigen Kosten für ein solches Haus wären ja eigentlich anders sinnvoller auszugeben. Nun, sie würde abwarten, was David sagte.

Und dann polterte eines Tages der Seemann mit seiner Fußprothese die Stiege herunter. »Lady Britta«, rief er laut. »Lady Britta, die *Orion* ist eben mit dem Depeschensignal eingelaufen!«

»*Orion*? Was ist das für ein Schiff?«

»Na, die Fregatte, die mit dem Admiral heimsegelt. Er wird sie vorausgeschickt haben, Lady«, erklärte der Seemann.

Nun musste Britta sich erst einmal setzen. »Lissy«, rief sie Albertos Frau zu, »unsere Männer kommen! Ich fahre allein zum Hafen. Achte darauf, dass die Kinder ordentlich angezogen sind und ihre Väter begrüßen können, wenn wir mit der Kutsche kommen. Und schau noch einmal, ob die Mädchen alles gerichtet haben. Ach ja, die Sonja soll mir noch bei der Frisur helfen.«

Einen halben Tag würde es sicher noch dauern, bis Davids Flaggschiff einlief. Also müssen wir uns nicht überschlagen, sagte sich Britta, schon wieder etwas ruhiger. Sie ließ den Kutscher rufen und sagte ihm, welche Kutsche er nehmen solle und wer sie bewaffnet begleiten sollte. Nein, den Wächter, auf den David immer so viel Wert legte, wollte sie auch heute nicht vergessen. David sollte sich nicht gleich ärgern müssen, übervorsichtig, wie er bei anderen immer war.

Hugh Kellys Brief, der sie vor wenigen Tagen erreichte, wollte sie auch mitnehmen. Hugh hatte ihr geschrieben, dass er David nicht vor Mitte Juli in London erwarte. Er müsse noch manches regeln, und Britta und David sollten sich ungestörte Tage gönnen. Ob sie mit David für einige Tage wegfahren könnte? Vielleicht nach Bath, das so mondän sein sollte?

Dann saß sie in der Kutsche und rollte nach Ryde, wo sie an Gregors Haus anhielt und Victoria sagte, dass sie ihren Mann abholen wolle. »Lady Britta«, rief Victoria ganz aufgeregt, »mein Gregor ist gerade mit einer Kuff im Hafen. Warum segeln Sie nicht mit ihm dem Flaggschiff entgegen? Das ist doch viel bequemer, als wenn Sie übersetzen und in Portsmouth eine neue Kutsche nehmen.«

Sie hat Recht, dachte Britta. Wir können mit der Kuff an den Kai, wenn David dort anlegt. Und wenn er mit dem Boot an Land geht, kann er jederzeit auf die Kuff umsteigen. »Fahr zum Hafen, wo Gregor immer anlegt!«, befahl sie dem Kutscher.

Der riesige Gregor dirigierte gerade Hafenarbeiter, die Säcke in der Kuff, dem Handelsschiff für die Küstenfahrt, verstauten. Sein Matrose und der Schiffsjunge halfen ihm dabei. Er strahlte, als ihm der Kutscher sagte, dass Britta in der Kutsche sei. »Welch eine Freude, Lady Britta. Das Geschäft blüht. Ich kann mich vor Aufträgen nicht retten.«

»Jetzt geht es nicht ums Geschäft, Gregor. Jetzt

wollen wir den Admiral abholen, der bald mit seinem Flaggschiff einlaufen soll. Können Sie uns fahren?«

»Aber selbstverständlich, Lady Britta. Wir sind sofort fertig. Was für eine Freude, dass der gnädige Herr kommt. Hoffentlich bleibt er ein Weilchen.«

»Ach, Gregor«, seufzte Britta. »Sie wissen doch, wie das ist. Die Admiralität kann anscheinend ohne ihn nicht auskommen.«

»Ja, es gibt keinen Besseren, Lady«, sagte Gregor voller Überzeugung.

Sie hatten kaum die Untiefen vor Ryde verlassen, da sahen sie schon die riesige *Neptune* mit allen Segeln. Britta gestand sich ein, dass es immer wieder ein überwältigender Anblick war, ein so großes Schiff einlaufen zu sehen. Wie ein riesiger Schwan! Stück um Stück wurden jetzt die Segel gekürzt.

Gregor rief aufgeregt: »Lady Britta, Sie haben eine Prise bei sich. Sehen Sie den Schoner mit der britischen Flagge über der Piratenflagge? Und dahinter kommt die *Bellisle*. Ich werde mich jetzt beeilen und nach Sally Port laufen. Dort können wir warten, was der Admiral vorhat.«

Die *Neptune* feuerte ihren Salut. Gregor hatte die Nummer der *Neptune* gesetzt und das Signal »Habe Depeschen.« Das würde die feinen Leutnants schon auf seine Kuff aufmerksam machen.

In der Tat, der junge Leutnant Gardner schimpfte bald: »Was will denn der Schlickrutscher mit unserer Nummer und einem Signal, dass er Depeschen hat?«

»Wer signalisiert?«, fragte O'Byrne.

»Dort, die Kuff, Sir.«

O'Byrne sah durch sein Teleskop. »Das ist der Gregor! Und da ist Lady Britta an Deck. Midshipman melden Sie sofort dem Admiral, dass Lady Britta vor Sally Point an Bord einer Kuff ist.«

David kam an Deck gelaufen. »Wo sind sie?« O'Byrne wies mit der Hand auf die Kuff. David erblickte Britta durch das Teleskop und sah, wie sie winkte. Er winkte zurück. Jetzt war er daheim!

»Mr O'Byrne, rufen Sie der Kuff bitte zu, sie möge vor ›The Camber‹ warten. Ich müsse noch kurz zum Hafenadmiral. Ich sage schnell Edward Bescheid.«

Dann kam David wieder an Deck. Die Kuff lief parallel zur *Neptune* in Richtung auf das Werftgelände, und Britta und David winkten sich die ganze Zeit zu.

Die *Neptune* war schneller vor dem Werftgelände, und David ließ sich mit dem Boot an Land setzen. Er ging die wenigen Schritte zum Büro des Hafenadmirals und trat ein. Die Schreiber in dem Büro dienerten und öffneten ihm die Tür zum Zimmer des alten Admirals.

Der erhob sich etwas mühselig hinter seinem Schreibtisch. »Welche Freude, Sie gesund wiederzusehen, mein lieber Sir David. Geht es Ihnen gut? Wie ich hörte, bringen Sie auch noch eine Prise.«

»Es ist schön, wieder daheim zu sein und Ihnen danken zu können für all das Wohlwollen, das Sie meiner Familie immer entgegenbringen, Sir. Ja, ich bringe eine Prise, und Sie wissen sicher schon, Sir, dass sie Nachschub für den Galgen enthält. Elf von El Diabolos Piraten haben überlebt, um hier vor Gericht gestellt zu werden.«

»Danken wir Gott, dass diese Mörderbande nicht mehr auf den Ozeanen segelt. Die *Abercrombie* hat die Flotte auch zu einem guten Preis angekauft. Aber darüber können wir später in Ruhe reden. Wenn Sie mir jetzt Ihre Berichte und Depeschen geben, dann erledige ich alles und entlasse Sie in die Arme Ihrer lieben Frau, der Sie bitte meine Verehrung übermitteln.«

»Herzlichen Dank, Sir. Mein Flaggkapitän wird Sie noch fragen, ob er Ihnen zu Diensten sein kann.«

Am Kai der Werft lag jetzt auch die Kuff. David ging schnellen Schrittes darauf zu. Dort stand Britta und lachte ihm entgegen. Und hinter ihr, unübersehbar, der riesige Gregor mit glücklichem Gesicht.

David lief über den kleinen Laufsteg und schloss Britta in seine Arme. »Wie habe ich diesen Moment herbeigesehnt, Liebling. Dabei haben wir uns vor kurzem doch erst in der Karibik verabschiedet.«

»Ach, David«, sagte sie zwischen den Küssen. »Das ist Monate her. Mir sind schon Wochen der Trennung zu viel. Und es wird immer schwerer, dich zu entbehren.«

»Warte nur, bis ich dir wieder auf die Nerven gehe, weil ich dich davon abhalte, was du tun wolltest.«

»Fängst du schon in der ersten Minute an zu streiten? Dafür musst du eine ganze Woche nur mit mir verreisen. Wohin, darf ich auswählen.«

»Ich ergebe mich in alles. Aber nun wollen wir etwas Ordnung in die Heimkehr bringen. Gregor, schön, Sie wiederzusehen. Gesund schauen Sie aus. Können Sie Ihren Schiffsjungen zum Boot schicken?

Sie sollen mein Gepäck von der *Neptune* holen und auf die Kuff bringen.«

»Sir«, meldete sich Alberto an Davids Seite. »Kann der Baptiste mit aufs Gut kommen?«

»Baptiste?«, wiederholte David fragend. »Ist das nicht der riesige Mulatte aus Martinique?«

»Aye, Sir. Er würde gut zu uns passen.«

»Einverstanden, und nun beeilt euch. Wir wollen heim.«

Edward und Frederick kamen mit dem Gepäck. Ein riesiger dunkelhäutiger Mulatte wuchtete die schwersten Stücke und stand stramm vor David: »Danke, Sir. Sie werden es nie bereuen, Sir.«

»Schon gut. Sind alle fertig?« Mustafa kam noch angelaufen, und dann hatte Gregor das Kommando und steuerte die Kuff nach Ryde.

»Ich möchte mit dir allein in unserer Kutsche fahren. Alberto kann meinen Wächter auf dem Kutschsitz ablösen, damit seine Lissy ihn bald hat. Die anderen können mit einer zweiten Kutsche nachkommen. Einverstanden, Liebster?«

»Voll und ganz«, sagte David und sie merkte, dass er den Hinweis auf den Wächter zufrieden registriert hatte.

Der Butler, die Köchin und die Mädchen dienerten am Eingang, aber die Kinder liefen auf die Kutsche zu. Allen voran Edward und seine Freunde, gemessener dahinter Christina und Charles. Und Lissy kam auch und sah nur ihren Alberto auf dem Kutschbock.

David drückte Edward und küsste ihn. Er fasste die Freunde um und umarmte dann Christina und Charles. Charles war vorgestern gerade fünfzehn

Jahre alt geworden. David gratulierte ihm herzlich. Christina würde in zwei Wochen sechzehn Jahre alt werden. Wie lange würde sie noch im Elternhaus sein? Charles ging schon im Sommer für ein Jahr zu einem dieser modernen Landwirtschaftsbetriebe bei Sheffield, um die wissenschaftlichen Grundlagen von Ackerbau und Viehzucht zu studieren.

Aber jetzt hatte David sie alle noch um sich und genoss es. Er sah, wie Britta lächelte, als die Kinder ihn umdrängten und nach dem Piraten fragten. Dann würde er die Mitbringsel auspacken müssen, und dann hätte er vielleicht die Chance, mit Britta in Ruhe eine Tasse Tee zu trinken.

Sie würden alle gemeinsam Mittag essen, denn die Schule war heute für die Jungen gestrichen. Und am Nachmittag würden sie bei dem schönen Wetter alle zur Stiftung wandern und David zeigen, was es dort Neues gab, und den Menschen Gelegenheit geben, den Gründer der Stiftung zu begrüßen. David fiel ein, das er sich gar nicht darum gekümmert hatte, wie der Kantor zu seiner Frau kam. Britta beruhigte ihn: »Sieh nur dort! Da stehen sie schon und halten ihre Tochter auf dem Arm. Ich habe übrigens für ihn eine schöne Stelle bei Newport, ganz in der Nähe. Und den Chor der Stiftung betreut er auch noch.«

Einige gemeinsame Spaziergänge am Vormittag und die wunderbaren Nächte, angefüllt mit Zärtlichkeit und Leidenschaft, das waren die gemeinsamen Momente, die Britta und David für sich hatten. Ansonsten wollten Freunde, Verwandte und Nachbarn natürlich alle ihren Admiral, den Eroberer der Karibik, sehen.

Sie mussten zu den Hansens, und Davids alter Freund William informierte ihn, wie gut sich sein Anteil an der Reederei entwickelte. Und einmal in Portsmouth mussten sie natürlich auch in Brittas Geschäften guten Tag sagen. Der Hafenadmiral durfte nicht vergessen werden, eine Tasse Tee beim Bürgermeister, ehe sie wieder allein in der Kutsche saßen und sich erschöpft ansahen.

»Am liebsten würde ich morgen schon mit dir wegfahren, David, aber das können wir wieder Nicole und James nicht antun, und Mr Ballaine will dir natürlich auch den Neubau bei der Schule zeigen und seine Frau vorführen.«

»Was für ein Neubau?«, fragte David.

»Na, er hat jetzt etwa hundertdreißig Mädchen und Jungen. Da brauchte er ein neues Internat und mehr Klassenräume. Für die neuen Lehrer wurde ein Haus gebaut. Es ist eine kleine Siedlung jetzt, und sie hat einen guten Ruf weit über die Region hinaus.«

Nicole und James waren für sie jetzt wie jüngere Geschwister. Ihr kleines Mädchen war mit seinen wenigen Wochen schon eine kleine Schönheit und wurde von allen bewundert. James platzte bald vor Stolz. »Das alles wollte ich fast aufgeben, aber du hast mir damals ja den Kopf zurechtgerückt, Onkel David«, sagte er.

»Ist es manchmal noch schwer mit den Prothesen?«, fragte David.

»Ja«, gab James zu. »Nicole ist wunderbar und lässt mich nie spüren, dass sie mir immer wieder zur Hand gehen muss und dass abends neben ihr ein Krüppel mit den hässlichen Stumpen liegt. Ich komme mit diesen neuen Prothesen ja auch gut zurecht, aber man ist kein gesunder Mensch mehr.

Das fällt manchmal schwer, aber dann kommen die Kinder und helfen dir über alles hinweg. Der Adam ist besonders stolz, dass sein Vater einen Apfel mit der linken Hand zu Brei schlagen kann.«

»Du wirst immer vertrauter mit diesem Leben werden, das weiß ich von William, von Gregor und vielen anderen. Hauptsache, du lebst und hast Menschen um dich, die dich lieben. Ich muss in diesen Tagen oft an den Jungen denken, den wir auf Martinique durch einen Schlangenbiss verloren. Und nun ist mein Edward bald so weit und will mit deinem John zur See.«

Nur mühsam hatten sich die drei Jungen bewegen lassen, noch ein Jahr zu warten. Aber schließlich fanden sie sich damit ab und quälten ihre Eltern jetzt damit, doch schon mit dem Kauf der Ausrüstung zu beginnen.

Britta zog dann eines Tages energisch einen Schlussstrich, sagte alle weiteren Besuche ab und fuhr mit David nach Bath, dem mondänen Kurort. Statt Alberto, der bei seiner Lissy bleiben sollte, begleitete Baptiste sie mit Mustafa und erwies sich als ebenso unauffälliger wie aufmerksamer Wächter.

David erinnerte sich an seinen Aufenthalt in Bath als junger Leutnant, wo ihn Tante Sally die erste Woche begleitet und vor den Versuchungen bewahrt hatte. Von den folgenden Wochen erzählte er nicht so viel. Aber er genoss die Zweisamkeit mit Britta, die Bäder, die Massagen und die heißen Umschläge.

Abends besuchten sie Konzerte, gingen hin und wieder in das Spielcasino und holten versäumte Liebesnächte nach. Aber dann kam der Tag, wo die

Reise nach London nicht mehr aufzuschieben war. Sie machten kurz in Whitechurch Hill Station und starteten dann mit zwei Kutschen nach London. Die Kinder blieben diesmal daheim.

London empfing sie wie eh und je: stinkend, schmutzig und laut. Als die Kutschen durch die Straßen rollten, die Kutscher sich gegenseitig anbrüllten, die Passanten und Tagediebe den Insassen der Kutsche üble Schimpfworte nachbrüllten, da sahen sich Britta und David nur an. »Jetzt sind wir wieder im Mittelpunkt der Freiheit und Kultur, die wir gegen den barbarischen Korsen verteidigen müssen«, bemerkte David sarkastisch.

»Nun sei ehrlich, Liebster. Wir waren noch nicht in Paris und wissen nicht, ob es da zivilisierter zugeht. Aber mir fällt ein: Rom war nicht so schlimm, und an Kopenhagen erinnere ich mich als an eine saubere und ordentliche Stadt.«

Dann bogen sie in die ruhigeren Viertel ein, wo das Stadthaus der Bentrows stand. Sie wurden erwartet und wie immer sehr zuvorkommend begrüßt. Sie richteten sich ein und verabredeten für den Abend einen Restaurantbesuch. Erst am nächsten Morgen wollte David zur Admiralität.

Alberto und Baptiste begleiteten ihn und hatten ihre neue livreeartige Kleidung an. Sie hatte den Schnitt der Kleidung, die Maate in der Flotte üblicherweise trugen, blaue Jacken, weite blaue Hosen und zylinderartige Hüte. Aber sie waren an den Manschetten mit dem bestickten Wappen von Whitechurch Hill verziert, hatten einen Rückengurt und zwei Reihen vergoldeter Knöpfe. Dass in die Manschetten Taschen für Wurfmesser eingearbeitet waren, in den Rocktaschen Pistolen und in den Hosenschäften Messer steckten, musste ja niemand sehen.

Als David die Admiralität betrat, sagte er zu Alberto: »Zeig Baptiste doch ein wenig die Themse und die andere Umgebung. Vor anderthalb Stunden braucht ihr mich nicht zu erwarten.«

Dann ließ er sich von einem der Diener zu Hugh Kellys Büro führen. Sie begrüßten sich mit herzlicher Umarmung. Hugh sah abgearbeitet aus, aber das hatte David schon erwartet. Er war jetzt der älteste professionelle Lord, wie man die Mitglieder der Admiralität nannte, die früher Flottenoffiziere gewesen waren. Daher konnte er sich ›Erster Seelord‹ nennen, ein eher selten gebrauchter Titel. Aber in dieser Phase des Krieges mit den allgegenwärtigen Aktivitäten der Flotte war damit eine ungeheure Arbeitslast verbunden.

»Wenn ich dich so sehe, lieber David, dann lasse ich mich jetzt zu einem Flottenkommando versetzen. Gesund, jung und ausgeruht, da muss man neidisch werden.«

»Ich komme nicht vom Flottenkommando, lieber Hugh, sondern von einem Kuraufenthalt. Der könnte auch dir gut tun, ohne dass du dich gleich den Gefahren des Krieges aussetzen musst, an die ihr Papierkrieger euch doch gar nicht mehr erinnert.«

Hugh stupste ihn in die Seite. »Du bist noch immer ein altes Lästermaul. Komm, nun setzt dich hin. Soll ich einen Kaffee oder einen Tee bestellen?«

»Ein Tee wäre angenehm.«

»Nun gut. Ich kann ja schon anfangen, bis er

kommt. Du erinnerst dich, dass eine der Folgen des Friedens von Tilsit, den du ja aus der Nähe miterlebt hast, die war, dass Napoleon Portugal in sein System zwingen wollte und es besetzt hat. Wir haben den portugiesischen Königshof mit seiner Flotte zur Flucht nach Brasilien bewegen können. Etwas später im Jahr 1808 hat Napoleon auch Spanien besetzt, den König und seinen Sohn zur Abdankung gezwungen und seinen eigenen Bruder Joseph als König von Spanien auf den Thron gehoben. Seitdem kämpfen portugiesische und spanische Truppen, vor allem aber auch Guerillas oder Freischärler gegen die französische Besatzung.

Wir helfen den Aufständischen, wo wir können. Englische Truppen unter Moore und Wellington haben in Portugal und Spanien gekämpft und den Franzosen schwere Verluste beigebracht. Aber sie mussten sich immer wieder vor der Übermacht zurückziehen. Im Augenblick beherrschen wir nur Lissabon und Umgebung. Wenn wir mehr Erfolg haben wollen, müssen wir unsere Flottenaktivitäten verstärken und vor allem auch die Portugiesen und Spanier zu besserer Zusammenarbeit bewegen.

Die Portugiesen wollen mit uns gemeinsam kämpfen. Ihnen fehlt es aber an Waffen und Ausbildung. Das hat jetzt dein Freund Abercrombie übernommen, der für die Reorganisation der portugiesischen Armee zuständig ist. Die Spanier jedoch haben sich oft gesträubt, mit uns zusammenzuarbeiten. Sie haben uns mitunter sogar verboten, zu ihrer Unterstützung Truppen zu landen.«

Der Tee wurde gebracht. Die beiden tranken einen Schluck, und Hugh fuhr in seinen Erklärungen fort: »Die spanische Haltung hat sich inzwischen geändert, seitdem die Franzosen vor Cadiz aufgetaucht sind. Wir müssen jetzt alles daransetzen, dass sich die dort befindenen Schiffe nicht in die Hände der Franzosen fallen. Admiral Purvis hat es erreicht, dass die ersten Schiffe mit französischen Gefangenen an Bord zu den Kanaren ausgelaufen sind.

Die Verteidigung von Cadiz und die Evakuierung der spanischen Schiffe hat bei uns höchste Priorität. Aber daneben haben wir natürlich andere Ziele, die ich zu drei Punkten zusammenfasse: Erstens: Störung des französischen Nachschubs zur See und an der Küste sowie Zerstörung ihrer Befestigungen und Anlagen. Zweitens: Unterstützung von britischen und alliierten Landungsoperationen. Drittens: Nachschub für unsere Truppen und die Alliierten.

Du bekommst ein Geschwader mit zwei Linienschiffen, fünf Fregatten und zwölf Sloops und ähnlichen Schiffen und musst zunächst bei Cadiz aushelfen. Danach sollst du aber an der portugiesischen und spanischen Westküste immer wieder französische Stellungen angreifen, die Küstenschifffahrt unterbinden, Guerillas unterstützen, Waffen liefern und Freiwillige an Land aufnehmen und zu Abercrombie transportieren. Das ist ein sehr selbstständiger Auftrag, der dir liegt und dir gefallen wird.«

»Es hört sich gut an«, gab David zu. »Welches Schiff gebt ihr mir als Flaggschiff?«

»Wir haben an eine französische Prise gedacht, ein Achtzig-Kanonen-Schiff, ein besserer Segler als deine *Neptune*, die wir als Flaggschiff im Mittelmeer brauchen. Auch für deinen Flaggkapitän hätten wir eine Verwendung als Kommodore und denken, dass du ihm die Chance gönnst. Du kannst einen anderen Wunsch äußern.«

»Das freut mich für Paul O'Byrne. Ich würde mir in dem Fall Andrew Harland wünschen, der jetzt die *Bellisle* hat.«

»Das lässt sich arrangieren. Und nun zu den anderen Schiffen.« Hugh griff sich eine Liste, die auf dem Tisch lag, und ging gemeinsam mit David die Schiffe und ihre Kommandanten durch. Ein Teil der Schiffe sollte sich in Portsmouth sammeln. Andere waren schon in Lissabon. Zu seiner Freude sah David, dass auch die *Orion* unter Miller seinem Geschwader zugeteilt war und dass eine andere Fregatte von Jeffry Gardiner und eine Sloop von Nathaniel Rowlandson kommandiert wurde. Nun, er würde noch andere Bekannte treffen.

»Das hört sich gut an. Ich hoffe, die Besatzungen sind nicht allzu sehr unter der Sollstärke.«

»Wir geben dir genügend Leute. Aber ich will dir jetzt schon sagen, dass Lord Wellington ein schwieriger Partner ist. Er verlangt von der Flotte ständig mehr, als sie geben kann, hat nie ein gutes Wort für unsere Anstrengungen und ist ziemlich schroff in seinem Umgangston. Ach, übrigens: Du musst natürlich dauernd mit den Portugiesen und den Spaniern an Land Kontakt aufnehmen. Sieh zu, dass du Leute an Bord hast, die die Sprache sprechen.«

David überlegte einen Moment. »William Hansen, mein alter Schiffsgefährte, jetzt Reeder in Portsmouth, hat seine Schiffe vorzugsweise mit Portugiesen bemannt, um unsere Presskommandos ins Leere laufen zu lassen. Er hat viele Beziehungen zu den dortigen Küstenstädten. Ich werde ihn um Hilfe bitten.«

Hugh fiel noch ein, dass er Britta und David für heute Abend zu sich zum Essen einladen sollte. »Und morgen Abend gibt der Prinz von Wales einen Empfang, zu dem wir beide mit Frauen ins Clarence Haus eingeladen sind. Der König ist gegenwärtig wieder unpässlich, und der Prinz vertritt ihn.«

»Hoffentlich ist es keine zu kleine Gesellschaft«, sagte David. »Britta findet den Prinzen noch abstoßender als ich.«

»Dann hat sie viele Gleichgesinnte«, lachte Hugh. »Aber soweit ich weiß, sind um die fünfzig Leute eingeladen. Man kann ihm und seiner ›reizenden‹ Frau also aus dem Wege gehen.«

»Noch eins, Hugh. Wann soll ich mein Kommando antreten?«

»Anfang September sollst du in Lissabon sein.«

David sagte nichts. Das gab ihm noch zwei Wochen mit Britta. Warum blieb ihnen immer so wenig Zeit?

Als er Britta erzählte, wie wenig Zeit ihnen blieb, füllten sich ihre Augen mit Tränen. Aber dann tupfte sie sie mit ihrem Tüchlein ab und sagte entschlossen. »Dann wollen wir die Zeit nicht verschwenden. Wenn wir schon morgen Abend zu diesem scheußlichen Prinzen von Wales müssen, dann möchte ich morgen am Nachmittag drei Stunden für uns in der Bond Street haben. Und am Tag nach dem Besuch beim Prinzen fahren wir zurück. Du bist nicht nur Admiral, sondern auch Vater. Deine Kinder lieben dich, und sie sollen noch etwas von dir haben.«

David stimmte ihren Wünschen zu und verabredete mit Hugh, dass er am nächsten Tag früher in die Admiralität käme.

Es war ja auch nicht mehr so viel zu regeln. Als Flaggschiff wurde ihm die *Tonnant* zugewiesen, die gerade überholt worden war. Sie war bei Abukir erbeutet worden und hatte auch Pellew schon als Flaggschiff gedient. Andrew Harland wurde durch das Semaphor informiert, dass er sie in Spithead zu übernehmen habe.

Eine Überraschung war, dass ihm die *Abercrombie* als zweites Linienschiff zugeteilt wurde. »Sie ist schon in English Harbour gut überholt worden, jetzt hat sie im Arsenal von Portsmouth nur unsere Kaliber erhalten und ist gut bemannt und einsatzfähig. Kapitän ist Christopher Hall, der vorher vier Jahre erfolgreich eine große Fregatte führte. Dann hast du zwei gute Segler«, schloss Hugh Kelly seine Erläuterung.

Die übrigen Schiffe waren als kleinere Schiffe gut für den Einsatz an der Küste geeignet, aber David wünschte sich noch zwei Mörserschiffe. »Sie sind unentbehrlich, wenn wir gegen Küstenforts kämpfen müssen.«

Admiral Kelly rief Schreiber zu Hilfe, ließ Listen bringen und konnte schließlich zwei Mörserschiffe auftreiben, die in Plymouth auf Einsatzbefehle warteten. »Aber du weißt, dass sie bei schwerem Wetter heikel zu handhaben sind, David.«

»Ja, ich habe schon zwei im Sturm verloren. Aber nichts kann sie ersetzen, und ich werde bei der Wahl der Einsatzorte besonders vorsichtig sein.«

Sein übriger Stab blieb erhalten. Vom Flottenarzt über den Schreiber und Major Ekins würde er die bewährten Männer um sich haben. Zu Alberto und Mustafa kam nun Baptiste, und zwei oder drei gute

Führer für Portugals und Spaniens Küsten musste er noch finden.

Sie holten die Kellys in ihrer Stadtwohnung ab und fuhren zum Clarence Haus. Charlotta und Britta verstanden sich gut. Sie waren festlich gekleidet, und die Herren hatten die ›große Uniform‹ mit allen Orden und Medaillen an.

Vor der Auffahrt war der übliche Kutschenstau. Diener rannten umher und dirigierten. Der Straßenpöbel stand auf den Fußwegen und verspottete die Gäste. Die Kellys und die Winters schauten gar nicht hinaus, und Alberto, der dieses Theater kannte, hielt Mustafa davon ab, sich mit dem Pöbel anzulegen.

Dann hatten sie die Linie der Fackelträger passiert und betraten die festlich geschmückten Säle mit der Fülle von Kristallleuchtern. Noch bevor der Haushofmeister sie zum Prinzenpaar geleiten konnte, trafen sie auf den Ersten Lord der Admiralität, Mr Yorke, der von seinem Ersten Sekretär, Mr Croker, begleitet wurde.

Hugh Kelly übernahm die Vorstellungen. David hatte Mr Croker schon am Vortag kennen gelernt, war aber dem Ersten Lord noch nie begegnet. Dieser war sehr höflich, machte schmeichelhafte Bemerkungen über Brittas Schönheit und erwähnte zu ihrer Zufriedenheit auch, dass ihre Tüchtigkeit als Firmenchefin bei Hofe sehr gerühmt werde.

Zu David sagte er etwas mysteriös: »Ich habe so viel von Ihrer Umsicht und Ihrer Tapferkeit gehört, Sir David, dass ich mich freue, dass Sie Ihr neues Kommando mit noch mehr Gewicht antreten können.«

Als Yorke einige Schritte weitergegangen war, flüsterte Hugh: »Er wusste wohl nicht, dass du vorher schon ein Neunzig-Kanonen-Flaggschiff hattest.«

David stufte Yorkes Äußerung daher als die eines typischen Landmannes ein, der meinte, je mehr Kanonen, desto besser das Schiff, und vergaß sie.

Die Menge schob sie vorwärts zu der Empore, auf der der Prinz und seine Gemahlin saßen. Mein Gott, dachte David, er sieht ja noch aufgeschwollener und lüsterner aus als vor Jahren. Britta drückte leicht seine Hand und sah ihn mit einem Blick an, der die gleiche Ablehnung ausdrückte.

Dann waren sie heran. Britta versank im Hofknicks, David verbeugte sich tief. Der Haushofmeister nannte ihre Namen, und der Prinz sagte leutselig: »Ich freue mich, dass Sie meine Gäste sind. Schönheit und Tapferkeit in einem Paar vereint, das zu Britanniens Zier gehört. Bis nachher.«

Britta und David bedankten sich ergebenst und atmeten auf, als sie einige Schritte entfernt waren. Charlotta und Hugh zwinkerten ihnen zu und führten sie an den Rand des Saales.

Ein Diener brachte ihnen Gläser mit Champagner, und sie tranken sich zu. Dann kam ein älterer Herr zielbewusst auf die kleine Gruppe zu und sagte zu Hugh: »Sir Hugh, würden Sie mich bitte den Damen vorstellen und mich mit Ihrem Kameraden bekannt machen?«

David stockte fast der Atem, als er hörte, dass der Herr der Herzog von Cotterfield sei. Mit einem Mal war er wieder in dieser kleinen Kajüte und sah den Leichnam von Kapitän Williams, der sich vor dem Schuldspruch des Gerichts das Leben genommen hatte, weil er seine Angst nicht bezwingen konnte.

Dann sah ihn der Herzog an und sagte leise und fest: »Ich will nicht die Zahl derer vergrößern, Sir David, die heute noch Ihre Tapferkeit rühmen werden. Ich will Ihnen nur sagen, dass ich sehr dankbar bin, dass Sie um das Andenken eines der Ihnen anvertrauten Männer auch dann besorgt waren, als er nicht den Anforderungen der Flotte entsprochen hatte. Sie sind mehr als ein tapferer Admiral, Sir David. Sie sind ein Ehrenmann, und ich bin stolz, Ihre Bekanntschaft gemacht zu haben.«

Bevor David viel sagen konnte, war er verschwunden. Britta wusste, worum es ging, aber Charlotta und Hugh fragten, was der Grund dieser seltsamen Bemerkung war. David sagte nur: »Ein sehr enger Verwandter des Herzogs konnte sich dem Schuldspruch des Kriegsgerichtes nur durch den Freitod entziehen. Ich habe das Gericht keinen Spruch mehr fällen lassen, weil die Schuld gesühnt war, und den Tod als Unfalltod deklariert, um die Angehörigen zu schonen.«

Hugh sah ihn nachdenklich an. »Bei dir weiß ich, dass du es auch für den Sohn eines kleinen Pfarrers getan hättest, aber nun hast du einen sehr mächtigen Fürsprecher. Du wirst eines Tages noch ›Admiral der Flotte‹ werden.« Das war fast so unmöglich, als ob David Thronfolger werden sollte, und daher lachten alle.

Auf dem Empfang waren nicht nur Politiker und Soldaten, sondern auch einflussreiche Kaufleute. Und nun hatte David Grund zum Staunen. Mehrere der Herren wollten Britta vorgestellt werden und sprachen mit ihr über ihre Methoden der Lebensmittelkonservierung und über ihre Werkstätten in der Stiftung. Der Vorsitzende der Kaufmannsgilde fragte, ob sie nicht einmal auf einer Sitzung der

Kaufmannschaft über ihre Erfahrungen berichten wolle.

David freute sich sehr, dass Britta nicht nur als sein Anhängsel und ihrer Schönheit wegen beachtet wurde, sondern ihrer Leistungen wegen. »Was seid ihr doch für ein berühmtes Paar, ihr beiden! Ist es nicht schön, dass die Leute inzwischen auch in London wissen, was Britta alles Gutes getan hat?«, bemerkte Charlotta.

Dann bliesen zwei Herolde in ihre Fanfaren, und es wurde ganz still. »Nun musst du zeigen, dass du nicht ängstlich bist«, flüsterte Hugh und fasste David am Arm. Der sah ihn verwundert an.

Aber dann hörte er die näselnde und hohe Stimme des Prinzen, der die Gäste begrüßte. Er übermittelte die Grüße seines geliebten Vaters, ihrer aller gnädigster König, den Krankheit verhindere. Aber das Wohl des Landes bewege ihn auch jetzt. Mit Freude und Stolz verfolge er die Taten der Flotte und des Heeres.

»Die tapferen Söhne Albions halten überall auf der Welt unser Banner hoch, und Seine Majestät geruhen, durch mich einige der tapfersten Männer auszuzeichnen. In seinem Namen nehmen wir als Ritter in den höchst ehrenwerten Bath-Orden auf: General Lloyd Beckkam, Admiral Sir Hugh Kelly und Admiral Sir David Winter. Mögen die edlen Herren bitte vortreten.«

David war wie vom Donner gerührt.

Er blickte mit offenem Mund zu Hugh, den Charlotta strahlend anhimmelte. Sie haben es gewusst, schoss es ihm durch den Kopf. Britta hatte die Hand vor den Mund genommen und schaute auf ihn mit einer Mischung aus Stolz und Erstaunen. Um sie herum klatschten die Leute. Hugh fasste Davids Arm und führte ihn nach vorn.

David hatte seinen Schreck überwunden und schritt gefasst neben Hugh einher. Er sah vorn an der Empore des Prinzen drei Männer mit den roten Umhängen des Bath-Ordens. Er erkannte, dass einer das Schwert hielt, mit dem der Prinz sie zu Rittern schlagen würde. Er sah drei rote Kissen, auf denen sie knien sollten.

Dann trat schon ein Diener neben ihn und flüsterte: »Hierher bitte, Sir David.« Er führte ihn zum rechten Kissen und flüsterte noch: »Stehen bleiben!«

Der Ritter des Bath-Ordens in seinem roten Umhang lächelte ihn freundlich an. Neben ihm stand ein Diener, der einen weiteren Mantel über dem Arm trug sowie eine rote Schärpe und ein Ordenskissen.

Wie aus großer Ferne hörte David den Prinzen, der die Verdienste des Generals im Mittelmeerraum erwähnte, der Hugh den Organisator des iberischen Krieges nannte und ihn selbst als Eroberer der Karibik bezeichnete. Er sah, wie der eine Ordensritter die Hand des Prinzen führte, der die Schulter des knienden Generals berührte. Neben ihm kniete Hugh auf dem Kissen nieder, und der Ordensmann vor ihm bedeutete ihm durch ein leichtes Senken des Kopfes, dass er nun auch knien solle.

Er spürte die Berührung des Schwertes, sah das feiste und seltsam unbeteiligte Gesicht des Prinzen und hörte, dass er, Sir David Winter, nun Ritter des höchst ehrenwerten Bath-Ordens mit allen Rechten und Pflichten sei. Der Diener reichte dem Ordensritter die Ordensschärpe, der David bat aufzustehen und ihm die rote Schärpe umlegte. Dann griff er nach dem Kissen, nahm den Ordensstern, fand mit einiger Mühe noch einen freien Platz auf Davids Brust und steckte ihn an. Schließlich legte er David den roten Umhang um. Er lächelte und wandte sich halb um zum Prinzen.

Dort stand jetzt der Ordensmarschall und bat die neuen Ritter, den Eid nachzusprechen. Es war keine Formel, die sich David besonders einprägte, aber nachdem sie zu dritt die halben Sätze nachgesprochen hatten, die der Marschall vorlas, strahlte sie der Prinz an, gratulierte mit lauter Stimme und alle im Saal jubelten und klatschten.

David wollte sich umdrehen und zu Britta gehen, als der Ordensritter vor ihm sagte: »Einen Moment noch, Herr Ordensbruder. Sie müssen den Umhang wieder abgeben. Sie erhalten ihn zur Konventssitzung wieder. Erlauben Sie mir meinen herzlichen Glückwunsch.«

David ließ sich den Mantel wieder abnehmen und verbeugte sich wie die anderen Ritter vor dem Prinzen. Dann aber drehte er sich um und sah Britta, die ihre Freudentränen unterdrückte. »O David, ich bin so unendlich stolz auf dich. Du hast es wahrhaft verdient, und ich gratuliere dir von ganzem Herzen. Wie werden sich deine Kinder und alle deine Freunde freuen.«

Sie umarmten sich, und David konnte nichts sagen, so ergriffen war er. Dann sah er Hugh neben sich, der ihn anlächelte. »Du hast es gewusst und nichts gesagt.«

»Wie konnte ich? Du solltest den Orden schon nach dem preußischen Feldzug erhalten und hast die Regierung kritisiert, sodass sie dich von der Liste strich. Wusste ich, ob du jetzt nicht aus Trotz ablehnen würdest? Und außerdem hättest du die ganze Freude völlig verplant. Es war so am besten.«

Neben David sagte Britta leise: »Wenn er Recht hat, hat er Recht«, und lachte.

Mr Croker, der Erste Lord, tauchte auf. »Ich bin froh und glücklich, dass zwei Admirale zu den neuen Ordensrittern zählen. Meine herzlichsten Glückwünsche, Sir Hugh und Sir David. Und auch den neuen Ordensdamen lege ich mein Bewunderung zu Füßen.«

Das war nur der Anfang. Unzählige Menschen paradierten an ihnen vorüber. David konnte sich nicht mehr merken, welche Grafen, Herzöge oder was sonst es waren. Er schaute nicht mehr zu den schönsten Dekolletees, bemerkte nicht mehr die koketten Blicke, sondern verbeugte sich nur noch mechanisch und murmelte irgendwelche Dankesfloskeln.

Schließlich griff Britta seine Hand. »Du musst dich nicht mehr bedanken. Die Gratulation ist vorbei.«

David stutzte und bemerkte, dass er sich vor einem Rücken verbeugt hatte. Er sah Britta an und hätte beinahe schallend gelacht. »Liebster«, sagte sie. »Du bist ein wenig verwirrt, was nur zu verständlich ist. Führst du mich jetzt bitte zum Büfett? Ich möchte eine Kleinigkeit essen und trinken.«

David merkte, dass er auch ein wenig zu sich nehmen konnte, und fand dann auch einen Platz an einem der Tische. Der Herr, der neben ihm saß, kam ihm so bekannt vor. Ja, das war der Herr aus dem Außenministerium, der ihn seinerzeit in die politische Lage im Ostseeraum eingewiesen hatte. Der Herr verbeugte sich, erklärte Britta, woher er David kannte, und sagte: »Ich wünsche Ihnen, Sir David, dass Sie auch das neue Kommando so erfolgreich beenden wie die vorigen, und ich wünsche Ihnen, Lady Britta, dass ihr Gatte zu Ihnen so gesund zurückkommt wie die letzten Male.«

David musste noch oft anstoßen und mit Bekannten und Unbekannten plaudern. Hugh und Charlotta waren längst von Britta und ihm getrennt worden, aber sie hatten auch vereinbart, dass die Kellys mit einer Mietkutsche heimfahren würden.

Irgendwann fiel David selbst auf, dass er nur noch unmotiviert lachte. Britta fasste ihn am Arm, lenkte ihn ein wenig zur Seite und sagte: »Du solltest nicht mehr trinken, Liebster, und wenn es dir genehm ist, würde ich gerne gehen.«

David zwinkerte mit den Augen, um den Blick zu festigen, und merkte, dass sich die Schwierigkeiten, klar zu sehen, nicht verringerten.

»Du hast Recht, Liebling. Wir verschwinden. Komm, wir sagen einem Diener, dass Alberto die Kutsche vorfahren lassen soll.«

Britta führte ihn unmerklich, aber sicher aus dem Saal. Sie gingen den Gang hinunter. Diener rissen die Flügeltüren auf, und da war ihre Kutsche. Alberto und Mustafa standen mit gezogenen Hüten rechts und links vom Kutschentritt und sagten unisono: »Herzlichen Glückwunsch, Sir David, zu der hohen Ehre.«

Die Diener an der Tür wollten kaum glauben, was sie sahen. David fasste erst Alberto, dann Mustafa um und sagte: »Ihr beiden Treuen. Ohne euch hätte ich die Ehrung doch gar nicht erleben können. Euch gebührt sie auch und mein Dank dazu.«

Dann saß er mit Britta in der Kutsche und

ratterte durch das nächtliche London. Das Hochgefühl ließ nach, und sein Magen meldete sich mit unangenehmem Druck. »Ich fühle mich nicht wohl, Britta«, sagte er und hielt die Hand vor den Mund.

»Das wundert mich gar nicht, mein Held. Wir werden anhalten, sobald es geht.« Als die Kutsche durch eine Parkstraße rollte, gab sie Alberto das Signal zum Halt. Alberto öffnete die Tür. David stolperte hinaus und übergab sich. Alberto sah diskret zur Seite. Britta reichte ein Tuch, damit er sich den Mund abwischen konnte. »Das tat gut«, sagte er und stieg wieder ein.

»Geht es dir besser, David?«, fragte Britta.

Er nickte. Britta legte ihm die Hand auf den Arm und sagte: »Es war heute eine große und wohlverdiente Ehrung für dich, Liebster, und ein anstrengendes Ereignis. Bitte denke nicht, dass du nun all die Einladungen annehmen müsstest und könntest, die ab morgen ins Haus flattern werden. So sehr ich dir die Bewunderung gönne. Aber wir müssen heim. Die Kinder haben das größere Anrecht auf das bisschen Zeit, das uns noch bleibt. Du magst ein großer Admiral sein, aber vorher bist du noch Vater. Und ein wenig Ehemann sollte auch noch bleiben.«

Sie drückte seine Hand und merkte, wie er sich vor Lachen schüttelte.

»Was ist?«, fragte sie.

»So werden Ordensritter wieder auf den Boden der Tatsachen zurückgeholt. Du weißt schon, was richtig für mich ist.«

»Ich habe noch mehr, Liebster. Wenn du in einem Jahr Edward und seine beiden Freunde in die Flotte aufnimmst, dann werde ich sie bringen. Lissabon oder Gibraltar sind ja keine Entfernungen, und ich habe es so genossen, dass wir dich in der Karibik besuchen konnten. Warum sollte das nicht auch auf der iberischen Halbinsel möglich sein? Einen Ritter des Bath-Ordens darf man nicht so lange allein lassen.«

»Britta«, fragte er leise. »Als Hugh vorhin scherzte, jemand werde noch ›Admiral der Flotte‹, meinte er da mich oder dich?« Und er verschloss ihr die Lippen mit einem innigen Kuss.

ENDE

Glossar

Abfallen: Vom Wind wegdrehen, sodass er mehr von achtern einfällt
Achterdeck: Hinterer Teil des Decks, auf größeren Schiffen erhöhter Aufbau. Dem Kapitän und den kommissionierten Offizieren vorbehalten
achtern: achterlich, achteraus: hinten, von hinten, nach hinten. ›Achter‹ (engl. after) deutet in verschiedenen Zusammensetzungen auf Schiffsteile hinter dem Großmast hin, z. B. Achterschiff
am Wind segeln: Der Wind kommt mehr vorn als von der Seite. Das Schiff segelt in spitzem Winkel zum Wind
Ankerspill: siehe ›Gangspill‹
anluven: Gegenteil von abfallen. Zum Wind hindrehen, sodass er mehr von vorn einfällt
aufgeien: Aufholen eines Rahsegels an die Rah mit Hilfe der Geitaue
aufschießen: Zusammenlegen von Leinen oder Tauen in Form eines Kreises oder einer Acht
ausrennen: Schiffsgeschütze mit Hilfe der Taljen nach vorn rollen, sodass die Mündung aus der Stückpforte ragt
ausschießen: siehe ›Wind‹
Back: 1. Erhöhter Decksaufbau über dem Vorschiff. 2. Hölzerne Schüssel für das Mannschaftsessen. 3. Meist hängender Tisch zum Essen für die Backschaft (Gruppe, die zu diesem Tisch gehört). Der Backschafter (Tischdienst) tischt auf (aufbacken) oder räumt ab (abbacken). Mit ›Backen und Banken‹ wurde zum Essen gerufen
Backbord: Die linke Schiffsseite, von achtern (hinten) gesehen
backbrassen: Die Rahen mit den Brassen so drehen, dass der Wind

von vorn einfällt und die Segel gegen den Mast drückt. Dadurch wird das Schiff gebremst

Bark: Segelschiff mit mindestens drei Masten, von denen die vorderen Rahsegel tragen, während am (hinteren) Besanmast nur ein Gaffelsegel gefahren wird

Barkasse: Größtes Beiboot eines Segelkriegsschiffes, etwa 12 Meter lang

belegen: 1. Leine festmachen. 2. Befehl widerrufen

Belegnagel: Großer Holz-(oder Eisen-)stab mit Handgriff, der zum Festmachen der Leinen diente. Er wurde in der Nagelbank an der Reling aufbewahrt und diente auch als Waffe im Nahkampf

Besan: 1. Der hintere, nicht vollgetakelte Mast eines Schiffes mit mindestens drei Masten. 2. Das Gaffelsegel an diesem Mast

Besteck nehmen: Ermittlung des geografischen Ortes eines Schiffes

Bilge: Der tiefste Raum im Schiff zwischen Kiel und Bodenplanken, in dem sich Wasser ansammelt

Blindesegel: siehe Schemazeichnung Segel

Block: Rolle in Holzgehäuse, über die Tauwerk läuft

Blunderbüchse: (blunderbuss) auch Donnerbüchse: großkalibrige, kurzläufige Muskete mit trichterförmig endendem Lauf, aus der Grobschrot u. ä. auf kurze Entfernung verschossen wurde

Bombarda: Spanische Bezeichnung für die Handelsversion eines Mörserschiffes. Der vordere große Mast mit Rahsegeln steht weit hinten, damit vor ihm die im Rumpf eingebauten Mörser schießen können. Der Besanmast ist auch nach hinten verschoben. Die Schiffe sind flach gebaut, um auch in Ufernähe schießen zu können

Bootsgast: Mitglied der Besatzung eines Beibootes

Bramstange: siehe Schemazeichnung: Masten

Brassen: 1. Hauptwort: Taue zum waagerechten Schwenken der Rahen. 2. Tätigkeitswort: Die Rahen um die Mastachse drehen. Vollbrassen = ein Segel so stellen, dass der Wind es ganz füllt; lebend brassen = das Segel so stellen, dass es dem Wind keinen Widerstand bietet, also längs zum Wind steht; backbrassen = siehe dort

Brigantine: Zweimaster, dessen vorderer Mast vollgetakelt ist, während der hintere Gaffelsegel trägt

Brigg: Schiff mit zwei vollgetakelten Masten

Brooktau: Tau, das den Rücklauf einer Kanone nach dem Schuss abstoppt

Bug: Vorderer Teil des Schiffes

Claret: In der Navy üblicher Ausdruck für Rotwein

Cockpit: (hier) Teil des Orlop- oder Zwischendecks am achteren Ende, das in Linienschiffen den Midshipmen als Wohnraum und während des Gefechts als Lazarett diente

Commander: Kapitän eines Kriegsschiffes unterhalb der Fregattengröße mit mindestens einem Leutnant

Davit: Kranartige Vorrichtung zum Aus- und Einsetzen von Booten

Deckoffiziere: (warrant officers) 1. Master, Proviant- und Zahlmeister, Schiffsarzt mit Zugang zur Offiziersmesse. 2. Stück-(Geschütz-) Meister, Bootsmann, Schiffszimmermann, Segelmacher u. a. ohne Zugang zur Offiziersmesse
Dingi: Kleinstes Beiboot
dog watch: siehe Wacheinteilung
Dollbord: Obere, verstärkte Planke von Beibooten, in die die Dollen (Holzpflöcke oder Metallgabeln) für die Riemen eingesetzt werden
Draggen: Leichter, vierarmiger Bootsanker ohne Stock, der auch als Wurfanker benutzt wurde, um Leinen festzumachen
Drehbassen: (swivel gun) Kleine, auf drehbaren Zapfen fest angebrachte Geschütze mit einem halben bis zwei Pfund Geschossgewicht
dwars: Quer, rechtwinklig zur Kielrichtung
Ende: Kürzeres Taustück, dessen beide Enden Tampen heißen
en flûte: Ein Kriegsschiff segelt en flûte, wenn es den größeren Teil seiner Kanonen und Mannschaften abgegeben hat, um Platz für dringend benötigte Waffen oder Lebensmittel zu schaffen, die durch ein Kriegsschiff schneller und sicherer zu transportieren sind als durch ein Handelsschiff
Entermesser: Schwerer Säbel mit rund 70 Zentimeter langer Klinge
entern: Besteigen eines Mastes oder eines feindlichen Schiffes
Faden: siehe Längenmaße
Fall: Tau zum Heißen oder Fieren von Rahen oder Segeln
Fallreep: Treppe, früher Jakobsleiter, die an der Bordwand heruntergelassen wird
Fallreepspforte: Aufklappbare Pforte in einem unteren Deck zum Einstieg vom Fallreep
Fender: Puffer, früher aus geflochtenem Tauwerk
fieren: Ein Tau lose geben (lockern), etwas absenken, hinunterlassen
Finknetze: Kästen am Schanzkleid zur Aufnahme der Hängematten, meist aus Eisengeflecht
Fock: siehe Schemazeichnung Segel eines Zweideckers
Fockmast: Vorderster Mast
Fregatte: Kriegsschiff der 5. und 6. Klasse mit 550-900 Brit. Tonnen, 24-44 Kanonen und 160-320 Mann Besatzung
Fuß: siehe Längenmaße
Fußpferd: Das unter einer Rah laufende Tau, auf dem die Matrosen stehen, wenn sie die Segel los- oder festmachen oder reffen
Gaffel: Der obere Baum eines Gaffelsegels
Gaffelsegel: Längsschiffs stehendes viereckiges Segel, z.B. Besan
Gangspill: Winde, die um eine senkrechte Achse mit Spill (= Winde) oder Handspaken (= kräftigen Steckhölzern) gedreht wird, um den Anker zu hieven oder Trossen einzuholen
Gangway: 1. Laufbrücke an beiden Schiffsseiten zwischen Back- und Achterdeck 2. bewegliche Laufplanke zwischen Schiff und Pier.

gecobt: Strafe bei Offiziersanwärtern. Schläge mit einem schmalen Sandsack
Geitau: Tau zum Aufgeien (Emporziehen) eines Segels
gieren: Unbeabsichtigtes Abweichen vom Kurs durch Wind, Seegang oder ungenaues Steuern
Gig: Beiboot für Kommandanten
gissen: Möglichst genaues Schätzen des Schiffsortes durch Koppeln
Glasen: Anschlagen der Schiffsglocke, nachdem die Sanduhr (Glas) in 30 Minuten abgelaufen ist.
8 Glasen = 4 Stunden = 1 volle Wache
Gordings: Taue, mit denen ein Segel zur Rah aufgeholt wird
Gräting: Hölzernes Gitterwerk, mit dem Luken bei gutem Wetter abgedeckt waren. Zum Auspeitschen wurden Grätings aufgestellt und die Verurteilten daran festgeschnallt
Großsegel: siehe Schemazeichnung Segel eines Zweideckers
halsen: Mit dem Heck durch den Wind auf den anderen Bug gehen
Heck: hinterster Teil des Schiffes, in der damaligen Zeit bei Linienschiffen mit verzierten Galerien ausgestattet
heißen (hissen): Hochziehen eines Segels, einer Flagge
Helling: Schräge Holzkonstruktion am Ufer, auf der Schiffe heraufgezogen oder hinuntergelassen werden
Helm: Auf kleineren Schiffen das Steuer oder Ruder selbst, auf größeren Schiffen die Ruderpinne
Heuer: Lohn des Seemanns
Monatliche Heuer für Offiziere und Mannschaften um 1785:

Kapitän, 100-Kanonen-Schiff	28 £	
Kapitän, Fregatte	8 £	8 s
Leutnant	5 £	12 s
Master, Fregatte	4 £	
Midshipman	1 £	10 s
Segelmacher	1 £	10 s
Vollmatrose	1 £	4 s
Leichtmatrose		19 s

Durchschnittspreise für einige Waren und Dienstleistungen

1 Pfund Schweinefleisch		6 p
1 Pfund Butter		2 s
1 Pfund Zucker		1 s
1 Pfund Tee		10 s
1 Liter Cognac		4 s 6 p
Anzug für Büroangestellte	5 £	
Hemd, Anfertigung		12 s

Postkutschenfahrt von London
nach Carlisle (500 km, 3 Tage)
Innenplatz 3 £ 4 s 9 p Außenplatz 2 £ 2 s
1 Pfund Sterling (£) = 20 Shilling (s) = 240 Pence (p)

hieven: Hochziehen einer Last, meist mit Takel und Geien
Huker: seetüchtiges Fischerei- und Transportschiff, vorwiegend an holländischen und friesischen Küsten. Der Huker war ein breit und stabil gebauter Anderthalbmaster, der am vorderen Mast Rahsegel und am hinteren Mast ein Gaffelsegel führte. Große Huker hatten bis zu drei Masten
Hulk: altes Schiff, abgetakelt, meist als Wohn- oder Gefangenenschiff benutzt
Hundewache: siehe Wacheinteilung
Hütte: Aufbau auf dem Achterschiff, auch Poop oder Kampanje
Inch: siehe Längenmaße
Jagdgeschütze: Lange Kanonen im Bug, die einen verfolgten Gegner beschießen konnten
Jakobsleiter: Leichte Tauwerksleiter mit runden Holzsprossen
Jakobsstab: Altes Navigationsinstrument zur Messung der Breite
Jurymast: Behelfsmast
Kabelgatt: Lagerraum für Tauwerk
Kabel: 1. dickes Tau. 2. Längenmaß (185,3 m)
kalfatern: Dichten der Ritzen zwischen den Planken mit Teer.
Kanonenboot: Häufig mit Riemen angetriebenes Boot mit einem schweren Geschütz im Bug
kappen: Ab-, durchschneiden, z. B. Anker kappen = Ankertau mit der Axt durchschlagen
Kartätschen: Kanonenmunition, gefüllt mit Musketenkugeln oder Eisennägeln, vornehmlich zur Abwehr von Enterern
kentern: 1. ›Umkippen‹ eines Schiffes. 2. Umschlagen des Windes. 3. Wechsel der Strömungsrichtung zwischen Ebbe und Flut
Ketsch: Segelschiff mit zwei Masten. Der vordere Mast ist wesentlich größer als der hintere. Die Ketsch führt Schratsegel
Kettenkugeln: Zwei Voll- oder Halbkugeln waren durch Ketten oder Stangen verbunden, die sich während des Fluges spreizten, um die feindliche Takelage zu zerfetzen
Kiel: In Längsrichtung des Schiffes verlaufender starker Grundbalken, auf dem Vor- und Achtersteven und seitlich die Spanten aufgesetzt sind
Kielschwein: Auf den Kiel zur Verstärkung aufgesetzter Balken
kielholen: 1. Ein Schiff am Sandufer so krängen (neigen), dass der Schiffsrumpf ausgebessert bzw. gesäubert werden kann. 2. Einen Menschen mit einem Tau von einer Schiffsseite unter dem Kiel zur anderen durchziehen. Diese lebensgefährliche Strafe war in der englischen Kriegsmarine nicht üblich
killen: Das Schlagen oder Flattern der Segel, weil sie ungünstig zum Wind stehen
Klampen: Profilhölzer zur Lagerung von Beibooten an Deck
Klarschiff: Gefechtsbereitschaft eines Schiffes (klar Schiff zum Gefecht)

Klüse: Öffnung in der Bordwand für Taue
Klüver: siehe Schemazeichnung: Segel eines Zweideckers
Klüverbaum: Spiere zur Verlängerung des Bugspriets
Knoten: 1. Zeitweilige Verknüpfung von Tauenden. 2. Geschwindigkeitsangabe für Seemeilen pro Stunde
koppeln: Ermittlung des Schiffsortes durch Einzeichnen der Kurse und Distanzen in die Karte (= mitkoppeln)
Krängung: Seitliche Neigung des Schiffsrumpfes
kreuzen: Auf Zickzackkurs im spitzen Winkel zum Wind abwechselnd über Back- und Steuerbordbug segeln
Kreuzmast: siehe Schemazeichnung: Segel eines Zweideckers
krimpen: siehe Wind
Kuff: Von Belgien bis Norddeutschland häufig gebauter Küstenfrachter mit breitem, flachem Schiffsboden und hochgezogenem Bug und Heck. Meist trug die Kuff anderthalb Masten, am vorderen Mast ein Gaffelsegel und darüber an der Maststenge ein oder zwei Rahsegel. Der achtere Besanmast führte nur ein Gaffelsegel
Kuhl: Offener Teil des obersten Kanonendecks zwischen Vor- und Achterdeck
Kutter: 1. einmastiges Schiff mit Gaffelsegel und mehreren Vorsegeln. 2. Beiboot
Landfall: Erste Sichtung von Land nach längerer Seefahrt
Längenmaße: Britische nautische Meile = 1,853 km, Kabel = 185,3 m Faden = 1,853 m, Seemeile = 1,852 km. Yard = 91,44 cm, Fuß = 30,48 cm, Inch = 2,54 cm,
1 Knoten = 1 Seemeile pro Stunde
längsseits holen, kommen, liegen: Seite an Seite mit einem Schiff, Kai, Steg u. a. zu liegen kommen
laschen: Zusammenbinden, festbinden (-zurren)
Last: Vorrats- oder Stauraum
Laudanum: Opiumtinktur zur Betäubung der Verwundeten
Lee: Die dem Wind abgewandte Seite
Legerwall: Küste in Lee, auf die der Wind weht; das Schiff ist hier in Gefahr zu stranden, wenn es sich nicht freisegeln oder Anker werfen kann
Leinen: Allgemeiner Begriff für Tauwerk
lenzen: Leer pumpen
Log: Gerät zur Messung der Fahrt des Schiffes durchs Wasser (loggen)
Lot: Gerät zur Messung der Wassertiefe
Lugger: Küstensegler mit zwei oder drei Masten und viereckigen, längsschiffs stehenden Segeln. Schnelle Lugger waren bei den Franzosen als Kaperschiffe häufig
Luv: Die dem Wind zugewandte Seite
Manntaue: Bei schwerem Wetter an Deck zum Festhalten gespannte Taue

Mars: Plattform am Fuß der Marsstenge, an den Salings. Gefechtsplatz von Scharfschützen
Marsstenge: siehe Schemazeichnung: Masten
Mastgarten: Einrichtung am Mast zum Belegen von laufendem Gut
Master: Ranghöchster Deckoffizier (siehe dort), der nur dem Kapitän unterstand und für die Navigation, die Verstauung der Ladung und den Trimm verantwortlich war
Messe: Speiseraum der Offiziere, von dem meist auch die Schlafplätze abgingen
Navy Board: Der Admiralität nachgeordnete Behörde, die für den technischen und finanziellen Bedarf der Flotte zuständig war
Niedergang: Treppe zu den unteren Decks
Nock: Ende eines Rundholzes
Oberlicht: Fenster im Oberdeck zur Beleuchtung darunter liegender Räume
Ölzeug: Schlechtwetterkleidung aus dichtem, mit Leinöl getränktem Stoff
Ösen: Ausschöpfen des Wassers aus einem Boot
Orlop: Niedriges Zwischendeck über dem Laderaum
Pardunen: siehe Schemazeichnung: Masten
peilen: 1. Flüssigkeitsstand im Schiff messen.
2. Richtung zu einem anderen Objekt feststellen
Penterbalken, Penterhaken: Teile der aus Balken, Seilzügen und Haken bestehenden Vorrichtung, um große Anker einzuholen
Pinasse: 1. größeres Beiboot, 2. kleiner Küstensegler mit Schratsegel
Pinke: Ursprünglich im westlichen Mittelmeer üblicher dreimastiger Küstensegler, der dort Lateinsegel führte, die aber auch durch Querrahen ersetzt werden konnten. Größe etwa 200 bis 300 Tonnen
Poop: siehe Hütte
Poopdeck: Über das mittlere Deck, die Kuhl, hinausragender Aufbau am Heck des Schiffes
preien: Anrufen
pressen, Presskommandos: In Kriegszeiten erlaubte das Gesetz, in Küstenstädten Seeleute aufzugreifen und zum Dienst in der Flotte zu zwingen = zu pressen
Prise: Legale Beute, meist ein feindliches Schiff, dessen legale Aufbringung durch ein Prisengericht bestätigt wurde
Profos: Meist Maat des Bootsmanns, der für Bestrafungen und Arrest zuständig war
Polacca: Dreimastiges Schiff im Mittelmeer. Charakteristisch ist, dass die Masten Pfahlmasten sind, d. h. aus einem Stück ohne Marse oder Salinge. Die Rahsegel sind mit Tauen am Mast verankert. Dadurch können alle Segel bis zum Deck hinuntergelassen werden. An Stelle der Wanten hängt von der Mastspitze bis zum Deck eine Sturmleiter
Pütz: Eimer

pullen: 1. Ziehen an einem Tau. 2. Rudern (Riemen durchs Wasser ziehen)
Rack: 1. Vorrichtung zur Befestigung der Rahen am Mast. 2. Holzkasten mit schalenförmigen Vertiefungen zur Aufnahme der Kanonenkugeln in der Nähe des Geschützes
Rah: Holzspiere, die horizontal und drehbar am Mast befestigt ist und an der Segel angeschlagen werden
Rahnock: Äußere Enden der Rah
Rahsegel: Rechteckige Segel, die quer zur Längsachse des Schiffes an seitlich schwenkbaren Rahen befestigt sind
Rammer: Holzstange mit Aufsatz etwa in Kaliberdurchmesser. Mit dem Rammer wird die Kartusche fest ins Kanonenrohr gestoßen
Raumer Wind: Wind aus achterlichen Richtungen, für Rahsegler günstig
Reede: Geschützter Ankerplatz außerhalb des Hafens
Reff, Reef: Teil des Segels, der bei starkem Wind durch Reffbändsel zusammengebunden wird, um die Segelfläche zu verkleinern
Riemen: Rundholz mit Blatt, das zum Pullen oder Wriggen benutzt wird
Rigg: Sammelbezeichnung für die gesamte Takelage mit Rahen
riggen: Auftakeln eines Schiffes
rollen: Seitliches Schwingen des Schiffes um seine Längsachse (s. a. schlingern und stampfen)
Ruder: 1. Ruderblatt im Wasser. 2. allgemeine Steueranlage
Saling: Gerüst am Topp der Masten und Stengen zum Ausspreizen der Wanten
schalken: Abdichten der Schiffsluken
Schaluppe: 1. Einmastiges Küstenfrachtschiff mit Gaffelsegel. 2. Großes Beiboot (s. aber Sloop)
Schanzkleid: Erhöhung der Außenplanken des Rumpfes über das oberste Deck hinaus zum Schutz der Besatzung. Das Schanzkleid ist im Unterschied zur Reling geschlossen, hat aber Speigatten zum Abfluss übergekommenen Wassers
Schebecke, Xebeke: Dreimastiges Segelschiff mit Lateinersegeln (= Schratsegel), vor allem im Mittelmeer gebräuchlich
scheren: Taue durch Block oder Öse ziehen
schlingern: Gleichzeitige Bewegung des Schiffes um Längs- und Querachse
Schnau: Meist zweimastige Schiffe, die hinter den Masten noch zusätzliche dünnere Masten haben, an denen Gaffelsegel befestigt sind
Schoner: Zwei- oder mehrmastiges Schiff mit Schratsegeln
Schratsegel: Sammelbegriff für alle Segel, deren Unterkante in Längsrichtung des Schiffes steht, z. B. Stag-, Gaffel-, Besansegel
schwoien, schwojen: Das Schiff bewegt sich um den Anker
schwabbern: Reinigung des Deckes

Seite pfeifen: Auf Pfeifsignal des Bootsmannes versammeln sich Offiziere und Seesoldaten an der Fallreepspforte, um von und an Bord gehenden Kommandanten und Flaggoffizieren eine Ehrenbezeigung zu erweisen
Sextant: Winkelmessgerät für terrestrische und astronomische Navigation. Vor allem zur Messung der Gestirnhöhen über der Kimm benutzt
Sloop: Engl. Bezeichnung für vollgetakeltes kleineres Kriegsschiff mit im Allgemeinen bis zu zwanzig Kanonen (französisch: Korvette). Die Übersetzungen Schaluppe oder Slup sind irreführend, da damit vor allem einmastige Segelschiffe bezeichnet werden, während die Sloop drei Masten hatte
Speigatt: Öffnung in Fußreling oder Schanzkleid, durch die eingenommenes Wasser abfließen kann
Stage: Dicke, nicht bewegliche Taue, die die Masten gegen Druck von vorn sichern
Stern: Bezeichnung für Heck
Stropp: Tau, das als Ring gespleißt ist. Dient meist zur Lastaufnahme
Stückmeister: Für die Kanonen (die Stücke) und Munition zuständiger Deckoffizier. Im Gefecht gab er Kartuschen in der Pulverkammer aus.
stütz!: Befehl an den Rudergänger, eine Schiffsdrehung durch Gegenruderlegen abzufangen
Takelage: Gesamtheit der Masten, Segel, des stehenden und laufenden Guts
Takelung: Art (Typ) der Takelage
Taljen: Flaschenzug aus Tauen und zwei Blöcken
Tamp: Kurzes Ende eines Taus, auch Tampen
Tender: Bewaffnetes Begleitschiff eines größeren Kriegsschiffes. Tender wurden im Allgemeinen von Offizieren der Linienschiffe finanziert, um Prisengeld einzubringen
Tonne: Maß für die Masse von Schiffen. 1 brit. Tonne entspricht 1016,05 kg
Topp: 1. Mastspitze. 2. Mast mit Takelage
Toppgast: Seemann, der im Topp die Segel bedient
Toppsegel: siehe Schemazeichnung: Segel eines Zweideckers Nr.12 und 21
Toppsegelschoner: Schoner mit ein oder zwei Rahsegeln am oberen Mast zusätzlich zu den Schratsegeln
Traubengeschosse: Eine Art sehr grober Kartätsche. 900 Gramm schwere Kugeln wurden in Segeltuch in Kalibergröße verschnürt
Trosse: Sehr starkes Tau
verholen: Schiff über geringe Entfernung an einen anderen Liegeplatz bringen
Verklicker: Windrichtungszeiger an der Luvseite des Steuerrades.

Er bestand aus einem Stab, an dessen Spitze ein Faden befestigt war, auf den kleine Federkreise auf Korkscheiben gezogen wurden
versetzen: Durch Strömung oder Wind aus dem Kurs bringen
Vortopp: 1. Die Spitze des Fockmastes (vorderster Mast). 2. der Fockmast mit seiner Takelage
Wacheinteilung: Der nautische Tag beginnt um 12 Uhr mittags, wenn der Standort des Schiffes gemessen wird.
12-16 Uhr: Nachmittagswache.
16-20 Uhr: Dog watch (Verstümmelung von ›docked‹ oder verkürzt), da hier zwei verkürzte Wachen von 16-18 und 18-20 Uhr dauerten, damit die Mannschaft nicht alle Tage die gleiche Wachzeit hatte.
20-24 Uhr: Erste Wache (Abendwache).
0-4 Uhr: Hundewache. 4-8 Uhr Morgenwache.
8-12 Uhr Vormittagswache (siehe auch glasen)
warpen: Ein Schiff bei Flaute bewegen, indem der Anker mit einem Beiboot in Fahrtrichtung ausgebracht und das Schiff mit dem Ankerspill an den Anker herangezogen wird
wenden: Mit dem Bug durch den Wind auf einen anderen Kurs gehen
Wind: ausschießen = der Wind dreht auf den Kompass bezogen nach rechts; krimpen = der Wind dreht auf den Kompass bezogen nach links; raumen = der Wind dreht so, dass er mehr von achtern einfällt; schralen = der Wind dreht so, dass er mehr von vorn kommt
Wischer: Stange mit feuchtem Wischer – meist aus Schaffell, mit der nach Entfernung von Rückständen das Kanonenrohr ausgewischt wurde
Wurm: Stange mit ein oder zwei Eisenspiralen an der Spitze. Mit ihr wurden nach dem Abfeuern einer Kanone Rückstände im Rohr gelöst und entfernt

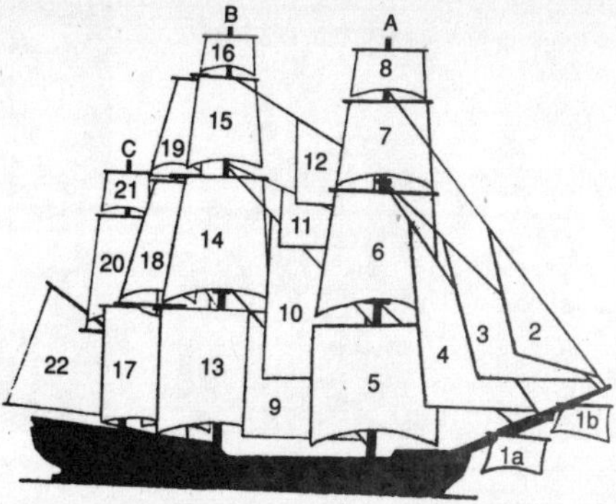

1a Blinde (spritsail);1b Schiebblinde (fore spritsail); 2 Außenklüver (outer oder flying jib); 3 Klüver (jib); 4 Vorstengestagsegel (fore topmast staysail); 5 Fock (foresail oder fore course); 6 Vormarssegel (fore topsail); 7 Vorbramsegel (fore topgallant sail); 8 Vorroyalsegel (fore royal); 9 Großstagsegel (main staysail); 10 Grostengestagsegel (main topmast staysail); 11 Mittelstagsegel (middle staysail); 12 Großbramstagsegel (main topgallant staysail);

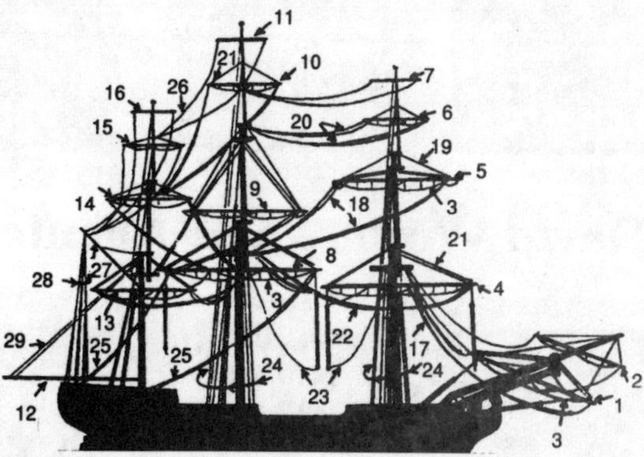

1 Blinde Rah (spritsail yard), 2 Oberblindenrah (sprit topsail yard); 3 Fußpferde (horses): Taue, auf denen die Matrosen beim Setzen und Bergen der Segel standen; 4 Fockrah (fore yard); 5 Vormarsrah (fore topsail yard); 6 Vorbramrah (fore topgallant yard); 7 Vorroyalrah (fore royal yard); 8 Großrah (main yard); 9 Großmarsrah (main topsail yard); 10 Großbramrah (main top gallant yard); 11 Großroyalrah (main royal yard); 12 Besanbaum (spanker boom);13 Kreuzrah (crossjack);14 Kreuzmarsrah (mizzen topsail yard);

ISBN 3-404-13370-6

ISBN 3-404-13522-9

ISBN 3-404-13363-2

ISBN 3-404-13785-X

ISBN 3-404-13892-9

ISBN 3-404-13974-7

David Winters See-Abenteuer

ISBN 3-404-14215-2

ISBN 3-404-14369-8

ISBN 3-404-14735-9